网络文学
名作典藏丛书

JIANG YE

猫腻◎作品

将夜

精修典藏版

拾

忽然之间

作家出版社

《网络文学名作典藏》丛书

总策划

何　弘　张亚丽

主编

肖惊鸿

统筹

袁艺方

主编的话

　　《网络文学名作典藏》丛书聚焦网络文学，遴选名家名作，工于精修校订，集于精品丛书，力图成为记载中国网络文学成长的历史见证，和致敬中国网络文学发展的一座里程碑。

　　网络文学名作的实体出版极为重要。这是扩大网络文学影响力、推动网络文学经典化的重要途径，也是展现网络文学成果、引领大众阅读和传播以及拉动文化产业发展的有力手段。

　　在中国作协的支持下，网络文学中心领导和作家出版社领导担纲总策划，落实主编责任制，确定经过时间验证和社会公认的名家名作，组织精修团队，在作家本人参与下，与责编共同负责精修工作。

　　回顾网络文学发展历程，这样的一套丛书是前所未有的。精修，意味着与作家的高度共识，意味着对作品的深度把握，完成去粗取精、去伪存真的过程，以实体出版的"固化"形式，朝着网络文学经典化、精品化的目标迈进。精修团队本着为作家负责、为读者负责的态度，重视作品的文学性、思想性，尊重读者的阅读体验，为新时代网络文学高质量发展贡献出集体智慧。

　　愿更多的读者阅读它、检验它。愿中国网络文学真正成为新时代文学的一座高峰。

肖惊鸿

2021 年 5 月 18 日

《将夜》精修成员

总负责人
肖惊鸿　袁艺方

修订
菜　籽　清　白　茹八一　当代贝克特　王　烨

校订
田偲堂　李伟元　程天翔　王　颖

1

雪上血痕清晰得惊心动魄，裁决神殿里一片死寂，只偶尔有石壁剥落的声音响起。

中年道人走到露台上，熊初墨和赵南海也走了过来，三人看着栏下无底的深渊，看着月光照耀下的薄雾和绝壁上那些积着雪的老树，沉默了很长时间。然后他们各自离去，没有交谈，也没有对视——宁缺跳下去了，昊天跳下去了，今夜叶红鱼也跳下去了，宁缺和昊天能够活着，她不可能活着。

既然死亡是唯一的结局，那么不需要再在意。

只是人死了，事情还没有完，她是裁决神座，她的死亡会引发很多事端，道门现在要处理的事情很多，熊初墨要开始着手准备镇压裁决神殿的怒火，赵南海要从旁协助重新稳定桃山的局面，而中年道人要重新收拢道门的意志。更重要的事情是，随着今夜这场战斗，随着叶红鱼的死去，道门开始正式着手覆灭新教，与唐国、书院之间的战争也将正式开始。

黑夜深沉，月儿被掩在厚厚的云层后方，大地上纵横交错的溪流，那些清水上的石桥、桥下耐寒的野花，都被夜色吞噬。今年很是寒冷，阳州城外的田野被冻得有些结实，便在夜深人静之时，一声闷响，有人从城头落下，重重地砸在地面，把冻实的地面砸出了数道裂痕，那人的腿骨顿时断裂，然而在这样的痛苦下，依然没有发出一点声音。

王景略的眉拧得极紧，纵使黑夜深沉，也无法掩去脸上的苍白之色，无数颗汗珠从他的身体里逼出来，瞬间打湿全身。他擦去唇角震出的血水，以手为足，在地面上艰难向前爬行，待钻进一片灌木丛里，确认不会被人轻易发现，才略微松了口气。

便在这时，城墙前再次响起重物坠地的声音，他拨开灌木向那处看去，只见地面上躺着个人，那人身上尽是血污，明显已经死了。城墙上方响起急促的脚步声，然后有数十根火把被点燃，只是瞬间，漆黑的夜色便被驱逐一空，城头上下被照得有如白昼。

一动不动躺在地面上的那人，也被火把照清楚了容颜，脸上满是血，但勉强能看清楚五官——王景略的身体微震，握着树枝的手微微颤抖起来，脸色变得更加苍白，因为他识得那人，准确来说，他和那人很熟。过去这几年，王景略代表朝廷，在阳州城里暗中联络那些心怀故唐的年轻人，取得了很多进展，此时死去的那名年轻人，便是其中一人。

阳州城头变得扰攘起来，有喊杀声，有兵器撞击的声音，王景略艰难地抬头望去，知道城墙上面，那些忠于长安的年轻人，正在被神殿的强者们追杀，他的拳头握得越来越紧，却无法做些什么，不由心生绝望。

又有人落了下来，重重地砸在被冻硬的田野上，砸出泥土，溅出血花，紧接着有越来越多的身影落下，不停地死去。他苍白的脸上满是绝望与痛苦，眼眸里满是后悔，他后悔没能发现，自己的计划全部被神殿掌握，后悔没能预计到神殿的突然出手。他后悔让这些年轻人死去。今夜死去的这些人，是他在诸阀里的援手，都是清河郡的年轻人，用宁缺的话来说，是真正的希望，只是……年轻人的骨头再硬，终究还是摔碎了。

王景略的眼圈红了，嘴唇被咬破，开始流血。

他盯着阳州城头那些神殿骑兵，看着那些火把照耀下的身影，身体痛苦地颤抖着，就像一只受了伤的丧家之犬，却不敢猖狂。他转过身，像狗一样在地面上爬行，向夜色最深处爬去，一面爬行一面流血，他必须活着离开清河郡，他要把今夜发生的事情，告诉青峡那面的唐军，告诉宁缺，书院的计划已经失败，告诉长安，战争已经开始。

宁缺没能想到，他也没有想到，西陵神殿，会在这样的情况下突然出手。他们的事业，清河郡的年轻人们，遭受了难以想象的损失。

　　但是，我会回来的。当我回来那天，铁蹄将会踏碎这片坚硬寒冷的田野，火把将会插满富春江畔的庄园，死去的年轻人的英魂，将会得到最盛大的祭奠。王景略向着漆黑的夜里爬去，背离阳州城里的火把光辉。

　　有雪忽然飘落，洒在那些死去的年轻人身上。

　　也洒落在像狗一样的他的身上。

　　阳州城最直的那条长街，被灯火照得一片通明。

　　神辇在街中间缓慢移动，辇旁十余名侍女不停向夜空里撒着花瓣，那些花瓣与新落的雪一混，然后一同落下，圣洁纯净。雪风微作，掀起辇前的幔纱，露出横木立人犹带稚气的脸庞。长街两侧，成千上万的阳州民众，纷纷跪拜在地，最前方，清河郡诸阀的阀主同样双膝跪地，没有人敢直视他的容颜。

　　今夜的阳州城，到处都在追杀，到处都在死人，鲜血灌进青石板的缝隙，流进清澈的富春江，是自数年前叛乱后最血腥的一个夜晚。忠于长安城的年轻人，在今夜死了很多，至于那些没能被神殿发现的，想必在看到如此血腥的画面后，也会沉默很多。

　　横木立人今夜只出了一次手，十余名唐国天枢处的强者，尽数死亡，他的手上染了鲜血，他的意志更是让鲜血涂满清河郡。他的神情却还是那般平静，天真可喜。他不是西陵大神官，但他有不下于西陵大神官的权柄与威严。他是昊天留给人间的礼物，他以昊天的代言人自居，他坐着神辇，在散播的花与雪中缓慢前行，享受着凡人的敬畏与爱。他很喜欢这种感觉。

　　与唐国的战争终于开始了，那个叫宁缺的人还能安坐长安城吗？

　　宁缺，你什么时候出来？

　　你什么时候来见我？

　　请来与我一战。

　　请来被我杀死。

火光把夜雪照耀得如白色的粉，又像是春天的柳絮。

横木立人的目光穿透漫天的风雪，掠过青峡，落在长安城，微笑想着。

中原处处皆雪，无论桃山还是阳州城，都被或薄或厚的雪包裹，稍后宋国也将落下一场雪，那场雪必将名留史册，而在这之前，本来风雪连天的草原，却忽然间雪停了，云散雪消，露出那轮明亮的月。渭城北方，数千座帐篷正在被拆除，无数牲畜正在被驱赶，金帐王廷的勇士们正在给坐骑辔鞍，数万名精锐骑兵即将启程，场面很壮观，却听不到什么声音，除了牲畜不安的鸣叫，气氛显得有些压抑。

作为大陆北方最强大的势力，在过去这些年与唐国的战争连获胜利，金帐王廷的贵族子民有足够的资格骄傲得意，但此次的情况不同。

今夜，金帐王廷即将整体南迁。

南迁便是南侵。

这意味着最后的决战即将开始，意味着将与统治世界千年的唐国你死我活，便是金帐最骄傲的勇士，也开始紧张起来。最先离开渭城南下的，是一个看上去很普通的车队，车队由十余辆大车组成，人手不多，也没有什么辎重，所以走得轻松。

对金帐王廷来说，这却是最重要的车队。

十三名草原大祭司，分别坐在自己的车厢里，胸前挂着的骷髅头项链，在窗口透进来的月光照耀下，洁白得像是纯洁的玉。国师胸前挂着的是一串普通的木珠，就像他身上那件普通的衣裳，就像他普通的容颜，他看着窗外那轮明月平静微笑，不知想些什么。对于中原修行界来说，他是化外的蛮人，哪怕带领金帐王廷投到昊天的怀抱，依然游离在正统的修行世界之外。但这不影响他的强大，也不影响他的情绪。他很向往那轮明月，他很想去南方，体会一下中原人的所思所想，他想去长安城，他想去书院，当然，去了自然就不想回来了。

少年阿打也在看着那轮月亮，被风雪连续洗了好些天的空气，格外洁净，深夜的草原格外安静，于是那月亮显得格外圆、格外大。和国师不同，阿打没有太多想法，他只是觉得那轮月亮有些刺眼，他眯着眼睛，满是稚气的脸上，写满了烦躁。

金帐王廷总动员，十余万铁骑即将南下，单于的决心很大，动作很迅速，阿打却还是有些不满意，他急着去南方。他要杀死那名叫华颖的唐将，他要冲垮唐军最后的骑兵，从向晚原到河北郡，有水草的地方都要成为他开拓的疆土。在这个过程里，他将和车队里的人们，一起等待着那枝铁箭的到来，等待着余帘的到来，他要折了那箭，杀了那人。

为什么？因为他想这样做，他要报复那个叫宁缺的唐人，他要战胜传说中的书院，他想，既然自己这么想，那么这应该便是长生天的意志。

宋国都城，此时尚未下雪。

广场上的对峙已经持续了很长时间，数千名新教的信徒，与人数相近的道门神官及宋国骑兵们，紧张地互相看着，已然疲惫。高台上点燃了火把，照亮了这片角落，叶苏坐在案后，看着案上的道义真析静静思考，陈皮皮跪坐在他身旁，沉默不语。

唐小棠和十余名剑阁弟子站在高台之前，也自沉默不语。

面对着神殿来袭，他们不知能撑多久，更无法离去，所以只有等待。

南海少女小渔的脸色有些难看，因为她此时代表着道门的态度，然而白天最关键的时刻，道殿响起了钟声，她只能停下等待。等待？为什么要等待？难道昊天还会给予这些叛教的逆贼宽容？难道宁缺真的能说服观主放过叶苏和新教的信徒？等待什么？

没有人知道在等待什么。

等待杀戮的命令，还是和平的到来。

知道西陵神殿和谈一事的人，也觉得这种等待未免太漫长了些。

只有隆庆知道西陵神殿在等待什么。不是等待观主被宁缺说服或是不能说服，不是在等待和谈的最终结果，不是在等待昊天的谕令，而是在等待一个人的死亡，或者说，死亡的消息。叶红鱼死亡的消息，她的死亡，便是这场战争的开端。

年轻的裁决大神官不死，道门便不能对叶苏动手。

隆庆知道，却不在意，因为他清楚那是必然的事情，不论是今夜，还是明天清晨，她的死亡，总会来到场间。所以他还是像白天那样，非常认真地劈着柴，捡着柴枝，然后堆到院子中央，堆得很仔细，就像在做一件精致的工艺品。

隔着一堵院墙，墙外千万人在对峙，他在墙这边堆柴。

因为时间很充裕，他劈了很多柴，现在甚至可以奢侈到把被雪染湿的柴全部堆到最下方，只把干燥易燃、形状完美的细柴，放在柴堆最上面。干柴堆已经堆到数丈方圆，密密麻麻，很像一座王者的坟墓。也可能是圣人的坟墓。

干柴堆最上方，插着木桩，横竖两条，像是个人，也像个十字。

木桩上挂着一段绳子。

绳子和木桩是用来绑人的，那些柴是用来烧人的。

时间缓慢地流逝，黑夜渐去，天边泛起鱼肚白，院墙那头，响起新教信徒的诵经声，整齐的经声，可以驱走疲惫，更重要的是驱走恐惧。隆庆听着墙外整齐的诵经声，轻轻跟着复诵，音调很有趣，似在唱歌。他挑选干柴的动作没有停止，神情很认真，情绪很平静。

银面具系在腰间，他没有戴，脸上那道疤没有变淡，很奇怪的是，那疤不再那般恐怖难看，灰暗的眼眸在美丽的容颜上显得格外迷人。听着墙外传来的诵经声，缓缓重复着，向柴堆上搁着细柴，隆庆在越来越亮的天光下重复着这些动作，然后忽然停止。

"我们自己，就是道路、真理以及生命。"他抬起头来，视线越过院墙，落到东方，不知是日起处还是别的什么，喃喃重复道，露出若有所思的神情。

这座城市是宋国的都城，在大陆上并不出名，无法和临康相提并论，更不要说长安，但这座城市对道门来说意义深远。这里有大陆上最古老的道观，有最悠久的历史，这里曾经为西陵神殿奉献了很多大神官，知守观里的人们，更与这里有撕扯不开的关系。观主陈某，也是此间人。宋国，是道门的源头之一，是最保守的所在。叶苏选择在这里传播新教，将此间当成新教的大本营，想来也是基于这方面的考虑，他要在最险恶处前行，要在深渊里见天日。

便在思忖间，远处忽然传来钟声，钟声起处应是宋国的道殿。隆庆神情微凝。待他看见道殿处升起的白烟时，确认那个消息终于到了。肃穆的钟声，一道袅然直上云层的白烟，只代表了一件事情。西陵神殿有大神官离开人间，回归昊天神国。

叶红鱼死了。

历史上最年轻的裁决神座死了。

隆庆站在院墙后，看着那道白烟渐散于天际，想着那个死去的女子，不由生出很多感慨，沉默无语很长时间。他和她出身天谕院，共事于裁决司，他是二司座，她是大司座，他是西陵神子，她是绝世道痴，他从来都不如她。当他为了力量选择背叛道门，变成那只孤魂野鬼的时候，她已经坐上了那方墨玉神座——他念念不忘的墨玉神座。

在叶红鱼面前，他始终是个失败者，就像在宁缺面前一样。

当年他最风光的时候，潜意识里，依然在叶红鱼面前有些自惭形秽，甚至有些本能里的恐惧，所以在书院登山的幻境里，他会在她的面前一剑刺死了陆晨迦，他会把她和叶苏视为修行里最大的心魔。今天，她终于死了，隆庆的心里没有丝毫愉悦之情，反而有些空虚，或者，那是因为她不是死在他手中的缘故。他再也无法弥补这种遗憾，这很遗憾。

幸运的是，叶苏还活着，还有机会被他亲手烧死。

肃穆的钟声，从道殿处传到广场上，传到数千名新教信徒和神官执事们的耳中，洗去他们的疲惫与紧张，把他们的目光引至道殿处。

那里升起一道白烟，圣洁无比。

死寂一片，作为虔诚的以及曾经虔诚的昊天信徒，人们知道这意味着什么，无论是新教的信徒，还是神殿的神官执事，又或者是宋国朝廷的骑兵，都因为那缕白烟而沉默起来，久久未能化解心头的震撼。如果是别的时刻，人们应该会对着那道白烟跪倒，表达自己的悲戚和追忆情怀，但现在，这道白烟更是一个信号，开战的信号。小渔举起手里的道剑，遥遥指向高台上的人们。在她的身后，数十名道门强者，还有更多的神官执事，缓缓向前走去，广场四周的街巷里，涌出越来越多的宋国骑兵。屠刀已经举起，孤立无助的新教信徒们，恐惧地挤在一处，向后方退去，死亡的威胁，让他们从白烟带来的震撼中醒来。

叶苏坐在案后，右手落在书卷上，侧头望着那道尚未散去的白烟，久久沉默，逼近的敌人和临近的死亡，都不能让他的目光有所偏移。他的妹妹死了，因为他死了。过去的十几年里，他对她很严苛，甚至冷酷，因为陈皮皮的缘故，因为当年那些事情，但她却对他一如幼时。她是人间对他最好的那个人。那个人，去了。

叶苏沉默，无言。

"你们走吧。"

不知过了多久，他说道："老师要我死，我便去死，你们活着，那就很好。"

是的，活着总比死了好。

看着那道白烟，他悲伤地想着。

陈皮皮跪坐在叶苏身边，看着那道白烟，神情微惘，有些痛。对他来说，叶红鱼的死讯，也意味着很多东西，童年的记忆，观里的生活，就此戛然而止，再没有分享的同伴，同时这意味着，父子反目的悲剧。

"不是终结。"他沉默片刻，然后说道，"只要活着，一切都有可能，那为何要走？"说话间，来自西陵神殿的强者已经杀至台前，新教的信徒再如何虔诚也不可能减慢这些人的步伐，只是徒流鲜血罢了。陈皮皮站在叶苏身后，开始收拾行囊，他如今是个雪山气海皆废的废物，没有办法参与战斗，却显得很平静，很有信心。离开临康城后，这样的情形，已经发生了很多次，他们每次都能冲破西陵神殿的阻截，他相信今天也不会例外，哪怕那道白烟已经升起。因为他相信她能保护师兄离开。

唐小棠站立的位置，在他和叶苏之前。剑阁弟子正在与那些道门强者厮杀，剑光纵横间，不时有鲜血挥洒。她只是站在叶苏和陈皮皮身前，没有去别的地方，手持铁棍，遇着有人来，便是一棍砸将过去，伴着雷鸣般的撞击声，敌人喷血震飞。

看着这名穿着单薄的棉衣、明明年纪不小却依然像少女般梳着双马尾的魔宗女子，小渔的眼里流露出强烈的敌意，更多的却是震撼不解。她对唐小棠的敌意很好理解，她只是不解，千里颠沛流离，新教众人在道门的追杀下艰难度日，真正倚仗的强者就是唐小棠一人，她是如何撑到现在的？她曾经受的那些伤去了何处？那具小小的身躯里究竟有多少力量？

唐小棠确实很疲惫。离开临康城后的这些天里，她带着众人突破了西陵神殿的四道防线，她遇到了二十一场战斗，她杀死了三百七十一名神殿强者，受了十四次伤——无论战局险或平淡，她都是主将，无论伤势轻或重，她都在流血。她坚持了下来，没有倒下，带着叶苏和陈皮皮这对雪山气海皆废的师兄弟，越莽莽群山，行千里路，来到了宋国都城。

她已疲惫至极，她摇摇欲坠，但她还是手持铁棍将人打，站在台下，唱着这出漂亮的打戏，无论谁都无法逾越一步。剑断人飞马蹄乱，几名从斜侧方趁乱突袭高台的宋国骑兵，被唐小棠扫倒在地，伴着沉重的撞击声，连人带马摔倒不起。

小渔挑眉，眼眸骤然明亮，青色道袍在晨光里微飘，手里的道剑，变成一道笔直的线条，刺破晨风与寒意，瞬间来到唐小棠的身前。修行者的剑，都是飞剑，但她的剑没有离手，腕与肘，也是那道线的一段。从轲浩然开始，再到柳白，剑道的历史已然改变，真正的剑者，再不肯轻易地让剑离开自己的手，尤其是面对真正强敌的时候。

剑锋冰冷，映着广场地面的残雪，直刺唐小棠的眼睛。

唐小棠没有闭眼，眨都未眨，盯着仿佛带着咸湿海风味道而来的道剑，感受着其间隐藏着的海雨天风意味，沉默挥棍而出。面对知命境的小渔，她没有留手，娇小的身躯变成灼热的石头，明宗功法榨取体内每一丝的力量，尽数投注到那根铁棍上。铁棍全力挥出，纵然小渔的道剑携来海雨天风，也骤然被破之，万千雨点挥洒不见，柔韧天风被切成无数碎絮。道剑微偏，刺中唐小棠的左肩，然后极犀利地上挑。

唐小棠依然稚嫩的清丽面容上，神情不变，铁棍继续前行。小渔闷哼一声，眼眸里闪过一丝悸意，急速后掠，手里的道剑弯折变形，苍白的脸上布满了不正常的红晕，鲜血在咽喉里蕴积，只是相遇瞬间，她便告败，受伤。

剑折而未断，恐怖的劲意顺剑身而上，落在小渔的身躯之上，顿时把她击飞，掠过下方的汹涌人群，向着后方坠落。唐小棠没有收手，脚掌一踏地面，踩碎周遭十七块青砖，身体骤然腾空，如飞石般追杀而去，手里铁棍直袭她的胸膛。小渔落在地上，脸色苍白，毫无血色，先前涌出的那些红晕，早被当下的危险逼散，但她的眼睛里，却没有太多惧意。

唐小棠神情宁静，似乎也猜到会有别的什么事情将要发生。

果然，有异变发生。

一朵黑色的桃花，忽然在广场的空中盛放。那朵黑桃花并无实质，纯由天地元气凝结而成，美丽至极，却不娇媚，只是一味肃杀，黑色的花瓣里，散发着湮灭一切的味道，显得极其强大。黑色的桃花出现，吸引了所有人的目光。

唐小棠的目光，更是尽数落在它的上面，因为它正好盛开在她的眼前。

她并不意外，猛然一棍砸下。

从昨日到今晨，道门表现出来的态度很决然，随着那道白烟升起，战争正式开始，和平不可能回到人间，道门志在必得。知命境的南海少女，加上那些道门强者，还有宋国骑兵，阵势看似强大，但哪里配得上志在必得四字？唐小棠知道，西陵神殿必然有真正的强者在旁窥视，她甚至猜到那人是谁。只是时间已经过去了一天一夜，那个人始终未曾出现，这让她心里的不安越来越强烈，她做出誓杀小渔的姿态，就是要逼出那人来。

所有的专注，其实根本不在小渔身上。她等的就是那朵黑色桃花绽放的刹那。

轰的一声巨响。黝黑的铁棍，准确而暴戾地砸在了那朵黑色的桃花上。无形无质的黑色桃花，应声而散，瞬间化成无主的天地元气，向着广场四周流散而去，如云如蒸汽一般消失不见。唐小棠脸色微白，一口鲜血喷将出来。

当铁棍砸中黑色桃花的瞬间，她便知道自己错了，所以她败了。

那个人不是隐藏起来，准备最后的一击，那个人现在很强大，强大到不需要等待时机，他只是静静等着，然后出场战胜所有人。

唐小棠落在地上，踩碎青砖，右臂微微颤抖，望向某片院墙。她的胸膛微微起伏，两根黑色的马尾辫在身后微微摆荡。她的脸色很苍白，明显受了重伤。十余名神官执事向着唐小棠攻了过去。小渔疾掠向前，弯折的道剑骤然重新笔直，再次一剑刺向她的眼睛。

没有人能在如此短的时间里，从如此重的伤势里复原。

这是杀死唐小棠最好的机会。

便在这最危险的时刻，唐小棠深深地吸了一口气。广场上的寒风，被她尽数吸入腹内。那些空气，在她的肺里迅猛地燃烧。有些黯淡的眼神，骤然间回复明亮。那些伤势，似乎瞬间便被治好。铁棍破风而起，击中小渔手中的剑，一声清脆的鸣响，那柄道剑终于碎了，铁棍却沉默坚实如前。小渔闷哼退后，眼中流露出不可思议的神情。她想不明白，这名魔宗女子的身体究竟是什么材料做的，为什么受了如此重的伤，竟能在如此短的时间里回复如常！

唐小棠挥棍砸死了从侧后方袭来的一名黑衣执事。她向着那堵院墙走了过去，遇者筋断骨折，无人能挡。她要去那里，谁都拦不住她。一路行来，铁棍不知砸死了多少人。鲜血从天空洒落，滋润大地。她在天空与大地之间，一个人向前走着，身影很孤单，四周都是敌人，她没有帮手，她只有自己，但那也够了。她仿佛根本没有受伤，那朵黑色的桃花，再如何恐怖，也没能给她留下任何伤害，似乎人间根本没有谁能够伤到她。

看着这幕画面，道门强者和宋国骑兵们，震撼沉默。便在此时，远处响起数道凄厉的鸣啸。噗的一声，一枝弩箭，射进了唐小棠的左胸。弩箭未能入体，锋利的箭镞刺破了肌肤，不多的血渗出，染红了衣裳。但这至少意味着什么，或者是种安慰。本已绝望的神官执事精神一振，心想果然没有不会受伤的人，这个事实，让他们醒过神来，变得极为兴奋。

"她不行了！"

"她的魔功失效了！"

"杀了她！"

清晨的广场上，到处是神官执事还有宋国骑兵们的喊叫声，唐小棠却是充耳不闻，握着铁棍，继续向那堵院墙走去。不知又有多少人倒在她的身前，她终于走到那堵院墙之前。悄无声息地，那堵院墙塌了，砖石悄然落地，如枯叶落在雪面，没有发出任何声音，静寂得令人心悸，就如那道身影。隆庆站在院墙缺口处，静静地看着她。

远处传来凄厉的声音，大地开始轻微地震动，所有的城门同时被打开，数千名隐藏在城郊山林里的西陵神殿护教骑兵，纵马而入。唐小棠听到了，也知道了，但她只是看着垮掉的院墙缺口，看着站在那里的那个人，看着他脸上的那道疤，看得异常专注。她清楚，只要杀死这个人，那么就算有再多的西陵神殿护教骑兵到来，都没有意义，如果杀不死对方，那么就轮到她和她在意的那些人去死。

安静，广场忽然变得很安静。

所有人都看着这边，陈皮皮如此，便是叶苏也看着这里。然后他看到了院墙后方那堆干柴堆，那些干柴已经堆到了一人多高，密密麻麻的很是整齐，上面那个十字架似是熟练的木匠做的。陈皮皮的脸色变得有些苍白，叶苏只是沉默，仿佛看见命运。

隆庆走出院墙缺口，看着唐小棠说道："你比我想象的更强。"

唐小棠看着他，说道："你比所有人想象的都要更强。"

忽然间，一道明亮的剑光闪过。

一名剑阁弟子认出隆庆，想着剑阁覆灭便是此人的手笔，想着柳亦青便是被此人带着道门强者逼死，热血上涌，悄然便是一剑刺出。这一剑很决然，带着必死的信念，所以很强大。

隆庆神情不变，右手自胸前拂过，如长安城香坊里那些耍戏法的人一般，手里便多了一朵黑色的桃花，将将迎在那道剑光之前。这朵黑桃花不是天地元气所凝，有真实形质，似是廉价的绢做的。那柄剑刺入黑色桃花，桃花瓣瓣震落，而那剑，却像是受了风霜的花蕊一般，迅速凋零，剑身上涂满了锈迹，仿佛陈放了数千年。剑锈而折，那名剑阁弟子的气息骤然衰败，满是愤怒的脸上，多出了很多斑点，仿佛老了很多岁，就此倒地而死。

看着这幕画面，唐小棠的眼睛眯了起来，如柳叶般的眼中闪出一道寒光。她发现隆庆已非当年，灰眸功法已然大成，便是不需对视，也能夺取其他修行者的精魄修为，强大到了一种恐怖的境地。知命巅峰还是什么，对于现在的隆庆来说，没有太多意义。唐小棠神情凝重，却依然不惧，因为恰好，她也是一个可以无视修行境界区隔的强者，只要不逾五境，她都可以试着战胜对方。

隆庆面无表情说道："请。"

唐小棠吸气，胸腔高高耸起，她先前一口吸了广场上半数的寒风，此时便将剩下的寒风尽数吸进身躯里，甚至似要把高空的雪云都吸下来。空气在她的身躯里燃烧，化作无穷无尽的力量。她微微屈膝。当年在书院后山，她被余帘逼迫着不停跳瀑布，跳之前，便要屈膝。她跳了起来。只不过这一次不是向瀑布下跳去，而是向天空里跳去。

轰的一声，无数块青砖破裂，最中间那几块已然碎成齑粉，院墙前一片尘土飞扬，好些人被迷了眼睛。唐小棠消失不见，没有人知道她去了哪里。隆庆没有闭眼，待尘砾落地后，抬头望天，他知道她去了天空之上。他知道她不会逃走，那么无论跳得再高，总有落回地面的那一刻。于是，他就站在原地，平静地等着。

他看着天空，翘首，以待。

场间所有人，都随着他的目光向天空望去。

晨光从东面的海上洒过来，雪云是那样地白，偶尔露出的天空是那样地蓝，除此之外，再也看不到什么，没有人影。片刻后，天空里终于出现了一个小黑点。那是一个人影。

天空里忽然有尖锐的鸣啸声响起，那声音传到地面上，震破了宋国王宫里的琉璃瓦，哑了道殿里的那口古钟，惊了林里无数的眠鸟。很多人听到那道鸣啸，痛苦地捂着耳朵蹲了下来。那道鸣啸是摩擦的声音，是物事与空气高速摩擦的声音，那物事必然极为坚硬，不然在这般恐怖的速度下，早就碎裂不见。很难想象，那是人的身体。

黑点迅速扩大，那是一道身影，唐小棠的身影。

就像她兄长曾经做过的那样。

就像她老师曾经做过的那样。

她，从天空里跳了下来。

她举起铁棍，带着一道难以想象的力量，砸向隆庆头顶。那道力量来自天空与大地之间的距离，没有人能够无视这段距离，也应该没有人能够无视这道力量。当那道尖锐的鸣啸声到了最大时，唐小棠回到了地面。她就像颗陨石一般，轰向院墙缺口前的隆庆。她的皮靴已经开始燃烧，带着火星，在空中拖出十余道细细的火线。

下一刻，天空与大地相遇。地面扭曲变形，那些青砖像蛛网一般裂开，在隆庆的脚下变成无数细小却威力十足的石砾，伴着凄厉的撕裂声，四处激射。院墙旁一棵不知名的冬树，瞬间被射成木屑，随风飘舞。

地裂，树碎，然后声音才来得及开始传播。

剧烈撞击的声音在空中回荡。恐怖的轰鸣声，直接将那棵树残余的部分再次碾碎，顺道碾平了残存的院墙，隔得稍近些的人，直接被掀翻至十余丈外，昏迷不醒。幸亏场间的人们都捂着耳朵，不然他们可能被撞击形成的轰鸣声直接震死，饶是如此，也有很多人被震晕了过去。至少数万斤的石屑与泥土，被恐怖的撞击震起，抛向天空，瞬间遮住远处的朝阳，黑蒙蒙的一片，完全看不清楚场间的画面。

昏暗一片里，石砾如雨般簌簌落下，打得残叶啪啪作响，碎成絮状，打得院墙里的柴堆有些凌乱。不知过了多长时间，石雨渐停，烟尘渐敛。院墙前，多出了一个坑。青石地面很坚硬，下方是相对松软的泥土，但更深处是更坚硬的花岗岩，此时却出现了一个坑，一个很深的坑。烟尘渐敛，坑底两个人影渐渐显现。

唐小棠手里握着铁棍，铁棍有些变形。铁棍的前方，是一只手，一只泛着淡淡灰色，仿佛不是人类的手。隆庆以手握棍，脸色苍白，眼眸灰暗到了极点，唇角有血渗出，半跪在坑底，看着有些狼狈，但终究没有倒下。唐小棠的脸色也很苍白，魔宗圣物铁棍都已变形，她的腕骨更是被直接震碎，右臂不停地颤抖着，似乎下一刻便会握不住。

喀喀声响，隆庆缓缓站了起来，道衫下摆尽碎，满身尘土。

他看着唐小棠说道："你不应该这么强大。"

唐小棠没有说话，紧紧地抿着双唇，只有这样，才能不让胸腹里积着的鲜血喷出来，只有这样才能继续握着铁棍，而不被看出虚弱的真相。

隆庆忽然笑了起来，齿间尽是鲜血，形容看着有些恐怖，如剑般的眉也挑了起来，衬着灰暗的眼眸，很漂亮，也很诡异："但你再强大也没有意义。因为……我更强大，你甚至不可能再找到比我更强大的人，因为，亲爱的小姑娘，我早就不再是一个人。"

他的声音有些微微颤抖，不是因为伤势，而显得有些兴奋，甚至有些疯癫，他觉得自己的身体里，真的有很多道声音在与自己相和。多年前，他在知守观里炼药修身，窃取天书沙字卷，学了卷中的邪恶功法灰眸，然后他夺了半截道人的毕生修为，重获新生。其后他叛出道门，一路逃亡，一路吸噬道门强者的功法，直至到了东荒深处，又吸噬了左帐王廷诸多强者的精魄，终于修至知命上境，那时他的身体里便有了很多人。

其后，他重新被道门接纳，回到桃山，那时他的境界已经开始如叶红鱼推算的那样不稳，甚至有了崩溃的征兆，当时留给他的选择不多，或者散去功法，从此变成一个普通人，或者继续强行攫取他人的修为，把毒药当成美酒痛饮，终有一天会出问题，但至少可以帮他撑过更多时间。隆庆毫不犹豫地选择了后者，因为他需要强大，因为他曾经在光明与黑暗之间徘徊过太多时间，他已经厌倦了那种日子。

对于他来说，极为幸运的是，当时西陵神殿正领奉着观主的意志，开始整肃道门内部的势力，光明神殿和天谕神殿以及忠于掌教的势力里，不知多少人被关进幽阁，于是那些道门强者，最终都成为了他那双灰眸的牺牲品。魔宗创饕餮大法，其后被道门改成灰眸，前后数百年间，只有隆庆将这功法修到极致，因为只有他拥有如此机缘，拥有如此多的"食物"，现在的他境界是知命巅峰，却拥有难以想象的强大修为，成为修行历史上最特殊的存在。

当初在临康城皇宫前，大师兄便看出了隆庆的强大，有些不解，甚至有些惊讶，却没能看出他的强大来自于何处。隆庆的强大，正如他此时此刻对唐小棠说的那样，因为他……已经不再是一个人，他是很多个人，或者说他已经是一个非人的存在。

唐小棠的脸色变得更加苍白，她比任何人都清楚隆庆的强大，当她从天空里落下，像陨石般落向地面时，哪能想到他竟只凭一只手便挡住了。天空与大地之间的距离，对于隆庆来说，都已经不算什么了吗？她皱眉，把铁棍从对方手里抽出，然后再次举起，神情有些痛苦。她的腕骨已经碎了，但人还站着，那么便能再次战斗。

隆庆静静地看着她，眼眸变得极为幽深，灰暗的颜色就像是乌云占据天空一般占据了整个眼球，道衫下的身体开始散发寂灭的意味。唐小棠微低着头，马尾已被震散，黑发飞扬在眼前，遮住视线。她沉默地抵抗着灰眸的吸噬力，幸亏她修行的是魔宗功法，精魄与强大的身体合而为一，不容易被分离，不然已败。

隆庆深深地吸了口气。

先前唐小棠与神殿强者战斗时，曾经深吸两口气，吸尽广场上的寒风。

而此时，随着隆庆的呼吸，院墙后方那棵完好的老槐树开始颤抖起来，经历了几乎整个寒冬依然倔强地没有落下的树叶，悲惨地簌簌落下。隆庆仿佛变成了一个黑洞，无数天地气息，从城市的四面八方涌来，卷起树叶与残雪，来到断墙前的坑底，进入他的身躯。不尽数量的天地气息，被他身躯里那些庞杂的灵魂吸引，带着难以想象的恐怖意志，从他的胸间迸发而出，瞬间穿过那件看似单薄的道衫。

他的胸腹间本身就有个洞，宁缺射出来的箭洞，黑色的洞。一朵约三尺方圆的黑色桃花，在他的胸前出现，幽幽然，漆黑如夜，气息寒冷，仿佛来自最阴森的深渊，带着无穷的怨念。黑色桃花瓣瓣绽放，隆庆的右手在黑色的花瓣间伸出，落向唐小棠。

唐小棠眼眸变得无比明亮，因为她知道到了生死时刻"。

她手里的铁棍变了方向，不再击落，而是横于身前，如大江上著名的风景，那片黑色崖石前的铁栏，把滔滔江水的危险拦在人类身前。

隆庆的拳头落在铁棍上。啪的一声！已经弯折的铁棍再次从中间弯折，弯得更加厉害，形成一道曲线，似乎只要再被孩童吹一口气，便会真正折断。

唐小棠的胸口也出现了一道曲线。她的胸腔瞬间下陷数寸，看着极为恐怖，似乎只要再被贪吃的孩童轻轻摸一摸，胸骨便会全部碎裂，从中断开。唐小棠的脸色苍白得像是雪。她再也无法闭紧双唇，一口浓稠的鲜血喷向空中。喷着血，她向后飞坠。娇小的身躯，重重地砸在坑的边壁上，将那些花岗岩和青石砸得再碎几分，然后重重地弹起，在空中翻滚着，最后落在数十丈外的地面。一声闷响，那里的地面，再次被砸得微微下陷。

脚步声响起，很有节奏。

隆庆从坑底走了出来，出现在众人眼前。

他的脸色有些苍白，唇有些青，身上有些血渍，神情却很平静。

广场上一片死寂。所有人的目光都落在他的身上，无论是剑阁弟子还是新教信徒，或是西陵神殿方面的神官执事，人们的神情都很震撼，震撼到不敢言语。

看着隆庆的身影，很多人的情绪很复杂。

很多年前，他就是修行界最出名的年轻天才，然而谁也没有想到，在书院二层楼的入院试里，他败在宁缺的手里，从此一败再败，再也不复当年的风采，最终成为了故事里那些最常见的可怜角色，为了活着和复仇徒劳地挣扎着。哪怕隆庆最后活了下来，境界更胜当年，还成功地回到道门，甚至成为了观主的关门弟子，也已无法引起修行界的关注。

如果是以往，像他这样年轻的知命境，当然很了不起，但现在不一样，那场春风化雨，昊天给人间留下了礼物，道门多了横木立人，草原上多了位叫阿打的蛮人少年，更何况宁缺始终都在，一直在长安城里看着天下，和这些人相比，他显得那般地普通寻常。所以隆庆很沉默，很低调，甚至渐渐要被修行界所遗忘，他和横木带着神殿的护教骑兵清剿新教，人们也只注意横木，而不会注意到他。

直到今日，他再次出现在整个修行界面前，出现在宋国都城，一手举起了落向地面的天空，一拳打弯了魔宗的圣物，人们才想起来他曾经荣耀无比的过往，想起他曾经是远胜宁缺的道门天才，才懂得他的强大。叶苏在这里，这里便是道门清剿新教最关键的地方，隆庆一个人负责这件事情，或者可以说明，他现在在道门里的地位，以及道门对他的信心。

就像唐小棠说的那样。他现在真的很强大。他的境界很高，他的修为念力磅礴到前无古人的地步，他的身躯里有无比庞杂的强者意识，他可以是魔，也可以是神。隆庆向着数十丈外走去，神情平静，在人们眼中，却如魔神。

紧接着，人群发出一声惊呼。

因为他们看到了一幕以为不可能发生的画面。

唐小棠，正在试图重新站起来——她双手扶着地面，手指深入泥土，被血汗打湿的头发，在额前无力疲惫地摆荡，身体痛苦地颤抖。

她受了重伤，她疲惫到极点，但她想站起来，她还想战斗。于是，她重新站了起来。就像过去这些天的数十场战斗那样，她倒下，然后站起，倒下，再站起，无论倒下多少次，她最后总会站起，仿佛没有人能真正击倒她。

就算强大如魔神的隆庆，也不行。

隆庆神情微异。他知道唐小棠受了多重的伤，就算她修行的是魔宗功法，身躯坚若钢铁，受了这么重的伤，也不应该能够重新站起。联想到先前唐小棠在战斗里表现出来的复原能力，联想到她的实力超出道门的推算，他不禁微微蹙眉，开始思考。

当他走到唐小棠身前时，她已不再痛苦地喘息，胸口的伤势好转了很多，只是百步的距离，她便似乎重新拥有了战斗的能力。这不是人类的能力能够做到的事情。天书沙字卷一直在隆庆身边，上面记载着修行界所有的功法，他很清楚，根本没有一种修行功法，能够做到这样的事情。这只能是神迹。

"我明白了。"隆庆看着她，感慨说道，"这是昊天给你的礼物？"

说这句话的时候，他的神情有些惘然，有些感怀，因为他的前半生一直在向昊天靠近，无论光明还是黑暗，都在追随。然而到了今日，他却发现自己离昊天越来越远，相反站在他对面的敌人，道门的敌人却得到了昊天的恩宠，他怎能不惘然。然而在惘然之后，他开始悲哀，有些自嘲，却也愈发坚定——因为观主要他们做的事情，本身就是在离昊天远去。

唐小棠没有说话，沉默便是承认。

当年在临康城的陋巷里，桑桑说要赐她永生，她没有在意，虽然对方是昊天，她依然以为这是玩笑话，昊天给普通人开的一个玩笑。

当时离现在不过数年时间，还不够时间来证明，她现在是否真的能够永生，但在接连不断的战斗里，发生的某些事情，似乎已经证明了，桑桑当时说的那句话并不是玩笑，而具有真实的力量。在那些连绵不断的战斗里，她受了很多伤，同时她发现自己的身体与天地元气之间仿佛建立了某种神奇的联系，失去的力量能够得到最快的补充，再重的伤势也能在极短的时间里复原，死亡总喜欢和她擦肩而过。这或者，就是永生的意思。

当然，虽然神迹在身，她毕竟不是神，只是个普通人，她不可能真正地不死不灭，只是死亡对她来说，变得遥远了很多。换种方式来理解，她现在变得强大了很多。也正是因为这个原因，她才能一路护送叶苏和陈皮皮这两个雪山气海皆废的可怜人，越过千山万水来到此间，才能一直胜利到此时。也正是因为这个原因，面对着强大如魔神的隆庆，她也有一战之力，虽然被重伤，却没有当场死亡，甚至迅速地回复，能够勉强再战。

"被昊天庇护的感觉……或者很不错。"隆庆静静看着她，似乎并不在意她正在迅速恢复，说道，"遗憾的是，昊天不能一直庇护你，所以今天你注定会死去。"

唐小棠说道："至少现在，我还活着。"

隆庆微微一笑，脸上那道伤疤有些扭曲，灰色的眼眸里流露出淡淡的嘲讽意味，说道："我想，你应该已经发现，你恢复的速度已经不像最开始那般快了。"

唐小棠再次沉默，因为隆庆说得没有错。

这证明了什么？昊天不再庇护她曾经承诺庇护的人们？为什么？

"当昊天连自己都无法庇护的时候，又怎么能庇护你们？"

唐小棠想了想，说道："我不在意。"

是的，她不需要在意，她自幼在荒原深处长大，她干净简单，她苦练不辍，在那句赐你永生之前，没有任何奇遇，她没有拾到过任何秘笈，没有吃过通天丸，修行界年轻一代里，她的运气最差，但她还是强大了起来。有那句话之前，她是她，那么没有那句话，她还是她，她还是那个不知道失败怎么写的穿兽皮的小姑娘，那么何必在意？她双臂用力，将弯曲的铁棍扳直了些，因为这个动作，她胸口剧痛，咳了两口血，然而她重新握紧铁棍，指向前方。

隆庆看着她，微笑说道："魔宗中人，果然疯狂。"欲灭亡，必疯狂，魔宗里出现过很多想要灭亡世界的疯子，唐小棠不是那种人，但她在战斗里经常发疯，比如前些天，比如今天。

唐小棠向前踏了一步，脸色苍白一分。铁棍破风而起，破风而落，如同那座被昊天遗弃的山脉依然在人间安好，不再被昊天庇护的她，依然沉默而坚毅地迎向敌人。

隆庆神情骤敛，道衫在清晨的寒风里猎猎作响，拖出道道残影。只是瞬间，他便不知道攻击了多少次。一声沉闷的撞击声响起，广场被切割得很整齐的青石上出现了无数道裂痕，隆庆和唐小棠的人影骤聚骤分，站在两头对望。

隆庆脸色苍白，唇角一道血水缓缓淌下。

唐小棠低着头，不知在想什么，忽然坐倒在地。

隆庆擦去血水，静静看着她。

她疲惫至极，已然脱力，一滴力量都不再有。

隆庆确认她不会再起，转身向着高台走去。

2

叶苏在台上。

既然在台上，便无法做观众，总是要被迫拖入这场悲喜正剧，扮演好自己的角色，哪怕是注定悲剧结局的男主角。

剑阁弟子们站在台前，身上有着或轻或重的伤，但只要还能站立，他们便不会松开手里握着的剑，坚守着身前那片区域。就像剑圣柳白，就像柳亦青，他们身前一尺，是他们的疆域，南晋已经被西陵神殿完全占领，那么他们身前一尺，便是最后的故国。

隆庆知道他们不会让开道路，他缓缓举起右手，指间不知何时拈了一朵黑色的桃花，灰暗的眼眸在他们的身上扫过。

这些南晋的男人，完美地实践了师门曾经许下的诺言，战斗到了最后的时刻，在尽数停止呼吸之前，没有让任何人靠近叶苏。他们知道死亡即将来临，却面无惧意——柳白曾经在桃山上向昊天刺出手里的剑，他们是柳白的徒子徒孙，继承了那道剑意，未曾忘记滔滔的黄河，那么无论昊天的神国还是冥王的深渊，又有什么可怕？

死亡没有立刻到来，因为陈皮皮从叶苏身后走出，走到剑阁弟子身前，看着隆庆说了一句话："你想让道门覆灭？"隆庆望着越来越明亮的天穹，沉默了很长时间，然后说道："你应该很清楚这是老师的意志，我只是执行者。"陈皮皮的问话，有些无头无尾，隆庆的回答，也有些莫名其妙，似乎他认可了对方的说法，这场剿灭新教的战争，就是道门覆灭的开始。其实要理解这番对话，只需要思考一下，为什么道门能够容忍叶苏在人间传道数年时间之久，为什么直到现在才决意杀他。

叶苏曾经是道门的天下行走，如今却是新教最重要的、不可或缺的重要人物，但他还有一个身份——他是叶红鱼最敬爱的兄长。杀死叶苏，那么叶红鱼必叛，就算道门连她一起杀死，但西陵神殿必然陷入混乱，直至分裂，在这种情况下，如何敢言必胜书院和唐国？这场战争如果因为这个原因，导致唐国获得最终的胜利，道门又如何在人间继续存在下去？隆庆的视线越过陈皮皮和剑阁弟子们，落在叶苏的身上，叶苏此时正看着案上的书卷出神，似乎在思考什么困难的问题。

"当他写出新教教义的那一天，道门的根基便被他毁了……不再需要信仰昊天的道门，对那些愚蠢的人类有太多吸引力，没有人能逆转这种趋势，所以他必须死，道门分裂？大堤崩塌，洪水泛滥，还要吝惜在堤上挖土填水？"隆庆停顿片刻，望向远处道殿那道正在消散的白烟，面无表情说道，"更何况她已经死了，谁又还能转身呢？"

是的，那道白烟已经升起，那么叶苏的命运便已注定，相反也是一样的道理，既然道门要杀死叶苏，那么叶红鱼的命运也已经注定。十余年来，这对兄妹相见次数寥寥无几，感情似乎不深，甚至淡漠，但实际上，所有人都清楚，他们的命运一直相连，要杀便必须全杀。

叶苏提笔，在纸上写了一句话，然后抬起头来，看着隆庆说道："要我去死，不是难事，何必做这么多事，杀这么多人？"

隆庆长拜行礼，直起身来说道："师兄过谦，要杀你，本就是最难下的决断，老师为此也曾彻夜难眠，道门哪里敢不谨慎。"

叶苏若有所思："杀一人而死万众，我似乎罪该万死。"

两千余名西陵神殿护教骑兵，从各处城门鱼贯而入，披着盔甲的战马，只露着眼鼻，看上去显得格外恐怖，而骑在马背上的骑士，同样全身着甲，黑色的盔甲上刻着金线绘成的符线，光辉夺目至极。

依据道门惯例，或者直接说是与唐国之间的默契，西陵神殿拥有的护教骑兵总数不能超过一定之规，然而随着前次伐唐战争，这个惯例早已不复存在，西陵神殿凭借着人间诸国供奉的金银资源，大肆扩军，如今的护教骑兵总数早已超过两万骑。

有两千护教骑兵跟随横木立人北上清河郡，此时正在阳州城里镇压那些心向唐国的预备叛乱分子，而这两千名护教骑兵则是由桃山直入宋国，悄无声息隐匿，跟随隆庆执行镇压新教信徒的任务。用如此强大的军事力量来对付手无寸铁的数千名新教信徒，还有人数极少的剑阁弟子，完全是杀鸡用牛刀，也可以说是安排周密，由此可以看出道门的决心，他们绝对不会允许叶苏再继续活下去，不会允许新教继续发展。

带着盔甲的重骑异常沉重，马蹄踏在城市街面上，发出砰砰的沉闷响声，当两千骑同时前进时，密集的蹄声便变成了暴雨，而且是雷雨。护教骑兵高速奔驰，神情冷酷，根本不会理会撞到什么，城市街巷里的人们纷纷躲避，到处都是惊慌的尖叫声，也有被撞倒后的惨叫声。街道上到处都是烟尘，侥幸从马蹄下逃生的几名小贩，脸色苍白地挤在一家茶铺外，看着绝尘而去的骑兵们，颤抖得说不出话来。

一名书生模样的中年人，却没有像人们那样避在街角，而是背着行囊向前赶路，满身风尘，汗落如雨，竟是和那些骑兵去往相同的方向。

隆庆指着广场旁那座小院，指着断墙里的柴堆，看着叶苏说道："我用一夜时间堆好这些柴，请师兄上去。"上去做什么？自然不是看风景，柴堆虽然比地面高些，看得更远些，但站在那里，眼里的风景想来必然是红色的，也许是血也许是火苗。

叶苏看了他一眼，没有说什么，低头继续书写，说道："待我写完这一段。"

隆庆脸上没有不耐的神情，因为他不需要忍耐，他向前走去，如果他再等会儿，或者这会成为宗教史上传奇故事，但他不在意破坏这种美感。

剑阁弟子的剑迎了上来。

他挥手，黑桃盛开，剑阵骤乱。

便在此时，叶苏停笔不写，抬头说道："我写完了。"他写的不是笔记，也不是新教的教义，而是游记。不是这些天在诸国间逃亡的游记，而是很多年前，他在荒原上看到那道黑线后，去往诸国勘悟生死关时的游记，而最后一篇却是写数年前的长安城。

那座长安城里，有座小道观，他在道观里生活了很长时间，他替街坊修房子，替道长攒银钱，他曾和书院大师兄辩难，也曾和摊贩谈价。更多年前游历诸国时的体悟，在长安城里才真正开花，所谓勘破生死，才有了真正的意义，他获得了很多，而那些所得，在青峡前随着君陌的一剑，正式破壳而出，又随着临康城里那条陋巷的污水味道渐淡而逐渐成形。

这就是新教教义形成的脉络，总结起来简单，实际上复杂，新教的教义建立在西陵教典基础上，融合了书院理念，最终由叶苏的现世笔墨而定，没有浩繁著作，无以解释，便是叶苏自己，也只来得及写了数卷教义，再也没有时间完成这项工作，于是他把最后的时间用来写了这篇游记。这篇游记共五千零四十一字，只叙述不评论，只写所见所闻不写道理，只有悲悯与自强没有乞求与对来世的向往，简单又很不简单。

这篇游记通篇说的只是一件事：活着。信仰究竟是什么，信徒们信仰的意义在哪里，那是教义需要解释的事情，那是追随者们的工作，叶苏要说的只是活着。怎样活着，为什么活着，怎样才能活得愉快，这篇游记里没有给出任何答案，只是通过对那些市井生活的描写，对那些苦难和幸福的怀念，指出一条道路。要活得好，必须有信——信自己。

自己的归自己，神殿的归神殿，人间的归人间，昊天的归昊天。

这就是叶苏想要告诉信徒的道理，或者说道路。

此时他终于写完了这篇游记，搁笔于案上，然后对着纸上未干的墨迹吹了几口气，摊开晾晒，正好对着清晨的天空，便是要给天看。他要让上天看一看这篇游记，他要让上天看一眼游记里记载着的真实的人间，他要上天明白人间究竟想要什么，不想要什么。

隆庆停下脚步，看着案上那些纸，隐隐不安。

叶苏站起身来，对人们说道："我们自己，就是道路、真理以及生命。跟随自己行走，必将走出幽暗的河谷，得到最大的喜悦。"昨日他便说过这句话，其时雪驻云开，天光洒落，恰好落在他的身上，替他镀了一道金边，又有雪花点缀其间，如神如圣。今日他写完游记，再次说出这句话，没有雪落，天空里的云已散，湛蓝一片，晨光却忽然间明盛起来，把他的身影照得异常清楚。不再仅仅是镀了一层金光，从广场上的信徒们眼中望去，他便在晨光里，背对着鲜红的朝阳，散发着光泽，他就是代表希望的晨光。

小院断墙边的树，先前被唐小棠和隆庆的撞击震成碎絮，只在地面留下半尺高的残桩，此时被叶苏身侧漏过的晨光照射，竟生出了新的枝叶，嫩绿的枝叶在晨风里轻轻颤抖，显得很是娇弱，却有无限生机。从最后一道笔画落下开始，或是从游记摊开给蓝天看开始，或是从陌巷里那些琅琅书声开始，甚至可能早在长安城里的小道观时便开始，叶苏和他后来创建的新教，代表人类里的某一部分，开始与天争夺权利，或者说向昊天索要收回原本就属于人类的权利，历史从那一刻开始改写。

晨光明亮，蓝天白云，寒风酷雪不知去了何处，朝阳拥抱着他的身躯，光辉洒向整个人间，看上去仿佛神迹，但却不是，因为这幕神奇的画面与昊天无关，只是天地自然与一个普通人的交融，是他自己的光彩。被流血惊吓得四处逃散的信徒们，看着这幕画面，重新聚拢起来，不顾那些神官执事和骑兵的威吓，向台前拥去，想要离叶苏更近一些。

朝阳照耀着人间，叶苏的身躯仿佛透明的琉璃，承载了阳光，然后向人间播洒，光线传得极远，竟照亮了远处的街巷。那些刚刚醒过来或整夜未眠的普通民众，那些在街畔檐下躲避护教骑兵铁蹄的行人，都看到了广场处的光明，看到了朝阳里的那个人，人们很震惊，又有些惘然，下意识里移动脚步，向那边走去，人流渐要汇成海洋。

已经在广场上的数千人本就是新教的信徒，对这画面的感触更深，受到的震撼更大，看着朝阳里的叶苏，信徒们沉默跪拜，表达着自己的敬爱。叶苏站在朝阳的前方，背对着光明，看着身前的隆庆和那些神官执事，还有广场上数千名新教的信徒，说了这样一段话。他的声音很冷静，并不刻意狂热，他的情绪也很冷静，与宗教历史上那些著名的演说家或圣徒并不相同，但他说的话却仿佛具有某种魔力，每字每句随晨风而飘，映晨光而亮，似不可撼动的预言。隆庆没有阻止他说话，因为他也很想知道，在这种时刻，叶苏会说些什么，他要预言一些什么，信徒们更是听得无比认真，无比专注。

"当永夜来临，太阳的光辉将被尽数遮掩，天空与大地陷入黑暗之中，人们将为之欢欣鼓舞，因为那才是真实地活着。"叶苏的声音飘荡在安静的广场上，就像是林中的蝉声，池里的蛙声，山崖间的风声，秋日里的瀑布声，让世界变得更加安静。安静的世界里，人们在认真地倾听，就像听到圣人的教谕，然后他们开始思考，即便是隆庆都低着头，不知道在想些什么。如果这是预言，这段预言……预言了什么？

一片安静，此时此刻，无论昊天会不会发笑，广场上听到这句话的人都陷入了沉思，这话有很多信息，这话莫名地令人沉迷。叶苏说的这句话，前面是预言，最后却是喜不自胜的感慨，他提到了传说中的永夜，对永夜做出了某种带着希冀的评说，这很令人不解。

永夜是什么？在修行界古老的传说里，那是冥王入侵所带来的大灾难，随着桑桑降世，宁缺背着她逃难，夫子在荒原一剑斩金龙，传说早已被确定是假的，根本就没有冥王，也没有冥界，那么还有永夜吗？会有永夜，并且有过永夜，如今的人间还活着经历过永夜的人，只不过那与冥王无关，只是昊天在这个世界春耕秋作然后冬歇。对绝大多数人类来说，漫长的永夜很寒冷，很残酷，对昊天来说，那只是这个世界运行的基本规律，想要这个世界长存不灭，永夜是必需的手段。新教从本质上来说，是要与昊天争夺信仰，是在毁灭昊天存在的根源，是道门的掘墓者，那么叶苏为什么会期待永夜的到来？

"你……的永夜，究竟是什么？"隆庆看着叶苏问道。

叶苏静静看着他，说道："永夜就是永夜。也只有在永夜里，人们才能真正地睁开双眼，看到昊天一直不让他们看到的画面，那些是真实，我自然为之而喜悦。"

隆庆想了想，说道："真实是客观，不依心意而变。"

叶苏指向身后地平线上那轮红色的朝阳，说道："太阳每天都挂在天空里，落下之后又会再升起来，它可是客观的？"

隆庆说道："太阳自然是客观的。"

叶苏微笑问道："那你可曾看过它？"

隆庆正准备应答，忽然皱眉不言，细细想来，他才明白这个问题的真义，生活在地面的人们，每天都能看到太阳，但谁真正地看过它？所有人都看过太阳，起床后在后院随意一瞥，正午时以手遮额眯眼感叹其毒辣，傍晚时坐在亭子里迎着江风看着落日吟诗。但它是什么样子？清晨和傍晚是红的，正午是白的，它到底是什么颜色？除了明亮的光，上面可有图案？如果没有，又如何形容它？如果不能形容，何谈看过？

他忽然想起在书院二层楼登山试的梦境里，看到过的那些画面，那些画面里有叶红鱼，有叶苏，也有光明。当他跟随光明横扫人间，甚至连叶红鱼和叶苏都杀死以后，整个世界里便只剩下光明。就像那轮朝阳一样。绝对的光明就是绝对的黑暗，当年在幻境里，他便意识到了这一点，所以其后在荒原上，他才把最后的勇气放在北方的黑暗世界里。

那么太阳呢？昊天呢？是的，其实都是一样的道理，太过明亮，太过刺眼，便无法直视，看不到细节，便看不到全部，没有真相——如叶苏所言，只有永夜到来的那一天，太阳熄灭后，才会真正被人类看到吧。

隆庆明白了叶苏这句话的意思，却不明白这段预言有什么意义，他眯着眼睛，看着天边的朝阳，沉默了会儿，然后摇了摇头。没有意义的事情不需要想太多，他现在要做的事情，是杀死叶苏，至于那段话是圣人的预言还是疯子的胡言乱语，同样没有意义。

"你马上就会死去，就算有那一天，你也看不到太阳究竟长什么模样，同样，听到你这句话的人，也会在随后的日子里死去，他们也很难看到。"隆庆看着叶苏面无表情说道。随着他的声音一道响起的，还有如雷雨般暴烈的密集蹄声，从城外杀进来的两千名西陵神殿护教骑兵，终于到了广场。铮铮铮铮铮，无数道刺耳的摩擦声响起，锋利的长刀，被骑兵们握在了手中，雪般的刀面，反映着新教信徒们惶恐不安的面容。

隆庆举起右手，随着他的动作，人群外围的那些骑兵们举起长刀，寒刀如田野里的长草，杂乱却可怕，将要撕裂所有遇着的血肉。蹄声再起，沉重的战马，直接将前方的人群冲散，沉闷的撞击声里，不知多少新教信徒，骨断肉裂，广场上到处都是惨呼。鲜血就像洪水一般四处横流，死亡就像随处可见的积雪，信徒们惊恐地四处逃散，那些来到广场的普通民众，也不幸地被拖入这场悲剧。没有人能阻止惨剧的发生。

叶苏看着这幕画面，举起手臂，想要让人们让开，却没有人能够看到，他张开嘴，想要说些什么，却发不出声音，就算能，也没有人能够听到。

陈皮皮扶着他，脸色苍白至极。

十余名剑阁弟子，已经被冲散，汇入人群之中，与人数远超己方的敌人艰苦地战斗着，就像是与洪流抵抗的礁石，虽然坚强，却哪里能够挽狂澜？隆庆站在台下，只要向前再走十步，便能来到叶苏身前，但他什么都没有做，只是沉默地看着叶苏，让叶苏沉默地看着这些画面。今天或者不是新教覆灭的开端，但必然是叶苏的死期，正如宁缺对观主说的那样，隆庆很想看看，叶苏究竟如何成圣。

叶苏站在朝阳里，身周的光线折射，带着神圣的意味，游记最后一笔落下，他便走上了成圣的道路，天地已然变色。

隆庆很想看看，这天地还能如何变色。

便在这时，天地真的变了颜色。街巷里有积雪，民宅上是乌檐，黑白相衬，再加上那些没有完全凋零的树叶，便是这座城市最基本的三种颜色。只是昨日到今晨，道门两番屠杀，地面上多了很多血。然而此时，那些颜色都不见了，白色的残雪，黑色的瓦檐，青黄色的树叶，红色的血污，都变成了单调的黄色，黄沙漫漫。

隆庆神情微变。因为这次天地变色与叶苏无关——叶苏雪山气海皆废，圣贤之意在于笔端，无法影响真实的战斗。让残雪瓦檐冬树血污尽数变成黄沙的，是另外的一道力量。

没有人注意到，在西陵神殿护教骑兵杀入广场的时候，有名中年书生也来到了场间，不知何时竟悄无声息靠近了高台。那中年书生穿着寻常，风尘仆仆，浑身是汗，身后死死系着个包裹，他来到台前，以最快的速度解开包裹，从里面取出一块木盘。

那块木盘不知是用什么木头制成，纹路极为细腻，又给人一种金石的质感，感觉很是奇妙，盘里浅浅堆着一层极细的黄沙。这是一块沙盘。修行界最著名的一块沙盘——河山盘。河山盘出现，整个世界，便进入了河山盘之中，那层浅浅的黄沙，在空中飞舞，然后落下，便把天地的颜色涂黄，紧接着，把一切都变成了黄沙。

坚硬的青石地面，变成了松软的沙漠，正在高速冲刺的战马，惊鸣声声，重重地摔倒在地，前蹄凄惨地折断，马背上的神殿骑兵则是直接摔昏过去。极短的时间里，便有数百名神殿骑兵堕马，相反，那些惶恐不安躲避的新教信徒，虽然也变得行动困难，却不至于被这片黄沙伤害。黄沙有时如水，因其柔，故胜坚强，故怜弱小。

隆庆的双脚也陷在黄沙之中，他清晰地感觉到沙底传来的吸噬力量，神情变得非常凝重，极为艰难地提起右脚，想要向前踏去一步。

忽有风起，席卷起黄沙，拦在了他的身前。他的视线越过飞舞的黄沙，落到台侧那名中年书生的身上。

陈皮皮看着中年书生，惊呼道："四师兄！"

中年书生没有回应，只是与隆庆对视。

隆庆微微蹙眉，今日他奉命前来杀叶苏，屠新教，猜到书院可能有所准备，却没想到来的不是那道铁箭，不是大先生，而是此人。

范悦，书院四先生。在书院后山那些有趣而可怕的人物里，范悦是一个相对低调的人，他入门很早，排序很前，却只是洞玄巅峰境界，和李慢慢、君陌完全不是一个层级，三师姐余帘虽说那些年表现的也一直只是洞玄境，但当她把西陵神殿掌教熊初墨打成废物之后，谁都知道那只是表象罢了，而他却是真正的洞玄境。

当然这并不重要，夫子收徒向来有教无类，不在乎他们修行的天赋，但后山的人们都有自己最擅长专精的领域，在那个领域里都能做到最好，比如五六七八九十十一那些家伙。只有范悦显得相对弱一些，他擅长符道，却不及莫山山和宁缺在这方面的天赋；他擅长谋略算策，却不及余帘；他擅长设计，在这方面连六师弟都不如；更何况书院前院还有位黄鹤教授，真要说最强的，或者只是打算盘。

这些年书院后山渐渐展露在世人的面前，他还是那般不引人注意，没有过太多惊艳的表现，只有书院后山的同门们知道他很重要——这些年书院乃至唐国对外的谋略布置，都出自于余帘、宁缺还有他的推算，而且他拥有一件当今修行界最珍贵的法器，那就是河山盘。

当年在青峡之前，正是靠着河山盘，书院诸人才能避开观主的那一剑，他耗尽心血困住那一剑，才让君陌有大展神威的机会。能困住观主的剑，可以想见他和他的河山盘如何强大，今天他便带着河山盘来了。

事实上，他本来不应该出现在这里。

西陵神殿对叶苏和新教的态度，书院很清楚，但无论大师兄还是余帘和宁缺，总以为观主是能够被说服的，既然杀死叶苏对道门没有任何好处，观主便一定不会去做，只要观主保持沉默，那么有唐小棠和剑阁便足矣。只有四师兄觉得有些异样，他连续推算了很长时间，并没有推算出来别的结果，可他还是感觉到强烈的不安，他认为师兄师姐还有小师弟的判断是错误的，但他找不到证据，于是他便自己来了。他收拾行李，孤身上路，离开后山，带着河山盘，千里迢迢而来，要来救叶苏的命。

这才是书院真正的行事风格，可以众志成城，也要和而不同，要替师门负责，但首先你要为自己负责，你要不留悔意。四师兄终于赶到了，虽然只凭他很难改变场间的局势，但他可以代表书院做出书院应该做出的努力，不需要后悔，那便很好。

他举起河山盘，把念力尽数灌注到盘里，只是瞬间，雪山气海便有了枯竭的征兆，显诸外相上，脸色变得极度苍白，甚至似乎瘦削了几分。河山盘里是黄沙，更是河山。每粒沙都是河山里的一处风景，或是一座小桥，或是一道流水，或是一方亭榭，或是青青山丘，或是桥上的轿子、水上的舟、亭子里的人、青丘上的树。

今天，这些黄沙却只是黄沙。因为最本原的也是最强大的。四师兄念力激发河山盘，黄沙狂舞，然后敛落，世界顿时变成一片黄色，成了枯燥的荒漠，在其间根本寻找不到方向。那些后方的西陵神殿骑兵，幸运地没有摔死，拼命地拉动缰绳，让坐骑停下来，然后翻身下马，拖着坐骑试图寻找到出口，只是哪里这般容易？

四师兄举着河山盘，走到台上。隆庆静静地看着他，黄沙铺地，却无法将他完全拖入河山幻境，他的身体在那片黄沙里，眼光却能看到真实，看到对手。不知道为什么，四师兄看着隆庆的目光，觉得有些不安，就像是在书院后山做推算时那样，觉得或者会有些不好的事情将要发生。于是他向河山盘里吹了一口气。那层浅浅的黄沙，被吹皱，有些沙砾迎风而起，在空中飞舞。变成沙漠的广场上忽然起了一阵飓风，无数黄沙卷起，遮住所有人的视线，天地间变得昏暗一片，更可怕的是，先前还平坦如原野的沙漠，忽然间发出隆隆巨响，生出无数道层层叠叠的沙丘，不知多少骑兵被移动的沙流吞噬！就算没有被吞噬的骑兵，在飞舞的黄沙里也遇到了不尽的危险，到处都能听到凄厉的惨叫，到处都能听到人与战马互相撞击的沉闷响声。即便是像南海少女小渔这样的知命境强者，竟也是无法抵挡河山盘的威力，那些来自各处道观的神官执事，纷纷毙命，她也昏迷在了黄沙之中。

　　隆庆的脚步依然没能落下，脸色有些苍白，被唐小棠伤后再被河山盘重伤，他没想到对方自身境界普通，这沙盘却是如此恐怖。然而，这就够了吗？下一刻，他的脚终于落了下来，只是依然落在黄沙之上。他没能走出河山盘，但那又如何？

　　他脸上的那道伤疤，变得明亮起来，绝对不难看，更像是一种有些怪异的妆容，配上灰色的眼眸，夹着银丝的直发，甚至很好看。他如此强大，他还藏着真正强大的手段，他等的是宁缺的那道铁箭，等的是李慢慢，便是那样他都不惧，更何况一张沙盘？他从怀中取出一卷书，伸到漫天风沙之前。他想起那些年，他是裁决司的二司座，带着司里的黑执事，四处追杀魔宗的余孽和叛教的罪人，那时的他就是正义，而且相信自己就是正义。他的神情变得冷峻起来，看着风沙那头的叶苏等人，在心里默默地重复着当年很熟悉的那些话语：罪人，接受昊天的惩罚吧。

　　昨夜在桃山裁决神殿，中年道人用一卷书破了叶红鱼的樊笼，那是天书落字卷，此时隆庆手里拿着的也是一卷天书，天书沙字卷。观主做了那个最重要的决定，便不再在意亵渎二字，道门最神圣的天书，在他的计划里便变成了器物，很强大的器物。中年道人在知守观里陪伴天书无数年，隆庆将天书沙字卷一直带在身边，只有他们两个人有能力把天书当作武器。

　　清晨的城市，被黄沙覆盖，再也寻觅不到冬日的清新寒冽，只有枯燥，而当隆庆举起天书沙字卷时，那种感觉变得越发清晰。沙字卷的封皮迎风而化，化作无数颗微小的沙砾，然后开始飞舞。紧接着，沙字卷的第二页也尽数化作沙砾，再是第三页，第四页，第五页……亿万颗沙砾，变成一道沙河，从隆庆的手中直赴天穹，于天穹最深处承接一道难以言说的高妙意味，然后向着漫天黄沙里轰去。

　　天书沙字卷记载着修行界里几乎所有的功法，这绝非人力所能完成，就像日字卷一样，除了道门的搜集，更多的是昊天的神力。道门将修行视作昊天赐予人类的礼物，这卷天书便是礼单，里面条秩无数，浩繁如海，或者如海底的沙，根本无法数清楚，每一粒都代表着昊天的恩赐，人类的敬畏。今日沙字卷真的化作沙砾，那些记载功法的墨字融化在纸上，然后消散，变成最细微的粒子，每粒里仿佛都有那门功法的力量。亿万粒沙，亿万种功法，就这样落在了漫天黄沙里，落在了河山盘里，河山盘拥有万里河山，但毕竟是修行者的产物，如何能够容纳近乎无限的广阔与繁复？瞬间，漫天黄沙骤停，有些角落里，甚至影影绰绰出现亭榭楼台，便要失去最原本的形态，变成河山盘里的虚影。

四师兄拿着河山盘的双臂，难以抑制地颤抖起来，仿佛下一刻便会把河山盘扔到地上，他感受着盘里传来的恐怖冲击力，发现竟是比当年青峡前观主掷来的那道虚剑更加强悍，脸色瞬间变得苍白，唇角开始溢出鲜血。

"散了吧。"

隆庆面无表情说道。

随着他的声音落下，广场上的风沙变慢了无数倍，那些初初显现的小桥流水被沙字卷里涌出的沙砾覆盖。满眼黄沙，被海底沙覆盖，不需要去寻找出路，我用我的世界覆盖你的世界，那么我可以随意行走，去到任何想要去到的地方。隆庆向前踏了一步。如果那片河山里有真实的智慧生命，或者可以看到在太阳之下，有个比山峰还要巨大的脚印，踩破云层，踩碎了原野，落在了地平线那端。河山盘，万里河山，他只用一步便踏了出去。

隆庆出现在台上，出现在叶苏身前。二人之间还有残留的黄沙。四师兄不停咳血，还在勉力支撑，却不知还能撑多长时间。隆庆一手举着正在消散的天书沙字卷，一手便向叶苏抓去。有道身影破风沙而来，那是唐小棠，她用铁棍撑着疲惫的身躯，跌坐在叶苏身前，双手举棍向上，用最后的力量挡了一记。

隆庆的手落在铁棍上。

噗的一声，唐小棠鲜血喷吐，倒地不起。

隆庆向前再走一步，隔着她，再次抓向叶苏。其时，他左手握着的沙字卷，还在与河山盘里最后的景物做着对抗。越来越多的血水从四师兄的嘴里淌出来，打湿了他的前襟，吐的血颜色变得越来越深，越来越黑，最后甚至看着像墨汁一般，触目惊心。

陈皮皮在旁看着，终于感到了绝望。他的身体开始颤抖，因为担忧，担忧两位师兄和爱人的处境，因为恐惧，恐惧两位师兄和爱人即将死亡，他真的很害怕。那道颤抖，从他的手足传到胸腹，然后传到身体深处，最后落在腰后的位置，于是他的雪山气海也开始颤抖起来。他的雪山气海已废，准确来说，当年被桑桑完全锁死，早已变成一片干涸的死海和黑色单调的岩峰，此时颤抖了起来！颤抖是运动，能动便是活着。他的雪山气海，就在最绝望的时刻，居然活了过来！陈皮皮来不及感受这种突然的变化，更不可能有时间狂喜，只是顺着那道颤抖，纯属本能一般，双手向着隆庆一阵疾摆。十道没有任何轨迹，就像天空流云一般难以捉摸的凄厉劲意，从他的十根手指前端迸射而出，狠狠地刺向隆庆的胸腹间！

与受到昊天眷顾的唐小棠一阵血战，再与拿着河山盘的书院四先生比拼修为，隆庆已经受了极重的伤，陈皮皮的天下溪神指又来得如此毫无道理，是以他哪怕拿着天书沙字卷，竟也没能避开。噗噗噗噗一阵密集的闷响，十记天下溪神指指意，尽数落在隆庆的胸间，单薄的衣衫上瞬间出现十个血洞，鲜血汩汩流出。隆庆的脸色变得更加苍白，他有些不解地低头看了一眼自己的胸口，然后抬头望向叶苏身后的陈皮皮，微微皱眉。

然后他想明白了。现在的昊天是那样地弱小，已经无法庇护她曾经承诺庇护的人，比如唐小棠，那么她自然也无法再惩罚她曾经想永世惩罚的人——观主已经飘然下了桃山，与他有相同遭遇的陈皮皮，自然也到了重新站起的时刻。隆庆有些痛苦地咳了两声，每声咳，都让他胸前的血水流得更快几分。

"还不够。"

他看着陈皮皮面无表情说道。

他左手握着的沙字卷化作沙砾呼啸而去。

瞬间，陈皮皮的身上便多了无数道极细的血线。每道血线都来自一个极细的伤口，每个伤口都是一颗沙砾，沙砾在伤口深处，痛入骨髓，如蚁般不停向里钻，这是何等样的痛苦？陈皮皮痛到极处却没有哭——他不想哭，因为那太丢脸——于是他拼命地挤出一个笑容，却不知道那笑容难看得像哭一样。看着他这滑稽模样，唐小棠想笑，却又难过得想哭。

隆庆向四师兄看了一眼，握着沙字卷的手紧了紧。

四师兄叹了口气，无力地坐了下去，然后开始不停地吐血。

一片寂静。

隆庆看着叶苏，看着陈皮皮，看着唐小棠，看着范悦，目光在他们的脸上缓缓扫过，深深地吸了一口气，显得非常满意。这些人，有的是他当年只能仰望的对象，有的是让他本能里畏惧以至于自觉羞辱的对象，有天才远胜于他的人，有他渴求想要同窗却被拒绝的人。现在这些人都没有他强大，即便合在一处，都不是他的对手。也许他修炼的功法，在多年后的某一天，会让他变成理智丧失的怪物，或者会直接把他的身躯崩散成亿万颗沙砾，但那都是以后的事情。他现在很满意，前所未有地满意。他的下颌抬了起来，不刻意傲然，却开始傲然，就像是回到了很多年前他走进长城的那一天。那天，长安街上掷花无数，他在辇中央。

便在这时，台上响起一句话。

"请借我一用。"这句话，叶苏是对四师兄说的，又像是对这个世界说的。

那块已经快要破裂的河山盘，来到他的手中。

隆庆看着他说道："你背离了昊天，又怎么会有神迹发生？"叶苏的雪山气海，是在青峡前与君陌一战被剑意所毁，与桑桑没有关系，那么他便不能像观主和陈皮皮那般复原。

"神迹，或者本来是人类创造出来的。"叶苏说道。这句话便是新教的根本，也或者便是道门的墓志铭。隆庆摇了摇头，说道："那需要力量，你没有力量。"

风沙已歇，只有台上数人之间还有河山盘与天书沙字卷抗衡的影响，广场上到处都是死人，不知多少神殿骑兵倒在血泊之中，也有很多新教信徒已死去，至于那些活着的信徒，哪怕身受重伤，也在向叶苏这边拥来。他们想要救叶苏，哪怕付出生命。

——这种执着的意念，是不是信仰？是不是力量？

叶苏看着那些虔诚的追随者，眼睛里流露出复杂的情绪，说道："我以为这就是力量，这就是信仰的力量。"

隆庆说道："你应该很清楚，信仰之力只有昊天可以用。"

叶苏没有看他，看着碧蓝的天空，说道："那佛祖呢？"

隆庆说道："这种力量……怎么用？"

叶苏说道："我不知道……我想试着借来用一用。"

请借我一用——不仅仅指向书院借那块河山盘，叶苏要向追随者们借力量，那或者真的就是信仰的力量。一道很磅礴纯正的力量，在场间生出。那道力量来自广场上的信徒，气息有些斑杂，总共千余道，然后进入叶苏的身体，再出来时，便变得如此时这般庄严。叶苏把这道力量或者说气息灌注到河山盘里，望向隆庆。这是邀请。

隆庆的神情变得极为凝重，天书沙字卷消散的速度骤然加快。

他在叶苏的身前坐了下来。

风沙再起，叶苏摇摇欲坠，极勉强地坐稳身体。

隆庆面无表情，就这样看着他。

叶苏说道："你先走。"

二人不是对坐弈棋，他自然不是让隆庆先落子，而是趁着隆庆被自己困住，要陈皮皮带着其余人先行离开，自去逃亡。

隆庆盯着他的脸，说道："你不能走。"

叶苏没想过走，他只是想把隆庆留在场间，让别的人能够离开，如果没有这个原因，他宁愿去死，也不想尝试使用这种力量。他创建新教，本想告诉人类不需要信仰，却没想到最后自己竟成为了被信仰的对象，这个让他有些惘然，有些伤感。让他稍觉安慰的是，今天是他第一次使用信仰之力，想来也是最后一次，他开创新教，但他毕竟不是昊天，就算他愿意承接信徒的香火，也无法与承接香火祭拜信仰无数年的道门相提并论。

天书是道门圣物，神威难测，叶红鱼用整座裁决神殿也不能挡住，他借了追随者的心意，借了书院的河山盘，又如何挡得住？

风沙里，叶苏渐疲惫，眼神渐静。陈皮皮却还没有走。

叶苏低着头，有些无力说道："走吧。"

此时场间，都是些伤重之人，只有隆庆还能再战，只有叶苏还能再把他留下片刻，但那道落在他身上的晨光已经淡了。走与走吧，只差一个字，却多了些乞求的意味。陈皮皮沉默，艰难地站起来，扶起唐小棠和四师兄，走下高台，与最后活着的数名剑阁弟子会合，向广场外走去。自始至终，他都没有回头。他没有与叶苏说话，没有哭，没有笑，没有怪叫，只是沉默地走着，忍着身上万道血洞带来的伤痛，扶着同伴向前行走。

因为无论是哭还是笑，说话还是怪叫，都是一种道别。

他不想和叶苏道别，仿佛这样就不会永别。

一直走了很久很久，终于远离了战场。西陵神殿骑兵没有追杀，他们就这样活了下来。陈皮皮没有说什么，继续向前，坐上马车，驶出城门，进入荒野，去到数十里之外，然后他开始放声大哭。四师兄坐在车窗旁，看着外面倒掠的画面，想要说些什么，却说不明白，什么都没有改变，他为何要风尘仆仆而来？河山盘毁了，人死了。

他很想回长安问问宁缺，这一切究竟是怎么了？

叶苏和隆庆相对而坐，像对坐饮茶的论禅老僧，又像对坐弈棋的国手，没有说话，没有对视，浑身是血，看着有些惨。台下的风沙早就停了，台上的风沙也快要停了，二人的身上满是沙砾，满是鲜血，衣衫破烂至极，似乎随时都会倒下。隆庆看着陈皮皮等人离开，奇怪的是，他似乎并不在意，有些神殿骑兵已经从混乱里摆脱出来，却没有听到他追击的命令。

他只是与叶苏相对而坐，等风沙最终停时。

风是寒冬的冷风，沙是河山盘与沙字卷里的沙砾，相对劲拂，呼啸咆哮，持续不断仿佛没有尽头，但事实上，一切终有尽时。啪的一声，叶苏膝上的河山盘从中断裂。

隆庆手里的沙字卷，还有很多页，厚厚的就像是坟前风雨吹不断的墓碑，碑前的沙砾都是假的，细看才发现竟是如玉般的圆石。那些圆石很小，材质很通透，不是如玉，而仿佛真的就是极品的玉石，此时在叶苏身前身后厚厚地铺着，如美丽的珍珠海。隆庆站起，血水从身上淌落，落在这片珍珠海里，染红了这片珍珠海。

河山盘里的黄沙，从裂口里簌簌落下——那是真的黄沙，在盘里只有浅浅的一层，落在叶苏身前的地面上，也只浅浅的一堆。很像一座无人打理照料的野坟，被风雨磨得矮了。

广场被神殿众人和新教信徒流出的鲜血染红。神殿骑兵正在重新整队，新教信徒有的已经死去，有的奄奄一息，还有很多人活着，稍后想必便是一场大屠杀。

叶苏看着隆庆说道："让他们活着。"

隆庆面无表情说道："我没想让他们死。"

叶苏有些意外，沉默不语，思考其中的意味。

隆庆举起左手，那些双眼血红，急着屠杀新教信徒发泄的神殿骑兵，再不敢有任何动作，强行压抑住急促的呼吸，等待命令。

场间的新教信徒都是叶苏最忠诚的追随者，近一半人从临康城里跟着他来到此间，甚至还有那条陋巷里最早的那些学生。人们知道下一刻将会发生什么，拼命地向那处拥去，想要保护他们的领路人，却被神殿骑兵粗鲁地拦住打倒，一时间哭声震天。

"其实你我都清楚，如最开始的时候我说过的那样……没有意义，你这些追随者的痛苦，那些哭声，一切都没有意义。"隆庆看着叶苏说道，"从昨夜到今晨，发生的事情没有任何意义，我需要这个结局，你也在等待这个结局，何苦？"

叶苏没有看他，看着场间可怜的信徒们，沉默不语。

"很小的时候，进入天谕院，从她和师长处知道你的存在，你便一直是我崇拜的对象，或者说敬畏而不敢追赶的目标，但事实上，直到这几年，我才真正觉得你是很了不起的人，因为你已经走上和我们完全不同的新的道路。"

隆庆看着他说道："你不是狂热的宗教贩子，你的新教并不是一味虚无缥缈地空谈，你没有用那些狗血的词语去撩拨你的追随者，相反，你很冷静地传道，做了很多具体而微的事情。很多人只注意到新教教义很新鲜，或者说大逆不道，却没有人明白，新教传播需要怎样的组织能力和谋略，你沉默地做着那些事，冷静到完美，不像一个圣徒而更像一个商人。

"我曾在裁决神殿待过很长时间，我清楚很多事情，她对你的帮助自然极大，但真正起决定作用的还是你自己，你的组织能力真的很强大，你的思维没有任何漏洞，道门开始清剿后你也没有失去冷静，你用自己吸引了神殿所有的注意力，暗中却把包括首徒欢欢在内的七门徒派遣到了各地，我想他们现在正在藏匿，但过段时间，便会再次出来继续你交付的使命。"

叶苏依然沉默。

隆庆静静看着他，说道："对我的赞美，你可以一直保持沉默，对神圣之外的这些世俗能力，你不需要被认同，你可以否认这一切，但你能不能告诉我，程子清他去了哪里？跟随你从临康来到这里的剑阁弟子为什么只剩下了这几个？他们又去了哪里？这些没有人注意到的细节，才是我最佩服你的地方，你把未来已经安排好了，你把火种撒遍了整个人间，那么现在你就算死了，也再没有谁能够阻止新教传播开来，于是你可以放心地离开这个世界，甚至我怀疑你一直在等待着死亡的来临。"

叶苏终于开口说话："死亡对每个人来说都是最深险恐怖的渊涧。"

"但每个人都会死去，只看去神国还是深渊。你去不了神国，也不想去深渊，怎么死去便成了最重要的事情，默默无闻地死去，还是像现在这样死在千万信徒和普通人的面前？这个选择并不难。死在整个人间的面前，将新的信仰，那种信仰的力量以自己死亡的代价展示给每个生命，这很好。便是夫子，也要上天才得以化作那轮明月，你我皆凡人，想要成圣哪能不死？千年始有圣人出……"说到这里，隆庆停顿片刻，看着叶苏的眼睛，神情复杂说道，"圣人不死，大道不行，你，不得不死。"

叶苏神情平静，花白的鬓里，不知何时飘来一絮残雪，久久没有融化，仿佛他身躯里的热度，已然被天书夺取，气息将无。

"其实我一直在想，宁缺是不是也想到了这点。"隆庆转身，那片血色的珍珠海，触着衣襟便散，溃败如退潮时的海浪，他望向长安城的方向，面无表情说道，"不然他不会不来。"叶苏和他的新教，对于唐国和书院来说极其重要，道门做出誓杀叶苏的态势，按道理宁缺理应有所准备，就算他来不了，铁箭也应该来。

叶苏说道："或者，他也没有想到老师会如此决断。"

这确实是一种可能，在昨夜之前，没有任何人——包括神殿掌教熊初墨——想到观主不惧道门分裂的危险，直接选择杀死叶苏和叶红鱼兄妹二人。

"李慢慢或者算不到老师的想法，宁缺和余帘为什么算不到？就算不能，以这两人的性情习惯，怎么可能不在此间做些安排？宁缺没有来，铁箭没有来，余帘和李慢慢也没来，只能说明他们知道你想死，他们……也很想你死，甚至瞒着李慢慢，等着你被我杀死。"

说完这句话，隆庆微笑起来，笑容很节制，只局限在唇角那片很小的区域，于是显得很嘲讽。从始至终，叶苏都很平静，明明死亡近了，却依然那样平静，虽然这是一场彼此有默契的局，他还是觉得有些不愉悦，所以他要揭穿书院的用心，以为这样能够打破叶苏的心境。

叶苏的反应却依然不如他所愿，平静说道："我与书院为敌二十载，我知道那些人是怎样活着的，我不以为他们会这般现实冷漠。"

隆庆说的话其实极有道理，叶苏死而成圣，门徒早已远赴各地，新教火种保存极好，在唐国和书院的庇护下，借助他的死讯这钵热油，新教的传播必将变得更加迅猛，以此观之，他的生死对书院来说并不重要。但他还是以为书院不会那样做，因为那不符合书院行事的意趣。

"李慢慢自然不忍看到你惨死在烈火中，宁缺和余帘却不同，既让道门分裂，又让新教在烈火中获得真正的新生，他们一定会很乐意。如果夫子和轲浩然还活着，书院肯定不会这样做，因为他们不会这样想，但你不要忘了宁缺和余帘……都是入魔之人。"

叶苏沉默。

隆庆继续说道："余帘是魔宗宗主，是莲生最看重的人，而宁缺亦如莲生的再传弟子，他们都有莲生不择手段的气质，某些方面更有超出莲生的认识，莲生没能做到的事情，他们未必不想做到，不能做到。"

当年莲生想做什么？他想让人间变成一片血海，让天地颠倒众生，让道门覆灭成灰，让这个世界变成崭新的一个世界。书院，其实也是这样想的，只不过从前的书院，绝对不会用这般冷酷的方法，而现在真正主持书院的那对师姐弟，会怎么想呢？

叶苏不想继续了，书院如何选择对此时的他来说，已经没有任何意义，他艰难地抬头，望向越来越湛蓝的青天，望向越来越高却越来越浅的朝阳，说道："不管书院如何想，我做的事情，总要继续做下去。"隆庆看着他，终究还是流露了几分敬意，说道："把自己变成一根火把点燃整个人间？听说君陌也在烧悬空寺，都是疯子。"

听着君陌的名字，叶苏的脸上露出微笑，说道："到最后，我与他竟在做一样的事情，我很骄傲，想来他也会觉得骄傲。"这句话本身就很骄傲，骄傲于君陌曾是自己的对手，骄傲于自己超越了自己，骄傲于自己站得比当年要高，可以看到更远的风景。或者是因为，他此时站在小院里，站在那座柴堆上，他被绑在十字形的木架上，可以远观人间。

隆庆站在柴堆前，看着他说道："我会亲自点火。"

叶苏不再望天，眼睛被朝阳刺得眯起，看着他问道："我所不理解的是，既然你什么都清楚，为什么要来替我点这把火？"

隆庆微微挑眉，说道："师长有命，不得不从。"柴堆上下的二人，有同一个老师，叶苏看着他腰间的天书残卷，说道："老师想来也都明白，何必连累这卷无辜的书。"隆庆沉默，然后说道："既然人可以写，那么将来便不再需要天书。"

听着这番话，叶苏明白了些什么。他和隆庆没有听过桃山崖坪上观主与中年道人的那番对话，但他们是观主的弟子，是道门了不起的人物，自幼熟读经典，此时只是极简单的对话，便准确地理解了观主的真实用意，情绪都变得有些不稳。

叶苏望向远方某处，不知是知守观还是临康城，悠悠道："知其雄，守其雌，为天下溪。为天下溪，常德不离，复归于婴儿。"隆庆听着这段经文，沉默了很长时间，然后随诵："知其白，守其黑，为天下式。为天下式，常德不忒，复归于无极。"

叶苏说道："我们自己，就是道路、真理以及生命，跟随自己行走，必将走出幽暗的河谷，得以最大的喜悦……原来这也是知守。"隆庆低着头，不知道是在看衣衫下那道恐怖难看的洞，还是在看厚厚的地，声音仿佛自行从唇间流出："我们自己，也可以是昊天。"

叶苏微笑说道："原来，从一开始就是这样。"

隆庆抬起头来，看着阳光下的他，说道："你是对的。"

叶苏说道："并无对错。"

"老师认为你是对的，那便是对的。"说到这里，隆庆顿了顿，他本以为自己会生出一些嫉意，没想到心情却是这样的平静，只是有些感慨，"到最后，还是你最让他感到骄傲。"

叶苏想了想，说道："对错，终究还是要看最后的结局。"

"你做的事情，老师和夫子做的事情，会有什么结局，不再是注定。"

"是的，再没有天，自然没有天注定。"

隆庆看了一眼远处，说道："说的时间已经够久了。"

叶苏说道："既然你等的人一直没来，看来真的不会来了。"

隆庆从一名神官手里接过火把，走到柴堆前，想了想，终究没有再说什么，把火把放到柴堆边缘，然后向后退去。火是自然界最奇妙的一种现象，它可以传染，也可以复制，可以从最微渺的萤火变成燎原的野火。那根火把上的火苗，舔着身旁的干柴，片刻后，将干柴的边缘烤黑烤焦，烤出青烟与明亮的火焰，如此继续，火便渐渐传远。小院里堆着的干柴，大部分是隆庆亲自劈的，他挑选仔细，无论长短还是粗细，都非常适合燃烧，火势很快便大了起来。先前的战斗里，院墙已经坍塌了很多，此时随着柴堆噼啪响起，墙砖尽数倒下，柴堆燃烧的画面，落在所有人的眼里。

数万名新教信徒和奉命前来观刑的宋国百姓，看着这幕画面，渐渐有哭声响起。叶苏的衣裳开始燃烧，明黄色的火苗，渐要越过他的膝，吞噬他的人。不知是谁先跪了下来，大概是位新教信徒，不顾神殿骑兵的威吓，对着火刑台上的他，跪地不起，连连叩首。紧接着，更多的人跪了下来，就连那数万名前来观刑的宋国百姓，都被火刑台上那神情宁静的人所震撼，难以控制地跪了下来。哭声渐大，渐渐汇成一道洪流，直入天穹。

叶苏忽然说道："当永夜来临，太阳的光辉将被尽数遮掩，天空与大地陷入黑暗之中，人们将为之欢欣鼓舞，因为那才是真实地活着。"

此时他在火里，承受着痛苦的洗礼。

他平静重复自己的预言。因为他不想信徒们哭，人们因自己而悲痛。

小院外的那些新教信徒，想要冲进去救他，被神殿骑兵用刀狠狠地砍翻，倒在血泊里，于痛苦间听见他的声音，本能地开始跟随。远处的新教信徒，也开始跟着重复这段话，因为他们本来就是他的追随者，其余的宋国百姓，或同情于他的遭遇、怜悯他的结局，沉默地倾听，却不知为何，被这句话里的意味所吸引，最后竟也开始跟着念了起来。

"当永夜来临……"

"天空与大地陷入黑暗之中……"

"……那才是真实地活着。"

数万人的声音回荡在广场上。

先前是哭声震天，现在天穹更是仿佛在真实地颤抖，被阳光驱散流向四野的那些云，都被震了回来，就像流入碗底的清水。但偏给人一种极其静寂的感觉，虔诚而专注的诵读声，就像先前叶苏说出这段话时一样，如林中蝉，如风中瀑，让整个世界都随之沉默。

隆庆什么都没有做，没有让神殿骑兵去镇压，去喝止，哪怕万民的诵读声很明显代表着对新教的支持，对道门的不满。他只是沉默看着柴堆上的叶苏，情绪非常复杂，复杂到他都无法想明白，自己究竟体会到了些什么，所了解的那些能否让自己真正地平静。

万民诵读的声音越来越整齐，越来越响亮，就像战场上的鼓，却不是一味催人奋发，渐有一种神圣肃穆的感觉，笼罩了整座城市，以至更广阔的人间。叶苏的声音却越来越微弱，越来越散乱，重复到第三遍时，他唇里说出的字句已经支离破碎，呢喃含混，根本无法听清。因为无情的火苗已经越过了他的膝，像金光一般镀到了他的胸腹间，他的身体正在燃烧，正在经受最痛苦的惩罚或者说洗礼。

隆庆看着火中的他，仿佛听到他在说：你看，他们没有祷告。

湛蓝天空里，流云汇集得越来越多，聚在城市的上空，将那轮太阳严实地遮在后方，如此时万民齐诵的字句那般，令世界昏暗。叶苏身躯上的火苗越来越旺盛，他的声音已经完全停止，熊熊烈火间，已经看不清他的脸，他整个人都在燃烧，像是散播光芒的明灯。向人间散去的光辉，忽然间收敛，然后从柴堆上方向着天空而去。那是一道圣洁的光柱，来自他的身躯，落在遥远的天空最深处。晦暗的天空被照亮了一块区域，不及太阳那般明媚炽烈，却要更真实一些，因为跪在地上的万千人群，都能看清楚那里有什么。

——那里有湛蓝的天空，有晦暗的云，有相对的黑暗和真实的光明。

那片光域忽然再次黯淡下来，迅速回复成原先的模样。

柴堆上的熊熊烈火，已经升腾至半空，仿佛要将天空都烧穿，叶苏的身影早已消失不见，根本无法看到，很奇异的是，小院的空中没有什么难闻恐怖的气味，反而溢着淡淡的香，令人心神异常宁静。那道光柱，那片被照亮的天空，这些异香，就是成圣？

没有人知道，隆庆不知道，伏在地面上的数万民众不知道，站在小院外的神殿骑兵、小渔还有那些神官，没有一个人知道。西陵教典里记载过的那些成圣画面，和今天的故事本就没有任何关联，不可能有人清楚这是怎么回事，包括观主在内。

这并不重要。叶苏已然成圣，与宗教无关，与天上的神国无关，他的成圣，是在人间成圣，是在信徒的心中成圣，他已是圣人。无论唐国和书院能否赢得这场战争，新教必然会在人间传播开来，再没有人能够阻止这道狂澜，他将被无数信徒奉为圣人。

那么他就是圣人。

天空里忽然落起雪来——流云聚成厚厚的云层，遮住了天空，没有太阳照射的云层深处开始凝结冰晶，便有了纷纷扬扬落下的雪花，落在城市的街巷上，落在广场上跪拜诵读的民众身上，落在小院里，落在那片熊熊燃烧的柴堆上。遇着噬人的火焰，雪便融化成了水，雪势渐骤，融成的水便越多，柴木被浸湿，火势被镇压得越来越小，不知过了多久终于熄了。

数万民众的诵读声渐渐停了，人们望向小院里，带着最后的希冀眼神，想要看到奇迹的发生，却悲伤地发现奇迹并不存在。十字形的木桩已经被烧焦垮塌，熄灭的柴堆很乱，没有那个人的身影，便是系着他的绳，也已经被烧成了灰烬。雪花飘落在人群里，落在人们的肩上，有的落在人们的脸上，被体温融成水，润泽因为焦虑悲伤而发干的嘴唇，人们饮着如春泉般的雪水，开始哭泣——饮泣之声渐作渐盛，悲意绵绵不绝。

哭声不绝，雪落不止，时间缓慢地流逝，天空里的雪云始终没有散去，广场上的人们渐渐散了，数千名新教信徒互相搀扶着离开，整个过程里没有发生任何冲突和杀戮，也没有一个人被关押，因为隆庆没有说话。他站在柴堆前，面无表情。

过了很长时间，雪继续落着，柴堆里最后的火星都被熄灭，温热的蒸汽消失无踪，渐被厚厚的积雪覆盖，再看不到下面的灰。

白茫茫一片，真的很干净。

天空里忽然响起一道雷声。紧接着，是第二道雷声。

两道雷声连绵不绝，互相追随，在天地间来回。

广场上的西陵神殿骑兵、小渔等道门强者，望向雷声起处，面露警惕之色，更多的却是恐惧与不安，如闻天怒。雷声不停变换着方位，位置哪里是凡人能够捕捉，轰隆恐怖，天威难测，又哪里是凡人警惕便能防范，这雷声究竟是什么？隆庆抬头望向天空，看着被那两道雷声以及雷声里的无形力量所拂乱的雪花，猜到了来者是谁，神情却平静如前。

宋国外的海面上忽然生起风暴，风暴迅速登岸，无数海水在那片著名的防浪堤上摔得粉碎，风暴的残余来到广场上，化作一声暴鸣。城市上空的云层都轻轻地颤了一丝，强烈的劲意，从暴鸣起处向四周播散，化作恐怖的狂风，无数骑兵迎风而倒，战马嘶嘶悲鸣，便是道门的修行强者，也要提升全部修为，才能在狂风里勉强支撑。

狂风渐敛，如水般散入街巷民宅之间，广场上出现一个有十余丈的圆，在那个圆里没有雪，也没有血，干干净净，空空荡荡，只有两个人。一人穿着件旧旧的棉袄，手里拿着根短短的木棍，正是书院大师兄，另一人穿着满是酒味的长衫，腰间系着只酒壶，正是修行界至高的酒徒。大师兄的棉袄上到处都是破口，不知多少鲜血，从那些破口里淌出来，染湿了棉花，显得很是狼狈。酒徒的情况也比他好不到哪里去，衣衫上到处都是污渍，左肩有些下陷，似是被棍击中，他想取酒壶饮口酒，却发现手抖得有些厉害。

先前那些雷声，是他们在彼此追逐，是他们在无距的境地下，依然不忘厮杀。

昨日酒徒回了小镇，对着屠夫沉默不语，等待着将来，大师兄则留在临康城外的那座小楼里，等着书院与道门谈判的结果，各自有各自的不安。当昨夜桃山异动，今晨叶苏显圣之后，酒徒的不安没有消除——观主没有被宁缺说服，对当前的局面，他非常乐意看到，但他依然不安。他以为这种不安来自于书院，以为书院会不惜一切代价救叶苏，所以他匆匆离开小镇，回到临康城外的小楼，和李慢慢重新相见。

就像过去那几年那些天一样，无距对上无距，道门与书院兑掉了最重要的棋子，酒徒无法摆脱大师兄，大师兄也没办法完全锁死他。相见便难分开，不管去往高山还是大海，于是他们开始战斗，直至最后，大师兄才终于来到了此间，为此身受重伤。

因为是他要来，所以是他受伤。

大师兄看着小院里那座雪堆，感受着雪底透出来的余烬味道，沉默不语，神情有些萧索。他受了如此重的伤，却依然来晚了。城市远处隐隐传来哭泣的声音，不知是为了死在冲突里的无辜信徒，还是为了葬身在火焰里的叶苏，他沉默听着。

过了会儿，他转身望着酒徒说道："你本在小镇，何苦入世？"

"你本在长安，何苦来此？"

"你这是在犯罪。"

"对人间还是神国的罪？新教动摇了神国的根基，他必须去死。"

从酒徒和大师兄出现开始，隆庆便一直沉默，他站在院里，看着这两名以前只能仰望的大修行者，神情平静，全无惧意。一切都在观主的计算之中——酒徒再如何不安，在发现真相之前，他必然会从昊天的立场出发，帮助道门杀死叶苏。因为他和屠夫很贪，仿佛是无数代人类贪念的集合，他们不止要永生，还想要永恒，而永恒只能在昊天神国里寻觅，神国没有了，他们怎么办？事实上，如果不是观主一直没有点头，或者酒徒和屠夫早已经对叶苏动手，这两位大修行者，根本不在乎所谓成圣这种事情。他们早就认为自己已经成圣，那又如何？还不是像老鼠一样，在人间东躲西藏数万年，最后变成昊天的一条狗。

当然，了解观主心意，尤其是与临死前的叶苏有过一番对话的隆庆，基本明白整件事情的真相，他知道酒徒和屠夫将来必然会后悔，但那是将来的事情，不影响现在道门以昊天的名义，把他们当狗一样使唤。想到此节，隆庆的脸上露出一丝微笑，没有嘲讽，显得很真诚。这样的人物也会被贪念冲昏头脑，五色令人盲，五音令人聋，教典说得果然有道理。

隆庆脸上的笑容敛去，因为有人看了过来。

大师兄看着隆庆，沉默了很长时间，然后问道："为什么？"

这是他的不解，也是书院的不解，没有人能想明白，道门为什么要这样做，烧死叶苏助他成圣，对毁灭新教并没有什么太大的帮助，反而会让道门分裂，至少裁决神殿从此以后，再难被道门信任，观主究竟是怎么想的？

"你可以把宁缺失败的尝试，当成所有的理由。我师兄的死本就不是一家之事，没有你们书院，他或者本不需要死，至少，不会死这么快，所以你的悲哀很没意思。"说完这句话，隆庆对着大师兄微躬施礼，走出小院，在风雪里登上下属牵过来的坐骑，直到走出很远，才将天书沙字卷重新放回怀中。大师兄看着隆庆的身影消失在风雪里。在临康城外，他就察觉出此人的特异之处，今日的感觉更加清晰，只是他此时没有精神去思考那些事情。

他重新望向小院内，望向不停承受着落雪的那座柴堆，然后抬起头，望向天空里那些落雪，想起当年的某些往事。那年长安城里也下着雪，很多人都进了城，七念来了，被师妹困在雪林里，君陌在雪桥上坐了一夜，小师弟和桑桑在湖上杀死了夏侯，他则是和叶苏站在城墙上，看了整整一夜的雪，说了很多无所谓的话。之前之后还有数次相见，小道观前、天弃山脉的雪峰深处……更早的那一年，桑桑降生在人间，荒原上多了一道黑线，他在黑线这头的池畔饮水读书，叶苏在黑线的那头砍树，听说他说了一首有趣的道偈，然后开始周游诸国，意图勘破生死关，想必到最后那刻，他真正地勘破了。

所以，他才会真正死去？

大师兄看着落雪，沉默了很长时间——叶苏创立新教与书院有很大关系，因为君陌在青峡前把他变成废人，更因为他与叶苏曾经进行过的那些讨论。

然后他想起，从很多年前开始，甚至早在拜入夫子门下之前，他最想成为的人便是一名书生，一名教书育人的书生。那书生居住在一条陋巷里，教着那些穷困的孩子，生活清贫，一箪食、一瓢饮，却不改其乐，亦不改其道。他想成为这样的一个人，没想到，叶苏在他之前便这样做了，在生命最后的这些年里，叶苏一直是那样的一个人。

很久后，他伸手接住一片雪花，转身看着酒徒说道："为了永生，不惜抛弃整个人间，就算成功，难道你不觉得那会很寂寞吗？"

酒徒说道："死亡才是真正的寂寞，便如叶苏，他如今已然成圣，却与世界再无联系，此时的他才是真正地寂寞。"

大师兄摇头，平静而肯定地说道："你错了，他一定不会寂寞。"

叶苏放弃了数十载的信仰，只为让人类不再需要信仰，他离开了这个世界，但留下了很多东西，相信那些东西必将真正地改变这个世界，还有很多人做着或者即将去做与他相同的事情，君陌在天坑底点燃野火，他将带领书院继续向前。他是圣人，但有很多同路人，怎会寂寞？自古圣贤，本来就应该不寂寞。

3

那年深冬落了很多场雪，最大的那场雪，没有落在荒原，也没有

47

落在燕国成京，而是落在往年相对温暖的宋国都城——很多人回忆起来，总觉得那是某种预兆，因为那场雪里发生了很重要的一件事情。风雪里，道门烧死了新教创始人叶苏，这件事情震动了整个人间，在这个过程里，有很多事情令人极为不解，除了观主为什么做出如此冷漠决然的决定，还有便是书院表现得有些迟钝，完全不像从前。

大师兄和四师兄都是自行其事，他们可以代表书院，却不能完全代表书院，因为现在负责书院谋划布局的是余帘和宁缺。书院对这件事情没有任何预案，难道真如叶苏临死前隆庆说的那样，他们就是在冷酷地等着叶苏去死？

寒冷的冬风在陡峭的山峰间穿行，撤军多时的贺兰城异常安静，往年驻扎着万余骑兵的营寨早已人去寨空，苍鹰的鸣啸显得很是单调。扼守东西荒唯一通道的贺兰城里还有最后的数百名唐军，他们在这里已经坚守了数年时间，如果不是当年唐国在这里备着大量辎重粮草，这些年又有荒人翻山越岭暗中支持，他们根本没有办法撑到现在。

唐在城门上看着西方的金帐王廷方向，脸上的神情很漠然，身上的兽皮衣衫在寒风里猎猎作响，看着就像是一面不倒的血旗。他是魔宗行走，是荒人部落最强大的男人，此时却有人坐在他的头上。更准确地说，他肩上有个特别制作的背篓，背篓里有凳子，有人坐在凳子上，因为唐很高，所以那人显得高高在上。

坐在他头上的是位少女，少女容颜清稚，看着有十二三岁，一双乌黑的马尾辫在背篓外的寒风里轻轻摆荡，很是可爱。数年前在长安，少女跳到天空里斩断一道彩虹，然后抱着李慢慢跳了下来，摔断了双腿，从那之后她便懒得走路，最早的时候只爱坐轮椅，到了荒原便开始坐在唐的身上，哪怕现在伤基本好了，也不肯下来。她说这样显得自己比较威猛，从很多年前变成小姑娘的那天开始，她就觉得最大的遗憾不是每个月的麻烦事，而是不够威猛。对于少女特殊的喜好，唐没有任何意见，也不敢有任何意见，因为她是当代魔宗宗主，也是书院三师姐余帘，是他的老师。

如过去数年那样，唐背着余帘在荒原上到处走，今天来贺兰城，是因为她想看看贺兰城那边，看看金帐王廷在做什么。东荒左帐王廷里的祭司，还有神殿派过来的那些强者，在这几年里，已经基本上被她和唐杀光了，隆庆那些忠心的部属，更是最早死完。

这件事情听上去很简单，细细想来，却极恐怖。

她和唐只是两个人，眼看着却要生生毁掉一个部落——那个部落统治的疆域人口实际上和国家没有任何区别，有数万精骑，有道门源源不断的援助，有无数洞玄境以至知命的强者，但就这样被他们灭了。宁缺以前背着桑桑逃亡的时候，总有种一人对抗全世界的热血感觉，而余帘和唐做的事情，是真正的两个人毁掉一个世界。

过些天，待她把东荒上最后的强者杀光，荒人部落的战士便会集体南下，无论驻在燕国的一千多名西陵神殿护教骑兵会不会北上，相信左帐王廷这个名词在人间不会再存在更多时间，以后只能在故纸堆里寻找。对此余帘很有信心，她认为这是理所当然的事情，便是连信心也不屑于展示，但她清楚金帐王廷不会眼睁睁看着这幕画面发生，那么单于究竟会做些什么？那个国师和十三祭司又为她准备了怎样的礼物？

荒原上的雪昨夜便停了，渭城处的雪停了，贺兰城处的雪也停了，被雪洗了好些天的空气异常干净，她站起身来，望向极遥远的西方。贺兰城门极高，在两面峭壁之间，唐的身躯很高大，她在背篓里站起，自然更高，但她还不满意，踩在凳子上的脚踮了起来，模样有趣。

"我不想等了，我总觉得那边有动静。"风拂着发丝，在稚嫩的小脸上乱动，她用手胡乱抹了两下，嚷道，"我要过去看看。"她在背篓里乱动，唐的身躯有些不稳，扶着篓底说道："金帐王廷过不了贺兰城，想要保住左帐的最后火种，只能用别的方法。"

余帘想到某种可能，然后知道那不是可能，而是肯定会发生的事情，说道："他们要南下，通知部落，我们也要南下。"说这句话的时候，她的声音里没有任何情绪，只是小姑娘的声音本就稚嫩，所以听上去就像小女生想要学大人那样严肃地交谈，很好笑。这些年唐习惯了这种声音，如铁般的双眉依然难以抑制地颤抖了一下，说道："金帐王廷会有准备，或者我们也应该准备一下。"

"我说过我很好奇他们给我准备的礼物是什么。"余帘的小脸上没有表情，说道，"那个小奴隶听说是桑桑留给人间的礼物，我是宁缺的师姐，代他去拆，不满意便退货。"

"中原的事情真的不需要担心吗？"唐想起那位曾经与自己齐名的道门行走，有些不安。

"观主不是熊初墨那种白痴，杀死叶苏对道门毫无意义，他怎么会去做？道门现在最好的应对方式，也是唯一的应对方式就是等待。"余帘说道，"如果在新教影响昊天信仰根基之前，神国里昊天与老师的战斗分出胜负，他们的等待或者说赌博便赢了。"

新教是信仰，有书院和唐国的庇护，这信仰很难被完全毁灭，道门给予的压力越大，甚至越有可能帮助新教壮大。书院如果想要在这场战争里抢得先机，需要在神国里那场战争分出胜负之前，全力帮助新教壮大，以此削弱昊天的力量。相对而言，道门的局面看似极好，实际上很被动，做与不做都是错，如余帘所言，只能平静或者说无奈地等待，主动权在书院的手中。这便是为什么宁缺要与这个世界谈谈，因为他有谈话的资格，他有让道门、让观主被自己说服的信心，余帘亦作如是想法。

就在这时，驻守贺兰城的唐军带来了一个消息。

唐国当年耗费巨大资源，在贺兰城修建了一座传送阵，只能传送极简单的消息，轻易绝对不会启动，数十年来，只启动过寥寥数次。最近一次是先帝病逝的消息，而今天传送阵又启动了，同样也是一个死讯，一个很坏的消息，一个余帘没有想到的消息。

"叶苏死了。"

收到这个死讯，唐想起过去二十年里的那些画面，想起当年荒原上那株树，想起那个说邪魔呵外道的骄傲背剑少年，沉默了很长时间。余帘也沉默了很长时间。这里的"很长时间"真的很长，从收到死讯开始，她便在寒风里沉默，一直到日头西移，暮色占据西方整个视野，才结束。贺兰城某处传来白色的炊烟。

她看着那道炊烟说道："坏消息，也可能是好消息。"整整数个时辰的时间，她没有感慨，更没有感伤，一直在沉默里反思，在沉默里计算，计算叶苏的死，会对人间的局势造成怎样的影响。最终她计算的结果是，影响应该偏向书院希望的那方面。所以她说，叶苏的死讯也可能是好消息，就像那道袅袅升起的炊烟，看着有些寂寥，实际上背后隐藏的是活着需要的烟火味道。余帘的表现很冷酷，是的，她本来就是冷酷的，隆庆才会说她和宁缺一直等着叶苏去死——那不是她的计划，但既然叶苏死了，她可以接受——这不是最重要的事情。

她在寒风里沉默了整整半天，从正午直到暮色染红天边，除了思考叶苏之死带来的动荡，更是想明白那件真正重要的事情。陈某究竟是怎么想的？她对唐说，她和宁缺肯定观主不会对叶苏动手，结果证明她和宁缺想错了，这个错误里肯定隐藏着极大的问题。

"不弄清楚他的想法，我不舒服。"

余帘向城下走去，将满天暮色扔在身后，同时也把金帐王廷扔到了身后，与她担忧的事情比起来，那些事情根本不值一提。

贺兰城传送阵的另一头在大唐皇宫，余帘在贺兰城收到叶苏的死讯，皇宫里的人们自然更早知道这个消息，气氛异常压抑。

李渔的脸色有些白，不知道是这几年少见阳光，还是别的什么原因，神情还算宁静，但紧握着椅子的手，显得有些不安。事实上不止不安，她这时候很紧张，甚至恐惧，但她是监国的公主，她要给皇帝陛下做出榜样，所以她不能流露出太多情绪。少年皇帝年龄渐长，明年便会正式登基亲自处理国政，被大先生亲自教育，无论德行还是能力他都表现得极为优秀，但毕竟还是少年人，今日遇着从未遇着的境况，想着数年前那场大战，难免有些害怕。

曾静大学士站在阶前，说道："万乘之君，哪怕天地变色，山摧河断，也要面不改色，这是为君者要给臣民做的表率。"少年皇帝有些紧张地看了眼李渔，说道："朕明白……只是有些担心，十三师叔能不能拦住那人。"曾静大学士厉声喝道："拦不住那又如何？当年那人又不是没进过长安城，楚老太君推满府妇孺横刀于朱雀大道，朝老太爷携朋呼伴痛骂其于寒雪之中，长安百姓扔砖的扔砖，挥刀的挥刀，可曾有一人惧过？"

李渔走到陛下身旁，握住他的手，温言说道："可还怕？"

少年皇帝被曾静大学士的话说得颊生红晕，勇气胆魄大增，反握住她的手，说道："不怕！就算那人进了皇宫，我也不怕。"

殿上的君臣们很紧张，四处戒备森严，宫门却没有关，大唐皇宫的正门大敞，似准备欢迎远来的客人。满朝文武连着长安城里的普通百姓，都在准备着战斗，如临大敌的模样，自然不是因为叶苏的死讯，而是因为别的事情。

从昨夜到今晨，铁箭始终没有在宋国都城出现，那片广场上只有黄沙飞舞、雪花飘落，却没有凄厉的箭啸声响起。宁缺在哪里？宁缺在做什么？传说中的元十三箭，要进行无视距离的超远狙击，确实需要很多严苛的条件，但那些条件，其实在这段时间里都得到了满足。

无论是隆庆手里的天书沙字卷，还是叶苏借来的信仰之力，或是四师兄带去的河山盘，都已经照亮了那处的天地元气，替铁箭指明了方向。唐小棠从天空里跳下来的那一刻，隆庆在意识的海洋里，明亮得就像是一朵金花，就像多年前在天弃山雪崖里那样——当年他一箭把隆庆射得不知生死，成了个废人，今天他为什么始终没有射？

难道真如隆庆所说，他在等着叶苏去死，所以一直挽弓不发？

长安城落了数日雪，昨夜也没有停，雪飘飘洒洒地落下，在城墙上积得很厚，落在衣服上积着，甚至落在脸上的雪花也积了起来。宁缺的眉染着雪，变成白色，因为他的身体很寒冷，而身体之所以寒冷，是因为心寒，因为他把所有的精神都放在了别的地方。

他的左手紧握着黝黑的铁弓，弓身弯到了极致，很像夜里那轮明月，弓弦绷得极紧，深入右手的三指间，看着有些可怕。他一直保持着挽弓待射的姿势，从昨夜到今晨，始终没有变过，他就像是无知无识的雕像，或者因为这样，眉间的雪才积得起来。

有雪落在肩上，被体温融化，又被寒风重新冻凝变成冰，反射着东方的晨光，闪闪亮亮的像是烧熔后的沙砾——美丽的琉璃。

一夜时间过去，铁弓未动。

他昨夜看到了西陵神殿的异常明亮。今晨，东方海畔变得极其明亮。然后，他在天地间看到了两道流光，那是大师兄和酒徒。他在长安观天下，足不出城，却知天下事，他知道从昨夜到清晨，人间发生了很多大事，很多强者在惨烈地厮杀。

但他没有松开弓弦。

一箭不发，不是因为他在犹豫要不要救叶苏，他冷酷却不是莲生，他可以看着叶苏去死，但他不会看着叶苏被人杀死。晨光照耀着他的脸，他感知到东海畔应该正在发生什么事情，他不愿意看到的事情，可他没有办法松开弓弦，射出铁箭。黑发被束得极紧，在寒冷的晨风里热气蒸腾，那些是发里的汗，他握着铁弓，看着箭前，汗水溢出发际，淌到脸上，将眉间的雪融化。铁箭始终没有离开弓弦，是因为箭前有人。从昨夜到清晨，他一直瞄准着那个人——别处发生的事情，他实在没有办法去理会。

那个人对宁缺来说，是最恐怖的对手，也是最甜美的诱饵，因为恐惧，他必须始终瞄准他，因为想射死对方，他也必须始终瞄准他。

长安城墙前是一片白雪。

雪地里有一个青衣道人。

宁缺的铁箭，从昨夜到此时，一直瞄准着他。

青衣道人背着双手，神情宁静，似根本不在意被铁箭瞄准。元十三箭乃是传说中的大杀器，骄傲的蛮族少年强者阿打不敢擅动，酒徒曾被吓出一身冷汗，青衣道人却毫不在意。

风雪里，他青衣飘飘。

飘飘若仙。

仙风一如当年。

当年，他以一人战长安。

今日，他飘然下桃山，再至长安。

他在城前的风雪里停留了一夜，宁缺挽弓一夜，一夜时间过去，清晨到来，城墙上的火把逐次熄灭，他还明亮着。他就像火把，吸引着宁缺的视线，锁死了他的铁箭和精神，他让宁缺即便看到整个世界，也无能为力。

因为他是道门第一人。

千年以来，道门第一人。

整整一夜的紧张对峙，对宁缺来说，毫无疑问带来极大的压力，衣裳湿透又被寒风冻硬再被汗湿，不知道重复了多少次。观主离开了桃山，忽然出现在长安城前，自然令人震撼，但令他感到恐惧的是，对方雪山气海被废，为什么能够复原如初？是的，虽然铁箭未发，尚未交手，但他知道观主已经复原如初，那是一种不容置疑的感受——观主与天地完全融合在一起，他觉得只要眨眼，便会失去对方的位置，这种境界仿佛知命，却更高妙。

　　对峙一夜，宁缺有足够的时间思考，他想了很多，却没办法得到任何答案，他无法理解发生在观主身上的事情，只能将精力放在别的地方，试图通过观主的到来，推算出桃山和宋国正在发生些什么事情。很明显，这场和谈已经失败，难道观主他真的要杀死叶苏？那么叶红鱼呢？难道他不担心道门的分裂？他就这么有信心战胜书院？

　　宁缺很想看到道门分裂，才会让褚由贤和陈七给叶红鱼带去那几句话，但他却不想看到现在的局面，因为一切都不在计算中，这很令他不安。

　　城门紧闭，风雪连天，守城的唐军都已撤走。

　　忽然，观主向东方海畔看了一眼。

　　宁缺用余光向东方瞥了一眼。

　　从昨夜到此时，观主始终没有说过话，这时却忽然开了口，平静说道：“你说你想和这个世界谈谈，我刚好也想和你谈谈。”宁缺想和这个世界谈谈，其实从某种意义上来说，就是要和观主谈谈，观主想和他谈谈，却等于是要和整个世界谈谈。观主飘然下了桃山，证明他的雪山气海正在复原，他将要如当年一般举世无敌，值此时刻，他对世界说的第一句话很简单，却是一道雷霆。他收回望向东方的眼光，看着城墙上的宁缺说道：“叶苏死了。”

　　叶苏死了，或者说，我把叶苏杀死了。

　　宁缺沉默，没有愤怒，没有悲伤，没有询问细节，就在前一刻，他也感受到了东边海畔天地之间的异样变化，他隐约听到了些什么。他的沉默持续了没有太长时间，他叹息然后笑了起来，笑容有些苦涩，因为他现在的心绪有些茫然，不知落在何处为宜。

"那么，叶红鱼也死了吗？"

他不是在问观主，更像是一种带着强烈否定态度的自问，只是他清楚，道门在杀死叶苏之前，绝对会先解决叶红鱼。一个是新教的创建者，一个是西陵神殿的裁决大神官，叶苏和叶红鱼是足以改变历史走向的两个人，也是书院曾经的希望。

现在希望变成了虚幻的泡影，他如何能沉默？

就像余帘推算的那样，他也觉得，叶苏被道门杀死，对新教的传播，对书院和唐国，或者并不是太大的损失，甚至可能带来些好处。但他更清楚很多事情是不能这样绝对客观冷静地计算，书院向来很明白这种道理，而如果叶红鱼真的死了……

观主静静看着城头上的他，没有说话。

一夜时间过去，弦已入肉，宁缺右手的三根手指开始流血，血染红弦，如檐畔的雨水一般淌落，落下城墙，落在雪上。他没有箭射观主有很多原因，最重要的原因是他想守住希望——他没有信心用元十三箭把观主射死，便不能出箭。没有发生的事情，可以装作有很多结局，结局注定，便只能得出唯一、黯淡的结论，就像叶苏和叶红鱼的死亡。

但这场对峙要持续到何时？难道他要挽铁弓，射青衣，直到海枯石烂？观主站在雪地里，要站多长时间？他想靠自己一个人把整座长安城堵死？他离开桃山除了杀死叶苏，还想做什么？宁缺想不明白，他只知道，再这样继续下去，他的意志会被观主摧毁，哪怕观主什么都没有做，只是静静站在那里。或许，摧毁他的意志，也是观主顺手想做的事情？

东海畔死讯传来，最关键的时刻已经过去。

宁缺做了一个动作，就在前一刻，他自己都想不到会做出这个动作。他撤箭收弓。随着这个动作，他肩上的冰破裂成屑，衣上的雪簌簌落下。

观主的眼神里流露出欣赏。

宁缺的神情却很漠然，对自己也很漠然。

叶苏死了，观主最重要的目的完成。他一败涂地，如果这场对峙或者说战斗还要持续，他只能用这种方法，来迫使自己和长安城进入绝境，在绝境里求生存。

铁弓背到肩上，长安城门无人看守，请进。

如果观主还想获得更大的收获，长安欢迎您。

宁缺不认为在叶苏死后，观主会冒这个险。数年前在长安城里，他用千万把刀把观主斩成废人，现在的他同样能斩。他没有后悔昨夜或者说先前，没有箭射东海，因为观主一直都在，他没有办法分神，只不过到了现在，他不需要再分神。

观主看着城上笑了笑，转身准备离开。

宁缺看着他的背影，说道："我会想明白你想做什么。"

观主没有回头，说道："等你想明白的那一天，你会来找我。"

斯人已去，风雪依旧。

宁缺不再枯坐城头，因为他需要想明白一些事情。

道门出乎意料的决然，让他很困惑。

他走下城墙，在长安城的街巷里沉默行走。

他去了万雁塔，看那些尊者的像，他去了南门观，在铺着黑色地板的道殿里沉思冥想，他没有去临四十巷，最后去了雁鸣湖，坐在岸边，看着雪湖里的那些残荷，就像没有温度的雕像一样，渐渐被白雪掩盖。当年在万雁塔里他悟过符，在南门观里他悟过道，在雁鸣湖畔，他悟出过更多道理，其间有生死，也有超越生死的东西。

现在他却想不明白，观主究竟想做什么。观主是道门最强者，是书院最大的敌人，夫子都没能把他从这个世界上抹掉，他还是陈皮皮的父亲、叶苏的老师，按道理来说，书院应该很了解他，但直到此时此刻，他才发现自己对这个人很陌生。他甚至无法对这个人做出相对真实的描述，他知道观主姓陈名某，是千年难见的修道天才，却不知道他的喜好，更不知道他对这个世界的看法是怎样的，他的精神趋向如何，他是想要成神成圣，还是清静无为？

他在雁鸣湖畔坐了三天三夜，还是想不明白，于是他起身离开，原先坐的位置，迅速被雪覆盖。老师和桑桑去了天上，师傅颜瑟化作一捧灰，葬在郊外的野墓里，大师兄还没有回来，应该是去寻找陈皮皮等人，二师兄还在西方与佛宗拼命，三师姐在荒原上杀人，朝小树在小镇等着最后时刻的到来……他走在长安城里，竟遍寻不着一个人。一个能指点他的人。

最后他走到了一座青楼前，那是红袖招。在这座青楼里，他曾写过一幅很著名的书帖，曾有过很多经历，而且这座楼里，有一位他真正的长辈，简大家。

走到红袖招顶楼，他对着简大家行礼，说道："有事请简姨指点。"

简大家看着他疲惫的脸，忽然说道："我想去书院看看。"自从那场春风化雨后，宁缺便一直枯坐长安城，再也没有离开过城门，书院在长安城南，要去便要出城。

宁缺沉默片刻，说道："好。"

马车离开红袖招，驶过朱雀大道，出城向南而去，没有用多长时间，便来到了书院，碾过草甸，经过那些耐寒的梅丛和凋零的桃树，进到后山。简大家在后山行走，看着温暖如春的崖坪，林中隐隐可见的小院，听着瀑布的声音，神情有些复杂，始终没有说话。

绕过瀑布，穿过那道狭险的石壁，来到后山绝壁，顺着陡峭的山道，向着上方艰难地爬行，终于来到紫藤架下，来到崖洞之前。那些紫藤是桑桑种的，那座小楼是师兄师姐们修的，宁缺站在藤下，看着那些早已被风吹干的长豆，情绪微惘。

简大家走到崖洞前，借着天光看着昏暗洞里，当她看到石壁上写着的那几个字，神情微变，眼睛变得微微湿润起来，似有些动情。那是轲浩然亲笔写的字。

"这是我第一次进书院后山。"简大家转身，走到崖畔，背起双手，看着远处落日下的长安城，看着那些白云，说道，"我本以为自己永远不会进来。"

当年的那些故事，是长辈的故事，宁缺不便询问，只好沉默。

简大家说道："其实，我一直都不喜欢夫子。"宁缺不知此言何解，他总以为像老师这样的人，可以很轻易地获得所有人的敬爱，简大家为何会说不喜欢？

简大家回头看着他，说道："因为你师叔是他教出来的。"

是的，虽然夫子与轲浩然以师兄弟相称，但那是因为轲浩然太骄傲，事实上他是被夫子教出来的，至少对这个世界的看法，他受了夫子很多影响。

宁缺隐约明白了简大家的意思。

"如果不是夫子，你师叔怎么会对天那般感兴趣？"简大家看着天穹，说道，"书院总说照看人间，实际上呢？你们什么时候真正向人间看过一眼？你们总看着天上，总想着有一天要胜天要破天，可那天什么时候得罪过你们？"这段话很没有道理，尤其是在这片绝壁间、这方崖洞前说出来——当年轲浩然在崖洞里磨砺心志，夫子在崖畔吃肉饮酒骂天，直到后来，书院对这个世界的看法无论正确与否，都不可能是这种小混混打架的概念。

"他骑着黑驴，倒提着剑，莲生不如他，观主不如他，举世无敌，只要他没有活到不耐烦，再活个几千年没有任何问题，那他怎么死了？因为他狂妄到要去逆天，所以被昊天杀死。他为什么要逆天，因为他要那劳什子自由，他为什么要自由？那都是被夫子影响的，如果不是夫子，他会那么早死吗？所以这一切都是夫子的错。"从结论倒着推，而不去理会在这个过程里，轲浩然自己的心意与选择，把责任都归于夫子，这段话其实更没有道理。

宁缺为了思考观主真实想法，在长安城里行走，在雁鸣湖畔苦苦思索，精神体力疲惫至极，最后寻到唯一的长辈处，却没想到听到这样几段毫不讲理、全无干系的话。说完这番话，简大家直接离开了崖坪，顺着山道向绝壁下方走去，竟是再也没有任何言语，也没有理会宁缺。宁缺无语，很难理解这究竟是怎么了。

忽然，他隐约明白了些什么。

是的，简大家说的话完全没有任何道理，说话行事全然不讲道理，只有恨意，就像桑桑离家出走、离开人间那两次，站在他的立场上也毫无道理可言。这种不讲道理，其实也是一种道理。简大家是在用这种方式告诉他，当他想不明白某件事情的道理时，不妨不去理会那件事情，也不讲道理地从结果倒推。

桑桑将二十载的情分，将棋盘里数千年的相伴，尽数抛弃，将他留在人间，无情地回到神国，这说明她依然还是昊天。观主杀死叶苏，没有人能想得通，那么不去思考其间的道理，只看后果是什么——道门会被严重削弱，新教却不见得被压制。

这是书院最大的不解，但按照简大家的方式去思考，这却是某种佐证——再往最终的结果推，道门根基被动摇，昊天……会变弱。

这便是结果。

不去理会因果之间的联系，不去思考起始与结局之间的过程，不用猜测观主的用意，只要把眼睛盯着结果，便能接近真实。

观主希望昊天变弱。

这太荒唐，太没道理。

就像简大家说的话那样没道理。

但宁缺知道，这是真的。

他望着高远的天穹，沉默不语。

"原来是这样，那么这又意味着什么呢？"

虽然还是没有得到最后的答案，但宁缺向真实又走近了一步，距离观主的想法又近了些，或者只是一小步，却是很大的收获。因为按照惯常的思维模式，无论是他还是余帘或者大师兄，都不可能得出这个结论，或者说没有人敢得出这个结论。

道门要让昊天变弱，甚至灭亡——这不是欺师灭祖那般简单，这是从根本上违背信仰、违背逻辑的事情，根本不可能有人会这样想！简大家也不知道观主在想什么，但她能明白宁缺的困惑与痛苦，于是她用不讲道理的两段话，来替他指明道路。

观主想昊天变弱。

这是宁缺现在确定的事情，至于为什么，他隐隐有所猜测，只是还无法抓住最关键的那抹光，或者曾经明亮过，但他不敢相信。即便太阳熄灭了，生活也要继续。

想不明白观主的用意，无法让世间的局势有所变化，唐国与人间的战争再次正式开启，长安城里充满着肃杀紧张的味道，各州郡不断向边境输送着辎重粮草，军部彻夜灯火通明，不停地调兵遣将。战争既然已经开始，那么便要胜利，这是宁缺一直奉行的做事原则，也是大唐的处世原则，只是真正要施行，必然是很艰难的事情。

京畿最精锐的羽林军被调往青峡，随时准备南下清河郡，表面上看这是因为有宁缺在，长安不需要担心防御问题，但也是在说明，唐国现在承受着极大的压力，就连羽林军也必须进入战场，做好野战的准备。宁缺站在城墙上，看着落雪，看着风雪里前行的唐军，想起，战争既然开始便要胜利似乎也是某个人的做事原则。

叶红鱼真的死了吗？

以观主的行事风格和智慧能力，既然叶苏要死，她必然同时死，不会给她留下任何活路，而按照他那夜感知，她确实没有活路。知守观道人、神殿掌教熊初墨、南海赵南海，面对这样的阵容，宁缺没有信心能够逃脱，想必她也不能。

但不知道为什么，他总觉得叶红鱼没有死，他对她有种毫无道理的信心。

西陵神殿里一片死寂，石阶前跪着无数神官和执事，他们的脸色很苍白，恐惧到了极点，因为雷霆正在他们的头顶响起。那道由万道光芒组成的光幕，被雷声震得不停颤抖，仿佛随时会落下，光幕后那个高大的身影正在颤抖，因为愤怒，或者也是因为恐惧？

叶红鱼跳入深渊，掌教和赵南海等人确定她必死无疑，却也没有就此放心，派了很多人下到深渊去寻找她的尸体。绝壁下的深渊极其危险，负责此项任务的人是南海系里一位知命境的强者，还有很多道门高手，即便是这样，他们过了十余日才重新回到桃山，回来时只剩下了不到五分之一的人，最关键的是，他们没能带回掌教大人最想看到的那具尸体，便只能带回一个极不好的消息。

掌教暴怒的声音像雷霆般在道殿里炸开，跪在阶前的人们恐惧不安，不知道自己将面临怎样的惩罚，没有任何人敢说话。不知道过了多长时间，掌教终于平静下来，声音也变得沉着很多，只有真正亲近的下属，才能听出那声音里的不安。

"不惜一切代价，找到她，然后杀死她。"

西陵神殿没能在深渊底找到叶红鱼的遗体，却发现了数道车辙和有人走过的痕迹，这说明了一个令人震惊的事实。叶红鱼还活着，她从栏畔跳到绝壁里，破云坠落，在所有人都以为她必死的情况下，她依然活着，她做到了只有昊天才能做到的事情。

她是怎么做到的？

如果从头开始叙说，那要退回到半年前，当时一封信离开裁决神殿，经由最隐秘的途径送到某个地方，向对方发出了一份邀请。如果简单一些说，那么我们可以把画面转到那天夜里——就是掌教熊初墨、中年道人和赵南海三人围攻叶红鱼的那个夜晚。

夜晚之前的白天，褚由贤和陈七在道殿里慷慨而谈，代表宁缺向叶红鱼发出邀请，向整个西陵神殿表达了书院和唐国轻蔑的态度。因为叶苏的缘故，也因为对观主心意的推算，叶红鱼没有接受宁缺粗暴的邀请，却也没有让掌教把他们杀死，而是把他们关进了幽阁。

她没有接受宁缺的邀请，看起来，也不想让宁缺愤怒。

褚由贤和陈七坐在囚房里，看着石壁，沉默无语，除了一桶清水，房间里没有任何事物，也没有人送来食物。没有受折磨，没有经受裁决司恐怖的刑罚，却也没有人理会，长时间的等待其实也是一种很残酷的折磨，不知道什么时候便会有人进来把他们杀死，这种心理上的焦虑感，直接让褚由贤变得有些不安，脸色越来越苍白。

陈七想的事情却比他要深很多，他在想没有人理会自己二人，是不是叶红鱼在等着他们撞墙自杀？安静的环境，总是容易让人胡思乱想，尤其是对于擅长阴谋手段的他来说，他越想越觉得就是这么回事。叶红鱼的宽容慈悲，应该便是给自己二人自杀的机会。他告诉了褚由贤，褚由贤的脸色变得更加苍白，犹豫片刻后，询问接下来应该怎样做——马上撞墙自杀，还是再等一个晚上？

陈七没有听到——就在褚由贤开口的时候，囚室外传来一声很恐怖的巨响，那声音将褚由贤此生最有勇气的一段问话完全掩盖。随着那声恐怖巨响，紧接来到的是一阵震动，深藏于山腹里的囚室都开始剧烈地震动，桶里的清水不停摆荡，溅了很多出来。褚由贤扶着墙壁，极艰难地站稳身体，觉得头有些晕。这是地震了吗？

陈七神情变得有些严峻，快步走到石窗畔，向囚室外的绝壁间望去，只看到夜穹里的那轮明月，看不到任何别的画面。他听得很清楚，先前那道恐怖的撞击声，来自绝壁外的夜空，而那道震动，应该来自桃山高处，说明高处发生了什么事情。紧接着，桃山峰顶又传来几声巨响，震动传至囚室里，桶里的清水荡出来得越来越多，打湿地面，然后流到褚由贤身前。

褚由贤向后退了两步，看着陈七脸色苍白问道："出什么事了？"

陈七摇了摇头，说道："不知道。"

他们现在是囚犯，自然不知道此时在桃山峰顶那座黑色的裁决神殿里，道门最巅峰的数名强者，正在进行着生死搏杀。那些恐怖的撞击声，那些恐怖的震动，便是战斗的影响。

响起脚步声，褚由贤和陈七回头望去，只见一名黑衣执事走到栅栏前，取出钥匙打开栅栏，用目光示意他们跟着出来。那名黑衣执事有四十岁左右，脸色苍白至极，不是那种病弱的苍白，也与恐惧无关，只是无数年来不曾见过阳光的结果。取钥匙、开囚室的栅栏、示意犯人跟着出来，那名执事做这些事情时，苍白的脸上没有任何表情，很是平静自然。

褚由贤和陈七对视一眼，看出彼此的疑惑与不安，变化突然来临，却不知道是好是坏，离开石室后迎接他们的是死亡还是什么？离开囚室，迎接他们的是很长的通道，通道由石壁组成，高约一人半，宽不过两人，从幽阁后方某间库房斜斜向桃山下方延伸，昏暗的灯光把他们两人和那名黑衣执事的影子映在干燥的地面上，脚步声异常清晰。没有人出来拦阻，黑衣执事面无表情在前面走着，似乎很确信，整座幽阁此时已经沉睡，就算脚步声再响亮些也无妨。

通道真的很长，褚由贤和陈七在里面走了两个时辰，走到脚酸眼花，小腿肚快要抽筋，还没有看到出口，陈七敏锐地发现，这一段的通道墙壁上蒙着淡淡的灰，有被风拂过的痕迹，油灯架上滴着的油渍有些新。看见那些风拂过的痕迹，根据通道的倾斜角度和行走距离计算，应该已经快要走到山下，他放松了些——通道要走到尽头了——

接着他又紧张起来，种种细节都在证明，至少有数十年时间没有人走过这段通道。

西陵神殿的幽阁里，居然藏着这样一个不为人知的逃生通道，这是谁修的？那名黑衣执事又要带自己二人去哪里？陈七猜到了事情的真相，却更加震撼不解，叶红鱼作为裁决大神官，自然知晓幽阁最大的秘密，那些掌教都不知道的秘密，也只有她能够让整座幽阁都保持沉默，只是她为什么要暗中把自己和褚由贤放走？

通道终于走到了尽头，黑衣执事按动一块青砖，解除了机关，取出道剑，极为谨慎地拨开前方数株带着致命毒刺的灌木，带着褚由贤和陈七走了出去。

洞外便是自由，有无数星光从夜穹里洒落，被山崖绝壁间的云雾过滤，又被深渊底部的瘴气包融，从乳白变成有些诡异的紫色。陈七和褚由贤看着奇异妙异的紫色星光，得获自由的欣喜和不解带来的惘然同样强烈，一时间竟怔住不知该说些什么。

黑衣执事没有给他们说话的机会，手掌一翻把两粒药丸塞进他们的嘴里。褚由贤反应过来时，药丸已然入腹，融化不见，他大感惊怒，尤其是感觉到胸腹间的烦恶意和灼痛感后，更是悲愤至极：要杀在囚室里杀了便是，何至于要把我从囚室里放出来，走了这么远的路到了幽阁外才下毒？给予希望后再让人绝望，难道你们裁决神殿的人都是变态吗！褚由贤恐惧得瘫软在地，神智有些不清，迷迷糊糊间想着这些乱七八糟的事情，无助地等待着死亡的到来。但他等了一段时间，非但没有沉入黑暗的海洋昏睡不醒，反而变得越来越清醒……

怎么了？他有些惘然地站起身来，晃了晃头，用了很长时间才完全清醒过来，待他看到星光下那些瘴气，想起在长安城看到的那些情报，才明白那颗是解瘴毒的药丸，不由觉得好生尴尬。他擦掉额头上的汗水，拍掉身上的腐叶，向前方那名黑衣执事和陈七走去。

深渊底部的树木大部分都是藤木，没有大片的树叶，说是森林并不准确，按道理来说，视野应该相对开阔，实际上却并非如此。夜穹里洒落的星光，绝大部分都被绝壁间的云雾遮掩，所以才会变成那种诡异的紫色，而当他们站了会儿后，四周的雾瘴越来越浓，环境更是变得昏暗无比。褚由贤注意到脚下是极厚的腐叶，看着四周那些模糊的藤树影子，想起传说中幽阁后方深渊的恐怖，忽然觉得身体有些寒冷。

深渊里的雾瘴有自然蕴积的毒素，更有绝壁幽阁里无数囚徒死后残留下来的怨毒意念，混在一起极为可怕，而他此时便站在这些雾瘴里。褚由贤知道，如果不是吃了一颗解毒药丸，只怕自己此时已经五窍流血而死，现在他还活着，饶是如此，依然十分害怕，尤其是当四周藤树后方隐隐传来凄厉的动物鸣啸声后，刚刚擦干的额头迅速涌出冷汗。有毒瘴，有在毒瘴里生活了无数年的强大生物，据说从来没有人能够走出这片深渊，他们能够走出去吗？如果走不出去，岂不依然是死路一条？褚由贤胆战心惊地想着，看着原地不动的陈七和黑衣执事，不明白他们为什么不继续向前。

风从绝壁上下来，将林间的雾瘴吹得稀薄了些，星光重新落下，褚由贤这才注意到，近旁有一方水潭，水潭的那边隐隐约约有些黑影，看形状应该是马车。在这样与世隔绝的凶险地域里，居然有车队？那些马车是谁的？谁在那些马车上，停在潭那边在等谁？等自己？那我们为什么不过去？褚由贤今夜死里逃生，又遇必死深渊，精神受了多次重复冲击，早已变得有些糊涂惘然，不停想着这些乱七八糟的事情。陈七是鱼龙帮的智囊，以行事冷酷著称，自然相对要冷静很多，他只看了那边的马车数眼，便像身边的黑衣执事那样，抬头望向夜空。

那片夜空里应该会落下什么。

此时陈七已经隐约明白了些什么，看来书院的计谋已然成功，叶红鱼果然要叛出道门，只是为什么她会选择深夜离开，而且会选择这样危险的道路？最令他感到不解的是，难道叶红鱼真的会像黑衣执事目光暗示的那样，稍后从桃山峰顶跳下来，穿云破雾直接坠落到此间？桃山峰顶距离地面，仿佛要与天空一般高，绝壁间有无数凶险，深渊底的雾瘴同样也很可怕，无论谁跳下来都必死无疑。

然而绝壁间真的响起了破空声，有人真的从峰顶跳了下来！

陈七的脸色变得异常紧张，他不是宁缺，不可能对叶红鱼有那般盲目的信心，他总觉得下一刻便会看到叶红鱼的死亡。

就在这时，一道味道很复杂的阵意，在深渊底部的雾瘴里生成，绝壁上同时生出一道阵意两道阵意，在紫色的星光间相遇。

褚由贤和陈七不明白，为什么感受到那道阵意的第一时间里，下意识里会用味道形容，或者，那是因为这道阵意确实有味道？那是一股生铁的味道，而且铁上还有锈痕，有些甜，甜里又有些苦涩，还带着一股难以用言语说明的刺激感，紧接着，那味道又变成了石头的味道，再准确一些形容，应该是石头上青苔的味道，有些水润的湿意，有些植物的青涩意，很奇妙的是，舌面上却没有滑腻的感觉，那些青苔似乎瞬间便干了。

生铁的味道代表着什么？强硬？石头和青苔的味道又代表着什么？褚由贤和陈七震惊不安，然后觉得呼吸变得困难起来。之所以会呼吸困难，那是因为他们觉得自己的胸腹间，仿佛被放进了无数块石头，那些石头棱角分明，硌得人异常难受。

这究竟是什么阵法？他们震撼地回首望去，望向阵意最开始的起处——水潭对面的那辆马车，猜想那车厢里究竟坐着谁，竟如此强大！

4

那道强大的阵意顺着绝壁向桃山峰顶蔓延，又顺着雾瘴向着夜色四周蔓延，蔓延的速度在人们的感知里并不快，就像是石头在滚动，在真实的世界里却迅速成形，两道阵意没有搏杀，像两个陌生人擦肩而过，又并肩坐下，融合在一处，迅速变得浑厚无比，明明无形无质，却像变成了真实的云层。受到这道强大阵意的震荡，深渊底部的雾瘴缓慢散开，星光从紫色回复原初，洁白得仿佛是雪，地面的情形也终于看清楚了。

褚由贤和陈七觉得那道阵意像石头滚动般蔓延，直到看清楚地面，才发现原来真的有石头在滚动，而且那些石头很多。数千颗石头，在水潭旁的地面骨碌碌滚着，铺散开来，隐约构成某种图案，与之映照，绝壁间飘着的云也随之呈现出某种图案。更神奇的事情发生在绝壁上——光滑无缝的石壁间依然倔强地生着野树，无数年来承受着风吹雨打和道门阵法的威严，却不肯凋零。此时受到阵意感召，那些拥有最强悍生命力的野树，在绝壁间移动起来，根依然深植在石壁后极少的泥土里，树叶却在星光下不停招展。

这是一座大阵，真正的大阵。

深渊底部的数千颗石头，绝壁间那些摇动的树，那些簌簌落下的石砾，变化出图案的云雾，都只是这座大阵的一部分。如果说阵是大符，写出这道符的每道笔画都是在动山破土，天地为纸石为印，深渊里的雾障是墨，车旁的小潭便是砚？

感受着这道强大的阵意，陈七的心情终于不再像先前那般冰冷，对于叶红鱼活下来多了些信心，继续抬头望向夜空。车里那人布置的大阵，看似很缓慢地铺散阵意，实际上却只用了极短的时间，从裁决神殿跃下的叶红鱼，还是绝壁间一个不起眼的小黑点。绝壁间响着凄厉的呼啸破空声，那道身影高速坠落，没有任何依凭，陈七纵使猜到稍后会有变化，依然觉得这画面太过触目惊心。

确实触目惊心，因为绝壁间本就有两座阵法："触目"以及"惊心"。

触目大阵是西陵神殿用来防止窥探的神妙阵法，对高速坠落的叶红鱼或者没有太多影响，那么惊心呢？她的道心可能继续平静？一道无形阵意从绝壁间生成，那道阵意里融合了道门的绝杀冷漠意念，又有幽阁无数代囚徒的怨毒意味，杀机是那样地浓郁，竟令世界颤抖起来。石壁颤抖，壁外的云雾也开始颤抖，那道阵意带来的震动以一种神奇的方式，隔空落在高速坠落的叶红鱼身上，竟没有丝毫偏差。

隐约可见，她的身影在夜空里微微一滞。在先前战斗里破损严重的裁决神袍，被震出了无数道残影，那不是被绝壁间的山风吹出来的，而是被惊心阵意震出来的。震动由外及内，落在她的道心上，她的识海开始掀起无数狂澜，她的心脏开始加速跳动，仿佛下一刻识海便会漫堤，心脏便会破裂。当年宁缺在绝壁间缓慢地攀行，都险些被震死，今夜的她呢？

幸运的是，那夜的宁缺得到了那轮明月的帮助，温暖宁静的月光帮助他撑了过去，今夜的叶红鱼也得到了帮助，那道来自深渊底部的阵意的帮助。

绝壁间的那些野树，不停地在极小距离内来回移动着，树叶簌簌作响，树根处的泥土裂开，倔强而强大的生命力，不停清洗着绝壁间漫出来的怨毒意味。深渊底部那数千块各有棱角的顽石，彻底激发潭畔雾瘴与云雾里的阵意，向着绝壁间那道神殿传续无数年的阵法漫去。那道阵意很是淡渺，就像是烛火，却无法被吹熄，轻轻悠悠落在绝壁上，覆在惊心阵法上，竟是没有一处遗漏。大明湖底的顽石沉默无语无数年，却可以隔绝天地，深渊底的那些顽石也同样如此，绝壁上的惊心阵法顿时受到极大的影响。

一颗不起眼的石砾，如利箭一般腾空飞起，将被遮住双眼的惊心阵法，刺破了一个洞口，而其时，叶红鱼的身影刚刚落到那里。哧的一声响，绝壁外的空中出现了一个洞，之所以能够看出是一个洞，那是因为星光的折射，让那里与四周显得有些明暗不同。

叶红鱼便从那个洞口里落下，成功地避开了惊心阵的最强杀意。

但这还不足够，因为她在继续落下，因为大地的力量，她坠落的速度变得越来越快，最后竟似要变成一颗陨石。她很强大，是万法皆通的道门天才，但她是道门天才，她没有修行过，也没有办法修行魔宗的功法，所以她不能像余帘、像唐那样从天空里跳下来，如果就这样落到深渊地表，她绝对会生生摔死。

但很明显，马车里那位了不起的阵师和她早做过无数预案准备，一道念力自车厢里落到潭里，潭水微漾，便有无数阵意补充进那道大阵里。地底数千颗石头再次滚动起来，瞬间图案便有变化，潭畔的雾瘴不再躲避，应召而至，渐趋凝重，最终变成一道气垫。

呼啸的破空声，从峰顶终于来到深渊地底，阴暗林里那些发出诡异声音的兽物被惊得四处躲避，褚由贤和陈七痛苦地捂住耳朵。

又是轰的一声巨响。

一道身影重重地落在深渊地底，哗哗声中，不知多少万片腐叶与青枝被震起，像烟花一样被抛射到天空里，同时数道鲜血也染红了夜空。

看着这画面，褚由贤和陈七脸色苍白，不知她能不能活下来，抬腿便准备冲去救人，却不料四周忽然响起密集的嗖嗖破空声。数十道身影如利箭般向那边掠去，那些人全部都是裁决神殿的黑衣执事，褚由贤二人微惊，先前竟是没有发现这些人在场。

片刻后，随着脚步声，数十名黑衣执事护卫着叶红鱼走了过米。

叶红鱼看了褚由贤和陈七一眼，没有任何表情，继续向那边走去。褚由贤和陈七没有回应她的视线，侧头望向别处，似乎不敢看她——不是因为敬畏，而是因为她此时的模样。此时的她满身是血，神袍破损严重，随意堆在腰间，半身赤裸，血水还在顺着完美的曲线流淌着，有一种极残酷的美感。与褚由贤和陈七不同，叶红鱼身旁那数十名黑衣执事，却显得很寻常，脸上没有什么特殊的神情，视线也没有特别避讳什么。

褚由贤和陈七跟着走到潭的那边，离那几辆马车近了，他们才想起来先前心里最大的困惑，那位了不起的阵师究竟是谁？答案揭晓得很快，因为在那几辆马车旁，站着十余位女子，因为她们站在车的另一边，所以先前褚由贤和陈七没有看见。那些女子遮着薄纱，腰间悬着的剑式样很奇特，正是著名的秀剑，就像她们眉眼一样，清秀里有天然的柔顺，却也有不屈服的勇气。她们是大河国墨池苑的女弟子。

轻吱一声，一直紧闭的车门被推开，这时叶红鱼刚刚走到小潭那边。

一名女子从车厢里走了出来，腰间没有佩剑，只有一条碧蓝色的缎带，王冠下的黑发就像是倾泻的湖水，王袍有些宽松，看上去就像是棉裙。她清丽秀美，气息宁静喜人，戴着副世界上独一无二的眼镜，眼神却依然像当年那样，没有什么焦点，于是透着种拙拙的可爱。

她自然便是莫山山，曾经最年轻的神符师，如今的大河国女王。

叶红鱼向她走去，血水在半裸的身躯上流淌着，那些墨池苑的女弟子有些讶异，不敢多看，不明白她为何会毫不在意。这种态度很强大，不是豪迈，更不是放荡，叶红鱼不在意自己的身体被别人看到，不是她骄傲于自己的美丽，想把自己的身体展示给这个世界，而是她根木没有把身躯当作一回事，已经没有性别的意识。

从坐到墨玉神座的那一刻开始，她便成为人间高高在上的存在，早已超越了男女的界限，因为她已经不再是普通的人类。所以她才会如此平静漠然，那些忠诚于她的黑衣执事，也必须学会平静漠然，褚由贤与陈七还有墨池苑的女弟子们，虽然觉得很不适应，但因为她的身份地位，却不敢发表任何意见，只能避开眼光。

莫山山不一样。她离开马车向前迎去，行走间将身上纯白色的王袍脱了下来，随风而舞，落时便裹住了叶红鱼的身体。看着叶红鱼雪白的脸颊，她蹙眉担心问道："没事吧？"

"没事。"叶红鱼面无表情说道。

莫山山眉间忧色难去，她很清楚，虽然早有准备，但想从道门三巨头的手中逃走，那必然要付出极大代价。她再次确认道："真没事？"

叶红鱼眉头微挑，似有些不豫，说道："我有什么事？"

说完这句话，她向马车走去，却也没有扔掉莫山山替她披上的王袍。

刚刚走进车厢，她便闭上双眼，坐下，然后开始不停流血。

莫山山走到她身前，伸手握住她的手，很是担心。

细长的睫毛在雪白的皮肤上，平静有如冰里的柳叶，没有一丝颤动，她的眼睛里却有血水不停溢出，耳朵里和唇角也开始有血溢出。莫山山知道这是她身体里的伤患开始爆发，只能默默祈祷她能够撑过去，至少要撑到走出这片深渊。

数辆马车开始缓缓移动，从潭边向某处走去，此时的深渊底部重新被雾瘴笼罩，没有一丝星光落下，自然很难分清楚方向。

褚由贤和陈七不知道要去哪里，被墨池苑弟子们接入马车，沉默地跟着众人一起行走，最后终于忍不住开始询问对方。与陈七交谈的是墨池苑首徒酌之华，她没有说太多细节，但通过与先前亲眼看到的那座大阵还有那些画面相对照，事情的真相已经明了。

今夜发生的事情，都在叶红鱼的准备之中，无论宁缺有没有让褚由贤和陈七把那几句话带到桃山，她都已经开始在做叛出道门的准备，不是因为她与宁缺之间亦敌亦友的复杂关系，不是因为她在长安城里住过很长时间。因为她是叶苏的妹妹。

她和宁缺的判断其实很相似，都以为观主不会采取最极端的那种处理方法，但她和宁缺同样习惯于不信任任何人，包括自己的判断，习惯性地要给自己留一条后路，或者说留一条活路。她很清楚，如果这些事情真的发生，自己将要面对的将是怎样的惊涛骇浪，所以后路便是最后的路，活路便是唯一能活的路，她必须保证隐秘，不能被观主和掌教发现，那么宁缺这种无耻之徒，更不能知道。

她只信任那些值得信任的人，如今的修行界，大概只剩下书院大师兄和君陌，还有一人是个和她很不同，某些方面却极相似的女子。

很多天前，一封书信离开裁决神殿，经由最隐秘的渠道，越过滔滔大河，来到满是枫叶的大河国国都，悄无声息送进了皇宫。就任大河国国君已经数年时间的莫山山，就因为那样简单的一封书信，耗费了很多精神，让国民以及西陵神殿以为自己还在宫中，实际上却是悄悄离开了大河，来到了西陵神殿，并且在幽阁里一住便是很多天。

已经被道门警惕，但叶红鱼毕竟还是裁决大神官，她帮着莫山山隐居在桃山深处，莫山山则用这些天来研习如何破除绝壁里的阵法。

在这个过程里，两个人都有极大的收益。莫山山对块垒大阵的掌握愈发纯熟可怕，叶红鱼则是观其布阵，触类旁通，又得新的道法，今夜在裁决神殿里，面对掌教熊初墨的天启，她敛息为石，硬生生借势为速，其实便是对块垒阵意极高明的化用。

时间还是不够，莫山山没有办法破解桃山前坪的清光大阵，叶红鱼只能把后路选择在桃山后麓，那是最后的逃亡路线。除此之外，为了今夜她们准备了很多方案，只是观主的决断太过冷静可怕，以至于那些更好的方案，竟是完全无用。

十余日前，莫山山便打通了这条路，昨夜收到裁决神殿异动的消息，她和叶红鱼的部属便开始布置，开始等待，然后成功。

修行界曾经有所谓三痴的说法，道痴、书痴与花痴，那是境界与天赋最高，也最为美貌的女修行者。如今花痴陆晨迦在月轮清修，早已不问世事，叶红鱼成为裁决大神官，莫山山成为大河国女王，都是最了不起的人物。谁都没有想到，在修行生涯里似乎并没有太多接触，更没有什么亲密感情的这两位女子，居然会瞒着全世界携起手来，而且默契到了如此程度。

叶红鱼寄出那封信等于是把自己的生命交给了对方，她是冷酷的裁决，连书院都不相信，却愿意相信莫山山，而莫山山作为一代女王，接到那封信后更是想都不想，便离开了自己的国家，冒着巨险远赴西陵神殿。她们之间的这种信任究竟来自何处？日后，当这段传奇故事，被新教刻意传遍整个人间后，这个问题时常会被人思考，然后不得其解。

这个问题的答案大概只有宁缺知道，因为很多年，那道铁索下的吊篮里有他，魔宗山门的白骨山前也有他，他见过她们以死相争，也见过她们生死与共，见过她们青春相伴，见过她们……像普通的少女那样聊过天。

深渊底雾瘴深沉，一行人虽然都吃了裁决司专门配制的解毒药丸，还是觉得有些昏沉，尤其是那些看似神骏的马匹，更是疲惫，所以车队前行的速度很缓慢，令众人觉得安慰的是，想来神殿派来确认的人也会很慢。

走了很长时间，终于有光线穿越雾气，落到幽暗的林里，却不知是清晨还是烈日当空，队伍里有莫山山这名境界高妙的神符师，还有裁决神殿那些最擅长逃亡杀人的黑衣执事，本没有道路的深渊，竟生生被走出了一条道路。

车轮在腐败的树叶上碾压，地面太过松软，不时起伏，坐在车厢里，就像是坐在船上一般，有人会觉得舒服，有些人则会有些晕。叶红鱼醒了过来，莫山山松了口气，将清水递到她唇边，喂她喝了两口，轻声问道："感觉怎么样？要不要吃些东西？"

"有些晕。"叶红鱼蹙眉说道。

可能是饿了，也可能是流血过多，也可能是晕船，但她却觉得不是这些原因，因为除了眩晕，她还觉得胸腹间有些难受。那种难受来自道心，也来自真实的心脏，她的道心忽然变得有些不稳，她的心脏忽然加速跳动，血管里的血如潮水般起伏不定。

一时心血来潮，必有事情发生。

她掀起车窗的窗帘，向远方望去。

林里满是雾瘴，阳光变得很柔和，落在她雪白的脸庞上，很是美丽。然而柔和的阳光，却注定模糊远方的景物，就算睁着眼睛不眨，想要看得更远一些，也根本无法做到。她还是静静看着那处，她知道那里是东北方向，她不知道为什么是，但她知道是，因为宋国便在东北，叶苏在东北。阳光变得越来越柔和，甚至有些柔软，仿佛不再依照直线行走，而变成了水般的事物，将画面都变得荡漾起来。

叶红鱼看着柔软的阳光里那些变形的画面，很认真地分辨着。

她好像看到了知守观，看到了山道，看到了背着木剑的单薄少年，看到了碧蓝的海，看到了他冷漠的脸，最后她看到了青峡，终于看到了他的笑容，他的身影渐渐远去，不再像从前那般挺直，却越来越高大。他的身影最终消失在阳光里，再也找不到了。

就在这一刻，叶红鱼知道，兄长离开了这个世界。

她闭上眼睛，不是昏睡，只是不想看。

唇角再次溢出鲜血，不是因为内伤，而是因为心伤。她的脸色变得异常雪白，是因为柔软的阳光忽然变得清冷起来。过了会儿，她再次睁开眼睛，已经平静，眼眸明亮至极，最深处没有星辰幻灭重生，只有一颗最明亮的星，悬在静寂的夜空里。

那片碧蓝的腰子海是假的，是莫山山腰间的缎。

可惜感觉是真的，他真的已经离开。

她眼睛最深处的那颗明星忽然闪烁起来。

两道极细的血水，从她的眼角淌出。

她面无表情，没有悲痛，她没有流泪，只在流血。

莫山山却在她脸上看到了无限悲痛，在她的眼里看到了一片汪洋，心头一痛，伸手握住她的手，什么话也没有说，只是这样紧紧地握着。

走出深渊，越过青丘，早已做好准备，又有裁决司暗中配合，车队一行没有受到任何阻拦，甚至西陵神殿方面根本不知道他们的存在。走出西陵神国，便来到了滔滔大河前，在那道著名的铁链前，叶红鱼看了片刻，然后车队继续南下，进入了大河国境内。

此时叶苏的死讯已经传遍天下，大河国作为唐国最忠实的盟友，也已进入全面备战，国君不在，并没有影响朝臣们的判断，街上的民众，腰间都悬着秀剑，神情严肃地行走在霜枫之间，真有了全民皆兵的感觉。

沿途，叶红鱼通过身边的黑衣执事，不断发布命令，让裁决神殿里依然效忠于自己的神官执事潜伏起来，因为桃山必然会迎来一场血腥的清洗，她不知道那些人有多少还能活下来，但总要尽力争取。在皇宫前的石阶上，莫山山与叶红鱼告别，叶红鱼将去莫干山墨池苑养伤，同时那里将成为旧裁决神殿的办事地点，她虽然还有些担心叶红鱼的伤势，但她毕竟是国君，有很多政务需要处理，尤其是当前这般严峻的局势下，她肩上要承担的责任太重，不可能继续远离大河国的权力中心。

"我很想知道，在那道铁链前，你看着大河究竟想了些什么。"

"柳白观大河悟剑，那道剑被他画在纸上，寄给了我，我想看看，我现在的剑和那条大河之间还有多少差距。"叶红鱼说的差距，不是指剑道境界的差距，而是别的。

"柳白和兄长做的事情，是我未曾做过的，对于信仰的态度，我始终淡然，这或者也是一种虔诚，或者我需要改变些什么。"

莫山山说道："整个人间都将改变。"

叶红鱼知道她说的是新教，说道："我将拿起剑，守护他的信仰。"

从说出这句话开始，新教便有了一位新的守护人。在叶苏创建新教的过程里，最开始的守护人是剑圣柳白，后来是柳亦青，剑阁在其间发挥了最重要的作用。书院与新教之间有千丝万缕的联系，但无论是大师兄还是宁缺，都不可能扮演这种角色，因为他们是无信者。

叶红鱼转身，看着莫山山继续说道："我还需要你更多的帮助。"

莫山山明白她的意思，新教传播，如果有一个世俗国度的支持，那么必然会发展得更加快速，基础也会更加稳固。就像书院无法扮演守护人的道理一样，唐国可以给予新教最直接的武力支持，却没有办法让新教在国境内直接占据精神统治地位。大河国没有这个问题，生活在这里的人们，虽然亲近唐人，却依然是昊天的信徒，也没有什么昊天道南门的说法，最关键的是，她是国君。

"这是自然要做的事情。"莫山山把眼镜向上顶了顶，模样很可爱。

叶红鱼注意到她的动作，皱眉问道："宁缺做的？"

莫山山有些不好意思，解释道："治眼睛的，很好用。"

"只要你别误以为是定情物就好。"叶红鱼微嘲说道，"你去桃山助我，最根本的原因，就是你想帮宁缺，这些事情他知道吗？就算知道他会在意吗？"

莫山山看着皇城角落里那株花树，说道："那树花自己开着，不需要别人看。"

叶红鱼叹道："这是何等样白痴的说法。"

莫山山微笑说道："他最喜欢骂人白痴，以前在我面前也骂过你。"

"能不能不要什么事情都联系到那个无耻无用的家伙？"叶红鱼微怒说道，"世间女子大多不知自爱，能让我瞧得起的极少，你在其间，可若你摆脱不了那个弱点，终究也只能是个普通女子。"

莫山山好奇问道："什么弱点？"

"情爱，或者说宁缺。若有欲望，寻个男人上床便是，别的所谓感情都是虚假，沉醉在那些情绪里，实在愚蠢得令人愤怒。"

莫山山有些无奈，说道："这并不是一回事。"

"就算你说得有道理，就算情爱如蜜，可以尝尝，你也不应该找宁缺那个废物，像他那般无耻的人少有，那般无能的我更是未曾见过。"叶红鱼面无表情地给出最负面的评价。

以往她其实很欣赏宁缺，哪怕他确实很无耻，但至少在某些方面他所表现出来的东西很符合她的审美或者说理念，她甚至以为他是和自己很相似的一类人。现在她的看法发生了很大的改变——她没能阻止宋国都城小院里的那把火，因为她事实上等于被困在西陵神殿，也因为她以为书院能够把叶苏保护好，但宁缺没能做到。

"我走了。"

"好好养伤。"

"你就一直在皇宫里？"

"我是国君。"

"你有没有想过，如果去长安，或者能够发挥更大的作用。"

"但我是国君……虽然是被动当上的，但既然我是国君，我便要对大河的子民负责，战争已经开始，我怎能离开？"

叶红鱼不再多说什么。

她将褚由贤和陈七唤来，递给他们一封信，说道："只能让宁缺看。"他们不知道那封信里写着什么内容，但通过叶红鱼的神情便知道内容非常重要。去往唐国的马车，带着那封信向远处驶去，叶红鱼也准备登车，便在这时，听到后方宫门处的一番对话。

说话的人是天猫女，这话是对莫山山说的。

"既然……昊天不在人间，我们为什么不去长安城？"

莫山山没有应答，不知道是没有答案，还是别的什么原因。

叶红鱼回头，看着天猫女微讽一笑，也没有说什么，步入车厢，命令下属驾车离开。出国都上官道，暮时方至莫干山，马车行走在静寂的山道上，夕阳将西方的天空涂红，叶红鱼掀起车帘，看着如血暮色，心想神国到底在哪里？你又真的在那里吗？

陈皮皮一行人，回到了长安城，宁缺在城门处接着他们，却没有发现大师兄的身影。

"师兄有事离开，要你不用担心。"陈皮皮看着他说道，"这次的事情，你不要有太多心理负担，我那父亲行事，就像是天下溪的指意一般，谁也不知道会落在何处，不是你的错。"再次重逢，没有愤怒与失望，只是安慰，宁缺知道陈皮皮就是这样的人，没有意外，却觉得心情变得更加沉重，尤其是当四师兄看着他叹了口气后，更是如此。

宁缺揖手，对着他们以及那些剑阁弟子们拜过，然后对陈皮皮说道："终究是我的错。"陈皮皮说道："老师曾经说过，求仁者得仁，无所怨，师兄他离开之时，应该便是这样的心情，活着的人离开的人，都各有所获，既然如此，何错之有。"四师兄也说道："如果你真认为自己错，以后不要再犯错就好。"

宁缺转身望向城门外官道上忙碌的无数车队，说道："我不会再给自己犯错的机会。"离家数载的人们回家，又有很多人离家去往边疆。随着时日转移，局势愈发紧张，大唐帝国迎来最艰难的时局，也开始了最彻底最强悍的动员，千年来累积的资源与精神气质，在这种时刻展露无遗，没有人畏惧战争到来，只静静地期待着。

无数辎重粮草，从各州郡的常备库里启运，无数铁骑从各地军营里离开，驶向边境各种关隘。新建数年的东北边军，人数远未恢复到夏侯领军的极盛之时，也开始做着灭燕的准备，土阳城里人声鼎沸，战马鸣声不绝，大将军府里，无数作战计划逐步形成确定的方案，都是屠成京的方案。羽林军从长安南下，已经抵达青峡背后的平原，与扼守青峡数年之久的征南军会合，准备痛击南方清河郡里的数十万南晋军队以及西陵神殿的护教骑兵。

最关键也是最凶险的战场，依然在帝国西北，金帐王廷举族南下，一场灭国之战难以避免地将要发生，无数军令从北大营向边地发出，二十万最精锐的镇北军已集合完毕，准备用自己的热血与生命，与那些草原上的蛮人较量一番。只是失去向晚原数年时间，唐军严重缺乏战马，训练有素的老骑兵都只能阵列在前，以步兵的形式出战，怎么看都觉得令人不安。

冬日最严寒的那几天，褚由贤和陈七也终于回到了长安城，从西陵南下大河，再穿过密林，偷偷绕过月轮国重新回到唐境，他们吃了很多的苦，好在没有丢掉那封信。

宁缺接过那封带着汗渍的信，知道褚由贤这数十天一直把信贴身藏着，不由微微挑眉，心想叶红鱼在这信里究竟写着什么，竟需要如此郑重其事，难道她不明白，口信要相对安全很多？除非叶红鱼想对他说的话，不能让别人知道，哪怕是他很信任的褚由贤和陈七，也不能知道丝毫。捏碎火印，撕开信封，他抽出那张薄薄的纸，目光落在上面，看到了她写的那些话，纸上的字很少，不需要看太长时间，但那些字很重要，所以他看了很长时间。

"不可能。"

这是宁缺看到叶红鱼的推论后，产生的第一反应。

那场春风化雨后，他再也没有感受到她的存在，他看着那艘巨船，在满天霞色里向着神国驶去，他认为她肯定回到了神国，对他来说她已经死了。

如果叶红鱼说的是对的呢？

很多事情或者便能找到答案，比如观主的选择指向何处，只是依然找不到他为什么那样选择最深层最真实的答案。当然，对宁缺来说这些事情都不重要，他的所有精神都被这封信字面上的意思所吞噬，她没有回到神国还在人间？

宁缺知道，自己离开长安城的时候到了。他沉默了很长时间，入宫与李渔长谈一夜，把很多事情交代清楚，又给莫山山写了封信，最终却又撕掉，然后他登上了城楼。

他在城楼观风景。

桑桑当年降世，在西陵神殿时，他便看了很长时间，后来她离开人间，他以为她离开人间回到神国后，他又看了很长时间。他看着无数强者，看着云走云留，他看着人间的大好河山，看着这座城和这个国，但事实上，他也是在寻找，他想寻找到她留下的痕迹。

其时是清晨，他在城墙小屋旁煮了一锅青菜粥，趁着热喝了，喝到浑身发热，落下的雪花触着脸便融化。然后他走到城墙旁，面朝人间，弯弓搭箭。

有长安城这座惊神阵的帮助，他的元十三箭可以做到很多匪夷所思的事情，却也要受很多限制，想要真正发挥作用，需要很多条件，比如秋天在临康城皇宫前，他本想和大师兄配合着尝试杀死酒徒，一旦被酒徒察觉，便再很难有效果。因为这些以及别的原因，桃山光明祭后的好些年时间，他的铁箭都再没有出现在人间的天空里。

此时他箭指人间，难道真的要射谁？

叶苏死后，隆庆离开宋国都城，带着两千神殿护教骑兵，冒着风雪向北而去。

接着大师兄离开，他去寻找先行脱困的陈皮皮一行人。就像过去那些年里一样，酒徒也随他而去。大师兄找到陈皮皮一行，护送他们突破西陵神殿的重重追杀回到唐境，然后他没有继续跟随，看着他们进入长安城后便先行离开，不知去了哪里。

当时如果酒徒同时进入无距，或者能追上大师兄，就像以前那样，但不知为何，他反应慢了一瞬，双脚在寒冷的雪面上有些滞，似是被冻僵了，于是便失去对方行踪。因为酒徒不想追，一路随行，他有很多时间思考，他越来越靠近真相，所以他的反应慢了些，身影也变得萧索很多，他转身向东方走去。大师兄在宋国都城说过，他会后悔，是的，他开始后悔了。

小镇在唐国东面，他在雪地上走得很缓慢，走到第二天，才走回小镇，他没有回自己家，而是去了隔壁镇上唯一那家书画铺子，让朝小树泡壶好茶来喝。茶终究不如酒好喝——酒徒用两根手指拈着小瓷杯，看着杯中澄黄色的茶汤，感受着唇齿间的微涩意味，心想但至少涩茶能饮，涩酒便没法喝了。

朝小树坐在茶案对面，神情平静，拈着茶杯，送至四方天地之间，以茶洗洗茶，以海煮茶海，一撮旧茶，配着铁壶里白烟蒸腾的新水，便有了很妙的茶意。二人没有说话，只是静静饮着茶，酒徒很喜欢这种感觉，他觉得朝小树是有资格和自己喝茶的人，可惜对方只是个普通人，不然他或者会请对方饮自己壶里的酒。

铺子里还是那两名据说是老板亲戚的伙计，只是随着时间流逝，当初长安城里剽悍无双的两名少年，现在已经成了青年，眉眼间的神情变得平静很多。张三和李四在下棋，下的是黑白棋，非常专心，根本没有察觉到酒徒的目光，他们皱着眉头冥思苦想。

在酒徒眼里，张三和李四的棋下得极烂，当然不是说真的烂，而是他的眼光太高。活了无数万年的人，很容易无聊，那么自然会去尝试所有有趣的事情，比如游戏。他和屠夫二人，早就将人类的那些游戏翻来覆去玩了无数遍，而且像他这样的大修行者，自然智商极高，水平境界可想而知，即便他的天赋值没有加在棋道上，除了书院后山和烂柯寺寥寥数人，还真没人能在棋盘上胜过他。水平高的人看水平低的人下棋，那都是臭棋。

看了会儿，酒徒便觉得好生无趣，恰此时第五泡茶汤也已饮过，剩的残茶便没了滋味，新沏又没那个必要，他觉得自己的心静了很多，站起身调侃了张三李四两句，又与朝小树说了说县学最近的新闻，便向铺外走去。他还是没有回宅子，也没有去那家酒肆，而是去了镇上唯一那家肉铺——其实那家酒肆也是唯一一家，以此观之，这小镇上很多东西都是唯一的，或者这也正是他和屠夫要的。

肉铺里一片昏暗，到处是腥臭的味道，那是鲜血与肉膻还有内脏粪尿混合在一起的味道，酒徒微微皱眉，将自己的嗅觉淡化，然后找了个稍微干净些的地方坐了下来。屠夫正在给猪蹄去毛，十几只白白胖胖的猪蹄被整齐地码在案板上，正在接受他手里烈火的烧灼，随着轻微的哧响，淡淡的焦味渐渐弥漫开来，猪蹄表面也变得有些微黄。

酒徒看着这幕画面，摇了摇头，从腰间取下酒壶开始饮酒，他很清楚屠夫为什么始终不肯放弃这个营生或者说爱好，但他对这方面真没有爱好。猪蹄去完毛，便要切开，屠夫拿起那把油乎乎的菜刀，正准备砍落，手臂却忽然变得僵硬起来，因为他察觉到了酒徒的异样，因为酒徒今天的话太少。

屠夫转身看着他，看了会儿，问道："怎么了？"

他和酒徒在这个小镇上住了很多年。更早前，他们在别的小镇上住着。他们很了解彼此，想不了解都很困难。在那很多年里，他们只是躲藏着，享受着那些早已享受过无数次从而变得很无趣的乐趣，直到这些年他们才重临人间。更准确地说，出现在人间的是酒徒，因为他比较快，屠夫则还是像以前那样，在肉铺里屠猪宰羊，天天与猪蹄羊头血盆相伴，但如果哪天出现酒徒无法解决的事情时，他自然会将屠刀插入腰间，走出肉铺，开始去杀人。

他知道酒徒最近在做什么——要盯着夫子的首徒，然后去了趟宋国国都。他也知道叶苏已经死了，当他感知到东海畔那道圣光时，也为其间隐藏着的神圣意味而动容。

酒徒没有直接回答他的问题，而是继续饮酒，如鲸吞海般饮酒，以无量境界饮酒，久久未曾放下酒壶，直至半个时辰之后，酒壶在淌落最后一滴酒液后，终于空了。除了曾被桑桑一饮而尽，那酒壶从来没有真正空过——今天却空了，壶中无量数的酒水尽数被酒徒灌入腹中。

屠夫的神情变得异常凝重，他已经很多年没有看到酒徒如此紧张，上一次如此时，是昊天降临人间来到小镇的那天，再前一次则是老黄牛拖着一辆破车走进小镇的那一刻。

酒徒放下酒壶，抬头望向他。

随着这个动作，那些灌入他腹中的酒水，尽数化作汗水，从他身体表面的数万毛孔里溢出，哗哗声响里，他的身体变成瀑布的源头，无数清水喷涌而落，四处流淌，瞬间便把肉铺地面上的那些骨渣肉末和血水尽数洗净。

他的身体仿佛酒囊，此时被清空，那些水洗过地面后，被肉铺外吹来的寒风一激，顿时挥发不见，无数道气流向着四周狂吐，吹得肉铺招牌呼呼作响，不得安宁。

屠夫看着他苍白的脸颊，手里的刀握得更紧了些。

"有件事情……可能有件事情，我做错了。"酒徒看着他，喃喃说道，"李慢慢说我会后悔，现在想起来，真有些后悔，我不知道还能不能挽回。"

屠夫微微皱眉，将刀插入腰间，走到他面前，居高临下说道："叶苏死，是好事。"

"现在看来，书院和道门都想让昊天变弱……那么叶苏的死便不见得是好事。"

"什么意思？"

"我一开始的时候也没想明白，直到看着李慢慢过长安而不入，才想到某种可能性。"酒徒的眼里闪过一抹悸色，说道，"他不理长安城就这么走了，消失无踪，陈某离开桃山，也不知道去了哪里，他们想做什么？有什么事情比整个人间更重要？"

屠夫平时话不多，看着有些憨拙，有时候还会表现得很怯懦，但实际上他从不缺少智慧，他很快便想明白，比整个人间加起来都更重要的……当然是神国。他抬头，视线穿过肉铺上方破烂的石棉瓦角，落在灰暗的天穹上，仿佛要看清楚神国里的动静。

夫子与昊天在那里战斗已经数年，没有任何信息传到人间，没有雷霆也没有雨露，没有飓风没有天谕。但那注定会是这个世界从诞生以来最重要的一场战斗，将会决定人间的走向。

以屠夫酒徒的境界，自然能感知到在那场战斗里，夫子没有任何优势，那轮明月正在逐渐黯淡。他在酒徒面前坐下，从旁边抱起水桶，开始喝水，亦如鲸吞海洋，只有无尽的清水，才能稍平静心头的躁意。那是焦虑引发的躁意。

观主和李慢慢都失踪了，他们在人间寻找什么，他们寻找的比整个人间都重要，那就是神国——或者说，那是一个所有人都以为已经回到神国的伟大存在。不提书院，只说观主找到那个存在后，会做些什么？他做的事情都指向不怎么好的事情。屠夫越想越是恐惧不安，难道真有人敢杀昊天？这个念头像剔骨刀般在他的身躯里刻磨着，让他痒到极点，痛到极点，惶恐到了极点，也不安到了极点。

不知过了多长时间，他终于放下水桶，那些喝进体内的清水化作汗浆涌将出来，湿了油乎乎的衣裳与皮围裙，淌落在地上再次流过，只是那些水带着淡淡的血腥味："就算昊天真的没有回到神国，他为什么要杀她？他……为什么敢杀她？他凭什么杀她？"

"至于凭什么……我也不理解，就算新教会让她变弱，就算神国里的她因为夫子的原因，没有办法帮助她，但又哪里是他能战胜的？他的狂妄令我不安。"酒徒脸色苍白，"至于他为什么要杀她……我不敢去想，我想就算是佛陀也不敢那般想。"

屠夫脸色难看至极，喝道："他居然……胆大……包天！"

酒徒声音微涩说道："他以前的胆子何曾小过？"

5

屠夫沉默不语，想起数年前，观主让酒徒去西荒与讲经首座相见，何尝不是想对她不利。

"不愧是道门千年以来第一人。"屠夫站起身来，擦掉身上的水渍，感慨说道。

酒徒看着他，说道："我们该怎么做？"或者说，我们该怎么选择？

屠夫说道："不要忘记，现在有两个昊天。"如果她真的没有回到神国，还在人间，那么天上有个她，人间也有个她，只是不知哪个才是真的她。

"如果陈某是按照天上那个她的意思行事……成功的概率会很大，但我不知道天上那个她，会不会履行我们和人间那个她之间达成的协议，所以我们不能让人间那个她死。"

酒徒和屠夫活的时间太长，所以太怕死。

昊天的光辉笼罩人间时，他们像老鼠一样躲藏，当夫子发现他们后，他们沉默老实，夫子登天观主登陆之后，他们依然沉默老实，他们从来都没有揭竿而起的勇气。但他们依然有贪念，那份贪念仿佛是无数人类本能里贪婪的集合，那样浓郁，那样不甘，他们想要永恒。永恒不属于人间，只属于神国，他们得到了桑桑的承诺或者说恩赐，于是他们平静喜乐起来，不再枯守过往无数万年的无趣生涯，直到现在……他们发现可能有两个昊天。

以前这种情况也出现过。当桑桑随宁缺在红尘里游历时，或者更早的时候，当她随宁缺在岷山在渭城生活时，从存在意义上来说，一直都有两个昊天，但其中之一没有醒来，当她醒来后，她与神国里的自己亦不分彼此。但观主最近的行为，预示着……极有可能，没能回到神国的她，与留在神国的她，已经踏进了不同的河流。那么，他们与桑桑之间达成的协议还有没有效？神国里那位昊天有什么想法？他们应该去追随谁？

屠夫看着酒徒严肃说道："幸运的是我们也有两个人，如果真的有两个昊天，那么……一人守一个。"

酒徒站起身来，说道："也只能如此，就算选择错误也不至于全盘皆输，最后的时刻也能有所为。"

"你也去。"

"必然之事。"

"如果她真的没回神国，还在人间，你一定要赶在观主和李慢慢之前找到她……"

"那你？"

屠夫走回案板前，将那些猪蹄扔进大锅里，看着在卤水里沉浮的猪蹄，说道："我去桃山，假如道门真的是按照神国昊天的意志在行事，那么他们需要我的帮助。"

除了书画铺、肉铺以及那家酒肆，小镇上还有唯一的一家赌档。生活在镇上的人不多，富庶的人家很少，游手好闲的烂赌鬼相对少见，所以赌档的生意向来不怎么好，但这并不影响镇上很多男人天天来报到，乐此不疲。

张三和李四围在台前，看着那些筹码和大小的图案，听着荷官的吆喝，闻着周遭的脂粉酒气，很是兴奋。在长安城李四就喜欢到处斯混，算不上什么好孩子，张三在家乡也是争勇斗狠得厉害，为了母亲的事情不知打破了多少乡民脑袋，而且他们在书院的时间太短，没机会接受李慢慢的德育以及君陌的棍棒教育，所以对赌博都没有什么抵触心理。

"为什么我们总在输？"再次输掉几块铜板后，李四咬着牙恨恨说道，"我就不相信是技术问题，也不可能是智商问题。"张三在旁提醒道："那年和小师叔玩过几把，不也一直在输？小师叔说我们这是人品问题。"

"我们人品难道还不好？如果不好，怎么会被老师看中？你是宰相的儿子，还是说我是公主的弟弟？"李四没好气地说道，从怀里掏出一把碎银子，塞了一半到张三手里，然后啪的一声，重重放到桌上，"两手一起抓！我押大你押小！总能有人赢！"

没过多长时间，张三和李四悻悻然地离开了赌档，低着头回到了铺子里，朝小树正在用清水洗棋子，看他们神情便知道又输光了，笑着问了几句情形。

"两边下注，必输无疑，这么做的人真是愚蠢至极。"

朝小树微笑说道，视线却没有落在张三和李四的身上，而是越过他们的肩头，落在街那头的肉铺处。张三和李四的神情很平静，不复先前骂骂咧咧的模样，似乎根本不心疼在赌档里输掉的碎银子。要去赌档，必然要经过肉铺，可以听到肉铺里的人说话，是的，铺子里的人肯定知道……但张念祖只是张三，李光地只是李四，他们只是普通人，谁会在意呢？

"我去写封信。"朝小树向后院走去。

肉铺里，在满地的清水和淡淡血腥味道里，屠夫和酒徒对坐无言，该说的话已经说完，情绪却一时不能复原。

忽然间，屠夫的眉挑了起来，扎在腰带里的刀呼啸破空而起，被握在手里，横挡在脸前。他的身体反应更加迅速，已然蹲到了案板后方，神情显得极度凝重，映在油光锃亮的刀面上。他感觉到了极度的危险，数年前桃山光明祭时，他也曾经感受过那种危险，今天那危险又来了。酒徒起身，长衫猎猎作响，似乎下刻便会消失在风中。他们都感受到了来自长安城的威胁，那道铁箭指着的方向正在人间缓慢移动，随着那个人的视线。

宁缺要射谁？

阳州城里到处都是血与尸体，血已凝固，变成黑色，尸体被雪覆盖，一时却不会腐烂。城外富春江里也到处都是血，原本清澈的江水上漂浮着死人，画面很是触目惊心。

一座神辇在江畔，对着青峡的方向。

横木立人盘膝坐在辇上，稚嫩的脸上没有任何表情，但谁都能从他微微扬起的唇角和明亮的眼眸里看到他的骄傲。这些天他领着西陵神殿的护教骑兵在清河郡里杀人无数，美丽静雅的小桥流水已经被血染红，喜鹊再难看见，枝头栖着的都是乌鸦。

他傲然于自己的事迹，自己的强大，他看着远处天边隐约可见的青峡，摊开双手迎向天穹，若有所指。君陌在那处以一敌万，震惊人间时，他还只是天谕院里一个不起眼的砍柴小厮，他很遗憾没有赶上那场大战，更遗憾于君陌已经断臂，那么，就算现在战而胜之又有什么滋味。这般想着，遗憾渐渐变成傲然，所有情绪在横木立人的身躯里，最终都会变成傲然，仿佛是昊天给他留下的烙印。

忽然间，他挑眉，挥手便有风自富春江上起，带着淡淡的血腥味席卷而至，将神辇前面无数重幔纱拂落。一层纱两层纱，无数层纱依次迅速落下，将他的身影遮在最深处，辇畔的下属和田野里那些虔诚的信徒，再也无法看到他的容颜，无法分享他的荣光与骄傲。横木立人不喜欢这样，却不得不这样，甚至他还要守神抱缺，收敛气息，让道心宁静得像真正的枯井。因为他如果再坚持自己的傲然，他很担心会被那个人看到，就算那个人看不到，也很担心会引起对方的注意，从而想方设法让那个人看到，所以他必须低调再低调。

那是谦逊吗？不是，谦逊是一种主动的品德，而他是被动地低调，这是一种羞辱，一种彻头彻尾的羞辱。无数重幔纱深处，横木立人低着头，稚嫩的脸上布满了愤怒引发的潮红，他嘴唇翕动，带着难以形容的恨意喃喃："有本事你出来，有本事你出来，有本事你出来啊！"

离开宋国都城后，隆庆带着下属和两千余名西陵神殿护教骑兵北上，回到故国成京，与这些年一直驻守在这里的护教骑兵会合。国政自有燕皇处理——他对兄长的能力很信任，也没有什么精神去管那些小事，他的目光始终停留在北方，留在他重新崛起的东荒上，落在那个像幽灵般的绝世强者身上。

余帘对东荒的清扫已进入尾声，西陵神殿这几年里做了很多次尝试，想要阻止，却没有任何办法，反而折损了更多高手，于是最后只好把眼一遮，当作什么都没有看见。他却不能装作看不见，不是因为东荒是他重新崛起之地，有感情，而是因为东荒之南便是燕国，荒人部落重新南下，燕国首当其冲，灭国的危险近在眼前。

忽然间，隆庆收回望向草原的目光，望向长安城的方向，就在前一刻，他感觉到有道类似于神识之类的波动，在成京城轻拂而过。只有宁缺能感知到一片海洋，神识能扫遍整个人间。隆庆沉默，却不像屠夫那般狼狈，平静似并不在意，也没有像酒徒那样随时准备用无距远遁，因为他不会无距，也因为他不准备离开。

修行界被宁缺用元十三箭射过，还活下来的人只有三个：悬空寺讲经首座、叶红鱼以及他。而其中，只有他真正地体会过那道铁箭的恐怖，他胸腹间的那个洞，时至今日还在讲述当年的故事，他对那道铁箭太过熟悉，知晓有关于它的很多事情——就算天启，就算有长安城的帮助，宁缺能看遍人间，但他要准确地瞄准人间某处，依然需要有人帮助他定位，换句话说，需要有人把他的目标逼至最巅峰的境界。

这些都是隆庆推算出来的，所以他不担心，因为大先生应该已经远离人间，但他还是沉默了，毕竟那是元十三箭。君子无所争，必也射乎。书院很讲究射这个字，当宁缺准备射的时候，全世界都很安静。再强大的修行者，再自信自恋的强者，都不想成为他的目标。那道铁箭或者并不足以射杀屠夫这样的人，但没有人敢冒险——那年光明祭，清河郡那名知命境强者死了，诸姓供在云端的崔老太爷也死了。

他们被一箭射死了。

宁缺看人间，目光在广阔的原野山川间移动，铁箭也随之移动，最后落在了西方荒原深处。那里什么都没有，没有战斗，他的识海里感知不到任何特殊的光点，那里太过遥远，仿佛到了天涯，纵是他的神识去到那里后，也变得极为淡渺，很难分辨。

但他还是静静地瞄准着那里，因为他一定要做些事情，当观主消失在风雪里后，当他离开长安城之前，那些事该做了。最强大状态下的元十三箭，可以威胁到所有的强者，但那需要整座长安城为他提供动力，也需要配合，只是很多人都忘了，宁缺用铁箭第一次千里杀人时，配合他的并不是大师兄。那天富春江畔的园林里，向前踏出一步，报出自己姓名便让崔老太爷毫不犹豫释放全部境界的人……是君陌。

荒原上的风雪停了些天，忽然间又落了下来，而且越来越大，渐成暴烈之势。金帐王廷冒着风雪举族南下——草原部落每个成年男丁都是最优秀的骑兵，现在的镇北军抵抗的便是数十万精锐。

西方草原，风雪同样暴烈，右帐王廷精骑尽出，因远离中原而多年不曾征战的骑兵，没有南下月轮，也没有冒险东归去那片恐怖的泥塘，而是向着更加遥远的西方——苦寒的气候，艰难的粮草补给，都没能让人们的脚步变得迟疑，因为他们将要去往的地方叫悬空寺。

右帐王廷接到佛宗谕旨，以最快速度派出了援兵——能够去往传说中的佛国，对于虔诚信仰佛宗的草原蛮人们来说，是极大的荣耀与不可错失的机缘，风雪和漫漫征程又算得了什么？就当成是佛祖的考验罢了。在前方领路的僧兵神情却极为严峻，和王庭那些欢欣鼓舞而去的贵人们不同，他们更清醒，向来高高在上的悬空寺居然向世俗求援，只能说明，现在佛国的局势已经变得非常困难，已经到了真正危险的时候。

荒原天坑底，如过去无数年那般阴森晦暗，只是如今的原野间多了很多篝火，火堆散播着黄色的、温暖的光芒，将冥界般的世界照亮了很多，也为失散在黑夜里的可怜人们指明了方向，吸引着越来越多的同伴。君陌站在远离火堆的一处草甸前，看着数百里外那座高耸入云的巨峰，脸上没有任何表情。和当年相比，他瘦削了很多，英俊的脸颊黝黑了很多，空空的袖管在风中摆荡，微青的发茬坚硬如剑。

前三年，后三年，他在这里生活了很长时间，战斗了很长时间，生命不息战斗不止这八个字都不足以形容他所经历的所有。但没有人知道他到底有多疲惫，因为从来没有人在他平静的面容里看到任何疲惫或者挫败之类的负面情绪。

般若巨峰还是那般雄奇高险，茂密的树林间，那些黄色庙宇依然如过去那些年般肃穆庄严，每天清晨黄昏时的钟声还是那般悠远，悬空寺依然高高在上，仿佛什么都没有改变。愤怒的火焰从地底原野的边缘烧到峰下，愤怒的起义者们无数次杀到这里，然后被打回，仿佛永远无法成功。但事实上已经有很多事情改变了，而且再也无法回到当年，比如被桑桑毁掉的大雄宝殿再没有重修，被她掷进地底岩浆热河里的佛祖棋盘，注定无法重见天日。

已经有很多人死去，而且不断有人死去，无论是悬空寺的僧侣大德，部落里的贵人和忠于他们的武装，还是那些拿着木棍骨棒愤怒的农奴起义者，都在死去——那些钟声都是丧钟，哪里悠远？君陌看着般若峰，看着峰间那些高险的山崖，看着佛祖留下的身躯，沉默不语，神情坚毅。他不知道什么时候能够带领人们杀到般若峰顶，将那些黄色的寺庙烧成灰烬，但他想，继续坚持下去，或者会有那天。空荡荡的袖管被风吹得到处乱飘，偶尔掀起然后又拧在了一处，君陌侧目望去，准备解开，前方雾里却有一道箭射了过来，他反手用铁剑格开，微微皱眉，一名曾经的女奴上前替他解开。

这场起义已经持续了很多年，野火早已燃遍整片原野，君陌清楚，悬空寺到最后必然不会再在意佛国的神秘和信仰的高远，会向世俗里的力量求援，或者是月轮或者是右帐王廷。他面临的局面会变得非常困难，甚至有可能永远无法带领那些奴隶们走出地底，寻找真正的家园。但，那又如何？他做过了，还在继续做。

士……或者可以不胜利，但不可不弘毅。

他有些疲惫地低下头，不想让四周的人看到。

他是书院的二师兄，这些年远离中原，在无人知晓的地底沉默地战斗着，渐被世人遗忘。他曾经最讲礼数，最重仪态，现在却穿着破落的僧衣，踩着破烂的皮靴，哪还有当年的风采？但有资格知道他在做什么的人，哪里敢对他有半分轻视，哪怕他远离中原，他的每个举动依然能影响整个人间，一直影响到大陆边缘。

——悬空寺如今被起义军的野火焚烧着，哪里还能参加到人间的战争里？月轮国和右帐王廷，哪里还能对唐国造成威胁？道门和佛宗再无法像当年那般联手对付书院——人间的局势早在悄无声息之间，便发生了很多变化，造成这些变化的只是君陌一个人。他只有一只左手，只用一把铁剑，便替唐国抵挡住了三分之一的敌人。

如此想来，他做的事情真的很了不起，对佛宗奴役了无数年的地底人类很了不起，对唐国也很了不起。很难找到词语来形容君陌这些年做的事情、来描述他的丰功与伟业，如果不在乎词义，或者壮阔二字最合适。

君陌不讨人喜欢，他不苟言笑、神情严肃，喜欢用棍棒教育书院同门，就连喜欢都不知道怎么表现，所以他不像大师兄，也不像陈皮皮那样集万千宠爱于一身。君陌喜欢与敌人讲道理，实际上那些道理没有任何道理，所以那些敌人每每想起他，都会觉得头痛。

但君陌很壮阔。君陌眼里有碧海蓝天，怀里有壮阔胸膛，不屑知道天多高、地多厚，所以他进一步依然海阔天空。正因为壮阔，君陌并不认为自己是一个人在战斗，这大概便是隆庆这种人永远及不上他的地方。他有部属，有追随者，从数十人到数百人数千人，再到如今漫山遍野，他坚持认为那些人都是同伴，是同路者。

君陌身后数千名正在沉默驻营的战士，最早跟随他，是现在起义者最核心的力量，在这些年的战斗里，曾经只知道种青稞、放羊的奴隶们，渐渐强大起来，只握过农具的手现在握着武器也是那样稳定。他们都很像君陌，他们都有壮阔的胸膛，都有高贵的情怀。

在寒冬的这场战役里，君陌率领的数万起义者，成功地突破了贵族武装的防线，来到般若峰脚下，就像过去那些年他们经常做到的那样——没有一名义军因此而欢欣鼓舞，因为过往的历史早已证明，他们很难在这里坚持太长时间。这里距离般若峰里数千座寺庙太近，悬空寺里的僧侣们可以做出及时的支援，面对佛宗强者们的突袭，起义者们直到现在也没有更好的应对方法，君陌毕竟只有一个人。

但他们还是不惜牺牲很多人，强势地突破到了这里，哪怕明天可能便要主动撤回，因为这是君陌的要求，他是想向悬空寺不停证明义军的坚韧，还是想通过胜利，让士气有些低落的义军们重新振奋起来？只有君陌自己知道原因，甚至他也无法确认，自己的想法是不是正确的，能不能与万里之外遥相呼应。

般若峰底，数万满身盔甲的贵族武装之后，是数千名袈裟飘飘的悬空寺僧兵，有戒律院的罗汉强者，而在山道石阶上方，有位神情坚毅的真正强者，佛宗行走七念："你们不可能上山，强行进攻，徒增死伤又有什么意义？上天有好生之德，我佛慈悲，退去吧。"七念的声音像钟声一般，飘荡在阴暗的地底原野上，数万起义者听着他的话，反应各不相同。

君陌面无表情看着他，说道："这山我上过。"他左手倒提着铁剑，看着七念脸上那道伤疤，这句话便是在揭对方的伤疤，说对方的伤心事。

当年桑桑和宁缺被困佛祖棋盘，为救小师弟脱困，君陌单剑闯山，生生杀破数道防线，最终杀到那片山崖间，与悬空寺讲经首座相见，然后才有棋盘开启的故事。在那个过程里，他与七念真正地硬撼过一次，他很理所当然地胜了，七念付出了数颗牙与重伤的代价。

"就算你能上山，那又如何？"七念平静说着话，没有任何被羞辱的感觉，"家师便在山崖间坐着，你又能如何？"是的，即便闯进般若峰，又能如何？君陌曾经进过山，但却不能留，那便不是胜，没有意义。

"我不如何，我只是不喜欢听你们这些秃驴说我佛慈悲、上天有好生之德这种话，那很可恶，会让我愤怒。"君陌说道，"所以待我上山后，我会朝你师傅脸上吐口唾沫，看看他会如何反应，是待山风自干，还是拿起锡杖与我战，只是他走得太慢，想要杀我真的很难，所以你们只有看着。"

"为了满足你的威风，让这么多人死去……我以为这并不符合书院的意趣，更不是夫子的教诲。"七念看着他身后那些穿着破烂兽皮衣裳的农奴起义者们，脸上流露出怜悯的情绪，说道，"为什么不能议和？"

君陌静静看着七念，就像看着一个白痴。

七念微微挑眉："你究竟想做什么？"

君陌没有告诉他自己想做什么，而是直接在有些冷的草甸上坐了下来，取出数块小石头，扔了出去，那些小石头骨碌碌滚着，最后静止。人们看着这画面，心想这是占卜？那些小石头真的像龟甲牛骨一样有用？那么现在兆示了些什么？

君陌不是在占卜。

断臂之后，他数夜之间，黑发变灰，然后被他一剪而尽，他开始研读佛经，境界渐深，在这片原野上被称为上师，但这并不代表他真的信佛，变成了一名僧侣——他依然秉持着书院的理念，不语怪力乱神，不看六合之外，不思生死那头，不寄命运于卦象。他是在计算，以感知到的很多信息碎片为数字，不停进行着计算，这个过程很复杂，需要很强大的算术能力，不过他这方面的能力毋庸置疑。

小石头散落在枯黄的野草间。君陌沉默看着这些草与石，想了很多事情，叶苏死了，证明观主不在意道门的前景，证明他不在意昊天信仰的根基，证明他不在意昊天变弱，这是为什么呢？他的视线离开草与石，落在灰暗的天穹上，然后想到了一种可能，彼处有她，此处有她，此处就在人间，离人间最近，若信仰削弱，自然是此处的她首先变弱。当然，首先这要证明确实有两个她。君陌无法证明，只能通过观主的行事进行大致的模拟，因为那样能够最好地解释观主为什么这样做。

桑桑没有回到神国吗？还在人间？君陌的眉头皱了起来，无论观主是领奉神国之她想要杀死桑桑，还是自行想要杀死桑桑，他都不能接受。或者是因为对手最想做到的事情，便一定不能让他做到，但也有可能只是因为在人间的她……是桑桑？君陌认为宁缺也应该算到，或者知道了这种可能，那么他一定会离开长安城，去寻找她的踪迹。

对于这一点他没有任何怀疑，因为他很了解宁缺和桑桑，他知道对宁缺来说，桑桑比什么都重要，哪怕是整个人间。宁缺离开长安城前会做些什么？元十三箭离开长安城，便会失去千里杀人的神威，他一定会想着要试试。铁箭会射向何方？不会是西陵神殿，有桃山清光大阵的庇护，大师兄都无法进入，铁箭也不能。不会是金帐王廷，更不会是燕国或东荒，只能是这里。是的，宁缺这时候正瞄准着悬空寺。

君陌这样认为——宁缺离开长安，很想他能早些回去，他虽然不自恋，却很平静地知道自己的强大。换句话来说，这样的选择最划算。宁缺是个锱铢必较的人，他要消耗掉一道甚至有可能是数道铁箭，那么便一定要收获最大的利益。

思至此时，君陌抬头望向峰间极高的一处崖坪。

讲经首座在那里。

数年前，讲经首座被大师兄和他轮番狂砸，后又被桑桑所震，受了些伤，一直在清修。但他坐在崖坪间，这座巨峰便仿佛永世不会倒，那些黄庙里的僧人和部落贵族的武装，便永远不会失去信心。君陌决定了自己要做些什么。

从把石头扔到草里，他沉默了很长时间，无论是对面的敌人还是义军，都渐渐变得诧异起来。君陌拔剑，所谓拔其实只是把铁剑举起来，那道方正宽直的铁剑，指着灰暗的天空，很像火把。这并不是进攻的信号，这让义军们很困惑，很不安。再如何困惑不安，也不能违背军令，峰前原野上的义军们缓缓向后退去，如潮水一般。

他们目视着站在草甸上的君陌，虽然还是不解，却并不担心。君陌从来没有宣称过自己是解放者，是领路人，是仁慈的神或人间的佛，但在这些奴隶们的心里，他就是大慈大悲的救世主，就是要带引自己进入极乐世界的真正佛。佛，自然不会有事。

七念手掌横在胸前，念珠随风轻摆，庄严的身外法像，在晦暗的光线里若隐若现，威势无双。"你要做什么？"他看着君陌，隐隐有些不安。

数万奴隶正像潮水一般退去，黑压压席卷天地间，湮没石与河，吞噬遇到的所有，画面很是壮阔。君陌没有回话，握着铁剑向前走去，向数万敌人走去，虽孤身一人，画面却更加壮阔。铁剑割破寒风，所有人的呼吸都停滞了瞬间。

君陌要闯山，再次闯山。

当年他手执铁剑，站在青峡之前，数万铁骑便不能再向前踏进一步，今日他要闯山，这数万人可否拦得住？七念和悬空寺戒律院的那些佛宗强者，联手或者要胜过他的铁剑，但般若峰如此大，怎么能守？只要不惜代价，他总可以闯进山峰，只是七念非常不解，这样做有什么意义？君陌为什么要这样做？

前次闯山，因为他要救小师弟，此番闯山，亦是如此，他要让小师弟放心地离开长安，去做他的事。有道理，有理由，这事便做得，可以理所当然地去做。晦暗的世界里，铁剑破风而起，厮杀之声震天而响，无数残肢断臂，开始飞舞，无数鲜血开始泼洒。佛经诵唱之声不绝，高寺远钟悠扬，佛宗气息大盛，无数强者围攻而至，却始终无法吞噬那道剑光。

君陌开始闯山。

一闯便是三天三夜。

蔓藤那边的山道上到处都是僧侣的尸体，鲜血像溪流般不停淌着，他的身体也已经完全被血水染红。这道崖坪上没有梨树，只有很多蔓藤，破旧的庙宇早已变成了废墟，只有一座蒙着灰的白塔。白塔前没有坐人，坐着位容貌寻常的老僧，那是人间的佛。

君陌走到老僧身前，前一刻七念被他用铁剑拍落山涧，一时不能便至，已经没有人能阻止他。悬空寺诸僧其实也没想过真正阻止他，因为就算他闯山成功，来到崖坪上，他又能做什么？他是书院了不起的二师兄，但面对着佛宗境界已然至金刚不坏真身的讲经首座，难道还想奢望胜利？讲经首座睁开眼睛，看着他说道："数年时间不见，二先生一如昨日，风尘仆仆，只是憔悴了。"讲经首座的笑容很温和，眼神很宁静。

君陌看着崖畔那个缺口，沉默片刻后说道："一日不能将这万恶的佛国烧毁，一日便不能安眠，风尘憔悴自然事。"那处曾经有株梨树，后来被他用铁剑把山崖切开，那株梨树被带到万里之外，应该植在书院后山里。如今那株梨树，青叶不知多大了，君陌忽然有些怀念。是该抓紧些了。

讲经首座看着他，平静说道："那箭，射不死我。"书院现在最强大的手段，或者说最有效的杀伤方法，对于修行界顶尖的大人物来说，不是秘密。多年前在月轮国白塔寺，讲经首座便接过宁缺的铁箭，更准确来说，他连接都没接，因为他避都没有避。有长安城为源的铁箭，自然要比当年的铁箭强大无数倍，但首座依然不惧，因为他金刚不坏。

同样是面对元十三箭，首座的神情要比屠夫平静很多，一是因为生死观不同，二是因为他曾经经历过。看着浑身是血、脸色苍白的君陌，首座的眉在风中轻舞，不是得意，而是不世强者的淡然。

"世间从来没有能够镇压一切的法器，佛祖留下的棋盘不能，那铃铛不能，书院凡人打造的铁箭如何能？"首座微笑着问道，"我真的很不理解，那些铁箭可以射死很多人，为何你们一定要选择射我？"

"你和观主、酒徒和屠夫，这四个人是铁箭射不死的，其余能被铁箭射死的人，便能被杀死，何必浪费？"君陌说道，这是他真实的想法，看似有些无奈，但实际上话语背后，隐藏着的还是他和书院的绝对自信。

"但你们还是射不死我。"首座说道，"你付出如此大的代价，再次强行闯山，只是为了刺我一剑，好让宁缺射箭，如今知晓，那些铁箭对我并无意义，你会不会觉得你这三天三夜不眠不休血战……以至于这些年你不眠不休血战，根本没有意义？"

首座看着他，面露怜悯之意。

君陌握着铁剑的手紧了紧。

地底佛国燃遍原野的怒火，看似滔天而起，终有一日能将整座悬空寺烧成灰烬，但只有他知道，如果没有办法战胜峰间的那位老僧，那么这场征战还将永无止期地继续下去。

或者真的没有意义吧？但真的很有意思。

"你问我们为什么要射你……道理很简单，因为你太慢，就这么天天杵在崖坪上，不射有些可惜。"君陌向前踏出一步，来到白塔前，有前夜的雨水从塔檐滴落，顺着崖坪的裂缝，流到他的脚下。血水从他的身上淌落，落在那片水洼里，溅起水滴，迎着天坑外的晨光，能够看清楚，丝丝缕缕的血丝在水滴里流转，把光线绕成无数种模样，纠缠在一处。

忽然间，那滴水里的无数丝光线骤然散开，无论是曲折的还是柔软如绵的，都碎成最细的粉末，于是水珠光明一片。之所以如此，是因为铁剑斩碎了崖坪上的一切，也斩碎了那道水洼以及跃起的水珠，便似连光线也斩碎了。哧的一声厉响，铁剑挟风而起，破风而出，便在眼睛都不及眨动的瞬间内，来到讲经首座的身前。

铁剑刺中首座的胸腹，发出一声闷响，如重物击中石鼓，又如石块击中铜钟，嗡鸣回荡。总之，这绝对不是铁器击中人体的声音，因为讲经首座早已修成佛身，金刚不坏，超凡脱俗！君陌的铁剑，曾经斩破无数山崖秋风，便是连南方那条大河，也曾被他斩断过，今日却是进不得首座身躯一厘！看着讲经首座神情肃穆平静的模样，君陌神情漠然，并不震骇，只是如剑般的双眉挑了起来。

一声清啸，从崖坪间向着般若峰四周传播，震得林间惊鸟乱飞，瀑布迎风而乱，落叶簌簌而舞。君陌清啸，修为尽数灌于铁剑之中……挑！他挑眉，然后挑剑！铁剑在首座胸间微陷，然后向上挑起！数十年来，铁剑就像君陌一样，宁折不弯，然而此时却发生了微小的弯曲，因为承受了极大重量。君陌想用铁剑把首座挑起，准确来说，就是要把首座与地面分开，因为他的力量是来自于大地。

安忍不动如大地——这是悬空寺讲经首座恐怖的境界形容，也是对力量来源的说明。君陌要做的事情，便是要让他离开地面，即便不能破其金刚不坏法身，也要最大限度地弱化对方的佛法神通。讲经首座乃是佛宗最强者，行走在人间的佛，他的境界修为高深程度可想而知，既然与大地的联系，是他的凭恃，那么自然不会轻易地让人切断这种联系。事物与地面之间的联系，就是引力，引力就是重量，联系得越紧密，引力便越强，事物也就越重。

讲经首座与大地之间的联系举世无双，那么从另一个角度上来说，他便是这个世界上最重的人。大师兄曾经说过，讲经首座和屠夫，是世界上走得最慢的数人之一，其中的道理，便是因为那两个人都很重。要切断首座与大地之间的联系，就等于要承荷如此重的分量，甚至等于要挑起地面，谁能做到？铁剑在寒风里发着令人牙酸的声音，微微弯曲的剑身，不停地颤抖，似乎下一刻便会断开。君陌神情依然漠然，微微挑起的剑眉下，寒星般的眼眸里没有任何情绪，只有坚毅与决心。

清啸再次响彻崖坪，然后传遍峰上峰下，引得那些正赶来的悬空寺诸僧好生骇然，心生惧意。君陌于清啸声中，向前再踏一步，铁剑抵着首座的胸口，硬生生地将他向后推了一尺距离！首座依然坐在地面上，与大地之间的联系没有被切割开，但他被铁剑推动了，这足以说明某种可能！是的，首座的身躯与大地连为一体，仿佛不能切开，但事实上数年前有人曾经让他离开过地面。当年首座的手放在佛祖棋盘上，正是君陌的铁剑，将棋盘挑起一瞬，从而也将首座的身体挑离崖面一瞬。就是那一瞬间，李慢慢飘然而至，带着首座离开了崖坪，开始在天空与地面之间穿越，然后撞击。今日李慢慢不在，但铁剑在。簌簌声起，讲经首座看似瘦弱的身躯，触到了那座残破的白塔，塔上顿时出现了一个人形的痕迹。

清啸之声再起，已是第三声。

事不过三。

君陌铁剑不再继续弯曲，猛然挣直，就像是被巨石压了无数万年的石猴，终于挣破了天地的束缚。铁剑获得了自由。由弯折回复平直，所释放的力量，都落在了讲经首座的身上，那具瘦弱的身躯，终于离开了地面！至此刻，首座终于不能再安坐如大地。

他依然金刚不坏，沉稳不动如山。

但青山哪怕再雄壮，又如何能与大地相提并论？

君陌的铁剑，何时曾对青山低首过？铁剑再起，首座离地已有一尺。

白塔表面被震得不停碎裂，石砾四处迸射，他的两道白眉在寒风里飘舞不停，偶有枯叶落下，触着白眉便碎成齑粉。他静静看着君陌，忽然闭上了双眼，开始念诵佛经——他感受到了危险，因为胸前这柄铁剑，也因为远处那道铁箭。

般若峰前的天穹里，忽然响起一道极凄厉的鸣啸，和先前君陌三声清啸相比，这道鸣啸的声音要大上无数倍，也恐怖无数倍，没有任何情绪，漠然冷酷之极。或者是因为，发出这道鸣啸的事物，本身就是冰冷的钢铁，不像人类一般拥有情绪，它存在的目的就是杀人。

崖坪上的那棵梨树如今种在书院里，靠着山崖那面还有很多青藤和菩提树之类的植株，此时无论是细叶还是阔叶，在听着那道凄厉鸣啸之后，都开始脱离枝茎，落向地面——无边落木萧萧下。此时是寒冬，萧瑟的不是秋风，是箭意。崖坪后方那座半成废墟的旧庙，轰然倒塌，变成满地碎石和无数根梁木的胡乱搭砌，露出后方山崖间的洞口。

　　一道铁箭出现在讲经首座的左胸上。

　　那道铁箭浑体黝黑，笔直得仿佛完美的直线，没有一丝偏差，不知是用什么材质制成，给人一种噬魂的感觉，而上面用无限繁复笔触刻成的符纹，更是让这种感觉被放大了无数倍。铁箭就这样出现了，出现得毫无道理，莫名其妙，没有人能说明白其中的道理，没有人能够形容其神妙。

　　前一刻，它还在万里之外，下一刻，便出现在般若峰间，与那道凄厉的鸣啸没有任何关系。这道铁箭仿佛根本没有飞过万里江山，也不像无距那样穿越天地元气的夹层，而更像是本来就在讲经首座的左胸间停留了很多年时间，只是有人想了想，于是它就显现出了恐怖身影。

　　首座低头望向胸口那道铁箭。

　　铁箭未能射入他的血肉，锋利的箭镞仿佛静止，但他知道下一刹那开始，铁箭便会动起来。铁箭开始动了，冷酷而专注地向里面行走。刹那后，数万次颤抖，降临在讲经首座瘦弱的身躯上，锋利的箭镞，不停地向里陷落。如果有人仔细去看，甚至能看到箭镞最前端，有很多铁屑般的事物，正在不停撒落！首座身躯金刚不坏，果然强大得难以想象，居然连书院用秘种合金集体打造的元十三箭，也都磨损成这种模样！

　　就在此时，凄厉的鸣啸再次响起！

　　第二道铁箭再次毫无征兆地出现在讲经首座右胸前！

　　铁箭挟着万里之外的力量，轰然而至！

　　一道铁箭便是一座长安城，两道铁箭便是两座长安城！

　　首座与大地断开联系，再如何金刚不坏，我用两座长安城轰你，你又如何承受得住！他的脸色变得异常苍白，被君陌铁剑挑至半空中的身躯不停颤抖，枯瘦的双手在风中拈花。风是崖坪上的寒风，也是万里外长安来的箭风，首座的手指正在回弯，拇指尚未触到，便被箭风吹散，拈花之意顿时不再存在。然后他欲道佛言，箭风狂啸灌入，亦是无法出声，即便有偈道出，被吹成含混字眼，又有什么用处？

轰的一声，首座的身体摏入白塔，本就破旧的白塔，顿时解体碎裂，从中间断成两截！在铁箭的威力下，首座的身躯继续向后倒掠，越过已成废墟的破庙，直接进入幽深的崖洞，君陌依然不离，铁剑继续上挑。轰隆声中，烟尘大作，崖洞里传来无数震动，过了很长时间，震动和声音才变得稍微小了些。谁都不知道，首座被那两道铁箭射进般若峰里何处，烟尘弥漫间，崖壁不停震动，仿佛便要垮塌。

般若峰间，有无数悬空寺僧人正在向崖坪方向赶来，他们在山道上听着凄厉啸鸣，看着崖坪处升腾的烟尘，不明白发生了什么事情，却觉得极度不安，很是慌张。

般若峰极其巨大，乃是佛祖涅槃后留下的遗蜕所化，讲经首座静修的那道崖坪，便是佛祖的左手，过往无数年间，佛祖始终摊着手，指间拈着一朵花，便是那棵梨树。数年前，那棵梨树被书院挖走，佛祖的指间便不再有花，自然也没有了拈花的意味，向着天穹摊开的手掌，隐隐对着胸口处，就是那片长满蔓藤和菩提树的山崖。

当僧众们终于赶到崖坪上，看到的是一片惨不忍睹的画面，曾经郁郁葱葱的蔓藤，很凄凉地到处断着，在白塔与旧庙的废墟里，像死蛇般毫无生气，而那些菩提树更是连痕迹都找不到丝毫，大概是混进了石砾中，变成了粉末。崖坪上的裂缝极深，仿佛要透出山体，直至山洞，山壁上那条幽深的洞，更是让人产生一种极度恐惧的感觉，没有人知道那洞究竟多深，有没有深到佛祖身躯的心脏处，还是已经过去了，首座在里面？

在般若峰极深处，距离山崖表面十余里的地方，还残留着轰隆如雷的声音，无数石砾正在到处飞舞，击打得洞壁上到处都是噗噗的闷声。石砾与石壁的撞击，之所以会发出沉闷的声音，是因为这道山洞，是讲经首座的身躯前一刻才生生撞击出来的，洞壁上最表面那层，都被摩擦得极热，甚至隐隐发红，快要变成流动的岩浆，所以有些发软。

崖洞最深处，除了洞壁上隐隐的红光，没有任何光线，但这里的两个人都不是普通人，他们能够看得很清楚。烟尘渐敛，雷声渐止。君陌握着铁剑的手，有些微微颤抖，无数鲜血，正从他的伤口里流出，落在滚烫的地面上，发出哧哧的声音。首座依然被他用铁剑挑在半空里，袈裟早已被摩擦得变成了碎缕，锡杖也不知去了何处，枯瘦苍老的身躯上满是尘土，看上去格外可怜。两道铁箭贯穿了首座的左右胸口，锋利的箭镞应该刺进了首座身后的崖壁，留了一半箭杆在外，还有箭尾轻摆。

自修成金刚不坏以来，这大概是讲经首座第一次被人间的武器伤到，如果让悬空寺诸僧看到这个画面，定骇然无语。但首座没有流血，他纵使被宁缺从万里外用两道铁箭贯穿，依然没有流血，苍白的脸上没有血色，胸口也没有血水。被铁箭破开的身躯上，伤口很明显，但从伤口处看不到血肉与骨头，如金如玉。

首座看着君陌，艰难说道："我说过，你们射不死我。"

君陌没有说话，调集全身境界修为，挥动铁剑，面无表情向着那两根铁箭砸了下去！砰砰响声在幽寂的崖洞深处不停响起。不知道过了多长时间，声音终于停了。君陌用铁剑撑着自己疲惫的身体，调息片刻后，重新挺直身躯，望向崖壁上，满意地点点头。

坚硬的铁箭，竟是被他用铁剑生生打弯，铁箭变成铁镣，从首座瘦弱的身躯穿过去，让他再难脱离。首座脚不能沾地，后背不能触着崖壁，与这个世界唯一的联系，就是那两根已经弯曲的铁箭。他与大地的联系，被完全切断。

君陌自然很满意，然后才回答首座先前那句话："射不死你，但可以钉死你。"

说话时，他神情平静却豪情丛生，师兄弟携手击败人间佛，并且将其困死在山峰里，如何能不心生壮阔之意。

这里是般若峰的最深处，无论到峰顶，到崖坪，还是到天坑地底，距离都是十余里，没有区别。山峰表面的声音传不到这里，地下河水的声音传不到这里，这里不会有任何声音，死寂如同坟墓。首座看着自己胸前的那两道铁箭，感受着那道清晰的痛楚，想起自己已经有很多年没有这样的感觉，有些新鲜、有些生动，苍老的脸上流露出自嘲的情绪。他修佛无数年方修至巅峰，晋身金刚不坏，本以为夫子登天之后，便再没有谁能够威胁到自己，谁能想到，数年前数年后，连续两次他被书院两名弟子联手惨败。

"你觉得这样就能囚住我？"

"你将不饮不食，听不见声音，看不到光线，你将衰弱而老，或饥饿而死，或绝望而疯，你或者能够活下来，甚至挣脱这两根铁箭，以无上毅力走出幽暗的山洞……但到那时，你一力维护的佛国，必将已经被我的铁剑毁灭。"

君陌的这段话不是威胁，更不是恐吓——威胁和恐吓从来都不是他的战斗方式——他只是在陈述事实。唯因为是事实，陈述得如此平静，于是才真正恐怖。不饮不食，无声无光，孤单寂寞，与世隔绝……那是何等样的折磨，除了莲生没有人经历过，即便是莲生，也被折磨得险些发疯，讲经首座最后会落个如何下场？

首座艰难合十，看着君陌悲悯说道："我佛慈悲。"他本应悲悯自己的悲惨遭遇，为此后数年甚至数十年的地狱生涯而悲伤，他却悲悯着对方，悲悯着书院的选择。

"你佛慈悲，书院不慈悲？自大狂妄而令人作呕。"君陌面无表情说道，"无数年来，这佛国化无数生人为白骨，役无数灵魂为奴隶，人骨砌成的山峰，人血涂成的金顶，美妙的极乐世界？这里是幽冥，毁掉这一切，杀死你和这些秃驴，那才是真正的慈悲。"

说完这段话，他没有再说什么，转身向着崖洞外走去，随意拂袖，铁剑破空再起，切削落无数崖石，将这条通道堵得死死的，风和雨、光线与空气都不能进。

宁缺在城墙上等了三天三夜，整个人间也等了三天三夜，无论是小镇上的屠夫，还是清河郡的横木，都沉默了三天三夜，等着他的箭究竟会射向哪里。

以往或者还有可能，他不会射出铁箭——所谓的大杀器，在没有施出的时候才最有威慑力，而且这样的手段一旦使用，便会打破双方之间的平衡，宁缺也不敢轻举妄动。但现在不同。观主飘然下桃山，就此失踪不见，酒徒不再盯着书院，修行界的平衡已经被打破，更重要的是，人间感觉到了宁缺的焦虑，那么他今日必然会射。

长安城外出现了两道洞，不是空间撕扯形成的通道，也不是真实的箭洞，只是铁箭形成的冷凝云。两道冷凝云，向着西方的天边延伸，过了数十里后消失不见，已经足够看清楚方向指着何处。湛蓝的天空里出现两道笔直的云线，就像当年的天空里出现一道由地面生出的彩虹，都是极罕见的奇观。

很多长安百姓携老扶幼到街上来看，兴高采烈地议论着，推算着十三先生又把哪位敌方强者射杀了。茶馆里的争论更是激烈至极，有人说是金帐王廷的单于，有人说是昊天留给人间的礼物，那个叫阿打的小奴隶……战争开始，唐国举世为敌，边疆每时每刻都有人在死去，民众的情绪难免有些压抑和晦暗，今日这两道箭云终于成功地令精神抖擞起来。

宁缺也在看着天空里的那两道冷凝云，天光落在脸上，让脸色显得更加苍白，他的眼中亦是喜色难禁，两道铁箭让他损耗了无数精神，也让他收获了很多。

修行界有些传说级别的武器：比如佛祖留下的棋盘，比如盂兰铃，比如道门教典里记载的某些圣器，再比如现在才刚开始在人间展露恐怖神威的几卷天书，当然更不能忘了夫子留下的那座长安城，但那些武器大多数来自天赐，或者是像夫子、佛祖这样人物的遗存。由修行者自行打造，却能表现出传说级别威力的武器，非常稀少。如今还存在的，除了书院前贤和墨池苑曾经的大师联手制作的河山盘，便只有元十三箭。

时至今日，宁缺的铁箭已然声震天下，所有修行者都知道那是恐怖的大杀器，但真正明白其中原理，明白那道铁箭为什么拥有如此难以想象的威力的，只有书院后山众人。元十三箭的强大在于宁缺最初异想天开的设想，以及书院诸人匪夷所思的实践能力，强在它是一种符箭。所有人都以为元十三箭是箭，但其实并不是。

符箭，不是箭，而是符。

或者，应该把元十三箭看作一种箭符。

每次铁箭射人间，便是宁缺在人间写了个符。

当铁箭离开弓弦的那瞬间，箭杆上的符纹被刻满，并不代表那个符已经写完，相反，那才是真正的符的第一道笔画。只有当铁箭出现在目标之前，最后一道笔画才会落在彼处，至此才能说宁缺把那个符写完了。符是整体，缺少任何笔画，都不算完成，宁缺射箭的过程，自然也是整体，从铁箭离弦到命中目标，这个过程无法切割，所以铁箭一旦射发，便强大不可摧。铁箭写出的大符自成一体，自然没有时间与空间的概念需要，所以表现得甚至比无距更难以想象。同时因为符从最开始到最后都是相互联系的，宁缺不需要看，只需要知道最后一笔应该落在何处，那么他便能让铁箭落在何处。

在他的识海里，在他写符的时候，长安城与遥远的西荒，本质是联系在一起的，箭最后落在崖坪上，出现在讲经首座的身前，这道符才写完。空间都无法切割开这道符，无法阻止那道铁箭，再加上长安城的力量，金刚不坏的佛身又如何？最初书院研发出元十三箭的时候，没有任何人真正地完全明了其中的原理，君陌不能，宁缺也不能，直到很久之后，他在光明祭上，隔着千里射杀了崔老太爷，才隐约有所悟。

今日在长安城墙，向着极西荒原放了两箭，他对于如何书写这种大符，又有所得，而他知道这对自己是很重要的事情，甚至不下于箭射首座这件事情本身，因为这是老师颜瑟临死之前对自己的期望，也是自己命中注定要做的事。当然，就像隆庆推算的那样，元十三箭需要得到配合——他与君陌之间远隔万里，铁箭在显形之前，符的过程里本身无法提前传递任何信息，他只有等着，希望二师兄能够算到自己想要什么，希望能够在识海里看到首座。

君陌在地底世界征战数年，也只闯过一次山，与讲经首座交过一次手，宁缺的期望，在事前看来更像是奢望或者说痴心妄想，但他却偏偏这样做了，一等便是三天三夜。事实证明，宁缺对了。他与君陌这对师兄弟之间，没有任何联系，却自然有种默契，知道彼此心意。

就像铁箭这个符一样，没有人能够切断。

宁缺不知道现在悬空寺的情况，不知道讲经首座有没有被自己的铁箭重伤，但他能清晰地感觉到，自己的两道箭符写得很完美，那么二师兄必然会把剩下的事情做好。

　　唯一遗憾的是，这两道铁箭便让他损耗严重。将长安城的力量运到遥远的西方，即便是如今境界的他，也有些难承其重，此时惊神阵在源源不断地补充着他的念力，但短时间内再也没有办法射出像先前那样威力的两道铁箭。不然他一定会把箭筒里的铁箭尽数射完，直至将讲经首座完全射死才会罢手，没有谁比他更清楚，帮助二师兄早日毁掉佛国，是多么重要的一件事情。君陌在西荒拖住整个佛宗以及右帐王廷和月轮两个国家，看似为书院和唐国承担了极重的负担，但宁缺更希望他能够回到长安城，那柄铁剑应该在更大的舞台上挥洒，他的铁剑下应该斩杀更强横的那些强者，比如正在向桃山走去的那人。

　　宁缺收回视线，不再看天空里的两道凝云，转身望向东方，就在所有人都以为他会收弓的时候，他再次弯弓搭箭，然后于毫无征兆之间，向着东方射出一箭！

　　很多长安百姓正在城墙下看热闹，因为城墙太高，看不清楚上面的画面，但能隐约看到宁缺的动作。看着他突然再次弯弓，城墙下方惊呼骤起，黑压压的民众像潮水般涌向这方，想要看得更清楚些。人群忽然变得鸦雀无声，看着那道铁箭脱离弓弦，伴着一声轻铮，就此消失在寒冷的冬风里。

　　碧蓝的天空里再次出现一道清晰而笔直的冷凝云，仿佛先前那道铁箭将天地元气甚至是天地本身都撕开了一条道路，但实际上是那道铁箭在天地间自行创造了一条道路，一条不在天地之间的道路，那便是符箭的笔画相连之道！

　　符箭便是箭符，宁缺这道符的终笔落在遥远的成京城！

　　燕国成京在下雪。黯淡的铅云不停挤落着纯白的雪片，而在云层深处，隐隐有淡青色闪电不时亮起，有的闪电竟是穿透了云层，随着片片落雪来到荒凉的田野上。冬雷震震，夏雨雪……这时节风雪常见，闪电却极罕见，画面显得格外诡异，仿佛蕴藏着极大凶险，又或是有什么力量在其间穿梭。

隆庆掸去肩上的雪屑，望向城外云深高远处，神情有些凝重。隐约间，他看到有青袂飘过，只是那处雪太盛，闪电太密集，他无法确定看到的是真的还是产生的幻觉。高空的暴雪里忽然有淡影掠过，数道闪电擦着那个身影劈了下来，看着极为凶险。

隆庆确认这次看到的是真实的，因为那个身影飘掠到了成京城的城墙上方，他甚至隐约闻到了一股煳味。大师兄的棉衣，被云层里的那数道闪电给烧焦了，如果先前那刻他的反应稍慢些，或者已经告别了这个世界，饶是如此，他的形容也极为狼狈，棉衣裂口里的棉花和流出来的那些血水，乱七八糟地涂抹在一起，很是难看。

隆庆神情骤凛，身周的雪花骤然间荡开，他右手在雪中一揽，便有朵极幽暗的黑色桃花，护在了身前。在宋国都城里，大先生没有向他出手，因为酒徒在侧，也因为他手里有卷天书，此时天书依然在怀，但他确认李慢慢会对自己出手——冒着奇险从无距境界脱离，出现在成京城上的大先生，总要做些什么。

如隆庆所料，大师兄掠至城墙上，手里拿着根看着很普通的棍子，便向他的头顶敲了下来。隆庆哪里敢怠慢，右手举着黑色本命桃花便迎了上去，左手更是已经握紧了沙字卷残卷，随时准备拼命。那根看似不起眼的棍子，其实很有来历，那是夫子当年创办书院之后亲手做的一根戒棍，专门用来打不听话的学生，而夫子登天后，这根戒棍自然便交给了大师兄。

这根戒棍曾经打得观主在南海飘离数十年不敢登陆，也曾经在葱岭前的原野间打死过月轮国主，就像这根棍子最原始的用途那样，师长打学生那是理所当然，学生如何能避？既然不能避，那么通常都是避不开的。隆庆知道自己避不开这根棍子，只能用本命桃花硬接，他现在的身躯里，有数千名道门修行者的念力与精魄，单以数量论，当世无敌，但面对大先生的棍子，根本不敢有任何轻敌，毫不犹豫释放出了所有境界。

棍落在桃花上。桃花自然便萎了。

书院师徒们总喜欢和道门的桃花过不去，夫子斩尽满山的桃花，自有后来者。隆庆的脸变得极度苍白，那道伤疤因此变得非常清晰，再不像平日那般不引人注意，而显得狰狞起来，他的双臂不停颤抖，双足深陷在城墙里，难以自拔。黑色桃花散去，无数粉砾带着有如实质的天地元气，向着四周呼啸劲吹，城墙上突起的砖石，都被吹成了粉末！

大师兄未做停留，再次消失在雪空之中，穿越那些恐怖的闪电，向着最早时那道青色的衣袂追去。隆庆神情还算平静，眼眸里却有极深的悸意，他知道最开始看到的青袂也是真的，大先生在追观主，只是看见自己在成京城墙上，临时动意出来打了自己一棍。随意一棍，便逼得他施出全身修为境界，如果让大先生专心致志地来打一棍，自己能够挡得住吗？

隆庆想着这些问题，却不知道有更严峻的问题在等着自己，他没有发现，城墙外的风雪似乎停滞了一瞬。有箭自长安来。一道铁箭出现在隆庆的身前。隆庆的脸色本极苍白，此时却变得潮红一片，仿佛血管里流淌着的血液，骤然间加快了无数倍流速。他的血液在这一瞬开始燃烧，无数道门前辈留下的意识帮助他在最短的时间内做出反应。

他的胸前再次开出一朵黑色桃花，与先前那朵相比，这朵黑桃要显得小很多，晶莹剔透，像是最珍贵的宝石，花瓣在风中颤颤欲碎，看着煞是可怜，令人怜惜。事实上这朵看似脆弱的小黑桃很可怕，花瓣里流淌着无限寂灭的气息，流淌着无数气息可异的念力。

那道铁箭射在瑟瑟桃花上。

隆庆的胸腹间有个洞，是宁缺用元十三箭射出来的，这朵看似弱小的黑色桃花，便是从那个洞里生出来的。这朵黑色桃花不是他的本命桃花，是他的第二条命。

黑色桃花挡住铁箭的那瞬，他的双手不知何时已经来到身前的空中，紧紧地握住了铁箭的箭杆。黝黑的铁箭里传来难以想象的力量，隆庆的十指间抓了荒原风雪里的无数天地元气，依然无法控制住它。相反，他的双手瞬间被撕烂，血水开始淌落。就在第一滴血水刚要离开箭杆的时候，又有一双手落在了铁箭的箭杆上，那是一双苍白得不似人类的手。

那依然是隆庆的手。隆庆的身后，隐隐约约出现了一个人形的轮廓，在风雪里很是模糊，似乎随时便可能被拂散。第二双手依然拦不住那道铁箭。隆庆厉啸，身后忽然多了无数道身影，那些身影很淡渺，在阳光下根本看不清楚细节。厉啸声中，那些身影集体向前探出手去，就像那些痛苦地寻找食物的饿鬼，又像是寻求解脱的罪人，伸向那道铁箭。

6

数百双手落在铁箭上。有些手背上全部是腐烂的大疮，有些手枯瘦得像是柴木，更多的手只剩下了骨头，骨头的颜色也很惨淡，并不是白的，是灰蒙蒙的。

铁箭终于被数百双破烂的手拦了下来，但箭身所携带的惊神阵的力量，还是通过这数百双手，落在了隆庆身上。他夺人的神识灵魂，将那数百双死者的手取为己用，他自然要承担那些手上传来的所有，胜利或者敌意。铁箭的力量叠加起来，有如洪水，因为最终的停顿，而瞬间释放出来，没有一丝泄漏，全部轰出。隆庆在城墙上向后疾退，双脚就像犁一般，把城上的青砖割破了无数块，割出两道极深的沟壑。

成京城这面的城墙，有七里长。

他向后连退七里，在城上留下七里的沟壑。

最终他还是没能站住，撞破城上的箭垛，在满天飞舞的砖屑石砾里，重重地向城下摔去。咻的一声，最后的残余力量，带着铁箭破空向远处飞去，不知去了何处。城墙近处的西陵神殿护教骑兵，听着异响，赶紧纵马驰来救援，费了好大功夫，才把隆庆从满地石木里拉出来。

隆庆脸上的血色早已退去，苍白得像是个死人，正准备说些什么，却又伸手掩嘴，痛苦地咳嗽起来。平日里他在那些神殿骑兵的眼中，有如天神，哪里见过他这种模样，城墙下顿时陷入死寂当中。过了好一阵，隆庆才稍微缓和了些，看着铁箭消失的那片天空，若有所思，他的眼中竟是极强悍得没有任何悸意。

忽然间，漫天的风雪忽然停了，仿佛是昊天在展露神迹，而就在雪停的最后一刻，云层里的闪电变得无比密集，就像是垂死的病人回光返照一般，令地面的人类心生敬畏。只有隆庆能够看到，那件棉袄再次出现，满身灰尘，在云端之上，紧接着更远处有青衣轻飘，映着清丽的阳光，真如渺渺仙人。两道身影很迅速地消失，下一刻，酒徒出现在场间，他看着天空里那两人消失的方向，转身望向隆庆，眼神有些复杂，似乎想要做些什么。

隆庆神情不变，对着酒徒微微躬身行礼。

酒徒沉默片刻，终究什么都没有做，就此消失。

直至此时，隆庆才完全放松下来，脸色再次变得苍白。

今日燕北的奇特天象，是三位无距境界的大强者追逐的余波，观主、大师兄、酒徒三人，尤其是前两人的距离太近，在天地元气夹层里形成了无数湍流，那些闪电与风雪便是由此而来，以此思之，果然近神。今天这样的画面，想必以后将在人间不停上演，不知会演化成多少神话故事，吓坏多少平凡的百姓。

隆庆知道，除非那三人里有谁先找到她，这场追逐才会停止，天地间元气的紊乱才会结束——对三人来说，那是最重要的事情，是决定性的问题，就算人间变成火海，也无所谓，所以酒徒最后对他动了杀机，却没有出手。

面对酒徒的杀意，隆庆表现得很平静，唯如此，才能避免与对方硬拼，他不认为自己能够战胜修行界真正的传奇，但他的平静同样来自于底气，他知道在这场惊世骇俗的无距追逐战里，自己的老师必将取得最后的胜利。酒徒起步晚了，而大师兄终究不能像观主和酒徒那样，无视人间的悲欢离合，只要心系人间，便无法真正绝尘而去。

在这场只有寥寥数人知晓，却必将改变整个历史的无距追逐战里，正如隆庆推算的那样，大师兄一开始就落在下风，或者正是因为这个原因，他在成京城现出踪迹，打了隆庆一棍，他想看看能不能让观主停留一瞬，也想顺便做些事情，替书院解决一些麻烦。遗憾的是，就像在临康城和宋国都城他感知到的那样，现在的隆庆很强大，如果不专心致志真的很难杀死——这场对隆庆的杀局，并不是书院谋划的结果，完全是临时动意。

宁缺那一箭也是感知到了东面的异象，才做抢射。其时他的精神气魄已经尽数耗在前两箭里，自然难毕全功，但他还是射了，他想看看现在的隆庆究竟强大到了什么程度，因为不想错过这样的机会。铁箭没能杀死隆庆，宁缺有些遗憾，但不是太过在意。

今日不杀，且待明日便是。

"辛苦二位师兄。"宁缺对西方行礼，再对东方行礼。

他拆解铁弓，放入匣中，整理行装以及装备衣服，走到城墙边，想起多年前在这里自己亲眼看着皇后跳了下去，那时候的她是那样的决然而且幸福。是的，有时候做事就是应该决然一些，如此方能找到幸福。

宁缺这般想着，转身对着长安城再行一礼，然后他朝着城墙外跳了下去。

片刻后，城墙外响起一声沉闷的撞击声。石砾乱飞，烟尘大作。

尘埃落定，城外的地面上出现了一个大坑。

宁缺的身影已然消失不见。

这是千年来最冷的一个冬天，风雪如怒，扫遍整个大陆，就连越国的海港都被冰封，就在这个冬天，西陵神殿全面镇压清肃新教，曾经的道门行走叶苏在宋国都城被火刑烧死，裁决大神官叶红鱼叛出道门。

悬空寺讲经首座被困般若峰深处，不知何年才能脱困，君陌挥动铁剑，带着数万奴隶在地底世界继续着自己的战斗，离前方的曙光越来越近，胜利就在眼前，但同时右帐王廷的精锐骑兵和白塔寺的援兵，也已经近了。

余帘和唐带领着荒人部落，正在东荒上进行着最后的剿杀，本应镇守长安城的宁缺，却忽然离开，不知去了哪里。

观主陈某失踪，书院大师兄失踪，酒徒失踪，修行界最巅峰的三位无距境界强者同时失踪，再没有人在人间发现他们的踪迹，也没有人知道他们去了哪里。

虽然这些真正强者的去向，令整个人间都感到不安，但人间的终究要归人间，战争终究还在持续。寒冬终于被熬了过去，时间便来到了第二年初春，被举世围攻的唐国，沉默而坚强地面对着战火。

燕国的战事处于对峙当中，唐国现在缺少战马，骑兵数量较往年要少很多，很难冒险全力进攻。荒人部落南下的征程遭受了极大阻力，本已凋落的左帐王廷，在得到神殿大力支援，尤其是隆庆带着两千余名神殿骑兵的援助后，竟是极艰难地保住了最后的火种。天弃山脉深处的贺兰城一直没开，行踪飘渺的余帘没有在金帐出现，或者与这些事情有关。

令唐国君民欣慰的是，道门面临的问题似乎更多——裁决大神官叶红鱼还活着，在大河国不停接见那些虔诚的信徒，这直接让道门混乱一片。在大河国君民的全力支持下，叶红鱼开始扶植新教，将西陵神殿里的掌教熊初墨和一干神官执事，指责为妄图冒充昊天代言人的无耻之徒以及叛徒的罪人。新教在短时间压抑之后，迎来了一个高速发展期，有唐国和大河国的支持，又有裁决神殿的暗中纵容，诸国里到处都可以看到新教的踪影。

叶苏的门徒们以及程子清带领的剑阁弟子们，不停地行走传道，曾经弱小的火苗，逐渐变得蓬勃起来，越来越多的道门信徒，家里开始供奉那名叫作叶苏的圣徒，至于叶苏愿不愿意这样，已经没有人理会。

西陵神殿震怒，连发数道教谕，想要抹杀叶红鱼的神圣性，只是裁决大神官的传承自有其规则，掌教只能不停地抹黑她的品德以及信仰。紧接着要做的事情便是肃清，但叶红鱼早就暗中做了很多准备，那些忠于她的部属早就潜入黑暗里，血腥的肃清变得没有任何意义。道门就此陷入分裂，于是西陵神殿对新教的镇压力度，自然加大，甚至到了令人恐惧的程度。

到处都在死人，道路两旁到处都可以看到被钉在木架上的新教信徒的尸体，然而信仰就像是野草，你越斩越烧，来年春风一度，便会生得越加茂密，血腥的背后隐藏着怎样的凶险，道门很清楚——想要解决新教的问题，必须从根本着手，那就是杀死叶红鱼，灭掉唐国和大河。数千神殿骑兵及更多的南晋军人，隔着滔滔大河，看着对岸的大河国，带领这些人的是赵南海，中年道人不知去处，很多人猜想他又回了知守观。

战争已经开始，但还没有进入到决战阶段，很多人都在等待，等待金帐王廷与大唐镇北军之间的胜负，等待着那些最强者重回人间。紧张到要窒息的气氛里，沉默而无助的等待中，没有人注意到南晋某小镇上新开了家肉铺，那小镇正对着北方。

唐国与金帐之间胜负的重要性无须多提，那些离开人间的人呢？

他们的离开，是因为发现了某种可能，观主更是确定了那个事实，他们想要找到那个人。找到那个人后会如何做？有的人想杀死她，有的人想救她，有的人根本没有想好该怎么做，各种不一。但既然那些人没有重回人间，说明直到现在为止，他们还是没有找到她，是的，哪怕他们是无距境的至强者，想找到她也很困难。

极北处有座雪峰，离中原很远，离人间很远。无论从哪里向北走，最终都会走到这座雪峰之下，走到早已冰封的热海畔。这里是世界最寒冷的地方，呵气成霜，滴水成冰，即便是坚硬的钢铁，也承受不住长时间的低温冰冻，热海畔的建筑，用的主要材料都是木头与兽皮。这里是荒人部落曾经的家园，荒人集体南迁后，留下很多简陋的房屋，成为很多耐寒动物——比如雪狐和长尾鼠的乐土。

雪峰下没有初春这种说法，风雪一样呼啸不停，厚云覆盖着夜穹，没有星星的夜晚，又看不到那轮明月，到处都无比黑暗，便是雪峰也是黑色的。被荒人废弃的一间房屋里，忽然亮起了一点灯光，在漆黑环境里显得格外醒目，很奇怪的是，十余只长尾鼠蹲在雪松根部啃噬着气味难闻的果子，却不敢向那边靠近，似乎有什么令它们恐惧。

那盏灯光透过窗户，照亮了屋前覆着冰雪的小道，片刻后有脚步声响起，一名女子提着沉重的水桶走了过来。那女子扶着腰慢慢走着，行走间洒了很多水出来，因为严寒，洒出桶沿的水瞬间被冻凝，奇怪的是她桶里的水却没有冻住，连表面都没有薄冰，甚至还冒着热气，将昏黄灯光都氲开了。更令人觉得惊奇的是，那女子穿的衣裳也很单薄，有些陈旧的青衣上，精妙绣技织成的繁花被磨得浅了，她却似乎根本感受不到一点寒意，就这样行走着。走进小屋，女子将水桶搁到角落里，然后走到窗畔的桌前，看着某个方向开始默默发呆。

她有些丰腴，腰有些粗，动作有些笨拙。

灯光落在她的眉眼上，看上去还是很年轻，就像过去那些年，过去那些万年一样年轻，她的神情还是那般漠然，哪怕看着雪峰，都给人一种居高临下的俯视感。

她自然就是桑桑。

或者说昊天。

一年前某日，整个人间落了一场春雨，无数人看到那艘巨大的船在神辉里驶向那道金线。她站在船首，身上的青衣被春风轻拂，繁花渐渐盛开。所有人都以为她已经离开人间，回到了神国，谁能想到她根本没有回去，一个人藏在最寒冷的北地。

她没能回到神国。当她睁开眼睛，看到那片葱郁的山岭时，便知道自己没能回去，因为神国里除了光明什么都没有。那里是岷山。她不明白这是为什么，她利用佛祖棋盘，与宁缺生活千年，历尽人间悲欢离合，再修佛无数年，最终洗去体内的贪嗔痴三毒，也摆脱了人间之力的困扰，为什么还不能回去？

她站在岷山间沉默思考很多日夜，终于想明白了原因——她是人类的选择，所以她的彼岸便是人间——这个原因其实也不见得完备，只是现在的她还不知晓。想明白之后，她没有回到西陵神殿，而是选择沿着岷山里那些曾经熟悉的猎道，向着北方行走。她不停行走，走过无数猎寨，走过贺兰城，走过天弃山脉，走过冰原，最终来到极北寒地，来到那座山峰下。青衣在行走里变薄，青衣上的繁花渐渐褪色，她很清楚那是时间的力量，也因为自己在变弱。不回西陵神殿，而是去往人迹罕至的极北寒域，就是因为她隐隐中察觉到某种危险，想要去往安全的地方，更重要的是，她不想任何人看到自己现在的模样。

她现在的腰很粗，她现在的模样很像孕妇，她就是孕妇，所以不想被人类看到。

她怀孕了，腹中的孩子自然是宁缺的。

或者正因为怀孕了，她渐渐变弱，渐渐要变成那些弱小的、曾经被她漠然俯视的普通人类。神降临人间，渐渐变成真正的人……这个过程她曾经经历过，她被夫子往身躯里注入人间之力，又被夫子带着周游四海领略人间的美好，再被宁缺带着行走世间，感知红尘，那段日子，她就是在渐渐变成人类。

在棋盘里，她借用佛祖布的局，借宁缺的心意，重新修行，净化自己的神躯，最终成功排出留在体内的人间之力，她重归漠然，将要重归神国，却不料还是被留下了……没能回到神国，她认为那还是宁缺的手段，那个手段正在她的腹中，是一个胎儿。桑桑轻抚小腹，脸上没有母亲常见的慈爱光辉，甚至看不到任何情绪，只是平静，还有些不习惯。

她看着窗外远处那座雪峰，从回忆里醒来，望向不远处已经被雪掩盖的热海，又想起另一段回忆。当年就是在这里，在冰雪覆盖的严寒世界里，夫子和她以及他吃了顿牡丹鱼，在温泉里沉浸在幸福里，然后夫子主持了她与宁缺的婚礼，让两人洞房，夫子则是赤裸着身体，骑着大黑马去雪海上狂奔了数百里。夫子那般喜悦，应该也是看到了现在，知道她可能会怀上宁缺的孩子，知道她很难再回到神国。当时夫子说过，宁缺和她洞房，这件事情太罕见，将来是必然要上史书的——是的，现在她明白为什么了。

桑桑收回视线，沉默低头，被前后两次强行留在人间，即便是她，也不知道该说些什么。这对师徒的手段总是这般出人意料，卑鄙下流，春风化雨，悄无声息，却……惊天动地。

漫天的风雪忽然停了，云层被雪峰那面黑海上的风吹得向四野散去，星辰渐繁，然后有明月当空。桑桑举头望明月，右手离开圆润的小腹，向窗口外的夜空里伸去，拇指与食指合拢，微微用力。她想把那轮明月捻碎，非如此不甘心。但现在她只能想想而已，那是神国里的她正在做的事情，而现在的她，甚至畏惧于让神国里的那个她发现。

想到精神世界最深处传来的隐隐不安，桑桑的脸变得有些苍白，觉得身体有些寒冷。她走到床边拣起块兽皮披到身上，尤其是将腹部裹得极严实，又轻弹手指点燃壁炉里的柴火。她想温暖自己，和腹中胎儿无关。事实上，她虽然在不停变弱，依然不需要取暖，再低的温度对她也没有任何影响，但她却这样做了，她不再像当年那样只按照冰冷的规则思考行为，也与冥冥没有关系，更像是按照某种本能在行事，总之就是越来越像人类。

就像窗畔那盏油灯一样，她不需要灯，不需要光线，在如此漆黑的世界里点一盏灯，除了把自己暴露在危险里，没有任何别的意义，但她还是这样做了，因为灯光真的很温暖。或者也是因为那盏油灯用的是鱼油，没有烟气，不会熏眼睛，反而会有淡淡的油脂香味。

桑桑忽然觉得有些饿了，望向窗外，神情漠然问道："为什么这时候才回来？"

荒人南迁后，雪域万里无人，她是在对谁说话？

屋外响起呚嗾呚嗾的喘息声，一只青毛狗叼着一只被冻成木棍般的牡丹鱼，屁颠屁颠地跑了过来。因为热海被冰封的缘故，牡丹鱼已经变得极为稀少，仅存的那些都藏进了海底深处，一只青毛狗竟然能够下到那里捕鱼，实在是令人难以想象的事情。当然，如果知道那只青毛狗便是佛祖棋盘世界里那只威震八方的青狮的话，或者这件事情便很容易被接受了。

桑桑接过牡丹鱼，根本不理会青毛狗吐着舌头卖萌求食，走到案板旁，用手掌将鱼肉剔下切片，然后调好蘸料开始进食，她的脸上始终没有表情，直到吃完鱼肉后，才微微蹙眉，因为她总觉得这鱼不如以前吃过的好吃。与鱼肉本身的材质无关，与蘸料也无关，她用的虽然是手掌，但切出来的鱼肉绝对要比大师兄和宁缺强，那么味道为什么不如以往？吃完鱼肉，她还有些不满足，甚至反而觉得更饿了，对青毛狗说道："我要吃肉。"

青毛狗瞪圆了双眼，显得格外无辜可怜。

桑桑则眯起了双眼，显得格外冷漠无情。

青毛狗低下脑袋，夹着尾巴，向茫茫雪海走去。

桑桑确实想吃肉，虽然她不需要进食，但却不再像当年那般排斥人间的食物，最重要的是，腹中的小家伙饿了。最开始发现腹中有个胎儿时，她震惊惘然，然后愤怒厌憎，直到现在，她才逐渐学会习惯这个存在。她不以为自己对胎儿有怜爱之心，因为那是该死的宁缺用的手段，她只是饿了想吃肉，想让自己更暖和些。

是的，肯定是这样的。

她对自己说道。

除了隐藏在雪海畔的她，对人间来说，最重要的自然便是唐国与金帐王廷之间的那场战争。金帐举族南侵，摆出国战的架势，唐国却因为道门的压力，只能用镇北军抵抗，交战起始便有些吃力。自从数年前金帐王廷突然南袭，夺了包括渭城、开平在内的七城寨，唐国北疆防线便薄弱了很多，尤其是最近几年，唐国在向晚原西北两线，耗费无数银钱与劳力修建的数十座兵寨，被金帐王廷以罕见的耐心，动用数万奴隶逐一拆除后，更是如此。

对于唐军来说，最关键的问题还是缺少战马，曾经威镇大陆北方的镇北军铁骑，现在很难成建制出动，战场上的主力已经变成了步骑混合部队，在草原骑兵面前支撑得很是辛苦，尤其是十余日前，随着陈谷关隘失守，金帐王廷最精锐的骑兵，甚至可以直接威胁到北大营。

战争之初，唐军表现出来的弱势，出乎了很多人的意料，除了客观的这些因素，其实也是战略上的主动选择。初春时节，青黄不接，唐军主动退却，拉长金帐王廷的粮草补给线，从战略上看是正确的，只是唐军却没有想到，金帐王廷会表现得如此疯狂，拼命向着南方前进，似乎根本不在意粮绝的可能性。这种孤注一掷的态度，绝对不是英明的军事指挥，但却起到了极好效果，草原骑兵像处于绝境中的饿狼，气势甚至压倒了唐军。

虽然战事不利，北大营的气氛还算正常，毕竟镇北军与金帐王廷的骑兵打交道已经不是一天两天的事情，人们早就习惯了那些草原蛮人的血腥野蛮，自然不会被吓倒。

徐迟站在营地侧方的项梁山上，看着远处被风雪笼罩的草原沉默不语，不知从哪里卷来的雪碴落在他的唇上，晨时刚刚剪断的胡须被染成了白色，看着有些滑稽。数名军官随在四周，却没有笑，看着大将军有些微佝的背影，便仿佛能够感受到他肩上承受的重量。

"不能再撤了。"

徐迟沉默了很长时间，说了这样一句话，这几个字从他被冻得有些微僵的双唇里吐出来，没有任何情绪，甚至给人一种感觉，或者他自己都没有想到会说这几个字。军官们有些震惊诧异，不明白为什么会忽然改变既定的作战方略，虽然前锋营打得极苦，营中的士气有些低落，但是他们相信训练有素的镇北军，绝对可以再支撑更长的时间。

徐迟转过身来，伸手抹掉胡须里的雪礓，有些佝偻的后背重新挺直，威势渐生，这才有了些大唐巅峰武道高手的影子。看着那些参谋军官脸上不赞同的神色，他没有做更多解释，望着正在待命的华颖，说道："我要你守住谷河。"

华颖昨夜才冒险从前线赶回，衣裳脏旧不堪，形容很是狼狈，眼睛却依然冷静有神。这道军令很简单，没有给出任何前提条件或者后路，大将军只给他一个选择，那就是守住谷河。华颖没有像别的军官那样沉默，因为守谷河的人将是他，而最后血战将死的，必然是他的那数百亲兵。

"因为北大营的安全？"华颖问道。他不是在挑战徐迟的威严，也不是对这道军令的正确性有所怀疑，他只是希望大将军能够给自己一个充分的理由，让自己能够说服下属，更重要的是说服自己。徐迟神情漠然说道："你走之后，我会把将军府移出北大营，向你靠近，如果你守不住谷河，那便轮到我。"

"为什么？"这下就连那些之前强忍疑惑的参谋军官也忍不住激烈地表达了反对意见。

"为什么？因为谷河如果守不住，单于的人马便可以通过川陵，绕过我的中军帐，再顺着岷山西南麓进入河北郡，而河北郡再往南……"徐迟看着华颖和那些参谋军官，平静说道，"八百里平原将是草原骑兵最喜欢的战场，铁骑直入中腹，谁能承担这个责任？大唐疆域辽阔无垠，但我镇北军已经无路可退。因为，我们身后就是长安。"

7

华颖和诸军官闻言沉默，知道大将军的判断是正确的，当前虽然镇北军面临的局势极为严峻，但大唐诸方受敌，镇南军和东北边军各有要务，根本无法来援。

谷河在大唐帝国的疆土上只是很不起眼的一个小点，距离长安城还有两千余里，但现在看来，却是长安城之前最后的一道防线，所以徐迟决定在这里固守，甚至将军府都要北上！山间一片静寂，很长时间都没有人说话，雪花缓缓地飘落，气温与气氛同时变得寒冷了很多，虽然都知道徐迟的判断是对的，但要让镇北军放弃原先的战略计划，就地固守……那将会付出多么惨重的代价，而且真能守得住吗？

他们比普通的士卒更清楚，朝廷已经尽了最大的力量，朝野上下齐心合力，普通民众节衣缩食，源源不断地供给着镇北军所需要的粮草，甚至过了一个寒冬，军营里依然能够吃到新鲜的猪肉，军械盔甲方面更是没有任何问题。但谷河的地形决定了……如果镇北军想把金帐王廷拦在那一线之外，需要正面抵抗十余万草原铁骑，那必然将是现在镇北军最不想面对的野战！镇北军当年横行大陆北方，出入草原不忌，普通士兵也擅骑精射，何曾畏惧过野战？但现在他们却是不得不刻意规避野战，因为他们有个最致命的问题：缺少战马。

华颖打破了场间的沉默，他走到徐迟身前单膝跪下，平静而坚定地说道："守不住就死。"

徐迟看着他花白的鬓角，看着他这些年被边塞苦寒天气折磨得极速老化的容颜，心情有些沉重，但脸上却没有显露出丝毫，说道："错，就算是死，你也要给我守住。"

华颖毫不犹豫，应道："遵命。"

徐迟将他扶起，看着他沉默了很长时间，最终还是没忍住感慨道："这些年辛苦你了。"

华颖笑了笑，没有说什么。与金帐王廷开战以来，他便一直守在大唐疆域的最北方，身为先锋，承担着最重要也是最沉重的任务，虽然他的麾下现在拥有镇北军仅存的骑兵，但依然守得十分艰难。如果不是他自己武道修为极高，唐军防御极严，甚至有好几次他都险些被草原上的强者暗杀。但华颖从来没有任何怨言，甚至当徐迟想要把他调回北大营休整时，都被他非常严肃地拒绝了。镇北军上下其实都明白这是为什么，就连遥远的长安城里，皇宫里的贵人和军部的大佬也明白其中的原因——华颖姓华，华家的华，华山岳的华。

华山岳跟随李渔谋叛事败，当场身死，与他一道从固山郡秘密返京的那些军官，则是被宁缺送到北大营，用军功换回荣誉，数年时间过去，那些人已经没有几个还活着了。受到此事牵连，曾经威名赫赫的华家也迅速衰败，现在只有华颖还在军中担任要职。所以华颖很拼命，他要用自己的命替华家拼出个千世不倒，拼出个光彩夺目，拼出个意气风发。

徐迟说道："不要太拼命，活着最好。"

华颖没有正面回答这句话，说道："我们会胜利的。"

大唐正始六年，西陵大治三千四百五十五年，春末。

大唐镇北军先锋，于渭城南一百七十里处，与金帐王廷骑兵相遇，连战十余日，有胜有负，其后镇北军主力悉数北上，于谷河一带摆开阵营。世间最强大的两个军事力量，正式开始较量，又连战十余日，有胜有负，但谷河依然在镇北军的营后，金帐骑兵未能南下一步。

双方暂时休整，重新进入对峙之中，只是谁都清楚和以往不同，这一次的对峙不可能持续数十天甚至数年，最多一两天，战火便将继续燃烧。镇北军为了将金帐王廷的骑兵挡在谷河以北，付出了极惨重的代价，因为他们严重缺少战马，哪怕是弓刀最娴熟、骑术最精湛的老兵，现在有很多都只能手持朴刀，作为阵列的侧翼掩护，而无法上阵杀敌。

最强的镇北军铁骑，就因为没有战马，只能当成步兵使用，无论在谁的眼中，这都是暴殄天物，然而又有谁能改变这一切呢？从当年西陵神殿逼迫唐国签下和约，向晚原被割让，战马被当作战利品交出的那天开始，现在这令人愤怒无助的一幕，便是已经注定的事实。

新生的朝阳从东方升了起来，那些视力最好的军中强者，或是停留在后方的将军府里的徐迟，隐约能够看到，如血般的朝霞里，有岷山的身影。昨日金帐王廷的骑兵暂时北撤，回到开平集一线，做暂时的休整，也是准备最后的攻势，面对意志坚定无比的唐军，面对同样棘手的步骑配合阵列，金帐王廷那位单于已经无法满足于战场上的局部胜利，更因为时间的流逝而焦虑，很明显，即将到来的那场野战，将是镇北军从未面临过的狂澜。

司徒依兰站在草甸上，手扶腰刀，看着金帐王廷骑兵驻营的方向，满是灰尘的脸上写满了冷静与警惕，微眯着的眼睛里闪着比刀锋还要冷的光芒。作为书院弟子和老将军的后人，她在镇北军的表现一如当年优秀，早已成为最年轻的将军，现在则是华颖副手，深受镇北军官兵爱戴。连续数十日的战斗，尤其是最近这些天，镇北军承受了极大的压力，也付出了极惨重的代价，营中的军医有的已经连续三个昼夜没能合眼。想到这些时，司徒依兰神情很平静，没有让身旁亲兵看出任何问题，但问题依然存在，像沉重的石头般压在她心上。

金帐王廷不是撤退，而是休整，大将军的军令是死守谷河，寸步不退，这片原野看来注定将成为数十万生命的墓地，只是不知道最后有资格以胜利者的姿态替死者书写墓志铭的会是哪一方。她在镇北军里位阶很高，能够知道很多普通士兵不知道的军情，昨日固山郡的援兵试图从岷山中麓偷袭金帐王廷某部，结果被提前识破，那个部落迅速向王庭靠拢，从而让镇北军失去了打乱敌人阵脚的最佳机会。

那么还能怎么办呢？

司徒依兰昨夜盯着沙盘沉默了很长时间，把书院先生和军部前辈们教授的知识与自己在军中的经验两相对照，始终找不到什么方法。决定镇北军战略的，只能是徐迟大将军，或者往更南方去看，还包括皇宫里的那对姐弟以及书院里的诸位先生，但她也想出份力。

可惜……

司徒依兰心里除了石块般沉重的问题，还有很多疑惑。徐迟大将军的战略并不能说是错的，无论是最开始的时候撤退，还是现在的血战死守，前者是要用空间换取时间，并且疲敌之军，后者则是因为不能让败势稍显，必须要用绝对的铁血来稳定大唐的北疆。但很明显，应该还有很多更好或者说更灵活的方式，或者说不那么孤注一掷的方式。

徐迟大将军现在的战略，等于是把金帐王廷的所有主力全部吸引到了谷河一带，如果能够获得胜利，对方的主力骑兵即便想要逃逸都很困难。要知道在大唐与金帐王廷数百年的战争里，王庭最令唐人头痛的便是能逃，即便唐军获胜，王庭骑兵迅速撤回草原深处，唐军根本无法歼灭其主力。这个战略里有很多了不起的军事智慧，但需要能够被执行，最关键的是，唐军首先要获得胜利，才能够谈论怎样歼灭金帐主力的问题。

怎么获得这场战争的胜利？

司徒依兰现在想不出来，她不认为徐迟大将军能够想出来，所以她越发不明白，大将军或者说朝廷在想些什么。她不是悲观主义者，更不是失败主义者，她就像身旁的亲兵以及营里那些唐军一样，对金帐王廷的骑兵毫不畏惧，但理智告诉她，胜利真的很遥远。按道理来说，镇北军素质极高，背靠谷河，也算是占了七分地利，天时人和且不去提，怎么也不至于让她如此绝望，然而还是那个老问题……

没有马。

没有战马。

镇北军没有足够数量的战马。

司徒依兰带着亲兵走回营地，沿途遇着的士兵纷纷站起向她行礼，她能清楚地分辨出来，虽然士兵们行礼的姿势几乎一模一样，实际上却有很大的分别，比如新到镇北军不足两年的士兵，眼神更加澄静，神情还有些最后的腼腆，而那些多年的老兵，神情里透着股满不在乎的意味……那些老兵让她联想起一个人，已经很长时间没有见过的人，她曾经的同窗，后来的所谓先生，那个已经站到了人间最上层的家伙。

那个家伙的神情也是那般怠懒。

司徒依兰想起的人自然是宁缺，她不是在面临绝境的时候，忽然回忆过去的青春，而只是想从中获得某种力量——营地里的那些老兵和宁缺很像，他们都有难以想象的坚韧，能够做出很多人想象不到的事情。只是令她有些心酸的是，那些老兵满不在乎的神情深处，依然有不甘，尤其是当他们看到她的亲兵牵着的战马时，眼睛里的羡慕与不爽清晰可见。

是啊，还是那个问题。

司徒依兰低头想着，当年朝廷与西陵神殿谈判，为什么会同意割让向晚原给金帐王廷，为什么会同意用战马补偿金帐和燕国？是的，当时的局面确实很严峻，但难道朝廷不知道，如果同意对方的条件，便等于自杀？那道黑色的绞索，在空中缓慢降落了数年时间，现在终于落到了草原上，落到了镇北军每个士兵的身前。

连长安百姓都知道的事情，朝廷里那些大臣自然也知道，亲王李沛言甚至都因为此事自绞而死，司徒依兰很清楚，这都是书院的决定。

更准确地说，这都是宁缺的决定。

当年书院为什么会同意？

走到营帐，看着桌旁的一男一女，司徒依兰的情绪有些怪异，她是书院的学生，这两个人才能真正代表书院，想着先前对书院的不满，她不知该说些什么。木柚最习惯穿的淡黄色衣裙，早已被实用的棉衣代替，六师兄还像在书院后山时那样赤裸着上半身，只穿着件皮围。

司徒依兰对这两位书院先生无法说出任何恶语，因为在这些天里，本应像神仙一样端坐云头的他们，像普通的士兵一样生活、一样战斗。战争的形态早已发生了改变，修行强者对敌方主将的刺杀，从来没有断绝过，一直在上演，如果不是木柚组织阵师，在营地里布置了数道精妙的阵法，如果不是六先生拿着铁锤挥舞风雷，不知多少唐将会在金帐王廷不惜代价的暗杀下死去，至于六先生彻夜不眠修复着唐军的武器，那些事情更不需要多提。

司徒依兰发现帐里少了一人，问道："四先生去了哪里？"书院四先生范悦现在是镇北军前锋的智囊，华颖将军对他极为信任，一应布营接应以至战场上的规划，都是出自他手。

木柚从盆里拎出毛巾拧至微干，走到她身前，把她脸上的灰尘尽数擦去，怜惜说道："管他去了哪里……这么漂亮的小姑娘，虽然没办法打扮，也得弄干净些。"司徒依兰哪有心情去理会自己的容颜，闻言不由苦笑，待她想起先前在草甸上看到的金帐王廷的阵势，心情回复沉重，看着木柚低声问道："三先生什么时候出手？明宗的强者和荒人什么时候能到？"

当前的战局对镇北军极为不利，她怎样想都想不出来变化，然而徐迟大将军依然那般平静，她自然以为书院肯定布置了很多后手。连续很多昼夜布置阵法，木柚的眉眼间满是疲惫之色，听着司徒依兰的话，她沉默片刻后说道："我也不知道师姐的行踪。"

听着这话，司徒依兰失望之余，复又惘然。

"按道理或者说原先的计划，在初春的时候，她就应该平定东荒，来到这里……她应该会出手，此时没有出手，或者是因为还没有到时候，自有原因。"

木柚揽着她坐下，让她赶紧把早餐吃了，安慰说道。

一切违背常理的事情，必然都有其内在的原因，对于军队来说，常理便是对胜负的客观判断以及随之而来的冷静应对。华颖站在营帐外，看着如血的朝霞，看着远处隐隐可见的金帐王廷的无数帐篷，总觉得大将军的应对不合理，那么原因是什么？

一名参谋军官把一副望远镜递到他面前。他接过望远镜，望向金帐王廷的方向，然后又望向东方北向数十里外，沉默观察了很长时间，始终一言不发。望远镜是书院做的，由六先生带至前线，如今镇北军重要的将领，几乎人手一副，将领们一旦用上，顿时视若珍宝，再不肯让它离身。华颖很感慨，有书院的帮助，可以把金帐王廷的兵力调动看得清清楚楚，对方却是毫无察觉，如果放在当年，这场战争镇北军必胜无疑。

尤其是现在，单于冒着奇险，催动全族南下来袭，他想打一场灭国之战，竟是根本不顾任何后路，行军布阵锋锐无双，但在成熟的唐将眼中，也同样是漏洞百出，只要能够派出一支强大的骑兵，绝对能够打得对方痛不堪言。

"如果……给我一万……不，哪怕八千。"华颖放下望远镜，看着北方，声音微颤着说道，"给我八千匹好马，我便能守住谷河，甚至能够把他们赶到渭城北边去。"

单于的选择太过自信，在华颖看来，这是太好的机会，所以他的声音才会微微颤抖，失去这个机会，在他看来是难以忍受的痛苦。徐迟坚信镇北军能够在野战里战胜金帐王廷的骑兵，这令华颖很不解，他不会质疑军令，只是痛苦地想着，如果能多一万匹战马便好了。

但那不会有。就算昊天重新降临人间，也没有办法在这么短的时间内，给唐国变出一万匹受过军事训练，能够成为骑兵坐骑的成熟战马。金帐王廷敢于举族南下，单于的行军布阵如此自信甚至嚣张，对明日最后的原野决战毫无惧意，不正是因为知道唐国没有马？

很多唐军幻想着，朝廷会不会是偷偷养了很多战马，等着在最后战场上给予敌人最沉重最突然的打击？但那终究是幻想，单于不会这样想。养马需要很多草料，需要马厩，需要人力，需要很多资源，如此大数量的战马，不可能被偷偷养在唐国各州郡里，又能瞒过道门无所不在的眼线，就算能，那些未经训练、从来没有上过战场的骏马，又有什么用处呢？

马，战马，久经沙场的战马。

司徒依兰在想，曾经的骑兵们在想，华颖在想，所有人都在想，都在心里绝望地、愤怒地喊着，为什么没有马？不用久经沙场的战马，哪怕就是一匹普通的马也好，只要能够带着骑兵移动便好，不管是骏逸的公马、雍容的母马、调皮的马驹，不管是河套马、大河矮马、草原马，什么马都行！只要马都行！因为没有马，大唐就要真的不行了。

镇北军里，只有大将军徐迟，依然保持着最后的信心。

余帘没有出现在这片草原，金帐王廷的国师和那十余位大祭司，依然没有来到前线，而是在后方，被草原骑兵重重保护中。徐迟的信心并不是来源于余帘或者那位魔宗行走唐，他早已收到贺兰城发来的情报，荒人部落在东荒被来自燕国的神殿骑兵牵制，短时间内，根本无法来援。这自然是个极坏的消息，幸运的是，数十日前，他收到了另一个消息，那个消息来自书院，带来了他等待已久的春风拂面。

无数辆大车，早已离开北大营所在的城镇，运到了谷河后方，隐藏在镇北军主力的辎重营里，为了保密到最后，就连华颖都不知道。

黎明还没有来临，明月早已沉睡，东方浮起淡淡的白，西方的夜幕上还残着几粒黯淡的星，草原上的人们已经醒来，金帐王廷连绵如云的无数顶帐篷里，到处是孩子的欢闹声以及女人担忧的低语声，当然最多的还是弯刀与皮甲撞击的声音以及战马不安的嘶鸣声还有干草噼啪燃烧的声音。

按照草原骑兵惯例，出征时没有谁敢带着家眷，但此番金帐王廷举族南侵，是真正的举族，所有男人都带着妻子孩子还有奴隶，令单于和贵人们感到欣慰的是，因为事先做了很多准备，所以这些没有变成勇士们的负累，反而成为激励他们奋勇向前斩杀唐人的最好存在。

金帐的勇士们已然整队完毕，神情肃穆，眼神坚毅，各部落的骑兵也正在奴隶或家人的帮助下穿戴皮甲整理刀箭，快速列队。这时候正是黎明前最黑暗的时节，但金帐骑兵并不是想趁着黑暗偷袭南方的唐军——骑兵因为速度太快，反而更需要良好的视野，现在金帐骑兵占据了绝对优势，自然不会冒这种风险。

之所以这般早便开始集结列阵，是基于战争的需要，也是所有草原骑兵印入血脉里的战斗经验，今天必然是一场极为辛苦的长期战斗，人可以靠精神意志坚持，战马却无法做到，所以在进入战场之前，必须把战马喂足喂好，要用最精美的草料甚至还要掺些昂贵的谷物豆类，补充足够的清水，最后，还要喂盐。所有这些准备工作，都必须在正式交战之前两个时辰完成，而在两个时辰之后，金帐的铁骑便会席卷而去，吞噬所有的所有。

单于走出金帐，看着四周的画面，微黑而英俊的容颜上露出满意的微笑，满意于部属们的平静，更满意于用很多天很多年才营造出来的今天。在他看来，严重缺少骑兵的镇北军，根本不可能是金帐骑兵的对手，前些天双方之间的战斗进行得那般胶着，一方面是因为镇北军的战斗力确实出乎意料地坚韧，唐国的军械以及修行者发挥了超出想象的威力，而更重要的原因是，金帐骑兵并没有全力出击，更多的是试探以及消耗。

步骑交战，只说心理上，必然是骑兵占优，步卒想要抵挡骑兵的攻势，必然要在体力和精神上付出更多代价。前些天，金帐骑兵就是在消耗唐军步卒的体力精神，更重要的是逐渐磨去对方的意志与勇气，同时提升己方的士气，坚定必胜的信心。

今天便是决战日。

金帐骑兵将倾其所有攻击，将不留后手攻击，将不留活路攻击，必要将数百年的屈辱还赠给唐人，必要将镇北军的主力完全击溃。这是很冒险的战法，在单于看来，却是必胜的战法，通过前些天的试探，他非常确定唐人没有隐藏什么手段，那么便堂堂正正地碾压过去吧。

黎明渐渐来临，东方天边的鱼肚白渐要占据十分之一的天穹，熹微晨光落在草原上，落在单于的脸上，让他脸颊的线条显得更加坚硬强大。他看着南方的原野，看着远方影影绰绰的唐营，仿佛看到稍后，金帐的铁骑黑压压如潮水般涌去，整片草原的地面都开始震动。然后就像前些天那样，唐营处各种军械齐发，投石器发出沉闷的声音，营栅前的长矛那样锋利，壕坑里的铁刺那样寒冷，中原修行者的剑光闪烁，阵意不停涌起，天地元气将在天地之间剧烈地变化，然而那些……终将被他的铁骑所淹没。

勒布大将走了过来，看着这位草原历史上最英明的单于、他此生最崇敬的男人，声音微颤说道："今日之后，您就将是整个人间的君王。"

单于平静如常，因为肯定，所以才能如此平静。他的视线越过南方的唐营，望向更南方的某个位置，听国师说，那里就是长安。那位温和却令人畏惧的皇帝六年前就死了，但他的女儿还活着，单于默默想着，等打下长安城，自己一定要杀了她。

阿打也出现在金帐外，昨夜他没有洗澡，身上的那些血污早已凝结，散发着淡淡的腥臭味，招惹着野草里的蚊蝇来袭。贵人们看着这个曾经的少年奴隶，现在金帐最强大的勇士，眼睛里满是厌憎和惧怕的情绪，根本不愿意站得离他太近。

阿打前些天在战场上受了伤，为了记住这次受伤，他刻意没有把身上的血洗掉，不是想记住那次的屈辱，而是想记住自己应该向对方学习。那天他隐藏在冲阵的金帐骑兵中，突破了唐军的壕沟矛栅，然后借着同伴的尸体藏匿，试图在战后暗杀镇北军前锋主将华颖。阿打一直想杀死华颖，最开始的时候，只是想报复宁缺在长安城发起的那些血腥杀俘行动，后来则是因为他一直没能杀死华颖，很不甘心，那些不甘心就像毒蛇一样让他痛苦，让他冒着这样的危险进行了这一次暗杀。

他的暗杀失败了，因为从一开始的时候，更准确来说，从他隐藏在冲阵骑兵队伍里冲到唐营前的那刻开始，他的行踪和目的便一直被一个人算得清清楚楚。华颖始终没有出现，来的是一道铁锤，然后是一道阵法。阿打陡遇奇袭，顿时受伤，但他毕竟是现在金帐王廷的真正高手，最终还是成功地突破唐军重围，逃回了金帐，只是狼狈到了极点。

他不顾伤势，在深夜里拜访国师，才得知那些人的身份。

看穿他计划的是书院四先生范悦，挥动铁锤、壮猛无双的勇士是书院六先生，而那个将阵法运用得仿佛有生命一般的女子，是书院的七先生。这三名书院先生的修行境界是洞玄境巅峰，放在世间修行界里来看，当然已经是很了不起的人物，但对于阿打来说，他完全可以一个打对方十个，最终他却败得这样凄惨，这让他很不理解。

经过整夜的思考，阿打没有变得更加愤怒，被愤怒冲昏头脑，反而变得冷静了很多。这是他第一次与书院正面在战场上交手，他学到了很多东西。他对书院的尊敬多了很多，毁灭书院的决心也坚定了很多。所以此时看着晨光下的唐营，他的神情才会如此平静，哪怕被那些贵人厌憎着畏惧着，他依然平静，今日金帐必将获胜，应该不需要自己出手。

同样是坚信金帐必将胜利，单于和阿打很平静，更多的草原男人则显得很狂热，他们看着南方的唐军，眼睛里流露出狼一般的寒光。只要战胜唐国，金帐王廷便将是整个人间的霸主，在新的世界里，他们将站在中原最繁华富庶的城镇，披上最光滑的丝绸，占有最美貌的女人，喝上最烈的美酒、最清的溪水，吃上最软的白面馎馎……

这些，都是长生天的恩赐，不接受，会被天谴的。

单于和阿打还有无数金帐骑兵看着南方的唐营。在唐营里，华颖将军和部属们也在看着北方，在更远处的临时将军府里，徐迟也在看着北方，看着晨光晨风里的那群饥饿的恶狼。

人们感觉到了危险。

前面十余天的战争已经极为惨烈，金帐骑兵不能说没有出全力，只是镇北军的防守极为坚韧，所以才会打成均势，但今天不一样。今天金帐明显是要拼命了，那位单于和他的臣民们已经做好准备，将整个部族的命运都押到稍后即将开始的这场战斗当中。

华颖的脸色铁青一片。有望远镜的帮助，他能够看到金帐王廷那里的所有动静，他看到那些草原蛮子正在给马喂食、喂水、喂盐，甚至还能看到锅里煮着的羊棒骨。作为一名经验丰富的唐将，他很清楚草原骑兵的作战习惯，最多还有一个多时辰，那些吃饱喝足的战马，便会带着那群狼般的蛮人向自己扑来。

这是草原骑兵最正规的作战法则，这也正是他脸色铁青，无比愤怒的原因——单于和他的草原骑兵根本不惮于让唐军看到这些画面，便等于说，他们将今日战斗开始的时间确定好了，并且通知给了唐军。这是何等样的自信，对于唐军来说，又是何等样的羞辱！

如果是十年前，华颖早在观察到第一个画面的时候，便已经派出骑兵前去突袭，攻敌之不备，必然能够取得分量足够的战果。但现在不行，因为他没有足够数量的骑兵，更不可能像镇北军全盛时那样，按照时间分批准备着随时可以出击的战马……

如果。

那句话，那个判断，再次在华颖的脑海里浮现。

如果，现在大唐还能拥有一支真正的骑兵，还能拥有足够数量的战马，单于还敢如此妄进吗？不，今天等待金帐王廷的，必将是灭亡。如果呵如果，如果真的能够有如果，人世间又哪里会出现那么多的如果呢？从来就没有如果，所以金帐王廷今天不会灭亡，单于和他的草原骑兵才敢如此嚣张暴戾地突进，镇北军才会面临如此的结局，他甚至已经看到了结局二字上面惨淡的颜色，嗅到了结局二字上面绝望的气息。

和华颖将军不同，普通的镇北军士兵依然神情坚毅冷静，他们不知道那些秘密的军情，不知道沙盘推演的结果，也不知道或者说懒得去理会这场战争胜负的成算，他们只知道战斗，并且像过去那些年一样无惧。看着四周默默准备战斗的唐军，司徒依兰眼帘微垂，掩去那抹黯淡，然后迅速抬起头来，振奋精神，不想让自己影响到哪怕最微小的士气。

她忽然注意到近处锅灶旁的一名唐军，此时所有的唐军都已经快速吃完了早饭，开始蹬弩修箭磨刀，只有那名唐军依然站在锅旁，左手拿着大碗，右手拿着木勺，大口地吃着菜稀饭，吃到里面的肉块后，更是高兴地咕噜着什么。

"你叫什么名字？"

司徒依兰走到锅灶旁，看着那名唐军说道。那名唐军士兵的年龄并不大，但从他捧着粥碗的手指间的老茧和眉宇间满不在乎的神情便能看出，这是个身经百战的老兵。

那名唐军看着她，愣了愣，把粥碗放到灶沿，行了个军礼，报告道："前锋营斥候四队队正王五，见过将军。"

"王五？很干净利落的名字。"司徒依兰说道，"只是做事有些不够利落，难道你没有看到别人都已经回到营里开始备战，你为什么还没有归队？"

王五表现得对她很尊敬，但那不意味着害怕，他用很诚恳也很搞笑的态度解释道："斥候暂时不用出战，再说了，那些蛮子至少还要一个多时辰才会打过来，何必太着急，今天的粥里放了这么多肉，不吃干净多可惜。"

司徒依兰微微挑眉，说道："果然是个老兵。"

王五用木勺的尾部挠了挠有些发痒的颈子，嘿嘿笑着说道："您过奖。"

司徒依兰说道："大清早的胃口就这么好，看来你对今天这场战斗的胜利很有信心，如果所有人都能像你一样，或者……"说到或者二字时，她戛然而止。

王五脸上惫懒的笑容，也忽然敛去，看着她平静甚至有些冷漠地说道："将军，或者什么？或者能够有奇迹？你知道的，没有奇迹。"

司徒依兰目光微寒，盯着他的眼睛，沉默片刻后说道："你想说什么？"

"今天粥里的肉很多，甚至比青菜还多……虽然我镇北军的伙食向来极好，但这种待遇还是好得有些过分，这让我很怀疑。"王五毫不畏惧她的目光，平静说道，"或者，这是临死前的最后一餐饭，所以大将军要让我们吃得好些？"

司徒依兰寒声说道："你到底想说什么？"

王五指着不远处营帐里沉默备战的唐军将士们说道："我知道，今天这场仗必输无疑，其实很多人都知道，只是不说而已。"

司徒依兰闻言沉默了很长时间。

"您如果觉得我动摇了军心，可以把我当场斩杀。"

"我更想知道，你为什么要对我说这些。"

"因为我想要告诉徐大将军，告诉朝廷，告诉书院……我不甘心，我不想输，我不明白为什么镇北军会落到如此下场。"

司徒依兰沉声说道："为国守边疆，是我大唐军人的使命，你有什么不甘的？"

"问题在于，徐大将军为什么要把我们这些人送到谷河外面？为什么一定要在这里决战？我不怕死，但我不想被人送着去死。"王五忽然变得愤怒起来，把手里的木勺重重掷进粥锅，冲着司徒依兰吼道，"向晚原是朝廷割让的，这战场是将军府挑的，为什么让我们去死？为什么让我们输着去死？你们这些将军，就算让我们去死，难道就不能赢吗！"

司徒依兰伸手阻止身旁亲兵拔刀，沉默了很长时间，因为她不知道该怎样回答这名老兵愤怒的质问，是啊，朝廷要让唐军拒敌于国境之外，唐军不惜抛头颅洒热血也会做到，但朝廷至少要让他们赢啊，不然就算死了，又如何瞑目？

"那你究竟想怎么做，想我们怎么做？"她看着王五问道，问得很认真。

王五没想到会听到这样的答复，沉默了很长时间，有些黯淡地笑了笑，没有说什么，转身向自己的营地里走去。司徒依兰看着他的背影，没有继续追问，因为她大概猜到了这位年轻的老兵想要什么，那同样也是她想要的，是整个镇北军乃至大唐都想要的。

王五走回自己的营帐，对着帐篷外的半袋干草，发了很长时间的呆。他是斥候，是镇北军里极少数有马的兵种，然而在两年前，他的马便死了，死在渭城外，从那之后，他便再没有机会拥有自己的坐骑。没有坐骑的斥候不如狗，王五经常这样想，在这两年里，他觉得自己的日子过得确实不如狗，因为狗还能吠两声，他能做些什么？王五踢开干草，准备洗把脸，当他看着水桶里那张有些苍白的脸，眉头微微皱起，忽然开始厌憎自己现在的情绪。

他深深地吸了口气，将心底的那些绝望和愤怒尽数压下，从鞘中抽出那把从渭城带出来的大刀，呵斥着下属开始准备稍后的战斗。没有坐骑的斥候……还是唐军，哪怕是绝望的战斗，也要战斗到底。他望向北方晨光下的金帐大营，忽然想起渭城。当年渭城被金帐骑兵屠城，只有极少数人逃了出来，他便是其中一个。

回到镇北军，经过身份审核后，他重新拥有坐骑，然后再次失去，就像他曾经拥有一座渭城，最终却什么都没有留住。王五经常怀念当年跟着马将军去草原狩猎的日子，更怀念跟着那些剽悍的前辈去梳碧湖杀马贼抢金银的日子，那些日子一去不再返了。

他满不在乎的惫懒神情下面，是从来没有熄灭过的怒火和像毒蛇一样噬咬心脏的仇恨，他无时无刻不想着随镇北军一道击溃那些草原上的蛮子，收复渭城。

但是那很难。

而且看今天的局势，似乎那天永远都不会来了。

他想要一匹战马，一匹神骏的战马，他想骑着战马，向着敌人冲杀，如果他有战马，他的战友都有战马，那么他的心愿便会实现。这种执念不停地折磨着他。看着金帐王廷如云如野的马群，他快要发疯了，这时候只要有人给他马，他愿意付出所有的财产以至于生命，如果有人给他一匹马，他愿意为对方做牛做马。可惜，没有如果。

王五低头准备洗脸，稍后必然是千年来最血腥惨烈的一场战役，这场战役将由无数场战斗组成，将会有无数人死去，镇北军或者会败，那么所有唐军必然都会殉国，他不想死的时候脸上还有脏东西，嘴里还有青菜叶子。下一刻，他忽然觉得自己眼花了，因为盆里的清水颤抖了起来，他的眉眼在水里变幻成奇怪模样，不像先前那般沉郁，反而有些滑稽可笑。

感觉到远处传来震动的，还有数十里外的金帐王廷诸人，十余万草原骑士正在紧张地备战，正在给坐骑喂清水，忽然发现，那些英勇但极为驯服的战马，忽然间变得极为焦躁不安，有的马拼命地摇晃着头颅，不肯低头喝水吃草料，有的马惊恐地望向某处，不安地踢着前蹄，仿佛只有这样，才能安慰自己地面传来的震动是虚假的，而不是它们本能里最畏惧的某些存在。整片原野都开始震动起来，从北方的渭城一直到谷河外的草甸，双方军营里的大车车轮吱呀作响，有些没有注意的士兵甚至被震得有些站不稳。

阿打跳到一辆大车顶上，眯着眼睛望向震动起处，他的眼力极好，应该是场间最先看清楚那边动静的人，于是他也是第一个被震撼至无语的人，那张稚嫩却惯常骄傲冷峻的脸颊上，写满了不可思议的神情。

紧接着，越来越多的人看清楚了震动的起因，王五的眉忽然高高地挑起，他的唇角高高地扬起，他的手开始颤抖，湿毛巾落到盆里，溅起水花一朵。像他一样，营内外的斥候以及更远处的镇北军将士们，都感觉到这道震动，望向西北方向，军营里变得鸦雀无声，人们的脸上写满了震惊、困惑……更多的还是隐隐的激动和期盼。

朝阳之下的原野清旷无比，没有大风，尘土不起，视线极为清楚，只见西北方向的地平线上，一大片黑云正在缓缓压至。

之所以是缓缓压至，不是因为黑云移动的速度太慢，而是因为黑云遮蔽的面积太过广阔，从而给人的错觉。那片黑云很迅速地飞掠十余里地，来到了谷河边原野的边缘，所有人都已经看清，那根本不是黑云，而是一大片密集的烟尘！

那些烟尘，都是马蹄带起的尘土！

无数匹野马，正席卷而至！

朝阳映红了天，暖暖的光线进入那片烟尘，仿似把朝霞从天空上采撷到了地面，那些狂奔的马群仿佛正在燃烧，美丽夺目至极！根本没有人能数清，那片朝霞里究竟隐藏着多少野马，没有人想算明白，有多少野马才能造成如此惊天动地的气势！

人们只知道，天地之间忽然多出了一群数量难以想象的野马。

这群野马……正在向着唐军奔来！草原上依然鸦雀无声，于是远方野马的蹄声显得更加清晰，如惊雷一般落在所有人的耳中，敲打在所有人的心上。

唐军先锋营的所有将士，都停下了备战的工作，哪怕是再严苛的军纪，再强悍的精神，也无法让他们收回望向那片朝霞，那片铺天盖地的野马的目光。有的唐军开始揉眼睛，觉得自己是不是眼花了，他们在心里对自己说，一定不是眼花了，可还是觉得不可相信，因为这画面确实难以置信。有的唐军则是连眼睛都不眨，比如王五，他像看着渭城酒馆里小姑娘一样盯着朝霞里的野马群，生怕自己一眨眼睛，那些野马便会消失不见。

司徒依兰紧紧抿着双唇，脸色有些花白，握着刀柄的手有些颤抖，她知道不是幻觉，但她不确信那些野马真的是向唐营来的，如果……如果稍后这群野马忽然奔向东方辽阔的草原，像忽然来临一般忽然消失怎么办？如果它们只是路过怎么办？

唐人们的心情就像他们的神情一样复杂，紧张、渴望、震撼、担心甚至恐慌，他们看着那片朝霞越来越近，看着充斥天地间的野马群越来越近，越来越紧张。朝霞终于散去，回复烟尘的模样，谷河外的草原，完全被风沙遮蔽，金帐王廷部落处的十余万战马惊慌地嘶鸣着，阳光被隔挡，很难看清。

司徒依兰闭着眼睛，然后睁开眼睛。然后她看到一匹棕色的野马，正在身前看着自己，那匹棕马的眼睛里充满像是人类婴孩一样的好奇，天真澄静至极。

烟尘渐敛，唐营里一片欢呼，将士们的欢呼声是那样地高亢，很难用词语来形容，甚至显得有些疯狂，变成某种发泄般的呐喊！这一切都是真的。踏着朝霞来到唐营的，确实是马，是野马，是无数的野马。那些野马在唐军的军营里随意踱着步，就像逛草原一般自在，长长的鬃毛在晨风里轻轻飘舞，神骏异常，眼神里充满了好奇。

就像那匹棕色的野马，它很不理解，面前这个女人为什么会流泪。

野马们不理解，这些人类为什么要欢呼，为什么声音那般嘶哑，为什么要搂着自己的颈，不停地摩挲，为什么他们要笑，为什么又要哭。

那是因为它们不理解，对于唐人来说，它们的到来，就是真正的神迹。

十余日来，这一年来，这三年来……唐国从君到臣，从普通百姓到浴血奋战的士兵，无时无刻不在祈求着能够拥有足够数量的战马，但他们知道那是奢望，因为向晚原没有了，因为道门不会给唐国机会。眼看着这场将会决定整个人间走势的大战即将开始，像华颖将军、司徒依兰、王五这样的人，依然忍不住喃喃念着，在心里默默想着这件事情，他们甚至愿意付出自己的生命与尊严，祈求不再信仰的昊天给唐国一个机会。

唐国需要马，需要战马。

昊天仿佛真的听到了所有唐人的心声，仿佛她忘了唐人对自己的背叛，她站在朝霞深处，对着荒原深处那片泥塘说了三个字。

"要有马。"

于是，唐人有了马。

唐营瞬间进入某种癫狂的狂欢状态，而与之形成鲜明对照的，是金帐王廷的数十部落，那里依然鸦雀无声，所有草原人的脸色都变得极为苍白。金帐王廷敢于举族南侵，与唐人进行国战，而所有部落都毫不犹豫地跟随单于的脚步，都是基于一个铁一般的事实：唐军缺马。

然而就在大战之前，无数匹野马从草原深处狂奔而至，这……究竟是怎么回事？这些野马是哪里来的？为什么部落长年生活在草原里，却根本不知道这些野马的存在，又有哪片草原能够养活这么多野马？有些部落的长老和寥寥无几的勇敢旅行者，想起了数十年前开始的某个传闻，据说在西荒深处那片连狼群都不敢轻易进入的大沼泽里，生活着一群可以踏水食云的天马，那群天马是长生天的坐骑，只是生活在人间……难道南方那片黑压压的野马，便是传说中的天马？如果真是长生天的坐骑，为什么它们会去唐营那边？

看着南方铺天盖地的野马群，草原人忽然觉得自己被长生天抛弃了。没有人明白为什么会发生这样的事情，那辆停留在后方的马车里，金帐国师也不明白，但他知道一切都变了，深深地叹息了一声。数名祭司已经奉命前往金帐，他则是和剩下的大祭司，结成了一个车阵，他始终没有出现在战场上，因为他忌惮余帘和唐，他一直劝说单于不要如此冒进，因为他总觉得书院和唐国不会这般简单，遗憾的是，他没能说服对方。

今天这场战争的结局，似乎已经注定了。

但有人并不这样认为。

看着南方烟尘一片的唐营，单于英俊的脸上依然神情冷峻，作为一代草原霸主，他以无上魄力推动金帐王廷举族南侵，冒着劳师远征被唐军诱深包围的危险，也要硬碰硬打这场国战，是因为他坚信自己能获得最终的胜利。

他要替自己的兄长复仇，最重要的，他想要统治整个人间，他要让自己的部属变成中原每个国家的贵族，要让自己的子孙永远占据南方美丽的山河，所以他必须胜利，这是观主承诺他的，也是他承诺给观主的。直到现在，哪怕看着无数匹野马踏着朝霞而来，他依然没有丧失信心，更准确地说，除了脸色难看一些，他的意志没有受到任何影响。

勒布大将喃喃说道："道门传来的消息，据说……长生天不见了，中原人都在寻找，会不会是我们违背了她的意志，所以才会派这群天马来帮助唐人？"

单于眸里寒光乍现，盯着他冷冷说道："愚蠢的东西。"

勒布不敢争辩，沉默退下，他以为自己清楚单于的心意……这场谷河草原上即将开始的野战，将是决定性的一场战斗，金帐承受不起失败，也承受不起回撤的代价，因为金帐的骑兵南下得太远了，回家的路也太远了。既然不能认输，也不能撤退，便只有打下去，那么怎么能在这个时候，动摇军心？勒布明白其中道理，所以被骂愚蠢的东西，也自沉默。

"这和士气无关……唐人根本不可能赢。"

"为什么？"

"唐人泣血顿首也想要的是什么？"

"马。"

"错了。"单于看着南方，神情冷漠至极，自信至极，"唐人要的不是马，是战马。"

是的，虽然司徒依兰和王五他们每天默默想的是，无论什么马都好，只要有马就好，但事实上，骑兵需要的只能是战马。战马，必须要经受长时间的训练。

而现在草原上的只是一群野马。野马没有见过血，没有上过战场，没有鞍，没有辔头，怎么骑？如何战？没有人能在这么短的时间里，把数万匹野马训练成能够作战的战马。清晨甫至，马上便要上战场，那些野马……除了看，还能有什么用？

听着单于的话，勒布大将的脸色瞬间变得明朗起来，他本就是统率王庭骑兵的大将，之所以没有想到这个问题，纯粹是被那幕万马奔腾的画面给震昏了头脑。金帐王廷开始加快集结冲锋的准备，先前被野马群骇得有些心神不宁的战马，在主人的安抚下变得平静了些，开始披挂皮甲和箭囊，只是在望向南方那些同伴的时候，金帐的战马们还是显得有些不安，队列有些乱。但正如单于冷漠而正确的判断，现在南方唐营更是混乱。终于从狂喜和泪水里清醒过来的唐军，听着远处斥候传来的军情声，用最快的速度开始准备战斗，却发现镇北军先锋大营里没有足够的骑具……已经过了整整三年没有坐骑的日子，镇北军官兵们确实没有任何人事先会想到这个问题。

更麻烦的事情还在后面，唐军们发现那些野马虽然对自己表示出了相对友善的神态，却极为抗拒被系上缰绳，更不要说套上骑具……唐营里到处都是撒蹄子乱跑的野马，到处飞舞的杂色鬃毛，甚至有野马撞翻唐军夺路而去……虽然看不到唐营里具体的画面，却能听到那里传来的嘈乱声音，能看到那些代表混乱的烟尘，已经知道单于英明判断的草原骑兵们，向着唐营方向发出嘲笑的呼哨声，挥舞着手里的弯刀，尽情地表现着自己的轻蔑。

便在这时，天地间响起了一声极难听的嘶叫。

那声音像极了两块粗石头在摩擦，又像是破了的风箱，给人一种后继乏力的感觉，又像是病人在喘息，却始终没有停歇。难听的嘶叫声，划破了天地。

金帐王廷十余万草原骑兵的嘲笑声，被强行压制下去。

唐营里野马不忿的啸鸣声和怪异的喷鼻儿声瞬间消失，数万匹野马，仿佛听到最恐惧的声音，再不敢动弹，齐齐望向那声嘶叫起处，高高地昂起颈首，仿佛等待被检阅的士兵。

原野西北方的烟尘，正要完全落下，里面隐隐有什么走了出来。

那是八匹人间罕见的神骏野马，拖着一座破辇。

破辇里坐着一头黑驴，驴身上的皮毛剥落了很多，看着有些可怜，但它神情却显得很惬意，或者是天生豪气，又或者是因为它在吃葡萄、喝葡萄酒的关系。那头黑驴睥睨着原野间的所有马，野马和战马，如真正的君王。

唐营里的野马，低首。

金帐王廷的战马，惊恐。

木柚和六师兄走出营寨，向着那辆破辇走去。这时候他们才看到大黑马拖着那辆黑车，跟在破辇的后方，神态憨喜，身肥肉壮，看来这三年跟着长辈，厮混得很是不错。

木柚笑了笑，因为草原空气太干燥的缘故，唇角裂开，流了些血。

她和六师兄，对着辇里的黑驴行礼。

黑驴很矜持地点点头，回礼。

大黑马吭哧吭哧奔到木柚身旁，低着头便准备往她怀里蹭，忽然想起那个现在只剩一只胳膊的家伙，强行扭开，木柚摸了摸它的颈。

大黑马肃容后退，低首，对着她和六师兄行礼。

紧接着，唐营后方传来车轮声响。不知多少辆大车，从辎重营里面出来，来到先锋营里，车上满是各式骑具和马刀，走在最前面的正是四师兄范悦。

书院后山诸弟子，在荒原上，终于相遇。

鞍上马背，缰绳渐紧，野马平静。

镇北军的骑兵们，轻轻摸着那些曾经熟悉的骑具，感慨至极，他们曾经的坐骑逐渐老去直至离去，只有这些还像从前那样，虽然旧了些，但依然好用。

王五捧着清水，凑到自己的坐骑前，喂它喝水，看着这匹依然有些不安分的野马，他在心里默默想着，我真的会为你做一辈子牛马……

现在，让我们先去杀敌。

是的，让我们去杀敌。

金帐王廷的骑兵，已经率先攻过来了，如潮水一般。

极度不安的草原战马，在主人皮鞭的乱抽下，在马刺的痛楚逼迫下，爆发出了血性与悍劲儿，忘记了本能里的某种敬畏，开始冲锋。

唐军却比先前要显得沉默很多。他们没有上马，他们牵着那些野马……不，从这一刻开始，就是战马，踩着草原上微硬的土壤，缓慢而坚定地向北方走去。他们是唐军，天下最强的骑兵，从来无敌。他们牵着的战马，在西荒北方的大沼泽里，横行了数十年，同样无敌。金帐王廷骑兵虽强，在他们面前又算得什么？

烟尘覆盖了草原上方的天空。终于到了上马的时刻。

司徒依兰翻身骑上棕色的野马，缓缓自鞘里抽出寒刀。她举起刀锋，指向对面如潮水般的草原骑兵。她面无表情，没有说话。她身旁的亲兵忽然怒吼起来。所有的唐军，在这一刻同时怒吼起来。长达数年的郁闷，伴着这声怒吼，化成战意。

然后便是沉默的冲锋。

令人窒息的沉默的冲锋。

有很多镇北军骑兵，对冲锋这件事情已经有些陌生，但当他们举起刀，轻夹马腹催动坐骑向前冲刺时，那种熟悉的感觉很快便回来了。那种感觉叫作无敌。无数道烟尘，切开了草原，无数道铁流，向着金帐冲去。一时之间，杀声便已震天。

祁连城方向。谷河侧方。镇北军所有的骑兵，不知何时从那里狂奔而出。

黑色的铁流，从三个方向沉默地向金帐处汇集，如果有人能够从天空往草原地面上看，一定会被这幕壮阔的画面，震撼得无法言语。

寒风吹拂着司徒依兰脸颊畔的发丝。

她想着，为了胜利。

王五咬破了自己的嘴唇，眼神异常坚毅。

他想着，为了渭城。

金帐王旗下。

单于的脸色异常苍白。勒布焦急劝他赶紧后退，与后方的国师会合。

单于没有说话，不知道在想什么。直到此时此刻，他才明白国师为什么一直不同意自己冒险的决定。书院……宁缺……好狠。金帐败了，他很清楚这一点。

噗的一声，他喷出一口鲜血，摇摇晃晃，摔下马背。

谷河草甸上。

宁缺放下望远镜，想着先前看到的那幕画面，沉默无语。

他把望远镜，递给身旁的徐迟大将军。

徐迟看着他问道："隐忍多年，就为了今天？难道你不觉得很冒险？"

宁缺想了想，说道："只有这样才行。"

徐迟说道："如果你能早些把这些马交给我，一样可以胜。"

"但不能杀光他们。"

说完这句话，他向草甸下走去。

从最开始的时候，他想的就是要……杀光他们。

残阳如血，大唐镇北军先锋大将华颖，站在猎猎风中，看远方烟尘渐去，终于放松下来，身形摇摇欲坠，被身边的司徒依兰扶住。谷河外百余里方圆的原野上，到处都是鲜血和尸体，只是被北方来的劲风吹拂了整整一天，腥味已经不是太重，但天地终究还是血色的。

这场战争从清晨开始准备，到午前骑兵开始接触，一直厮杀到了暮时，才最终分出胜负，获得最终胜利的，理所当然是唐军。金帐王廷骑兵死伤惨重，单于昏迷不醒，派到前线的数名大祭司在混战中纷纷死去，最后时刻，年轻的奴隶强者阿打被国师强行召回，护送着身受重伤的勒布，带着残兵撤退，从而逃过了被铁骑碾杀的命运。

——徐迟大将军为了这个少年奴隶准备了七百玄甲重骑，一直等候在战场边缘，为的就是等此人殿后时直接冲死他。

金帐王廷向北溃败而走，有唐军开始追击，有唐军开始打扫战场。

这场千年来最惨烈的野战，自然也造就了最惨烈的战场，到处都是被朴刀砍断的手臂，到处都是开膛破肚的尸体，到处都是渐乌的血泊，到处都是扰人的蚊蝇，到处都是痛苦的呻吟。唐军的医护队在原野间不停地穿行，骑兵用精湛的骑术架着担架，将受伤的同袍送到军营，伤势最重的士兵，则会用大车拖回谷河军寨，做进一步的治理，人们争夺着时间，争取让更多的人活下来。

看着四周原野，看着如血的残阳和如血的天地，华颖有些苍白的脸颊上浮现出满意的微笑，然后他咳了起来，胡须被血溅红。作为先锋大将，他今天立下的战功自然是最大的，只是他真的不在乎这些，而且他很清楚，自己以后再也不需要在乎这些了。

"你应该很清楚，这些年我为什么一直在边疆苦熬。"

华颖说话的声音有些断续，显得很疲惫，但却有着一股清透的精神。

司徒依兰沉默不语，扶着他在草甸上坐稳。

华家忠于李渔，在数年前的皇位争夺战里，曾经扮演过很不光彩的角色，却被宁缺和先皇后强行镇压，华山岳死，华家也迅速没落。

相信这场战斗之后，那些过往都将被遗忘。

但华颖很难忘记那些过往。

"书院……或者说，十三先生，真的是个冷酷无情的人。"

看着四周惨烈的画面，他想着华家的悲惨遭遇，想着那数十名被派到前线送死的固山郡儿郎，摇了摇头："如果他提前让镇北军接收那批野马，哪怕只是提前和大将军或者我说一下，我想这三年也不用死那么多人。"

司徒依兰沉默不语。作为书院前院的学生，作为宁缺曾经的友人以及现在的追随者，她并不同意华颖的看法，但此时此刻她无法辩解什么，因为整整三年里，因为缺少战马的缘故，唐军付出了太多代价，今天也有太多人死去。

"不过……我很喜欢。"华颖忽然笑了起来。

他充满佩服和感慨继续说道："金帐，真的很强大……他的方法应该是死人最少的……只是在这个过程里，他必须要冷酷到底，唯如此，才能用最小的代价打赢这场国战，我很佩服他，也很同情他。"

这段话很复杂，甚至有些逻辑不清，但司徒依兰听懂了。

华颖看着远方暮色下的草原，看着那些烟尘，看着那些慌乱逃跑的敌人，看着在后方不远不近缀着的北大营亲兵，终于闭上了眼睛。他的脸上还带着微笑，满意的微笑。彻底击败金帐王廷的骑兵，看着那位雄才大略的单于和深不可测的国师像狗一样逃走，对一位唐将来说毫无疑问是最美好的事情，能够看到这幕画面，自然可以瞑目了。

司徒依兰伸手到他鼻前停留片刻，沉默了很长时间，最终还是松开手，将遗体平搁到草甸上，示意一直等着的军医上前处理。她站起身来，依然是猎猎风中。大唐王旗在惨烈的战斗里，被烧损了一部分，焦黑难看，但里面的金线，在暮光里依然夺目灿烂，似将永世长存。她在残旗下，环顾四周，又望向北方。

金帐王廷的残余势力，正在全力北逃。镇北军击溃王庭主力，不代表全歼。华颖临死前没有提醒她什么，也没有留下一定不能让单于跑了——这种遗言，因为他很清楚，这一次金帐王廷不会再重获生机。因为那些草原人举族南下，下得太南。

如果草原人还是停留在七城寨一线，而不是以这种猛烈野火的姿态来袭，即便被击败，也有很大机会逃回草原深处，就像数百年间那样。茫茫草原，入夏后便极难作战，更难寻觅，到那时，唐军很难全歼对方，但现在草原人南下太深，甚至穿过了向晚原，他们怎么逃回去？

司徒依兰不认为草原人还能逃回去，也不会允许草原人逃回去。

她看着北方那些凌乱的烟尘，说道："休整，然后准备追击。"

镇北军先锋大营里很嘈杂，麻沸散的味道到处飘着，靠东面那排铁炉房里，敲打兵器的声音不绝于耳，但没有太多人说话。整整一天的血战，让将领和士兵们都疲惫到了极点，唐军也付出了极惨烈的代价，便是连华颖大将都最终因为失血力竭而死——于绝境里重获希望，然后大胜强敌，军营里的气氛自然不错，但却比较沉默。

先锋大营后方最平坦的一片草甸，已经被隔绝起来，要比营地处更加安静，于是黑驴嚼葡萄的声音都显得很清楚。四师兄走到破辇前，指着师弟和师妹，向黑驴介绍道："那是六师弟和七师妹，我入门比他们早些，排在第四。"黑驴还是很矜持，点点头没有说什么，心里却在想着，幸好遇着的不是大二三，不然若以入门时间论，岂不是要自己向他们先见礼？

大黑马摇晃脑袋，兴高采烈地跑了过来，向四周望去，没有看到那道熟悉的身影，顿时低下头去，显得有些失望。"我不知道小师弟在哪里。"四师兄解释道，"……事实上，从他离开长安城后，就没有人知道他的行踪。"

这场血腥惨烈的大战，那位神秘的国师一直没有出手，一开始就接应住单于，然后带着王庭最精锐忠诚的三万朵儿骑迅速北撤。或者正是因为这个缘故，宁缺也没有出手，直到战后也没有出现，没有人知道他去了哪里，就像过去的这个春天一样，他再次失踪。

大黑马有些失落，踱至草甸上方，看着渐要被地面吞噬的太阳，沉默无声，它知道那轮太阳，其实是被北方那片黑色的海吞噬的。

草原不落的太阳，最早的时候是荒人帝国的皇帝，然后是创建魔宗的那位光明大神官，再后来便是金帐王廷的单于。单于一直认为自己是太阳，就算落下去，明天依然会再次爬起来。但今天他觉得自己似乎可能很难再爬起来了。三万最忠诚的朵儿骑护送着他来到渭城，勒布大将的伤势稳定，并且在大祭司的帮助下迅速复原，少年奴隶阿打沉默地站在自己榻前时，他还拥有足够强大的实力和足够多的强者，他还有国师。

但他还是觉得自己在冰冷的海底挣扎，随时都会窒息。

因为，他很害怕。

8

前一刻便马上成为整个人间的君王，下一刻便在登基的道路上被一道暗箭射穿了双颊，鲜血横流，而且流得很难看——无论是谁，都很难接受这样的事实——他的信心和雄心一道被碾得粉碎，碎得不能再碎。

最让他害怕的是，当看着数万野马踏朝霞而来，看着那些神奇的事情发生在眼前，他才明白这些年的意气风发，策马中原的宏愿，实际上都是个骗局——这是书院的局，是那个人的局。数年前，西陵神殿与唐国和谈，金帐王廷从中获得了最大的利益，无论是向晚原的割让，还是交出战马，怎么看都是往唐国的脖子上套了根皮索——现在看来，这却是唐国示弱，诱使王庭冒险举族南下的举措。

"宁缺，宁缺，宁缺……"

他默默念着这个名字，念了很多遍，遍遍入骨。

他不明白——书院的这个局其实很冒险，如果稍有些问题，草原骑兵便能挥鞭南下，横扫中原，那么书院为什么要这样做？除了让金帐灭族，还有什么值得唐国冒如此风险的目的？书院何时变得如此冷血？那个叫宁缺的十三先生，与自己之间究竟有何深仇大恨？

单于思索了很长时间，情绪渐渐变得平静。他有雄才，也有大略，虽然在谷河外被唐人击败，甚至已经看到了灭亡深渊的真实图景，但他终究是了不起的大人物，怎会甘心？重新变得冷静起来的他，决定做一次冒险。既然唐人可以设局，可以隐忍三年，可以冒奇险而成不世之功，他为什么不能冒险，为什么不能成功？

他相信，长生天没有抛弃自己。

没有过多长时间，族中德高望重的老人、阿打、勒布大将、作为国师代表的大祭司，都来到了他的房间里，看到单于对着沙盘沉默的背影。单于指着沙盘上面一座极不起眼的小城，平静说道："我知道唐人和部落里很多人都以为这场战争已经结束，那天的战斗便是决战，但我不这样以为，这里是我们脚下的土城，也是我选择的决战地。"

没有人明白他的意思，王庭已经远不是唐国的对手，就算想要拼命决一死战，对方又怎可能给自己机会，换句话说，王庭哪里来的资格？

"唐人……或者说书院的目的，是要灭了部落，他们要杀光我们，我们现在的目的，就是脱离唐人的追击，回到家乡。"

"我们没有粮草。"

"七城寨里存着些，我已经派苏勇去调了。"

"那些粮草不够支撑我们回去。"

"数十万人自然不够，但如果只走三万人，还是够的。"

"唐人会一直跟着我们。"

"所以我们需要一场胜利，一场让唐人变得混乱起来的决定性的胜利，只有在那种情况下，才能保住部落最后的火苗。"单于看着沙盘上那片平坦的原野，和上方那七座遥相呼应的城寨，沉默片刻后说道，"徐迟想杀光我们，便只能集兵一线向北横推，阵形无法做得太厚实，如果有一万朵儿骑突破中腹线，杀到北大营，甚至更南一些的地方……你们说唐国会不会动荡？书院会做出什么反应？"

勒布大将说道："唐军主力明晨便至，徐迟不可能会犯这种错误。"

"世间最擅守的名将，当然不会犯这种错误，但那是以前……就像本王以前也不会犯全兵冒进的错误一样。"单于摇头说道，"我没有看穿书院设下的局，徐迟则是不得不按照书院的路数去走，因为书院要我们所有人都死，他就只能如此执行。"

房间里静寂无声，所有人都觉得不妥：单于的决定不是冒险，是疯狂的赌博——不，连赌博都不是——这更像是绝望深渊之前回身愤怒无助地呐喊，就算徐迟真的将唐军阵势摆成最易凿穿的线状，就算朵儿骑真的能够突破到南方，也无法改变整个局面。

阿打的眼睛明亮了起来，完全明白了单于的意思。单于根本没有想赢，他只想带走两万多精骑，那么输掉这场战争，却没能让唐国如愿，待休养生息，道门稳定住南方之后，或者可以再次赢得整个人间。

勒布沉默片刻后说道："我去。"

没有人与他争，因为这不是战功，也不是殉王庭，而是冰冷的现实考虑，无论阿打还是那些祭司，都不是能够指挥大量骑兵的将领。

大祭司说道："国师大人会与我们一道，护送单于归原。"

阿打没有说什么，他知道自己要扮演的角色，当那朵儿骑突破唐军防线，在所有人都想不到的情况下进入南方草原甚至北大营附近烧杀劫掠时，唐军会以最快的速度去追击单于所在的王庭——最快的速度需要最近的距离，最近的距离是直线，这好像是书院传出来的道理。

王庭要从渭城北归，唐人便要从渭城追击。他要做的事情，就是守在渭城那条唯一的街道上。阿打对着单于躬身行礼，转身离开，走到那条街道上，推开尘封的一间旧铺子，在桌旁坐了下来，然后再没有离开。

其余的人都纷纷离开房间，开始准备逃亡和南下事宜。

国师知道单于的计划后，自然也要做相应的安排。

人去屋空。单于转向窗外，望向夜空里那轮明月，从那些温暖而慈爱的光辉里，仿佛获得了某种力量。渭城被屠后，绝大多数的房屋都无法住人，草原人也习惯住在城外的帐篷里，他今天住的地方，是相对僻静处的一个小院。他并不知道，这个小院曾经属于谁，不知道谁曾经属于这座渭城，所以他不知道，为什么那个人一定要杀死他——如果让他知道长生天也曾经在这里生活过很多年，或者他的想法会有更多的不一样。

发生在谷河外草原上的那场战争，是自唐国击败荒人之后，整整千年来最壮观，也是最惨烈的一场骑兵战争。参加这场战争的金帐王廷骑兵数量，要超过唐军的骑兵数量，而且唐军骑兵这些年里很少进行骑兵方面的训练，所以按道理来说，王庭占据着优势，但唐军却获得了最后的胜利，尤其是在镇北军两路伏兵出现之前，先锋大营的骑兵硬生生挡住了如潮水涌来的王庭骑兵，那是因为唐军比王庭骑兵多了口气。

那是剽悍之气——唐军有这口气，他们身下的野马也有这口气，在草原春天的风里，唐军挥舞着朴刀，沉默地砍死一个又一个敌人，那些野马踩着野花与草屑，放肆地奔驰着，竟也学着唐军的模样，把王庭的那些草原马欺凌得极为难堪。

谷河之战注定要留在瑰丽壮阔的历史画卷上，事后来看，这场骑兵战争或者不能算是整个人间的定鼎之战，但绝对是最重要的一场战争。在获得这场战争的胜利之后，金帐王廷就算还有再战之力，也没有办法对唐国的根基产生任何威胁，更直观一些说就是，那日之后的金帐王廷就算发挥出全部实力，也没有办法让唐国灭亡。对于整个人间来说，更重要的是，唐国解决了横亘在北方多年的心腹大患，现在长安城里的君臣可以把全部的精神与资源都投向南方，如果能抢在道门解决内部纷争之前定势，桃山将面临难以想象的压力。

数日后，司徒依兰带着先锋大营的骑兵，来到了七城寨一线，此时的她和所有的唐军，都已经确认了胜势，但他们想要获得更大的胜利。这段时间里，北大营的亲兵以及半年前悄无声息从葱岭调至此间的征西军某部，拼着惨重牺牲，像狼一般咬着金帐王廷骑兵，狠狠地，哪怕浑身流着血也不肯松口，向来以灵活机动著称的王庭骑兵，生生被减缓了北撤的速度，昨天才进入七城寨一线，便被唐军主力赶了上来。

在这样的情况下，撤退至七城寨里的草原骑兵根本不敢贸然离开城寨向草原进发，因为那等于是把自己的后背交给那些可怕的唐人——就连在渭城结营的朵儿骑也不敢如此做——那意味着覆灭。十余万残余的草原骑兵，借助七城寨结营，试图暂时稳住局面，形成对峙之后，再寻觅时间撤退，摆脱唐军追击，逃进草原深处。

然而那些依然抱着侥幸心理的部落们，根本不知道单于已经做出了冷血而唯一正确的决定，他将用这些部落骑兵吸引唐军的主力，尽量拉薄唐军的阵形，然后再派出一万精锐朵儿骑，出乎所有人意料地再次南下！这些布置，将会让超过十万的草原骑兵死去，如果一切顺利，可以换来两万朵儿骑以及单于等大人物成功逃回草原深处。这种交换很残忍，看似很吃亏，却必须要做。现在唐军有了战马，王庭骑兵想要撤回草原，便不再是那么容易的事情，尤其是现在的唐军明显已经发疯，比草原人更像恐怖的狼群，如果让唐军专心追击，王庭骑兵不敢回头拦截，只怕走不出三百里地，便会全军覆灭！

在单于做着最后准备的时候，唐军包围了七城寨——说包围并不准确，因为北方的草原看似浩瀚无垠，随时可以进去——那是活路，是唐军留给王庭骑兵们的活路，也是真正的死路。镇北军骑兵主力与七城寨里的各部落骑兵形成对峙之势，这种局面却没有维持更长时间，没有任何预兆，双方之间的战斗再次猛烈地开始，似乎绵绵无绝期地厮杀，不停地收割着双方士兵的生命，到处都在乱战。

三日后王旗招展，烟尘漫天，唐军中军帐也来到了渭城之南。

大唐镇国大将军徐迟，终于来到了最前线。

令人吃惊的是，无论徐迟还是渭城里的单于，都没有对横亘在大陆北方数百里战线上的这场血战发布任何直接的命令，他们只是沉默地看着骑兵不停地冲杀，不停地死去，然后向着开平等其余城寨补充着兵力。这场战争本来就是国战，在没有打完之前，根本不可能有一天喘息的时间，只有你死我才能活，这便是真谛。所以徐迟不管，单于也不管，只是将彼此的儿郎投入到战场上，让他们杀敌或者被敌杀死。简单的几段话，远不足以描述这场发生在七城寨一线的血战，不足以描述金帐王廷残兵面临的压力和唐军付出的牺牲。人们只需要记住，短短数日的围城战里，死去的人便已经快要超过那日在谷河原野上的数量。

与开平、渠城等数座城寨不同，本应是真正主战场的渭城，却显得很宁静，没有血腥惨烈的骑兵冲杀画面，连马蹄声都听不到。金帐王廷在此，唐军中军帐在此，战斗却似乎离此地远去。徐迟看着望远镜里那座灰扑扑的土城，微微皱眉，沉默不语。

"真正还能战的是三万朵儿骑。"一名参谋军官不解说道，"根据计算，渭城周边至少还留着一万朵儿骑，单于难道真准备守城？"

渭城是七城寨里最小的一座土城，别说草原人不擅守城，这座小土城也根本没有办法容纳两万名骑兵，现在那些朵儿骑都在城北的草原里扎营，却没有趁着唐军到来前撤走，难道准备在这里决一死战？

徐迟看着那座土城，忽然说道："他们要重新南下。"

中军帐里的军官们，听着这句话纷纷抬起头来，很是吃惊。

刚刚经历如此惨痛的失败，那些草原人难道还敢南下？就算朵儿骑突破大军防线，进入向晚原后又能做些什么？难道他们还敢去长安城？

忽然间，有人意识到了问题。

"中军帐的防御太薄弱，应该马上让司徒将军来援！不然真让朵儿骑突过来，中军帐的安危是大问题，最关键的是，一旦混乱，还真有可能让单于逃了！"

"不用做那些无谓的事情。"徐迟看着那座土城，想着那人的承诺，说道，"你说那些朵儿骑会从哪里攻过来？绕城而攻，太耗战马脚力，而且容易被我军弩阵有效杀伤。如果我是单于，真的想再南下制造混乱，一定会选择从城里穿过来。"

徐迟没有再说什么，转身向帐后走去，准备睡会儿。连续数个昼夜，他没怎么闭眼，确实已经累了。至于单于的深谋或者远虑，令人赞叹的决断和魄力……既然已经被他看穿，自然不需要再担心什么，因为有人承诺过，不会出任何问题。徐迟这夜睡得很踏实，醒来时，天尚未全亮，正是黎明前最黑暗的那段时光，他起床洗漱，接过一碗马奶饮尽，然后穿戴盔甲，牵着坐骑走到营畔地势略高的草甸上，自鞍旁解下望远镜，向那座土城再次看去。

黎明时分，天地静悄悄。

土城城门紧闭，里面没有任何灯光，仿佛一座鬼城。

徐迟却清楚，单于最强的骑兵，稍后便会从那道城门里冲出来。他在将士们面前表现得很平静，其实还是有些忧虑，不然不至于清晨便来观测敌情，想要更早确认敌军来袭的时间。镇北军主力骑兵都已经调往开平、渠城等战场，中军帐正对金帐王廷主帐，当一万朵儿骑冲过土城来攻时，怎么抵挡？徐迟一直以为自己能够完全信任那个人。

但，看着静悄悄的黎明前的土城，他还是有些不安。

土城不高，城门上的箭楼距离地面只有三丈的距离，当晨光来临后，视力稍好些的人，甚至能够看清楚地面黄土里夹着的那些倔强的野草。徐迟看着土城的时候，也有人在城上看着他。金帐国师看着远处草甸间唐军中军帐的营帐，看着那些低头食草的战马，与王庭骑兵传回的军情相应照，苍老的脸上依然没有重获平静。唐人中军帐很宁静，联系到其余城寨处的惨烈场景、王庭骑兵苦苦支撑，便知道徐迟已经猜到了单于的用意，那他为什么如此配合？

国师不想去推算单于冒险的战术有几分成功的可能。

既然王庭已经被唐人逼到了深渊之前，那么总要进行一下挣扎，不可能就这样堕落，最后的选择，便是最好的选择不是吗？是的，他知道这句话出自书院。

徐迟的信心，大抵也来自书院。

开战至今，书院还没有真正出手。那些真正的强者还没有出手。

静悄悄的黎明里，国师看着天空，等待着某些人的到来。

他知道，稍后会有人从天空里跳下来。

书院的强者，不会理会向南方突袭的朵儿骑，因为那些骑兵的数量太多，除非没有断臂之前的君陌，没有谁能够拦下。一夫当关，万骑莫开，这种事情在历史上没有发生过几次，那与修行境界和实力无关，与某种言语难以形容的气势相关——即便余帘和唐出现在渭城南方，也做不到，或者说，以她和他的性格，不会那样去做。既然如此，书院不会理会那些朵儿骑，相反，书院会趁着王庭孤注一掷的时机，直接寻找杀死国师和十余名大祭司的机会，至于阿打和勒布大将，肯定也是书院想要刺杀的目标，而这恰恰也是王庭的机会。所有看似机会的机会，实际上都有可能是陷阱，没有人能够完全算清楚其间隐藏着的信息，那么双方较量的只能是决心、意志、速度以及最后的运气。

他很清楚，只要朵儿骑能够抢在书院得手之前，冲溃徐迟所在的镇北军中军帐，那么这场围绕着渭城发生的战事，便会得出结果。就算最后书院强者齐出，击败了金帐王廷里的强者，也已经没有办法达到他们最开始的目的，灭族一事便会成为虚妄的笑话，而这便是单于和国师的目的。怎么看，金帐王廷今晨都有脱困的机会。

国师默然想着。这时，黑暗的夜色终于承受不住时间的磋磨，缓缓地变薄，渐有淡光从后方透了出来，虽然朝阳还没有跃出草原地表，清晨已至。晨光照在国师苍老的容颜上，就像是清澈的溪水流进龟裂的田野，初初滋润片刻，瞬间便被吸噬，再也看不到丝毫。那片田野的裂缝，似乎深不可测。

都说二十三年蝉余帘和西陵神殿掌教是修行界最神秘的两个人，事实上国师也一样神秘，没有人知道他今年多少岁，也没有人知道他的师承，只是很明显，他并不擅长草原蛮人祭司最擅长的那些法门，他的修行似乎融合了很多宗派的理念，却又不属于佛魔道任何一派，难以形容。事实上，就连国师他自己有时候也想不明白，自己这漫长的一生究竟修行的是何种法门，因为他……跟随草原里的大祭司长大，不是金帐王廷的大祭司，而是右帐王廷的大祭司，所以他最开始的时候，学的是佛法。当他来到金帐王廷后，在一片乱草坡里，遇着被余帘——当时还叫林雾的魔宗宗主重伤的熊初墨，他救活了熊初墨，熊初墨为表感激，将西陵神殿秘不外传的神术教给他，其后他甚至还去长安城游历过一番。

佛、道、巫，这些都是他的修行，当世单以学识渊博论，他绝对可以排进前五，学贯三道，境界自然高深莫测，只是他还是想弄明白，自己最终要修的是什么，尤其是在收前任单于为徒，成为金帐国师之后，这种渴望变得越来越强烈，他知道这种渴望从何而来——那是每个人都想寻觅到的归属感，或者说根。直到多年前，他感受到了昊天伟大的意志，他觉得自己的身躯和灵魂都被雪水洗了一遍，变得异常干净，他终于明白，修行何种法门并不是重要的事情，归属感从来都与师门宗派无关，只与信仰有关。

只要信仰是正确的，那么哪怕修行着邪恶的，又何妨？

只要目标是正确的，那么哪怕实施着邪恶的，又何妨？

或者正是因为想明白了这件事情，他的境界变得愈发高深莫测，没有人知道他究竟走到哪一步，当年桃山光明祭一行，他也没有真正意义上地出手，因为当时宁缺挟昊天以令世间，太过强大，也因为他不想让人间知道。因为信仰的缘故，他必须战胜书院——即便境界高深如他，想要战胜书院里那些难以想象的人们，依然要花很多心思，做很多准备。当余帘消失在东荒之后，他清楚那一天马上便要到来，他平静地准备了三年时间，那些渭城土墙旁静静搁着的车厢，也已经沉默等待了三年时间。即便不行，他也有办法把那两人困住。

这场渭城战事，除了国师等草原强者与书院强者之间的等待与隐忍，还有一件最重要的事情：朵儿骑究竟能不能冲垮唐军的中军帐。

晨光熹微，土城内外一片静寂，看似所有人都在沉睡，事实上根本无人入眠，不知多少双眼睛正在警惕地盯着城门。伴着一声极低的吱呀声，渭城的城门缓缓从内开启，双层夹板木门的缝隙里迸出很多细微的灰粒，在晨光下像珍珠末般撒落。尖锐的警讯声，突然地划破静寂的天空，传向四面八方，城南的唐军军营顿时活了过来，早已准备好的唐军扛着各式军械，忙碌地准备着。唐国与金帐王廷最后的决战，就这样毫无新意地开始了。

城门缓缓开启，一名草原骑兵缓缓走出，骑兵与战马的身躯都被坚韧的皮甲包裹，只剩下眼睛露在外面，眼神漠然而骄傲。草原骑兵手里握着加长的弯刀，颈间系着一道白色的大氅，晨风拂来，大氅不停拂舞，看上去就像是碧蓝天空里白色的云朵。

因为氅如朵朵白云，故名朵儿骑。

朵儿骑，这个名字便是这名骑兵骄傲的来源，是金帐王廷单于部最强悍也是最忠诚的亲侍骑兵，是草原上最恐怖的存在。过往数百年间，即便是最富有的金帐王廷，也只能供养最多六千名朵儿骑，便是这六千名朵儿骑对唐军铁骑形成了最大的威慑。

随着金帐王廷的正式崛起，尤其随着道门统率下的中原诸国暗中源源不断的支援，如今的单于拥有整整三万六千名朵儿骑。在谷河外那场令天地变色的骑兵大战里，正是朵儿骑最后投入战斗，拼却所有殿后镇阵，才稳定住局势，没有让金帐王廷完全崩溃，为此他们有六千名骑兵的尸首，现在还在那片草原上随春风一道腐烂。

北撤到七城寨一线后，单于命令两万名朵儿骑驰援开平、渠城，以此吸引唐军骑兵主力，只把最精锐、最强大的万骑留在了渭城。万骑并不少，放眼望去，必是黑压压的一片，可以覆盖好大片草原。但现在唐军看不到那万骑，只能看到一骑，他们只能看到渭城城门处，那名大氅在晨风里飞舞的草原骑兵。

那名草原骑兵左手提起缰绳，靴跟轻轻在战马腹部击打一下，马缓缓向前。

嗒……嗒……嗒……嗒。

蹄声很缓慢，很清楚。

那名草原骑兵再踢马腹，战马缓缓加速。

嗒嗒嗒……嗒嗒嗒。

此时，已出城门二十丈。那名草原骑兵再踢马腹，战马再次提速。

嗒嗒嗒嗒嗒嗒。

一骑，冲向唐营。孤骑闯营！那名草原骑兵知道自己会死，但他不在乎。

渭城城门内，隐隐出现一道黑色的墙。那道黑墙在向前移动。又有一道白墙出现。黑墙是骑兵与战马，白墙是骑兵系着的白氅。那是排成一排的朵儿骑。黑与白混在一起便是浪花，雪生于墨海之间。无数朵儿骑，准备跟随那名勇敢的骑士一道冲锋。

渭城里，蹄声还未响起，但将要响起。

如雷，那必然是闷雷。

如鼓，那必然是巨鼓。

最开始出城那名草原骑兵，已经来到草甸间。他露在皮甲外的眼睛里，漠然的神情已经被狂热和暴虐取代，他举起了手中嗜血的弯刀，准备真正地加速。下一刻，一万名草原骑兵，将会随着他，杀向唐营。到那时，万朵白云将会盛开在草原上。

蹄声渐骤，气势渐起，谁能拦阻？

大唐镇国大将军徐迟在中军帐里，帐下共有六千骑兵，还有一万训练有素的步卒，按道理来说，应该不用太过担心。但中军帐连夜追击而至，有很多辎重未到，最关键的是，有很多工兵和民夫还在半途，连夜草草布置的栅壕，很难像从前那般坚固。在这种时候，如果让草原上令马贼闻风丧胆的朵儿骑冲过来，谁都知道会出大问题。

唐军唯一能够说稳胜朵儿骑的骑兵，便是玄甲重骑，然而大部分玄甲重骑在南方负责抵御西陵神殿的护教骑兵，北大营的千数玄甲重骑，两天前已经被徐迟调往开平，帮助司徒依兰荡清那里的草原势力，那么怎么拦住朵儿骑？

那名草原骑兵正在加速，蹄声正在变得连贯起来。渭城城门里那些如黑海白浪般的骑兵，还没有开始冲锋，正在等待冲锋。那名草原骑兵和他的坐骑，在晨光下的原野上带出一条笔直的线条，用勇气和胆魄写就的线条，他后面的万余朵儿骑，将沿着他用生命写出来的那条直线，暴烈地突进，无畏地冲锋，那便是金帐王廷想要的节奏。起始平缓如微雨，继而恐怖如暴雨，连绵不绝，不可中断，如果让草原骑兵进入那种节奏，唐营危矣，到那个时候，就算杀死最先前那名朵儿骑，也没有任何意义。

然而现在看来，却没有什么更好的方法打破这种节奏，因为渭城距离唐营的距离很远，就算是最强悍的神射手，也无法提前射杀那名草原骑兵，至于唐营最强大的防御武器——由阵法为基础的弩营，射程更是远远不足。那么只能准备迎接万余朵儿骑的正面冲锋了。

　　人们望着徐迟，等着他发布命令——当前最应该做的事情，是把昨夜布置好的弩营从东西两侧，调至中军——弩营调走，草原骑兵有可能从城墙两边掩杀而至，但现在最需要做的事情，是守住中路。徐迟却什么都没有做，他只是静静看着北方晨光下的那座土城，听着越来越清晰——孤单却惊心动魄的蹄声，脸上没有任何表情。

　　"将军！"

　　"大帅！"

　　营帐里的人们，焦虑地看着他，不明白他为什么此时会如此沉默，难道大将军还有什么妙计？还是说大将军担心两翼的问题，所以决定死守？徐迟没有理会部属们诧异不解、焦虑，甚至隐隐有些恼怒的眼光，只是依然静静看着北方的原野，看着那名越来越近的朵儿骑。

　　单骑闯营，马蹄声自然单调。

　　天地间一片安静，从渭城到唐营之间的原野，仿佛失去了所有颜色，青色的草变成了灰色的，晨光变得暗了三分，形成一面非常平坦而色调浅暗的背景幕布，那名勇敢的草原骑兵，是其间唯一的存在。那名草原骑兵已经出了渭城百余丈。单调的蹄声变得越来越清晰，仿佛鼓点一般，敲打着原野，震得灰草落下灰砾，震得晨光有些变形，震得整片天地都动了起来。再过片刻，一万最精锐的草原骑兵，便将出城开始冲锋。

　　到那时，鼓声将震撼天地，世界会因此不安。

　　谁能阻止这一切？谁能打破朵儿骑的冲锋节奏？

　　渭城静寂无声，天地静寂无声。

　　忽然有风起。

　　那名草原骑兵倒了下去。

　　那名在天地幕布上孤单勇敢坚毅沉默冲锋的草原骑兵在清丽的晨光里倒了下去。一道很细的血水，在空中飘散，被晨光照耀得异常清晰。世界恢复了原有的色彩，暗淡冷清的光线，重新变得温暖起来。明明是死亡来临，却温暖起来，或者是因为终于看到了热血。

草原骑兵从马上倒下，身躯重重地摔到原野上。朵儿骑的马镫是特制的，不会系脚，战马继续向前冲锋，一直冲了十余丈，才感觉到异样，缓缓停下脚步。它回首望向倒在原野上的主人，微微抬首，有些惘然，不知道发生了什么事情。

那名骑兵躺在城门前的原野上，没有动弹，没有挣扎，也没有痛呼，因为已经没有呼吸。他什么声音都没有发出，也没能留下气壮山河的遗言。他知道自己必死，却没有想到自己会死得如此悄无声息，如此无足轻重。

朵儿骑和坐骑全身覆着坚韧的皮甲，只有眼睛露在外面。

他睁着眼睛，看着越来越蓝的天空，生机已然消逝无踪，只有血水渐渐漫流。

有根木箭插在他的眼睛里。

一根很普通的木箭。

没有人知道这箭是从哪里射来的。

四周安静的原野上，有晨光与风，有野花与草，就是没有人。

渭城前，孤零零的一匹马，原野上，孤零零的一具尸体。

就像那匹有些惘然的战马一般，渭城里的人们，还有唐营里的人们，都不知道发生了什么事情，从哪里来的箭？原野间一片死寂，绝对的安静，所有人都被惊呆了。

不知道过了多长时间，蹄声再起。又一名草原骑兵，从城门处出发，向着南方的唐营缓缓驶去。所有人的目光都盯着这名骑兵，都知道下一刻，这名骑兵便会死去。金帐王廷朵儿骑的统领，明显就是要让这名骑兵送死，确定那枝箭从何而来。

嗡的一声轻响，晨光里又有晨风微作。

那名骑兵身后的大氅随风飘起，没能化作一朵白云便自消散。

就像他的生命。

又一枝普通的箭，深深地刺进他的眼窝，带出一蓬血花。

这名骑兵被射杀的时候，出渭城才十余丈。

蹄声再起，数骑草原骑兵从渭城城门里冲了出来。骑兵手中的皮鞭不停挥舞，在战马的臀下留下一道又一道鲜血淋漓的印迹，呼喝声打破城门前的死寂，蛮横悍不畏死。按照这样的速度，再优秀的战马也只能维持不长的一段时间，根本不足以支撑这数骑从渭城冲到南方的唐营，但很明显，他们并不在意。这一次草原人再也不讲究什么节奏，也不在意用时间和加速来累积气势，从一开始便让坐骑进入了最快的速度，他们只想冲出城门。

他们不能让那道不知道从哪里来的箭，挫败朵儿骑的气势，不能让那道箭，直接打断全体朵儿骑的冲锋节奏，他们必须证明些什么。哪怕出城门不远便会被射死，但至少说明那名神秘而强大的箭手，不可能做出更匪夷所思的事情，不可能拦阻所有的骑兵。

但接下来发生的事情，真的很匪夷所思。

晨风微拂，白氅如云散开，其间有三声轻嗖，于是云朵骤敛，鲜血骤现，三名草原骑兵依然是连声音都没有发出，便从马背上跌坠到了地面。他们的眼窝里深深地插着枝箭，眼珠里的液体和鲜血混着，向外淌流。

那三枝箭，依然是那种普通的、唐军最常使用的制式羽箭。

更令所有人感到震惊甚至畏惧的是，这三名朵儿骑被射杀的时候，比第二骑离城门更近，更准确地说，是当他们刚刚冲出城门的时候，便被那箭射死了。

那箭……究竟是从哪里来的？

不是所有人都没有看到箭来自何方。

至少，在箭起处四周的那些唐军普通士卒看得非常清楚。

在唐营最北方右角一处不起眼的犄堡里，最前方是昨夜连夜整修出来的拒马栅，此时在栅后方站着人，还有一道似是矮栅的事物。十余名唐兵看着那人，震惊得说不出话来，也不知道自己这时候应该做什么，直到此时才有人醒过来，赶紧去向后方的上级报告。

那人穿着身普通的唐军制服，就像是个普通的唐兵。那人手里拿着一柄很不普通的铁弓，弓身黝黑，上面刻着极其繁复的花纹似的符纹线条，令这张铁弓仿佛拥有某种魔力。那人身旁的矮栅并不是真正的栅，而是被排得极密集的羽箭，至少千枝羽箭被紧紧地插在泥土里，挤压在一起，看上去便像是栅。

渭城处蹄声再起，不知多少骑朵儿骑正在试图冲出城门。

那人从身边的箭林里抽出一枝羽箭，搁在弦上，然后沉默拉弓，将铁弓拉至半开时便松了手指，弦回位，带着那枝羽箭嗖的一声远行。远处渭城门下传来一声闷哼，紧接着是重物坠地的声音。而此时，那人已经从地面上抽出第二枝羽箭，再次重复先前的动作，渭城城门处再次响起闷哼以及重物坠地的声音，应该是又有一骑被射落。

所有受过训练的唐军都知道，射箭其实是数个动作的分解，从拔箭开始，到松弦结束，在旁边震骇看着的人们，并不觉得那人射箭的动作有什么特殊的地方……甚至要比唐营常见的箭术动作更简单、更机械。因为简单机械，所以不够挺拔，更谈不上潇洒。

但那人的箭快，快到已经超出了人类能够想象的范围。

渭城方向，现在朵儿骑的冲锋，已经不像先前那般，而是一拥而出。

那人从第一枝箭开始，直到第六枝箭射出去，四周的唐军士卒都没有眨眼，不是他们因为震撼而不敢眨眼，而是他们来不及眨眼。眨眼不及的瞬间，便有六枝箭破空而去。

这些唐军士卒，按道理根本无法看清那人射箭的动作，但他们依然能够看清，因为那人射箭的动作完成得非常准确，稳定得令人难以想象，每个重复动作没有任何变化，手指永远扣着弓弦同样位置，就连小臂上的衣袖都没有颤抖。

六次重复的动作，便是晨风里的叠影，合在一起，便能看清。

只是，有残影。

更多的羽箭离开地面，搭上弓弦，破空而去。

冲出城门的草原骑兵纷纷坠地，然后在地面砸出血花，微小朵朵。

骑兵不停冲着，箭便不停射着，不曾停歇。

到最后，骑兵向城门外冲锋的速度太快，即便那人也无法再瞄准，于是便不再有瞄准，只是平肘抖腕而射。锋利的羽箭，穿越遥远的距离，来到渭城前，落在那些草原骑兵的身上，或是那些战马的身上，落在坚韧的皮甲上，破甲而入！

那些羽箭在触到皮甲表面时，便完成了它们的使命，箭杆被巨大的力量绞成碎絮，但依然推动着锋利的箭镞，抵达了最终的目的地。那就是骑兵或坐骑的血肉深处。

看着栅后那人的身影，唐军士卒的眼神变得越来越敬畏。

那个人的身躯究竟是用什么材料做成的？为什么能够连续射出如此多大威力的箭？要知道哪怕是军中的武道高手，在连续射出数十枝羽箭后，也必须休息，不然肌腱绝对会受到严重的伤害，而那人已经射了百余箭，却依然面不改色，身形不动如山，别说呼吸变得急促，就连胸膛都仿佛没有起伏一下！

忽然间，唐营四周响起急促的军号声。

有数百朵儿骑绕过城墙，从两翼试图占据草甸高处，然后向唐营冲锋。

隐匿在城中的朵儿骑，终于掌握了些羽箭的节奏，他们寻觅到了机会，将城门完全开启，然后有数十骑最擅驭术的骑兵，同时冲了出来！数十朵儿骑瞬间拥出城门，就像无数朵雾涌出两座大山之间的门！在这一瞬间，就算那人的箭法再如何神通惊天，也没有办法同时把那数十名骑兵射杀，更何况在后方还有数百甚至数千骑兵在等着接续冲锋的势头。

唐营里的呼喝声越来越急促，六千骑兵纷纷上马，做好反冲锋的准备，如果那神秘而恐怖的羽箭无法守住中军帐正方，那么便只能依靠骑兵本身。

但那人没有给唐军骑兵上阵的机会。

他依然沉默地射着箭，面对像云雾般拥出城门的草原骑兵，他射了一箭。

他只射了一箭。

与先前不一样的是，那根箭并不是从他身边的草地里拔出来的，而是从身后的箭筒里抽出来的，那根箭明显有些不一样，箭镞是个圆形的筒。清晨的天空里响起一道凄厉的鸣啸。在所有人的目光注视下，那根箭抛出一道弧线，落在了渭城城门前。

刹那静寂。然后。轰！

一声巨响，在渭城城门前响起，掀起无数泥土，仿佛要把天穹都掀开！漫天飞舞的泥土里，还有战马和骑兵的残肢，甚至有头颅在其间飞舞。渭城的城门垮了，黄土和土皮里的砖石簌簌落下，不知压住了多少受伤的朵儿骑，烟尘里隐隐能够听到很多闷哼与痛号的声音。

又有箭声从南方来。

这一次的箭声要比先前更加清晰，不似微风，而似飓风，啸鸣凄厉。

箭啸连绵不断地响起。

数百枝羽箭，仿佛没有间断一般，穿越晨风，穿过烟尘，射向深处。

渭城城门前的漫天烟尘里，到处都是死亡。

不知过了多长时间，烟尘终于渐敛，晨光重新落下，落在渭城前，被镀上了一层红光，远处终于探出草原地表的朝阳，像是染满了血，朝阳如血，城前皆血。渭城城门前一片狼藉，骑兵和战马的尸体堆成一座小山，鲜血从山里不停漫淌，像是无数细小的瀑布。

一箭在南，万骑莫出。

那个人一把铁弓，满地羽箭，便把金帐王廷最强悍的万余蛮骑封死在了渭城里！

就在城门处发生爆炸的同时，由两翼向唐营冲锋的数百朵儿骑，也遭受了灭顶的打击，一直隐匿在侧的弩营，将预备已久的愤怒和密集的弩箭，同时射了出去。草原上响起嗡的一声，像是无数把琴在弹奏同一个音，片刻后，便是万枝弩箭同时落下，如暴雨一般。

王庭将冲锋的路线，设计为穿城而过，因为这样距离最近，需要的时间最短，然而谁也没想到，这条路线竟是如此地凶险。两翼的攻击因为需要绕城，不够直接，无法攻破徐迟布下的弩雨，那么真正能够改变整个战局的，依然是中路。只有冲出城门，才有继续冲锋的可能，才能有后续的所有计划，如果连城门都冲不出去，哪有资格谈及其余？

城门那座淌着血瀑布的尸山后方，隐隐传来王庭贵人愤怒而暴戾的喝骂声、无情的命令声，以及匆匆的脚步声，不知多少人拥了过来，希望在最短的时间内把这座尸山从城门处清理开，为后面的骑兵让开道路。然而对于金帐王廷最后的勇士们来说，今天注定是绝望的一天，唐人没有给他们留下任何机会，就连搬走同胞尸体的机会都没有。

渭城内外，忽然安静了极短暂的一瞬。

被朝阳染红的天空，忽然间露出湛蓝的原本颜色。

原野上那些被风轻轻拂动的野花，忽然间凝止不动，那些包裹着脆弱花瓣的空气瞬间变得黏稠了无数万倍。城里的草原战马和城外唐营里的战马，同时抬首望向天空，变得有些焦躁不安，却又畏惧得不敢用嘶鸣来宣泄情绪。

天地气息发生了极剧烈的变化。

人类肉眼能够看到的天地，却没有任何变化，甚至要比先前更加宁静美好。

悄无声息间，无数嘶啦声响起，恐怖画面出现在所有人眼前——渭城前那座骑兵和战马堆积而成的尸山垮了。坚韧的皮甲，强壮的战马身躯，瞬间崩解，变成无数血肉的碎块，血水凝束成的细瀑布变得粗了很多，然后所有的一切崩散开来！

渭城城门前的尸山中间，出现了一道极大的豁口，宽约两丈。

城里的街道，一览无遗。

站在城里的人，也能清楚地看到城外的风景。

只是此时，渭城里已经没有能够站立着的人，街道上到处都是崩落的黄土与积年的灰，狂风在不停地呼啸。先前正在搬运骑兵遗体的民夫奴隶，以及站在街道正中间准备继续向唐营冲锋的数百名朵儿骑骑兵……都不见了。

就像尸山豁口里曾经的那些骑兵尸体一样。

这些前一刻还鲜活的生命，此时都已经变成了无识无形的血水与肉块。

除了死亡，什么都没有剩下。

这是一条死亡的通道。

这是一条箭道。

箭道由城南一直向北延伸，轰断城北一堵土墙，城墙上边的十余辆大车散着清光，护着自身，有车厢角落破损，露出里面惨白的事物，似是人骨。

国师望着南方，脸色有些苍白。

受到箭道杀戮波及的人们，流着鲜血四处奔逃，躲避着并未发生的第二次来袭，到处是慌乱的喊叫声，直到很久后，才变得安静下来。人们藏在车轮的后面，藏在不安的坐骑身后，目光随着国师一道望向南方，脸上的神情显得极为惊恐，眼神甚至有些涣散的征兆。

便在这时，渭城街道的空中，缓缓出现一道笔直的冷凝云。先前已经有人猜到了射箭的人是谁，此时这道已经在人间非常著名的冷凝云出现在人们眼前，于是猜测得到了证实。只是瞬间便有千人死亡，其中有一半都是准备冲锋的朵儿骑。

这不是屠杀，却比屠杀更可怕。

渭城南城门处响起零散的蹄声，尸堆山中间那道豁口处的烟尘渐落。

一个人从那里走了进来。

一匹驽马拖着一辆旧车跟在他的身后，车上满满装着羽箭。

那人身后还背着箭筒，铁弓在肩。那人的衣服上，被落下的血水与烟尘涂成斑驳。他穿着件普通的唐军军服，他看着就是个普通的唐军士卒，他本来就是名普通的唐兵。

多年前，他一直在渭城当兵。

多年后，他终于回到了这座城市。

他是回到边寨故乡的游子。他是梦回吹角连营的老兵。

他满身风尘，不可阻挡。

9

唐国与金帐之间最后的战斗，在春天的某天清晨开始。徐迟的中军帐只是付出了数万枝弩箭的代价，便有千余名最精锐的朵儿骑，死在一个人的箭下。

单于骑在马背上，向身后的渭城方向望去，脸色难看到了极点。

夫子登天后，修行界曾经不成文的那些规矩，都被一笔抹除，其后柳亦青单剑入宫，杀死了南晋皇帝，代表着新的人间、新的律条出现，而随着那场春风化雨，战争的形态，更开始发生难以想象的剧烈变化。那些寥寥无几的强者或者不能决定人间如何走，但已经开始有资格决定一场战争的胜负，比如像今天渭城发生的这场战争。

以往被用来形容这种改变的是已经死去的柳亦青，是最近在清河郡霸道无双的横木立人，也有人会想及当年青峡前的君陌，但直到今天宁缺出现在渭城，包括单于在内的所有人才明白，只有他才能代表战争形态的改变。

宁缺，才是能够最大程度地改变一场战争走势的强者，因为他有这个能力，因为他有这个手段，更因为他有这方面的想法，有绝对的意志——仔细想来，从他开始修行以来，他对修行法门和武器所做的任何改变，最终都能用在战场上，都能用来进行最大范围的杀伤，在这方面就连叶红鱼都远不如他。大概这是因为，现在修行界最巅峰的那些强者，只有他是从最普通的士兵开始做起，只有他最了解战场，那么理所应当是他来改变战争。

渭城北方原野上，早已响彻鸣金收兵的声音，到处都是急促的马蹄声，剩下的八千余骑朵儿骑，正在护送着单于疾速向草原深处撤去。单于拟定的那个赌局或者说搏命的想法，还没有来得及实施，便被碾碎得不留残渣——未战便败，这让他感到真正的绝望。

弩营并不可怕，徐迟就算用弩营封住渭城城门，也没有意义，甚至他是刻意留给唐人这个机会，他相信自己的骑兵能够顶住那些恐怖的弩雨，用伤痛和死亡化作长生天赐予的勇气，从而变得强大无比。

他没有想到，能够抵挡弩雨的朵儿骑，能够无视死亡的朵儿骑，最终却没能冲过那个人的箭，那个人竟似比死亡更可怕。

可即便撤离渭城又如何？按照大祭司和智者们的计算，唐军根本不会给己方太多的时间，看似翠绿喜人的草原，无比熟悉的环境，只能成为王庭骑兵的坟墓，就算退回草原深处的家乡，还有几个人能活下来？单于脸色苍白看着北归的道路，想着留在渭城的那些忠诚的勇士，还在南方殿后的国师及大祭司们，便觉得胸口异常疼痛。

金帐王廷最后的攻势还没有来得及展开便被宁缺毁灭，撤退固然绝望，也是必然的选择，并且如果想不被唐军继续缀着追击，必须有人拦住他们的去路——渭城内外还留下两千余骑精兵，准备以生命为代价，减缓徐迟中军帐里六千骑兵的追击速度。

自然，金帐王廷也留下了人负责拦截宁缺。

别无他人，不可能是别人，那个人只能是阿打。

宁缺行走在渭城街道上，脚上的军靴踩在粉絮般的内脏和血泊里，发出啪啪的声音，走出血水般的道路南段，离金帐大帐的旗帜更近了些，他正要举步，忽然缓缓收回向前的右脚，重新落在原地，然后望向道旁。道旁站着一名草原少年。少年先前坐在道旁废弃的酒楼里，他已经坐了一夜时间，就是为了等宁缺到来，也正是因为如此，他没有正面对上那道恐怖的铁箭。这件事情不知道是少年的幸运，还是那些朵儿骑的不幸。

"我拦不住那道铁箭，但那道铁箭也不见得能杀死我。"草原少年看着宁缺，平静说道，"现在你离我太近，我能看清楚你的动作，所以你更不可能用铁箭射死我，换个方式吧。"

宁缺的肩上除了铁弓，还有刀——那把沉重、黝黑、锋利的铁刀，但很明显，他没有拔刀的意思，只是静静地看着那名少年，他知道这少年是阿打。当今金帐王廷最强大的近战强者，早已取代了勒布大将的位置，据说是国师收的关门弟子，真正的战斗力却可能不在国师之下。那少年甚至有可能是现在草原上最强大的人类，然而就在前年，他还只是一个可怜的奴隶，瘦弱着、被欺凌着，随时可能死去。

改变这一切的，是那场春风化作的轻雨，宁缺下意识里抬头向碧蓝的天空看了一眼："国师让你留下来拦我，就是让你送死。让开道路，看在她的分上，我会留你全尸。"

"我承认你很强大。"阿打看着被血染红的长街，看着他肩上的铁弓，冷笑说道，"但你不知道我有多强大，铁箭不便用的情况下，你有什么资格瞧不起我？"他很愤怒，却在微笑，他要用这种方式来表达自己的轻蔑。宁缺就算修行境界再高，也只是知命上境，在元十三箭失去最大威能的当下，他不认为对方是自己的对手。

单于和国师交给他的任务是拦截宁缺，延缓他过渭城的速度，然后伺机离开，他沉默应下，心里却一直在想别的事情。他是长生天留给草原的礼物，他是浩瀚而唯一的意志的体现，他怎么可能输给宁缺这样一个人类，他要堂堂正正地战胜对方！

宁缺静静看着他，说道："那你就死吧。"

阿打微微眯眼，稚嫩而黝黑的脸上流露出残忍神色。他深深呼吸，胸膛像崛起于草原的山峦一般隆起，渭城街道上一半的空气被他吸入体内，同时，仿佛有无穷无尽的天地气息，灌进了他的身躯。他被那场春风化雨完全改变了体质，对草原上的天地气息异常亲近，能够以别的修行者想象不到的速度吞吐天地元气。

这意味着什么？这意味着他拥有取之不竭的力量。而在他正式拜在国师门下之后，更是学到了当年明宗的修行法门——国师学识渊博，法贯三道，又与熊初墨交好，有这种法门并不意外。换句话来说，阿打早已入魔。他的身体比真正的石头更坚硬，他的生命比真正的石头还要坚韧，再加上长生天的眷顾，他觉得自己本就应该无敌。

他忌惮宁缺的铁箭，但今日真正看到那道铁箭后，他依然觉得自己可以尝试着硬接，由此可以想象他强大的信心。随着阿打呼吸，天地气息一片大乱，渭城里起了一阵狂风。他看着宁缺，就像看着一个死人。他要做到单于和国师根本不期望他能做到的事情，他要挽救王庭的命运，他要成为草原上新的不落的太阳，继而照耀整个人间。所以在这场战争里，他静静看着所有事情发生，直到此时才走到街道上拦住宁缺去路，准备杀死对方。

街道上狂风大作，酒馆处只剩下半截的招牌，被吹拂得撞在土墙上，发出砰砰闷响，墙壁上黄土簌簌剥落。这时候，宁缺忽然说了一句话："你知道吗？以前我在这家酒馆里买过很多罐酒、很多只烧鸡，赢过很多银子，收过很多人的内裤，拒绝过很多亲事。"

宁缺看着街道，两旁还是当年他在这里时的那些建筑，黄土夯成，被风吹久便酥了，便变成了黄沙。当年他在客栈里与人划拳，桑桑当裁判，主仆二人一起赢银子，然后他们走出客栈，他背着双手行走，桑桑提着酒壶和烧鸡跟在后面，那时候二人脚下踩着的便是这种黄沙。时隔多年，客栈残破，故人不见，黄沙已然成血——宁缺现在靴下踩着的便是血，是敌人的血，但曾经有很多故人的血，难免有些怀念。

此时此刻不是忆当年的时刻，无论谁来看，这句话出现的时机都很莫名其妙，和当前这场大战的气氛非常不协调，以至于阿打的脸色变得极其难看。他觉得宁缺是在刻意羞辱自己，他收敛心神，轻吐浊气，脚踩道石，进身便是一拳向前击出。很简单的招式，甚至谈不上招式。然而在简单里，却有极致的力量，于是速度也到了极致。

街道上响出一声轻爆，那是空气被迅速挤开的后果。阿打的拳头，就像是一道箭般，打到了宁缺的眼前。就像他说的那样，他很擅长打，很能打，这样简单的一拳，却是那样地磅礴，带着草原特有的粗粝味道，竟有了些柳白大河一剑的感觉。

但宁缺有足够的实力——无论力量还是身躯的强度——硬接这个拳头。

阿打等的就是那一刻，他要营造的就是硬碰硬的环境，因为他有无数的后手，无数的强硬手段，就需要有一个承接面来提供支撑。就像草原春夏之交时那些恐怖的沙尘暴，穿行在空旷的原野间时并不如何可怕，只要保持距离，甚至能够把那些画面看成罕见的美景，但如果有人或事物处于那些沙尘暴中，开始承接其间的力量，便会瞬间被击得千疮百孔，残破不堪。阿打的拳，他修行的法门，便是沙尘暴。

只要宁缺不退，只要宁缺硬接，这场沙尘暴，便会吞噬他。

然而出乎他意料的是，宁缺果然没有选择闪避或是退后，却也没有用魔宗手段硬接，如果从正面来看，他似乎……什么都没有做。宁缺的脸上没有任何表情,铁弓依然在肩,铁刀依然在背后,他甚至背着双手,看上去对这个马上便要到来的拳头毫不在意。

没有人能真的毫不在意,那拳头属于阿打,带着昊天留给草原的神威。

宁缺事实上已经做出了自己的应对,只是阿打没有看到。

他背在身后的双手已经散开,右手迅速地在空中写了一个字。当那个潦草的字写完,他的脸色变得苍白了数分,同时,一道难以想象的雄浑的念力,从他的身体散发而出,来到天地间。渭城的天地元气正在快速灌注到阿打体内,忽然间变得凝滞起来。瞬间后,那些天地元气仿佛听到某种命令,开始疯狂地凝聚成形。

宁缺写了一个字,那个字自然就是符。

沙尘暴确实来了,但不是阿打的,而是他的。

无数黄沙自地面、自墙壁、自客栈无人问津的桌椅间飞起,以超越想象的速度来到街道上,来到阿打的拳头前。一缕黄沙便是一根系带,里面附着数量惊人的天地元气,数百缕黄沙,起于渭城街道建筑间,听从宁缺的命令,落在阿打的拳头上,变成一根一根的系带,仿佛给他的拳头缠上了无数层纱布,陈旧的、带着脓液痕迹的、黄色的纱布。

宁缺用的是"缚"字符,渭城的黄沙,都是他的符意。阿打瞬间觉得自己的拳头,狠狠地砸中一片沙漠,那片沙漠深不见底,下面更是在隐隐流动,恐怖的巨力正在撕扯着自己的手。撕扯带来痛楚,他并不畏惧,反而更加清醒。他低吼一声,拳头松开,五指像五把弯刀一样斩出,凭借着强大无匹的力量,竟是直接割破了缚在拳上的无数层黄沙!

宁缺看着黄沙渐破,神情不变,抬起右手写了数道笔画。

很明显,他的这个字很简单。

阿打第一拳的拳势已终。他强行挣破缚字符,获得自由后再次向前重重踏出一步,借着天地力量再起拳势。依然是简简单单的一拳,轰向宁缺面门。他追求的很简单,想要的也很简单,他没有奢望这一拳便能把宁缺击败,甚至没想过能够伤到对方,他只希望宁缺能够硬接。只要宁缺选择硬接，他便有办法。

宁缺依然没硬接，接住阿打第二拳的，是他写的第二道符。写这道符时，他看着的不是阿打的拳头，还是渭城的街道。渭城是座军寨，是座真正的小城，能够容纳的人很少，建筑也并不多，真正的主街只有四条，横竖各两条。

如果从天空望下去，渭城的主街正好构成一个字。

"井"。

这很巧。颜瑟大师最强大的符便是"井"字符，宁缺学会的第一个神符也是"井"字符。这道符，当年在长安城北的无名山上，曾经切割开了空间，让卫光明老人天启唤来的无限光明，都变成了镜中的片断。可以想象，这道"井"字符究竟强大到了什么程度。

阿打被春雨洗体清魂，对天地元气的变化敏锐到了极点，他虽然不通符道，却瞬间便感知到了天地间的变化，脸色顿时剧变。面对如此恐怖而凌厉的符意，他哪里还敢继续出拳。一声暴喝响彻街道，他极艰难地收步，将酒馆前的街道尽数踏碎，把积蓄的力量尽数回赠大地，方才能够收回双拳，然后死死地掩在了自己的脸前！

长街上狂风飞舞，黄沙漫天，阿打的身影渐被吞噬，仿佛随时都会倒下，却始终没有倒下，他的双拳竟挡住了绝大多数的符意！不知道过了多长时间，井字符的符意以及唤来的无穷天地元气终于渐渐消散在天地间，黄沙也渐渐落下，狂风不再。

阿打缓缓松开双拳，重新望向宁缺。

他身体上布满了恐怖的伤口，无数鲜血瀑布般流淌着，他最强硬的双拳白骨嶙峋，看着令人胆寒，他颈上挂着的那串骨链，变成了碎末。他最骄傲自信的身躯，残破不堪，他最后的保命物，已经被风吹散。但他毕竟还活着，只要活着，便能胜利。

阿打盯着宁缺，脸上的稚气早已被鲜血涂成暴戾与残忍，他的眼眸里散着狼一般的寒光，以及无穷无尽的杀意："可惜的是，你还是没能杀死我……我虽然不知道你是如何看穿我的修行法门，始终不肯硬接我的拳，但我更想知道，如此强大的符都没能杀死我，除了硬接我的拳，你还能做些什么？"他此时形容凄惨，语气却像是真正的胜利者，他看着宁缺，毫不掩饰自己的杀意与轻蔑，就像看着将死的老兽。

宁缺静静看着他，说道："我还可以杀死你。"

阿打咧开嘴，笑意很残忍，说道："这个人间或者曾经是属于你们这些人的，但最终一定是会属于我们的，因为我们更年轻。"说完这句话，他再次举起自己的拳头。他的拳头上流着血，阴云下，森然白骨显得格外恐怖，他把自己所有的力量都聚集到了这个拳头上。

宁缺伸出右手，在渭城的街道上再次写出一个字。

这个字更简单，比"井"字还要简单，只有一半的笔画。

他写了一个"二"字符。

两道难以想象的强大符意，骤然间笼罩了整座渭城。

甚至传到了渭城外。

酒馆只剩半截的招牌，忽然向街道中间荡去，悬在空中不肯落下，看着就像一把刀，某座小院的院墙忽然间破出一个洞，一把藏了很多年的猎刀，从里面探出半截刀身，仿佛想要重新看看这个陌生的世界。渭城外那些正在撤离的草原骑兵，忽然发现弯刀开始在鞘中不停碰撞，想要离开，而正在准备追击的唐军，则发现自己很想抽刀杀敌。

两道符意，俱是刀意。

阿打的脸色变得异常难看，因为他闻到了死亡的味道，他根本想不到宁缺还有更强大的手段，更想不到自己竟连辨清那是符意还是刀意都做不到！他发出一声愤怒而不甘的啸声，再次被迫收拳，爆发身躯里存贮的天地气息，向着街道后方狂退，只求能够离开这两道符意的范围。然而，宁缺的二字符已经笼罩整座渭城，他哪里逃得出去？

狂风再作，阿打发出痛苦而惘然的呼喝，身上的衣衫片片碎裂，紧接着肌肤也开始碎裂，刚刚停止的鲜血再次狂暴地涌出他的身体。

他不再后掠，以拳掩面，在狂风里苦苦支撑着。

宁缺终于动了，向前掠去。

渭城外，国师看着阴云下那卷如龙的黑风，看着那处的沙，感知着那处的凌厉符意，神情不变，眼眸里却流露出深深的担忧与警惕。

忽然人们听着渭城里响起一道雷声，然后瞬间又响起了无数道雷声。

国师收回目光，重新坐回马车里。

风静沙落，那朵黑云也消散无踪，阳光重新落到渭城的街道建筑上，碧蓝的天空重新回到人们的视野里。渭城最直也是最长的那条街道上，多了个坑。阿打躺在坑底，浑身是血，到处是刺出身体的骨茬，奄奄一息，看着异常凄惨，如果没有昊天的赐福，或者早已死去。

宁缺缓缓直起身体，胸膛微微起伏，右手微微颤抖，脸色微显苍白，神情却平静如前，在刹那之间，轰出了三百拳。先前城外所有人听到的连绵不绝的雷声，便是他的拳头落在阿打身上的声音。他的脸色有些苍白，与耗去的力量无关，而是因为连续写了三道神符，即便以他无比雄浑的念力，也觉得有些辛苦。

阿打痛苦地咳了两声，血水溢出唇角，他艰难地转头，望向宁缺，眼眸里满是惘然不解与恐惧，或者为了掩饰这种情绪，最后变成某种轻蔑。他很不甘心，因为他还有很多手段没有施展出来，所以他用眼神去嘲讽宁缺，到最后你还是不敢硬接我的拳头。

宁缺没有说话。他不是不敢硬接这名草原少年的拳头，而是不需要硬接，不屑去接，就像此时，他不是不能解释，只是不屑解释。

没有人会想到这场战斗会有这样的结局。

在那些草原骑兵心里，阿打是长生天赐给草原的礼物，是永远不败的勇士，怎么可能被那个唐军打得像狗一般凄凉。

国师和单于清楚书院的强大，他们不认为阿打能够战胜宁缺，但总以为他能够拦阻对方片刻，甚至还有可能寻找到机会离开。谁能想到，宁缺竟是胜得如此轻描淡写，理所当然。

阿打自己先前也说过，宁缺的铁箭失去最大的威能，那么还能怎么办？他确实很强，但他忘记了一件很重要的事情。他只记得宁缺的铁箭能够威震人间，却忘了宁缺最开始修的不是剑、不是魔、不是念力，而是符。宁缺真正的身份，从来都是位符师，他现在是位神符师。自桃山光明祭后，他已经很久没有用过符，以至于很多人都忘了他这个身份，但他就是神符师，继颜瑟和王书圣之后，人间最强大的两名神符师之一。

符师，同等境界无敌。

神符师，五境以下可称无敌。

除非遇到柳白、君陌、叶苏这种不以常理论的真正天才。真正的天才其实与"天"无关，天赋也并不是由上天赋予，而是靠自己苦修，凭绝世才华、无上意志自行获得，一旦拥有便不可能失去——阿打的所有都来自昊天赐予，所以他不是真正的天才。

"为什么……"

临死前的回光返照，让他说出话来。

他茫然地看着碧蓝的天空，喃喃说道："为什么……为什么……"

到最后时刻，依然困扰着这名草原少年，让他的灵魂无法安息的问题，已经与修行境界无关，只与信仰有关。阿打很骄傲自信，因为他坚信自己是昊天赐予草原的礼物，他坚信自己永远不会失败。他的失败，岂不是意味着昊天的失败？这是不可能发生的事情。然而，这件事情就这么理所当然地发生了。这，究竟是为什么？

"这是我的城市。"宁缺看着他说道，"我离开长安，但来到的依然是我的城市，没有人能在长安战胜我，也没有人能在这里战胜我。"

阿打痛苦地摇摇头，喘息着说道："可是长生天……"

"都说你和横木是她送给人间的礼物……家里的银钱虽然向来都是她在管，但她送出你们这些礼物之前，没有经过我同意。"宁缺沉默片刻，然后说道，"既然现在她暂时不在，我想收回这些礼物，也是很应该的事情，想来她也不好意思反对才是。"

直到此时阿打才明白，开战前宁缺说看在"她"的分上留自己一条全尸里的那个"她"是谁，他的眼神变得极为惘然，然后绝望而痛苦地无声哭泣起来。

最后，他闭上了眼睛，再也看不到那片天空。

阿打死了，无论最后他有没有接受那个事实，总之他闭上眼睛，离开了这个人间，此时距离他从奴隶变成王庭强者，刚好整整一年时间。他年纪不大，是个真正的草原少年，他有坚定的信仰，对部族有真正的热爱，在临死之前，还要毁灭他的信仰，确实有些残酷。

宁缺向来是个残酷的人，他知道这个草原少年杀起唐人来时，是何等样的凶残嗜血——但他并不是一个在敌人临死前还要毁灭对方信仰从而获得某种快感的变态人物，他继承了莲生的衣钵，但终究不是莲生。之所以在最后的时刻，他会和阿打说那些话，是因为他一直坚持某个道理：一个人或者可以生得糊涂，但应该清醒地死去。

他是这样要求自己的，于是也这样对待别的人，而且他说那几段话的时间，也是他调息恢复的时间，既然闲着，便做些有意义的事情。阿打闭上眼睛的同时，他已经调息完毕，识海里的狂澜已然平静，小腹里浩然气凝成的晶莹小珠光彩夺目，一切妥当。

他举目望向渭城外，北方那片草原，微微屈膝，脚下的青石板寸寸碎裂，一道难以想象的力量，从他的膝间传至地面，再返回。轰的一声巨响，他离开街道，跳向那片碧蓝的天空，就像跳向碧蓝的海。他跳得很高，破开微凉的空气，瞬间远离地面，来到百余丈高的天空里，在此处往下望去，渭城变成一座不起眼的土堆，荒野仿佛变成了一张大地毯。

远方隐隐可以看到金帐王廷的王旗，却不知道单于是不是在那处，原野上，数百道烟尘正在逐渐变粗，每道烟尘都代表着逃逸的草原人，那些草原人正在夺路狂奔，夺命逃窜。因为高，自然可以看得极远，他望向四野，想要看到些什么，直至看到遥远的天弃山脉在视野里变成的那道黑线，却还是没有看到想看到的那个人。他不是夫子，不能真正自由地飞行，无论跳得再高，总有落下来的那一刻，但他可以选择落下的时机以及方位。下一刻他向荒原地表落下，速度变得越来越快，风吹拂着他身上的唐军服装，发出类似于爆破般的啪啪轻响，他的眼睛却没有眯一下——他要盯着自己落下的地方。

大地越来越近，原野间奔驰的骑兵与车队，变得非常清楚，他甚至能够看到那些骑兵惊慌恐惧的神情，也能看清楚那些马车上的木箱。那些马车，便是他的目标。金帐王廷的国师，便在那个车队里。至于已经逃到北方数十里外的单于和金帐王廷最后的骑兵，他并不关心。他现在要做的事情，就是把那位神秘而强大的国师杀死。

荒原上空响起震耳欲聋的空气撕裂声，一个人影像陨石般从碧空落下，身后隐隐带着摩擦产生的火苗，只是因为落得太快，所以被尽数抛在身后。轰的一声巨响，一辆马车，被撞散成烟尘。车厢变成无数手指粗细的碎木块，向着四周溅射而去，那些没能远离的战马与骑兵，身上顿时出现了很多道伤口，惨呼之声不绝于耳，场面看着极为血腥。

烟尘渐静，宁缺的身影出现在所有人的眼前，他看着身前的国师，说道："看来你早就猜到我会来。"金帐国师，盘膝坐在他身前的地面上，苍老容颜上神情宁静。宁缺从天空里跳下来，一脚踩碎了整辆马车，却没能踩死他。

就在他的脚踏破车厢，来到国师头顶时，国师忽然从原地消失，来到了车厢的另一边，而当整个车厢都破碎后，国师便坐到了原野上。原野上到处都是野草与野花，此时正包围着他，国师看着身前的一朵野花，平静说道："我一直等着你们书院有人从天空里跳下来，只是没想到跳下来的人会是你。"

宁缺向四周望去，看着那些看似散乱的车厢，感觉到一道诡秘而奇异的气息，正在其间渐渐变得强大起来，那道气息充满了原始的血腥味道。"这就是你做的准备？"他收回视线，望向身前的国师说道，"你应该很清楚，再强大的阵法，也很难伤害到我。"

"你浩然气大成，身躯坚若金石，但这并不代表你就能够真的不受伤害。"说完这句话，国师满脸的皱纹同时舒展开来，他的身影忽然出现在十余丈外，站到另一辆马车上，草原上的风吹拂着他身上的粗布衣，那串普通的木珠链轻轻摆荡，"书院果然不凡，我以为自己已经足够看重你，没想到最终还是低估了你。我以为你离开长安城，最多知命巅峰的境界，却没想到，你能如此轻易地战胜阿打，不过我还是想试着困住你。"

可以困住你，便有机会杀死你。

国师没有说这句话，宁缺却懂得对方的意思。此时看着对方，想着先前连续两次，对方所展现出的、有若鬼魅的移动，微微挑眉。他感觉有些怪异，因为那不符合常理，哪怕是如观主和大师兄那样的无距境，也没有办法在这般小的范围内来去如电。

　　宁缺环顾四周，感受着逐渐具体化的阵意，大致掌握了对方意图。这便是金帐国师做的准备，他以自己为饵，诱敌入阵——国师最开始所在的位置，便是阵眼，他自己却有能力轻身离去，便能以此困死敌人。这种手段很简单，实现起来却极困难，因为他要有能力摆脱对手的纠缠，尤其当那个对手是余帘或宁缺这样级别的修行者时，那种摆脱的能力，甚至在某种程度上已经脱离了时间的束缚，与无距隐隐相通。

　　国师站在远处马车上，闭着眼睛，双手合十不停地默默念诵着什么，不是佛经也不是道典，发声怪异，像是草原祭祀常用的巫术祷文。草原上天地元气大变，无数狂风自四野吹来，来到车阵之外便停止转向，开始不停地卷起，将车队里的空气吸取向天空抛散，刹那之间，宁缺身周的空气便变得极为稀薄，晨风与晨光带来的温暖怡人感逝去无踪。

　　就在下一刻，宁缺觉得自己的鼻端传来极浓的血腥味，身周的空气瞬间变得极为寒冷，那道血腥味与寒意甚至侵入了他的身躯，直至识海深处与雪山气海。他的念力运转变得有些凝滞，小腹内浩然气凝成的晶莹水珠旋转的速度也被迫变缓，更令人震撼的是，雪山上覆上了极厚的一层新雪！阴云再至草原上空，遮住那轮温暖的太阳。

　　宁缺微微低头，沉默地抵抗着那道强大的阵意，思索着破阵的方法，他没有尝试走出去，因为身前没有道路。在严寒的大阵里，他的身体表面迅速覆盖了一层冰霜，他的眉毛上覆了两道白雪，显得有些滑稽，也有些恐怖。他没有想出破阵的方法，因为他现在根本无法确定国师在阵里何处——国师不愧是草原第一强者，境界高深莫测，明明不是阵法方面的大家，却用中原修行界极陌生的手段，在原野间用马车堆成这样一座大阵，困住了他。

　　国师念完了那段没有人能听明白的经文或者说咒语，缓缓睁开眼睛，看着宁缺平静说道："车里有箱，箱中有骨，都是唐人的骨，单于替我收集了数年，才收集了这些数量，其中，或者，有些应该是渭城守军的。"

宁缺抬头，盯着对方，目光锋利如刀。

国师仿佛没有察觉到他目光里隐藏着的意味，继续说道："我知道你曾在渭城生活过，想来与箱中某些人骨有旧情，遗憾的是……他们已经死了，剩下的灵魂中只有怨念，没有与你的旧情，还要成为我力量的一部分，来杀死你。"

这便是这道血祭大阵的基础。国师学贯三道，境界高深，见识渊博，以佛法集信仰之力，以巫道收集灵魂，再以道门手段，借天地之势造此大阵。为此，他不惜折损寿元，因为只有这样一道血祭大阵，才能完成他的目的。

宁缺体内的浩然气，已然渐被冰封，那道血腥意，更是让他的识海有些震荡不安，但他的神志依然清醒，盯着国师说道："为什么要对我说这些？"

"因为你在阿打死前说的那段话很有道理。人可以活得糊涂，但应该清醒地去死。"

"很好。"宁缺说道。

国师问道："什么很好？"

宁缺看着他说道："我本就准备让金帐王廷灭族，无论谁来劝我，我都不会改变主意，我不需要什么事情来帮助我坚定决心，但你所做的这些事情……可以让将来我面对大师兄质问的时候，多一些有力的借口。"

国师听明白了他的意思，沉默片刻后说道："一切都是借口。"

宁缺看着他脚下的马车，看着车上那个已经有些破损的箱子，看着里面隐约可见的森白的人骨，终于缓缓向前踏了一步。

10

宁缺的脚步很坚定，很遗憾的是，依然没能向国师走近一步。他没有失望，尝试终究只是尝试，他相信自己总能找到方法，在这座阵里找到对方，然后杀死对方。

国师沉默不语，虎口间的那串念珠缓缓自行运转起来，其间自有气息释放，车阵里的血腥味道顿时变得浓郁了无数倍。那些血腥味道，来自这片原野上曾经的死者，来自那些无葬身之地的唐军。宁缺抬头看着他，问道："你信仰长生天，却做出如此邪恶的事情，难道你就不担心将来去了神国，会被她惩罚？"

　　"正确的就是正确的，手段并不重要。"

　　"你知道我与你信仰的长生天之间的关系。"

　　国师看着他神情凝重说道："那是你这个凡人所以为的关系。"

　　宁缺说道："我会证明给你看，那关系确实是客观的存在。"

　　言谈间，他已经向那辆马车又走了三步。每走一步，身上的冰霜便会簌簌落下。本来，那些冰霜与他的身体合为一体，无法脱落，但此时却落了下来，因为有火焰，正在从他的身躯里喷吐而出。他的脚步落在草原上，留下足迹，也留下了数蓬熊熊燃烧的火焰。那火焰极澄净，极神圣，极庄严，白得有如天弃山雪峰里开着的雪莲花。

　　虽然他依然无法靠近国师的真正位置一步，但现在……有数朵昊天神辉凝成的雪莲花，在满是血腥意味的大阵里燃烧着，清光四散。那些从各辆大车厢里涌来的怨魂，触着昊天神辉，没有发出任何痛苦的惨号声，只是哧的一声轻响，便被净化成了虚无。

　　宁缺的身躯，渐被昊天神辉所包围，国师血祭大阵里的无数怨魂，再也无法靠近他的身体，很奇妙的是，明明他的身体在燃烧，眉上覆着的雪却没有融化。那些怨魂在被净化之前，会有短暂的瞬间，呈现出生前容颜。宁缺没有闭眼不看，因为很多事情，不是闭着眼睛便能当作没有，他静静看着那些出现然而消失的脸，看到了数张曾经熟悉的面孔。

　　"去吧，如果你们想去昊天的神国，我会让她照看你们，如果将来某天神国覆灭，老师也会在那里照看你们，如果你们想去深渊幽冥继续战斗，那么请你们等待我与你们重新相见，到那时，我们再去砍柴。"他看着神辉里的无数张熟悉或陌生的面孔，在心里默默说着。

　　国师的神情依然漠然，眼眸深处映着神辉的光芒，却有些闪烁。

他大概没有想到宁缺能够拥有如此多数量的昊天神辉……按道理来说，只有对昊天最虔诚的道门信徒，才能学会西陵神术，才能召出昊天神辉。国师没有被这个问题困扰太长时间，既然知道宁缺与长生天那段纠缠，很多事情或者并不需要找到真正答案，他现在首先要做的是压制住宁缺的反攻。

是的，宁缺此时正在燃烧自己，那就是对血祭大阵的反攻，随着昊天神辉熊熊燃烧，随着他在车阵里随意行走，整片草原都被照亮，那些围绕着车阵不停旋转的寒风早已被破，四处流散，温度急剧升高，哪里还有半点寒意？

宁缺伸手抹掉眉间淌下的清水，终于走到一辆马车之前。

国师已经不在这辆马车上，车上那口破损的箱子露出个豁口，里面森白的人骨在炽烈的昊天神辉烧灼中逐渐变黄变焦。宁缺从身后抽出朴刀，没有言语，直接一刀重重砍向马车，马车直接垮塌，箱子重重地摔在地上，外面顿时散架，变成数十根木条，露出里面的物事。木箱子里面是铁箱子，用铁栅铸成的箱子，再里面都是人骨，人的头盖骨……满满一箱子人类的头盖骨，不知道需要多少具遗骨才能凑齐。

宁缺神情不变，再出一刀斩在铁箱上。轰的一声巨响，铁箱破开微硬的地面，溅飞无数泥土烟尘，向着草原地底拼命钻去，直到数丈深，才停下来。铁箱依然没碎，无数头盖骨依然被拘束在里面，为这座血祭大阵源源不断提供着力量，为国师这个局提供着支撑。

"这是王庭所有祭司以大巫法，撷千年灵魂火焰淬炼过的阵基，就算你拥有人间巅峰的力量，也不可能打破，因为人力有时穷，而灵魂无止限。"国师不知何时出现在南方的一辆马车上，布衣飘飘，念珠轻转，他看着宁缺怜悯说道，"既然是徒劳，何必硬要？"

宁缺说道："好吧……我必须承认你困住我了，接下来呢？如果你不能杀死我，那么这个血祭大阵和小孩子的玩意有什么区别？"他转身看着马车上的国师说道，"你应该很清楚，你困死我，便等于我困死你，只要你留在这里，那么你必然会死。"

他说得没有错，对书院来说，此时的金帐王廷唯一需要认真对付的就是这位深不可测的国师，如果他为了困住宁缺而无法离开，那么稍后待唐军主力到来，待徐迟出现，甚至有可能是那位亲自到场，那么国师必败无疑。有些奇怪的是，国师的神情依然平静，没有被宁缺这段话所影响，似乎他有绝对的自信，可以不被书院如何。

也许是因为，他认为自己可以杀死宁缺。

十余位大祭司，从草原的四面八方出现，然后走到车阵前。

宁缺的视线，穿过身周燃烧的昊天神辉，落在这些人的身上，落在他们胸前的人骨项链上，说道："终于来了。"金帐王廷用来与中原修行者对抗的，一直都是这些精擅巫术的大祭司，每名大祭司都有类同于中原修行界知命下境的水准。十余位大祭司加入到血祭大阵里，又会发生什么样的事情？

那些年老的大祭司，缓缓颤着嘴唇，开始念诵先前国师已经念过的那段奇怪的经文，然后他们开始手舞足蹈，草原祭司擅巫术，经文便是咒语，舞蹈同样也是一种咒。十余辆大车轰然垮塌，车上的那些箱子外面裹着的木条也纷纷裂开，露出里面的铁栅——那些铁箱子缓缓浮到空中，最后浮到空中的，是先前被宁缺一刀砍进地底深处的那口铁箱子，带着泥土簌簌而下，仿佛出土的魔物。所有的铁箱里面都是人骨，都是人的头盖骨，带着人们死去之后的精魄残余，被国师和大祭司们以草原巫术秘法所摄，向四周散去。

那是一道难以想象的巨大的压力，来自灵魂，也施于灵魂之上，无形无质却又真实存在，就像是一座巨山，直接轰击在宁缺的精神世界里。宁缺闷哼一声，唇角溢出一道鲜血，眼神却依然清明，自与桑桑在佛祖棋盘里合体后，他的身躯强度以至于灵魂的强度，再到念力的雄浑程度，都早已站在了整个人间的最巅峰处，这道来自无数灵魂的压力，或者可以将一名知命境巅峰强者的识海直接碾碎，却只能让他受伤，他还能继续撑着。

但被血祭大阵所困，这样苦苦支撑终究不是个了局，他自己也不知道还能支撑多长时间，他需要做的事情是破阵，然后杀敌。

破阵与杀敌，是一体两面的事情。

要破除这道恐怖的血祭大阵，关键就在杀死国师，而要杀死国师，首先要找到他的位置，但问题就在于，他不知道国师究竟在哪里。国师明明就在这里，就在他的眼前，就在那辆唯一留存的马车上，却又仿佛在很遥远的地方，他与这座血祭大阵似乎已经融为一体，却又似乎在别的地方看着此间，为什么会有这样的感觉？先前他从空中跳下，没有踏中国师的头颅，后来国师须臾间来去无羁，或者正是其中隐藏着什么问题？宁缺看着马车上站着的国师，看着他身上在晨风里飘拂的布衣与木珠链，眼睛微微眯起，那种奇怪的感觉越来越清晰。

忽然间，他感觉到了些什么，抬头望向天空，只见那片被血祭大阵干扰影响吸噬而来的阴云里，忽然出现了一道极淡的细线。阴云里仿佛也有无数怨魂，那是死在草原上的人，那是金帐王廷无数年来造的杀孽，却也是金帐王廷对敌人的集体杀意，是为杀魂。看着那片阴云，宁缺对金帐王廷那道恐怖的杀意，感受得异常明显，对这座血祭大阵的阵意也有了更深的认知，确认不是自己现在能够破除……然而他的神情却忽然间变得轻松起来，再次覆上白雪的双眉微微挑起，他似乎在笑。

"你确实是个很了不起的人。"他收回望天的视线，看着不远处的国师，平静说道，"我承认你有足够的能力困死我，但……这样不够，因为你知道书院从来都不是我一个人。"

国师双手缓缓合十，似一老僧，双眼怒张，似一野蛮的巫师，口道一偈，如深山里清修多年的道人，说道："那么他们什么时候到呢？"这般容颜气质的变化，真可谓境界非凡，然而宁缺多年前在魔宗山门里便见过莲生大师三十二般变化的模样，哪里会为之所慑。

他就像是与国师谈家常一般，说道："唐今日有事。"

"那今日来的便是宗主了。"国师神情依旧不变，平静淡然说道，"事实上，这数年时间，我一直在等的人也就是她，我很希望今天她不要缺席。"依然是随意的对谈，对谈间，却各自有各自强烈的信心，宁缺的信心在于书院，在于自己和师姐，国师的信心则在于部落。

这座血祭大阵，不是国师的阵，而是整个金帐王廷的阵。这是整整一个部落，一个拥有数百万人口、千年传承、有自身独特文化气质部落的一座阵，就算余帘来了，又如何能破？国师说的是真话，已经数年时间，他一直在等余帘。他等着余帘出现，然后杀死她。

便在这时，宁缺说了一句话："你以为把我困在阵里，我无法走到你身前，她也不能吗？"听到这句话，国师再无法像先前那般从容，他忽然觉得这数年间，或者不是自己在等她，而是……她在等自己。

由渭城往西北去，有一片荒芜的沙漠，沙漠的正中央，有一处极小的绿洲，那绿洲随着天时，有时隐去，有时出现，出现的时候少，隐去的时候多，以至于无论是金帐王廷还是大唐边军，都不知道这片小绿洲的存在。那片绿洲向南走是开平集，此时司徒依兰率领的镇北军，正在那处与金帐王廷的残军展开着血腥惨烈的战斗，根本没有人会来这里。至于从渭城逃走的单于和数千朵儿骑，则是径直向草原深处而去，一路向北，也不可能会经过这片小绿洲。按道理来说，这里应该没有人，但今天这片小绿洲忽然来了人。

一名草原骑兵牵着战马，正在绿洲里唯一那条小河边休整，马是普通的战马，人似乎也是普通的骑兵，穿着满是血污的衣裳。他望向东方数十里外，感受着那里的天地元气变化，笑了笑，东方数十里外，正是渭城北方，那座血祭大阵的位置。

那名骑兵低头洗了把脸，然后捧了捧清水，准备润润喉咙。平静的溪水里，反照着他的脸，那是一张年轻英俊的脸，颊旁胡须多日没有打理过，野草般乱长着，看着极为粗豪。

忽然间，他的动作变得僵硬起来。溪水里，他的脸上神情依然宁静，眼眸深处却有野火开始燃烧。清澈的水从他指缝间缓缓漏走，就像那些在他生命里流走的时间，待清水完全流走，他抬起头来，望向小溪对面。

一名穿着黄裙的少女，不知何时出现在对岸。那名少女看着十二三岁，容颜稚嫩清丽，两根黑黑的马尾辫在身后轻轻摆荡，模样可爱到了极点，神情却冷漠到了极点。

"听说你在等我？"

黄裙少女看着那名草原骑兵说道。

那名草原骑兵有些诧异，向四周看了看，确认没有别的人，问道："你是谁？"

他没有回答少女的问题，而是问对方的身份，显得很自然，很像真正的偶遇，然而在这样偏僻，甚至无人知晓的绿洲，一名孤零零的草原骑兵，和一个穿着黄裙的稚龄少女根本不可能偶遇，他只是想尝试一下。很遗憾，那名少女不想与他说太多废话。

"你是凝翠崖，我自然就是余帘。"少女说道。

那名草原骑兵沉默片刻，站起身来，把手掌上残余的溪水在身上擦干净，看着对岸，说道："不愧是传说中的二十三年蝉，居然能看破我的行藏。"

这个世界上，没有几个人知道金帐王廷国师的本名叫凝翠崖，就像没有几个人知道西陵神殿掌教大人的俗世姓名叫熊初墨、没有几个人知道叶红鱼童年那段遭遇，但她知道，她什么都知道。因为她是魔宗宗主、神秘的二十三年蝉，她叫余帘，本名林雾，她的人生对于别人、对于整个人间来说都是一场大雾，她却把所有的事情都看得清清楚楚。

余帘看着他说道："你的那座阵，确实有些意思。"一座以整个金帐王廷部落的杀魂以及无数怨魂组成的大阵，在她看来，只是有点意思，当然，能够得到她这样的评价，已经非常不容易。更有意思的是国师本身。国师明明在血祭大阵处，在宁缺眼前，却又在西方数十里外的小溪边，在余帘的眼前，不再苍老疲惫，而是精神十足的一名青年骑兵。

究竟发生了什么事情？

国师已经死了，或者说，那个苍老的国师已经死了。为了那座血祭大阵，他牺牲了自己所有的寿元，他的身躯已然腐朽为尘，只留下精神意识与所谓神魂。然后他用某种难以想象的方式，变成了这名年轻的草原骑兵。宁缺在阵间感受到的奇怪的感觉，正是因为那个国师并不是真实的存在，只是他没有办法找到国师的本体在何处，好在余帘可以找到。

国师耗尽寿元，才造就那个恐怖的血祭大阵，谁能想到，余帘根本没有去，而是随意行走间，便来到溪畔，来到他的本体前。草原骑兵的眼里流露出遗憾的神色——如果盯着他的眼睛看，还能看出里面的沧桑意味以及只有年岁才能形成的从容感。

"不用遗憾。"余帘看着他平静说道，"无论你是转世，或是匿身，或是夺舍……又怎么可能瞒过我的双眼？"是的，像这种已然脱离人类范围的法门，看上去异常神奇，似乎难以理解，但余帘是谁……她是二十三年蝉，她修的是修行界最不可思议、最神奇的法门，她经历过最离奇、最难以想象的变化。国师用的法门，在她面前真的没有什么资格提起。

忽然间，溪畔有蝉声起。荒原里没有蝉，从来没有蝉，此时却有蝉声，并不凄厉，一味宁静。因为余帘动了。她抬足，踏着清澈宁静的溪面，缓缓向这边走了过来。

"我本以为你会从天上跳下来，却没想到，最后你是从水面走过来。"

"就像所有人都以为你会替金帐王廷殿后，拼着老命也要留住我书院中人，却没想到，你早就想逃了。"

"书院不能让我逃吗？"

"不能，因为你确实很强大。"

国师沉默片刻，说道："谢谢……我其实只是想困住你们，我要替部落留下最后的血脉与火种，至于我确实准备去周游世间。"

"我说过，不用遗憾，你不可能骗过我的眼睛。"

"前一刻，宁缺在那边也是这样说的。"国师望向东方血祭大阵的方向，他与那里之间有某种隐秘的关联，叹息说道，"我的遗憾不在于没有瞒过你，我本就没有指望能一直瞒着你，只遗憾于你没有进入我的阵。"

"你以为你的阵可以困住我？"

"我的阵可以杀死你。"

"熊初墨当时也是这样以为的。"

"我和他不一样。"国师平静说道，"我比他更严谨，而且当年在书院后山，他不知道你是你，我却一直知道你是你，我一直在等你。"

余帘说道："又如何呢？"

国师手握刀柄，看着溪面上缓缓走来的她，说道："我想试试。"

他此时的外显，是名粗豪的草原骑兵，尤其是当他握紧刀柄之后，一道唯有军队才有的肃杀血厉气息，顿时直冲天穹。与气息截然相反的是，他身上的骑兵服饰纷纷裂开，满颊胡须无风而落，便是头发也簌簌落下，只是数刹那，他便变成了一名僧人，一名气息肃杀、血腥冷酷却又慈眉善目的年轻僧人。

余帘走到岸边，赤足上没有一滴水，她看着这名年轻僧人，赞叹道："不俗。"

不俗有可能是超凡脱俗，至少此时此刻，得到整座金帐王廷血杀意志加持的年轻僧人，或者真的拥有了那种高妙的境界。余帘只是感慨赞叹，并不畏惧，连紧张都没有。当年面对观主难以想象的清静境，她都平静如前，更何况现在。她伸出一根手指，点向那名年轻僧人眉心，溪畔的蝉鸣顿时变得密集了无数倍，显得有些躁动不安，野草变成草屑满天飞舞，就像是无数蝉翼不停切割着空间。她一出手，便是逾过五境的至强手段。

年轻僧人根本无法避开，于是只能不避。他盯着越来越近的那根细细的手指，毫不理会那些将自己肌肤切出数万道血口的草屑，双手握住刀柄，抽刀向前斩落！

"你算错了一件事情……"

那把弯刀只是普通的弯刀，此时破空而去，却仿佛带着无数人的意志，凝聚了无数人的杀意，没有刀芒亮起，只是带动了天地。便在这刀的天地间，年轻僧人静静看着余帘的眼睛，告诉她，你错了，你虽然看破了我的局，没有走进我的阵，但只要你来到我的身边，便已经走进了我的阵，因为我是阵眼，我在哪里，那座阵就在哪里。

这一刀不再是普通的刀，而是血祭大阵，带着整座金帐王廷的杀魂，积累了数百年的杀魂，斩向那名穿着黄裙的清稚少女。余帘再强大，如何能承受得住整个部落的意志？

面对年轻僧人那惊天动地的一刀，余帘的应对简单到了极致。

她的应对，根本不像一名逾过五境的大修行者，更像个初入武道的孩子，用的手法有些想当然，甚至有些可笑。手法就是手的方法，她双手一合，想把那把刀夹在掌心里。真的是想当然吗？不是，恐怖才简单，她做任何事情都理所当然。于是，一道挟着整座金帐王廷杀意的刀，就这样被她夹在了手里。

她的手很小，很嫩，那把刀却再难寸进。

她的身体看上去很瘦小，却仿佛拥有无穷无尽的力量。

年轻僧人的刀与她的手之间，溅射出无数道气息。她身后的溪水，开始荡漾，然后沸腾，然后虚化成汽。整整一条小溪，眨眼之间，便干涸无踪，溪里的鱼与水草，都不知去了哪里。溪底也变得异常干燥，裂成无数细块，像是一条枯死的蛇的鳞。那些裂口，迅速向着溪后方的原野间蔓延，瞬间延至极圆，数十里方圆内的地表，都变得干燥裂开。黄裙与鬓畔的发丝，在风里一起轻轻拂动，裙未燃烧，发丝微枯。

余帘静静看着刀后的年轻僧人。

年轻僧人静静看着她，眼神里有敬佩，没有畏惧。

敬的是她，果然不愧是当代魔宗宗主，实力深不可测的大修行者，居然只凭一双手，便承接住了血祭大阵挟着的部落集体意志。没有畏惧，是因为他很清楚，以余帘之能也只能接住这一刀，绝对不可能在这种情况下还有反击的能力，他没有落下风。

余帘确实没有反击，只是眼里露出嘲讽的神情。

她在嘲讽些什么？

年轻僧人忽然懂了。

他的刀让余帘只能静立溪畔，余帘的手也把他定在了原地。

他不能动。东面数十里外的他，还能动吗？

当西方数十里外，那道刀斩向余帘的时候，宁缺的感觉最为明显，因为四周压迫自己的那些灵魂力量，忽然间变得松了些。悬浮在空中的十余只铁箱，忽然间剧烈地颤抖起来，那些森白的头盖骨散发的怨念还有阵里隐藏着的杀意，被某种力量抽取着，向远方遁去。

宁缺霍然转头，望向那处。

那处在西方。他知道三师姐在西方。

先前他在云里看到的那道细线，便是师姐留下的痕迹，他不知道师姐做什么，但隐隐猜到真相。他和余帘这些年极少见面，但默契始终都在，那份默契起于很多年前，起于旧书楼畔的蝉声，起于那张张簪花小楷，起于那张腰牌，起于入魔，起于很相近的性情。

他听到了西方数十里外的蝉鸣，他知道师姐已经出手。

他闭目，然后睁眼。

当西方，那名年轻僧人一刀砍向余帘的时候。

在东方，他一刀砍向那辆马车上的苍老国师。

这一刀，他没有任何保留，身躯内浩然气尽数化作昊天神辉，随着刀势喷涌而出，更可怕的是，这刀里也有杀魂。那是大唐边军的杀魂，是他从梳碧湖开始蓄养，直至先前杀过渭城，才最终得以圆满的那道杀魂。黝黑的刀锋，这一次落在了国师的头顶。

这一次，国师不再能够像鬼魅一般移动自己的身体。

因为他的本体，已经被余帘定在了溪畔。

国师双手合十，夹住了宁缺的刀。宁缺低首，沉默着继续向前。国师脸色顿时变得异常苍白，悬在颈间的木头念珠，以肉眼可见的速度颗颗破裂，变成木渣子飘落，然后被风吹走。

这座血祭大阵，确实很神妙。国师在哪里，阵便在哪里。

哪怕隔着数十里的距离，阵与阵依然联系在一起。

所以他的行踪难以捉摸，彼此相映。

然而现在，余帘在西方接着他的刀，宁缺在东方砍了他一刀，书院的这对师姐弟用最简单的方法，便破了他的局。都在破阵，国师应该守哪边？两边都守？就算他有整个金帐王廷的杀魂，又如何能够战胜余帘和宁缺这样强大的两个人的夹攻？随着木头念珠碎裂的速度越来越快，国师的脸色变得越来越苍白，他感觉到宁缺铁刀里的力量竟是无穷无尽，他不知道自己还能撑多久。西方那道干涸的小溪畔，年轻僧人的脸色也变得越来越难看，因为他感觉到刀锋传来的力量竟是无穷无尽，他不知道余帘还能撑多久。

年轻僧人愤怒而痛苦地厉啸一声，手里的弯刀剧烈地颤抖起来，几乎同时，东方数十里外，马车上的苍老国师也不甘地厉啸起来，挂着的木头念珠骤然间全部碎裂，一道恐怖气息笼罩了整个车阵！车阵四周的十余名大祭司，忽然间变成了十余团血花……没有任何征兆，十余名境界高深的大祭司，就这样死了！而且死得如此凄惨！

鲜血就像是喷泉一般，从四周向着车阵里洒落，宁缺不知道那些血里隐藏着什么，只是隐隐有些不安。哗哗哗哗，天空里落下一场血腥的暴雨，十三名草原大祭司的全部血液，都被这座血祭大阵抽空，最后洒落在半空中的铁箱上，沁进那些森白的头盖骨里，有的则是落在地面上，打湿了那些野草，草上仿佛出现了血色的露水。

宁缺闷哼一声，体内那颗晶莹的水滴骤然间迸散，无数浩然气灌注进四肢，再转成昊天神辉，通过无数毛孔散播出来。只是瞬间，他的身体便开始熊熊燃烧，变成了一个火人。那些自天落下的血雨，落进火焰后，发出哧哧的声音，隐隐还有令人耳酸的尖叫声、痛哭声，甚至还有股淡淡的焦煳味道。那些大祭司的血，没有一滴落在宁缺的身上。

但他却无法放松，因为刀锋之前的国师……忽然间变得强大了很多，他瞬间年轻了数十岁！难道这就是血祭大阵最强的手段？宁缺根本不知道，在西方数十里外的小溪畔，那名年轻的僧人，忽然间消失不见，那道弯刀，深深地插进了干裂的地表。国师用十余名大祭司的生命，只做了一件事情，那就是把这座血祭大阵重新统一起来，换句话说，那名年轻的僧人，瞬间回到场间！宁缺不明其缘由，却知道要暂避其锋。

铁刀在空中一转，避开年轻国师袭来的那道强大意志，他毫不犹豫，拖刀便回，右手极不引人注意地在血雨里轻颤画了道什么。

国师选择回到东方，而不是让苍老国师的神魂回到年轻僧人的体内，原因很简单，在他看来，宁缺不如余帘可怕，他下意识里想要避开余帘。东西相隔数十里，他以阵法回归，快如闪电，他相信在余帘赶过来之前，他有足够的时间杀死宁缺，然后再与余帘周旋。年轻的国师飘然离开马车，借着天地元气的流淌，掠向宁缺身前。那般轻妙，那般自由，不愧是草原上的强者，与天地的亲近熟悉远远超过中原修行者，更是宁缺所不能及。

宁缺横刀而回，倒掠而行，速度自然没有国师快。他却凛然不惧，沉默盯着对方，手腕再转，哧的一声轻响，年轻国师手指间多了一道清晰血痕。那是宁缺先前手指轻颤，借着神辉遮掩写的二字符。如果国师不是有整座血祭大阵为凭，只怕此时整只手臂都已经断掉。

国师面无表情，再次向前掠去。

数十里，此间离小溪只有数十里，余帘下一刻便会赶到，他必须快些。

然而，很遗憾的是，他依然低估了余帘的速度。满是阴云的天空里，忽然响起一道凄厉的鸣啸，一道清楚的细条，割破整片云层，由西至东画来，终点正是这片满是火焰的战场。轰的一声巨响！余帘从天空里跳了下来。

此时的国师，无法像先前对付宁缺时那般避开，只能硬接。仿佛一根铁锤，重重地砸在一口巨钟上，整片草原似乎都听到这声巨响。残破的车厢里，悬在空中的铁箱间，到处都是劲气在飞射，到处都是血雾。不知道过了多久，血雾渐敛，钟声渐静。国师眼角出现了数道极深的皱纹，他的脚下是龟裂的大地，他身后是盛着白骨的铁箱，他身前是浑身神辉的宁缺以及负着手的余帘。

沉默，静寂，或者是在调息休整。

"我败了。"国师有些艰难地笑了笑，说道，"其实从你看穿我行藏的那一刻开始，我就败了，我从来没有想过能够同时战胜你们二人。"

余帘面无表情，没有说话。

宁缺的心情很平静，说道："那你还不快点自杀，做什么？"

"但你们想杀我，依然很难。"国师眯着眼睛，看着空中飘浮着的十余只铁箱，看着箱子里那些森白的人头骨，悠悠说道，"我与这阵已经融为一体，破不了这阵，你们便伤不到我的根本，而人间的力量，根本无法破了这阵。"

宁缺说道："世间根本就没有破不了的阵……就算这阵法里有你金帐数百年的杀威，待我调集十余万唐军，随意吐口唾沫也就破了你。"

"可那需要时间。"国师静静看着他说道。

余帘忽然说道："我向来不喜欢太麻烦的事情。"

黄裙轻飘，她掠至半空，伸手向一个铁箱拍去。先前她从天空里跳下，砸得国师浑身是血，同时这只铁箱一角便出现了一道裂口，此时随着她娇小的手掌落下，又有恐怖的巨响，回荡在草原里。轰！她再次落掌。轰！

国师的脸色变得极度苍白，盘膝坐在最后那辆马车上，苦苦维持着阵意。宁缺却什么都没有做，把铁刀收入鞘中，走到余帘下方，静静看着她在做的事情，就像是在欣赏一场好戏。余帘拍落第三掌，那只铁箱上的裂口终于扩大了些。先前宁缺用铁刀全力都未斩开的铁箱，用灵魂之火淬炼极长时间的秘铁做成的铁箱，竟被她的小手随意拍打，便拍出了裂口。

国师望着余帘皱眉说道："难道你真以为凭借肉体的力量，就能破了我这座大阵？二十三年蝉，你未免自视太高了些。"果不其然，随着他的声音落下，那道极血腥的意味，从铁箱里的白骨深处生出，然后铁箱上的那道裂口，竟以肉眼可见的速度在变小！

余帘蹙起眉尖，似有些不悦。宁缺抬头望着她，没有说什么。草原上的风吹拂着裙角，余帘吸了口气，车阵四周狂风大作，黄色的裙摆被吹得猎猎作响，看上去就像是一面旗帜，这口气，她吸得很深，胸脯起伏不定。先前在渭城里，阿打那次深呼吸，将半条街的空气和天地元气都吸进了身体里。余帘，此时仿佛要把整片草原的天地元气都吸进身躯。

她再次举起白嫩的小手。她的手再次落到铁箱上。嗡的一声暴鸣！

残破的马车碎片，被狂暴的飓风，吹拂着向四周射出。

宁缺闷哼一声，强行抵御这道威力。国师的双耳里流出鲜血。

狂暴的音波，传至极远处，甚至波及百里之外。正在拼命厮杀的双方骑兵，忽然间停止挥舞武器，痛苦得脸色惨白，伸手拼命地捂住耳朵，那些战马更是可怜，痛苦地翻倒在地。余帘的小脸也有些微白，但她的神情还是如冰雪般，她伸手，再次拍向那只铁箱。只听得喀喇声响，铁箱就此碎裂。黄裙在荒原上空不停闪动，她连出十余掌，恐怖的音爆向着四野传播，而十余只铁箱就此纷纷碎裂。无数森白的头盖骨，簌簌然落下，落在地面上。一道纯净的昊天神辉，从宁缺的手掌里喷涌而出，瞬间便将那些头盖骨烧成灰烬，那些被国师和大祭司们用邪恶手法拘禁的怨魂，终于得到了真正的解脱。血祭大阵，就此破了。

国师满身血污，苍白且苍老的脸颊上，到处都是血与汗。他看着余帘，眼睛里满是迷惘的神情。他不明白，为什么她只凭力量便能强行破掉自己准备了数年之久的血祭大阵。

"不是我自视太高。"余帘回到地面，负着双手走到他身前，居高临下看着他说道，"而是你站得太低，人间的力量无法破阵？你根本都不知道什么叫力量。"草原上的风轻轻拂动黄裙。她是那样的瘦小，却又是那样的高大。国师以举族之力成血祭大阵，更以巫术秘法转生分神，然而在她面前，所有这一切都没有意义，都敌不过她的力量。

她是魔宗宗主，以神秘著称，在修行界销声匿迹二十三年，谁也不知道她在书院旧书楼东窗畔天天描簪花小楷，那是夫子想要她静心意。她静了心意，不再思及其余，什么阴谋，什么法门，都不再重要，她把自己修行得极为澄静纯净，澄静在心思，纯净便在力量。她回归了魔宗修行的本源，走回了那条最正确的道路，于是她成为魔宗千年以来力量最强大的那个人，她没有不朽，但她可以搬山。便是连一座山都可以给你搬走，何况几个铁箱子？

"我不认为我自己失败了。"国师看着自己身上像瀑布一样流淌的血水，苍老的面容上忽然流露出最后的信心，看着余帘和宁缺说道，"至少我保住了金帐最后的血脉。"按照时间计算，这场在渭城北方发生的恐怖的强者战，已经持续了半天时间，以单于和朵儿骑恐慌的奔逃速度，或者已经离开了百余里地。

"走再远都没有用，有意义吗？"宁缺看着他说道，"你很清楚，他们会死得一干二净。"

便在这时，天空里忽然飘下雪来。荒原虽然远较中原寒冷，往年也有春末忽然落雪的时候，但昨日渭城四周还是那般温暖，为何此时忽然下雪了？宁缺抬头望去，才发现是那片被血祭大阵召至天空的阴云，因为遮蔽阳光时间太长，下方云层里开始生出雪霜，此时终于落下。雪下得越来越大，渐成暴雪。暴雪时节，最难追踪，除非是真正的强者。

国师以为，这是金帐王廷的机会。因为他已经猜到，唐应该在东荒带着荒人抵挡西陵神殿骑兵的反扑，书院只来了余帘，而她现在应该不会再次出手。

"看，下雪了。"他看着落雪的天空，微笑说道，"这是长生天撒落人间的盐，将庇护他最虔诚的信徒，将为那些信徒指引走出河谷的方向。"余帘抬头望向天空，微微眯眼，说道："那丫头当年在后山做饭的时候，总喜欢把盐放多，现在想来，着实有些恼人。"国师微微一怔，才明白她说的是什么，作为昊天虔诚的信徒们，与书院后山那些和昊天一起生活很久的人们聊天，确实是很痛苦的事情，先前渭城的阿打如此，现在的他同样如此。

暴雪来得极快，不过片刻，荒原上便积了厚厚的一层雪，烟雪迷人眼，很难看清楚远方的风景，忽然间，风雪深处传来令人惊心动魄的咆哮声。那应该是某种野兽的咆哮，只是声音未免太洪亮了些，感觉那野兽的体格必然极为巨大，才能拥有足够大的共鸣腔，把声音传到四方。国师向风雪里望去，隐隐看到很多黑影正在缓缓靠近，那些黑影很高大，大地微微颤抖，积雪被震得酥软，那些小山般的黑影缓缓走到风雪中，来到三人身前。

出现在渭城北方的，是一群雪狼，一群雪原巨狼。数百只小山般的雪原巨狼，沉默地站在荒原里，就像是一道雪川。和当年被迫南下相比，现在这群雪原巨狼明显不一样，不再那般瘦削疲惫，曾经高高突起的肩胛骨，已经被强健的肌肉与雪白的皮毛覆盖。能够在相对南方、靠近人类聚居地的荒原上，获得稳定的食物来源，全靠大师兄当年的指点。国师的眼神有些惘然，他不明白这些恐怖而强大的生物为什么会出现在这里。

最前方那头母狼，毛皮光滑柔顺雪白，神情柔和，就像座美丽的雪山。在母狼的身上，骑着位身形瘦削的普通公狼。在母狼身前，还有只身形相对小些的雪狼，看神态，这三者应该便是一家。看着这幕画面，国师的脸色变得极为精彩，直到今天，他才知道这群横行于北方针叶林的雪原巨狼的首领，竟然是只普通公狼。接下来发生的事情，令他更加震撼无语。只见那只普通公狼直起前身，像人类一样，对着余帘和宁缺揖手行礼。而余帘和宁缺，竟也很认真地回礼。国师想起了前些天谷河外原野上的那只黑驴，那数万匹野马。他觉得荒原上的风越来越寒冷，与落雪无关，与失血无关，只与这些画面有关。

所有的，难道都是书院的？

他忽然觉得长生天真的不公平。

又或者，长生天真的拿书院没有办法。

宁缺吹了声口哨。那只年轻小雪狼对着他欢快地摇了摇尾巴，却没有跑过来，而是随着雪狼大队伍转身，向着风雪深处进发。既然都是书院的一分子了，自然要为书院做些事情，看着雪狼群消失在风雪里，宁缺转身望向国师，说道："金帐……今天后便不存在了。"

国师躺在血泊里，神情很复杂，有些惘然，有些绝望，也有解脱——无法改变自己所属种族的命运，那么也不再有责任。

"或许，长生天真的早已经抛弃了我们。金帐败了，但难道你们真的要把我们赶尽杀绝？"他看着余帘疲惫说道，"宁缺与我们之间有座渭城，暂且不提，那么你呢？部落与荒人之间的仇恨，已经是千年前的事情，不要忘记，你们荒人曾经奴役我们无数年，我不觉得我们有什么对不起你们的，你没有道理那么做。"

"我们要这片草原。"

"我们可以给。"

"你们给不起……我们荒人要，那群狼要，小师叔的驴和它的马要，将来君陌从地底带出来的数百万奴隶也要……要的人太多了。"余帘负着双手，看着风雪里的莽莽草原，想着荒人部落千年来的颠沛流离，缓声说道，脸上没有任何多余的情绪。

"那我们呢？！"国师激动起来，愤怒说道，"观主让道门自取灭亡，可我们难道就没有资格活着？我们就只能去死？！"

余帘回头看了他一眼，似乎对他会提出这个问题感到很是不解，挑眉说道："你们当然有资格活着，人人生而平等，只要来到这个人间，都有资格活着，既然如此，那自然是谁强就谁活着……你在荒原上长大，怎么会不明白这个道理？你可曾见过虎狼与兔子讲过道理？如果不想当兔子，那就要学会吃肉。"这个道理很浅显，很不讲道理，很冷酷。

国师沉默了很长时间，然后喃喃说道："但没必要全部都杀死……不是吗？就像一千年前那样，我们部落的人，还可以继续做你们荒人的奴隶。"

他望着余帘，眼中流出恳求的眼神。

余帘看了眼宁缺。宁缺没有说话，只是看着风雪深处。

"老师教育过我们，奴役是一件非常错误的事情，无论奴役谁都是不对的，包括异族人在内，所以荒人不会留下你们做奴隶。"余帘说道，"那么，只好把你们都杀死。"国师最后的希望破灭，他苦笑着摇摇头，说道："如果夫子知道，他一手教出来的学生竟把他的话歪曲成这样，会不会气死？"余帘抬头望着天空，沉默了很长时间，面无表情说道："他已经死了，如果我们做的事情，能把他气得回到人间，那做什么都可以。"

宁缺也抬头望向天空，那里有落雪有阴云，就是没有月亮，但他还是随师姐一道看着，然后想起自己似乎也说过很相似的一段话。书院弟子真的很恨自己那个不负责任的老师，恨或者并不准确，应该说烦，不是厌烦的烦，是烦闷的烦，其中最烦的就是宁缺和余帘。这些年君陌远在极西荒原与佛宗战，大师兄一如从前不管事，书院的事务实际上就是由余帘和宁缺二人处理——而这绝对是书院的敌人不想看到的。

春风微拂，血腥的味道渐渐消散，西方数十里外的小溪早已干涸，小绿洲也随风消散无踪，不知去了何处，血祭大阵变成一片车厢残壁构成的废墟，数量难以计算的森森人骨都已被昊天神辉净化，国师也终于闭上了眼睛。

余帘看着宁缺说道："我要去养伤，剩下的事情你自己处理。"先前这场战斗里，她以一人之力对抗整座金帐王廷的杀魂，虽有宁缺的帮助，但依然是承受了难以想象的冲击，即便获胜，也付出了极大的代价。宁缺想着计划里最麻烦的那环，说道："我在桃山等你。"

宁缺将手里铁刀归鞘，听着身后传来的密集蹄声，转身望去，只见渭城周遭烟尘大作，徐迟率领的镇北军中军帐骑兵，已经扫清留在那处拦截的所有草原骑兵，开始追击逃亡的金帐王廷。有数百雪原巨狼引导镇北军的骑兵，虽然唐被隆庆和西陵神殿骑兵牵制在东荒无法过来，宁缺依然毫不担心——金帐王廷已经走进了末路。烟尘滚滚，在渭城北的原野间飞舞，蹄声阵阵，响彻天地，数千大唐骑兵向着草原深处追击而去，去替那位单于送葬。

宁缺静静看着这幕画面，直至原野重新回复安静，转身向渭城走去。雪已停，阴云渐散，春天草原的阳光很是明媚，那座土黄色的旧城，竟也生出了些清新的味道，或者是城门前的土墙里长出数百株野草的缘故。那些生命力极其倔强的野草，是夯土城墙最大的敌人——说来也是奇怪，无论黄土里掺着什么，捶打得多结实，都无法阻止那些野草重新生根、重新抽芽。宁缺记得很清楚，当年在渭城的时候，每年春初，城里的所有军民，都会在马将军的带领下，到处去除草，防止城墙受到破坏。这些年渭城落在草原人的手里，草原人自然不在乎城墙被破坏，数年时间，那些野草重新活了过来，似乎在嘲笑当年唐人徒劳的工作。

城里的血水已经被黄沙渐渐吸干，到处都是草原蛮人的尸体和垮塌的建筑，负责后勤的唐军正在打扫战场，没有人注意到宁缺。他走过这座旧城，看着那些熟悉的街道和建筑，想起那些熟悉的人与事，仿佛还能闻到当年的酒味和烧鸡味道，他没有进酒馆，也没有进马将军的宅子，什么地方都没有进，因为他知道那些地方早就已经没有旧人。

城偏处溪沟旁的小院还在，那是他和桑桑的小院。小院墙上有柄猎刀探出半截腰身，是他当年没有取走的家伙，他看了眼那把猎刀，沉默了会儿，推门走进房间，看着那些草原人留下的寝具，有些厌憎地皱了皱眉头，把那些东西全部扔到院里的地上，准备稍后烧掉。

他找到那把竹躺椅，搬到坪间，躺下，然后闭上眼睛。明媚的阳光隔着眼皮刺着他的眼，感觉有些酸，于是他把眼睛闭得更紧了些，就这样沉默地躺着，直至快要睡着。不知道过了多久，他醒了过来，睁开眼睛，看着这座熟悉的、生活了很多年的小院，像当年那样把手伸到空中，很遗憾，没有茶壶递过来。就像现在他仰起脸，也不会有方热乎乎的湿毛巾搭上来，他说饿，也不会再有碗煎蛋面。渭城还在，酒馆还在，小院还在，土炕还在，炕对面的那口箱子还在，院墙还在，藏在墙里的猎刀还在，银票也还在他的怀里。

只是人不在了，所有的人都不在了，她也不在这里。

宁缺躺在竹躺椅上，看着湛蓝的天空，想着很多事情。当年离开渭城之前，他对马将军说：你不要老、不要死，等我孝敬。离开渭城的时候，他对全城的老少爷们儿说，如果此去混不出人样儿，他就不回来了。现在他已经混到了这个世界最巅峰的位置，终于有脸回来了，却晚了。金帐王廷和唐国之间的这场战争，注定将会改写整个人间的局势，但对他来说这场战争其实是另一件事情，与天下无关，只与渭城有关。

他要把渭城夺回来，他要替渭城出气，同时，他要在渭城找个人。

时间就在竹躺椅上缓慢流逝，到了数日之后。小院对面的溪畔，传来蹄声，渐缓，接着有口令对照之声，司徒依兰微微点头，回应着唐军的行礼，走到小院对面的营帐里，将坐骑交给一名亲兵，然后望着对面的小院说道："怎么说？"

一名参将摇了摇头，说道："他坚持。"

司徒依兰沉默片刻后说道："多少俘虏？"

参将说道："七城寨四周，还有些小的战斗，但基本局面已定，现在被控制住的，如果算上奴隶和妇人孩童，至少有四十余万……"

司徒依兰的眉头微微挑起，说道："即便如此，他还坚持？"

参将沉默不语，看来，对于院中人的坚持，其实他并没有太多意见。

司徒依兰看着不远处的小院，沉默片刻后走了过去。

"这是屠杀。"她看着竹躺椅上的宁缺，情绪很平静，但声音有些颤抖。

"这是很多年前，我和她住的院子，我们在这里住了很多年。"

宁缺从竹躺椅上站起身来，指着小院说道，然后他示意她跟着自己走出小院，走到城中的街道上，开始给她介绍渭城里的一砖一石，一草一木。

"这座城里的人，都是我认识的人，那年都死了，草原人攻破城门，闯进城来，拿着弯刀，见人就砍，那时节，他们可有分辨男女高矮？"走出城门，站在草甸上，看着渭城土墙上那些有些刺目的野草，他摇了摇头，说道，"我不是要这种事情来坚定自己的决心、说服你和别的唐将，我只是告诉你，我的决心从何而来，无论任何人，都不能阻止我的复仇。"

司徒依兰随着他的眼光，望向渭城，想着这些年边塞死去的同袍和同族，心里很是挣扎，犹豫说道："但书院……不是这样教的。"

"我说过，任何人都不能阻止我的复仇，哪怕夫子回来也如此。"宁缺望向晚霞深处那轮刚刚显现的明月，最后他指着渭城土墙上的野草，说道，"也许这是罪孽深重的事情，可我不在乎，我只知道，斩草一定要除根，不然麻烦的还是我们自己。"

数日后，草原人的鲜血浸湿了整片草原。这场战争，获胜的唐人就像在谷河外那样，坚定地执行了宁缺的意志，没有留下任何俘虏，自然也没有留下任何后患。

宁缺和司徒依兰再次来到渭城外的草甸上。集营在四野的唐军，望着草甸上二人的身影，眼神里的情绪很是复杂，那些情绪是狂热的崇拜，也是寒冷的敬畏。身为百战猛师，渭城外的数万骑兵自然杀过很多人，也见过草原上所谓屠族的恐怖的画面，但他们从未见过这样杀人的。整片草原，仿佛都被血水浇灌了一遍，到处都是刺鼻的血腥味，闻着味道而来的蚊蝇，发出令人头皮发麻的嗡鸣声。如果不是有阵师布阵，唐军根本没有办法在这里驻扎下去。

然而阵法可以隔绝蚊蝇，可以淡化血腥味，却没有办法隔阻视线。在渭城北方数十里外，那片平坦的原野上，不知何时，多出了一座小山，因为距离太远，看不真切，小山在晨光里明亮着。唐军们知道那座小山是什么，他们每每望向那座小山，都会觉得有些寒冷。那是座用草原人人头堆起来的小山。宁缺站在草甸上，看着远处那座人头山，神情很平静，没有畏惧，没有害怕，也没有那种变态的狂热，对他来说，这只是一件必须做的事情。

"当年我在草原的绰号是梳碧湖的砍柴人。"他望着莽莽的原野，缓声说道，"无论马贼还是王庭的骑兵，都怕我带出去的骑兵小队，因为……我真的很能杀人。"

司徒依兰没有说话，这些天，她已经有些麻木了。

"在长安城我对别人说过，以往这世界没有太多机会看到我杀人，以后会有很多机会。"

"我希望以后永远也不要再有这种机会。"

宁缺想了想，说道："我也希望如此，但那要看这个世界能不能配合。"

司徒依兰在心里叹息一声，与他告别，牵着坐骑向草甸下方走去。

七城寨的战事已经告终，肃清战场的工作也已经基本完成，她现在要率领骑兵继续深入草原，跟着徐迟的脚步，对金帐做出最后的攻击。战争已经结束，杀人才刚刚开始。她希望这个世界不要再给宁缺这种机会，自己却不得不继续杀人。

牵着坐骑走到草甸下，她忍不住回头望去，只见朝阳正在升起，宁缺便站在朝阳里，身体的边缘泛着金光，看着有些神圣的感觉。如果她在宋国都城看到叶苏成圣的画面，或者会把两者联系在一起，只不过与叶苏不同，宁缺站在光明里，把自己站成了一片阴影。司徒依兰忽然很同情他。数十万人因为他的一句话死去，他却表现得如此平静，毫不在意——因为他没有找到桑桑，他对这个世界已无爱憎，这种人自然是最可怕的，但这种人，何尝不是最可怜的，他为什么而活着呢？

唐军启程，渭城再次变得安静下来。没有阵师的隔绝，无数只蚊蝇发出的恐怖嗡鸣声，像风雷一般回荡在天地间，偶有阴云蔽日，云下有数百只秃鹫发着难听的叫声飞了过来。宁缺不在意这些。他这辈子没有看过这么多尸体与血，但像这样程度的凄惨恐怖的画面，已经看过太多太多，多到生厌。他走到满是血腥味的荒原里，低头看着脚下那些被血凝成乱团的野草，看着那些被血凝结成块的土壤，一路行走一路沉思，直到走到那座人头山前。

沉思静观，不是感慨，而是在细细感知其间的气息——金帐国师那座强大的血祭阵法，给了他一些提示，原来人间的力量，并不仅仅来自活着的人，也来自死去的人，他想要运用这些力量，需要怎么做？被血水浸泡的原野，被踩出很多足迹，啪啪声里，脚印里积着极浅的血水，极浓的腥意，极多的怨念，直至形成一道清晰的痕迹。

宁缺在原野上走了整整三天时间，留下很多足迹。

如果此时有人坐在云端，往下方的草原望去，应该能看到一幅很复杂的图案，那幅图案以渭城为中心，以那座人头山为死穴，以漫漫数十里方圆的血染荒野为幕布，以他的脚印为线条，复杂得令人难以想象。这幅图案是座极复杂的阵，或者说，是一道极大的符。

然后他离开渭城，去了开平。这一次他静观的时间短了些，也只走了一天，因为他已经变得熟练了很多。接着，他又去了渠城，直到把七城寨全部走了一遍，于是七城寨外都有了一座极复杂的血阵。如果在天空往地面看的那个人飞得更高远些，应该能看到这七座复杂的血阵就像是七个墨点，连成了一道直线。那道线很潦草，很随意，不像是一道完整的笔画，更像是一道笔画的开端。七座极复杂的大阵，只是墨点，七阵连成的直线，只是一道笔画的开端，那么这道笔画如果写完整了，会有多长？会有多壮阔？

在宁缺写出这道笔画之前，永远没有人知道。

布置完这七座大阵后，宁缺回到渭城。

渭城依然静寂，只有大黑马与那道破辇在等着他。大黑马走到他身前，没有流露出久别重逢的喜悦，因为它清晰地感觉到了宁缺的疲惫、感知到了他真实的想法，于是低下头去。宁缺伸手，轻轻抚摸它的脖颈。不是他在安慰它，而是它在用这种方式安慰他。

无数草原人被杀死，鲜血浇灌草原，一切的一切，所有的罪孽与恶名，只是为了写出那道笔画，为了他心里最大的不安。那份隐隐的恐惧与不安，就像鞭子，不停地抽打在他的身上，让他灵魂深处剧痛阵阵，让他变得越来越焦虑。他急着要离开渭城，去往南方，因为他在渭城没有找到她。"我找不到她……观主和大师兄，还有酒徒应该也还没有找到她，但我必须找到她，所以我想请你帮我。"宁缺看着破筐里的黑驴，很认真地拜托道。

黑驴沉默了会儿，无意识地用前蹄扒拉着盘子里的葡萄，即便是傲气懒惰如它，也很清楚这件事情的重要性——它曾经的主人，就是死在她的手里。

很难听的嘎嘎声，响彻渭城外的原野。

得到黑驴的承诺，宁缺的心情终于稍微放松了些，他翻身骑上大黑马，轻轻一夹马腹，只听得一声欢快的嘶鸣，黑色闪电重现天地之间，原野上，出现一道笔直的线条，直指南方。天地是片草原，他是野马，不停寻找。

与大战延绵的北方草原相比，中原也不太平，处处烽烟大作。

隆庆率领的西陵神殿骑兵，在燕国的全力配合下，一路压制北大营的唐军，一路深入荒原，帮助左帐王廷的残余力量，在荒人的强势攻击下苦苦支撑。西陵神殿在完全控制南晋之后，命令南晋的军队同样分成两路。赵南海亲自率领着神殿骑兵，与南晋的浩荡大军，正在筹划着准备攻击对岸的大河国，大河两岸的风声都变得锋利起来，忠于叶红鱼的裁决神殿旧属，则是在西陵神国和南晋境内进行着血腥恐怖的暗杀，试图延缓联军南下的脚步。

陈皮皮早已离开长安，继承着师兄的遗志，在四处传道，沉默而坚定地执行着既定的方针，誓要推翻旧道门对这个世界的统治。隐藏在各地的大门徒，没有任何犹豫，便接受了陈皮皮的领导，尊先师叶苏为圣徒，奉陈皮皮为教宗，开始向旧世界发起全面的攻势。

新教在人间的传播，如火如荼。

西陵神殿对新教的镇压，如山如海，神恩不赐，自有神威庄严恐怖。

阳州城外通往北方的笔直官道两侧，原本种着很多青树，此时春深夏初时节，本应该郁郁葱葱，青翠喜人，然而却并非如此，因为几乎每棵道树上都挂着一名反抗者的尸体，腐臭的味道熏得青叶片片凋落，画面看着极为恐怖。富春江两畔也被恐怖笼罩着，线条优美的小桥间悬着一具具尸体，鲜血和难以形容的汁液，从那些僵直的脚上淌落，落入江水和溪水里，曾经清澈无比、养育了清河人无数年的水，已经变得血色一片，熏鼻难闻至极。

美丽而宁静的清河郡，变成了现在这副模样，曾经热闹的阳州城，人人道路以目，死寂压抑，那些念念不忘千年之前的故国、一心想着要离开唐国的诸阀贵人，看着现在的画面，会不会后悔自己曾经的决定？就算后悔，他们也已经没有任何办法。现在的清河郡，已经完全被西陵神殿骑兵及南晋军队控制，尤其是当横木立人展现了自己铁血的手腕和难以想象的强大实力之后，没有任何人敢起异心。

一座神辇，在阳州城的直街上缓缓行过，来到那片幽静的湖前，所有看到这座神辇的人，纷纷跪倒在地，表示自己对昊天的敬畏，稍远些的街巷里，更多的人家则是用最快的速度关上了门窗，生怕被看到。万重幔纱里，横木立人神情宁静，稚嫩的脸颊上带着天真的神情，即便当他看到湖畔被木桩贯穿身体的那些罪人尸体，也依然如此。

他真的不在意这些血腥的画面。

因为这些画面，本来就是他一手造成的。

湖风轻袭，幔纱微微摇动。极淡的花香混着极淡的血腥味，穿过纱幔，来到他的鼻端。他深深地吸了一口气，神情天真而陶醉，或者是因为湖风有些微寒，或者是因为吸得太深的缘故，他忽然咳嗽起来，白皙的脸上涌出两团不正常的红晕，显得有些痛苦。

11

横木立人的双眉挑了起来，因为想起什么，不再像先前那般宁静喜悦，容颜扭曲，格外愤怒不堪，尤其是当他低头望去时。他穿的神袍很宽大，低头便能很轻易地看到自己的胸膛，那儿有一颗黑色的棋子，这棋子深深揳在他肉里，让他觉得很恶心。

"我要杀了你们。"横木立人低吼道，"我一定要杀了你们！"

他清稚微尖的声音在湖面上不停回荡，辇旁的神殿骑兵以及十余名红衣神官，惊恐地跪下，根本不敢发出任何声音。横木立人真的很愤怒。他本以为自己这时候应该已经杀进了长安城，至少也应该到了长安城下，谁能想到，现在……还在清河郡里！他有强大的下属，有神殿骑兵，有十万大军，却被唐人拦在了……青峡之南！

又是那道青峡。很像当年。

横木立人曾经遗憾地感叹过，君陌断臂，他再也无法看到一人守青峡的画面，也错失了击败最强大的君陌的机会。现在君陌在西荒，大先生不在，余帘不在，陈皮皮不在，宁缺也不在……然而他却依然被拦在了青峡之南！在清河郡北部的田野上，西陵神殿联军与唐国镇南军已经交战了数十日，双方各有胜负，横木最后亲自出手，竟反而中了书院的埋伏，受了不轻的伤！曾经的那些感叹，现在仿佛变成了一记记耳光，每当横木想起一记，便觉得脸上一辣，然后极痛极痛，痛到快要发狂！

"几个洞玄境的小蝼蚁……也能拦住我？"横木立人低着头，看着那颗黑色的棋子，微微扭曲的眉眼间，尽是厌恶的神情，声音从齿间传出，寒冷到了极点。他闭上眼睛，再次深深地吸了口气，神辇四周幔纱开始疯狂地舞动起来，狂风大作，湖面上的空气被他尽数吸入胸膛。他的胸膛微微隆起，神袍猎猎作响。这一次，他没有咳嗽。

一道不属于人间的力量，来到了人间，来到了他的身体里。只听得噗的一声闷响，嵌在他胸膛里的那颗黑色棋子，瞬间裂成无数粉末。他睁开眼睛，望向青峡的方向，眼眸里没有任何情绪，只有杀意。他的伤已经好了，那么，就该那些人死了。

自清河郡叛乱后，青峡对于唐国和书院来说，便是真正的国门，因为南方已经尽数归于道门，这里是必守之地。数年前举世伐唐，唐国启用了藏了数百年的手段，黄鹤教授和朝廷的阵师联手，不惜以本身修为为代价，催动青峡里的大阵，直接埋葬了无数敌军和强者，而在随后的数年里，唐国则开始重新开拓青峡里的道路。封死青峡，或者可以更简单地御敌于国门之外，但唐人更想做的事情是杀出青峡，击溃所有的敌人，收复失去的土地。

只是在西陵神殿联军的威压，尤其是横木立人的威胁之前，现在扼守唐国南方咽喉的镇南军及羽林军，暂时还没有南下的布置，沉默地守在青峡深处，以地势、距离为武器，将那些强大的敌人，挡在了青峡之外。连续数十日的战斗让唐军有些疲惫，那些深藏在峡谷里的兵所也变得安静了些，只有一处兵所有些特殊，明明已经是深夜，却依然很热闹。

有人在吵架。

"我以前就说过，论起棋艺来，我肯定是当世第一人，师弟，你怎么可能是我的对手呢？可你偏偏不肯认输，拖着我下了这么多年，不累吗？"

"师兄，你要说别的事情，我就忍了，但这种事情，我是断然不会忍的，明明这些年下过四百九十二盘棋，我还比你多赢了一盘，我怎么就不是你的对手呢？"

"那盘棋是三连劫！怎么能算我输？"

"按我从小学的规矩，那就是我赢啊，自然就是你输。"

"呸呸呸！反正棋盘上的手段你不如我。"

"凭什么？"

"就凭前些天横木误闯棋阵，最后伤到他的是我的黑棋！而不是你的白棋！"

"如果不是我的白棋妙夺天工，怎么能困住他？"

"那前些年呢？不要忘记，熊初墨最后也是靠我挡着的！"

"我呸！如果没三师姐，你早就嗝屁了！"

昏暗的兵所里，许家伦低头专心煎着药，就像没有听到这段对话，这些天听这些人吵架，实在是听得有些腻了。书院五师兄宋谦，看着对面嘴硬的八师弟，愤怒得难以自已。没想到，侧面传来了两道更愤怒的声音。

北宫未央举着自己缠满纱布的手，似在炫耀又似在示威，大声嚷道："没我挡住那些神殿骑兵，你们那破阵早就被冲垮了，哪里还能困住横木？"

"还有我，你可不能忘了我……"西门不惑同样举起缠满纱布的手，提醒道。然后他望向五师兄和八师兄，冷笑说道："不要忘记，青峡这儿我们可是守第二次了，论位次你们在前面，论功劳，你们可别想着跑前面去。"他这话哪有人肯听，尤其是说得太过生硬，顿时激起了师兄们的好胜心，一时间，兵所里唾沫横飞，脏话满天，好生吵闹。

"好了好了，别吵了，先吃药。"王持走了过来，阻止了四人继续幼稚下去。

灯被调亮了些，这才能看清楚，四人现在都躺在床上，浑身裹着纱布，到处是药味和血味，也不知道究竟受了多重的伤，但很明显，已经没有再战之力。

喝完师弟配的难闻的草药，房间里变得安静了很多。不知道过了多长时间，北宫未央忽然问道："十一，你的毒药能不能拦住横木？"

又是很长时间的安静。王持摇了摇头："从来没有听说过逾五境的大修行者会被药毒死。"宋谦的神情有些淡，看淡生死的淡："横木已经逾过五境，如果不是他轻敌，被我们四人联手借着青峡里残存的阵意阴了一道，没有人能拦住他。"

房间里的气氛变得压抑了很多，先前的热闹，这些天的热闹，都来自于得意，他们很得意，像横木这样逾过五境的大修行者，也败在了自己的手里……然而，对方的伤总是会好的，接下来该怎么办？战争的形态早已经改变，横木不可能踏进同样的两条河，谁能拦住这样一位强者？如果拦不住，唐国如何守住这道国门？

王持忽然轻声说道："算日子……北边的事情应该已经结束了。"

西门不惑皱眉说道："虽然师姐当初是这般计划，但……金帐何其强大，如何能在这么短的时间里被击败？我不抱希望。"

"我不管了。"北宫未央有些恼火，说道，"四个没用的残废，加上十一这个花痴，还打个屁啊！如果宁缺再不来，我可不管了。"

王持有些不悦，说道："花痴是个女子，师兄你不要瞎说。"

西门不惑有些不悦，说道："怎么能把事情都扔给小师弟？"

北宫未央把被子往头上一盖，瓮声瓮气说道："我倒是想扔给大师兄二师兄和三师姐，但他们得来啊！反正我可打不过横木那丫！"油灯再次变得黯淡起来，就因为这句话。

那场青峡伏袭，书院四弟子用尽浑身手段，还借了前贤留下的阵意，占尽所有优势，结果却只能伤到横木，而自己则是身受重伤。如果横木没有轻敌，如果没有那些条件，他们想不到任何办法能够战胜对方，每每想及，那日横木凭借那道磅礴的力量，强行破阵而出时的画面，他们都会沉默，然后警惕凛然，直至惴惴不安，心生悛意。

许家伦煎好了第二轮药，走到床边，轻轻拉了拉他的被角——当年的小书童，现在已经变成了真正的少年，眉眼清秀喜人。

北宫未央掀开被子，有些烦，说道："天天喝药，有啥用啊？"

"不喝药，难道就有用吗？"许家伦看着他，很认真地说道，"少爷说过，如果怎么做都没用，那么你是做还是做还是做呢？当然还是得做，因为只有去做才有可能，不做就没可能。"房间里忽然变得安静，先前压抑甚至有些绝望的气氛被这句话冲淡了很多。

北宫未央在王持的搀扶下，艰难地坐起身来，端过药碗，大口大口地喝着，宋谦等三人，也是以最快的速度喝着药。他们要尽快地复原。

哪怕打不过横木，也得多些力气，让对方也多费些力气。

清晨时分，薄雾渐去，晨光洒落青峡。

一骑自北而来。幽静的峡谷里，蹄声异常清晰。

深夜值守的唐军，从看似简陋、实则坚固的崖体箭垛后探出身来，没有警惕地拉弓待射，因为看得清楚，来骑是从北方来。骑是黑骑，人也穿着黑衣，正是宁缺和大黑马。

宁缺黑色的书院院服上满是风尘，大黑马在泥塘里养了数年的肥膘，在千里奔波里迅速消失无踪，现在显得格外精骏，也很疲惫。从渭城至青峡，数千里路程，他与大黑马未曾真正地休息过，昼夜不眠，只在路过杨二喜家时，喝了锅大糙子粥，打了个盹儿。

随着时间的流逝，书院早已不再是联系世内世外的神秘地方，经过朝廷的宣传还有军营里像北宫那样大嘴巴之人的述说，宁缺的形象还有他的武器、坐骑，都是唐人津津乐道的内容，此时看着峡谷里那匹明显不凡的大黑马，看着他身上的铁箭铁刀，很快便有人猜到了他的身份，然后迅速传播开来。

十三先生终于到了。陡峭的山崖上，唐军的议论声渐渐汇在一处，变成兴奋的喝彩声，沿途数万羽林军和镇南军发出真心的欢呼，也有那胆大的士兵大声地打着招呼。宁缺抬头望向峡谷两面，笑着挥手打了打招呼。于是青峡里的欢呼声、喝彩声顿时变得更大，直似要冲破清晨的天空，把昊天的神国都要震翻。

终于到了青峡出口。宁缺提缰，大黑马停下前进的蹄步。青峡在这里收束成一道数丈宽的缝，从峡内向外看，便是清河郡北方那片肥沃的原野，时值深春初夏，放眼望去，都是幽深的绿。峡谷内外有很多陈旧和新鲜的战争痕迹，有很多发乌的血渍，有断裂的箭枝，那些裸露的石壁上密集的箭镞划痕，昭示着战斗的激烈程度。这里是大唐的国门，数年前的那场战争，今年的这场战争，决定长安城安危的战场，始终就在这里，就在这片青峡间。宁缺曾经数次进出青峡，今日再至，他站在峡内，看着峡外，不知在想些什么。

不知何时，王景略出现在他身旁，和他一道向南方望去，神情非常凝重，眼神里的杀意没有做任何掩饰："一定要杀死横木。"

宁缺沉默片刻，然后说道："当然。"

当年被颜瑟大师逐出长安，从军跟随许世后，王景略便瘦了很多，现在他更加消瘦，看着就像是枯枝一般，这让宁缺有些意外："你已破知命境的门槛，为何如此？"

王景略想着那夜清河郡里的屠杀，想着那些他辛苦召集的勇敢的诸门阀的年轻人，还没有来得及成熟，便成为从枝头坠落的果实，摔个稀烂，他的脸色变得有些难看，说道："悲痛使人成熟，也让人畏惧。"

宁缺侧身，望着他问道："你在畏惧？"

"是的。"王景略沉默片刻，说道，"你没有与横木照过面，不知道他强大到什么程度，我知道，所以我很害怕。"

宁缺重新望向南方，笑着说道："而你要我杀死他？"

王景略说道："他虽然强大，但我可以帮你确定他的方位……就像以前我们说过的那样，到时候你就射，如果一箭射不死，多射几箭。"

宁缺摇头说道："你会死的。"

"我不怕死……当年在长安城里，颜瑟大师写出那道井字符的时候，我就该死了，那年熊初墨杀死许世大将军的时候，我也该死了，那天夜里，整个清河郡都被血洗的时候，我……就已经死了。"王景略看着南方，说道，"只要能杀死他，我可以死无数次。"

宁缺沉默了会儿，说道："他不值得你去死。"

说完这句话，他翻身下马，松开缰绳让大黑马自去休息，跟着王景略向峡口侧方深处的一处兵所走去。走进兵所，他还没来得及给五位师兄请安，迎面便扑来了一阵凄惨的哭声。北宫未央用颤抖的手指着他，唇角同样不停颤抖，悲痛愤怒地大哭说道："你怎么才来！你怎么才来！"哭要失声才痛——把话说得如此清楚，脸上一点泪水都没有，自然是假哭，宁缺没好气道："我都快把屁股颠成八瓣了，还嫌不够快？"北宫未央被他戳穿，也根本毫不尴尬，恼火地指责道："你们这些会打架的家伙，就尽在北边西边玩，最重要的这里，就扔给我们几个文人雅干，实在是太过无耻！反正我不管，我们吃了大亏，你得替我们报仇。"

宁缺看着重伤在床的四位师兄，无奈说道："你说怎么报？"

不等北宫开口，五师兄宋谦寒声说道："自然是要杀了他！"

宁缺下意识里看了王景略一眼，不解问道："我收到的军情纪要里说，师兄们在战场大放异彩，成功地击杀横木，怎么感觉像你们吃了亏似的？"

北宫未央恼火说道："阵法和计谋，都是你和三师姐设计的，难道你不清楚细节？可就这样还没有阴死他，我们反而被揍成了猪头，怎么看都是给书院丢人，当然是吃了大亏，小师弟你一定得把这场面找回来。"

宁缺从王持手里接过参汤一饮而尽，又从许家伦手里接过滚烫的毛巾擦了把脸，望向众人问道："先前王景略说要杀他，现在师兄们也说要杀他，杀自然是要杀的，只是何至于如此念念不忘？而且杀便杀罢，又说他极不好杀，你们到底想要说啥？"

北宫未央赞道："虽然押韵押得极无趣，但终究是在押韵。"

宁缺不理他，把毛巾扔回给许家伦，说道："长他人志气，灭自家威风，你们到底想做些什么，直接说可不可以？"

宋谦在屋内排行最高，众人齐齐望向他。他肃然说道："说这些，是想你谨慎些，横木太强，或者我们应该先守一阵……青峡天然好守，加上我们的阵法和施毒，应该能撑到师兄赶过来。"他忽然想到一桩极重要的事，"师姐呢？"

"她受了些伤，需要养段时间。"宁缺说道，"至于守……我不同意，最初拟订的计划不是这样，师姐也不会同意。"

"金帐王廷果然强大，师姐果然还是受了伤……如果她和你一道前来，我绝对没有任何异议，该攻阳州就攻，但现在不行。"

"为什么不行？总是要南下的。"

见宁缺没有改变主意的想法，北宫未央拍掌而笑，说道："我就说小师弟不会同意，终究还是要解决怎么杀横木的问题。"

宁缺说道："我从来没有反对过这一点。"

宋谦说道："关键是怎么去杀……现在看来，最有成算也最安全的方法，自然是动用元十三箭，让王景略去做诱饵。"王景略向前站了一步，面带微笑。

宋谦在王持的搀扶下起身，走到宁缺身前，说道："如果王景略还不行，那就轮到我们四个人登场，用阵法把他的境界逼出来。"

宁缺沉默了很长时间，说道："从先前到现在，你们一直在说横木如何厉害，如何厉害，就是想说服我接受你们的安排？"

宋谦像所有书院后山的人一样，脸皮极厚，闻言面不改色，说道："横木本来就厉害，我们的安排那也是相当不赖。"

北宫未央见场间气氛有些低沉压抑，再次开口赞道："这押韵也极准。"

宁缺未作思考，直接说道："我不同意。"

宋谦等师兄弟对视一眼，叹道："就是担心你不同意，所以才会上演这出戏，你怎么就不明白我们的心意。"

北宫未央正准备说话，宁缺瞪了他一眼，说道："我不管押不押韵，不同意就是不同意，我不同意守，也不同意用你们的命去换横木的命。"

他望向王景略，说道："刚才说过，他不配。"

众人闻言沉默，用心安排的宣传攻势没有任何作用，他们也不知道该如何办。

宋谦担心说道："那怎么杀死横木？"

宁缺说道："怎样杀死一个人？当然就是把他杀死。"

这句话听着是废话，仔细想还是废话，但世间往往就是这种双重废话才能代表绝对真理，比如怎样去爱一个人？当然就是去爱她……

"他已经逾过五境。"宋谦想着那天阵里破天而落的那道磅礴的力量，神情变得愈发严峻，看着宁缺说道，"我知道你擅长战斗，但境界之间的差距，怎么弥补？"

"观主已入清静，千年以降，只有老师和师叔比他强，但大师兄和三师姐联手便能与他战，我能用长安城把他砍得人事不省。莲生在五境那道门槛来回，境界高妙难测，我与山山、叶红鱼，一知命初，一洞玄上，一洞玄初，却能破了他的局，把他变成一捧骨灰。修行者被普通人斫成肉酱，高手被低手打落尘埃，我一箭把隆庆射成白痴，老师他去神国和昊天打到现在这时候。战斗这种事情，与境界有关，却又无关，境界之间的差距，真的需要弥补吗？我不这样认为，横木想来也不会这样认为。"宁缺神情平静，语气坚定，掷地有声，说完这些话后，看师兄们没有再说什么，他转身向兵所外走去。

看着他的背影，宋谦等人没有说话，直到他离开兵所，才摇起头来。北宫未央看着众人语气沉重说道："小师弟……今天也很奇怪，以往他要做什么事情，向来是做了再说，何时像今天这样先说这么多话？"

宋谦略一沉吟，说道："小师弟是在解释，向我们解释，更是向他自己解释，看来面对横木，他也没有多少信心。"

听着这话，兵所变得愈发安静，久久都没有人说话。

王景略跟着宁缺一道走出营房，向中军帐方向走去，走了约摸半里地，他终于忍不住问道："你是不是很没有信心？"

他的想法和兵所里的书院师兄们很相似，如果宁缺真的有把握战胜横木，何至于要解释那么多，解释或者不是掩饰，但肯定有事。

宁缺有些意外，停下脚步转身看着他说道："什么信心？"

王景略沉默片刻，说道："战胜横木的信心。"

宁缺微微挑眉，想了想才想明白他的意思，无奈一笑，说道："那些话是说给师兄们听的，我不想他们和你去做那些愚蠢的事情。"

"牺牲不代表愚蠢。"

"无谓的牺牲就是愚蠢。"

"那你准备怎么胜横木？"

"杀了他，自然就胜了他。"

这还是一句废话，就像先前在兵所里，他回答怎样战胜横木，几乎是一模一样无趣而永远正确的逻辑。这没法说服王景略，他盯着宁缺的眼睛，执着问道："怎么杀？"

宁缺笑了起来，问道："想知道？"

王景略嗯了一声，神情很坚定。

宁缺转身向着镇南军中军帐方向走去，留下一句话在青峡里飘荡："等我杀死他的时候，你就会知道怎么杀了。"

第二日清晨，唐军南出青峡，来到清河郡北那片肥沃的原野间。

这是自清河郡诸阀叛乱后，唐军第一次真正踏上这片土地，其时晨光清美，晨风怡人，军旗在风里舞动。金帐王廷覆灭的消息，经由宁缺告诉诸将领，再加上刻意的行为，很快地便在军里传播开来，盘踞北方多年的强敌，一朝变成了幻影，唐军士气大振，再看着这片曾经的疆域，只觉得胸怀一片壮阔。哪怕那些担心横木的将领和修行者，在此时此刻，也自心旷神怡，只为来到了这片美丽的景色里，唐人终究要夺回属于自己的东西，走出青峡，便是这个过程的第一步，只是需要走得稳一些。

镇南军及羽林军共四万骑兵，再加上数量更多的老练步卒，组成了浩浩荡荡的队伍，黑压压地拥出青峡，漫过田野，向着南方而去，沿途根本没有遇到任何有力的抵抗，那些藏匿在小镇乡村里的诸阀武装，在唐军的面前，就像阳光下的冰雪一般消融，不要说阻拦，就连延缓唐军南下步伐的速度都做不到。

传闻里那些清美至极的小桥流水，春江美园，出现在十万唐军的眼前，他们沉默而平静地欣赏着、喜悦着，然而很快他们便无法再保持这种情绪。

到处都是死人。

小桥流水间，春江美园里，到处都是被绞死的人，至少数千具尸体被悬挂在树梢，在桥头，在园门，有的尸体已经腐烂，有死者依然怒睁着双眼，曾经静美的大唐南方家园，现在仿佛变成了一座极大的坟墓。由青峡至阳州城，沿途数百里，到处都是这样凄惨的画面，唐军连破城镇，再也无法喜悦起来，他们的神情异常凝重，脚步越来越匆匆。

人们很清楚，此时清河郡里被悬着的那些死者，必然是同胞——是的，清河郡数年前便叛出大唐，但这里依然生活着很多心怀长安的人，尤其是那些年轻人——只要心怀大唐，那么便是唐人，便是同胞。唐军沉默地行军，匆匆地南下，没有解下那些被悬着的死者，没有投注更多的关心，没有默哀的仪式，因为他们知道，自己必须以最快的速度赶到阳州城，把西陵神殿和南晋的军队赶出这片疆土，如此才能真正地告慰死者。

又是一个清晨，唐军出现在阳州城下，无数军旗在晨风里招摇，战马轻嘶，锋刀出鞘，一道肃杀的气息，直扑那座古城。阳州城里一片慌乱，唐军出青峡的时候，诸阀以及西陵神殿的大人物们便收到了消息，但没有人能够想到，唐军竟然来得如此之快！

阳州是大城，即便放在整个唐国来比较，也能排进前五，极难被攻克，唐军没有借着势头一举攻城，镇南军和羽林军的将领强行控制住军卒的情绪，在城北十里地外的一大片缓坡间开始扎营，一时间到处都是夯土的声音。一名唐兵正在砸木桩，听着远处传来的声音，抬头望去，只见阳州城门缓缓开启，黑压压的骑兵像潮水一般涌了出来。

只是略一扰攘，唐军迅速恢复了平静，布营的布营，立桩的立桩，阵势渐成，从将军到士兵，都很清楚，道门的联军之所以出城，是为了配合防守，而不是他们有胆量趁着唐军立足未稳便来攻。

唐军依然自信，只是警惕却也没有减弱几分，阳州城里陆续传来军情细报，西陵神殿向联军里补充了很多神官，唐军里的天枢处高手还有阵师，在战场上或者可以抵消那些神官的神术，可谁能够阻止横木立人？那位年轻而传奇的西陵大神官，前些天受的伤已经痊愈，像他这样级别的超级强者，已经有足够的能力决定一场战争的胜负——如果没有人能够阻止他，他完全可以在西陵神殿骑兵的配合下，逐一清扫唐军里的修行者，只要将阵师符师尽数杀死，神殿骑兵掩而攻之，唐军如何能敌？今日唐军压境，阳州城墙上的那些门阀之主和南晋将领还表现得如此平静，行军布阵也极有条理，很明显他们也很清楚，只要横木立人在，联军便立于不败之地，阳州永远不会陷落，那么还有什么需要担心的？

唐营中军帐前，数十骑在草甸上看着阳州城的方向，事实上那些将领都在看宁缺，这场战争现在看来，关键就在于他与横木之间的胜负。没有人相信宁缺能杀死横木，虽然他是书院十三先生，在唐国军民心中拥有难以想象的崇高地位，人们只希望宁缺能够战胜或者哪怕是拖住横木立人，在唐军铁骑确定胜势之前，不让横木影响到战场上的具体走势。

宁缺仿佛察觉不到人们的眼光，静静看着阳州城，看着城外的田野，田野间的官道，道畔两侧的青青离树——或者是横木立人不想被影响观景的视线的缘故，西陵神殿处死的新教信徒和心向故唐的年轻人的尸首没有被悬挂在这片田野间，只是因为战争和肃清，农夫哪有心情种田，于是田野尽废。阳州城前没有青苗，只有野草和野花，现在是深春或是初夏，宁缺记不得了，看着轻烟里的繁花，感受着这片野性十足的繁华，忽然想起了一句话。

"烟花三月下扬州。"他低声念道。

宋谦等人被横木立人伤得太重，再如何吃药也无法这么快便站起来，被留在青峡里养伤，今日跟着宁缺来到战场上的书院弟子只有王持一人。

王持摇头，说道："繁花之期，已是五月。"

宁缺想起自己离开长安城的时候，似乎正在落雪，时间走得未免太快了些，不禁有些感慨，说道："哪有精力去记这些事情。"时间，本是最重要的事物，只是他北赴荒原，南来清河，要杀很多很难杀的人，要做很多很难下决定的事，那些，似乎真的比时间更重要。

"十一师兄，我先行一步。"宁缺对王持说道。

王持有些担心地看着他，说道："如果不成，别逞强。"

宁缺笑了笑，轻提缰绳，大黑马缓缓提蹄，踩着肥沃的原野而行，一路野草折腰、野花碎裂，向着阳州城而去。一骑至阳州城下，引来数十枝稀稀拉拉的羽箭。大黑马看着城墙上那些敌人，神情很是无谓，宁缺也没有避，看着那些箭落在前方田野上。

有人看着神骏的黑马，看着马背上那名穿着黑色院服的男子，终于想起了传闻里的那些形容，顿时惊慌失措，大声喊了起来。

"宁缺！"

"十三先生！"

"书院来了！"

认出宁缺，阳州城头顿时一片骚动，到处都有人影晃动，沉重盾牌移动的声音，险些要把人的耳朵震聋。那些神情傲然的红衣神官，脸色瞬间变得极度苍白，挥舞着手臂，尖声喊着："速速报与神座！"白海昕数年前便亡于青峡之前，现在出任南晋主帅的将领，是他的妻弟董微，平日在部属面前极为沉稳自信的董微，此时早已躲到了三层盾牌的后方，看着城墙下宁缺肩上的那道铁弓，声音颤抖得极为厉害："十三先生稍待！神座大人马上便来！"

整个人间都知道宁缺的强大与可怕，就像唐人担忧横木立人的强大一样，宁缺的名字对唐国的敌人来说，也有某种恐怖的威慑力，幸亏那把铁弓安安静静搁在他肩上，不然董微和那些红衣神官，根本喊都不敢喊出声来。即便能喊，也不是喊战，而是说神座大人马上就会来，您再等等——对于世间的人们来说，像宁缺和横木这样级别的绝世强者，和神仙没有任何区别，既然今天注定会上演一场神仙打架，那么他们这些做小鬼的何必自取灭亡？

宁缺抵达阳州城下的消息，在最短的时间内，传到城内横木立人的耳朵里，他天真的脸上流露出真诚的笑容，有些欣慰说道："终于还是来了。"

一名神官在辇畔低声说着最新收到的军情，将西陵神殿刚刚收到的金帐王廷溃灭的消息，以及宁缺在渭城一箭封万骑的画面，都说了出来，然后用微微颤抖的声音，诚恳而谦卑地请求神座大人切切不可轻敌。横木立人笑了起来，显得很天真很残忍很满意，喃喃说道："再强大又如何？他终究只是个凡人，而我却是真正的神子。"

是的，他认为自己才是真正的西陵神子，隆庆根本没有资格和自己相提并论，如果不是看在隆庆一直很沉默的分上，他早就要把这个尊号变成唯一的存在。

"宁缺，我会来城外会你。"横木立人看着北方缓声说道，有些稚嫩的声音凝结成束，激起辇前的万重幔纱，破空而飞掠十余里地，在城外的田野上空像春雷般炸响。

轰！阳州城上很多士兵被这道雷声震得险些昏厥，好不容易才勉强撑住身体没有倒下，待他们醒过神来后，却流露了欢欣鼓舞的神情。神座大人随意一句话，便有如斯天威，境界早已超人间的范畴，城下的书院十三先生再厉害，又如何能是神座大人的对手？

宁缺微低着头，看着田野上的野花，神情宁静，大黑马低着头，嚼了朵野花，觉得味道不好，便吐了出来，就像是根本没有听到那串春雷。

"来城外见我？"他抬头望向阳州城，说道，"我是此间的主人，我想怎么见你便怎么见你。"没有刻意用浩然气加持，只是寻常说着，自然不会像横木立人那句话般威动天地，但他知道，横木立人应该能听到。

宁缺解下铁弓，很随意地拉至满月，瞄向阳州城的方向。

城上城下有无数双目光一直注视着他哪怕最微小的动作，至少有一半的目光大概一直落在他的肩上，落在那把黝黑的铁弓上。当他挽铁弓，瞄准阳州城，顿时引发一阵骚动，无数声恐慌的叫喊。诸阀门主还有联军将领们对元十三箭的恐怖了解最深，警惕最深，盯得也最紧，所以他们的反应也最快，只听得唰唰唰无数声声音，无数人极狼狈地齐齐抱头蹲下，看着就像被疾风吹倒的野草，那草自然谈不上劲。那些在城门前的骑兵，明明只是被箭镞指着，却觉得自己已经开始坠向死亡的深渊，有人拼命地鞭打着坐骑，有的则是失魂落魄忘记动作，任由坐骑拖着自己向旁边避去，只是极短的时间，竟空出了一大片。

宁缺的箭与阳州的门之间，空空荡荡，无一物可以遮蔽。他松开弓弦，他用的并不是元十三箭，而是一枝普通羽箭。嗖的一声，羽箭落在阳州城新修不足两年的城门上，那扇城门极厚，锋利的箭镞带着箭身深入半尺，却依然无法射穿。去势似乎已尽，羽箭不再前行，剧烈地震动起来，箭尾与空气高速地摩擦，带出沉闷而令人心悸的嗡鸣声，嗡……羽箭深深地扎在厚重的城门里，随着这种速度极为恐怖的震动，相接触的地方开始变得酥软，下一刻甚至出现了一道极细的裂缝。

就在羽箭落在城门的那瞬间，宁缺动了。

一声蛮横的嘶鸣，撕破阳州城外的宁静的天空！大黑马没有人立，低着头，后蹄重重地蹬在地面上，松软的田野竟被它蹬得震起了两蓬极夸张的泥雨和一大片烟尘！泥雨烟尘相继而起，遮住后方唐军的眼睛，眯住他们的视线，待烟尘渐敛，他们重新望向场间，发现大黑马已经到了百丈之外！瞬间百丈，这是何等样恐怖的速度！看着田野间那道笔直的烟尘，看着如闪电般冲刺在最前方的大黑马，万众俱静！

挟着狂暴的烟尘，大黑马冲进了十万骑兵，黑色的闪电照亮整片原野。

那道笔直的线条之前，无数人影被震飞到天空上。

嘣嘣嘣嘣，坚硬的盔甲瘪了。

轰轰轰轰，锋利的刀剑折了。

联军骑兵终于组织起了有效的防御阵形，数道长矛斜斜对着前方，锋利且淬着剧毒的矛尖，在阳光下泛着令人心寒的光泽。宁缺盯着城门上那枝还在剧烈震动的羽箭，说道："起。"大黑马一声清嘶，跃至数丈高空中！时间仿佛在这一瞬间停止。马背上，宁缺隔空一拳，轰中那枝羽箭的箭尾，厚厚的城门上，瞬间出现了无数道裂痕，密如蛛网。

喀喀喀啦啦啦，城门垮塌。

大黑马落下，比燕子还要轻灵，数道恐怖的长矛，已经被抛在了身后。

它未作减速，像黑色的幽灵般继续前冲。

阳州，进了。

无数双眼睛，看着大黑马像闪电一样劈入敌营，然后像道轻烟般直入阳州，那些人有唐军，有城上诸阀的大人物，也有富春江里的死者，桥上树上悬着的死者，很多人死了却不肯瞑目，直到看到宁缺，才终于闭上眼睛。

阳州城门后是条笔直的长道，大黑马狂奔而南，瞬间便去了数里，蹄声渐缓，喀嗒嗒嗒，那是宁缺准备对清河郡里的死者做出回答。数百丈外的街道中间，有座巨大的神辇，幔纱在微热的暮春风里飘拂，隐隐露出最深处那位年轻大神官的容颜："如此着急，看似风雷不可挡，我却觉得有失书院的风度。"横木立人看着他说道。

宁缺翻身下马，没有接话，右手伸到肩后，握住刀柄，向神辇走去。

此处距离神辇数百丈，他缓步而行需要千步。

"按照你的战斗风格，向来不会给对手太长的准备时间，这千步究竟是留给谁的？留给你自己的？看来你也很清楚这场战斗会如何发展。"横木立人满意地微笑起来，说道，"在荒原上，你轻易战胜阿打并不出人意料，因为符师本就天然无敌。更何况你还有书院本事，再加上魔道兼修，本就是修行界现在最强大的数人之一，遗憾的是……这些对我都没有意义。"

说话间，宁缺已经向前走了数十步。

横木立人笑容渐敛，盯着他渐近的身影，稚嫩的眉眼间闪过一抹戾色，寒声说道："符师同境无敌？五境以下神符师天然不败？就算如此，那又如何？你应该很清楚，我早已越过五境那道门槛，你如何能胜得了我？"

宁缺还是没有开口说话，握着刀柄，沉默而认真地向前走。

横木立人神情更凝重了些，身体微微前倾，然后缓缓坐直，严肃说道："当然，我承认你也已经足够强大，今日这一战，无论谁胜谁负，就像当年的青峡之战一样，都必将撼动整个人间，必将写在史书之上，所以我很感激你的出现。"宁缺足够强大才能衬托出他的强大，他的感激里，透着的依然是绝对的自信。

宁缺却并不这样认为。今日阳州长街一战，和当年的青峡之战没有任何相似之处，现在的他或者勉强能及上当时的二师兄，横木又哪有资格和柳白相提并论。横木立人是昊天留给人间的礼物，他甚至认为自己是昊天的亲生儿子，那又如何？柳白是敢向昊天拔剑的世间第一强者，那才是真正的强者。

宁缺始终沉默，横木立人严肃凝重的神情里，多了些愤怒，他以为像自己和宁缺这样的绝世强者之间，总要有些惺惺相惜之意才是，然而宁缺却始终不肯回答自己的话，这让他觉得有些被无视。"你很有自信能够战胜我？"他看着宁缺嘲讽道。

"没有。"宁缺终于开口说话了，他望向神辇，平静说道，"在每场战斗开始之前，我从来不会有战胜对方的绝对把握，哪怕对手是名不会修行的婴儿。这种心态，只有我和叶红鱼这种人才懂，所以，你永远不会战胜我们这样的人。"

横木立人沉默片刻，说道："这……就是为战斗而生的人吗？"

宁缺此时距离神辇还有百丈，他握着刀柄的手，五指微松然后骤紧。

横木立人抬起头来，盯着他的脸，眼眸深处神辉莹然，说道："那么，像你们这样的人，知道自己为什么战斗吗？"

宁缺微微挑眉，没有回答，因为没有意义。

横木立人缓缓站起身来，神辇四周幔纱无风而动，露出身影，他一袭青衣，气息宁静而强大。一道悠远的声音，回荡在整座阳州城，傲然而肯定："我是昊天的儿子，我深深爱着这个人间，我是为了这个人间而战斗，为了昊天而战斗，所以我必将获得永恒的胜利！"

听了这话，宁缺忽然松开刀柄，将黑色的院服衣袖卷起，说道："我虽然不喜欢这种巧合，但必须承认，我也一直是在为了她战斗。"

话音方落，他便到了神辇之前。万重幔纱骤然被风拂起，然后被风撕裂成无数碎絮，碎絮刚刚起势，未能成舞动之形，他破辇而入，站到了横木立人身前。直到此时，长街上的青石板才片片碎裂，烟尘微作，然后有风呼啸而起，他以难以想象的力量，发挥出难以想象的速度，狂暴到了极点。

宁缺看着横木立人。事实上，这是他和横木立人第一次见面，除了那次以铁箭相见，自然不会打招呼，他甚至没有看清楚这个道门少年的模样，便一拳轰了过去。他的拳头，像岷山那般重，如果落实，就算是天空，也会被砸出裂缝来，即便横木立人再如何强大，也只能接受惨败的结局。拳风袭来，横木立人稚嫩的脸上刚刚流露出惊愕的神色，他对宁缺很重视，却依然没有想到，对方来得如此快，如此暴烈。

是的，宁缺在抢攻，用自己无比丰富的战斗经验，去欺负这个拥有强大境界却不知战斗为何物的道门少年。他舍弃了刀，选择了拳头，只有自己的身体才能控制得如此完美，才能发挥出绝对的速度，才能抢在所有的变化之前，结束那些变化。宁缺相信，横木立人或者在最后时刻还能做些什么，但他绝对没有办法天启，那么他便没有办法抵抗自己的拳头。轰的一声巨响，在阳州城街头绽开，比先前横木立人出言如春雷的威势要恐怖无数倍，神辇四周的幔纱碎絮，箭一般向四周射去。

横木立人低头看着自己胸口，唇角挂着嘲弄的微笑，他的身体已然被一层极薄而澄静的清光覆盖，他的双手撑开，对准着天空。宁缺的拳头没能把他击垮，甚至没能真正地接触到他的身躯，那层薄薄的清光微微下陷，像不可摧毁的盔甲，把无穷的力量挡在了外面！两团纯洁的昊天神辉之火，在他的掌心里熊熊燃烧！一道磅礴的力量，自天穹而来，正在不断地灌注到他的身体里，这便是天启！

宁缺没有想到，自己用连续的沉默做伏笔，用刀柄做前提，起势立势最后暴起，发挥出绝对速度和力量的拳头会被挡住。因为他没有想到，横木立人能在如此短的时间内天启。他此时才发现，横木立人的速度已经超过了卫光明和熊初墨，甚至快要与那年长安城里的观主差相仿佛，这是什么样的境界？

横木立人抬头，似笑非笑地看着他，就像看着一个小丑，一个死人。五境是道极高的门槛，槛内槛外是两个世界，天启是五境之上至高境界，宁缺却依然在五境之下，此时横木已然天启，如何能够战胜？

便在这时，长街尽头忽然隐隐响起数声凄切的蝉鸣。

横木立人神情微凛。

宁缺神情不变，他知道师姐没有来，那是真正的蝉——要打倒横木立人的只能是他，必须是他自己。当年他借着整座长安城，写出那道符，才最终胜了观主。后来光明祭时在桃山，他借着桑桑的力量，才把熊初墨射成了废物。如今他已经离开长安城，桑桑无论去了神国，还是隐匿在人间某处，总之不在他的身边，那么他如何才能战胜横木这名天启境强者？

时间，其实只过去了一瞬间。

宁缺的拳头还停留在横木立人的胸口。

他忽然松开了拳头，像横木立人一样摊开掌心，这里不是桃山，昊天磅礴的力量没有灌注进他的身躯。他的掌心里忽然多出一滴晶莹的液体，那液体透明清澈，却黏稠细密，迎风而化，变成一点气。一点浩然气。

浩然气在他的手掌里开始猛烈燃烧，散发着无穷的光与热，和对方掌心熊熊燃烧的昊天神辉，看上去没有任何分别。这个画面看上去有些诡异。啪的一声，宁缺反掌拍在横木立人的胸膛上！与先前情况不同，覆盖着横木立人身体的那道薄而澄静的清光，似乎认为浩然气是相同的神圣光辉，没有做任何阻拦，那点浩然气，就这样灌进了横木的身躯。

如何战胜天启境强者？颜瑟大师用的方法是割裂空间，让昊天的磅礴力量无法完全落到施术者身体里，余帘用的方法是割裂世界，隔绝对方与昊天之间的联系，宁缺做不到这些，所以只能考虑别的方法。既然浩然气与昊天神辉如此相似，那么如果不去思考宗教性和神性的问题，这两种能量会不会就是完全相同的事物？天启是接受昊天的神辉力量，那么对施术者的容纳范围有一定限制，如果有人再灌注进更多，会不会让对方难承其荷？

这便是他的方法。横木立人天启，身躯里充满磅礴的昊天神辉，他无法阻止这个过程，却可以在烈火上淋一勺油，在漫过大堤的江里下一场雨——他相信自己灌进横木立人体内的神辉，已经超过了引起质变的那个数量级。一点浩然气？那是他数年来日夜苦修不辍的修为，看似一点，实则近乎无限。反掌轻拍后，宁缺的脸色变得极度苍白，甚至脸颊看上去似乎都瘦了很多，可以想象他在这一瞬间失去了多少的力量。

横木立人的脸也变得白了起来，却不是虚弱的苍白，而是一种至为圣洁的白，更像是玉石的感觉，与之形成鲜明对比的是，他的眼瞳已经占据了整个眼眶，纯净的幽黑一片，神圣至极，却隐隐有痛苦之意。这个过程只持续了很短一段时间。长街之上烟尘大作，阳州城上空乃至更远处的天地元气撼动不安，引来无数飞云成为乱絮，神辇再也无法支撑，瞬间化作灰烬。仿佛宋国东面风暴海上恐怖的飓风，忽然降临到此间，世界变得昏暗无比，呼啸声凄厉有如鬼哭，近处的房屋尽数变成废墟！烟尘渐敛。横木立人站在原地，神袍破烂不堪，裂口里散发着灼人的热气，似将倒下，却最终还是没有倒下。

"愚蠢的人类。"他看着宁缺，神情冷漠而轻蔑，"这就是你想出来杀死我的方法？神辉是昊天的力量与意志，是不可计数的存在，浩瀚如沧海，你又到哪里再创造出一片海来？无限的一倍还是无限，又如何能够漫堤？"说完这句话，他一拳轰向宁缺，拳上熊熊燃烧的昊天神辉，在昏暗街头，拖出一道明亮甚至刺痛人眼眶的火焰。

轰的一声巨响。

宁缺倒飞而退，半条街道的民宅，被尽数撞毁。

安静，没有任何声音。

横木立人收回拳头，看着上面的神辉火焰，很满意于自己的强大。

然而长街那头，忽然响起细碎的声音。

那是有人在推开木梁石砾。

横木立人微微眯眼，望向那处，有些诧异，很是不解。

宁缺在废墟里站了起来，浑身是血，不知断了多少根骨头，胸口处更是被横木的拳头轰出一个极恐怖的伤口，甚至隐隐能看到心脏。

受了如此重的伤，一般人早就死了。即便意志再坚强，也无法站立。他却站得很稳，脸上的神情都没有什么变化。

"看来故事里的那些法子确实不行。"他抹掉脸上的血，望向街那头的横木立人说道，"那我只好试试新学的方法，或者也不好用，但也有可能好用。"

横木立人的拳头挟着昊天的力量，直接落在宁缺的身上，却没能把宁缺打死，这件事情让他觉得有些不可思议——宁缺浑身是血，伤口处处绽裂，就连心脏都明显破了，却还能站立着，这是为什么？大黑马奔至宁缺身边，低首凑到他的右手旁，让他把手搁到颈上，助他能够站稳，宁缺轻轻摸了摸它的鬃毛，表示自己无碍。

"我忘了莲生说过的那句话的顺序，是欲修魔先修佛，还是欲修佛先修魔，但其实道理都一样，只有金刚不坏才能不沾尘埃。"宁缺把手上的血水擦在院服的前襟上，望向街对面的横木立人，说道，"你对我很了解，却似乎不知道我修的时间最长的是什么。"

在修行的世界里，他最先接触的是符道，然后是浩然气，接着是莲生的魔宗功法，最后才在烂柯寺里观尊者像学佛。可事实上，他修佛的时间最长——这里的时间，不是真实世界的时间，而是佛祖棋盘里的时间，在那里，他修了千年的佛。棋盘世界里的千年往事，是他最不想记起的回忆，其中细节没有与任何人说过，道门视他为大敌，收集了无数情报，却也不知道，现在的他，除了那些震撼世间的手段之外，还有佛法。

横木立人也不知道，所以无法听懂宁缺的这两句话，却下意识里生出强烈不安，漆黑如夜的眼瞳深处涌出极浓的警惕。如他这种程度的强者，心意动便是天地动，阳州城内飓风再起，天空里的云层搅动不安，天地气息变得极为紊乱。横木立人借风而掠，瞬间来到宁缺身前，燃烧着熊熊圣火的右拳化作流火，天外来陨石般轰向宁缺的面门！

暮春也是初夏，除却那些被悬挂在桥间树头的死者，阳州城内外的风景极好，野草清幽，野花盛开，被薄雾染成烟花盛景。先前大黑马在原野间奔驰，在城内树荫下奔驰，鬃毛间不知何时落了一朵极不起眼的小黄花，此时在风里瑟瑟发抖。宁缺的右手正在抚摸它的鬃毛，摸着那朵小黄花，很随意地拾了起来，他用手指拈起那朵小黄花，迎向满街的飓风还有那记拳头。狂风里，小黄花的花瓣向后倒下，却始终不肯离开柔弱的茎。

一道极慈悲的气息，从花瓣里释出。

横木立人的拳头，渐渐慢了下来，无法落到宁缺的身上。

宁缺没有变成一尊佛，他请出的是身外法像，一座似有若无的佛，出现在他身后。那佛没有宽额大耳，而是个微显丰腴的女子模样，不是佛祖，不是明王，而是桑桑，这就是他千年修成的佛。横木立人说自己为了昊天而战斗。宁缺说自己也是如此，而且他为了她已经战斗了无数年，以至于到了现在，他也可以让她为自己战斗。

天启是昊天的赐予。

横木立人如何能够用昊天赐予自己的力量去伤害昊天？

那是亵渎。

"那又如何！没有信仰之力，你如何请得来真正的昊天！"横木立人暴怒地喝道，声音如连绵的春雷，在阳州城内外炸响，他将自己的境界提升至巅峰，继续向宁缺指间拈着的小花轰去！他的身形骤然间变得极为高大！他披散着头发，浑身散发着白色的热雾，看上去就像是从远古走来的天神，如果不是肃穆的神情里有很多愤怒，或者会更像："她不是昊天，只是你心里的佛！佛最虚伪！最假慈悲！首座拿着锡杖也不会杀人，被君陌砍成一条狗！就算你真的变成了佛，又能拿我怎样！"

宁缺的身体不停淌着血，桑桑的化身佛像在他的身后自默然无语，用悲悯的眼光看着长街，不知道是在看横木，还是在看宁缺。横木说得没有错，没有信仰之力为源，宁缺佛法再如何精湛，只要不能请来真正的桑桑，最多只能自保，却无法伤害到他。阳州城不是长安，这里所有心向故唐与书院的人，都被横木杀死了，或者被他杀得噤若寒蝉，连想都不敢想，所以宁缺写不出那道符，也没有办法集聚信仰的力量。

"书院不喜欢把那种力量叫作信仰。"

万丈佛光与天神般的横木，在长街上做着凶险至极的抗争，宁缺和他指间的小黄花，在其间显得有些渺小，他的声音却还是那样平静。

"我们习惯称之为信念。"

说完这句话，他松开手指，任由那朵小黄花被拳风吹走，散而无踪。同时，他身后的法像也随风破灭，佛光骤敛，没入他的体内。他的手握住铁刀的刀柄。无数若有若无的、极淡渺的力量，从阳州城内外无数地方生出，然后沉默地飘来，逐一进入他的身躯。

横木立人的脸色变得极度苍白，不解地自言自语："怎么会这样？"

那些力量，就是他所以为宁缺永远不可能在阳州城得到的信仰的力量，或者用宁缺自己的话来说，是信念的力量。就算佛祖复活，又怎么能够得到死人的信念？

宁缺挥动铁刀，向横木立人斩了过去。

佛不会砍人，他会砍人。

铁刀简单地落下，因为带着清河郡无数死者的执念，狂风大作，佛法与圣光交相辉映，然后互相撕扯成碎絮。横木立人暴喝如雷，以生命为代价燃起熊熊的昊天神辉，想要挡住这一刀。宁缺当年在长安城里，对信仰没有任何了解，之所以能够利用阵眼杵写出那两道符，是被动接受了长安城里唐人们无畏的信念。现在他对信仰的了解极深，没有长安城，没有足够的力量写出那道符，却可以凭借佛法获得足够的力量，再次斩出千万刀。

横木立人或者能挡住他的刀。

但没有办法挡住他的千万刀。

长街之上，烟尘弥漫，空气撕裂的恐怖声响不绝于耳，其中隐隐夹杂着横木立人恐惧、绝望、愤怒不甘的痛号！

瞬间。

佛宗所言刹那。

横木立人挡住了宁缺砍出的三千七百八十二刀。

宁缺砍了一万三千七百八十二刀。

所以，有整整一万刀，落在了横木立人的身体上。

烟尘渐敛。前一刻如天神般的横木立人，浑身是血，低垂着头，眉敛气平，就像两年前天谕院那个砍柴的青衣小厮。锵的一声，宁缺收铁刀归鞘。受声音激荡，横木立人已被斩得七零八落的道心，再也无法保持完整，噗的一声吐出血来，胸腹处的伤口，迸出如金似玉般的内脏！他低着头，看着那些恐怖的刀口，神情惘然。

下一刻，先前被宁缺拍进他体内的浩然气结晶，顺着他身上那一万道刀口猛烈地喷发出来，哧哧凄厉啸声里，狂风横行长街，然后向远方而去。这阵狂风卷起大泽上的芦苇，惊起临康城外的鸟，直至来到千里之外的西陵神国，归于桃山之间的那片殿宇，才告停歇。

宁缺站在萧萧风中，神情淡然疲惫，没有任何快意，他没有理会横木立人，盘膝坐下开始调息，大黑马站在他身旁，警惕看着四周。

数百名神殿骑兵，已经包围了长街，却惊恐得不敢靠近。

"我不明白这是为什么。"横木立人低着头喃喃说道，声音显得极为痛苦。

"你确实很强，而且准备得很充分，你知道铁箭并不是我最强大的手段，为了破除我那个手段，你甚至不惜杀死了这么多人。"宁缺说道，"但你不知道我已修佛，更不知道我在荒原上学会了一个道理——死人活人都是人，你杀死那些人，便是你的取死之道。"

"原来如此。"横木立人抬起头来，看着他苦笑说道，"看来为了杀死我，你也做了很多准备，如此想来，我还算是甘心。"

宁缺说道："你想得太多了。"

说完这句话，他站起身来，翻身跃上大黑马，向着四周眺望，只见阳州城内外，有小桥流水，烟花盛景，有老树昏鸦，悲惨世界，就是没有她的踪迹。

横木立人看着他的背影，不甘地嘶喊道："都已经到最后了，你就不能承认我是特殊的？我是昊天的儿子！怎么能和其他被你杀死的废物一样！"宁缺回头看了他一眼，说道："你总说自己是她的儿子，问题在于我从来不记得和她生过你，怎么让我承认这件事情？"

黑马挟起烟尘，向阳州城南而去。

横木立人艰难地看着他的背影，惘然若失，终于明白，然后死去。

烟花五月，宁缺再杀一人。

唐军下阳州。

12

大黑马驰出长街，无人敢阻，只留下一道烟尘。

出城又数十里，只见烟波渺渺，湖风迎面而来，便是近了大泽，大黑马却未减速，四蹄如飞，踏石乱草继续前行，在岸畔高高跃起，落下时便到了数丈之外的一艘南晋水师战船上。噗通噗通无数水花声响起，那艘战船上的南晋水师官兵哪敢停留，纷纷跳进湖水里，根本顾不得初夏时的湖水还有些寒冷。能够操船的人都走了，这么大艘水师战船漂在湖面，如何前行？那些在湖水里起伏的南晋水师官兵，还有不远处的人们都看着那艘战船，看着甲板上的那匹大黑马，惊恐的眼神深处未尝没有看好戏的想法。

宁缺翻身下马，伸手在鞍旁的行囊里取出数张淡黄色的符纸，很随意地贴到战船甲板两侧，只见他手指轻弹，符纸渐渐淡化，像是被燃烧，又像是被湖风消融，一道并不如何强大却十分稳定持久的符意，顿时笼罩了整艘战船，湖面上空数里范围内的天地元气应召而至，船帆被风吹拂，船身微微一震，开始移动。

万余名南晋水师官兵都看到了这幕画面，瞠目结舌，万没想到世间居然真的有人能够凭一己之力开动如此沉重的战船，下一刻，又开始胡猜乱想，宁缺如何控制战船的吃水和行驶方向，总之情绪异常复杂。宁缺没有理会战船的吃水深度，大泽湖水极深，只要绕开那些肉眼能见的苇丛和沙洲，便基本上不会出太大的问题，至于航向也很简单，他只需要船往南方去，至于具体抵岸处在哪里，他不在意，因为南方都是南晋。

他在长安城里就已经准备好了符纸，召集天地元气助推，战船航行极速，重帆叠影被湖风吹拂得摇撼不安，好在没有破漏，从清河郡南登船，直到最后抵达南方的岸边，穿过整个大泽，暮光始临，竟是只花了半日时间。

南晋虽然迭遭风波，但毕竟是中原仅次于唐的第二强国，从朝廷到军方的反应速度都极快，对他的到来早已做好准备，无数骑兵围拢在那个名为太冶县的码头四周，更有数百名修行者，隐藏在官道两侧的树林里。宁缺很清楚什么在等待自己，却没有隐藏踪迹的意思，骑上大黑马，面无表情继续南下，而奇怪的是，迟迟没有人向他出手。南晋骑兵和修行者，因为他的姓名和他肩上的那柄铁弓，竟是连出手的勇气都没有，只能目送着他前行。

南下又百余里，前方隐隐可见远处一座似古剑般倔强高傲的山，正是南晋剑阁。看着剑阁，想着那些曾经为敌、后为同伴的骄傲剑客们，宁缺伸手让大黑马停下，沉默片刻后，望着四周那些神情警惕不安的南晋骑兵和修行者们说道："我会在这里停留一段时间。"

落雪的时候，他从长安城上跳了下去，就此消失在人间，没有几个人知道他暗中潜至北大营，与徐迟大将军和四师兄暗中谋划着覆灭金帐的冒险计划。当他和书院同门与唐军在渭城最终击溃金帐后，他停留了数日踏血写符，然后至唐国南境，出青峡，杀横木，下阳州定清河，细细算来，他万里奔波杀人，百日不休不眠，精神与身体早已疲惫到了极点，但依然前行，似乎有什么事情正在催促着他加快脚步，似乎他在与谁比赛着速度。

南晋骑兵和修行者们，情绪复杂地看着黑马上的他，看着他苍白脸颊上疲惫憔悴的模样，在心里默默想着，终于还是累了吗？传闻里以杀人为乐、几近恶魔的书院十三先生……在杀了这么多人之后，也杀厌了，想停下吗？任何事情只要持续的时间太长，或者说发生的频率太高，终究都会使人生厌，相看两不厌的，除了宁缺和桑桑，便只有敬亭山。

南方的温度相对更高，大河两岸的田野丘陵里，暑闷难当，在此对峙已有很长时间的神殿联军和大河国军队，早已厌烦到了极致，以至于连战场上那些死去的同袍的遗骸，都很难再激起他们的热血与战斗欲望。

一柄细长微弯的秀剑，被白绢细细地擦拭着，清晨敌人在上面留下的些微血水，被擦拭一净，剑身反映着身后的青山，显得很漂亮。天猫女静静地擦着剑，当年那个娇俏憨喜的小姑娘，现在已经嫁为人妇，然后又变成了战场上最冷静或者说冷血的剑者，战场这种最恐怖的地方，除了令人生厌之外，也很容易锻炼人，或者说改变人。

酌之华站在她身后，看着数里外的神殿联军军营，微微皱眉，始终没有想明白，为什么那位南海大神官会让大军背河布阵，就算那人常年在南海打鱼悟道，完全不通军事，可是神殿里从来不会缺少军法大家。她望向天猫女，眼中露出一抹怜惜，天猫女新嫁的那个男子，十余天前死在神殿强者的一次突袭中，新嫁娘变成新寡，小姑娘虽然表现平静，但谁都能看出她隐藏着的痛苦与愤怒。

大河国的守护者已经从书圣变成了女王，墨池苑腰佩秀剑的女子们，始终是这个国度勇气与美德的象征。在这场惨烈的战争里，墨池苑的弟子始终冲杀在最艰苦惨烈的地方，如果不是她们撑着，西陵神殿联军只怕早就已经成功地突破了这道防线，杀进大河国腹地。当然，酌之华、天猫女她们能如此自信地战斗，最主要的原因，是在她们后方数十丈，有两座大辇静静并排而立。一座雪白幔纱围着的王辇，一座血红幔纱围着的神辇——王辇里自然是如今的大河国女王莫山山，神辇里坐着的自然是裁决大神官叶红鱼。

大河南岸的丘陵里也有座神辇，那座神辇属于赵南海——西陵神殿天谕神殿的神座已经空了很长时间，很多人都以为，深受观主信任的赵南海必将接任这个位置，只是没想到战争来得如此之快，天谕神座的传位仪式竟是都没有时间举行，所以赵南海现在只是以西陵大神官的虚衔率领着联军。酌之华很不解神殿联军为什么背水落营，赵南海这位南海大神官似乎不惮于向整个南方大陆展现自己糟糕的军事能力，事实上，这位渔夫出身的大人在战场上表现得极为老辣，前段时间他便成功地将大河国的军队拖入了陷阱，如果不是有一百多名忠于叶红鱼的神殿骑兵忽然在战场上反叛，大河必遭重创。

宁缺在渭城在阳州两场战斗的消息还没有传到这里，但真正强者在战争里的作用变得越来越明显，已经渐要成为不争的事实。大河国如果想在西陵神殿联军恐怖的压力下支撑下去，便必须想办法杀死赵南海，至少对他产生威胁，让他无法专注于战场之上才是。

想到此，酌之华回身望向那两座大辇——女王自然不能轻身入战场，但那座神辇里的强者呢？王辇畔那座神辇像当年那般血色肃杀，裁决大神官就算离开桃山依然是裁决大神官，她的性情自然也永世不会改变，以她以往的行事风格，只怕早就已经会想着去杀赵南海，为什么已经过去了这么多天，她却始终坐在神辇里一动不动？

"裁决神座始终未动，看来她已经猜到了些什么……"大河岸畔丘陵里，被千余名西陵神殿护教骑兵重重保护的神辇前，赵南海负着双手，看着远处大河国军营处的两座大辇，微微皱眉说道，"如果她都已经猜到，那么宁缺或者也能猜到，毕竟是极相似的两个人。"

他让西陵神殿联军背水列阵，看似拼命，看似是因为对局面的判断，而做出邀请叶红鱼和莫山山来杀自己的态度，事实上却并非如此。这位承载着神殿南下责任的南海大神官，容颜像当年一样瘦削黝黑，沉默寡言，像身后丘陵下滔滔的黄浊河水，不需言语自有雷鸣。他很少自言自语，这时候也不是在自言自语，而是在与人说话。

"宁缺没有继续南下，看来他真的猜到了些什么。"

神辇里响起一道沉闷的声音，河风拂起幔纱，隐约可见一道光帘，帘后有一道身影，正是西陵神殿掌教熊初墨。

辇畔有位中年道人，穿着寻常道袍，有着寻常模样，神情也自寻常，看不出任何特殊，自然也没有人知道他的真实身份。如今的西陵神殿联军营里，还有百余名暗中自桃山潜来的红衣神官——道门最强大的力量，都集中在这里，而不在桃山神殿里。

这样恐怖的力量，等的不止是叶红鱼和莫山山，还有宁缺……当金帐覆灭、阿打和国师惨死的消息传到桃山，道门便开始着手做准备。前数日，宁缺在清河杀死横木的消息，也传到了这里，这个事实，令西陵神殿最强大的数人，同时沉默了很长时间。

按照宁缺万里奔波杀人的速度，他应该到来得不会比消息慢多少，掌教、赵南海及中年道人，开始沉默地准备最后的战斗。就算叶红鱼和莫山山与宁缺之间形成某种默契，西陵神殿方面也觉得自己能毕其功于一役，因为他们已经准备了很长时间。出乎他们意料的是，叶红鱼没有来攻，宁缺也没有来，叶红鱼如果是战斗敏感让她直觉里选择了观望，那么宁缺呢？他究竟去了哪里？

宁缺哪里都没有去。就像那天远望剑阁时，告诉南晋军民的那句话，他在南晋境内停留了很长一段时间，自然停留不是旅游观光，他顺便也杀了很多人。

降者，不杀。

不降者，杀。

降不是降唐，而是降于剑阁旧人。

这是宁缺告诉全体南晋国民的三句话。

当西陵神殿准备迎接他南下的时候，他留在了这个世间第二强大的国度里，开始自己的宣谕，并且展露着自己的冷酷。他在畔山郡里杀人，在临康城里杀人，在小巷里杀人，在皇宫里杀人，西陵神殿新立的那位皇帝被他杀死了，宰相被他杀死了，很多人都被他杀死了。就在大河岸边沉默窒息的等待和南晋冷血残酷的杀戮里，时间缓慢而不可阻挡地流逝，人间进入盛夏，一片酷暑里，宁缺再次消失无踪。

他留下的是那几句话以及浑身血债，还有陷入混乱的南晋。大唐镇南军与羽林军其时已复清河，待肃清旧阀诸人后，稍作休整便会继续南下，如今的南晋哪里还有办法能够抵抗？他真的凭一己之力便提前确定了一场国战的走势，为什么？因为他能杀人，而且擅长杀人，以往书院这般能杀的人是轲浩然，只不过时间隔得太久，已经渐被人间淡忘，他现在做的事情，就是让人们再次想起来。他入渭城，金帐亡，过大泽，南晋亡，现在他再次消失，不知去往人间哪个国度，又有哪个国度将要灭亡？

盛夏渐去，酷暑依旧，西陵神殿在大河畔为宁缺准备的局，始终没有等到宁缺出现，更没有想到，他此时忽然出现在西陵神殿附近。前一个西陵神殿指的是道门，后一个西陵神殿指的是位置，是桃山峰顶那几座庄严的道殿——从小镇望去，刚好可以看到那个神圣的地方。

大黑马来到了西陵神国，沉默地行走在桃山前那座小镇里，与远处山峰间神圣的道殿相比，小镇宁静而世俗，形成鲜明的对照。宁缺本准备去买些烤红薯吃，但在进入小镇时忽然改了主意，他沉默地想了会儿时间，翻身下马，牵着缰绳走到镇东某间简陋的铺子前。下马而行是表示尊重，如今西陵神殿里已经没有人值得他尊重，但那个铺子里的人值得，他虽然不了解那人的品行，仅凭岁月二字便已经值得。

那是间肉铺，小镇里唯一的一间肉铺，就像宋国与燕国交境处那个小镇，也只有一间肉铺，那人在的所有地方，都只能有一间肉铺。暮暑依然酷热难当，小镇像被笼在蒸锅里一般，连续服用灵药、被嘎嘎带着吃尽荒原美味的大黑马，纵使体质早已经被改造得极为特殊，依然有些受不了，吭哧吭哧地喘着粗气，便是宁缺也解开了院服的领口。

肉铺里更是闷热至极，被血腥味和脱毛沸水锅包围的空间里，到处是令人掩鼻的气息和令人难耐的高温，那个精壮的中年人，却依然穿着件皮围裙，站在厚厚的案板前不停地挥动沉重的刀，古铜色的身躯上竟是没有一滴汗。

刀锋落下，溅出的是血与脂肪溢出形成的雪花。

宁缺站在肉铺门槛外，看着案板后的屠夫说道："你好。"

屠夫没有抬头看他，依然继续着斫肉的动作，说道："一般。"

宁缺沉默了会儿，问道："你见到她了吗？"

屠夫停下斫肉的动作，从绳上取下一块布，胡乱擦了擦脸，又擦了擦手。

宁缺继续说道："我找了她很长时间，但一直没有找到。"

屠夫把那块湿布随意扔到屠刀上，看着他说道："你没有他们三个人快，自然没有他们三个人快。"一句话里两个快字，前一个快字说的是速度，后一个说的是找到她的时间。

宁缺想了想，礼貌地点点头，说道："谢谢，那我先走了。"

屠夫伸手，隔着那块湿布握住刀柄，这样能够保证不会手滑。

"你要去哪里？"

"我去继续找她。"

"找她需要杀人？"

"我本以为就算找不到她，至少也可以把观主逼回来。"

"你已经杀了几万人，陈某也没有出现，那么何必继续去杀？"

宁缺微微挑眉，看着屠夫说道："我本以为像你和酒徒这样经历过永夜的人，不会在意我们现在做的这些事情，不是吗？"永夜是人间最悲惨的故事，有无数最凄惨的画面，屠夫经历过，看过，痛苦过，恐惧过，自然不会在意宁缺和道门做的那些事情。

"我只是有些事情，一直想请教你们书院。"

宁缺转身望着他，看了很长时间，说道："你以前有问过吗？"

"夫子和轲浩然，我都打不过。"

这句话里隐藏着的意思很明确，他的问题必然不是好问题，以前打不过，所以没有答案，现在书院的下一代不是他的对手，所以他想得到自己想得到的答案。

宁缺的神情变得更加宁静，甚至显得有些骄傲，说道："你问。"

从这几句对话开始，他代表的不再是自己——那个寻找妻子的普通世间男子——而是书院的代表，所以他必须更平静，更自信。

屠夫把案板上那把肉刀举起，横在身前。

随着这个动作，宁缺觉得肉铺的门槛，似乎都随着地面上升了几分。

那把看似寻常、厚而满是油光的屠刀，仿佛有座山一般重。

"夫子总说宽仁，书院总说为人间，哪怕当年轲浩然杀了那么多人，依然如此，觉得自己从来无错，便是杀人也是为了人间所杀，就像现在书院和你做的这些事情一样，难道把人间杀了一半人，也是为了人间吗？"屠夫看着他说道，"拯救苍生？我和酒徒没有这么宏大的愿望，但你老师凭什么用这个愿望来判断我们的是非？凭什么你们书院做的事情就是对的？只有按照你们的方式去拯救才是拯救？凭什么苍生要你们来拯救？"

宁缺静静看着他，说道："有句话叫不问鬼神问苍生，究竟谁是正确的，或者真的只有时间能够证明，但至少我们眼睛看到的，我们耳朵听到的，唐国用一千年时间证明了的，老师他做的事情，至少相对是正确的。"

"那是因为他拳头最大。"屠夫面无表情说道，"拳头大便道理大，书院就是这种地方？"

宁缺想起小师叔，想起三师姐和自己，沉默了很长时间，然后他又想起老师，想起大师兄和二师兄，把早已想通的事情，再次梳理得更清楚了些。"你说的不是书院，也不是唐国。"他看着屠夫说道，"书院是君子地，大唐是君子国，但我不是，君子可以欺之以方，我不想当君子，我宁肯永劫受沉沦，也要试着实现老师的愿望。"

屠夫说道："让灵魂行走于冥界，对你有什么好处？"

宁缺看着他很认真地说道："自由……虽然这词现在很容易让人产生油腻的感觉，就像你手里的刀一样，但没自由，真的没意思。"

"……哪怕那是未知的危险的？"

"你应该隐约猜到我的来历，那么就应该知道我的话才是正确的，我看到过，真实的本来就应该是那个样子。"

屠夫沉默了很长时间，然后说道："那里是冥界。"

"如果你坚持认为真实的世界就是冥界的话。"

"以前道门说你是冥王之子，其实也不算错，因为你会带着这个世界进入冥界。"

宁缺沉默了很长时间，想着这些年来身份的变换，想着那些曾经的故事与逃亡，觉得有些荒谬，有些感伤。

"好像，确实是这样的。"

"人间……为什么要进入冥界？"

"为什么不？"

"那里很冷。"

"但是，也很大。"

说完这句话，肉铺内外变得安静，因为太过安静，于是死寂，铺里的死猪瞪圆了眼睛看着两个人，搁在沸水锅里的羊头也眯着眼睛看着他们。

彼此有彼此的想法，没有共识，于是便有死意。

13

宁缺静静看着他，没有半点惧意。

过了很久，屠夫把刀搁回案板上，手却未离刀柄，他说道："我不在乎你杀人，但我在乎永恒，你和书院里的任何人，都不要再进西陵，否则我也会杀人的。"

宁缺说道："我已经进来，你如何杀我？"

屠夫没有回答，只是握着刀的手紧了两分。

他手里的这把刀就是答案，沉重如山，锋利如风，从人类历史的最开始到可以看见的最后，都是最恐怖的一把刀，就像轲浩然曾经倒提着的那把青钢剑。

宁缺神情渐肃，右手没有伸到身后握住铁刀的刀柄。

他的铁刀很强大，但和屠夫手里的刀依然差距太大。

"我打不过你，但你也很难追上我。"宁缺说完这句话，转身牵着大黑马离开肉铺。

屠夫站在铺内案板后，静静看着他的背影，目光如刀。便在这道目光的注视下，宁缺走出小镇，他思考了很长时间，他不是屠夫的对手，也不知书院里可有人能打得过他。屠夫守在桃山下，唐骑便无法进山，书院诸人也无法进山。宁缺今日专程来此，为的便是看看有没有和平解决的方法，可惜屠夫坚定地表明了自己的态度，那么书院也只有再想别的方法。

只有一人，或者能改变这一切。

西陵神国周边，有南晋，再南些过大河便是大河，东面又有诸多小国，过宋境便是宋，过齐境便是齐，诸国正在集军备战。夏末时分，宁缺离开西陵神国，没有去大河，而是去了东方，宋齐梁陈诸国，不断有神官死去，联军气势大挫。

就在西陵神殿终于反应过来，派出大批强者试图狙杀，或者至少暂时困住宁缺的时候，谁都没有想到，他已经悄然来到瓦山。瓦山前那座小镇还像前些年那样，民众依然靠着石头刻佛维持着生计，盂兰节早就没有了，烂柯寺的香火也早已不如当年，好在那尊佛祖像垮塌后崩落的无数精美石块，还足以刻上数百年不止。

清晨时分，瓦山四周落了一场雨，海风让山顶本就比内陆更凉些，于是明明还在夏天，却有了些秋天的感觉。"仿佛当年。"宁缺站在佛祖石像残躯的前方，看着青山间的山道还有林后若隐若现的殿宇，以及满山满谷的巨石，说道，"仿佛两个字好，仿着佛造像，终究不是真实的。"

观海僧站在他身畔，双手合十宣了声佛号，叹道："那什么是真实的呢？"

宁缺转身望向他，说道："南晋将定，燕国暂时不用管，神殿连大河都胜不了，你以为道门还能翻盘？胜利，才是真实的。"

观海僧沉默片刻，说道："难道你不觉得很奇怪？"

宁缺没有直接回答这个问题，微带凉意的雨水，落在他的脸上，洗走所有的表情，说道："去西陵的时候，烂柯寺也去，就当是分赃也好。"

"书院在灭佛……我们是佛传弟子。"

"错，二师兄灭的是佛国，不是佛。"

"我佛慈悲，已经死了太多人，你也已杀了太多人。"

宁缺转身望向他，说道："又错，你佛从来不曾慈悲过，他普度众生，教他们学佛，最终修的只是一个更小的极乐世界，他要的不过是度过永夜，甚至追寻更多，比永恒更多，人间如何，佛何曾真正在意过？"

"照你如此说法，那我们修佛数十年，究竟在修什么？"

"佛经，并不都是佛写的，歧山大师教我读过，你也曾经读过，修佛，修的本来就不是佛，而是我们自己。"

观海僧沉默不语。

宁缺又道："你是佛，我也是佛，世间人人成佛，就像叶苏在新教教典里说却没有说明的那样，人人都是昊天，那么人间自然是佛国，也是神国。"观海僧感慨一叹，看着他苍白瘦削的脸颊，说道："那你呢？这样继续杀将下去？你撑不了太长时间。"

佛祖像废墟里，有些野花，花是黄色的，和当年那朵花很像。宁缺看着那朵花，看着掩在山林里的山道，想着桑桑在那间禅院里说过的那些话，微微眯眼，看不出是喜还是悲。他在人间万里奔波，不停杀人，也是在找人，就像屠夫所言，他不如观主和酒徒快，但他觉得自己知道她的心意，知道她在人间最珍视的那些过往，那么就算现在感知不到她的具体位置，但总有找到她的可能，比如有可能她就住在瓦山那个禅院里，不是吗？可惜她不在。

他说道："能撑多会儿就多会儿。"

观海僧说道："以杀证道？"

宁缺摇头，说道："这种说法太矫情，而且太变态，只有莲生那样的人才做得出来，虽然我杀的及将要杀死的人不会比莲生少，我不比他更不邪恶，但想法还是不一样，这个人间究竟会怎样，我不知道，我也没有主动让世界毁灭的任何想法，我只是在做些准备。"

观海僧叹道："看来，你也觉得不对劲。"

这是他第二次提到。

唐国和书院的胜势，看似是靠宁缺一人万里奔波杀人建立的，事实上却是大势如此，他只是用这种恐怖的方式，加速着整个过程。道门统治这个世界无数年，西陵神殿拥有难以想象的资源，按道理来说，至少不会败势呈现得如此之快，之所以如此，全部起因于……叶苏的死。叶苏死去，新教如春雨后的野草，蓬勃地生长，严重地动摇了道门的统治根基，因为叶苏死，西陵神殿分裂，内乱纷争不休。

一切的一切，似乎都只是因为观主一个不理智的决定。但观主会做不理智的决定吗？再不理智的人，都不会这样认为。观海僧不会这样认为，宁缺也不会，他甚至已经隐约猜到了事情的真相，但他没有任何办法，只有这样被动地应着棋子——猜到观主的想法，不代表能看透他的布局，宁缺只能用最简单的应对，去破解那个复杂的局面。

最简单的便是生死，刀剑相隔，便是两个世界。

他只希望自己的速度够快，快到观主成功之前，人间已然改变，那么到时候，就算观主的局成功，或者也会变得没有任何意义。

想改变人间的人很多。夫子、佛陀、轲浩然、莲生，他们都做过这样的尝试，或者失败，或者还在路上，像酒徒和屠夫这样的人不想人间改变，这本身也是一种影响或者说改变，所有的前提都是这些人的强大。有的人可能从境界修为或实力上来说，不像那样深不可测，但一样可以改变这个世界，因为他拥有深不可测的强大的意志。

遥远西荒深处，被那道悬崖囚墙包围了无数万年的幽暗地下世界，已经被一个人彻底改变，燎原的野火照亮了天地与般若巨峰，也指明了道路。数年时间的起义战争，已经完全改变了地下佛国的秩序，尤其是在初夏时分，右帐王廷的援军，被一支从葱岭悄然出关的唐军偷袭，辎重粮草损失惨重，从那之后，便再也没有谁能够改变这场战争的结局。

那座由天坑地底孤生的巨峰间，已然烽火处处，掩映在青林里的黄寺庙宇，很多已被火焰吞噬，那些连绵成片的森林里，也多出了很多灼伤的疤痕，道树不存，无数条山道裸露在视野里，就像是无数道线正在徒劳地试图缝合什么。山道最前方，君陌手执铁剑，看着已然身受重伤的七念，脸上没有任何表情，他的衣裳在战斗里毁坏，不知在哪里捡了件僧衣，他新生的头发依然灰白，所以没有蓄起，发茬极短，映照着远处的火光，似一尊佛。

不远处的菩提树下，黄扬大师已然闭上眼睛入灭，作为唐人，在书院与佛国之间不知如何自处，数年时间的苦思，不知道最后有没有得出答案，或者更应该理解为解脱。

七念浑身浴血，袈裟残破，神情憔悴到了极点，他指着满山的野火，指着那些渐渐化作灰烬的寺庙，说道："杀人灭佛，便是书院的道理？"

"灭佛，是我的道理。"

"曾听闻书院有一句话，存在便是道理。"

"小师弟的谵语，极错。"

"与二先生果然无法讲道理。"

"因为我有道理，你们讲道理自然讲不过我。"

"我佛与你书院究竟有何仇怨，从你到宁缺，似乎都直欲灭而后快，如何都不肯罢手。"

"你等对这世界无益，何必存在？"

七念指着崖坪某处说道："无人知晓的山间盛开的梨花，极美丽，却无人能看到，对人间全无益处，何必存在？"

君陌摇头，说道："那梨树要吸噬土壤里的养分，要贪婪夺取阳光，树下的野草想法必与你不一样。佛宗不事生产，只知让人间供奉，与道门并无两样，只不过他们是蝗虫，你们是蛆虫，难分高低，同样恶心。"

七念不赞同说道："佛国乐土，无数前贤大德静思数千年，自有精神美果，有思想美玉，不求你尊重，但至少应该留些火种。"

"佛国乃诸僧之乐土，诸氓之炼狱，美果美玉，只能你等享用，形而上者谓之道，要在人间论道，首先要让大多数人活得像人。"君陌继续说道，"你想用小师弟的话来说服我，我也赠你两句小师弟的话。他曾经说过：馒头会有的，米酒也会有的，一切都会有的，只要人活着，什么都可以重生……比如你们的美果美玉，比如那些道。"

七念沉默良久，问道："还有一句？"

"还有一句话是：秃驴都该死，师兄你说得有道理。"

君陌补充说道："他这句话里的师兄，是我。"

七念哑然失笑，笑得很痛苦。

他今日惨败于铁剑之下，戒律院诸僧或死或重伤，僧兵和部落里的贵族武装再难抵抗数百万奴隶形成的狂潮，悬空寺或者说佛宗，真的要灭亡了吗？作为佛宗天下行走，对于看到这些画面，七念很痛苦，很不甘心，像他一样痛苦不甘的还有很多，那些在菩提树下呻吟的年轻和尚，那些看着寺庙大火痛哭流涕的老僧，没有人肯心甘情愿地接受这样的结局。

杀声震天，黑压压的义军像潮水般顺着山道拥了过来，快要淹没整座般若巨峰，冲在最前方的人，已经看到了山道上的画面。看着那些曾经卑贱的奴隶像疯子一样砸烧着寺庙，看着他们放肆地奔行，七念觉得这些人已然疯癫，眉眼间露出坚毅神情，盘膝坐在山道上，开始念经。他念的是往生咒，不知是不是在给自己送行。平静的诵经声，从山道处悠扬而起，传到峰间无数崖坪，无数寺庙里。

浑身是血的年轻和尚挣扎着坐起，撑着摇摇欲坠的身躯，在树下坐正，随着七念开始诵读佛经，老僧擦去皱纹里的泪水，开始诵读佛经，峰顶悬空寺正殿废墟里，数十名奄奄一息的戒律院强者，也开始诵读佛经。不知何处忽然又响起悠扬的钟声，与这些诵经声相伴，像是伴奏。诵经，变成佛唱。整座山峰回荡着佛唱声声，一道悲悯、解脱却又格外庄严神圣的气息，从无数僧人和无数寺庙里释出，弥漫在天空的云和地底的原野之间。

在山峰的最深处，那个被沙石封死的崖洞底部，被铁箭锁死在墙壁上的讲经首座缓缓睁开眼睛，他听到了峰外传来的佛唱，知道悬空寺和佛宗已经到了最危险的时刻，他的眼中流露出不舍，然后渐渐化作淡然。首座艰难地举起枯瘦的双手，在胸前合十，枯槁如干柴的脸上流露出悲悯的神情，灰色的嘴唇微微翕动，声音虽微，却似天龙吟于九霄云上。

山峰无数崖坪里的佛唱声，最终来到崖洞深处，与首座虚弱的诵经声融为一处，无数僧人的禅念与他的禅心融为一处。他虽是人间佛，也无法承载如此多、如此复杂繁复的信念，他的五官开始缓慢地渗出血水，整个人开始散发淡淡的佛光，然后在佛光里渐渐褪去肌肤，露出血肉与白骨，神形恐怖。生命之初不过是摊血，或者是脓水，佛宗用这种方式来让信徒认识无常，他们自身也做这种认知，唯如此，才是真正的纯净。

首座闭着眼睛，深陷的眼窝里没有任何最轻微的颤动，他似已经死去，又或者还活着，他正在回到生命之初……的死亡，他在化为脓血。嗒嗒嗒嗒，最纯净最污秽的脓血滴落在崖洞的地面上，顺着一道肉眼都无法看到的细缝，向山峰深处渗淌流去，一直渗了很久很久，终于来到地底。地底是炽热的岩浆河流。河流里漂着一方棋盘。

那是佛祖的棋盘，桑桑登上那艘巨舟时，将它隔着万里掷回山峰，将它镇压在峰底高温的恐怖岩浆里，如果没有外力，永远无法苏醒。直到今日悬空寺将灭，无数僧人死去，神魂飘入棋盘中补其精神，又有首座以身化血相饲，于是这张棋盘终于醒了过来！山道上，七念浑身淌着血，带着数千名僧人，与难以计数的起义奴隶对峙，佛唱声声里，山峰的崖体开始剥落，到处烟尘阵阵，簌簌大响。

这座山峰名为般若，是佛祖的遗蜕所化。

般若峰崖坪渐毁，山崖渐平，渐渐显出模糊的模样。那是佛的模样。

忽有白鹤自西方飞来。忽有天花自云间乱坠。

佛光，照亮天坑底的世界。佛祖自棋盘里醒来，托体于巨峰，静静看着人间，看着那些胆敢毁灭自己的蝼蚁般的人类，全无悲悯之意，只有威严之怒。

义军们看着峰顶方向，满脸惊恐不安，看着万丈佛光里那张威严的面容，身体难以控制地颤抖起来，脸色变得极度苍白。那是真正的佛。他们没有读过佛经，却是自幼便虔诚地信着佛，直至君陌出现。他们开始怀疑佛祖是否存在，即便存在，有无意义。

今日，佛在人间出现。

那种根植于灵魂深处的敬畏，让他们艰于思考。

他们下意识里松开手中的兵器，对着山峰化成的佛，恐惧得跪倒。

佛唱声声，万僧肃穆。

没有人敢站着。君陌站着，微低着头，神情淡漠。

君陌身着僧衣，发极短，袖管在风中轻飘，看着就像个年轻的僧人。

他站在山道上，于佛光之中正对着峰顶，仿佛就在佛祖眼前。

他沉默不语，也没有举起铁剑再战。

他不畏惧任何敌人，哪怕是佛祖。棋盘被昊天镇压多年，就算此时佛祖复活，借山峰重临人间，相对佛祖真正全盛时期，也要弱上无数倍，至少先前，他有机会打断那个过程。

佛祖也许真的是等待着道门和书院两败俱伤，然后回来。

但他不在意，他不再在意，他什么都没有做。他负着手，铁剑在身后，非常疲惫。他的眉很直，像剑，可以战，像尺，可以量。他不想战了，因为战遍人间，依然孤单。峰间，所有人都跪着，那些跟随他苦苦战斗了多年的人们，在佛祖现出真身的那瞬间便跪了，他一个人站着，真的很孤单。他也不想量了，因为人心真的很难量清楚。

他眉间生出层浅浅的霜——那霜来自心底，有些冷。

佛唱声里，他就这样低着头站着。所有奴隶都低着头，恐惧得以额触地，不敢直视佛光，更不敢去看佛祖的真颜，自然看不到他有些萧索的身影。

就像是一群蚂蚁，一群沐浴在佛光里，不敢动弹的蚂蚁。

但是。

然而。

千万年来，相信蚂蚁群里总有那么特立独行的几只出于某种玄妙的原因决定暂时把目光脱离腐叶烂壳向湛蓝青天看上那么一眼。然后，它们的世界便不一样了。

因为看见，所以恐惧？不。只有看见，才不会恐惧。

一名年轻的奴隶，用颤抖的手支撑着自己的身体，难以抑制住心头强烈的好奇和关心，恐惧不安地抬起头来，向山道前方望去。他看到了佛光，看到了佛光里孤单落寞的君陌，他也看到了佛的容颜。原来，佛长那个样子。原来，佛就是那个样子。看着佛光里的君陌，他忽然觉得很惭愧，觉得很丢脸。一种说不清楚来源的勇气，来到他的身体里。他用颤抖的手摸到剑柄重新握住，然后颤颤巍巍地站了起来。他站了起来。

他望向四周的同伴，想要说些什么，想要号召他们像自己那样勇敢地站起来，却发现没有人望着自己，雄浑庄严的佛唱声里，他的声音太小。他觉得有些孤单，于是明白了君陌的孤单，以及骄傲。他想对君陌说些什么，却也不知道该说些什么。

他望向万丈佛光，看着那座佛，看着那些佛的弟子们，想要和他们辩论一番，却发现自己连他们唱的佛经都听不懂。他越来越烦躁，挠着头，有些着急，越着急，越觉得那些佛唱很烦人，直至烦心。他的胸膛不停起伏，呼吸变得急促起来，最终，所有的情绪汇集到一起，变成三个字，从他的双唇迸了出来。

他望着万丈佛光里的佛，大声喊道："闭嘴啊！"

就在这一瞬间，佛唱仿佛停了片刻。

有很多人听到了这三个字。

君陌低着头，眉眼间的疲惫不知为何淡了些，唇角微微牵起。

七念想起自己多年前在荒原上，和叶苏的那段对话。

"首座讲经时，我曾见过无数飞蚂蚁浴光而起。"

"会飞的蚂蚁最终还是会掉下来，它们永远触不到天空。"

"蚂蚁会飞也会掉，但它们更擅长攀爬，擅长为同伴做基础，不惧牺牲，一个个蚂蚁垒起来，只要数量足够多，那么肯定能堆成一个足以触到天穹的蚂蚁堆。"

七念悚然而惊，浑身寒冷。

叶苏最后开始相信蚂蚁，开始带着那些蚂蚁向天空飞去。他却早忘了当年说过的话，相信过的道理。他望向那名站在佛光里的奴隶，忽然绝望。这只是第一只蚂蚁，还会有更多的蚂蚁站起来。是的，跪在佛光里的奴隶们，互相看着，眼光虽然惘然，却有更多的人站了起来，有的人喊着闭嘴，更多的人沉默。

但他们站起来了。

越来越多的奴隶，在万丈佛光里缓缓站起，像黑色的潮水。

越来越响亮的喊声，在天地间回荡。

闭嘴！

闭嘴！

君陌低着头，听着，唇角越来越高，最后变成笑容。

起始是微笑，然后是展颜的笑，最后是开怀放声大笑，他笑得快意无比！哈哈哈哈！终于还是站起来了，那些不愿做奴隶的人们。

"你听到没有？"他看着七念，脸上的笑容渐渐敛去，喝道，"闭嘴！"

他的声音像钟声般，飘荡于峰间，沁人心脾，震人心神！

万峰一时俱寂！七念和无数僧人喷血倒地！佛唱就此终止。

山峰化作的佛祖，依然静静看着眼前的他。

君陌看着他，喝道："你就算真是佛祖，又如何？我修佛，我便是佛，这世间众生，只要愿意，皆可成佛，那还要你这佛作甚！"峰间峰下，天上地下，没有唯我独尊，只有数百万的老弱妇孺、浑身伤疤的奴隶、饱受羞辱的妇女，所有的目光，都看着他。

所有的力量，都追随着他，跟随着他，因为信任而交付给他。

一道难以想象的磅礴力量，充斥着他的身躯。

他举起手中的铁剑，向佛斩去。在这一刻，他有如天神，但他不是天神，他的剑仿佛来自幽冥，但他不是幽冥的使者，也不是人间的代表，他只是书院里的一名书生。那名路见不平，便要拔剑的高冠书生！天空里出现一道清晰的剑影，云层被切开一道大缝，阳光从那道缝里洒落，冲淡了峰间的佛光，却让世界依然明亮。

铁剑落下。

佛，被铁剑所斩！

多年前，他在烂柯寺里，将佛祖石像斩成无数石头。

多年后，他真的把佛祖斩成了无数石头。

如雷般的轰鸣声，不停地响起。

山崖迸裂，泥石俱下，树木连根被拔，寺庙摇摇欲坠。到处是僧人的痛哭声、惨号声。所有人都离开了山峰，远在数十里之外，看着不停崩塌的崖体，神情微惘，被这画面震撼到不知如何言语。七念还有很多僧人，都没有走下山道。忽然间，天地间响起一道极为刺耳的声音，那是地底深处岩石与岩石的摩擦声，是沉重山体破裂，然后滑动，在断面上产生的异响！巨峰从根部断裂，然后向着东方缓缓倒下！

山峰实在太高，起始时的速度很慢，直到最后才缓缓加速，当山体最终落到原野上时，没有砸中人，然而引发的地震，却带来了很多麻烦。满天烟尘，仿佛提前进入黑夜，不知过了多长时间，烟尘渐敛，人们才能看清楚眼前的画面，再次被震撼得无法言语。巨峰，就像君陌手里的铁剑，把大地斩出一道极夸张的数十里宽的口子，峰体本身则变成了那道口子上铺着的道路。峰顶所指的正东方，陡峭的崖壁被震垮出一个极大的豁口，与山峰遥遥相对，看上去就像是两道桥梁，只要走过那片盛开着野花的田野，便能相通。

奴隶们惊愕地看着那处大豁口，有胆大的人开始向那边走去，在西面的人们，则是登上了巨峰化成的桥梁，也开始向那边行走。走了很长时间，终于走到崖壁下，走到那道已经变成缓坡的豁口前。数百万奴隶，顺着那道山坡，向上方行走。他们走得很沉默，从日暮一直走到清晨。他们现在已经知道地面是什么，却依然期待，然后紧张，甚至有些畏惧。

沉默地行走，只有脚步声，密密麻麻，沙沙沙沙。

不知道走了多长时间，终于有一道光线，落在最前面一名少年的脸上。他张大了嘴，眼睛微眯，被光线刺得有些迷糊。噢，爷爷，太阳居然在地面上，和我们一样高。

迎着朝阳的光线，世代生活在地底的奴隶们，终于走到了地面的世界，就像那个孩子一样，人们赞叹，人们沉默，人们哭泣，为了那些永远没有来到地面、看到这样的太阳的祖辈。原来，天空很近，原来，大地没有边缘，原来，这就是自由的味道。痛哭与狂欢的舞蹈，从清晨开始，再到日落，再到满天星辰出现，还有那轮明月，人们的狂欢，始终没有结束。

君陌走到那株菩提树下，开始休息。他看了眼树下佛祖涅槃时留下的痕迹，没有说什么，又抬头望向明月说道："在这件事情上，老师你不如我。"

14

相对地底幽暗的悲惨世界，地面的原野在末夏时分确实美丽得有如极乐净土，只是哪有真正干净的地方？被唐国远征西军骚扰攻击的右帐王廷虽然狼狈不堪，毕竟还统治着这片广袤的荒原，战斗还在持续。

过了些天，君陌再次回到菩提树下休息，便在这时，唐从远处走来，静静看他看了很长时间，说道："辛苦了，佩服。"这是真正的佩服，君陌在他们这一代强者里证明了自己独一无二的强大，但能让唐这样桀骜的魔宗高手说声服字，并不在于实力境界。

君陌站起身来，说道："做自己想做的事情，并不辛苦。"或者在精神上并不辛苦，但他满身风尘，满脸疲惫，任谁都能看出这数年无休止的战斗，对他带去了怎样的伤害与损耗。

唐回首望向远方原野间那些不安的右帐王廷骑兵，说道："这里的事情交给我。我们荒人在世间流浪千年，有经验，你去放心休息。"

君陌没有道谢，也没有休息，用空袖拂去僧衣上的灰尘，转身离开。

唐抚着那棵传说中的菩提树，说道："我以为你会砍了这棵树。"

"这棵菩提和峰里那张棋盘，都不要动，小师弟要用。"君陌说完这句话，便向东南方向走去，没有告别——中原在那处，还有很多事情需要处理，地底的奴隶出天坑，见真实仿佛无垠的世界，但这世界何尝不是一个大些的天坑，他要带着更多的人去更大的世界，这是从夫子到小师叔，再到书院这一代人，始终兹兹不忘的事情。

原野间渐渐响起呼喊的声音，与他并肩战斗数年之久的奴隶们，依依不舍地看着他的背影，他离去的消息传得越来越远，无数篝火四周，数百万人不敢挽留，依次拜倒相送，像极了一道道麦浪。

夏天过去便是秋天，时间的流速仿佛变得缓慢了很多，这一年时间里发生了太多事情，对于那些艰难度日、被动无奈等待结局的黎民百姓们来说，真的很难熬，但对于那些与时间赛跑的人来说，却觉得时间走得太快了些，还有很多事情都没有来得及做，时间便不知道去了哪里。对唐国来说这是漫长的一年，朝野齐心合力，三军用命，终于顶住了国境线四面袭来的恐怖压力，继而开始反攻，在过去的两个季节里，唐军灭金帐，收复清河，向整个世界展露了自己强悍而无畏的一面。

不用再担心北方最强大的敌人和最靠近心腹的旧患，唐国自然也付出了极大的代价，镇北军在荒原深处清剿着金帐最后的残余，镇南军与羽林军在与神殿联军数场大战并且获得决定性的胜利后，也疲惫到了极点。还没有到休养生息、马归向晚原的时刻，但唐国需要休整，人间迎来了短暂却并不宝贵的和平时段，因为谁都知道，这时候的和平只是假象。

唐军主力停在清河郡，没有继续南下，休整的同时也在重组水师，南晋却因为宁缺毫不在意强者身份颜面的血腥暗杀而提前陷入混乱之中，曾经的天下第二强国如今看来，怎么也不可能拦住南下的唐军铁蹄。在最主要的两个战场上，道门惨败而归，已经失去了所有的主动权，而基于南晋当前的局面，西陵神殿终于清醒地认识到了自己的位置，用最快的速度撤回了南侵大河的队伍，把所有的强者都撤回了西陵神国。现在的人间只有西陵神国、燕国及大陆东陆隅还处于道门的控制下，真正重要的一些地方，都已经被唐国控制或者被威慑得不敢妄动，即便是宋齐梁陈那些忠于神殿的小国，现在的局面也极为动荡。

陈皮皮带着叶苏留下的十余名门徒还有人数更多的追随者，无视被神殿强者追杀的危险，沿着海岸线不停传道，点燃了一处又一处叛教的火焰，道门的形势已然危如累卵，似乎随时都会覆灭。新教之火燃烧得如此猛烈，除了叶苏成圣在普通信徒心中造成的震撼和那些难以用语言说明的影响之外，与世间局势也有无法分割的联系。

很多人，包括某些西陵神殿的神官都以为天下大势已定，西陵神殿对这个世界的统治地位，必然会被唐国所取代，道门自然也会被书院支持的新教所取代，无数城镇道殿里的神官乔装打扮，带着多年搜刮的金银财宝逃往外地，别说清剿新教，那些真正虔诚的信徒就算想祈求昊天垂怜，都已经无法找到合适的场所。

可是天下大势真的已经确定了吗？如果唐国和书院打不下桃山，西陵神殿依然矗立在峰顶，冷漠傲骄地看着人间，凭借着无数年积累的财富与资源，凭借着依然人数众多的强者，他们依然可以拥有很多，可以存在很久很久，谁知道日后将会如何？

千年之前道门召集举世伐唐，无数知命境强者自隐居深山里出赴长安，其时唐国局势何其危险，天下大势似乎也已确定，然而谁能想到，夫子一个人便解决了所有的问题，继而奠定了唐国千年不败的威名？没有到最后胜利的时候不能言胜，没有到战斗结束的时候不能停止战斗，君陌相信后者，宁缺和叶红鱼相信前者，总而言之，浩瀚如沧海的人间从来没有简单过，更何况那些站在人间最高处的人们还清楚一个事实：如果无法确定昊天神国的胜负，人间的胜负随时可能翻转。

当然，人间的胜负也极为重要——所有人的眼光都在追寻着宁缺留下的痕迹，看着他从荒原到清河，再到东南海畔，都以为他会北上燕国……因为隆庆在那里，人们坚信他下一个要杀的人肯定是隆庆。神殿强者和燕国铁骑严阵以待，却始终没有等到他的到来。没有人知道，宁缺现在还在烂柯寺，他在寺里清修，在佛像废墟前休息恢复，在瓦山前的小镇里向孩子们学习如何砸石头。

当年宁缺和桑桑被修行界围攻，通过佛祖棋盘去到西荒，秋雨里的烂柯寺，承受了书院的愤怒，君陌铁剑破空而去，便把瓦山峰顶世间最大的那尊佛祖石像斩成无数碎块，那些碎块从峰顶滚落，堆满了山谷，碾破了半座旧寺。幸运的是，那些巨大的岩石没有对小镇造成灭顶之灾，这些年被海雨天风不停浸润，渐渐覆上青苔，反而变成了一片难得的风景，在盂兰节会停办，烂柯寺香火渐衰的当下，已经成为吸引游客唯一的办法。

小镇居民现在最主要的收入，便是来自这些佛祖石像变成的石头，人们把这些巨石破开成无数小块，然后雕成佛像，卖给那些慕名而来的游客——当然，想要把巨石破开，是件很辛苦的事情，再沉重的铁锤和再锋利的铁刀，都无法帮助居民简单地达成目的，人们最常用的方法还是火烧水淋。火是镇外田野里干草点燃的野火，水是从瓦山那面汲来的海水，小镇东南方向的采石场里，从早到晚都冒着熏眼的烟，热气蒸腾，被烧至微微发红的岩石，骤然遇着寒冷的海水，发出咪咪的声音，一次两次无味地重复，终有某刻，那些坚硬的岩石上会迸出清晰的裂口，而那便是破石的关键。

宁缺站在采石场旁的山坡上，看着居民破石的过程，沉默观看了很长时间，看着那些火与水的交替，看着那些覆着青苔的巨石上出现的裂痕，发现绝大多数裂痕出现的时候，都依循着一定的规律，两道斜斜的裂口在某处交会。两道裂缝组在一起，很像那个字，他想起多年前在天弃山峰深处、在那片大明湖底看到的那些石头上的剑痕，小师叔当年用剑在魔宗山门外写出无数个字，从而让开创魔宗的那位光明大神官留下的块垒大阵变成了废物。

岩石被破成更小的石块，接着被成年人砸开，又有孩童轰的一声拥过去，捡回他们能够扛动的大小不一的石块，再进行仔细的挑选，按照石块的大小和石纹的走向，分门别类区隔好，最后才会送到石匠的手里。当然，镇上的石匠大多数都是半路出家，就像宁缺也是修行到一半才开始接触佛法，只是每日每夜雕刻不辍，人们的手艺已经变得极为娴熟，一块尺许见方的石块，只需要十余个日夜，便会变成雕工精美的佛像。

宁缺看完破石，再看石匠雕佛，看了三日后，他开始跟随那些工匠学习雕佛，没有用多长时间，他便成了瓦山雕工最好的那个人——在佛祖棋盘最后的那些年里，他把整整一座山都修成了佛的模样，那些石块对他又能有什么难度？

只是他雕出来的佛像与小镇石匠们雕出来的佛像很不像，石匠们赞叹于他的悟性手艺之外，也多次提出过意见，他只是笑笑却不解释。

宁缺手里雕出来的佛像，没有宽额大耳，更谈不上什么悲悯情怀，而是一个微胖的、梳着发髻的少妇，明显可以看出那少妇的神情极为冷漠。

某日烂柯寺落下小雨。宁缺在寺外抱着一块石头继续刻着，忽然身后传来一道有些散漫的声音："她这是减肥成功了？"

"在棋盘里的朝阳城里减了些。"

宁缺将石像放到旁边十余个石像里，搁下刻刀，拍拍身上的灰站起。

那人说道："一千年时间就减了这么点？昊天看来也不是无所不能。"

宁缺笑了笑，转身与他相拥，说道："你以前不是挺喜欢她？现在说话怎么这么刻薄？也不符合现在你新教之主这么高大上的身份。"

陈皮皮有些无趣地撇撇嘴，说道："那你是喜欢她高大上，还是以前那样？"

宁缺想了想，发现这个答案倒确实明显，无奈笑了笑，望向站在他身旁的唐小棠，发现她还梳着马尾辫，有些意外，说道："还没成婚？"

唐小棠并不害羞，说道："等我哥来。"

陈皮皮叹息一声，说道："我就不指望等父亲同意了。"

宁缺再次望向他，看着他身上那件略显宽松的青衣，想起在长安城见过两次的穿着青衣的观主，发现他瘦后和观主确实很像。三人走到近处亭内。秋雨淅淅沥沥地落着，落在亭檐，积蓄了很久很久，才变成极细的水流，顺着廊柱淌下，打湿了亭下的地面。

陈皮皮说道："写完了吗？"

宁缺从怀里取出一封卷宗，递了过去，说道："如果让叶苏或是大师兄来写，或者更合适些，你知道我终究还是个无信者。"这是他在烂柯寺静修观石的同时写的一些文字，如果能够被通过，那么便有可能成为新教教义最后也是最重要的那卷。

陈皮皮接过卷宗，说道："大师兄来做，成功的机会自然更高些，我来做会比较辛苦，不过放心，你的心血，不会在我手里被糟蹋。"

宁缺说道："时间确实已经不多，要抓紧些。"

陈皮皮翻开那封卷宗，看着上面有关新世界、有关神国或来世的说法，眉头缓缓蹙起，说道："真是很壮阔的画面。"

宁缺说道："从老师到师叔，再到我们这一代，书院用了整整一千年时间来准备，如果还不能出现一个壮阔的画面，那多不好玩。"

陈皮皮收好卷宗，看着他眉眼间掩之不去的疲惫憔悴，想着这大半年时间里他做的那些事情，从袖里取出一个小瓷瓶递了过去，说道："需要的时候就吃了。"闻着瓷瓶里隐隐透出来的药香，宁缺的神情微显异样，因为他吃过这种药，很清楚这种药的珍贵程度，说道："到了你我现在的境界，一颗通天丸只能给我们提供可能的机会，实在是没有必要浪费。"

"这颗药本是替叶苏师兄留着，想助他破五境。"陈皮皮沉默片刻，说道，"只是没想到他不能再修行，而且现在已经死了，再留着又有什么用？就算不能助你破境，至少可以帮你修补身体里的那些隐患，万里杀人听来潇洒，实则辛苦到极点，你在烂柯寺这些日子似乎在将养，实则也是在继续耗神，无论书院还是新教，都需要你能够一直站着。"

宁缺想了想，没有再说什么，直接将瓷瓶收入袖中。

唐小棠说道："如果小师叔觉得这礼物太重，无以为报，还些礼便是。"

宁缺微笑着说道："你还没嫁给他，就开始替他管家了？说吧，想要什么。"

唐小棠指着亭外那排被雨水打湿的石像，说道："送我一个。"

宁缺有些没想到，走出亭外拾起一个自己最满意的石像，递给她说道："又不是没见过真人，何必看这冷冰冰的像。"唐小棠接过石像，用袖子擦去上面的雨水，珍重放进行李，说道："如果你能把她找回来，何必刻这些冷冰冰的像？"

在烂柯寺外，有数千名新教信徒在等着陈皮皮和唐小棠，他们将要前往宋国，就像宁缺万里杀人，他们正在万里传道。那卷文字已经托付，宁缺不再耽搁他们的时间，将他们送出寺外。陈皮皮和唐小棠走后，他继续雕佛像，好吧，桑桑的像。

他做了数百个桑桑像，依次在殿前排好，那些桑桑像或低头沉思，或举头望天，或负手观人间，只有一个共通点：那就是面无表情。

世间的局势随着时间推移，也在继续发生着变化，战火纷飞，杀机盈野，唐国与道门之间的战争互有胜负，西陵神殿的战略起到了一定作用，最关键的依然在于，唐国或者说书院，始终无法找到踏过那座小镇的方法。事实上宁缺并不是很在意那座小镇，能够猜到他想法的人不多，隆庆是其中一个，他站在燕国成京城头，静静等着宁缺的到来。

有很多人一直以为宁缺和隆庆之间的这场战斗无可避免，应该随时会发生，然而令人意想不到的是，宁缺迟迟未至，战斗始终没有发生。

宁缺在秋雨里的烂柯寺看桑桑。

桑桑现在在看什么？

极北寒域里的黑夜那般地漫长寒冷，热海早已被厚雪覆盖，荒人部落遗留下来的毡房里的那点灯光，仿佛都要被冻碎，桑桑坐在灯旁，在看自己的指尖。

她的指尖有一个气泡。

气泡表面光滑，反着灯光显得格外晶莹，又很透明，形状极其完美。

青狮趴在她的脚下，看着那个气泡，眼睛里满是好奇的情绪，却又本能里感到无比恐惧，总觉得自己如果挥爪打破这个气泡，世界便会毁灭。

宁缺在烂柯寺里看岩石表面的两道裂缝。桑桑指间的气泡表面仿佛也多出了两道极小的裂缝，破灭只在下一刻。就像烂柯寺里那数百个石像一样，她的脸上依然还是没有任何表情。但那并不代表着冷漠，更像是平静。

她轻轻抚着高高隆起的小腹，毡房角落里传来香美的汤味。

清晨，青狮猎了一只雪鸡。

她在熬鸡汤。

桑桑指尖的气泡是完美的，但并不是完美无缺的圆，有曲线起伏，有难以言说的美感，就像她隆起的腹部，看似脆弱，却又无比坚固，是空间的本身。她面无表情，但不是冷漠只是平静，仿佛那个气泡上的两道裂痕以及隆起如气泡的腹部所孕育的事物或指明的未来，正在不停地改变着她。

寒冷的雪海畔，树林边缘忽然出现了一位穿着青衣的道人，他改变了风的走势，也改变了场间的温度，他是现在人间的最强者，拥有最智慧和深远的眼光，然而神奇的是，明明毡房里有着微弱的灯光，他却视而不见。不是视而不见，而是真的没有看到，他没能看到那盏油灯，没能看到锅里雪鸡汤升腾的热气，没能看到窗畔的桑桑，因为桑桑不想他看到，心意一动，便把海畔的那片毡房木屋与真实的人间隔离开来。

那是昊天的世界，即便是他也无法观察。陈某静静站在早已被冻死的林畔，看着热海表面那些像烟尘一样狂舞的雪，看着渐被风雪覆盖的那些兽类的足迹，虽然没有看到他想看到的，却未离去，因为冥冥中有种直觉，他苦苦寻觅的她应该便在这里。

桑桑静静坐在窗畔，昏暗的油灯光线照耀在她的脸颊上，她的手落在隆起的腹部一动不动，她没有去看林畔的他，什么都没有做，便是思想也没有。这是陈某第七次来到寒域雪海寻找她，他每次来时都会距离她更近一些。深秋的北方黑夜极其漫长，仿佛没有中断，只有某刻太阳才会吝啬地露出容颜，陈某在林畔站了整整一夜时间，眼睛被微红的阳光刺得眯了眯，他再次望向雪海四周的那些毡房木屋，确认没有她的踪迹，再次消失。

毡房角落里，趴在炉边的青狮一动不动，它本能里对那个人类感到恐惧，尤其是看到女主人数次来的沉默，更是意识到对方的可怕，整整一夜时间，它连大气都不敢喘，更不用说摇着尾巴乞求主人赏它一根鸡腿吃。好不容易那人走了，青狮松了口气，四足着地站起身来，摇了摇脑袋让微麻的身体变得活泛了些，准备凑到桑桑身边卖乖，却发现她依然保持着昨夜的姿势，静静坐在窗畔一动不动，不思不想，仿佛不知道陈某走了。

太阳出来不久便再次落入那片黑暗的海洋里，桑桑看着窗外寒冷的世界，直至油灯燃尽，那抹青衣果然再次在林畔出现。桑桑依然静静地坐着，陈某再次离开。

她还是那样安静地坐着，不眠不食不语不思不想不动。又有不属于大自然的寒风轻拂，天地气息微微变化，一名穿着棉袄的书生出现在林畔，向四野望去，仿佛在寻找着什么。他满身风尘，容颜憔悴，消瘦至极，他已经有很长时间没有歇息过，寒冽的雪风，似乎随时可能将他吹倒。桑桑终于动了，她转头将目光从满是烟雪的海面上移到林畔，落在那名书生的身上，漠然的眼眸里出现了复杂的情绪。她忽然想走出毡房——这个自己的世界，因为她觉得那名书生值得信任，可以信任，却又有些畏惧和厌恶，她最终什么都没有做。

大师兄离开后的第二天，酒徒也终于到了，这位经历过永夜的至强者，腰畔的酒壶在风雪里轻摆，似乎里面的酒水已经被喝光。

桑桑看都没有看他一眼，也不似陈某出现时那般沉默慎重。

终于都走了。

桑桑在窗畔站起身来，走到炉畔，看着那锅早已被熬干的鸡汤，闻着刺鼻的煳味，沉默了很长时间。他那夜不回家让自己把鸡汤喝光免得坏了，那锅鸡汤，最后究竟喝了没有？桑桑想起那张便笺，右手轻轻抚摸着隆起的腹部，忽然觉得很孤单，很想有个人能陪着自己，这一切就发生在，她想起那个人的时候。

这里是她的世界——在这个世界里，时间依然在流逝，鸡汤会被熬干，腹中的生命在不停地生长，她在变得越来越虚弱。如果她保持不住这个世界，那便是危险到来的时刻。她把那锅煳烂的鸡肉搁到青狮面前，不理会它可怜兮兮的模样，从桌下取出一张算盘，开始计算自己可能遇到的危险，以及解决的方法。

要为腹中那个小生命提供源源不断的养分，又要与人间隔绝，她已经没有足够的能量来像当年一样计算——她的围棋依然无人能敌，她在牌桌上依然举世无敌，无论陈皮皮还是宋谦等人类天才都不是她的对手——但她无法天心天算，她需要依靠人类的计算工具，来推理计算那些重要的东西。她是这个世界的规则，只是来到人间后，沾染了红尘意，速度却反而及不上那三个人类，这是很危险的一件事情，如果需要逃亡，怎么才能快些？

啪啪啪啪，昏暗的毡房里响起清脆的算盘子撞击声，听上去就像一首欢快的乐曲，青狮啃着焦黑的鸡骨头，眉飞色舞地摇着尾巴。桑桑的右手在算盘上高速移动，带出一道又一道残影，神情专注而平静，她的左手里再次出现那个完美的气泡，气泡绷紧而平滑的表面上，出现了十余个光点，如果和人间地图对照，那些光点分别是贺兰城、长安、西陵、宋国、烂柯寺、西荒深处……那些空间通道的起始或者终结处。

最后一场秋雨落下，中原寒冷异常，人间的战争终于进行到了最后一步。

唐国重组水师，万舸竞速直入南晋，被宁缺斩君杀臣弄至惶然惊恐的南晋，根本没有任何抵抗的力量，再加上剑阁的声望，十数日内，临康城便开启了大门。

大河国的军队也越过滔滔黄河北上，神莲与王莲带领着数万大河子民，做着世代无人敢想的事情，向西陵神国进军。唐军已入西陵神国边境，距离桃山不足两百里，裁决神莲已至南方的木鱼镇，离桃山只有三百里。西陵神国被南北夹攻，虽然召回了所有的道门强者，数万神殿骑兵在桃山四周，布下数道防线，但谁都清楚当前的局势——神殿危矣。

桃山顶峰白色神殿的露台上，熊初墨看着山下被秋雨笼罩的人间，枯槁瘦削的脸颊上流露出惘然的情绪，他不知道自己还能做些什么，似乎到了最后的时刻、应该开始总结的时刻，他却不知道自己这一生应该如何总结。观主究竟在哪里？他在做什么？为什么昊天始终没有回应虔诚信徒的祷告？为什么眼看着那些渎神者获得一场又一场的胜利，却迟迟没有天谴到来？这一切究竟是怎么了？统治这个世界无数年的道门，难道真的要毁灭吗？

熊初墨因为绝望而暴怒，最污秽的话语、最恶毒的诅咒，从他的嘴唇里迸发而出，像雷一般响彻整座桃山，那些话都是送给观主的——然而即便已经到了此时此刻，他依然不敢说出观主的姓名，显得可怜到了极点。有山风拂来，将连绵如雾的雨丝吹得稍疏了些，露出山下远处那座小镇，在秋风秋雨里，那座小镇依然宁静如天空，不受任何影响。看着那座小镇，熊初墨情绪渐渐平静，即便观主不回来了，但只要那个人在，唐国和书院便不能靠近桃山，那么需要担心什么？需要担心的事情还很多。

熊初墨看着秋雨里的远山，仿佛已经看到了徐世的帅旗，还有唐军令世人畏惧的玄甲重骑，觉得肩头的重量变得越来越重。"隆庆还不肯带着剩下的那些人回来，他在做什么？难道他真要抗谕不遵？再说他留在燕国做什么？等着被宁缺杀死？"熊初墨愤怒地低声吼道。

中年道人站在他身旁，神情平静说道："如果他真的能把宁缺拖在燕国，对神殿来说，也算是立下了一场大功。"

熊初墨冷笑道："那要看他有没有那个本事。"

中年道人平静说道："如果他不行，那大概便没有别的人行了。"

熊初墨微微蹙眉，转身望向他，没有想到他对隆庆的评价如此之高，斟酌着用词说道："横木……都被宁缺杀死，隆庆还没有过五境，如何是他的对手？"

"当年在观里，我看着隆庆从深渊里爬起来……如果横木与隆庆战，死的也只能是横木，隆庆与宁缺究竟谁强谁弱，谁能获得这场较量最后的胜利，别的人已经没有评判的资格，只能让他们最后再战上一场。"中年道人平静地说道，他在道门里始终扮演着旁观者的角色，他知道的事情要比很多人以为的更多一些，所以他更加平静沉着。

熊初墨沉默片刻，说道："敌军压境，道门总需要做些事情。"

中年道人顺着他的目光望向秋雨里那座小镇，说道："我会去看看。"

15

小镇里只有一家肉铺。

人间只有一位屠夫。

中年道人站在门槛外，看着那名浑身油腻却没有汗水的屠夫，说道："前辈既然来了，总要做些事情才是。"屠夫正在分猪肉，听着这句话，望向他沉默了很长时间，声音微哑问道："你师兄真的准备做那件大逆不道的事情？"

中年道人平静说道："何谓大逆不道？首先我们要确定道的概念……前辈和酒徒前辈在昊天的眼光下躲藏了无数万年，何尝不是违背了她的道？"

屠夫如墨般的粗眉缓缓挑起，说道："你们好大的胆子。"

"帮助师兄，对你们也有好处。"

"要帮助你师兄，我只需要留在小镇，不来此地便是……因为你我都清楚，帮助你师兄和帮助道门是两回事。"

中年道人沉默片刻，说道："昊天与你们之间的约定，依然有效。"

屠夫沉默了更长时间，没有说话，最开始的时候，是他需要时间思考观主究竟想要自己做些什么，后来则是因为有人来了，听到脚步声，他却开始发问："你们需要我做些什么？"

中年道人静立槛外，没有回头去看那渐近的人影，说道："唐军玄甲重骑，无人能阻，不求神殿万世太平，只求能存些楼阁殿堂。"

屠夫放下手里的刀，神情漠然道："仅此？"

中年道人说道："若书院诸人，前辈能杀之，自然最好。"

屠夫和酒徒，是人间活得最久的两名大修行者，要比佛陀和夫子更久，从来隐居不出，直到夫子登天，昊天降世，才被迫显露行踪，在这数年里，酒徒已然出手数次，便让书院压力骤增，无法轻动，屠夫却一直没有出手。

他自然很强，甚至应该是世间最强，和已经随般若巨峰陪葬的讲经首座不同，他的人强，刀则更强，因为他很擅长杀人。无数年来，他杀猪杀羊杀牛也杀人，他的强就在于杀字，这些年隐居不出，杀的人少了很多，不是心境改变，而是夫子的要求……

屠夫神情漠然说道："不过是些猪羊罢了，杀之无妨。"

话音刚落，小镇里响起一阵蝉鸣。此时秋雨凄寒，雨水里的蝉声自然更显凄切，蝉鸣声声里，一名穿着黄裙的小姑娘，缓缓从镇那头走了过来。她走到肉铺前，向里望去，马尾辫末端的雨水像细碎的珍珠，随着她的动作，飘落到槛内的地面上，然后她的鼻尖好看地皱起，她觉得肉铺里的血腥味太重，很难闻，就像屠夫说的话一样臭不可闻。

"他人为猪羊，你却是条狗，我一直想不明白，像你和酒徒这样的人，为什么就这么愿意做狗呢？这件事情，难道真的这么有意思？"余帘稚嫩的小脸上满是探询的神情，因为认真，所以显得很可爱，黄裙被雨水打湿，却不狼狈，还是可爱，黑黑的马尾辫，自然最可爱。她就是这么可爱又可怕的小姑娘。在荒原与金帐国师那场大战受的伤已经全部养好，她未作停歇，万里南下来到西陵神国，桃山外围的数万名西陵神殿骑兵，又怎么可能拦得住她？直至她来到小镇肉铺门外，西陵神殿才注意到她的到来，尖锐的示警声划破雨丝响起，蹄声乱作，无数人来到小镇，却不敢踏上长街一步。

屠夫看着肉铺外的这名小姑娘，猜到了她的身份来历，面无表情说道："宁做太平犬，不做乱离人……这是你老师当年在镇上亲口对我说的话。"

余帘的目光落在他手里那把刀上，随意说道："他说的又不见得是对的。"

屠夫说道："听说你是这一代的魔宗宗主？魔宗讲究纳天地元气于体内，和我当年自悟的道理有几分相似，如此算起来，我应该是你们这一门的老祖宗……不过看你连夫子的话也不在意，想来也不会在意这点。"

余帘背着手，踮起脚尖向肉铺里望去，就像那些学大人做派的小姑娘，随口说道："欺师灭祖这种事情，我大明宗向来很擅长。"屠夫神情漠然说道："你这个小孩子很有意思，已经很多年没有人敢用这种态度和我说话了，你或者可以骄傲一下。"

他在世间已经活了无数年头，单以年龄论，所有的人他都可以称作小孩子，余帘也不着恼，看着他说道："我也觉得你很有意思。"

屠夫问道："哪里？"

余帘悠悠说道："除了老师，从来没有人敢用这种态度对我说话，想来多年前用我这种态度和你说话的人也是他，如此看来，还是他厉害些。"

屠夫沉默片刻，忽然随手将手里那把刀掷了出去。满是血水与油的屠刀，重重地落在槛外的地面上，发出轰的一声巨响，烟尘骤起，石砾射入渐密的秋雨里，仿佛有座山从天上落到了人间。"如果你能拿得动这把刀，我们再来说别的。"他说道。

余帘背着双手蹲下，盯着这把传说中的刀看了会儿，然后她仔细地卷起袖口，又取了块手帕，只用两根手指隔着手帕，捏住刀背，把这把世间最重的刀，缓缓提离地面。随着她的动作，铁刀的重量传到她的脚下，只听得啪嗒两声脆响，肉铺门槛外的青石地板上出现两团蛛网般的裂痕。在这个过程里，她始终蹙着眉尖，神情很凝重。然后她把铁刀放下。

"很好，你有资格和我说话。"屠夫看着她说道，"虽然有些吃力，但毕竟提了起来。"余帘摇摇头，用手帕认真地擦拭着手指，说道："你们这些老人家总喜欢自说自话，我只是觉得太脏，难道你以为真的很重？"她皱眉，凝神，是不想手指染着血腥味或者油花。

屠夫沉默了很长时间，说道："你确实很强。"

"多谢前辈认可。"余帘说道，她说得很随意，毫不认真，她的强大根本不需要任何人认可，哪怕那个人是传说中的屠夫，也如此。

"如果给你与我相同的岁月，不，哪怕只给我一半，甚至十分之一的时间，你或者都能胜过我，甚至可能得到真正的不朽。"屠夫看着她说道，"遗憾的是，你再也不会有那些时间，所以你不够，你们书院无论谁来都不够，因为你们不够强。"

"你多年未入世间，不知道书院最强的，便是那个强字。"

"你想说继承了轲浩然衣钵的那个宁缺？他确实还可以，可惜现在的他……差口气。"

话音方落，屠夫的眉再次挑起。

秋雨里再次响起脚步声，那脚步声很稳定，在屠夫这样层级的强者里，自然能听出那人的身体重心有些问题，却依然如此稳定，那便意味着可怕。来人穿着一身破旧的僧衣，短发如怒松，神情却极平静，自雨中行来，每步之间的距离，都仿佛是事先用尺子量过，没有任何偏差。君陌，本来就是个不会行差踏错的人。

屠夫看着他神情凝重说道："或者，你也要来试试能不能拾起我的刀？"

君陌自余帘手里接过手帕，认真地擦拭掉脸上的雨水，看了一眼地上那把刀，不明白他在说什么，看着他就像看着一个白痴。余帘看着屠夫就像看着一个不懂事的孩子，说道："说你不问世事，就是不问世事，你根本不知道书院最强的人，从来都不是宁缺。"

确实，书院最强的一直都是君陌和余帘这两个人。屠夫，或者是修行界甚至是整个修行历史里最强的那个人，这里的强不是指境界修为，而是特指强度与力量，于是书院最强的两个人来会他。被两名书院的晚辈如此眼光看着，如此无视，屠夫的情绪自然不会太好，脸色变得有些阴沉，却没有说话。

余帘问道："现在够了吗？"

屠夫说道："够了，你们加起来，可以试着与我一战。"

余帘说道："老师说过名正则言顺，言顺很重要，君陌喜欢先礼后兵，所以既然够了，那么我们或者可以先聊些事情。"

屠夫深深地吸了口气，他已做好无数年来真正大战的准备，却生生被余帘用言语顶了回去，郁结的情绪，化作一个字："说！"

余帘说道："今天似乎有些不方便。"

屠夫眯起眼睛，双眉微挑，盯着她，不言不语。

余帘说道："我又不怕你，盯我有用？"

然后她转身，望向中年道人说道："你知道哪里不方便吗？"

中年道人叹道："想来是因为我在这里？不过诸位大能，何必理我？"

余帘说道："自然是因为你很强。"

中年道人微笑说道："从开始到现在，我什么事情都没有做过。"

余帘平静说道："正因为如此才了不起……直到现在为止，我连你的名字都不知道，不得不说，这很让人佩服。"对于人间来说，她是一场大雾。然而这位看似平静无害的中年道人，默守知守观数十年，连她都看不清深浅，自然值得警惕。

中年道人没有笑，没有说话，只是静静站在一旁，仿佛余帘的看重、君陌的沉默对他来说没有任何意义。便在这时，雨水变得小了些，街上再次传来蹄声与车轮碾轧道石的声音，镇那头的烤红薯铺关了，白发苍苍的老人家和中年男人父子俩坐着牛车冒微雨而行，在肉铺前稍作停留，儿子捧了两个热乎乎的烤红薯出来。

余帘和君陌接过烤红薯，点头致意，老人家抹掉白发上的雨珠，轻拍黄牛的粗颈，说道："今后想再在镇上吃就难了。"他家一直在桃山前的小镇烤红薯，烤了整整千年时间，由祖辈传到当代，从未断了传承，除了替书院看着神殿动静，最重要的原因是夫子喜欢吃他家的烤红薯，还必须是原来的炉子，在原来的小镇。大战即将开始，烤红薯的父子撤离了小镇，那些隐在雨水里、小镇外的神殿骑兵竟是没有人敢拦阻，沉默地让开了道路。

余帘撕开烤红薯微焦的硬皮，用小指头挑出些红色的薯肉递入嘴里，抿着唇咀嚼半晌，觉得虽然好吃，但也不像老师说的那般夸张。君陌想了想，没有当场就吃，而是用手帕把烤红薯仔细包好，放入怀里，然后望向那名中年道人，目光穿透秋雨，不知落在何处。

余帘在他身旁提醒道："那帕子是我的。"

君陌说道："那是师兄的。"

余帘有些恼火，不再理他，拿着烤红薯，望着槛内的屠夫说道："道门能否存续，观主不关心，你更没道理关心。"前一刻说红薯及手帕，下一刻便谈道门与人间，生活与神圣从来都不那么容易统一和谐，所以她的言行便显得有些可爱。今日小镇落秋雨，她似乎刻意让自己往可爱的路子上走。

屠夫微微挑眉，说道："你这后辈如何能懂？"

余帘看了看四周，发现街边没有垃圾桶，随手将不想吃了的烤红薯扔到被雨水浸湿的地面上，说道："不就是两边下注？"

屠夫浓墨般的眉挑得越来越高。

余帘说道："酒徒跟着观主去了，不管是助拳，还是阴恻的窥视，就算他押注在那边，你来桃山，自然是想跟着被观主抛弃的道门下注，我很不理解的是，为什么你们就没一个愿意跟着我书院下注？"

"因为书院没有昊天。"

"难道道门有？不要忘记两边下注，最容易两头落空。"

"如果我杀死你们，可以站在河岸上等着结局出现，无论谁胜，对我都没有任何坏处。"

"你一定要看到结尾？"

"是的。"

余帘带着几分恨其不争的神色说道："果然已经腐朽不堪！除了旁观，除了像条狗一样地等着，就不敢做些别的有趣的事情！"

屠夫走出肉铺门槛，拾起地上那柄刀，看着被秋雨切割成无数细条的灰暗天空，说道："等你们活得足够久了，也会像我们一样小心。"

君陌一直没有怎么说话，此时听到他的这句慨叹，开口说道："那样小心地活着，活得越久，活着越没意思。"说完这句话，他带着余帘向镇外走去，秋雨洒落在师兄妹二人的身上，微显湿意，街上的雨水被脚步踏出啪啪的响声。

站在秋雨里的镇口，君陌说道："我没有看到。"余帘眉间隐有忧色，说道："按照叶红鱼的回忆，那卷落字卷应该还有残余，如果不在那道人手里，现在是在哪里？"

此时中年道人在远处说道："二位远道而来，何不上山为客？"

余帘转身，看着他说道："恶客不用人请，今日免了。"

中年道人说道："二位先生总要有所见教。"

余帘说道："我是千年来深入西陵、离桃山最近的魔宗宗主，只凭此点，我便很满意，屠夫如果不动手，我为何要动？"君陌比她要直接得多，看着中年道人说道："见教不敢当，只是传一句话与神殿诸人，自今日起，桃山只能进不能出。"

中年道人神情微变。

便在此时，天空雨云里忽然响起一道雷鸣。小镇内外的千余骑西陵神殿骑兵，还有那些隐藏在山野树林间的神官及执事们，听着君陌的这句话，听着这声雷，怔然不知如何言语。平淡寻常随意的一句话，却是霸气到了极点。

仿佛是要替君陌的这句话做证明，秋雨深处隐隐传来密集的马蹄声，大地微微颤动，水洼里积着的雨水颤出点点轻波，明明还在远处，因为来势太过凶猛，竟给人一种风雷席卷大地，连秋雨都要吹走的感觉。

北方，徐世亲自领军的大唐铁骑，于晨时突破西陵神殿的三道防线，抵达距离桃山四十余里地的桥边镇。

东方，观海僧率领的数百名烂柯寺僧兵，冒着秋雨沉默地行着军，至于那几位弈道大师在内的佛宗强者，应该会到得更快一些。

西方，满头银发的程立雪，在雪树乡召集天谕神殿旧属，已然快要接近，他望着桃山上那座自幼生长的天谕神殿，沉默而感慨。

南方，无数秀剑闪出剑光，阴晦的山谷里，无数被雨打湿的树木迎剑而断，血色肃杀的神辇和梨花白的王辇，在数万大河军的拱卫下，缓缓靠近桃山，沿途遇到的西陵神殿执事们，连话都不敢说。

桃山已然被围，西陵神殿危在旦夕。君陌说，自此刻起，桃山只能进不能出，不是他太霸气，而是书院现在有说这句话的资格。令人感到震惊不解的是，书院方面并没有马上开始向桃山发起进攻，或者与小镇上的屠夫有关系，似乎还因为别的一些什么原因。

书院好像在等什么。同时也有很多人注意到，在这样重要，甚至可以说是最后的时刻，宁缺居然不在，而隆庆竟也不在。

之前的某日，宁缺在烂柯寺里结束了自己看石头破裂的修行感悟过程，看着雨中殿前那数百个桑桑像，脸上流露出满意的笑容。他挑出一个自己最满意的石像放进怀里，那是一个桑桑侧睡像，她睡在滚烫硬直的炕上，却依然冷得缩在一起，想要钻进某人的怀里，她的脚露在被褥外面，洁白得像是两朵雪白的莲花，令人心生怜惜。

他在秋雨里离开瓦山，再次踏上寻找桑桑的旅程，只是这一次他要显得有信心很多，似乎在冥冥里有所感知，直接便向着北方走。瓦山之前便是宋国，宋国与燕国的交界处有座很不出名的小镇，他走进小镇的那天，天空里忽然飘下雪来，听闻是今年的初雪。

小镇唯一的那家肉铺已经关了，书画铺还在，因为喜欢喝酒的酒徒不知去了何处，所以铺子里面只有茶香与墨香。宁缺走进书画铺，把在前个小镇买的炸鸡搁到桌上，望向那个背影有些微微佝偻的老板说道："陪我喝两杯？"

朝小树转过身，看着他摇了摇头，还是取了两个酒盅。

张三和李四听到声音，赶到前铺，发现是他，不由吓了一跳，下意识里到处望去，又用最快的速度扛起门板把店关上，这才来与他见礼："见过小师叔。"宁缺点点头，示意他们自己拿碗来盛米酒，说道："屠夫在桃山，酒徒在追师兄，不用理会那些事情。"

"我用了很长时间，才把这个局布置好。"

"所以再如何谨慎也应该？好吧，我承认我今天来就是想破这个局，我不想你们继续。"

"你能杀死他？"

宁缺沉默，以酒徒的无距无量双重境界，就算大师兄和三师姐联手，也不见得真能杀死，更何况是他。"我要去北方一趟，我总觉得此行有些问题。"他静静看着朝小树说道，"回长安城吧，嫂子孩子还有老爷子都在等你。"

朝小树没有应下，举起酒盅，说道："喝了这杯酒。"

宁缺一饮而尽，表示诚意。

朝小树说道："然后走。"

宁缺被赶出小镇，只好揣着石像继续向北行走。

他无法确知具体的位置，但知道在北方。小镇在宋燕之交，出了小镇不远，便进入燕境，在这里有一条与泗水平行的河流，由北向南流入大泽，再入大河，最终入海。

宁缺骑着大黑马，在河东岸的田野丘陵间疾走。

时值初冬，河水湿意被凝，常见雾气深重，尤其晨时，极不似人间。宁缺觉得在雾里看到了自己的倒影，河上的雾，仿佛变成了一面镜子。直到朝阳渐高，雾气渐散，他才发现，雾里没有藏着镜子，河那面并不是自己的影子，而是一个和自己一样骑着马的人。

那人也穿着黑衣，骑着黑马，和他非常像。

区别只在于，宁缺穿的是黑色的院服，那人穿的是件黑色的神袍。

那人是隆庆。

这条河有很多名字，在绕过唐境的二十里地里，被称为渭水，在燕国被称作易水，又名拒马河，在宋国被称为通天河，因为有条支流直接流进了风暴海里，而宋国始终坚持认为那才是主河道。没有人叫它大河，因为人间南方已经有条大河，但这条河其实很大，水量颇丰，波浪很宽，风吹稻花香两岸，养育了无数人类。

尤其是在燕境前后这段，河面极宽，隔着数百丈的距离，视力再如何强大，也很难看清楚对岸人的容颜，自然也没办法认出对方是谁。但宁缺往河对岸看了一眼，便认出了那个人是隆庆，那是一种很难用言语形容的感觉，就像是大河入海一般自然，或者说理所当然。世界如此大，易水如此寒，战事频仍，烽火连天，该逃难的人早已逃走，行走在荒野间，罕见人迹，却有人出现在河对岸。那个人理所当然是、只能是隆庆。

大黑马停下，宁缺望向对岸，便在此时，隆庆也停下坐骑，向他望了过来，两个人的眼光在滔滔河面上相遇，没有那般文艺地叙说：原来你也在这里，而只是简单地告诉对方，我看到你了，那么你便不能离开了。沉默对视片刻后，宁缺轻扯缰绳，继续向北疾行，隆庆在对岸也同样北行，他的坐骑明显也非凡物，竟能跟上大黑马的速度。

冬日临正空，宁缺有些腹饿，在一道河湾处停下，取出干粮，就着河水开始吃饭，隆庆也停下，取下酒囊饮了数口以解渴。暮色笼四野，宁缺停下，拾了些树枝生起篝火，任由大黑马去四处游荡休息，自己坐在火边烤野麦子，烤至微微焦香，然后扔进唇里开始咀嚼。没有过多长时间，对岸也燃起了篝火，在初至的夜色里显得格外醒目。晨光照大地，宁缺醒来，走到岸边掬起一捧寒冷刺骨的河水，洗了把脸，抬头望去，只见隆庆正在用皮囊汲水，对方看也未向这边看一眼。宁缺继续向北赶路，隆庆在对岸继续随行。

两个人没有说话，保持着绝对的沉默，没有目光威胁，甚至连敌意都没有流露出一丝，自然更没有破空飞去的剑与箭，桃花与神符。来到燕境深处，河水转向西方进入一片并不高的山峡地域，河面比昨日变得窄了很多，对岸的人也看得更清楚了些。

宁缺和隆庆依然沉默地前行，就像是河的两岸。

无论左岸还是右岸，其实河流的岸沿看上去总是相似的，会有水草，会有沙砾，人烟多处会有石阶，有捶洗衣服的青石，会有船上人家扔到河里的废弃物，会有漂在水面的烂菜叶子，也会有弯弯曲曲的线条。和河岸最相似的只能是河岸，但河的两岸却永远平行蔓延，除非倒溯到源头或是直到进入大泽或沧海，才会有相遇的机会。

和你最相似的往往是敌人，你和他竞争厮杀了很多年，看似很了解对方，但其实你们不曾真正地接触过对方，你们只是看着彼此。越往上游风越萧瑟，易水越寒，河面越来越窄，宁缺已经能够很清楚地看到隆庆的眉眼，看到那道已经淡了很多的伤疤，想来隆庆也能看清楚他脸颊上那几个非常不起眼的雀斑以及他肩头铁刀刀柄上缠着的草绳。

入燕北山脉两日后，直至山穷，便到了水尽处，那里有无尽浓雾，便如白云自地面生起，仿佛仙境一般美妙，也遮去了彼此的身影。有愤怒的水声，从云雾里传出，撞到山崖里，碎成无数声音的碎末，可以想象看不到的河流，在山谷里变得多么陡峭。

宁缺翻身下马，看着雾里的对岸，不知道隆庆在不在那里。

便在这时，雾里响起隆庆的声音。

"你写的是什么字？"

宁缺与隆庆被很多人认为是一生之敌。事实上，他们的命运这些年也一直纠缠在一起，二人相见次数极少，但每次相见都会走到生死关头，每次胜负都会影响他们，甚至是更宽广范围的命运以及将来。在易水畔相遇，在两岸沉默前行，没有只言片语，只有篝火对照，直至走入山穷水尽云生处，看不到彼此，才开始谈话，只是宁缺怎么也没有想到，隆庆开口说的第一句话，会是这样的内容，这让他眼瞳微缩。

宁缺在渭城外的草原上用蛮人的血水写的是什么字？他去烂柯寺在秋雨里看石头破成三块，可曾落笔？如果有落笔，那么写的是什么？是那卷交到陈皮皮手里的新教最终卷教义？还是什么？

"所有人都在西陵，你为何来了这里？"

宁缺没有回答隆庆的问题，虽然隆庆第一句话便点破他的心思，让他感觉那句俗话确实有些道理——最了解你的人，往往是你的敌人。

云雾里再次传来隆庆的声音："因为你在这里。"

宁缺神情不变，解下肩头的铁弓，似要在这里歇足片刻。

隆庆表述的意思很清楚，对于道门或者说人间来说，西陵神殿那场最后的决战固然重要，但在他看来没有宁缺的行踪更重要。

"很多人都在猜测，我什么时候才会去成京城杀你，但其实我没有这种想法，除了不喜欢被人看热闹，更重要的原因是，我没有把握杀死你……"

"我知道你不会去成京城找我，所以我一直在边境处等着你。"

"世间无数蠢货，总以为你我之间必有一战，难道你现在也变得如此愚蠢，非要按照故事里的那些套路行事？"

"我说过，我没有杀死你的把握，而且……我杀了阿打，又杀了横木，依着顺序这般杀下去，很是无趣单调，不符合书院的审美。"宁缺神情平静地看着摊在膝上的铁弓，不知何时，箭匣里的一枝黝黑的铁箭，已经被他握在手中，整个取箭的动作，竟没有发任何声音。

他说的是真话。现在隆庆确实很强大——一个连大师兄都看不透的人，如何不强大？更关键的证明在于——观主把杀死叶苏助他成圣这个最重要的使命交给了隆庆——这样的人不是那么好杀的，那么他为何要冒险去杀？可是，宁缺清楚自己也很强大，按照那句俗语的意思，隆庆应该更清楚自己的强大以及不好杀，他不想与隆庆战，隆庆为何要来拦自己？

"你满世界杀人，其实是在找人，别人不懂，我懂……你杀横木和阿打，只是想找到她，你总以为，既然他们自己说，整个人间也在传诵，他们是她留在人间的礼物或是子息，那么你杀死他们，总能获得一些信息。"云雾深处，隆庆的声音安静了片刻，再次响起，"我不同，我不是昊天留给人间的礼物，从当年那一刻开始，我更没有资格成为她的儿子，当然，现在我对这种名号也没有太大兴趣，我什么都不是，我背弃过她，我只信仰自己，在这种情况下，你就算杀死我也没有意义，何必冒险？"

宁缺的手指轻轻抚着坚硬如石、稳定如山的弓弦，说道："是的。"

隆庆说道："你不会来杀我，但我要来找你……因为我感觉到，你离找到她越来越近，我和老师的想法不一样，我认为你最有可能找到她，我不能让你继续，我也不管你最终要写什么，我不能让你再写。"

宁缺抬起头来，望向云雾深处，说道："你很看得起我。"

隆庆的声音传来："看不起你的人，都死了。"

"我以前很看不起你，在你要她当婢女的时候。"

"是的，回望当时，想想她的身份，我何其愚蠢狂妄白痴。"

"你先用了白痴二字，很强，让我无话可说。"

"多谢。"

宁缺继续说道："后来，在雪崖上我射了你一箭，结果你却活了下来，不要脸地活了下来，你开始让我警惕，因为我也是这样活下来的人……事实上红莲寺那场秋雨，你只差一点就真的杀死了我。"

隆庆的声音显得有些遗憾："但终究还是没能杀死你。"

"现在想来，一切都是天意。"

"当年昊天一直在你身边，天意自然归你。"

"如果我是你，也会不服。"

"没什么不服。"

"不然，你为何现在会在这里？"

他先前问过这个问题，隆庆也已经回答过。为了不让他找到桑桑，为了不让他写出那个字，为了道门或者人间，为了很多光辉的、伟大的、正义的……

但他再次问了一遍。

隆庆沉默了很长时间，然后给出了一个新的答案。

"是的，这是场不必要发生的战斗。昊天、道门、人间……以及你写的那个字都是借口，我只是想看看现在能不能杀死你，因为我……不服。"云雾里，他的声音很平静，仿佛扯去外衣赤裸着全身在河边玩泥巴的顽童，终于获得了自由与快乐，真实到令人感慨。

静寂一片，唯有水声滔滔。

宁缺站起身来，静静看着云雾里的声音起处，很长时间没有说话。

隆庆也很长时间没有说话。

世界很大，他们见面不多，却次次铭心刻骨，酒宴之上要侍女，二层楼登山比高低，雪崖上破境一箭，连续三次，都是宁缺获胜。因为那道铁箭的缘故，隆庆生死不知成了废人，舍了未婚妻，投入黑暗成了魔，学了灰眸功法叛出道门，以为神功大成，在红莲寺前伏击宁缺，哪里想到宁缺学会了饕餮大法，就算像两条野狗一般厮咬，最终胜利的还是宁缺。

其后还有很多故事，慷慨的、辛酸的、风光的、沉重的，两个人按照各自不同的命运，在两岸分别行走，艰难地活了下来，继续散发光彩。直至在这山穷水尽处相遇，坐而论道，论的不是生死之道，只是两个字。不服。

既然世间有宁缺，为何还要有我？

隆庆，不服。

这个故事已经太久太长，是时候了断了，理由，或者没有理由，都无所谓。

宁缺静静看着云雾深处，感受着那道意志，很是感慨。

那道意志，他曾在很多地方感受到过，比如大明湖底，比如书院后山的崖洞。他没有想到，隆庆不甘的意愿竟是如此强烈。他很尊敬对方。他举起铁弓，瞄准通过对话确认的位置，毫不犹豫满弦，嗡的一声，铁箭离弦而去，瞬间消失无踪。他的神情还是先前那般平静，平静得冷血无比，说了些话，追忆了些过往，生出些尊敬与感慨，但是，我还是要杀你。

既然已经不服了这么长时间，那么，就请继续不服下去，直至幽冥。

16

云深雾重，只闻其声，不见其人，正是交心谈话、回顾人生、各自感慨的好时刻，不说就此泯了恩仇，至少也应该惺惺相惜，有些带着文艺气息唏嘘一阵，然后才会正衣冠，以剑相向，以平等的姿态完成一生的厮杀。

谁能想到宁缺忽然出手，出手便是最强的铁箭，在这样美妙的时刻，用的是最无耻的偷袭手段，如果有观众，想必会因为他的无耻而惊叹。嗡的一声轻响，来自铁弓稳定如山的弦，铁箭破空而去，转瞬消失不见，隐在云雾里的河流哗哗作响，云间出现一道清晰而恐怖的箭洞。箭洞之前是对岸，空无一人，没有任何声音响起，那道铁箭直接掠过对岸的浅丘，飞到了遥远至极的地方，或者落进了风暴海里。

宁缺冷静甚至可以说冷血的偷袭，没有任何收获，因为他今天的敌人是最了解他的人，知道他的无耻与冷酷，必然不会给他这种机会。只是依然有些不解之处。隆庆一直在那里说话，宁缺一直盯着声音起处，他如何确定宁缺什么时候发箭，从而提前避开？

箭洞渐渐消失，被挟持着的天地元气向四面散流，卷来无数絮般的微风，万絮微风合在一处亦成狂流，呼啸声里，云雾渐散。看着渐渐清晰的对岸，宁缺的神情变得很凝重。河对岸出现了很多人，密密麻麻就像石间藏着的幽灵，这些人身上流露出强大的气息，眼眸灰暗冷幽，数百道目光冷冷地看着他，画面极其诡异而恐怖。

这些跟随隆庆的修行强者们，此时就像饥饿了很多年的狼群。

宁缺看到了隆庆。那个前一刻还静静说着不服、让所有人都以为他会谋求与宁缺公平对等一战的人，此时正站在数百名修行强者的最后方，很是谨慎、极度危险，就像他身上流出的气息，给人一种难以言明的复杂的感觉。

铁箭落空，却像是一道信号，战斗就此开始。数百名修行强者，在震天的杀声里，冲进了湍急的怒河中，已至上游的河水不深，刚刚没膝，一时间，水花乱溅，声势极为骇人。宁缺没有抽出铁刀，而是握着铁弓一端，沉默地等待着。

最快来临的自然是飞剑，数柄闪烁着异彩的道剑，破开微寒的空气和残余的雾丝，哧哧声响里，刺向他的身体。宁缺没有看这些道剑，只是盯着人群后方，渐要向山林深处退去的隆庆，当那数柄道剑在他的眼瞳上留下数抹亮痕时，他也没有眨一下眼。数柄道剑几乎不分先后刺中他的身体，喀喀数声很怪异的声响在岸边响起。

那声音很大，甚至在某个瞬间里，掩盖了愤怒湍急的河水声，那声音就像是有个孩子拿着一把钝刀试图将熏了整整十年的腊猪蹄斫开，却只能徒劳地看着刀锋在坚韧的表面滑过，留不下任何痕迹。锋利的道剑，根本无法刺破他的皮肤。瞬间接触，宁缺用昊天神辉烧灼断了这数柄道剑与剑师之间的联系。伴着那些怪异的声响，道剑变弯，然后坠地。

那些踏河来攻的修行强者，都是道门真正的高手，跟随着隆庆在东荒燕国厮杀多年，战意心志皆不寻常，此时见着宁缺的身体坚若钢铁，竟能完全无视道剑的切割，也未让他们生出任何恐惧，也没能让他们的脚步放缓片刻。愤怒的河水被脚步踏碎，数百名道门强者从彼岸来到此岸，他们召回在空中潇洒飞舞的道剑，紧握在手里，刺向宁缺的身体。这便是轲浩然、柳白教给世间所有修行者的道理——本命剑与自己越近越好，如此联系才真正紧密。自己要离敌人越近越好，如此方能无视所有防御。

一名穿着皮甲的中年男子，握着剑，神情漠然跃至宁缺身前的半空中，毫无花哨地一剑当头劈下，剑速太快，竟是连撕裂的空气都来不及发出声音。这剑有些意思，很强大。宁缺再如何强大，也不可能完全无视这样的剑。他看着那名中年男子觉得有些眼熟，想起来，这是当年叶红鱼逐出裁决神殿的一名骑兵统领，也正是后来令人间畏惧的所谓堕落统领之一。

宁缺举起铁弓，左手握紧弓臂，右手行云流水般落在弦上，随意一拉，便是嗡的一声轻响，弓弦轻振回位。那名骑兵统领不解，因为铁弓上没有箭，如何杀人？下一刻，骑兵统领的脸色变得极度苍白，灰暗的眼眸里闪过一抹亮光，暴喝声里，回剑护在了身前，因为他感受到了杀意。铁弓的弦上没有箭，但有杀意。宁缺松弦，便有一道凌厉的杀意破空而去，咻的一声轻响，那名骑兵统领手里的剑身上出现了一道清晰蚀痕，啪的一声从中断裂，紧接着，他的手腕上也出现了一道细细的血线。他的手落到了地上。

宁缺举起铁弓，将一名自侧方偷袭的修行者砸翻在地，毫不停顿地再次拉开弓弦，对着刚刚落地的骑兵统领松弦。嗡的一声轻响，那名骑兵统领的身上多出了一道血线，那道血线从左肩处一直画到肋下，深刻至极。

　　下一刻，他的上半截身体从下半截身体上滑落，就像倾倒的山。

　　湍急暴烈的河流两岸，在这一瞬间，安静了片刻。

　　谁说没有箭就射不死人？很多人都会这样说。

　　当那声弦响起于云雾散去的河滩之前，世间没有人见过空弦杀人，因为当年宁缺在红莲寺前的秋雨里，将那位紫姓统领用弦上的杀意切割成数十块肉时，隆庆和他的那些下属正在向山下逃亡，没有看到那幕画面。在秋雨里宁缺知天命，从那刻起他便有了用弓弦杀人的本事，只不过在其后的数年时间里，他一直没有用过，将这本事压在箭匣的最深处，直到今日面对那些潮涌而至的修行强者，才让其展露在世人眼前。

　　数百名修行强者不畏生死地扑将过来。

　　宁缺沉默地拉动弓弦。

　　嗡的一声轻响！一道沉重的铁刀被切成两半，执刀的强者被切断了右臂，发出一声痛苦的号叫，无法保持平衡，摔进了河水里。一名穿着道袍的中年人厉啸声声，手里的青剑化作一道游龙，带着身下的河水，挟着雄浑的天地气息，轰向他的面门。

　　他举起铁弓，对着那道河水形成的游龙拉动弓弦。

　　又是嗡的一声轻响！水龙从中断绝，中年人的道袍间出现一道裂缝，裂缝迅速扩张，鲜血喷射而出，瞬间染红河水，他重重地摔倒在血水里，再也无法站起。一名穿着皮袍的东帐强者，拉动弓弦，隔着河水瞄准对岸。宁缺看也未看，挽弓就射，那道杀意掠过激荡而起的水花，带着湿意，便有了模糊的形状，以难以想象的速度，来到对方身前。

　　啪的一声脆响，那名东帐蛮人强者手里的劲弓从中断裂，弓弦分作两截向空中抛散，散开的弦花比水花更加美丽，断裂的弓身狠狠地击打在他的脸上，恰恰砸在他的眼睛上，砸出一蓬鲜血和汁液的混合物。不过这名东帐强者没有发出悲鸣或者痛号，因为宁缺弦上附着的杀意切断他的硬弓之后，没有就此消散，而是继续前行，直接切断了他的脖颈，他的头颅摔落河水里，就像是块石头。

只需要弯弓，不需要搭箭，明明是虚射，却有真实的杀意。

这就是宁缺以铁弓杀人的手段。

他的动作很稳定，右手化作道道残影，无论是道剑还是羽箭，都不可能比离弦的杀意更快，更何况那道杀意无形无质，如何防范？湍急的河水瞬间被鲜血染红，只是个照面，便有数名强者倒毙，在他闪电般的控弦动作之前，根本没有一合之敌。

宁缺看着远处渐要隐入山林的隆庆的身影，举步向河水里走去，此时那数百名修行强者也已经尽数来到他的身边，血战继续。无数道剑符刀羽箭纵横飞舞，把河面上的空气切割成湍急的气旋，就如湍急的河水一般，里面蕴藏着无数危险。

即便以宁缺身体的强悍程度，在这样高密度高强度的攻击之下，依然受了些伤，黑色的院服已然残破，肋下隐隐能够看到些血口。但他的神情依然平静，沉默着向对岸走去，左手执弓，右手控弦，不时举臂瞄准，右手拉动弓弦，整个动作稳定到一种完美的程度。他没有受到任何攻击的干扰——那些攻击想杀死他，但无法瞬间杀死他，于是那些想要攻击他的人，都会被他的铁弓杀死。一声悦耳的弓鸣，便有一名修行强者的身上出现一道血线。无论那人穿着怎样坚固的盔甲还是修行武道后拥有强大的身躯，都无法阻止那道血线深入骨肉最深处，直至被切割成两半，或者断肢或者死亡。

没有人能阻止宁缺前行的脚步，哪怕再舍生忘死的攻击也不能，数百名修行强者组成的战团，甚至被他一个人带动着向后退去！

数百人，被一把铁弓带着后退！

弦声不停响起，嗡嗡而鸣，如乱拂琴，很像当年月轮国朝阳城白塔寺前的广场上响起的那些声音，只不过当日大师兄断了数百道弓弦，为的是不让宁缺被杀，今日宁缺不停挽弦弄弦，为的是尽可能快地杀人。且行且走且射，不停有鲜血迸溅，有人倒在河水里。

宁缺走到了河中间，他站在一块微微突起的礁石上，临风望向对岸的山林，河风吹拂着他的发，他是那样地沉默而强大。他看着那片山林，说道："你既然不服，便应该站出来，与我堂堂正正战上一场，何必让这些人送死？"

　　隆庆不在河畔，在山崖后方的那片密林里。

　　他看着河上发生的幕幕血腥画面，沉默不语，神情宁静。

　　宁缺很强大——虽然宁缺单凭一把铁弓，以弦意杀人的本事超出了他的想象，但此人的强大本来就是他的意料中事，所以他不动容。此时隆庆听到了宁缺的那句话，他没有因为被羞辱嘲笑而动怒，反而唇角微扬，无声地笑了起来，因为他知道宁缺是在说笑话。

　　他和宁缺之前，永远都不会有惺惺相惜，因为他们都不是英雄，也不会像君陌和叶苏之间那样正冠而战，因为他们不是君子。宁缺出手便是最强大的元十三箭偷袭，哪有资格说他以众敌寡？隆庆知道他的无耻，为了战胜他，自己必须同样甚至更加无耻——为了胜利他可以不惜一切代价，出卖灵魂都无所谓，还在乎别的什么？

　　道门已然风雨飘摇，他不回桃山。唐国东北边军已然深入燕境，只要兄长稍微应对失当，成京便会被屠，他不回故都。这些他都不在意，他只在意宁缺。

　　为什么？因为不服。

　　怎样能够服？当然不是堂堂正正地战胜对方，而是杀死对方。

　　死了，自然也就服了。

　　他和宁缺两个人，谁先死，谁就必须服。隆庆懂这个道理，宁缺也懂这个道理。所以宁缺那句话只是笑话，所以他笑了起来。隆庆笑了，还因为他知道自己快要胜了。

　　宁缺在渭城耗尽了符纸，在清河郡耗尽了浩然气，他还能写符，却没有现成的符纸，如果想写神符，要耗念力，他还能施出昊天神辉，但他腹内已然没有多年蓄养的浩然气，想要收纳天地元气于体内，需要耗损极大念力。

　　世人皆知宁缺是兼修数宗，道法无数的绝世天才，在夏侯之后，很难有人逼出他所有底牌，以他现在的境界实力，更不可能。但他万里奔波杀人，即便在烂柯寺里静修回复了一段时间，也不可能还像刚离开长安城时那样强大，有些手段他短时间内无法重新获得。

隆庆要做的事情，便是逼着他耗损念力。他诱使宁缺射出那道铁箭，他让数百名最后的、最忠心的、最强大的部属不畏生死地攻击，前仆后继地送死，就是为了消耗宁缺的念力。念力是修行的基础，是战斗火焰的柴木，是一切的一切。从来没有人想过凭借消耗念力来战胜宁缺，因为他的念力极其雄浑，同样是很多人都知道的事情。

隆庆敢这样做，因为只有他自己知道一个事实。

没有谁的念力，能比他更多更强！

宁缺也不能！

隆庆的信心在于他从来不是一个人战斗，他的身体里有很多人，此时河畔也有很多人，那些人是道门和东帐王廷的修行强者，不是普通的骑兵，宁缺即便是真正的万人敌，也不可能完全无视这些强者的攻击。

宁缺注意到了今天局面有些诡异——那些修行者面对自己的铁弓，竟是没有任何人选择退却暂避，而是舍生忘死、前仆后继地攻击。被他斩断手臂的修行者，换了只手握着兵器再次杀了过来；被他切掉腿的修行者，竟也蹦跳着继续跟着同伴继续攻击；那些人脸色苍白，每次跳跃便会溅出很多鲜血，随时都会死去却毫不在意，画面异常恐怖。

宁缺站在礁石上，不停挽弓拉弦，将靠近自己的敌人一一射杀在湍急的河水里，神情不变，内心却起微澜：如此强大甚至不似人类的意志，怎么会出现在这些人的身上？忽然间，他注意到这些修行强者的眼睛都有些问题，不似普通中原人的黑色，也不似蛮人常见的棕色，而是很古怪的灰色，黯淡得就像是天空里的铅云。

两百余名修行强者向着河水里冲来，围拢然后攻击，无论受了多重的伤，他们的情绪都是那样冷静，甚至显得有些麻木，他们灰暗的眼眸里看不到任何畏惧，只能看到噬人的杀戮欲望，甚至近乎于自毁的气息。看着这数百双灰暗的眼睛，宁缺觉得自己被数百只饥饿的野狼所围困，周遭的空气变得有些寒冷，生出强烈的警惕，双手的动作渐渐变缓。

——放缓动作并不是要减缓攻击，而是要求每次攻击都能取得最好的效果。能直接将对方腰斩或断颈自然最好，如果不能，那么也务求要切断对方一只脚，让对方行动困难，减缓对方狼群般的攻击密度。如此谨慎，是因为内心深处浮现的危机感。此时的河面上到处都是道剑与羽箭，天地气息被数百道念力切割得混乱不堪，他的攻击再如何神速，每次也都要付出一些代价，哪怕是一缕念力、一根寒毛的代价。再微小的代价累积多了，也会影响到最后战局的胜负，比如蚁穴于千里长堤，比如铁勺于坚固的囚房，宁缺必须谨慎小心，更何况这些饥饿如狼群般的修行强者们灰暗的眼眸让他联想到隆庆修行的那种恐怖功法，他不会忘记，隆庆直到现在还没有出手，隐在山林里的对方肯定是在等待机会。

河水依然湍急，云雾散去无踪，天空里没有烈阳，只有清淡的光线，照亮山崖怒河里的厮杀以及不远处崖下碧蓝的腰子海。宁缺继续向对岸行走，不停有人在他铁弓之前倒下，只是倒下的速度要比先前缓慢了很多，他的脚步变得越来越沉重，如凝重的神情。

隆庆确实是在寻找机会，而且他确定机会一定会出现——他和宁缺彼此之间太过了解，阴谋诡计那些手段没有太多意义，境界修为以至功法都袒露在天空与阳光之下，所谓的局只能是明局，那么一切都可以推算。在数百名修行强者不畏生死的连续攻击之下，宁缺的念力再如何雄浑，也必然会逐渐消耗，他再如何谨慎，也终究会露出漏洞。

林叶洒落的斑驳树影在隆庆的脸上，仿佛增添了无数道伤疤，他安静而专注地看着河间的战斗画面，看着宁缺走下礁石向自己走来。

宁缺控弦的动作依然那般稳定，脚步也是那样稳定，但……太稳定。他举手挥弦，投足入水间，节奏精确得难以想象，然而正是这种绝对精确的节奏，反而生出一种略显生硬的感觉。最开始战斗的时候，宁缺曾经表现出来的那种自如感觉，不知不觉间已经被鲜血和残肢磨砺得不知去了何处，他只能凭借精确来控制整个战局。

想要控制，那意味着他已经快要控制不住。

这就是隆庆一直等待的机会。

山林里忽然生出一道寒冷死寂的阴风，十余只飞鸟惊得呀呀乱叫四散飞去，却未能越过林梢，便被那道阴风冻僵了身体，摔了下来。地面出现一层浅浅的霜，那道霜一直延伸到林外，直至到了河畔，冻住了最先上岸的几朵浪花，然后生出千层雪。隆庆的身影像幽灵一般，出现在湍急的河水上，出现在宁缺的身前，他的身后是两道仿佛车辙般的印迹，淡淡印在那些冰霜之上。林间河畔的冰雪异象，是因为他在这瞬间，毫不犹豫释放出所有的寂灭气息，暴发出难以想象的速度，直接扑杀到宁缺的身前。

其时，宁缺刚刚拉动铁弓弓弦，将一名强悍的东荒武者射成两半，他的右脚刚刚上抬，将要踏上前面那颗有些湿漉的礁石。他举手然后投足，其间自有节奏，不为河面上那些恐怖的剑意刀风所破，只要保持这种节奏，他便可以一直前行，不用停留。隆庆有力量打破他的节奏，而且正是在他节奏最关键的那个点上。

一朵幽寂的黑色桃花，带着难以形容的寂灭意味，居高临下，轰向宁缺的面门！宁缺的左手握着弓柄，右手刚刚离开弓弦，正在揽雀尾的后续动作里。电光石火间，宁缺收回右手，握住铁弓下端，左手握着铁弓中段，双手向前一顶，挡在那朵黑色桃花之前。整个动作一气呵成，仿佛早就料到隆庆会在此刻出现。但只有他自己和隆庆知道，一气呵成，并不是水到渠成，他的节奏被打破，念力被耗损，揽雀尾的右手想要扶山阿，终究还是欠了一分。

隆庆站在礁石上面无表情看着他，双脚稳定如生根，宁缺站在河水里，右脚还没有落到礁石上，摇摆难定。黝黑的铁弓，抵着幽黑的桃花，湍急的河水在这一瞬间安静了片刻。然后，轰的一声巨响！隆庆脚下那块黑色礁石碎成无数碎末，恐怖的气浪向四面八方扑涌而去。河面上出现一道清晰得有如犁出来的深痕，那是宁缺被震飞时，双脚在河面上留下的痕迹，他像块石头倒掠过河面，重重地砸到山崖间！

烟尘弥漫，大地震动。河水重新开始流动，依然如前一般湍急。

隆庆站在河水里，黑色神袍上有很多灰尘与河水，浑身湿漉，头发散乱披着，脸色苍白，唇角淌出一道血水，看着极为狼狈。然而他的眼睛却是那样明亮，明亮得有如星辰。他看着河对岸的山崖，烟尘已敛，那里出现一道黑黑的洞口，没有人知道，宁缺究竟被砸进山崖里多深。隆庆知道宁缺没有死，但他知道自己在这次硬碰硬、没有任何花哨、没有任何技巧可言、纯粹较量念力和境界的对冲里获得了胜利，这很重要，所以他露出一丝微笑。

片刻后，山崖里传来宁缺的声音，显得有些疲惫，但还算稳定。

"用这么多忠心的下属耗我的念力，然后再来偷袭……未免太过无耻了些，我看你现在微笑的模样，似乎还很得意？"宁缺走出山崖，看着河里的隆庆说道。他的前襟上满是血水，不是被铁弓震出来的，而是咳出来的。隆庆看着他微笑不语。

那些饿狼般的修行强者，不待命令，越过他的身畔，向着对岸的宁缺杀去。河畔再次杀声震天，天地气息被剑与刀与箭切割成无数碎片。隆庆根本不会给宁缺任何冥想恢复念力的时间或者说机会。铁弓的声响再次压倒滔滔水声，开始收割生命。

一切仿佛都和先前一样。但其实一切都已经不一样。宁缺的动作依然稳定，却更显生硬，他的神情依然平静，眼眸深处却有谁都看不明白的情绪。那些修行强者明显被隆庆的秘法所控制，或者至少说被赋予了某种限制，眼睛变成灰色后，实力虽然没有得到什么增长，但意志却变得极其可怕，真正把死缠烂打发挥到极致，如果没有被杀死或者打烂，便会给宁缺造成麻烦。在很多人想来，只要境界实力够高，便可以杀死世间所有敌人，却没有想过，只要是人那么总会累的，而念力总会有枯竭的那一刻。

宁缺的念力逐渐消耗，还未枯竭，但已有征兆。便在征兆出现的那瞬间，死寂的气息再次出现在怒河两岸，水里石下那些耐寒的厚皮鱼都被冻僵，隆庆再次来到他的身前，一朵黑色的桃花盛开，扑面而至。宁缺没有闻到淡淡花香，也不会欣赏幽美的黑色花瓣。

他盯着黑色桃花后的隆庆，正在揽雀尾的右手，没有强行收回去握铁弓，而是顺势后扬，于寒风凛冽里，握住铁刀刀柄！锵啷一声！锋利的铁刀出鞘，岸畔的寒风为之一顿，然后撕裂！他看也未看那朵袭向自己面门的黑色桃花，只是盯着花后的隆庆。铁刀凛冽，越过黑色桃花，斩向隆庆的面门！他很清楚，如果任由局势发展，自己可能被活活耗死，就算杀死隆庆所有的下属，隆庆掌握先手后，自己也很难活下去。

怎么看都很难活，那么，只好一起死。

他看着隆庆，发出邀请。

不能同生，便要共死，除了形容生死不渝的情侣，有时候也会用来形容不共戴天的仇敌，只不过那种时候一般会改个说法叫你死我活——而事实上当杀红眼睛，到了你死我活的阶段，往往最后都会一起去死。

宁缺没有理会轰向自己面门的那朵黑色桃花，直接一刀砍向隆庆的面门，发出一起去死的邀请，却不是真的想和对方一起去死，而是坚信隆庆不肯随自己一起去死，那么必然要避，于是他便可以扭转整个战局。对此他很有信心，因为他出身草根，自幼便在生死之间挣扎，比谁都明白只有不怕死才不会死的道理，而隆庆出身高贵，好不容易才重新攀至人生巅峰，哪能在如此短暂的时间里便放弃所有？

就算隆庆当年自深渊里爬起的过程里明白了很多道理，对死亡和失去有了全新的认识，他也应该清楚，论起身体的强度，这个世界上没几个人能比宁缺更强，这种蛮横的互杀，他不可能占任何便宜，那么他也应该退。

不管怎么想，隆庆都应该退，应该选择避开自己的铁刀。

宁缺这样认为。

于是当那朵幽幽的黑色桃花没有受到任何影响，坚定而肯定地破风而起，挟杂着仿佛无穷无尽的天地气息轰到自己的胸间时，他很是不解。剧烈的痛楚从胸口传来，向四周散开，仿佛要撕裂一切的力量，直接让他的肋骨断裂，鲜血不停地涌出，他眼前的世界变成血红的一片。在最后还能避免同归于尽的那个时刻，掌握着主动权的隆庆没有选择避让，而是沉默地继续攻击，只是不知为何黑桃落在了宁缺的胸间。

轰的一声巨响，宁缺的黑色院服被撕裂成无数碎片，鲜血狂暴地溅射，他的双唇、鼻孔以至眼睛耳朵，都在不停淌血。同时，宁缺的铁刀也落了下来。不偏不倚，重重地砍在隆庆的额头上！极其恐怖的一声闷响！他没有戴银面具，但他的脸上仿佛戴着件无形的面具，正在不停地抵挡着刀锋的切割，极其凄厉的声音，骤然响起！

隆庆的面容瞬间苍白，眉眼扭曲，显得极其痛苦。一声厉啸从他薄薄的双唇间迸出来！无穷的天地气息被他召至，通过黑色桃花向着宁缺的胸腹间轰去！宁缺已经变成血人，被染红的眼睛，却还是那样地冷静。他承受着寻常人难以承受的痛苦，将全身的力量，都压在了铁刀上！锋利的刀锋，向着隆庆的面门再进一分，一道鲜血流了下来！隆庆的啸声变得更加凄厉，如荒原上的野狼嚎叫，又像是某种哀鸣。他的眼睛变得灰暗无比，他的眉毛随风而飘，他的容颜在狂喷的气息间，竟似乎在发生着某种变化，要变成另一个人！

宁缺感觉到前所未有的危机，却依然沉默，继续落刀。

隆庆的啸声持续，面容不停幻化，竟仿佛可以随时变成无数个人！随着他的变化，一道恐怖的力量覆盖了他的脸，生生地挡住了铁刀！

一朵黑色的桃花落下，一道黑色的铁刀落下，生死虽然没有立见，却都站在了悬崖边，这个过程看似很漫长，实际上很短暂——怒河两岸的修行者根本来不及前去帮助隆庆，二人已分，战局已分，自然胜负亦分。

一道震耳欲聋的声音响起，河水如倒瀑般向天空飞去，震起数道百丈高的水帘，水里满是青苔的石头，翻滚着碰撞着，然后碎裂。左岸河滩上出现一个极深的坑，宁缺倒在坑底，浑身浴血，不知断了多少根骨头。隆庆站在坑外，神情肃穆，满脸鲜血，宛如魔神。

"你以为我怕死？"

隆庆的脸上没有任何表情，说完这句话，他的脸上忽然现出一丝痛苦之色，弯下腰咳出两口血，然后厉狠地再次站直身体，重复问道："你以为我怕死？"

"背叛自己的信仰，生不如死，我现在体内有无数种念力，彼此挣扎冲突，我每天都过得生不如死，你以为……我会怕死！"他对着宁缺愤怒地吼道，像是在发泄什么。

"可你还是怕死。"

宁缺扶着坑边，站起身来，看着他说道，受了如此重的伤依然没倒下，已经与境界实力无关，只在于那口气，他的浩然气已然化作清河郡那场快意的风，但那口气还在。

隆庆没有想到他还能站起，说道："佩服。"

此时河畔还有数十名修行强者，没有死在铁弓之下，在二人简短对话的时间里，都拥了过来，举起手里的刀剑攻向宁缺。今天这场战斗看似是宁缺与隆庆之间的事情，实际上那些境界远不如他二人的修行者在其间发挥了极重要的作用，附骨之疽，不外如是。

宁缺伸手抹掉自己脸上的鲜血，手掌下落的过程里，自胸腹间掠过，蘸满了更多的鲜血，然后伸到身前的空中，散开五指。血水顺着他手指的弹动，化作无数细微的血滴，向四周飘去。河风轻拂，他用血水在风里写字。他的脸色骤然苍白无比，哪怕涂着的鲜血也无法掩盖。无数凌厉至极、锋利至极的符意，瞬间笼罩整片河滩。

掠至他身周的那些修行者，发出痛苦而愤怒不甘的号叫，就像被绊马线拦倒的战马，断腿落臂，纷纷砸落在地上，痛号声与河水声混在一处，格外刺耳。

隆庆神情不变，伸手在空中一招，一名倒毙在河水里的道门神官手里的道剑，应召而至，在他身前化作一道清光，斩断悄然袭来的最后一道符意。偷袭未能得手，宁缺神情不变，静静看着他说道："你看，我还能再战。"

隆庆伸出右手，平伸在河风里，说道："请。"

河滩上到处都是符意与剑光。不知道过了多长时间，宁缺的符写完了，隆庆身前散落着百余柄断裂的道剑，他们遥遥相对、浑身是血、脸色苍白，都很疲惫。修行界的战斗很少会出现这样的场面，两个人的境界实力如此接近，如此了解彼此，以至于只能硬拼，直至最后都油尽灯枯。真正的油尽灯枯。

长时间的安静。

河水哗哗，唱着一首不知什么意味的歌。

"还能战？"

隆庆问道，声音嘶哑到了极点。

宁缺沉默不语，低着头看着脚下的血泊。

"一直传说，你的念力要比柳白的更加雄浑，我一直不信，但今天却是信了，我布置了这么长时间，死了这么多部属，才把你耗尽。"隆庆似笑非笑说道，"不过……终究还是耗尽了不是吗？"

宁缺抬起头来，看着他说道："你的念力呢？还能有吗？"

隆庆被他看穿，却神情不变，说道："先前那刀你没能斩死我，你就败了。"

宁缺忽然笑了起来，这是战斗到现在，他第一次笑："那只不过说明你脸皮更厚一些。"

隆庆平静说道："这也是优点。"

"问题在于，现在我们都没有念力，你凭什么认为还能胜我？要知道当年我不会修行的时候，就已经很擅长杀人。"宁缺解下铁弓，看着他说道，"刚才你硬接我那一刀时，脚踝骨都已经碎成了渣子，所以你只能一直站在原地，那么你现在能怎么躲？"

说完这句话，他弯弓搭箭，准备射人。

他此时念力枯竭，射不出元十三箭，但他还可以射箭。

就像他说的那样，他是书院十三先生的时候，可以弹指杀人，他是渭城边兵的时候，同样很擅长杀人，杀人，从来都和念力没有关系。此时他与隆庆之间只隔着数十丈，中间没有任何阻隔。隆庆脚踝骨尽碎，在那处已经站了很长时间，他怎么避开宁缺的这道铁箭？

如果说这是隆庆的局，宁缺便是破局人。他破局的方法，就是顺流而下，按照隆庆的方法，达成自己的目的。从最开始的时候，他就知道隆庆想要做什么，他很配合，冒着险，受着伤，不停地配合，让战局走到最终这步，双方都念力枯竭，变成了普通人。

在普通人的时候，隆庆是燕国皇子，而他？

他是梳碧湖的砍柴人。

看着宁缺手里的铁弓，隆庆微微眯眼，情绪变得异常复杂。

宁缺神情平静，准备挽弓。他觉得挽这个字，真的很好。他与隆庆之间的战斗从那场酒宴开始，直到今天已经持续了数年时间，数次较量他都获得了最后的胜利，但他知道这并不是自然而然的事情，不是说自己天生就比隆庆强，是对方的克星，而是因为机缘或者说天意。当年隆庆惨败在他手下之后，世间很多人都开始轻视隆庆，唯独他没有，哪怕他表面上显得特别不在意对方，实际上他特别在意这个人——因为既然已经胜利过，便不想再输给对方，因为他知道隆庆很强，什么都强。

在他这一生所有敌人里，他最重视的就是隆庆，当年在红莲寺发现对方行踪，他毫不犹豫便是连射七箭，这是谁都没有过的待遇。很多年前，他们之间真正的恩怨从雪崖上那道铁箭开始，很多年后，他准备用怒河畔的这道铁箭结束。

隆庆忽然笑了起来。

直到此时，宁缺才真正看清楚，隆庆眼中复杂的情绪不是别的，而是戏谑、嘲弄、轻蔑、同情和些许困惑的综合体。一个念力枯竭、无法移动，只能等着被箭射死的人，不会有这样的情绪，这种情绪向来只属于胜利者。那些情绪，在下一刻消失无踪。因为情绪是有颜色的，而隆庆的眼睛里没有任何颜色，没有黑色，没有白色，没有光明，也没有罪恶，只是灰蒙蒙的一片，像极了冬天家家户户烧煤的成京城的天空，像极了被水打湿然后再也无法晒干的道卷。混沌的，灰暗的，邪恶的，恐怖的。

他的右手悬在身旁。数名道门神官在右手所向的那片河滩上，奄奄一息，将要死去。忽然间，这几名神官五官痛苦地扭动起来。隆庆闭上眼睛，深深地吸了一口气，显得很是沉醉。他睁开眼时，灰眸里仿佛多了很多灵魂。他看着宁缺挥手。河滩上无数沙砾破风而去，哧哧作响，如万道利箭。啪啪啪啪，密集的击打声响起，宁缺身上出现无数血洞！铁箭落在地上，他再也无法站立，单膝跪倒。

"你最大的错误就是太过自信。

"你真以为你的念力数量世间第一？

"以前或者是，但在我修行灰眸之后，就不再是。

"我化身万千，念力无数，你如何能是我的对手？"

隆庆举步向他走去，碎裂的踝骨似乎也已好了。在他的身后，隐隐约约出现无数张模糊的脸，他走到宁缺身前，摊开双手，指着河滩上到处都有的重伤的修行者或是尸体，说道："只要我愿意，我随时可以得到念力。我带着他们来杀你，一是为了消耗你的念力，同时也是为了最后时刻补充自己，他们就是我的食物，本来也能是你的。"

隆庆看着宁缺说道："这是我替你我安排的一场盛宴，我不理解为什么到了最后你还不肯享用，既然如此，那么你就只能成为最后的主菜。"

"为什么不肯？因为人肉不好吃。"宁缺痛苦地咳了两口血，他这时候才知道隆庆情绪里的困惑来自何处，想来隆庆一直等着他用饕餮大法来对付他的灰眸，就像多年前在红莲寺前那场秋雨里一样，却没有想到他战至山穷水尽处，依然没有用，他看着隆庆继续说道，"我吃过你的肉，同样不好吃。"

隆庆早已做好宁缺动用饕餮大法的准备，为此他在河畔这些修行者的身上都下了手段，却没料到宁缺始终不动，竟只是基于如此简单的原因。

"好不好吃……很重要吗？"

"很重要。"宁缺说道，"老师教过我很多道理，但我只记得这一条。"

隆庆不再多言。他举起右手，河滩被寂灭的气息笼罩，数百名修行者无论生死，都颤抖起来，他的眼睛变得愈发灰暗。很短的时间里，他便重新恢复了强大。他从残破的黑色神袍里，抽出自己的本命剑，那柄如黑色桃花的剑。这剑或者说这花，是从他胸间那个洞里生出来的，他今日终于胜了宁缺，宁缺马上便要死。

这让他无比喜悦，心花怒放。

于是那柄剑上的黑色桃花，怒放着，极为丰美。

在黑色桃花盛开，然后飘落的过程里，宁缺想起了很多事情。这不是临死前的时光回溯，因为他不认为自己马上就要去死。他只是想起书院登山试的时候，在柴门那里，隆庆看到的应该是君子不争，而自己看到的是君子不器。书院不器意究竟是什么？他向陈皮皮请教过，却发现那是一种很玄妙的概念，每个人的体会各自不同。形而上者谓之道，形而下者谓之器。不器，便是道？还是说不拘泥于规则，就像夫子那样……真正的无矩？

宁缺想要修至无矩的大自由境界，还有无限远的距离，但他在这刹那里，却隐约明白了其中的某些道理。人世间很多事情，不能计算，就像隆庆一样，计算再如何周密，依然会有很多意外发生，比如这场盛宴，他始终不肯举箸。相反，只随心意而行，不去思及后果，或者反而会有比较好的结局，所谓的底牌，所谓的应对，想那么多做什么？

　　宁缺想这些事情的时候，依然低着头，半跪在坑底。

　　他的右手满是血，握着铁弓。

　　他挥动铁弓，向前挥去。

　　他看也未看，想也未想，随意一挥，却是那样地潇洒如意。

　　隆庆想要避，却发现怎样也避不开。

　　宁缺挥动铁弓，仿佛当初在长安城里写下了那一笔。原来写符真的和写字是一个道理，越无心，越好。鸡汤帖写的时候便无心，所以最好，能让所有人感动。

　　他的这一挥无心，所以不能避。

　　啪的一声脆响！隆庆才被勉强修复的脚踝，再次破裂，身体倾斜倒下。

　　宁缺手里的铁弓不知何时已经穿过河风，套在了隆庆的颈间！隆庆暴喝一声，反提道剑，用剑柄处的黑色本命桃花，抵住坚韧的弓弦。二人倒在了河滩上，身上的血水被污泥涂抹。宁缺闪电般提起右膝，抵住他的后背，拉动铁弓，想要用弓弦将他勒死。隆庆倒提着黑色桃花剑，剑锋也已经快要触及自己的胸腹。

　　他将识海里的念力尽数逼出，唤来无数天地气息，却无法脱困。

　　宁缺的力量，在此时显得特别可怕。

　　留给隆庆的道路，似乎只有两条：或者被铁弓绞死，或者被自己的剑刺死。

　　哧的一声轻响。剑锋破衣而过，刺进了隆庆的身体！他却没有死，因为胸腹间，有个洞。这柄幽黑的剑，穿洞而过！噗的一声！宁缺的胸口被剑锋刺破，鲜血狂飙。隆庆胸口的洞，是宁缺当年用箭射出来的。现在他用这个洞，在宁缺的胸口刺出一个深深的血洞。

　　或者，这便是因果？

弓弦距离隆庆的颈，只有一寸。

黑剑距离宁缺的心，也只有一寸。

选择权，在隆庆手里。如果他不用剑柄抵住弓弦，剑锋便能继续深入宁缺的身体，只是那样，他的颈也会被弓弦割断。选择权，也在宁缺手里。如果他不再继续试图用弓弦绞杀隆庆，那么隆庆的剑，也不会继续深入自己的身体。

这是真正的同生共死。

河滩泥涂里，只有急促的喘息声，只有沉默的搏命。他们都是像野狗一样生存下来的人，无论攀至怎样的巅峰，到最后的时刻，还是要像野狗一样互相厮咬。

隆庆无法转头，喘息着问道："刚才你铁弓一挥，用的是什么手段？为什么我怎么都避不开？既然和念力无关，为何你先前不用？"宁缺在他的身后，说道："书院不器意。"

隆庆带着一丝残忍意味问道："现在怎么办？一起去死？"

宁缺说道："我不介意。"

简短的对话过程里，二人实际上还在用力。

弓弦发出吱吱的响声，剑锋刺进宁缺身体，缓慢地深入。

"你不敢，因为你不想死，你还要找她。"

"不想死不代表怕死，而你说这句话证明你怕死。"

隆庆像是受到极大的侮辱，愤怒地暴喝道："我怎么会怕死！"

"最开始你的本命桃花，没有击中我的面门，而是落在我的胸口，因为你低了头，你只敢用额头去迎我的刀，却不敢用脖子。"

"那又如何？"

"你低头了，我没有低头。"宁缺吸了几口带着泥腥味的空气，面无表情说道，"所以你死，我活。"话音方落，他暴发出全部的力量，残余的最后力量，向后拉动铁弓！

隆庆发出一声愤怒的吼叫！弓弦落在他的颈上，带出一道清楚的血线。

黑剑的剑锋，刺入宁缺的胸腔，刺进他的心脏。一道难以言喻的绝对痛楚，传遍宁缺的全身，让他难以自主地颤抖起来，脸色苍白如雪，双唇铁青如墨，痛苦地喊叫起来：啊！！！！宁缺痛苦地喊着，双手不停地后拉！刺啦一声轻响！隆庆的颈断了。

他全身散力，像散架的木偶一般，躺在了泥滩上。

宁缺急促地呼吸着，眼瞳有些涣散，握着铁弓的双手不停微微颤抖，直到过了很长时间他才稍微清醒了些，艰难地松手，滚到一旁。他的胸口有个极深的血洞，心脏上有严重的破损。他痛苦地蜷缩作一团，环抱着双臂，不停地抖着。

河畔的风，寒冷得沁人心脾，因为他的心裸露在血洞里。隆庆就躺在他的身边，双眼看着灰暗的天，满是惘然不解，此时，他的眼睛终于不再是灰色的了。和这个漫长的故事比起来，结局竟是如此地简单，来得如此快。正如宁缺所说，如果隆庆不怕死，集合他和宁缺两个人的力量，他的黑剑绝对可以刺穿宁缺的心脏，只是那样他也会死。

这些年，隆庆活得很痛苦，可他不想死。

到最后一刻，他还是不想死。

所以他死了。

17

厚云遮着天空，一片阴晦，远处崖下的碧蓝腰子海，宁静美丽，没有人打扰，山崖间那条溪河放肆地奔流着，发出轰鸣的声音，显得极为欢快。

不知道过了多长时间，宁缺醒了过来，因为失血而极度苍白的脸颊上流露出惘然的情绪，用了段时间才真正地清醒，记起先前发生了什么事情，一手捂着受创严重的胸口，想要站起身来，却发现很困难。如此简单的动作，便花费了他很长时间，带给他无数的痛苦。他身上的院服已然破烂不堪，浑身的鲜血已被寒冷的空气凝结，像是刚刚逃离地狱的厉鬼。

战斗结束之后，大黑马便从山林里奔了出来，一直守在他的身旁，此时看他虚弱不堪的模样，赶紧蹲到他身旁，用温热而坚实的身躯撑着他。宁缺用左手轻轻抚摩它的颈，艰难挤出笑容表示感谢，然后望向四周，只见河滩以及河水里到处都是尸体，只是水里的血已经被冲淡，很难看见。那数百名像饿狼一样恐怖的修行强者都死了，很多死在他的铁弓下，还有很多则是死在隆庆的手里，死者们的脸上都有一抹很诡异的死灰色，显得特别枯槁，应该是被隆庆吸取干净念力后的结果。宁缺注意到，几名神官尸体旁有数十只倒毙的飞鸟，那些飞鸟的喙里还残留着几丝血肉，看来这些人的身体里都被植进了某种剧毒。

隆庆的尸体就在他的脚下，依然瞪着眼睛，看着灰暗的天空，始终不肯瞑目。他没有替敌人收尸的习惯，但想要在他身上找些东西，蹲下身开始仔细地搜寻，在那件破烂的黑色神袍里一无所获，却意外地发现，隆庆的伤口里，隐隐约约能够看到几抹金色的反光，他微微皱眉，不明白那是什么。他拾起落在地面上的那根铁箭，用箭镞刺进隆庆的尸体，把那些金色的事物挑了出来，才发现是极细的金线，而且不止一根，到处都是。

宁缺只知道修行界有个疯子做过类似的自残行为——叶红鱼为了对付他的饕餮大法，在身体里植了很多金线——没想到隆庆也这样做了。那些修行者身体里植入的剧毒，隆庆身体里植入的金线，自然是针对他的局，先前那场盛宴，隆庆用灰眸吸取部属们的念力，如果宁缺用饕餮应对，便会落入他的局中，其后的胜负生死，那便是谁也说不准的事情。

宁缺看着隆庆死后却比生前更有光泽的眼睛，沉默不语——今天这场战斗，有很多重要的关键点，他始终不肯用饕餮，完全出乎了对方的意料。很久以前他和夫子聊过这件事情，师徒二人在美食方面的造诣相差有如天地，但对这方面的看法前所未有地获得了一致：人肉真的不好吃。能够进行这种讨论，是因为师徒二人都做过这种疯狂的事情。

当然，如果真到了生死立见的时刻，比如很多年前他背着桑桑在百里赤地里逃亡的那种时刻，或者他依然什么都会吃，饕餮又算什么？他今天之所以没用，是因为他总以为隆庆还会有别的手段，最强的手段——那也正是他搜寻隆庆尸体的目的，不料却没有找到。

天书沙字卷，一直在隆庆身边。在宋国都城，他用这卷天书破了四师兄的河山盘，那卷天书还有残余，如今却在何处？书院现在很重视那七卷天书，准确来说，是道门手里的六卷天书，余帘和君陌在桃山前小镇看屠夫的同时，也在看天书落字卷是否还在中年道人的手中，宁缺也是如此，而现在已经确认天书都不在原先主人的身边，那么必然是在观主手里，观主想用这些天书做什么？不用想也知道那必然极为重要。

宁缺站在原地想了想，待精神恢复了些，拍了拍大黑马的颈。大黑马知道他准备离开，没有等他翻身上马，而是微屈前蹄，向侧方一拱，便把疲惫无力的他拱在了鞍上，然后踢踢踏踏踩着松软的河滩离开。他抱着大黑马的颈，注意到它的前蹄上染着血，想到隆庆的坐骑不知所终，大概明白了些什么，然后便被山崖间再次生出的云雾吸引了注意力。

大黑马奔下山崖，沿着碧蓝腰子海继续北行，在热气蒸腾的温泉处停了一夜，宁缺泡在热水里调息冥想，确保伤患不会恶化，才放下心来。

这场战斗很血腥惨烈，也有收获，比如他懂了一句话。

山穷水尽处，有白云生。云深处有没有路，不需要去考虑，有没有柳暗花明，更不需要去想，村落和猎寨都不需要去寻找——他挥出铁弓的那一刻，便是如此想的，也是如此做的。不是只有更邪恶才能战胜邪恶，不是只有更暴力才能战胜暴力，不是只有饕餮大法才能战胜灰眸，随心而行，或者便能见自由。这或者便是真正的书院不器意，便是夫子让他在柴门后那块石头上看见君子不器四字的真义，那同样也是一种教诲，宁缺明白了。

他很清楚这有多重要。

如果未来的某天，他真要写出那个大字，便必须明白这个道理

这场战斗，同时也给了他某种心理上的暗示，因为太痛太苦太惨，所以他总觉得这应该是万里奔波求见天颜之前的最后一个关隘。他取出那块石像，看着雾里静静侧卧着的桑桑，默然说道，你要等我来。

离开碧蓝腰子海，宁缺骑着大黑马继续北行，东荒草原上到处都是被烧焦的帐篷以及战马的尸体，荒人击溃了左帐王廷最后的骑兵，没有人会来打扰他，奇怪的是他也没有去找那些荒人寻求给养或者线索，显得格外小心。

一路向北，来到贺兰城镇守的那道峡谷处，他才让大黑马停下，远观四野静寂无人，将手指放入唇里，吹出一声极清亮的口哨。哨声远远传到众山群岭中。有飞鸟惊起，有走兽低哮，然后有急促的蹄声向远方去。

宁缺在原地等了三天时间。第四天的清晨，朝阳初升，一匹极为神骏的野马，迎着晨光疾驰而至，长长的鬃毛在风中狂舞，健美的身躯被汗水涂湿，格外美丽。那匹野马奔至宁缺身前停下，低首送来一个消息。宁缺识得这马是黑驴破辇前的八骏之一，伸手拍了拍表示感谢，然后开始查看这份嘎嘎号令草原无数生灵打探来的消息。

嘎嘎不知用什么手段，让某个人类懂得了它的意识，还让那个人类写了封信，信上的语句很简单，意思也很清楚："在寒冷的北方，最狡猾的雪狐和最警惕的雪鸡，正在纷纷死去，没有野马和雪狼看见那个擅于猎杀的猛兽，但一定会有这样一只猛兽。"

宁缺看完那封信，望向北方。

和石像预示的相同，都是北方。

夫子曾经说过，所有地方的北方，都在一个地方。

——没有人发现她的踪迹，但发现了一只猛兽留下的痕迹，那只猛兽，或者是一只青毛狗，或者说青狮。

宁缺神情不变，握着信的手却变得有些僵硬。

他翻身上马，轻夹马腹，向着北方而去。

一路北行，风雪渐骤。

宁缺敛神静气，谨慎沉默，不与荒人相见，甚至很注意不在雪上留下什么痕迹，因为他不想被任何人发现自己的行踪，从而发现她。

他在被昊天遗弃的山脉里前行，他是那个被昊天遗弃的人。

或者说，他把昊天遗弃在了人间，现在他要去找回她。

热海到了，毫无热气，只有厚厚的雪和刺骨的寒意。

宁缺牵着大黑马，走在荒人废弃的木屋里，回想着当年老师带着自己和她来到这里的情形，想着那场只有天地师见证的婚礼，心头微温。他怀里的石像也很温热，告诉他来对了地方，她应该就在这里。但她究竟在哪里？

他走到一座木屋的窗边，看着黑暗的雪海和那座难以想象其高度的山峰。

窗里有盏油灯，桑桑静静看着他，如银月般的脸庞被昏暗的灯光照亮。

她能看到他。

他看不到她。

他们本来就是两个世界的人。

宁缺在窗边站了很长时间，直至双眉被雪染成白色，才离开。

走到雪林畔时，他忽然停下脚步。

他看着树下某处，握着缰绳的手颤抖起来。

树下有些吃剩的鸡骨头。宁缺看着那些鸡骨头，沉默了很长时间。

大黑马有些不安地打了个响鼻，回首望向那个木屋，情绪有些不安。宁缺忽然转身，牵着它重新走到木屋前，推门而入。屋内依然一片黑暗，没有一丝灯光，空荡荡的，没有人。宁缺松开缰绳，走到窗边，望向雪海。

桌上那盏油灯亮着，桑桑静静地看着他。

他还是看不到她，但他知道她就在这里，所以他开始说话。

"隆庆死了。"他停顿了会儿，继续说道，"在燕北，我杀了他……我也没想到，这件事情会这么简单地结束，在我原先的安排里，我准备把他废掉，然后把他关进魔宗山门，让他永世不得解脱，就像小师叔当初对莲生那样。但后来一想，这其实很没有道理，他并没有太得罪我，除了当年对你的态度有些糟糕，而且曾经试图用你威胁我，而且那些都没有变成现实……莲生杀死了笑笑，他没有伤害过你，我的反应有些过于激烈。"

宁缺转身，望向黑暗的房间，说道："从在那棵没有树皮的桑树旁捡到你，我这辈子最激烈的情绪，都是因为你而起，最开始的时候杀爷爷，然后到隆庆，想起来最开始进渭城的时候，我为你打过好几场架。"

桑桑与他隔得极近，如果没有那道屏障，或者可以听见彼此的呼吸声，听着他的话，她的神情依然冷漠，睫毛却缓缓落下，似有些疲惫。

"我去了烂柯寺，雕了很多石像……你的像。"宁缺从怀里取出石像，搁到窗前的桌上，说道，"不知道你还记不记得，那年生病的你在禅院里说的那些话，但我还记得。"

桑桑望向桌上，看着侧卧静眠的自己，眼中流露出好奇的神情。

"当然，我最先去的渭城，我总以为那里对你我有比较重要的意义，你可能会待在那里，可惜没有找到你，嗯，我在那里杀了很多人。"宁缺忽然停止了述说，沉默了很长时间后，说道，"我不想说了……痛哭一场，捅自己一刀，逼着你出来，那没意思，反正我来了……"

他看着身前空无一物的黑夜，说道："你出来。"没有煽情，不需要追忆，只是平静地要求，就像过去很多年里那样，你给我端茶，你给我倒水，你把脚搁到我怀里。

安静的木屋里，响起一声轻不可闻的声音，仿佛最薄的纸被最锋利的刀割开，又像是最脆的琉璃从高空落到地面，碎了，然后开了。昏暗的光线，渐渐弥漫整个空间，从一丝直至万缕，最终照亮整间木屋，照亮桌上侧卧的石像，照亮宁缺的脸，也映出她的身影。

宁缺看着久别的她，看着她臃肿的腰身，看着她身上简陋的兽皮衣裳，莫名心酸起来，上前把她拥进怀里，紧紧地抱着。桑桑面无表情任由他抱着，仰着头，显得极高傲，当然也可以说是木讷。

"放手。"她说道。

青狮从角落里奔出来，前肢低伏，作势欲扑，发出威胁的低哮。

大黑马居高临下盯着它，眼神暴戾，意思清楚。

青狮迅速收敛声音，变得老实乖巧起来。

宁缺抱着桑桑，头埋在她的颈间，声音有些瓮，有些含混，却又极清楚——含混是音调，清楚是意思，不容置疑。

"不放。"

桑桑冷漠说道："放开。"

宁缺说道："不放。"

"放开。"

"不放。"

"放开。"

"不放……说不放，就不放。"

大黑马和青狮互视一眼，很懂事地走到角落里，假装什么都没看到、没听到。

宁缺就这样抱着桑桑，仿佛要抱到海枯石烂，天长地久。

不知道过了多长时间，总之沧海肯定还没有变成桑田，桑桑微微仰起的头，终于落了下来，于是两个人的脸颊便触到了一起。又过了很长时间，总之斧柄肯定还没有朽坏成尘，宁缺确信她不会再跑掉，终于松开了双手，又捉住她的右手，牵着她走到床边坐下。牵着手并排坐在床边，如果桑桑披上霞帔，看着有些像新婚当夜，他们当年本就是在这里洞的房。

"跟我回家。"宁缺对她说道。

桑桑没有回答他，也没有把手从他的手里抽出来，望着窗外的风雪出神。

宁缺知道她没有出神或者走神，因为她是神，她还在这里。

"跟我回家。"他重复说道。

桑桑望向他，面无表情问道："回哪个家？你最早那个家？"

这一次轮到宁缺沉默。

桑桑说道："夫子想要破开我的世界，是基于他那不负责的、对自由的渴望，你如此执着地想要破开我的世界，就是想回到那个家？其实我一直想知道，你什么时候确信破开我的世界，便能回到你的家乡？"

宁缺握着她的手紧了紧，想了想后说道："其实很早以前我就猜到了这一点，因为这里也有满天繁星，老师最后变成了月亮。"

桑桑微微挑眉，问道："这能说明什么？他变成月亮，是因为那年你在海上对他说过月亮，他觉得月亮很美，仅此而已。"

"有风雪，"宁缺指着窗外说道，"还有满天繁星，这些都是很没必要的东西……如果你的世界是封闭而自成系统的话，更加不需要四季，可这些都有。"

"你的世界和我来的那个世界很像。"他收回望向窗外的视线，看着她说道，"只有一种说法可以解释……这个世界还是在我原来熟知的那个世界里，并且可以相通，至少可以观察，因为只有观察才能模仿，才能如此相似。"

"可以观察，所以我知道你那个世界是什么样的。"

宁缺说道："那是广阔而自由的世界。"

桑桑说道："那是冰冷而死亡的世界。"

热情的太阳播洒着生命，无垠的宇宙空间等着被探索，所以那里是广阔而自由的世界，但那里绝大部分空间充斥着绝对的寒冷和死寂，所以也是冰冷而死亡的世界，宁缺和桑桑的说法都没有错，因为彼此的立场不同。

宁缺沉默了很长时间，然后说道："人类的命运终究要由人类自己决定，你没有必要继续承担这个责任，那样太累。"

桑桑说道："我曾经对你说过，我爱世人，只爱爱我的世人，世人的先祖选择了我，我便要继续承担这个责任。"

"这个讨论没有意义。"宁缺很强硬地中止这方面的对话，抓着她的双肩，说道，"你是我的妻子，你现在怀着我们的孩子，你就应该跟我一起回家。"

桑桑静静看着他，看了很长时间，说道："你就这么想我死？"

"那天你坐着大船驶向彼岸的神国，我曾经试着想要做些什么，但终究什么都没做，你就应该很清楚我的态度。"

"但我同样警告过你，我是这个世界的规则集合体，如果你要毁灭这个世界，我便没有办法再继续存在下去。"

"以前我也很担心，但现在不……因为神国里还有一个昊天，而你现在已经变成了一个人，你不会有事的。"

桑桑看着他面无表情说道："你怎么证明？"

宁缺看着她隆起的腹部，说道："这难道还不是证明？"

桑桑站起身来，走到窗边，看着远方不知何处，说道："新教在世间传播日久，道门逐渐衰败，我变得越来越虚弱，这又说明什么？"

这说明她依然还是昊天。

"也有可能是因为……怀孕的关系？"宁缺走到她身后，说道，"怀孕的女人本来就容易虚弱，你应该还记得，那年在渭城，胖婶怀孕的时候，连骂人都没力气。"

"可你没有办法证明。"桑桑转过身来，说道，"那么我还是可能会死。"

说这句话的时候，她的脸上没有任何情绪，显得平静甚至冷漠到了极点，然而宁缺却在她眼眸深处看到了极大的恐惧与哀恸。因为那份恐惧与哀恸，他的心都痛了起来。

"我真的……很怕死。"桑桑面无表情说道，"从我在神国醒来的那一刻，我就开始害怕会死去，我不想死。"她平静地说着，泪水湿了脸庞。

桑桑很少流泪。

昊天从不流泪。

宁缺忘了自己已经有多少年没有见过她流泪，或者好些年，或者好几千年。他再次把她抱进怀里，低声说道："别怕，没事，我不会让你死的。"桑桑还是像先前一样任由他抱着，双手负在身后。但这一次，她把头靠在了他的肩上："都想要杀我……他们想要杀我，你们也想要杀我，我现在可以被杀死，所以我很怕，我很怕连你也要杀死我。"她神情平静，却不停地流着泪，奇异的悲伤。

"不会。"宁缺紧紧地抱着她，说道，"如果真的害怕，那就不做了，我们回别的家，不回渭城，就回长安，老笔斋的院子还在。"

"那你那个家呢？"

"早就忘了。"

此心安处是吾乡。

哪里能让你心情安宁，便是你的家。桑桑就是他的家。

就像是她要去彼岸却归不得神国，因为她的彼岸，就在他站立的地方。

桑桑依然平静骄傲，就像以前在桃山或者历红尘时那样漠然，没有显现出任何多余的情绪，事实上她很不安——因为她知道观主想要做什么。她与道门之间的关系很复杂，她是道门供奉的神明，也是道门替人类选择的看门人，当道门决意毁灭她时，便意味着人间将要遗弃她。她正在渐渐虚弱，她现在能够被杀死，于是她第一次感觉到生命的真切与悲哀，开始恐惧与不安，那些情绪最后都变成悲伤。所以她面无表情地流着眼泪。

幸运的是，夜很黑暗，还有一盏昏暗的灯火因唯一而明亮。就像这个人间对她来说已然一片黑暗，却还有宁缺这个唯一的例外。他是她唯一信任的人，因为他是她的男人，因为她给他斟过很多次茶，在一起度过漫长的岁月，同过无数生死，早已难分彼此。桑桑闭眼靠在他怀里，神情有些疲惫，眉眼间的漠然，却已被安宁代替，自归不得神国的那天开始，只有此时她才能真正安心片刻。

宁缺从后面抱着她，说道："明天我们就回，到了长安城，谁都伤不到你，别忘了你是昊天，以前对我那么凶，现在怎么这么胆小？"

桑桑没有接他回长安城的话题，说道："我现在没有以前强大，自然要小心谨慎些，至于你……你对我如此不敬，我都没有惩罚你，你应知足。"

宁缺嬉皮笑脸地说道："你是我老婆，就算相敬如宾也是在席上，我们这可是在炕上。"

桑桑忽然睁开眼睛，明亮如星辰的眼眸深处，闪过一丝怒意，旋即却变得有些惘然，如果要变成人类，似乎他的言辞没有什么问题？

为了驱散天心深处的羞恼，她选择与他讨论比较冰冷的话题。

"陈某想要杀我。"她面无表情说道。

如她所愿，在听到这句话片刻后，宁缺态度端正的声音从耳后传来。

"你确定？"

"我知道所有人的过去，便知将来。"

"一个封闭的世界里，只要知道所有的前提条件，掌握所有规则，拥有绝对的计算能力，便可以推算出所有的结果，这我懂。"她知道这是宁缺那个世界习惯用的语言方式，听了这些年，早已习惯不愿问，重复说道，"所以，陈某要杀我。"这是典型的昊天的因为所以，或者说神迹，七卷天书的明字卷，便是这种神迹的具体展现，便是她对整个人间的意志昭告。

宁缺沉默片刻后说道："我和师兄师姐们也隐约猜到了，只是无法确定，因为想不明白他究竟要做什么。"

桑桑没有说，但很显然，她对这件事情已经做了充分的准备。

"其实我一直想不明白，如果你能推算未来，就像明字卷里写的那些话一样，你知道老师会化身成月，知道佛陀会隐于山间，知道观主会另觅道路，那么何必降临人间？你没能完全战胜老师，反而自己变得越来越虚弱危险。"宁缺把她抱在怀里，低声问道。

桑桑说道："我算不到自己之后的未来，曾经在过去看到的现在的未来，过于模糊，而无法确信，因为有变数。"

"什么是变数？"

"像你老师那样能够超出规则的人，就是变数。"

"听着很强大的样子。"

"你也是变数。"

"为什么？"

"因为你是局外人。"

屋内安静了一段时间，窗外的风雪呼啸不停。

桑桑没有说错，事实上多年前大唐国师李青山以寿元为代价卦算未来时，也同样看到了宁缺的特异之处——他从来都不在这盘棋局里。

他来自另外的世界，他是局外人。

昊天算不到他，夫子看不透他，观主也是如此。

宁缺沉默了很长时间，觉得这种身份很像是宗教里经常会出现的某种使者——只是不知道是光明的使者，还是黑暗的使者。还是过于沉重，很不符合千里寻妻记大结局最后夫妻重逢之恩爱夜话的气氛，他决定把话题从桑桑那里再扭转回来。

"什么时候生？"

他摸着她高高隆起的肚子，关心问道。

桑桑的回答很简洁："不知道。"

这个回答让他怔住了，觉得有些莫名其妙，心想你自己什么时候不来月事难道不清楚？转念一想，自己的老婆不是人，确实没法说清楚。

他不再去想这些有的没的，问了一个别的、同样重要的问题。

"男的女的？"

"你想要男孩女孩？"桑桑没有转过身来，眼睛却变得有些明亮，在这些天孤处寒域的日子里，看来她没少想这些问题，不知道她有没有发觉自己真的很像人了。

"都行。"宁缺想了想，又说道，"不过还是女孩好些，养起来有经验。"

这里说的经验，自然是他小时候把桑桑养大的那段过往。

桑桑点头表示知道，说道："我不知道男女。"

宁缺有些恼了，说道："你咋这都不知道呢？"

普通孕妇能知道自己的产期，但没有医生的帮助还真没办法知道怀的胎儿是男是女，但像桑桑这种非普通孕妇则应该相反才是。昊天难道不应该无所不知吗？

"因为我不想知道。"

桑桑沉声说道，显得有些生气的样子，其实更像赌气。她依然高大丰腴，尤其是怀孕之后更是如此，但这般躺在他怀里赌气说着话，显得有些可爱，像小姑娘似的可爱。于是宁缺没心没肺地笑了起来，把她抱得更紧了些，当然，很小心地不会压到她的肚子。

两个人在床上静静躺着。

石像在桌上静静躺着。

大黑马和青狮在房间角落里静静休息着。

没有过多长时间，天色依然黑沉，但按时间算，清晨到了。宁缺起身，开始收拾行囊，准备带她离开。桑桑静静看着他，也不说要跟着他走。待收拾妥当，宁缺走到她身前，说道："不要给我玩不主动、不拒绝、不负责那套，不管你走与不走，都要跟我走。"

说完这句话，他把她打横抱了起来。

大黑马极有眼力，闪电般蹿至，谦卑地低下身躯，等桑桑骑上去后，还回首小心翼翼地蹭了蹭她的小腿表示亲热。桑桑骑在马背上，居高临下看着宁缺，说道："你以为我真不敢打你？"宁缺翻身上马，双手绕过她的腰肢，握紧缰绳，在她耳畔笑着说道："你不是不敢打我，是舍不得打我。"

大黑马把头埋得极低，觉得这话肉麻得有些过分。

青狮眼泪汪汪看着不再说话的桑桑，心想伟大的您怎么能堕落成这样？

夫妻二人骑着大黑马，顶着满天凛冽的风雪，离开寒域向南方行去，青毛狗在后方紧紧跟着，吭哧吭哧跑得极为欢快。宁缺选择的路线要穿过雪海，被冻得极结实的海面上覆着足足两尺深的雪，即便大黑马身高体健，行走起来也极为吃力，不知为什么要从这里走。

如果有人能够从极高远的天空往下看，便能看到，他们一行人在雪海表面上留下了一道极清晰的痕迹，与壮阔的雪域天地相比，这道痕迹确实很细，却没有被风雪重新掩盖，显得有些诡异，不知是什么手段。

桑桑在他身前，从天空望向大地，她看着雪海上那道风雪难掩的痕迹，沉默不语。

宁缺知道她明白了些什么，说道："只是做些准备。"

桑桑身前忽然出现了一个气泡，表面非常光滑，透明有如琉璃。气泡很薄，仿佛吹口气便会破，但奇怪的是，漫天呼啸的风雪不停吹拂，气泡颤颤巍巍，却始终没有破裂。气泡上有两道极细的裂痕，仿佛下一刻就会破裂。

两道裂痕就像是两道笔画，一撇一捺。裂痕很细很浅，如果说气泡壁只有发丝的千分之一厚，那么这道裂痕只有气泡壁的千分之一厚，普通人根本无法看到。

宁缺不是普通人，他能看到，所以神情变得极为凝重。

他感觉到，如果这个气泡破了，这个世界便会毁灭。

"现在你能写出那个字？"

"不能。"

桑桑沉默了很长时间，说道："到你能的那天，先告诉我一声。"

18

宁缺不知道怎么接这句话，看着她身前飘着的那个气泡，想着自己和老师在海船上曾经做过的那些推测，有些不确定问道："这就是世界的样子？"桑桑没有回答。

风雪未减，大黑马的速度很快，没有过多长时间，便过了雪海，宁缺回首望去，看着雪原上那道清晰的蹄印，不知在想什么。凡走过必留下痕迹，这是废话，但对于他要做的事情来说，却是很需要的朴素的道理，人类对于这个世界最重要的变化，不就是那些痕迹？比如城墙、宫殿、田野、阡陌还有河堤。雪海上的这道痕迹同样如此，同时也是某个字的某个笔画里的某个部分，或者是开端，或者是结局，只是暂时无法确定，连宁缺自己也无法确定，除非他真的把那个字写出来，并且让整个人间看见。

只是要写出那个字谈何容易？回顾这个世界的人类历史，无数劫来无数年，真正能够超越规则、达到无矩境界，终究只有夫子一人。但总要做些准备，哪怕要准备数千年之久——在没有确定观主的真正目的之前，这些大概便是他现在能够做的不多的事情。

现在来看，观主让隆庆烧死叶苏助其成圣，令道门分裂，暗助新教波澜渐阔，都指向让桑桑变弱，很明显他想对桑桑不利。根据书院推算，观主用来对付桑桑的手段是那几卷天书，只是……为什么？不去思考宗教信仰之类的事情，这件事情逻辑都很难自洽，桑桑是昊天，道门为什么要杀她、敢杀她？意义在哪里？桑桑没有说，宁缺也不问，只要能够回到长安城的家里，他还有很多时间去解开这个谜题，然后做出相应的对策。

大黑马的速度奇快，在风雪里变成一道黑色的闪电，青狗在旁边的深雪里奔行，不时被雪掩埋，看着就像朵朵盛开的青莲，竟也丝毫不慢。

数天后，宁缺一行便离开了寒域的范围，来到一片残留着些许青意的针叶林附近，在林间他看见很多被野兽吃剩后被冻成冰碴的鹿肉及血，看兽群的足印和被撞断的林木，确定应该是雪狼曾经停留的地方。桑桑伸出右手食指在大黑马的颈间轻点，大黑马明白了她的意思，缓缓减速停下，她捧着肚子有些笨拙地下了马，伸手招了招。

青毛狗很喜悦地奔了过来，吭哧吭哧跳到她的怀里。她抱着青毛狗，望向南方，神情漠然。南方依然是风雪，桑桑却看了半个时辰，然后说道："转东，十二，八。"宁缺扶着她上马，轻扯缰绳，让大黑马改变方向，向东而行，整个过程里他都没有发问。

过了数日，到了一条冰河畔，桑桑再次让大黑马停下。

她望向某个方向的天空，神情依旧漠然，眼睛里却渐渐流露出烦躁的情绪，然后从怀里取出了一个小算盘，开始拨打。除了当年在长安城里修房子的时候，因为涉及银钱数目太多，需要一种严肃的仪式感来增加信心用过算盘，宁缺没见她用过算盘，有些诧异。

雪原罕有人迹兽踪，除了呼啸的风声，十分安静，此时冰河畔，却响起了噼噼啪啪的清脆响声，桑桑的手指在算盘上带出道道残影，像在弹琴。过了段时间，她停止了打算盘的动作。宁缺望向她身前，只见算盘上那些小木珠排列成一个很有规律，但绝对没有任何意思的图案，看不明白，直接问道："怎么走？"

"西北，三十三，二十三。"桑桑说道。往西北等于退回，宁缺却没有任何疑问，轻提缰绳，让大黑马向着那个方向而去，一路踢雪溅冰，没有耽搁任何时间。

暮时，大黑马再次停下。桑桑取出算盘，再次开始像弹琴一般拨打，待计算完毕，又给出一个新的方位，宁缺依言而行。自始至终，他都没有发问，更没有疑问，只是沉默平静地配合，就像很多年前一样，关于计算路线这种事情，他绝对信任她。

此后数日，这样的情况不停重复，最后桑桑甚至不再把算盘收进衣服里，而是搁在鞍前，不时便会拨弄几下，而且转向的次数变得越来越频繁。她比当年弱了很多，天心难算世间一切事，但依然超出人类太多，转向与趋退没有任何规律，最后连宁缺都失去了方位。但他知道，现在越来越南，离长安城越来越近，桑桑和他不想遇到的那个人，还一直没有遇见。

宁缺的神情越来越凝重，因为他知道任何事情，都是越到最后越危险，更因为他发现桑桑现在的精神越来越差，不知还能继续算多长时间。桑桑变得很疲惫，非常嗜睡，经常拨着算盘珠，便无声无息靠着他的胸口睡着，好在并不像那年生重病一般虚弱，更没有吐血。宁缺每次看着她高高隆起的腹部，都忍不住想，难道是快生了？

接下来连续两天都是依着天弃山南行，雪岭在碧蓝的天空里画出一道清晰美丽而起伏跌宕的线条，给大黑马指引着方向。贺兰城在崇山峻岭间若隐若现，桑桑再次让大黑马停下。这一次的推算用了很长时间，算盘上的那些木珠不停地弹动，被她的手指拨回原位，又再次被拨出，显得非常凌乱，她的动作也变得有些乱，像乱弹琴。

她脸上的漠然被烦躁取代，最后变成恼怒。啪的一声响，她的手落在算盘上，将勉强将要成形的图案再次弄乱，任由有些凌乱的发丝在颊畔乱飞着，说道："会遇见。"

宁缺只沉默了很短的时间，问道："有没有机会？"

桑桑说道："没有。"

他问的是夫妻联手战胜观主有多大概率。

桑桑的回答很简洁清楚，一点都没有。

这一次宁缺沉默了很长时间，说道："能不能绕？"

桑桑说道："不能。"

连续听到两次否定，宁缺毫不怀疑她的判断，于是他毫不犹豫地翻身下马，牵着缰绳向山间而去，说道："先想办法藏起来。"

听着这话，桑桑微微挑眉，有些不悦。她是昊天，居然因为一个人类而躲藏？而且那个人类以前是她养的一条狗？当然事实上，她在雪海畔已经藏了很长时间，只不过那时候她可以心境守一，现在却很难，她不想在宁缺面前显得太过弱小，需要他保护。

当她的手下意识落在腹部上，她保持了沉默。

宁缺没想到在这种时刻她还会想那些有的没的，牵着缰绳快速奔入山中，来到一片被寒树环绕的寒潭畔，说道："就这里。"这里能够远远眺望到贺兰城，却很难被外界发现。

桑桑挥动兽皮缝成的衣袖，一道清光闪现即逝，一道气息出现然后消失。宁缺没有察觉到任何异样，但他知道，她已经展开了自己的世界，寒潭畔的这片平地还有自己和大黑马青毛狗，都在这个世界里。没有多长时间，他便看到了证明。

潭畔的积雪渐渐融化，气温逐渐升高，泥地里竟有青草渐渐抽芽。

天弃山里忽然下起风雪。

宁缺望向外界，觉得好神奇，外面风雪如怒，此间却温暖如春。

他想了想，抽出铁刀，干净利落地砍了些树木，凭着自己非人的力量，只用了极短的时间，便在潭边搭了一个木屋。木屋有些简陋，但淡淡的木香，却可以宁神。

桑桑捧着肚子，在旁边静静看着他劳作。

"躲进小楼成一统？"

她看着那个简陋的木屋，面无表情说道："你知道，不可能一直藏下去。"

"偷得浮生半日闲。"

宁缺说道："能藏多会儿是多会儿……嗯，不要再对诗了，这些诗都是你小时候我教你的，再说了，你现在需要休息。"

他把她扶进木屋，让她靠在软软的被褥上。

他低头靠着她隆起的腹部，想要听听里面的动静。

木屋外却传来了动静。

青衣道人，出现在寒潭对面。他面带风霜，衣有风雪，不知在世间寻找了多长时间，找了多少地方。他静静看着寒潭对面，明明什么都没有看到，却没有离开。宁缺抬起头来，看了他一眼，然后低下头，继续靠着桑桑的腹部，不再理会外面的事情，神情显得格外专注。

桑桑没有理他，看着寒潭对面，忽然说道："我很想杀了他。"

宁缺听到了胎动，正在喜悦，回答道："你现在杀不死他，就别想了。"

桑桑神情漠然说道："杀不死他，才想杀他。"

宁缺怔了怔，心想确实是这个道理。

要是以前，她要杀谁随手便杀了，哪里还需要想？

他坐起身，将她搂进怀里，看着寒潭对面的观主，就像看着镜中虚假的世界。事实上他和桑桑现在所处的世界才是假的，而且这个世界无法一直维持下去，终有破碎的那一刻，当桑桑无法维持这个世界的那一刻，大概便是他和她离开这个世界的那一刻。

宁缺见到观主的次数很少，都是在长安城，如今想来，每次相见，似乎都伴着风雪，极为寒冷，从外到里。以往，观主的青衣不染尘埃，更没有雪霜，飘然若仙，此时的观主，却满身风尘，满脸风霜，有些疲惫，是个寻常人。

他在世间寻找桑桑很多天，很多地方，以无距境界纵横万里往复，消耗极大，依旧慢了一步——宁缺与桑桑之间的本命联系，胜过世间最强。他看着寒潭那头，看着那些积雪下干黄的旧草，脸上没有任何表情，心境也没有生起任何微澜，因为那里空无一物。但他总觉得那里有什么，就像过去那些天，他经过寒域雪海荒人部落，望向那幢小木屋时的感觉，所以他没有离开。

被昊天遗弃的山脉，在风雪里变得越来越寒冷，观主静静站在潭畔，神情却越来越平静，仿佛有无形的清水淌过，洗去所有尘埃，脸上的风霜色越来越淡，直至最后消失无踪，青衣上的雪屑也融化消弭不见。一道清静至纯的气息，从他的身体里散出，来到足下，融了积雪，绿了旧草，蔓延至潭内，融了冰面，荡起涟漪，春意渐生。春风绿了寒潭岸，瞬间便至对岸。桑桑静静看着他，手指轻轻搭在地面，如涓流般的生命气息，注入大地之内，外面的春意与里面的春意相融相汇，难分彼此。没有彼此，便没有界线，无法被看到。

暮色来时，观主离开了潭畔，留下一道空间通道的残留气息，消失无踪。

宁缺确认他没有发现桑桑和自己，心情略松，脸上却没有喜悦的神情，因为这只是暂时的事情，没人知道这种局面还能维持多久。

"现在能不能走？"他看着远处山峦里雄奇的贺兰城，问道。

桑桑沉默不语。

宁缺明白了她的意思，观主这时候有可能去了南海，也有可能正在雪峰顶看着大地，她如果打开自己的世界，很容易被他发现。

算盘搁在她的膝头，她已经无法算出观主的位置。

她正在变得越来越虚弱，或者说，越来越像个普通的妇人，这个事实让她沉默，让她无奈，也让她更加愤怒。她抓起宁缺的手，狠狠地咬了一口，就像个受了刺激的母兽。宁缺看着她唇角溢出的鲜血，很痛，却没有呼痛，眼神里满是溺爱和同情。

夜色来临，群山里风雪骤停，有风自东南方向的海上来，将天空上的那些厚云吹散出一大片空隙，数百粒繁星出现在眼前，同时还有一轮月。宁缺抱着桑桑，靠着软温的兽皮倚着，看着夜空里的星星和明月发呆，桑桑说道："我想做爱。"

宁缺微怔，低头看她脸上神情平静，才知道她不是在说笑话。当然，如果她真是在说笑话，这件事情未免太好笑了些。

他说道："瞎想什么，先睡觉。"

桑桑说道："我想和你睡觉。"

宁缺怔住，说道："困了？"

桑桑说道："我想和你困觉。"

她的情绪很平静，甚至显得有些冷漠，不是那么认真，却格外认真。

宁缺搂着她，嗅着她的味道，亲了亲她的脸。

过了会儿。

他忽然说道："能不能不要看？"

桑桑看着某个地方，眼睛一眨不眨，说道："为什么？"

宁缺说道："这算什么？人在做，天在看？"

桑桑抬头看了他一眼，说道："这话有趣。"

"有趣你个头。"

"这话无趣。"

"好吧，我说……就算非要看，能不能带点情绪？"

清晨醒来，宁缺情绪不怎么好，因为他总觉得桑桑的情绪有些怪异，像是在和自己进行告别——刚刚重逢，难道她又要出走？他思来想去，总觉得有些不妥，神情渐渐变得凝重，看着寒潭对面那片昨日初生春意，一夜又被寒风冻凝的草地，警惕无比。

　　接下来发生的事情，给出了另一种可能的解答，却不能让他稍微觉得轻松，反而心情更加沉重，因为桑桑似乎快要生了。很多事情，他都有经验，但这件事情，他没有任何经验，桑桑曾经无所不知、无所不能，但对这件事情，也很没办法。木屋里一片安静。桑桑捧着隆起的腹部，感受着里面传来的动静，细眉蹙得极紧，脸色有些苍白，还没有开始阵痛，但快要开始了。生孩子很麻烦，更麻烦的是，桑桑的心境受到极大干扰，很难再维系自己的世界，窗外的空气里飘着游丝，宁缺知道那是裂缝。

　　如果把这个世界缩小些，或者让这个世界里的物质更少一些，以桑桑的能力，或者还能维系更长一段时间。宁缺看着窗外若隐若现的空间裂缝，明白了清晨醒来为什么会感觉到分离近在眼前，沉默片刻后，牵着大黑马走出了木屋。没有清脆破裂的声音，只有迎面一阵微寒的风，他便回到了真实的世界，站到了真实的寒潭畔，回首望去，无路也无屋。他决定离开这里，离寒潭越远越好，离她越远越好，他明白了隆庆在那场战斗之前说过的一些话，原来他的寻找对她来说不是好事。

　　然而就在他准备离开的时候，有人来了。

　　那个人回到了潭边。

　　“她在哪里？”观主看着他问道，神情平静，不急不躁，不愠不怒，仿佛一切都在掌握之中，就像水草在水里，潭影在潭间，天意在他胸怀。

　　宁缺没有回答他的问题，抽出铁刀，向寒潭对面斩去，一斩便是数千刀。

　　刀锋破空，化作无数残影，每道刀影，都是一道笔画，两道笔画，便是一个字，他的铁刀，瞬间便在寒潭畔，写出了数千个“乂”字。他脸色苍白如纸，识海里的念力为之一空，凌厉至极的符意笼罩住寒潭。观主脚下，有几根正在伸展腰肢的翠绿青草，悄无声息碎成无数屑。寒潭边的世界是一幅画，宁缺将这幅画切成了无数碎片。

观主是画中人，如何自安？

如果山间的青草野花构成了一幅完整的画，观主确实是在画里，然而他其实也在画外，更准确来说，那幅画里仿佛还有一幅小画，他在那幅小画里。那幅小画是天地气息的夹层，是真实空间之间的次级空间，他就站在那处，看似极近，实则极远，看似其里，实则在里中之里。在观主四周数尺范围内，受到天地气息从夹层里涌出的影响，春意异常浓郁，树上青芽点点，草间黄花处处，宁缺数千记铁刀斩出的义字符意，能够将青芽与黄花斩碎，却无法斩碎春意——春意本来就是无形的。

春风轻扬，叶片轻荡，观主的身影瞬间遁至远处，来到寒潭后方十余丈外，远离了那些恐怖的符意刀意，暂时无法进入。就像是一座城墙，外面的人想进来却进不来，往往意味着里面的人想出也出不去，无论城市还是寒潭，最终都变成了一间囚房。

宁缺在长安城里自囚过两次，对这种处境不陌生。

"你不该离开长安城。"观主看着他说道，神情还是那样地宁静温和，与春风别无二致，仿佛洞悉所有世事的师长，做着诚挚的指点，"你再无一丝胜算。"

宁缺知道这句话是对的，他最强大的武器或者说战胜观主和酒徒这种层级大修行者最大的希望，就是老师传给他的惊神阵——长安城，离开长安城，便等于把这份武器留在了万里之外，从某种意义上来说，和自杀区别不大。

但他必须离开长安。在那个风雪飘摇的日子，他做出这个决定后，便绝对不会后悔，因为他知道观主要杀桑桑，而只有他能抢在观主之前找到桑桑。

不去想过去的事情，只想将会发生的事情，他看着寒潭四周将天地遮蔽的凛厉符意，沉默思忖着稍后自己应该如何做——刀意消散的那刻，他便要离开，离开得越远越好，观主看不穿她的世界，那么她便能安全。一切都是为了让桑桑有机会逃走，只是大概会断送自己的所有机会，他望向大黑马，想着它会随自己一道死亡，有些歉疚。

大黑马没有看他，不想看到他歉疚的眼神，也没有卖萌、扮傻、装憨，只是盯着寒潭对岸的观主，眼神锐利至极，就像决战之前的战士。

宁缺有些感动，抚着它颈间的鬃毛，露出微笑。

忽然，他的笑容敛去，神情微变。

他听到身后传来一道清脆的响声。崭新的木屋，出现在寒潭畔，桑桑扶着腰，从屋里缓缓走了出来，她回到了人间，她散开了自己的世界。

"你出来干吗？"宁缺很恼怒，问道。

"有些不舒服。"桑桑挺着大肚子，在潭畔散着步，看都没有看对岸的观主一眼，面无表情说道，"这件事情怪你。"

"哪儿不舒服了？又关我事？"

"都是你弄的，当然是你的事。"

宁缺无语，心想不是你要的？当然，这种时刻、这种事情确实没有什么好争的，至于她出来的原因，他哪能不知道？他不准备继续问，因为觉得答案有些肉麻，桑桑却说了出来："我不舍得你走，我想和你在一起，我习惯和你在一起。"

习惯，真的是件很美的事情。宁缺牵着她的手，在潭畔的一根老树桩上坐下，看着她有些疲惫却散发着某种生命光泽的眉眼，前所未有地满足。能够听到她的这句话，胜负与很多事情，相对而言，不再那么重要。桑桑来到潭畔后，观主沉默了很长时间，然后他向着她遥遥行礼，礼数依然恭谨，甚至显得有些虔诚，仿佛还是她的信徒。

宁缺坐在树桩下冥想，希望能够尽快回复被那数千道符消耗一空的念力，此时看着观主的行为，他微微皱眉，不解愈盛："为什么？"观主为什么要杀桑桑？助叶苏成圣、新教燎原、道门分裂……破坏昊天的信仰基础，让她变弱，付出如是种种惨痛代价，只为杀她？

道理何在？天理何在？

这是书院的疑问，是整个世界的疑问。

"道门与书院，本是同道，不是因为夫子曾求学于道门，而是因为我们都只站在人类的立场上思考问题。"观主站在潭畔，指间不知何时多了一道青叶，看上去就像极小的笛子，"虽然同道而行，但最终的目的地有所不同，夫子想要破天，我不想。"

宁缺没有对这个问题发表更多看法，因为以前他曾经做过这种尝试，知道要改变一个人的人生观是几乎不可能的事情，"你想做什么？"这是他最关心的问题。

观主静静看着潭畔的桑桑，看了很长时间，露出一丝难以说明意味的笑容，缓声说道："我想教这日月换个新天。"敢教日月换新天。天是什么？不是天空，是昊天，是人类供奉的唯一且至高的神明，是这个世界的守护者以及主宰，是道门的信仰。

观主要换新天，他要换了昊天。

桑桑静静看着他，问道："为什么？"

这是昊天的问题。

观主平静说道："因为你已经无法履行昊天的职责。"

桑桑微微挑眉，声音却无情绪，说道："愚蠢。"凡人或者说信徒来评价昊天的是非，从西陵教义上来说，何止是愚蠢，那是最不可饶恕的亵渎，然而观主不接受这一点。

"你已经败了。"观主静静看着她，眼神柔和，甚至隐隐带着怜悯，"多年前，你想为夫子安排那个局，从神国醒来，将意识投放人间，从那刻起，你就败了。"

桑桑微微眯眼。

宁缺有些不安，把她的手握得紧了些。

"你布那个局，真的就是想杀死夫子？难道天心难测，想不出别的方法，不需要你自己来到人间？不……或者你自己都没有意识到，你布置那个局，事实上是出于好奇，你想看看人间究竟是什么样子的。"观主看着她，怜悯地说道，"当你开始好奇，你就不再是昊天，你就开始拥有了人类的特征，你再也无法回到神国，就是证明。"

桑桑面无表情说道："所以？然后？"

观主平静说道："道门苏醒你于混沌之间，是让你守护人间，当你无法再承担，道门自然有责任把你换掉。

"所以，我会想尽一切方法杀死你。

"然后，我会选择一位新的昊天。"

"你看，道理其实从来都是人世间最简单的东西，水往下流，云往天空，有光明就有黑暗，该换的时候，自然就要换。"观主看着宁缺，神情平静地做着解释。

宁缺沉默了会儿，说道："为什么以前你没有这样想？"

"道门毕竟是昊天的道门，就像灵魂是人的灵魂，平静安宁生活着的时候，谁会想到杀死自己以换取新的灵魂？"观主的手指轻轻搓弄着那片青叶，有清新悦耳的声音响起，伴着他的话语，就像四周的野花一般，吐露着芬芳，"我能想透这件事情，或者说，敢去想这件事情，要感谢叶苏……我那位了不起的弟子，他在临康城的陋巷里悟出新的道路，创建新教，写下那些发人深省的文字，告诉我可以这样去想，从某种意义上来说，他才是我的老师。"

观主的目光落到桑桑身上，说出下面这段很重要的话："新教与道门的教义其实并不冲突，只不过是不同时间段的真理，无数年来，人类处于蛮荒时期，需要您的庇护，然而人类终究在成长，千年之前出现了夫子，出现了那位开创明宗的光明大神官，有轲浩然，有莲生，也有我，种种事由都证明，人类已经成长到最开始的时候自己都想象不到的地步，人类已经长大，不再需要你的庇护，他们有足够的能力自己守护自己，不需要死了再活，如野草般饱受折磨，不需要忍受无数劫来在永夜与白昼之间无尽的轮回之苦。"

寒潭依然凄冷，潭畔却如深春，山花烂漫，青树招展，被宁缺刀意斩成无数碎片的画面，被浓郁的春意渐渐修补如初。一片安静，很长时间都没有任何声音，只有观主指间悦耳的叶笛在不停鸣响，不是战场上鸣金收兵的意思，却像是人类敲击着战鼓。

宁缺用了很长时间消化掉心头的震惊，看着对岸的观主，说道："夫子也说过类似意思的话，人类确实已经成长到不需要昊天的程度，他们早就已经站了起来，甚至有的人可以自由地飞翔，不同的地方在于，我们书院以为人类需要去更广阔的天地，而道门依然认为要留在原地。"

"多年前我说过，这是理念差异，无法解决，我以为永恒来自平静肃穆之美，而夫子和他的弟子却总以为变化才是永恒。"

"变化，本来才是常态，不变，才是偶然出现的异态。"

"人类，本就是非常态的产物，难道反而要去追求常态？"

"如果叶苏还活着，或者大师兄在这里，可以与您进行这方面的辩难，我不行，我最擅长的事情是战斗和杀人，不是理论方面……不过即便是我，也能看出您这套理论里的一个最大的问题。"

"请讲。"

"如果依然是一个自我封闭的系统，要与外面的世界隔绝，那么就算没有昊天，依然需要一个集体意志来执行规则，谁来？"

片刻安静，观主的声音平静响起。

"我来。"

"你看，这件事情依然可以很简单地解决。"

我来？来做什么？来做昊天……看，天上有灰机……变天了，打雷了，下雨，快收衣服吧……瞬息，宁缺的脑海里，闪过了这些语句。他沉默低头，看着渐融的潭水倒映着的天空，震撼的情绪渐渐平静了些，开始有足够的精神思考这件事情，越想越觉得了不起。

观主真的很了不起。杀死昊天，自己成为新的昊天，这不是大丈夫当如是，而是彼可取而代之，这是难以想象的野心图景，也是最强悍的精神宣言。任何事情，只要体量足够庞大，便会给人一种伟大的感觉，比如雪峰，比如荒原，野心只要足够大，也是一种伟大。

观主在最后还是走到了老师和小师叔那步，但他未曾怀疑过自己的过往，因为道门无数年的积累与底蕴，给了他足够的理念基础，让他很直接地得出了一个结论，天不行便把天换了，我自己来做！

好大的野心。

好大的胆子。

桑桑面无表情，看着对岸。

除了宁缺，观主是整个世界最接近昊天的那个人。

无论卫光明还是老天谕，都无法与他相提并论，他领悟天谕，在南海苦苦等候多年，与她有过多次交流，自然知晓她想表达的意思。"您是道门树立的雕像，只是换个雕像，哪里需要胆子？"观主看着她说道，不再像先前那般怜悯，平静里透着长辈的自然。

然后他望向宁缺说道："书院和道门，都不想有昊天，至少在最后那段旅程之前，我们可以同道而行，还是说，你真的可以说服自己认为夫子为非？"

宁缺沉默了很长时间，然后说道："不，老师没有错，事实上你也没有错，人类确实不再需要一个昊天。"桑桑面无表情，像是什么都没有听到。他握着她的手，看着观主继续说道："昊天我也不想要，但问题在于，我要老婆。"

昊天的存亡他不关心，但老婆必须关心，旧的昊天去了，可以换个新的昊天，但老婆如果不在了，难道可以换个新的老婆？就算能……不，没有就算，就是不能，我不能没有老婆。宁缺告诉观主，以及整个世界。

观主有些遗憾，但未受影响。他寻找昊天很多天，道心早已坚如磐石，暴风怒河不可撼动，就像满山的野花盛开之势，无可阻拦："夫子会对你很失望……现在想来，当初在泗水畔，他应该就对你失望过。不管是破天还是换天，终究是人类自身的事情，只能由我们自己决定。而你，却站在了她的那一方，你究竟可有把自己当作人类？"

观主手指微分，那抹青叶飘然落下，飘至鞋前，被残留的刀意斩成碎屑。

宁缺神情微变，他记得很清楚，在泗水畔，老师离开之前说过的那些话。那时候，他可以解决昊天的问题，现在他也能。

"这是三观的问题。"他看着观主说道，"人生观、世界观都不一样，最大的区别是爱情观不同，我不会让她去死。师门要我杀她，我也不会杀，更何况是你？这个世界会如何，我现在真的很在意，但我更在意她会如何。"

观主说道："对世人的爱是大爱，你对她的爱，是小爱。"

宁缺沉默了会儿，说道："但……那都是爱，不是吗？"他不再多言，取下铁弓，取出铁箭，沉默地开始准备。寒潭畔的符意渐渐消散，观主即将入画，谈话必然有结束的那一刻，战斗必然会开始。充斥寒潭四周天地的义字符逐渐被天地同化，凌厉的刀意不复存在，那幅破落的画渐渐被修补完毕，观主从画的最深处走出，走到真实的世界里。

桑桑缓缓站起身，背着双手，面无表情看着他。

观主感慨说道："你看……如果能够静穆不变，那该多美。"

山野间无数鲜花盛开，无数青藤生长，无数青树招展，只是瞬间，春意浓得稠密难言，直令人艰于呼吸。宁缺感觉如沐春风，却有些要溺毙的感觉，桑桑依然负着双手，神情漠然，眼睛却微微眯起。无量花海无量春，每朵花每缕春意，都是至高至强的杀意。

宁缺举起铁弓，寒冷黝黑的箭镞指向对岸的观主。

观主平静看着他，如桑桑一般负着双手，并不警惕，因为他就在门槛上，随时转身便可以离去，元十三箭再如何强，也射不中他。那些门是天地气息的夹层里的缝隙，是山野间烂漫开放的那些花朵，每朵花就是一道缝隙，一扇门，根本无法确定观主会从哪扇门进。

宁缺看着对岸，感受着弓弦在唇角轻微的颤动，有汗珠淌落，却无所觉。桑桑的手落在了他的肩头，一道温暖甚至可以说炽热的力量，进入他的身躯，瞬间补满先前写符耗空的念力，提升至巅峰状态。

"一九八九，〇三〇九。"桑桑神情漠然，说了两个数字，就像前些天在风雪里指路，又像前些年在凛冬之湖畔指方位，也像更早前在岷山里那样。只不过声音不再像小时候那般清稚了，而且这一次她说的两个数字很长，显得有些复杂，那么自然也就代表着更加精确。

宁缺没有任何犹豫，更准确地来说，他想都没有想，就像从前那样，仿佛一种本能般，指向寒潭对岸某个位置，松开了弓弦。

铁箭破空而去，悄无声息。

很奇怪，他瞄准的明明是一棵正在倾覆的大树，离观主的位置偏差极远，但观主的神情却变得极为凝重起来。观主的身影消失在天地里，完全地消失，这是无距，他进入了天地气息的夹层，也是清静，因为没有留下任何痕迹，连风都没有。直到此时，铁箭的嗡鸣声才在寒潭四侧传播开。一道清晰的箭道，出现在寒潭上空，冷凝的云絮，缓慢地流动。

铁箭不知去了何处，那棵大树仍然在缓缓倒塌，没有受到任何影响，更远处的山崖上，也没有任何痕迹，就像观主一样。这一箭，仿佛射进了虚无。

下一刻。在十余里外的某座雪峰里，观主的身影显现，飘浮在崖壁前的半空中。那根铁箭，像蜻蜓停在露珠上一般，停在他的左肩，很轻很柔。锋利的箭镞微微陷入青衣里，未能深入，却有一滴殷红的血渗出。血亦是垢，染垢，便清静难持。

观主微微皱眉，似没有想到这道铁箭，竟如此强大。能够射穿天地气息，射入虚无之中的夹层，追缀着无距境的强者，宁缺这一记元十三箭，已经超出了他原先的境界。

"你看，你说了很多很有道理的话，却忘了一件事情，你想要老婆对你好，首先你得有个老婆，你想让日月换新天，首先，你得胜过我们。"

宁缺望着雪峰方向，再次弯弓搭箭，对观主说道。

同时，也是对桑桑说的。

19

桑桑已经不是当年的桑桑，随着新教盛兴、道门衰败，失去亿万信徒信仰之力的她变得越来越虚弱，尤其是现在，她的腹中还有个孩子。

——她已不是无所不能的昊天，不再拥有世人难以企及的强大境界，但她帮助宁缺射出的这一箭，却比光明祭时，宁缺射向清河郡的那道铁箭更强，为什么？因为光明祭时，宁缺是用二人之间的本命联系，强行夺取了掌教熊初墨的天启，把她的力量尽数揽入怀中，而这一次却是她的主动意愿。这是真正的天人合一，谁能敌？

宁缺在她身边，再次弯弓搭箭，指向寒潭对岸，数百里方圆的天地，指向任意一处，只要听到她的声音，便会松开弓弦。满山的野花被风拂起，飘至高空然后缓缓坠下，看着就像是天女隐藏在云端散花，恭迎昊天重新在人间显露神迹，然而桑桑的脸却有些苍白。她蹙起了眉尖，柳叶般的眼睛更加眯了，显得有些愤怒，有些不悦，与没能射死观主无关，她的不悦始终是因为自己的身体状态——她无法容忍自己这般弱小，需要和人类进行这样的战斗，甚至，还无法取胜。

是的，先前帮助宁缺射出那一箭，她已经尽了最大的力量，天算瞬间而动，消耗极大，此时再想算出观主的方位，有些不适，小腹隐隐作痛。这场战斗是最高层级的战斗，自人类历史开篇以来，便只有夫子入神国与昊天战引发的那场百日大雨更胜一筹，自然只需瞬间，便能分出胜负。桑桑没能在第一时间里算出观主的位置，宁缺无法在第一时间里松开弓弦，观主没有错过第一时间，山风劲拂间，他的身影重新回到潭边。

寒潭清冷，潭外春意浓郁，他站在春意里，看着宁缺和桑桑，脸上没有任何表情，眼神坚定而平静，甚至隐隐有些傲意。他回到潭边，并不孤单，因为他带来了一座山。绵延数千里，将北方大陆一分为二的，是岷山，在贺兰城北的岷山，惯常被称作天弃山，因为这里是魔宗的固有势力范围，所以这里是被昊天遗弃的山脉。观主是道门之主，按道理来说，他与这道巍峨山脉的气息并不相通，甚至相抵触，但现在不同，就像千年之前曾经的同门——那位开创明宗的光明大神官一样，他已经背叛了昊天，更准确地说，他遗弃了昊天！

他和这座被昊天遗弃的山脉融为了一体！他回到潭畔，右手落向对岸，以清静境合天地，以无量举天地，手指间挟着整座天弃山的天地气息，直接砸向宁缺和桑桑！他出手之前依靠的是难以想象的高妙道法，出手本身是那般地简单直接，那样地不讲道理，因为磅礴之下，根本不需要任何道理！寒潭四周，满山满野的春意，尽数被碾压成了丝絮，那些被宁缺用刀意斩成碎片的花草野枝，瞬间被碾得更加凄惨，直至变成无法切割的碎片！

整整一座数千里的山脉，破空而落。宁缺知道铁箭即便能射穿这道山脉，也无法挡住这道山脉的灭顶之势，他毫不犹豫撤弓，回身将桑桑搂进怀里，准备用自己的身体硬撑！他想看看，自己被浩然气淬炼多年，又被桑桑强化千年的身躯，能不能撑住这道山脉，能不能撑住观主带来的这场灭顶之灾！

桑桑没有给他这个机会。她的手自宁缺腋下穿过，像是要给他一个温暖的拥抱，下一刻，她的手里，却似一朵黑色的花盛开——那是一把破旧的黑伞。已经消失了很长时间、不知去了何处的黑伞，就这样出现在她手里，撑开迎向空中落下的那道山脉。黑伞如当年一般破旧，伞面上满是灰尘与油腻，曾经被佛光照耀露出本体的伞面，不知何时，又变回了原来的模样。宁缺和她习惯叫黑伞为大黑伞，就像习惯叫黑马为大黑马，因为确实很大，哪怕黑伞撑开后看着极小，实际上却大到可以遮住整片天空。只要能遮住眼，便能遮住天空。

大黑马和青毛狗，惊恐不安地藏在桑桑的身后，藏在黑伞下方。

桑桑举着黑伞，抱着宁缺，倚在他肩上，歪着脑袋，看着那座空中落下的山。

观主的手越过寒潭，来到对岸。整座天弃山脉，破开碧空，碾压到寒潭之上，巨山之下，大黑伞看着就像个不起眼的黑点。轰隆巨响，连绵不断地响起！

无数烟尘，向着天空与四野的荒原喷射，无数石砾，像万枝羽箭一般，把天空割出无数道痕迹，整个世界都开始震动起来。地面剧烈地震动，远处的山峦间深深抓着岩石的松树，都被震向半空，更远处雪峰下的那些蓝色的冰湖，也被震向了天空，形成神奇的画面。

——就像无数颗深蓝色的珍珠，离开地面，向天空落下。

地震传到极远的地方，不要说燕国成京，就连宋国海畔著名的大堤里奇形怪状的防浪石上面的螃蟹，都感觉到了遥远北方的恐怖震动，惊恐失措地跳回海里。

贺兰城距离此间只有十余里地，受到的波及更直接剧烈，两道山崖里出现了无数裂缝，到处都有岩石剥落垮塌，像瀑布一般，声音很是惊心动魄。那两扇沉重高大的城门，阻挡了草原蛮人无数年，此时已经严重变形，扭曲，露出极大的豁口，数百年来从来没有陷落的军事要塞，眼睁睁地毁了！种种恐怖的声响音浪，神奇而不可再现的人间丽景，山崖渐倾，要塞被毁，都只能说明，观主落向寒潭对面的那只手，恐怖到了什么程度。

不知过了多长时间，地震终于渐渐平静，烟尘渐渐落下，被乱山碎崖间残留的冰雪吸附，空气缓慢地恢复了干净。山野里的青树已经被碾成齑粉，寒潭被碾平，那些残留的冰碴儿和湖底的无鳞细鱼，都与土石融在了一处，只能等待无数年后，再被人发现。

寒潭只剩隐约的形状，潭岸是一道印迹，由石粉重新碾压而成，圈起一块数百丈方圆大小的石坪，春意早已变成块垒构成的单调世界。观主站在潭岸石印的那头，面色微白，垂在身畔的右手微微颤抖，于是青衣也随之颤抖起来，荡起一道一道涟漪，如水般柔静。

挟着整座天弃山，如此惊天动地的一击，即便是他，也付出了极大的代价，寒潭已然消失，春意已经不见，但他的心境依然如潭水一般平静，如春意一般温暖，因为他很清楚，他用很长时间筹谋的这一击，必然重伤了她。哪怕那把大黑伞，是她降临人间之前从黑夜里撕下的一片，用来守护她在人间脆弱的真身，依然无法挡住整座天弃山。

潭岸石印那头响起簌簌的碎响，石砾隆起，然后分开，露出一把大黑伞，伞下大黑马和青毛狗神情惘然，明显还没有从先前那恐怖的震动里清醒过来，宁缺清醒着，脸色却极其苍白，他没有受重伤，但怀里的她不行了。

桑桑伏在他的怀里，还有气息，脸色苍白如血，唇角溢出两道鲜血，如柳叶般的双眼不再像过去那些年一样明亮，有些黯淡。宁缺用最快的速度将她捆在自己身前，翻身上马。

残破的山崖里响起一道冷漠的声音。观主看着他说道："你以为还能逃走？"宁缺没有回答，此时桑桑已然重伤难战，单凭他，确实很难从观主的手里逃脱，但他知道肯定会有人来帮助自己。只要他知道自己在哪里，他就一定会来——观主发出惊天动地的一击，天地之间，都会有所感应，他便会知道自己在哪里。

宁缺一直等的就是这个时刻。对此，他是那样地笃定，就像很多年前，在月轮国朝阳城白塔寺里，他和桑桑陷入绝境的时候，他一定会来。有风起于山崖，观主神情微变，飘然御风而至，瞬间来到宁缺身前，一指点向他的胸口，指尖所向，正是桑桑的眉心。

一根木棍，忽然出现在他的手指前。那根木棍很普通，不是黄花梨，也不是沉香木，不是铁檀，就像是寻常人家里随处可见的木棍，或者用来擀面，或者用来打孩子。

观主挥手便有山落，指间自有山河。

然而就是这样一根普通的棍子，便抵住了他的手指。

啪的一声轻响，在木棍和指尖之间响起。一道清晰可见的天地气息涟漪，向着四周扩散，所接触到的断崖，再次破碎，接触到的硬石，再次翻飞，残余的森林里，又是一场大风。木棍收回，大黑马前，出现了一名穿着棉袄的书生。他棉袄边缘的火星还没有熄灭，可以想象来得有多快。他棉袄上到处都是灰尘，鞋里发间也都是灰，可以想象他走了有多远。

观主静静看着他，向前踏了一步。

大师兄举起木棍，横于眼前，齐眉，这一举，他用的是君陌的相敬如宾意。

他当年不会打架，更不会杀人，但被这个万恶的世界逼着学会了打架，也学会了杀人，从那一天开始，他便会了所有的打架的本事。

一棍齐眉，观主亦不能进。

大师兄看着观主，平静说道："走。"

这个字是对宁缺说的。

宁缺看着师兄的背影，想要说些什么，但知道现在不是说话的时候。他猛地一夹马腹。大黑马低嘶一声，化作一道黑色的闪电，跃过那些乱石断崖，向着不远处的贺兰城狂奔，青毛狗化作一道青线，跟在后方。

残破的山崖间，只剩下两个人。

观主看着大师兄，说道："殊为不智。"

大师兄右手执棍，平举，礼数甚谨，很谨慎："何解？"

"书院与昊天合流，战我道门？此为大不解。"

"道门都能背弃昊天……今年，什么事情似乎都可能发生。"

"你拦不住我。"

说这句话的时候，一道清新的气息，从观主的身体里向四野散发，残破山崖，嶙峋怪石，荒漠枯景间，又有春意勃发。山崖外围还残留着很多森林，原先寒潭四周却是寸草皆无，但随着这道清新气息的散播，有无数青草，顶翻上方的岩石，在风里探出身躯。青草间有别枝，那些枝头微微湿润，然后生出花苞，迎风招摇，便即散开，散成十余花瓣，瞬间，整片山野便又有万花盛开。观主要杀桑桑，便要越过身前的那根木棍，他为了那记挟山一击消耗了太多念力，想要破棍很难，至少也要很多时间，所以他决定直接离开。

每朵花便是一扇门，他可以随意择一门进出。

大师兄直接落棍，明明是一棍击下，却有万道残影。这根木棍再如何强大，骤然间分成无数，便会显得很淡渺，不过这已经足够，道道棍影轻触花瓣，并不是击打，更像是抚摸。那些野花，就像是含羞草，又像是微羞的少女。那根木棍，就像是大师兄温暖的手指，轻轻触着花瓣，轻轻抚着发畔，于是花便敛了，少女便转过头去。

观主神情微凝，这根木棍能够做到这样的事情，没有出乎他的意料，关键在于，他能在满山满野的花里，找到那些真正的花。这说明至少在对天地气息的了解上，对方已经快要追上他的境界。观主看着举棍齐眉的大师兄，忽然消失。

大师兄也随之消失。

下一刻。

观主出现在山崖间，凌空而飘，青衣飘飘。

大师兄也出现在山崖间，踏崖石而立，棉袄轻摆。

观主出现在东海畔，身后风暴大作，遮住烈日。

大师兄也出现在东海畔，踏堤石而立，棉袄轻摆。

观主出现在南海，碧海上渔舟点点，海鸥轻翔。

大师兄也出现在南海，踏礁石而立，棉袄轻摆。

无论观主去何处，大师兄都会同时出现，站在他的身前，手里的木棍齐眉而平，你可以去天涯或者海角，却过不了他，便不能近贺兰城。最后，观主回到已经不存在的寒潭畔。大师兄也回到了原地，两个人仿佛根本没有移动过，山野间的花还在烂漫着。

"你能拦我多长时间？"

观主看着远方山崖间快要接近贺兰城的那道黑线，问道。

大师兄说道："当年您最强时，我也能拦您七日，现在我比当年更强，您就算拿出那六卷天书，我也能拦你七日。"

观主收回望向远方的视线，看着他平静说道："李慢慢，你现在很自信。"

大师兄说道："我以往也很自信，只不过从来没有表现出来，现在要与您为敌，我必须更自信一些，如此才能胜利。"

"你觉得你很强？"

"我只是第二强。"

他这句话里的第二强三字，指的不是小镇或村舍塾学里的第二，是世间第二，是天下地上第二人。像大师兄这样低调温和不争的人，说自己第二，那肯定就是天下第二。

观主平静说道："遗憾的是，我还是天下第一。"是的，这也是肯定的事实。

自从夫子离开人间，入神国与昊天战后，观主便是天下第一，哪怕他被宁缺砍至半死，被桑桑变成废人后，依然是天下第一。大师兄和观主之间的这场战斗，便是天下第一和第二之间的战斗，问题在于，既然已经有第一和第二的分别，胜负似乎已经清楚。

"七日，我只需要拦你七日，甚至更短的时间。"

大师兄看着观主平静说道："至于最后的胜负，我不在意。"

"为何？"

"七日后，小师弟就回长安了。"

宁缺带着桑桑回到长安，无论接下来会发生什么事情，但至少有一点可以推算出来，有了惊神阵的帮助，观主就算天下第一，也不再有意义。

观主沉默片刻，忽然举头望向天空某处。那是东南方向。

然后他说了一句话，很无头无尾的一句话。

"我若成昊天，你在神国不朽。"

天空深处，云层遮掩着的某个地方，或者在群山里，或者在小镇上，总之是在昊天看不到的地方，忽然响起一声清啸，那声清啸极长极亮，回荡在人间的天空里，显得极为欢喜。听着远处传来的清啸，大师兄神情微变，有些凝重。

观主看着他平静说道："得道者，多助，你和书院焉能不败？"

大师兄叹道："利益使然，与道字何涉？"

听到这声清啸的人很多。

贺兰城里的唐军，从先前那场恐怖的震动里醒过来，正在四处扑火，场面有些混乱，这声清啸响起，却让他们的动作都有些僵硬。因为他们都感觉到了这声清啸里蕴藏着的欢愉以及决然，欢愉到了极致处，便是疯狂，决然那是对除自己之外的任何生命的决然，那是极度的自私。

宁缺也听到了这声清啸。他的脸色变得有些苍白，看着身前刚刚睁开眼睛的桑桑，低头在她额上亲了口，低声说道："你先去，我一会儿就回来。"

桑桑静静地看着他，不知道是重伤之余无力说话，还是不想说话。

宁缺低头，不与她的眼神接触，解开二人间的系带，然后跃起。

大黑马知道他的意思，继续向着贺兰城方向狂奔，如一道真正的箭。

宁缺跃下马背，脚刚落在地面，便向后方狂奔而去。他的脚在坚硬的岩石上，踏出深深的足迹。坚硬的皮靴，迅速变成柔弱破败的丝絮，然后被风吹走。他像颗石头，被投石机砸出一般，轰向先前所在的那片山野。轰轰声响，是他的身体与空气摩擦的声音。

他的速度快到难以想象。却依然慢了。

当他奔回山崖间时，看到了一幕触目惊心的画面。

观主与大师兄，正在花海间对峙。一棵青树破空而至，压向大师兄。大师兄以棍为剑，带动天地迎起。正是最紧张的时刻，彼此牵扯，无法擅离。这时候，却出现了第三人。

花海里没有花香，却有浓郁的酒意，熏得人直欲沉醉。

一名青衣文士，出现在大师兄身后。他的左手拎着只酒壶。他的右手从酒壶里抽出一柄剑。他一剑刺向大师兄的后心。如果说观主天下第一，大师兄天下第二，那么他大概便是天下第三。他是真正的第三人。

面对着观主和他的合击，尤其是如此阴险的偷袭，大师兄无法避开。

鲜血飙射，落入花海里，将黄色的野花，染成了红色。

宁缺看到的就是这个画面。他的脸色变得更加苍白。他想破口大骂，却没有骂，只在心里默默地说了句脏话。他悄无声息，就像颗真正的石头，敛去了与空气摩擦的声音，不去看师兄背后流淌的血水，眉眼间冷漠得像寒冰一样。

他的赤足踩在娇嫩的花瓣上，花瓣不碎。他来到青衣文士的身后。他没有抽出铁刀，因为那会被人感知，也没有用铁箭，因为那人和大师兄在一起，他要做的事情，就是偷袭。

青衣文士神情骤变。

毕竟是经历无数世事，境界极其高妙的大修行者，宁缺来得再快，再突然，再出乎意料，依然让他心境有所触动。青衣文士感觉到了危险。他的脸色变得很苍白。他抽剑，便准备离开。他是世间活得最久的两个人之一，那么，也就是最怕死的两个人之一。不要说身后偷袭他的那个人，能不能杀死他，只是想到有危险，他便想要走。

大师兄不让他走。

这便是书院同门的默契。

他知道宁缺回来了，那么自己便要做些事情。

大师兄半侧身，将酒徒的壶中剑留了下来，右手举棍，迎着观主的无量，左手自棉袄畔摆起，指向酒徒的眉间。天下溪神指，这是陈皮皮的打架本事。

青衣文士一声怪叫，掩面而退。

这一退退得极妙，避开天下溪神指，更关键的是，抢先把自己送进宁缺的怀里。

主动与被动之间的差别极大。这一退，便至少能够让宁缺的杀势强上三分。宁缺看着那道在大师兄体内弯曲的剑，想象着那种痛苦，再也无法压制怒意。他像石头一般，砸在青衣文士的后背！他环抱住青衣文士，向天空里跳去，然后狠狠向着那片山崖撞去！山崖越来越近，就在眼前，似乎要一起去死，宁缺管不了那么多。

他的眼睛已经红了。

被师兄后背流出来的血染红了。

他杀红了眼。

先前大师兄来了，宁缺毫不犹豫离开，因为他要带重伤的桑桑走。这时候，他毫不犹豫地回来，不是反复，虽然他时常说自己是小人。那是因为他知道大师兄即将面临绝境。在这种情况下，他不得不回。不然即便回了长安，直至最后赢了这场战争，平了众生愿，师兄却不在了，他又如何能够安心地看那个人间？只是他没有想到自己依然回来得晚了，他没有听到观主说的那句话，自然没有想到那句话对酒徒的意义，他也没有想到像酒徒这种层级的大修行者，居然会如此无耻，会如此阴险地对大师兄进行偷袭。

看到大师兄流血，看到那柄残留在他身体里的壶中剑，他仿佛感同身受，痛得愤怒到了极点，红了双眼，哪里还顾得了山崖近在眼前？他抱着酒徒，像块石头般轰向山崖。酒徒脸色苍白，作为无距境的大修行者，他最忌讳的事情，便是被武道巅峰强者或者像宁缺余帘这样的魔道强者近身，而此时，他被宁缺偷袭锁死，如何能够避开扑面而来的那道山崖？

便在最后的生死关头，这位经历过永夜，对如何活下来拥有最丰富经验或者说智慧的大修行者，爆发出了罕见的能量。一声厉啸从他唇间迸射而出，天弃山脉里本已稀薄到了极点的天地气息，被他浩瀚的念力召引而至，层层叠叠铺在他面前的空气里。每层天地气息都很薄，比纸还薄，但无数层天地元气叠加起来，就像无数张纸叠加在一起，非但拥有了厚度，而且极能卸力。在如此短的时间里，酒徒召引并且重构了数百层天地气息，这看似简单，实际上展现了难以想象的强大境界！

坚硬的山崖前方忽然出现一道无形的沼泽。宁缺抱着酒徒，像颗流火的石头，轰进了这片沼泽里。一声巨响，在山崖间响起，因为撞击不是很脆，所以不是轰的一声，而是噎的一声，听上去就像是一把重锤，击打在厚厚的纸上。如果是那么厚的石头，或者也会被锤击碎，但如果是无数纸叠在一起，却无法击碎。

酒徒闷哼一声，唇角溢出鲜血，打湿了那三缕潇洒的须。宁缺闷哼一声，脸色变得极其苍白，在燕境腰子海处被隆庆伤到的肋骨旧患，再次折断，胸口处的衣裳被血染湿。两个人都没有死，崖壁上出现蛛网般的裂缝，两个人便在网中央。

宁缺一脚踏在崖壁上，踏出更密的裂缝，借着巨大的反震力，带着酒徒的身体，再次向着坚硬的崖石地面坠落！坠落之势极速！同时，他用双臂扼住酒徒的咽喉，骤然发力，前额狠狠地砸向酒徒的后脑，右膝阴险地提起，袭向酒徒的会阴！他最擅长近身战，生生打死阿打，轰死横木，直至在那条怒河畔杀死隆庆，他最后靠的都是身体，除了叶红鱼，根本没有谁是他的对手。问题在于，论修行境界，他与酒徒的差距极大，如果是正常的战斗，他连靠近对方身边都做不到，如何攻击？此时靠着偷袭以及大师兄那记天下溪神指的本命，他极难得地与对方靠在了一处，他当然要珍惜这种机会。

珍惜，自然手段尽出！在向地面落下的数百丈距离里，足够他用铁一般的臂膀，直接把酒徒扼死，就算不能，他也要用拳头，把酒徒生生砸死！酒徒厉啸连连，左手里的酒壶骤然间变大，挡住宁缺扼住自己咽喉的手臂，右手自酒壶里抽出一把剑向着宁缺刺去。

因为酒壶挡着，宁缺的双臂无法扼碎酒徒的咽喉。

那只酒壶代表着无量境。

同时，他发现自己的攻击，竟也无法触及酒徒的身体！

因为那柄该死的剑。

今日之前，很少有人知道酒徒真正的本命物不是酒壶，而是壶中的剑，今日他终于正式出剑，第一剑便重伤了大师兄，可以想见其强。崖壁间剑光乱闪，并没有纵横之意，只是显得格外犀利诡异，那些锋利的剑意，从酒徒自己的腋下穿过，甚至有的从他双腿之间穿过，刺向宁缺。宁缺袭向酒徒下阴的脚，被剑挡住，但他的额头，已经快要砸到酒徒的后脑，就在这时，酒徒的剑，又以一种奇异的方式到了。

酒徒横剑，仿佛自刎，剑锋却自颈间掠过，妙到毫巅地刺向宁缺的眉心。

面对这样一柄剑，任谁都要避，哪怕是本能里，看着眼睛里渐近的剑影，也会想避，但宁缺没有，因为他的眼已经红了，什么都看不到。

他像是根本没有看到酒徒的剑，狠狠地砸了下去。

啪的一声脆响，剑断了。

宁缺的眉心被剑刺出一蓬血水，这一次，他的眼睛真的被染红。

虽然受到了那道剑的隔绝，他最终还是成功地攻击到了酒徒，虽然最后残留的力量，已经无法直接将酒徒的头砸碎。

酒徒暴怒厉啸，难掩痛楚。厉啸骤止，因为他们已经落到了地面。轰的一声异响，崖石乱飞，烟尘弥漫。宁缺的身体被震飞。烟尘渐敛，景象渐清，只见酒徒左手握着酒壶，酒壶半陷在坚硬的崖石里，他的身上到处都是血，尤其是后脑处，鲜血流淌不止。

宁缺的脸上、身前，也都是血。

两个人看着都极惨。

酒徒看着他，唇角溢着血，眼神极其冷漠恐怖，看着实非人类。

"你……居然……敢偷袭我？"

他的声音也极其冷漠，仿佛不是人类。因为他此时已经愤怒到极点。他从来没有想过，自己居然会被一个未能逾越五境的后辈，逼到如此狼狈的境地，更令他愤怒的是，自己真的险些被对方杀了！这一切，他认为都是因为宁缺是偷袭，不然凭什么？

宁缺真的没见过这么无耻的人。虽然他向来自称书院之耻，但也觉得对方太过无耻。偷袭……难道你先前没有偷袭我家师兄？

能怎样？又怎样？

如今的宁缺，境界较诸世间最巅峰数人，仍然有难以逾越的距离，不在长安城的他，很难战胜像酒徒这种层级的大修行者，但是宁缺也有很特殊的优势，因为他入魔修行浩然气，更因为他与桑桑在佛祖棋盘里双修数千年，他的身躯格外强大，当初在长安城头看着离去的桑桑，他想捏破自己的心脏都很困难，更何况是被敌人所伤？

他还没有修到传说中的魔宗不朽，但现在的他就是蒸不烂、煮不熟、捶不扁、炒不爆、响当当一粒铜豌豆，你可以战胜他，却很难杀死他，所以他又可以是一块甩不掉、撕不落、可以和你死缠烂打到海枯石烂的牛皮糖！隆庆为了杀死他，准备了无数手段，最终也只把他杀到失血过多，依然未能成功，酒徒今日虽然展现了藏在箱底的诡异剑道手段，但真想把宁缺杀死，也不是一件容易的事，如果他真的尝试，更是宁缺想要看到的画面。

此时山崖间有四个人。

观主、大师兄、酒徒还有宁缺。

桑桑已经进了贺兰城。虽然没有人知道她为什么一定要入贺兰城，但很显然，她有信心，只要进入贺兰城，便能摆脱观主和酒徒的追缉，成功回到长安。

"杀了她。"

山崖间响起观主的声音，平静而坚定，没有任何犹豫。

这句话是对酒徒说的。

酒徒看了宁缺一眼，然后消失不见。

宁缺忽然觉得有些寒冷，因为他看到了酒徒离去之前那个眼神。酒徒的眼神冷酷而残酷，意思很清楚，我现在就要去杀她，你又能做些什么？你只能眼睁睁看着她被我杀死。

山崖间紧接着响起第二句话，来自大师兄。

"走！带她回长安！"

宁缺望向浑身是血的大师兄，看着他依然平静举在眉前的木棍，看着他身上那道残剑，不知该做出什么反应。他偷袭酒徒，只获得一半成功，接下来，他想的是和师兄联手，以生死悍意寻找机会，至少也可以保证桑桑平安远离。

观主只用了一句话，便破了他的安排，观主站得最高，所以看得最远。

现在山崖间最弱的一环，并不是宁缺，而是在山崖之外。

现在最弱的，是昊天，是她。

酒徒去杀她去了。

宁缺能怎么办？留下来帮助重伤的大师兄，还是去救重伤的桑桑？

顾此，便要失彼。

大师兄又说话了，他也只用了一句话，便破了观主的局。

"我不会死。"

师兄从来不骗人。宁缺相信这点，也相信这个故事的结尾，自己不会哭着喊着说师兄你一辈子不骗人为什么最后要骗我，因为，大师兄真的不会骗人。

他跳下山崖，向着贺兰城奔去。今日山崖间，他离开又回来，回来又要离去。人世间的事儿，往往也是这样。看似繁复，甚至无趣，却不得不做，因为无论离开还是回来还是再次离开，都有我们必须这样做的道理。

20

山崖里，树不摇，鸟不叫，两人相对而立，举棍的举棍，拔剑的拔剑，用剑的观主不见得比不用剑的观主更强大，但那代表了某种意思。棉袄已经被血浸透，大师兄清楚自己无法再撑七日时间，自然也不可能把观主再留七日时间，但正如先前说过的那样，宁缺和桑桑不见得需要七日，或者便能回到长安城，他要做的事情，只是尽力而为。

观主看着手里剑，神情平静说道："夫子教你以仁爱，本以为你与君陌的性情不同，未料到，你终究还是书院的弟子。"大师兄静静看着他，插在肋间那柄壶中剑，不知何时落在他身后的地面上，他说道："书院弟子向您请教。"

简短谈话间，山崖远处那些残留的森林，燃起了大火，炽热的火焰融化了山腰间的积雪，火势却未减弱，将他们二人隔绝在了尘世之外。森林里的火很难熄灭，因为那些火的本质是昊天的神辉，是最纯净的力量，是宁缺离开的时候，刀锋和身上流出的鲜血化成的。宁缺正在向贺兰城奔去，一纵便是数百丈，落脚处坚石崩裂，手里提着的铁刀与身上溅飞的血滴，化作蓬蓬火星，破空轰鸣声响彻群山。

除了无距境，没有谁能追上另一个无距境的大修行者，如果酒徒要去的地方是西陵，宁缺没有任何机会，但既然他去的地方是十余里之外的贺兰城，那么他还有一线机会，因为他的速度早已超过最神速的苍鹰。数纵数跃，只是眨眼工夫，他便从山崖里奔至贺兰城前，毫不停顿地冲进破损严重的城门，却没有看到大黑马的踪影，也没有看到酒徒。

贺兰城的城门已经严重变形，两边的山崖上，不时有巨石滚落，城上的箭楼军寨，有很多处已经都被砸毁，浓烟阵阵里，隐约可见数十个火头。驻留贺兰城的唐军依然不肯放弃，四处奔走着试图扑灭火势，将这座要寨保存下来，宁缺大喊道："全都撤走！不要管了！"

对贺兰城里的唐军来说，宁缺给他们留下的印象太深刻，一片忙乱里，只是看了眼，便确认了他的身份，他们虽然不知道十三先生为什么会忽然出现在这里，却下意识里开始听从他的命令，在将领们的指挥下，开始向城外撤去。宁缺站在陡峭的石阶下，抬头望向贺兰城上方正在逐渐倾塌的箭楼，感觉到了什么，双腿发力，像道轻烟一般向上疾掠。

桑桑不在箭楼，在箭楼下方的一处密室里。

她的眼前，再次浮现出那个并非完美球状却给人一种完美感觉的气泡，与前些天宁缺看到的那个气泡不同，除了那两道轻微的裂痕之外，气泡表面还有十余个明亮的光点，那些光点代表的是天地元气的稳定通道入口。

气泡表面的光点有一个正在散发光彩，显得格外真切，因为那个光点代表的位置，就在她的脚下，是由繁复符线构成的一座传送阵。天地元气之间有夹层，可以直接连通两处距离极其遥远的地理位置，用更简单的语言解释，就是捷径，但只有像观主、大师兄和酒徒这样层级的大修行者，才能看破其间的规律，并且有力量打开那道夹层的大门，从而自由来往，万里纵横。除了无距境，人类对于天地捷径的利用，还有别的方式，那就是传送阵，唐国和西陵神殿，在人间都建造过传送阵，只不过囿于境界，人工建造的传送阵只能用来传送信息或者极轻的一些事物，最关键的是，就像元十三箭一样，建造传送阵，甚至开启一次传送阵，都需要消耗极其恐怖数量的珍稀资源，所以人间传送阵的数量极少，而且渐渐变成鸡肋一样的存在，战略意义变得越来越弱。

桑桑对于今日的局面早已推算出来，自然也做了很多准备，气泡上面的那些光点便是人间的传送阵位置，其中有些传送阵甚至已经废弃了数万年之久，除了她根本没有任何人类知晓，哪怕是观主也不知道。她站在那些繁复而美丽的符线中央，脸色苍白，身上有斑斑血迹，不再如当年那般漠然伟大，显得有些可怜。

大黑马和青毛狗在旁边小心翼翼地看着她，尽量不让自己的眼神流露出太多的怜悯情绪，因为它们这时候确实很同情她。她受了重伤，却被男人抛弃，怎么看都很可怜，不然她为什么低着头站在符阵中央不说话，身形显得那般落寞萧索？

桑桑不知道两个家伙在想什么，她不再无所不知。她不是在伪装孤独、模仿绝望，也不是重伤之余，生出悲戚之感，宁缺走的时候，她已经醒来，当时她没有阻止，便代表她没有意见。她只是在等着符阵开启。如果人类要开启这座符阵向长安城传送信息，需要大量资源能量以及珍稀的矿石，或者还需要等上一段相对较长的时间。

桑桑没有这些，也没有时间，但她有人类没有的事物，那就是她自己，从她神躯里流出的鲜血，便是天地间最珍贵、最纯净的能量来源。她的血像雨般洒落在符阵上，看着有些血腥恐怖，实际上数量不是太多，符阵里的那些符线已经开始微微发亮，再等一会儿便会启动。下一刻，她便会出现在长安城皇宫里的那幢小楼里，或者说，回到长安城。宁缺还没有赶回来，她沉默不语，没有任何情绪反应，似乎并不在意，这落在大黑马和青毛狗的眼里，未免有些冷漠无情。她没有想那么多，只是想着，我听你的话回了长安，那么你就应该做到你承诺的事情，和我一起回长安，不管你怎么回，哪怕死了，也要回。

房间里忽然拂起一阵微风，墙壁上的积尘被拂落，然后吹至角落。

一个人出现在符阵外。

桑桑抬头望去，发现不是宁缺，神情微惘，然后平静如前。

酒徒看着她，却无法保持平静，先前在战斗里受了伤，一直有些轻微地呕血，此时看着她，心神激荡之下，唇角又有血溢了出来。当初在小镇里见到她，在南海那座岛上见到她，他跪在了她的身前，以额触地，浑身颤抖，谦卑到了极点，因为她让他感到恐惧。他在人间躲了她无数年，那份恐惧便缠绕了他无数年，让他的精神日渐朽坏，直入骨髓，根本无法摆脱。此时，他的身体也在微微颤抖，明明知道她现在已经变得很虚弱，硬接观主那座山脉一击后，再也没有什么战斗力，可是……他还是不敢出手。

他甚至不敢伸手指向她，甚至不敢看她。桑桑看着浑身是血的酒徒，神情平静，却自然有股居高临下俯瞰的感觉，就像是上帝看着人间的蝼蚁，就像看着一只狗。

酒徒看到了她的眼神，忽然大声笑了起来。他的笑声有些癫狂，有些疯狂，有些色厉内荏，却又充满了狂妄的杀意，情绪十分复杂，复杂到再精致的语言都很难形容。一个农奴翻身当了主人开始强奸主人的女儿，一个前朝的太子复国杀了三万六千名自己的族人，一个学生将唠叨不停的教书先生推倒在池塘里。是的，就是这种美妙的感觉，那些曾经的卑微与恐惧，都变成了近乎疯狂的快意与凌虐渴望，想到马上这一切都会变成真实的，他的身体再次颤抖起来。这一次不再是因为恐惧，而是因为兴奋。

酒徒大声笑着，甚至笑出泪来，声音依然像旧铜器摩擦那般难听，仿佛真的有无数铜屑被磨成粉末，堆在他的身前，像深色的雪。疯狂的笑声里，他从酒壶里抽出一柄剑，猛地向桑桑刺了过去，无论是踏步还是平肘的动作，都显得格外夸张，如同舞蹈一般。

桑桑挥手，一道清光如水帘般落在身前，构筑起自己的世界。

酒徒以无量境召集无量天地气息，灌注于剑锋之上。

扑哧一声脆响，桑桑的世界破了。

酒徒的壶中剑破清光而入，刺进她的小腹，扑哧一声。

房间里死寂一片，天地间死寂一片。

桑桑低头，望向自己的小腹，看着那把锋利的剑，看着那里缓缓渗出的血水，微微蹙眉，似乎有些意外，有些不解。以前没有人能打破她的世界，即便无敌于人间的剑圣柳白，也只能把剑刺进她的世界，让剑锋来到她的身前一尺，便变成了岁月化成的灰。但现在，酒徒如此疯疯癫癫的一剑，便轻易地破开了她的世界。

她的眉蹙得更紧了些，因为不悦，也因为痛楚。

痛楚的感觉，她曾经有过，却从未像此时这般真切。

就像前一段时间里曾经感受过的那般，生命的真切，原来真的来自于痛苦。

酒徒也怔住了。他想到过她无法挡住自己的剑，然而当自己手里的剑，真的刺进她的身体，带出那道血水之后，他依然有些无法相信这幅画面。

我战胜了昊天？

我刺伤了昊天？

轰的一声巨响，密室墙上被撞出一个大洞。

宁缺出现在桑桑身前，右手握住酒徒的剑。

他转身望向脸色苍白的桑桑，双唇微颤，想要说些什么，却说不出来。

桑桑看着他，面无表情说道："这都怪你。"

是的，她变得越来越弱，她变得越来越像人类，她能够受伤，她受了伤，都是因为他不在她身边，都是因为他让她变成了一个人。

都怪你。

都是你的错，不是月亮惹的祸。

你什么，你什么，你什么，你才什么。

这是青年男女间常见的对话，但很少会出现在宁缺和桑桑之间，无论是曾经的少年与女童，名义上的主仆，还是后来的夫妻时段。

桑桑说这句话的时候，脸上没有什么表情，没有幽怨，更不是撒娇，似乎只是在阐述一件客观事实，然而宁缺却觉得她在幽怨，她在撒娇，于是他整颗心都微微颤动起来，怜惜得无以复加，因她而痛得厉害。他不知道该回答些什么，鲜血从剑刃与掌心之间不停淌落，发出滴答的声音，就像那个世界里的钟，催着他做些什么来安慰她。

他望向酒徒，神情平静，似不觉痛，眼神里有极为坚定的杀意。酒徒先是偷袭，刺了大师兄一剑，然后刺了桑桑一剑，他最敬或爱的两个人，都重伤在他的剑下，桑桑不知还能不能撑得住。自夏侯死后，宁缺从未像现在这般，想要杀死一个人。

酒徒却像是没有感觉到他的眼神，疯狂地笑着，眉眼都扭曲了起来："你看到没有？她……她真的不行了。"眉眼扭曲的同时，他手里的剑也在扭曲，宁缺的掌心被割破出一大道口子，鲜血淌流得更加迅猛。那把酒壶里不知藏着多少把剑，每把剑都是酒徒的本命，以烈酒淬炼无数年，锋利至极，以至于连他的身体强度也顶不住。

宁缺抽出肩后的铁刀，斩向酒徒。铁刀锋前，是炽烈而纯净的昊天神辉。一道异香浓郁的酒水，从酒徒腰间的壶里喷涌而出，形成一道无量厚的瀑布，滔滔酒水落下，瞬间便将铁刀上的神辉浇熄，酒徒看着他寒声说道："难道你还以为能伤到我？"

宁缺没有说话，低头用左肩撑着摇摇欲坠的桑桑。

酒徒的剑，摩擦着他的手掌，向桑桑身体里缓慢刺入。她的血流得越来越多，滴在地面那些繁复华美的符线上，符线明亮的速度也随之变得越来越快，就在下刻，符阵便会开启。

"来不及了，你们都去死吧。"

酒徒不再狂笑，冷漠的眼神里，有无尽的杀意与戏谑。

宁缺的手掌顺着锋利的刀刃，向前闪电般探出。剑锋割破了他的手掌、割断筋肉与骨头，他被血染红的眼睛，依然猩红一片，如野兽般盯着酒徒。他的手掌握住了酒徒的手。不知何时，他的掌心里多出了一个小铁罐，轰的一声闷响，密室里气浪大作，宁缺与酒徒的手掌之间发生了一场爆炸。无数锋利的铁片破空飞舞，将遇着的所有血肉筋骨尽数削去。一道凄厉怨毒的号叫，响了起来。房间四周的墙壁，尽数被震垮。

宁缺的手掌鲜血淋漓，完全看不出来还是一只人类的手。至于酒徒更惨，他的手，已经被完全炸没。手都没有了，自然无法再握剑，自然无法再把剑刺进桑桑的身体里。酒徒脸色苍白，身体微微颤抖，断开的右腕不停地喷着血。他从来没有受过这么重的伤。他很珍惜自己的生命，把每根毛发都看得比整个世界更重要。

然而，他却断了一只手，整整的一只手！

"我要杀了你。"

他看着宁缺说道，神情漠然，眼神癫狂。他用左手自壶中再次抽出一把剑，哧的一声轻响，锋利的壶中剑刺进了宁缺左胸，未能完全刺入，但重伤了肺叶。

宁缺痛苦咳着喷出血沫，他却很快活，因为他感觉到了脚底下传来的强烈至极的天地气息变化，甚至感受到了清晰的温度，这证明符阵已经正式启动。一道至为磅礴的清光，从石质地面上的那些繁复符线里生出，将宁缺、桑桑还有大黑马以及青毛狗，都裹在其中。

酒徒神情骤变，左手执剑，于空中画出一道甚至快要违背物理规律的痕迹，绕过宁缺的身体，刺向桑桑的眉心！此时宁缺已经无力再战，桑桑更是要靠着他的左肩，才能勉强站立，谁来阻止酒徒这道明显凝聚毕生修为的一剑？

没有人能阻止。

但可以被打断。

一声压抑了很长时间，却依然雄浑肃穆的狮哮，响彻整座贺兰城！青狮化作一道清光，狠狠地撞在壶中剑的侧面！两道黑影，从清光里闪电般踢出，重重地踢中酒徒的胸腹！酒徒一剑刺空，又遭重击，闷哼一声，连退三步！

此时清光更盛，光幕中那些身影正在急速虚化！

酒徒的脸色变得更加苍白，他很清楚，如果让昊天活着离开，意味着什么，他绝对不允许自己错过这个机会，一声厉啸，冲破密室的残墙，直上天穹。酒徒明明还站在原地，但身影却骤然高大起来，瞬间百倍，直至千倍万倍！轰隆巨响连绵不断响起！密室被震垮，箭楼被震塌，整座贺兰城都在坍塌！无数烟尘被激震而起，渐要掩盖峡谷上方的天空。

刚刚撤出贺兰城的唐军，回首望向自己曾经战斗生活过的地方，看着这幕有如神迹天罚般的画面，震撼得久久无法言语。整整过了半日时间，烟尘才渐渐敛没。雄奇无比的贺兰城，现在只剩下了半截残城，看着异常凄凉。那座隐藏在密室里的传送阵，随着这座雄城的毁灭而毁灭，满地废墟石砾梁木，看不到任何活人的踪影。

桑桑看着四周那些壁画，觉得有些眼熟，过了会儿才想起来，那些壁画上面的神将金龙，都是她曾经的意志在人间显露的神迹。这里是一座道殿。

大黑马和青毛狗在她的身边，宁缺却不在。她看着眼前那个气泡，看着上面明暗不同的那些光点，确认了自己的位置，是在宋国都城的某座道殿里，作为道门源头的宋国，果然有道门暗中布置的传送阵。她微微屈指，便算清楚了所有缘由，没能直接从贺兰城回到长安，是因为传送阵最后启动的那瞬间，受到了酒徒无量一击的影响，当时天地元气的变动太过剧烈，以至于传送阵把她送到了宋国。宁缺没能一道到这里，也是相同的原因，她先前确认了宁缺的方位，知道他没有什么事情，不再担心，心情也终于放松了下来。

忽然间，她的眉紧蹙起来。她看着腹上插着的那把剑，确认那种一阵一阵如潮涌来的痛楚与此无关，而是来自腹内更深的地方，想必是来自那个该死的胎儿。她很疲惫，缓缓坐到地面上，苍白的脸颊上神情漠然，过往如星空般的眼睛里，却多了很多惘然与不安。

青毛狗在旁不安地来回看着，不知道主人发生了什么事情。

大黑马瞪圆了眼睛，显得极度紧张，它在人类社会里生活的时间更长，看出女主人明显是要生了，低嘶一声，向道殿外狂奔而去。这时，道殿外忽然响起嘈杂的人声和密集的脚步声。桑桑靠着柱子，疲惫地坐着，鬓间尽是汗珠，那把刺伤小腹的剑，还在不停地带来血水与痛苦，与小腹深处的阵痛合在一处，很是难受。

"谁？"十余名神官执事走进了殿内，他们发现庄严神圣的主殿里，忽然多出了一个浑身是血的女子，看那女子隆起的腹部，竟是个孕妇，不由好生震惊。想到最近都城里势头渐盛的新教，想起那些传说里产妇胎血是最污秽的说法，这些神官和执事们以为自己猜到了事情的真相。新教想要亵渎道门供奉的昊天！

"妖孽！"一名最虔诚的老年神官，愤怒地冲到桑桑身前，指着她的脸骂道，"我要把你烧死！你这个不要脸的贱货！"桑桑闭着眼睛在休息，听着声音，艰难地睁开眼睛，望向那些围着自己、神色可怖的人类，微怔片刻后，才知道这些人骂的是自己。

她沉默，不语。

道殿她很熟，在神国时曾经看过很多座道殿，甚至神国里那座冷清的神殿，她也是照着人间道殿的样式修建的，只不过更华美纯净。道官她很熟，她受过无数代神官道人的供奉，她曾经以为人类都是自己最虔诚的信徒，所以她设计神将的时候，也是按人类的形象设计。

现在，她浑身是血躺在道殿里，被道人们用污言秽语辱骂。

是啊，她已经不再是昊天了。

一声狮哮，响彻道殿。

青毛狗摇摆间，身形骤然变大，变成一头雄壮威武的青色巨狮，冷冷盯着那些道人，等着主人的命令，那些神官道人哪里见过这等画面，骇得连连倒地，腿软得根本无法站起。

桑桑重新闭上眼睛，没有说话。

青狮明白了，没有去管那些向殿外爬走的道人。

青狮环顾四周，发现道殿最深处，有个空着的神座。

只有最重要的道殿，才会有主殿，才会有一方神座——那方神座永远空着，因为那属于昊天——那是昊天的位置。它走到桑桑身旁，小心翼翼咬着她的衣裳，把她轻轻地送到神座上，然后撕下几幅幔纱，盖在她的身上，帮她保暖。哪怕再虔诚的信徒，看到此时浑身浴血、直待产子的桑桑，都不会认为她会是昊天，但青狮坚持认为她就是昊天，她是唯一的真佛。

对于自己的坚持与忠诚，青狮很满意，想到先前大黑马弃主人而去，更是怒其不忠、哀其无能，想着事后若有机会，得偷偷咬它一口。

桑桑疲惫无力地躺在神座里，腹部传来一阵又一阵的剧痛，脸色越来越苍白，脸颊上汗珠越来越多，便是连举起手的力气也没有。青狮看着她的模样，很是紧张，不安地围着神座转着圈，尾巴不时拂过墙壁，将壁画上那些庄严神圣的天女神将像，都扫成了碎片。道殿外忽然再次响起喧哗声，青狮警惕地盯着殿门，如果还有人来打扰主人生孩子，那么它也顾不得等什么命令，直接便要把那些家伙咬死。

嘚嘚嘚嘚，蹄声清脆响起！大黑马奔入殿内，马背上坐着位中年大婶，那大婶脸色比桑桑还要苍白，双手紧紧地抓着鞍前，似乎随时会昏死过去。

中年大婶是一名稳婆，她从来没有想过自己这辈子会被一匹马绑架，没想过会看到一头有半座道殿高的青狮，更没想过有一天会在道殿里帮人接生孩子，更是万万没想到，那个生孩子的女人腹上会插着一把剑，浑身都流满了血。

桑桑躺在神座上，服了一剂药粉后，精神稍好了些，睁着眼睛，看着在纱幔外忙碌的那名中年妇人，虚弱说道："什么时候能生出来？"此时已是暮时，距离阵痛开始已经过去了很长时间，那名稳婆在桑桑身旁喊口号已经喊到喉咙嘶哑，但还是没有生出来。桑桑浑身汗水，身下垫着的帷幕也湿漉漉的，头发凌乱地搭在苍白的脸颊上，看着很是可怜，好在眼神还没有涣散的趋势。

中年妇人走到神座前，看着她腹上那柄血剑，声音颤抖着说道："第一次都这样，您待会儿再用些力气，也许就出来了？"桑桑听出她语气里的不确定，微微蹙眉，有些不悦，想要说些什么，却发现力量正在急速地消失，只好闭上眼睛，继续养神，准备下一次用力。中年妇人当然很想离开，尤其是判断出这女子很难顺产，极有可能难产之后，半个时辰之前，她就曾经试着偷溜过一次，只是看着那头雄武而巨大的青狮，一口咬掉了三名神殿骑士的上半身后，她很老实地走了回来。

依然还是没有生出来。

中年妇人看着脸色苍白的桑桑，忽然生出些同情，凑到她身旁说道："得用些法子了，万一真的难产，那可是一尸两命。"

桑桑看着她，无力说道："什么法子？"

中年妇人脸上流露出一种骄傲的光泽，说道："您就放心吧，我那法子，不知救活了多少大胖小子，绝对没有问题。"她从大黑马鞍上解下自己的工具箱，取出了一个圆头的钳子，掀起桑桑身上盖着的帷布，便准备往她的双腿间看。

桑桑漠然道："不准看。"

中年妇人微怔，苦笑着说道："我说大妹子，从开始到现在你都不让我看……这不看怎么帮你接生？都是女人，你都要当妈了，还害什么臊啊？"

桑桑看着她，平静而不容置疑地说道："不准看。"

中年妇人看着手里的助产钳，叹气说道："要说这法子可是从长安城传过来的，可是就算再好用，也得看着用啊。"

"不用那个。"

桑桑的视线从她手里的铁钳移到自己腹部那柄剑上。

看着那把剑，她微微皱眉，沉默了很长时间，胸脯微微起伏，将身体里残余的所有力量尽数积蓄至最后那刻，然后伸手握住剑柄。

剑是酒徒的壶中剑，除了她自己的血，干净无尘。

她握住剑柄，向下拉动。

刺啦一声，剑锋破开血肉，血水蔓延，如河流逾过大堤。

中年妇人两眼翻白，便要昏过去。

桑桑脸色苍白，声音断续微弱，却异常坚定："不准昏！"

道殿里响起婴儿的啼哭声，此起彼伏，不怎么悦耳，有些吵闹。对于桑桑来说，是这样的，对于大黑马和青狮来说，也是这样的，她的注意力，这时候主要在自己的腹部伤口，大黑马和青狮的注意力，都在她身上。至于那位中年稳婆，从鲜血淋漓的伤口里取出婴儿，并且以极其强悍的意志进行了简单清洗后，终于难以承受生命之疯狂，昏厥了过去。

桑桑想要修复腹部的伤口，却发现残余的力量太微弱，无法做到，于是她先用针缝合，然后用手掌里最后的那点如萤火般的清光抹过，整个过程里，她昏过去数次，醒来便继续，痛到极致，却依然面无表情。恐怖的伤口缝合完毕，最后那点清光起到了决定性的作用，当血水被擦干净后，甚至只能看到针线的痕迹，而看不到创口的模样。

桑桑很疲惫，有些满意，觉得自己表现得很不错。

当然，是作为人类的表现很不错。

忽然间，她想到了很多年前一件特别小的事情。那时候从渭城去长安城之前，她觉得自己女红不好，至少和长安城里的那些小娘子们没法比，宁缺似乎也是这样想的。她想，以后他不能这样说了。想了些小事和旧事，分散了一下心神，缓解了痛苦与疲惫，她才想起来，自己似乎忘记了一些事情，向身旁一望，便蹙起了眉。

就在她的身边，很近的地方，躺着两个婴儿。

两个婴儿闭着眼睛，很干净，粉雕玉琢都不能形容。

问题在于，怎么会是两个？

她是无所不知的昊天，怎么会不知道自己怀了双胞胎？

宁缺在雪域木屋里问过她，是男是女，她说不知道，那是真的不知道，因为她很抵触自己怀孕这个事实，所以从来没有去感知过。生孩子这件事情已经让她足够惘然，一下生了两个，更是如此。接下来该怎么办？她脸色有些苍白，眼神有些慌乱。

她望向神座下方，发现那名中年稳婆早已经昏了过去，或者说睡死了过去，居然这种时候还在打鼾，心可真够大的。她提起两个婴儿的腿，看了看，确认一个是男孩，一个是女孩。她的动作有些笨拙，甚至显得有些粗鲁。青狮低头，不好意思去看，大黑马很无奈地轻轻踏了踏前蹄，用嘴撕下一片帷布，放到神座上，盖在两名婴儿的身上。那年胖大婶生孩子后，确实把婴儿包了起来，可能是刚生下来会怕冷？桑桑艰难地撑起身体坐好，用帷布将两名婴儿包了起来，只是不像在包孩子，更像是包东西，比如脂粉匣子什么。

她一手一个把孩子抱在怀里，姿势难免显得有些别扭。便在这时，男婴忽然张开嘴，大声地哭了起来，仿佛受到感染，被她用右手抱着的女婴也随之哭了起来，就像最开始那样，此起彼伏。她微微蹙眉，有些不悦，有些烦躁。

"不准哭。"

她看着怀里的两个婴儿，面无表情说道。

她现在没有什么神力，言谈形容间，依然神威如海，庄严无比。

但刚刚出生的婴儿，哪里能感觉到什么威严？初生的牛犊都不会怕虎，昊天刚生出来的孩子，自然无所畏惧。道殿里响彻婴儿的啼哭声。桑桑有些烦，有些慌。她忽然闭上眼睛，细眉紧紧地皱起，皱得很紧很紧，很用力很用力，想通过这种方式来记起很久以前的某些回忆。最终，她成功地记了起来。那时候，河北道终于下了雨，她还是个婴儿，在宁缺的臂弯里静静地躺着，那时候，他的手臂也还很细，但躺在里面很舒服。

回忆着当年宁缺抱自己的样子，她的双臂渐渐不再那么僵硬，变得柔和了很多，微微弯起，两名婴儿明显也觉得舒服了很多，哭声渐低。还有一些事情要做。她记得那时候，宁缺不知从哪里弄来了米糊，用嘴一口一口喂给自己吃。婴儿是要吃米糊的，没有米糊，那么就要吃奶，或者反过来说也行，她睁开眼睛，解开染着血的衣裳，开始给孩子喂奶。

大黑马和青狮，早已避开，静静地守在殿门处。

21

看着怀中拼命吮着奶的两个孩子，桑桑的脸上没有流露出故事里常会提到的什么母性的光泽，便是连情绪都没有太多，但她的眼神有些微惘，因为这个画面证明她真的越来越像人类，无论是喂奶这件事情，还是有奶可喂。两个孩子吃饱后重新入睡。她把孩子搁到旁边，扶着神座的扶手，缓慢站起身来，走到道殿外，望向碧蓝的天空某个方向，从怀里取出那块算盘，手指看似无意地拨弄着，沉默了很长时间。

酒徒正在人间寻找她，宁缺正在向这边赶过来，她沉默的原因不是不安，而是情绪有些不悦，她的不悦来自从神到人的过程里的点滴变化——这种过程她经历过，但痛楚和弱小却未曾体会过，真切而令人愤怒，尤其是想到酒徒这只狗居然逼得自己四处逃亡，那种羞辱令她难以忍受。不知道是不是因为刚刚生产的缘故，这种羞辱感变得异常浓烈，那种想要守护自己领地和尊严的渴望异常强烈，她很快做了个决定。

走回道殿，她神情漠然看着在神座下昏睡的那名中年稳婆，如以往以及习以为常的那种姿态居高临下看着对方，说道："我赐你永生。"没有任何事情发生，没有清光没有茶，也没有那些看不到却真实存在的命运轨迹的改变，因为她已经不再是无所不能的昊天，沉默片刻，她说道："如果我能永生，便赐你永生。"

说完这句话，她觉得有些不舒服，脸有些发热，心想难道变成人类后这么容易生病？想做些什么来分散一下注意力，忽然看见了那把铁钳。那把被中年稳婆称为助产钳的铁钳，在她的眼里，做工自然谈不上精致，但前端弯成的那个圆形里却有真正的智慧或者说新奇的想法。她有些好奇这是谁设计的，便在这时，她看到了铁钳上那个眼熟的标识——是的，那个标识她很眼熟，因为那是书院院办工坊出产的标识，她之所以会这么熟，是因为她当年在书院后山做过很多顿饭，那些菜刀上都有这个标识。

桑桑用了极大耐心重新整理包裹孩子的布帛，从外形上看终于可以勉强称之为襁褓，但从两个孩子微蹙的细眉尖来看，并不怎么舒服。只要能保暖就好。她不想再为这种小事费心神，把两个孩子系在大黑马马鞍的两侧，自己骑到青狮背上，便向都城外围走去。暮色浓郁如火，因为战争而有些凋敝的街巷里，偶尔还有行人，看着那头巨大的青狮和青狮上的桑桑，人们惊恐地叫喊着逃散，经过某片广场的时候，桑桑让青狮暂时停下。

广场上面有数千民众，正在朝着一座小院跪拜祈祷不停，那座小院有一堆白色的灰。这是新教的信徒，从各地赶来，参拜他们的圣地，追思他们的圣人。如今新教势力渐渐增强，宋齐梁陈诸国风雨飘摇，道门维持极难，随时可能被抛弃，根本不敢像当年那般，对这些新教信徒喊打喊杀。桑桑知道叶苏就是在那座小院里被烧死的，那些堆着的木灰里，或者便有他的骨灰，也正是从那天开始，她变弱的趋势再也无法挽回。

望着那座小院，和小院前黑压压的新教信徒，她沉默了会儿，没有太过愤怒，对已死者的愤怒，没有意义，只是心境难免有些微波荡，腹部的伤患受到影响，迸裂开来些许，她低头看着渗出青衣的血水，微微皱眉，然后想起，这些天自己皱眉的次数，比过去无数年加在一起还要多。

"走吧。"她轻声说道。

青狮缓缓向城外行去，大黑马带着两个孩子，跟在一旁，那些跪在广场里的新教信徒，根本没有注意到这行人，大概是因为专注，也是一种虔诚。

她骑在青狮上，看着已非昨日的人间，神思渐渐发散，脸上没有任何情绪，没有慈爱，却有某种神性，有光从青衣里缓缓溢出。她忽然想起一件事情，小时候，她听宁缺说过什么菩萨，似乎也是坐在青狮上巡游世间，这青狮本就是她在棋盘里从哪位菩萨手里夺过来的，此时坐在它背上，倒真像是尊菩萨。听宁缺说，那菩萨很是坚毅慈爱，是个好菩萨，因为他爱所有世人，无论世人爱不爱他——她微微挑眉，驱散这种感觉，心想自己怎么能变成比佛陀那个秃驴还要更弱的存在？

出了宋国都城，青狮和大黑马停下脚步，同时望向她，用眼神示意，接下来应该怎样走，怎样才能避开正往这边追过来的酒徒？桑桑朝西北望，望向某颗星辰，她记得自己命名那颗星叫天狼，"就去那里。"天空西北方向有天狼星，人间西北方向有座小镇。

她现在是宁缺说过的唐僧，只有神格，却没有剩下什么神力，在观主和酒徒这种人的眼中，是最大的诱惑，那种级别的大修行者，会不惜一切代价来杀死她，长安城又太远，归程很不安全，所以她要去那座小镇。她忽然想到，宁缺说过的那个叫唐僧的家伙，后来好像也变成了佛，那个家伙很唠叨，但也很执拗，只是不明白在西行的时候，为什么总喜欢逃？

她不想逃了。昊天的尊严，不允许她再继续逃亡。

她要去那座小镇，把酒徒杀死。

小镇在宋燕交界处，现在很是荒芜冷清，唐国新组建的东北边军，已经攻入燕国腹地，据说已经围困成京城长达十日时间，逃难的队伍早已越过小镇，向更南的地方拥去，只留下了一片狼藉废墟。镇上唯一的那家肉铺关了，唯一的那家书画铺却还开着，铺子里的老板一直在等人，虽然那个人可能不会再回来，他准备做的事情可能永远没有机会去做，但在最后确认之前，老板决定一直等下去——他没有想到的是，他等的那个爱喝酒的人还没有回来，却来了一个想不到的客人。

桑桑牵着大黑马走到铺前，越过门槛，看着他，微微屈膝一福，用自己知道的人类通家之好的礼数相见，显得有些笨，或者说别扭。

朝小树觉得很别扭，看着她叹息说道："弟妹不用多礼。"他是很风流潇洒天才不羁的人物，他也很自信，当年行走江湖的时候，便知道自己必将看到很多风景，结识很多了不起的人，比如先帝陛下，但他从来没有想过，有朝一日，自己会成为昊天的大伯。

张三和李四也知晓了桑桑的身份，脸色瞬间变白，惊慌失措，不安到了极点，看到马鞍畔那两个粉雕玉琢的小孩子，又有些茫然。

"这是你们的……"桑桑想了想，说道，"小师弟和小师妹。"

书院后山有三代，第三代的大师姐是唐小棠，接着便是张三和李四，宁缺生的儿子女儿，理所当然便是小师弟和小师妹。听着这称呼，张三和李四终于醒过神来，心想都是自己人，有什么好怕的？赶紧上前与她见礼，笑嘻嘻地喊着小师婶。

从都城来到小镇，距离不远，青狮与黑马快如闪电，暮色已然尽退，黑夜来临，小镇上死寂一片，只有书画铺亮着灯光，只有一家铺子，几个人，但还是要吃饭。张三和李四胆子极大，不然当年也不会拿着菜刀，便向观主的头上砍去，不然也不可能把小师婶三个字喊个不停，然而当桑桑亲自主厨做了几个小菜，端上几碗清汤面的时候，依然有些不自在，甚至说惶恐。昊天亲自做的菜？谁吃过？谁有资格吃？

"你们师父师叔师姑都吃过，而且吃过不止一顿。"朝小树微笑着说道，笑容里却有很复杂的情绪。他看着面条上铺着的那只嫩度恰好的煎鸡蛋，沉默片刻后说道："那年雨很大，我想吃碗面条的时候，你没给我做。"

"后来还是做了。"桑桑看着他平静地说道，"而且今天我放了葱，也煎了鸡蛋。"

朝小树来小镇做什么，没有几个人知道，却瞒不过她。当年那个春雨夜，朝小树走进老笔斋，宁缺背着刀便跟他去杀人，两个人杀完人后，桑桑给他们一人下了碗煎蛋面。这碗煎蛋面，不是那么好吃的。想要吃面，就要杀人，或者说，把命交给对方。

朝小树看着她笑了笑，拾起筷子开始吃面，吃得很香。

张三和李四拿筷子蘸了面汤，喂刚刚醒来的孩子。

小镇上其实不止书画铺开着，还有个酒肆。

酒肆的主人，是个年轻貌美的寡妇，她无亲无戚，至少在饱受白眼与欺凌之后，便再没有什么关心的人——当垆卖酒，在这个世界上不是佳话。

桑桑牵着大黑马，看着她面无表情说道："杀了你，他或者会很痛苦，虽然只是暂时的情绪，但我还是决定把你杀死。"那名美貌妇人神情惊恐，脸色苍白，不知道她在说什么，却不知为何，隐隐猜到她说的他是谁，因为她与他好了很多年——所有人都去逃难了，她没有离开，就是因为她也在等他回来，她相信他会带她离开。

桑桑现在很虚弱，但要杀这样一个普通妇人，依然只需要动念。

大黑马侧着头，不肯上前，青狮隐藏在夜里，仿佛一座黑色的小山，缓缓逼近，随时可能将那名卖酒的妇人吞噬。

于是，酒徒出现了。

今夜有云，没有星也没有月，小镇漆黑一片，只有街那头书画铺微弱的灯光漏了些许出来，到酒肆处时，已经极淡，但足够照清楚人们的模样。酒徒的身上有些风尘，但没有血迹，很明显，这两天的时间里他去过很多地方，却并不焦虑，因为他还有心情洗澡，换了衣裳。

贺兰城垮塌，传送阵启动的最后时刻，他的无量境界成功地干扰到了天地气息的运转，他知道昊天和宁缺都没能回到长安，那么他便不再需要焦虑，他相信在漫长的旅程里，没有人能够比无距境的自己更快，走得更远，就像这场漫长的修行生涯一样，没有人比他活得更久，走得更远。只是他的脸色有些苍白，神情有些疲惫，先被宁缺偷袭，又炸断了一只手，受了如此重的伤，即便是他，也无法短时间内恢复。

"我到处在找你。"酒徒看着桑桑说道，远处昏暗的灯光，落在他幽深的眼眸里，看着有些骇人，就像是荒原上的夜行野兽，"却没有想到你来了我的家。"

桑桑望向夜色里某处。

"你想用她来威胁我？"酒徒平举壶中剑，指向那个曾经与他共度很多良宵，有一份难解情义的美貌酒娘，神情漠然问道。话音方满，一道凌厉至极于是无形无痕的剑意，破开夜色而去，在所有人包括青狮黑马都反应过来之前，落了酒娘的咽喉处。

如盛酒玉壶般的脖颈间，出现了一道细细的血线。酒娘睁圆双眼，看着手执锋剑的酒徒，想要说些什么，却什么都无法说出来，下一刻，头颅落进了炉间的酒缸里，起浮不安。桑桑看着随酒起伏的酒娘头颅，沉默不语，不知在想些什么。

"你做的事情，李慢慢其实也想过……书院号称仁义无双的大先生，居然准备用无辜娘子的性命威胁他的敌人，你不觉得很可笑吗？"酒徒一剑斩杀自己疼爱的女子，神情依然漠然，看着她说道，"我当时什么都没有说，但不代表我真的会接受这种威胁，结果你也想来尝试一次？你已经堕落人间，神国将会变成我们永恒的乐土，我们将共享永恒以及不朽以及无尽荣耀，生命的意义就在于追求永恒，在此之前，情爱又是何物？其余又是何物？"

桑桑本以为对于人类来说，总有些事情是重于自己的生命的，现在看来，那只是她的误解，或者是因为，她所深入接触过的人类，都是书院里的、渭城里的、长安城里的那些人，那些人和别的人本来就不一样？无论酒徒是何种人，又甚至他已经不再视自己为人，总之今夜，她都要杀死他，她从怀里取出那把算盘，开始拨打。很简单的动作，指尖轻移算珠，从上至下或者从下至上，上下两格间的隔木被算珠敲击出清脆的响声，不似琴而像鼓，又不是战鼓，似助舞兴的手鼓。小镇上空的阴云，忽然变得更加浓稠，随着一阵来自北方的寒风，云里的湿意凝结成无数水滴，落了下来，便是一场暴雨。

哗哗哗哗。

雨水落在小镇上，冲洗着被难民洗劫一空的民宅，洗着肉铺上的毡布，或者是因为毡巾上的油腻太重，雨水洗不干净，有些动怒，水珠便变成了利刃，悄无声息地将毡布化解成碎布，然后将肉铺的砖石房梁尽数蚀成空洞，只是数息时间，肉铺便坍塌成了废墟，地面上积了无数年的凝血与油腻，也被尽数冲离，顺着瀑布般的水流，流进屠夫以前肉刀失手斩出的那道裂缝里，直抵极深的幽泉。

紧随着肉铺被毁的是酒肆，藏在后舍里的酒曲子，像雪一样被雨淋出了无数孔洞。落入酒缸里的雨珠格外密集，迅速冲淡本就不浓的酒味，酒娘的头颅消散，与淡酒融为一体。啪的一声，酒缸破裂成数十块，酒水冲入铺里，四处漫溢，遇着房柱就像烈火遇着冰块，瞬间侵蚀一空，整个房屋都开始坍塌。

这场寒冷夜里的暴雨，来自桑桑手里的算盘，来自于她心里的那抹意愿，她是昊天，那便是天意——现在的她，无法动念便召集东海上的天地气息变成风暴来帮助自己战斗，她已经没有神力，她用的手段是模仿，她在模仿宁缺写符，把自己的意愿化作念力，然后讲给这片天地知晓。她以天算帮助自己模拟人类修行的手段，只需要计算，便能模似到完美，于是她刚刚学着宁缺的手段会了写符，便写出了一道神符——毕竟是曾经的昊天，无论是学习还是修行，她的进度要超出人类太多太多——这场恐怖的暴雨，曾经在长安城落下过，她写的这道神符，颜瑟和宁缺都写过，正是传说中的井字符。强大的符意随着暴雨，笼罩了整座小镇，小镇唯一的那道长街和天上最浓稠的那道阴云，平行而在空间里相交，正是一个井字。

酒徒站在废墟旁，浑身湿漉，干净的衣裳已然千疮百孔，花白的头发缕缕脱落，露出微秃的头顶，看着狼狈之极，有如丧家野狗，肉铺毁了，酒肆毁了，他确实没有家了。暴雨渐停，酒徒手里的酒壶敞着口，比先前重了几分，他浑身的雨水变成了血水，看着伤势极重，却没有倒下。井字符是神符，但他有无量的酒壶，桑桑虽然展现了人类难以企及的学习能力和修行天赋，却无法战胜他，因为仅靠学习和模拟，无法逾过五境那道门槛。

湿发搭在眼前，他盯着桑桑，狼狈而警惕。他不在意自己变成无家之人，因为他将来的家必将在神国之上，是完美而肃穆的殿堂，他很想杀死桑桑，但他需要先确定一件事情。宁缺在哪里？酒徒真正警惕的，是没有出现的宁缺，他在宁缺手下重伤断手，虽然宁缺被他伤得更重，但他知道宁缺的恢复能力在自己之上。就像书院一直认为的那样，他的身躯早已腐朽。腐朽，但还能活着，但想要修复如新，非常艰难，无论是受伤还是别的问题，总会让他感到紧张和强烈地不安。

宁缺在哪里？桑桑不知道他现在的位置，也不需要知道，从贺兰城离开之后，无论他被传送阵送去了魔宗山门还是成京，西陵抑或长安，他总会来到这里。因为她在这里。就算他的人一时半会儿到不了，他的箭也该到了。雨声消失，算珠击打算盘框的声音也消失不见，小镇里一片静寂，青狮先前抬起前掌替两个婴儿遮雨，此时与大黑马一道缓缓遁入夜色中。

"一九八九，〇三〇九。"

桑桑忽然说了两个数字，她低着头，看着算盘珠构成的形状，声音很轻，却随风而飘，飘到了无数里外，应该是北方某处。前天在贺兰城外的山崖里，面对满山花海，她要助宁缺射中观主时，曾经报过两个数字来确认方位，此时她说的这两个数字，自然也是报给宁缺听的，只是不知道为什么，与前天的数字一模一样，这是何意？

酒徒眼瞳骤缩，一声啸鸣发于胸间，身形虚化，穿越天地元气，瞬间不知去了数百里还是数千里外。下一刻，他从数百里或者数千里之外，回到原地，他仿佛没有离开过，什么都没有做。嗖的一声，在他身后响起，那枝箭，已经到了他身后。他避开了这一箭。

他神情微异，转身望去，只见一枝羽箭钉在街畔某个当铺的破门上，箭镞入木极浅，被夜风吹得摆荡数刻，便落了下来。

酒徒脸色微白，隐有悔意。

先前那次千里趋避，他消耗了很多念力，却没想到，对手用的只是一枝普通羽箭——虽然隔着至少百余里，能将一枝羽箭射到这么远，射得这么准，已经是超出正常逻辑、极恐怖的事情，但那，毕竟是枝普通箭。他惧的是元十三箭，避的也是元十三箭，如果早知道只是枝普通的羽箭，他哪里需要如此慎重？挥手便能破之。

桑桑静静看着他，没有流露出讥讽嘲笑的神色，说出了另外两个数字。

这一次的数字是新数字。

嗡的一声振鸣，一枝羽箭破夜空而至，直刺酒徒的咽喉。

这一箭来得要比先前那箭更快——因为射箭的人，距离小镇更近。两箭之间，不过是刹那呼吸时间，那人便狂奔出了很远一段距离。

他离小镇，只有五十里地了。

轰隆如雷的声音，从数十里外，直接传到小镇上，如果不是知晓，那是一个人奔跑的速度太快，撞击空气发出的巨响，肯定会以为，这边刚刚停止的暴雨，移到了数十里外，而且还是一场雷暴雨。小镇亮着微弱灯光的书画铺子里，朝小树神情平静，似乎什么都没有想，张三和李四对视一眼，看出彼此眼里的不安，却不知该做些什么。

隐藏在夜色里的大黑马，听到轰隆声，变得有些焦躁不安，几次抬蹄，便欲奔出镇外去接应，却又停止，因为它发现来人的速度要比自己还要更快！

人未至，箭已至，箭先至。轰隆雷声，掩盖了箭镞破空的声音。

极轻微的哧的一声，一枝羽箭直刺酒徒咽喉。

这一次，酒徒看得真切，轻挥衣袖，便向那枝羽箭卷去，嘶啦一声轻响，青色文士长衫的广袖上被撕开一道裂口，那枝羽箭也不知飞去了何处。从羽箭上传来的力量，他判断出，宁缺离小镇已经很近，不过数里，然而他还没有来得及做出反应，第三箭又来了！这枝羽箭并不比前两枝箭更快，看得更清晰，但那种画面的清晰感，本身似乎就有一种质量感，旋转的箭镞仿佛要撕裂遇到的一切，而且轨迹极为灵动！

酒徒左手自袖中探出屈指而弹，一道清光布于身前。噗的一声闷响。那枝羽箭，在他身前坠落，落入地面的污水里，像是被杀死的天鹅，再也不复先前的灵动，失去了所有的生命，变得僵直无比。酒徒的眉梢微挑，感觉到这枝羽箭的不凡之处。

宁缺终于出现了。

他站在小镇长街那头。

他身上到处都是血，凝结的血，因奔跑而重新破裂的伤口，又流出了新血，旧血新血混在一起，再加上八千里路的风尘，看着很脏，就像个被同伴痛揍了无数顿的可怜的乞丐，就像是曾经的隆庆。他自千里外狂奔而来，两天一夜不眠不休，未作调息，不顾伤势，早已濒临崩溃，然而他手执铁弓，静看酒徒，却自有一种岷山撼不动的感觉！

看着这样的宁缺，看着铁弓上那把铁箭，酒徒的神情渐凛，脸色变得有些苍白，一声清啸里，身影骤然消失，去了百里之外。下一刻他自百里之外归来，出现在桑桑身前，一指点向她的眉心。一直守护在桑桑身侧的青狮，满头鬃毛如箭般散开，一声极其狂野的狮哮，响彻天地之间，死寂的小镇上瓦片乱飞！酒徒身周散开一道清光，他的手指穿过清光，挟着无量天地元气，击碎无数如利箭般的鬃毛与瓦片，精确至极地点到青狮头顶。青狮狂哮，唇间不知喷出多少佛息凝成的金刚杀意，然而就像那些鬃毛与瓦片一样，竟都拦不住酒徒这根指头！一声怒嚎，青狮溅血而退。

桑桑手腕一翻，算盘瞬间散裂，数十颗算珠咻咻破空而飞，尽数穿过那道清光，落在酒徒的胸间，发出一连串密集的噗噗声响。酒徒唇角溢血，脚下却依然如电如魅，一指继续点向她的眉心，决意杀她，甚至就连算珠写成的符开始散播符意，他也毫不理会！指未至，指意已至，难以想象其数量的天地元气，顺着酒徒的手指，刺向……不，应该是轰向桑桑的眉心！这次，他竟连壶中剑都弃之不用！桑桑脸色变得苍白无比，如果是以前，面对这样的搏命攻击，她只需要看一眼，便能应付，然而现在，她需要他人的帮助。鲜血，从她的眼角里流出来，显得特别可怕。酒徒继续向前，只需刹那，便能将桑桑灭于指下。

遗憾的是，他终究还是差了刹那。因为宁缺的箭到了，这一次，不是普通羽箭而是铁箭。酒徒退，疾退，一退又是数百里，然后他回来。他看着左肩上那道铁箭留下的伤口，看着滴落到地面，汇入污水的血，沉默了会儿，然后抬起头来，望向已经站到桑桑身边的宁缺。

他在街的这头，距离酒肆的废墟有数十丈，距离书画铺很近。

先前那刻他决意抢杀桑桑，是因为宁缺的铁箭很麻烦，现在他没能成功，也没有什么焦虑的神情，因为他必须平静。只有绝对平静，才能避开宁缺的铁箭。他伸手掸了掸右肩，仿佛掸灰一般，将血掸落到地上。

宁缺的铁箭再至。

铁箭未离弦时，酒徒已经感知到下一刻宁缺手指的动作，他提前动作。嗡的一声闷响，长街上出现一道清晰的箭道，新凝的水蒸气，在满是雨后清风的夜色长街里，看得并不清晰，反射着书画铺里的微光，给人一种诡异的感觉。酒徒回到街上，解下腰间的酒壶，递到唇边痛饮数口，不顾酒浆淌落满身，然后他静静看着宁缺，从壶中缓缓抽出一把锋利的剑。

铁箭再至。

他再避。他再次回来。

他看着宁缺身后的箭筒，问了一个很重要的问题："你还有几根铁箭？"

宁缺没有回答他的问题，满是污垢与鲜血的脸上，神情平静得令人惊叹。这里不是长安城，他无法借取惊神阵磅礴的力量，桑桑也无法像当年那样，给予他无穷无尽的昊天神辉支持。没有师长的遗产，没有昊天的启迪，只有自己。

酒徒没有指望能够听到回答，他知道宁缺只剩下一根铁箭，胜利就在眼前。

最重要的是，他已经确认，宁缺的箭，根本无法射中自己。

宁缺继续发箭，普通的羽箭。小镇里，响起凄厉的羽箭破空声，箭声是那样地密集，竟仿佛没有断绝处。嗖嗖嗖嗖！咻咻咻咻！噗噗噗噗！羽箭离开弓弦，以恐怖的速度，准确无比地射向酒徒，撕裂空气，撕破黑夜，无数箭影，甚至要将昏暗的小镇照亮。箭影箭风箭啸里，酒徒身形如魅，拂袖如舞。无论宁缺的箭再快，再如何准确，就是射不中他。

因为他真的太快了。

街道上一片安静，到处都是箭。

当铺的破檐里，斜斜插着箭。米店的石阶里，深深插着箭。青石板上，羽箭射出了蛛网般的裂痕。能够射进坚硬的石头，可以想象宁缺的箭道，现在究竟霸道到了什么程度。这样的箭法，却依然没有射死酒徒。宁缺保持着挽弓的姿势，沉默地瞄准着酒徒，没有松弦，双臂因为先前的连环射消耗过剧，有些微微颤抖。

他身后的箭筒里，只剩下数枝普通羽箭和一枝铁箭。

酒徒看着他面无表情说道："有本事，你就射中我。"宁缺没有说话，因为他确实射不中他，因为他的沉默，酒徒笑了起来，笑容里有很多嘲弄和不屑，"你射啊。"

宁缺没射，也没有放下铁弓。

他在等，他在等酒徒不能来回无距的那个瞬间。

酒徒站在书画铺前，铺里昏暗的灯光，透过窗纸，落在他的脸上，有些斑驳，看着就像是秋天没有离开梢头，却被秋雨浸了数日的树叶。

忽然间，有道强大的阵意，从他脸上那些斑驳的光影里生出。

斑驳的光影，来自窗纸上的镂花。

门是房屋通往外界的通道，窗似乎也是，其实不然，窗只能让目光通过，更多时候，代表的是囚禁，比如幽阁里的小石窗，意味着绝望。那道阵意，也是囚禁，全无征兆地生出，瞬间便要罩住酒徒的全身，从脸到青衫再到他脚上那双布鞋，一朝阵成，他便再也无法离开。

宁缺在街那头，举着铁弓瞄准他，如果他无法离开原地，被这道阵意锁死，那么下一刻，等待他的便是死亡，毫无意外的死亡。然而，就在那道斑驳光影形成的阵意刚刚生成的时候，酒徒便动了，他向后退了一步，鞋底落在青石板地面上，发出啪的一声轻响。

雨水微溅，光影疏离，然后散开，随着被他一脚踏成碎片的青石板一道散开，紧接着，书画铺前的石阶崩散，崩裂的痕迹，迅速蔓延。喀喇乱响声里，书画铺的铺门上出现了数道极大的豁口，无论是门还是窗，都在瞬息之间变成碎木与片纸，梁木破折，烟尘大作。

整间铺子，在烟尘里坍塌，只是因为酒徒向后退了一步，他那一步退的时机异常精妙准确，正在那道阵意生而未成之时。似乎，他在很久以前，就知道这间书画铺子里有座阵。烟尘微落，一地瓦砾，满目狼藉，张三和李四倒在废墟角落里，浑身都是血，身上满是灰尘，竟是被震飞到了后院。两名年轻人身上的骨头不知道断了多少根，稍一移动，便痛得难以承受，但他们依然不甘心，伸手在碎砖里摸了半天，摸出了两把菜刀。

酒徒转身，望向两名年轻的唐人，神情漠然。

目光落下，张三和李四噗噗吐血，再难站起。

"这是书院的局，还是你的？"酒徒望向数十丈外肉铺废墟旁的桑桑，双眉微挑，微有笑意，因为所有的这一切，对他来说，现在都已经变成了笑话。接着，他笑意渐敛，望向从书画铺残墙里站起的朝小树，面无表情说道："你……要杀我？"朝小树走到残破的石阶旁，拍掉身上的灰尘，整理衣着，向酒徒平静行礼，说道："我是朝小树，自然要杀你。"他是朝小树，朝小树是唐人，那便有要杀酒徒的无数种道理。

"我，当然知道你是朝小树。"酒徒神情漠然看着他，说道，"这些年，我们在小镇上做街坊，为友朋，你喝茶，我喝酒，难道你真以为我不知道你是谁？"

朝小树沉默片刻，问道："既然早已知晓，为何到了现在？"

"因为我很好奇，你，或者说书院究竟准备用什么方法来杀我，要知道，你现在已经是个废人，你那两个帮工，徒有莽勇，也不会修行……是的，对我来说，和你的交往就是一场游戏，有趣的游戏。"酒徒说道，"活得久了，难免会有些无趣，难得遇到你这么一个有趣的人，这么有趣的事，我当然想多看些时间，想看看这游戏的玩法。"

然后他望向桑桑，说道："我想，您应该很理解我们这种人类的感觉。"

桑桑面无表情说道："我不理解。我开始活后，便一直和他在一起，他是个很有趣的人，那么活着，也没有什么无趣的地方。"她说的他，自然就是宁缺。

酒徒微悯，然后失笑，摇头感慨："是啊，昊天嫁人，还生了孩子，这个世界如此疯狂，哪里会无趣呢？"他看着朝小树："那你呢？你为我准备的这场游戏，趣味在何处？就这道阵法？那我会很失望。"

朝小树说道："确实简单了些，但我们都觉得应该有用……你最大的弱点在于身体，你的身体和普通人没有太多区别，甚至更容易腐朽。我和那两个孩子都是普通人，就算你看破了我们的身份，也不会警惕……就像你说的那样，这只是一场游戏，你会陪我们玩这场游戏，那么我们便有可能囚禁住你。"

酒徒沉默片刻，说道："能把我的心意算得如此清楚，是大先生还是二先生？"

宁缺一直没有说话，这时候才开口："是三师姐。"

"果然不愧是二十三年蝉……佩服，但也很不佩服。"酒徒摇头说道，"她确实找到了我的弱点，无论生理还是心理，你们确实也有足够多出手的机会，因为我不会随时动用无量境界来警惕你们，心意动也是需要耗费时间的，但她弄错了一件事情……这道阵法太弱。如果是樊笼，或者还有些希望。"

宁缺说道："就算当年我们能请动叶红鱼出手，她出现在小镇上的那一刻，便是你发起攻击，或者飘然远离的那一刻，没有意义。"

"所以这是矛盾，普通人能近我的身，却没有力量杀死我。"

"你太怕死，所以太警惕。"

"是的，所以最开始的那些日子，我从来不喝朝老板的茶，因为我怕他下毒，我还是更习惯喝我自己的酒。"

"你的习惯其实不好，难怪没朋友。"

酒徒笑了笑。朝小树却没有笑，他想起最近两年酒徒已经开始喝自己的茶，想着其间隐藏着的意思，沉默不语。酒徒笑容渐敛，看着朝小树平静说道："是的，我没朋友，屠夫更应该算是伙伴，我也想要朋友……我听说过当年春风亭雨夜的故事，我一直觉得你去老笔斋找那个小家伙时的感觉很不错，你们之间的交往很有趣，所以我也想看看，能不能与你成为朋友，可以一起喝喝茶，聊些有趣的东西也好。"

春风亭雨夜那个故事，随着宁缺朝小树二人在世间的声名渐显，早已传播开来，甚至已经变成了传说，很巧的是，三名当事人今天都在。他们重聚在宋燕之交的小镇，也是为了杀人来的。宁缺站在桑桑身前。朝小树站在酒徒身边。

"骗我无所谓，但你为什么不能一直骗下去呢？"酒徒走到朝小树身前，神情漠然，眼眸深处隐隐有暴虐的情绪，"既然你骗不了我，又杀不死我，那么，还活着做什么？"他的声音很平静，冷酷，实际上却很愤怒。除了他自己，很少有人能够理解，他为什么会如此愤怒——无数年的漫长生涯，不是那么好挨的。

"我是个愿意结交朋友的人。"朝小树静静看着他说道。

没有人能质疑他的这句话，整个人间都知道，朝小树是最好的朋友，也最好结交朋友，他诚挚而大气，不疑人，潇洒无比，只有他这样的人能够与大唐皇帝陛下兄弟相称，也能在路边书画铺里随便一捡，便捡了个宁缺这样的兄弟。

"如果你愿意，我也可以与你成为朋友，虽然你的辈分太高、年龄太大，但朋友这种事情，向来与辈分年龄无关，只与意趣相投有关。"朝小树继续说道，"我承认来小镇便是为了设局杀你，但这数年时间下来，那个局其实早已不成为局，你知道我是朝小树，难道我不知道你知道我是朝小树？所以虽未言明，但已经没有欺骗，我甚至还想过，能不能说服你，如果能，那自然最好不过，如果不能，那么我对你也没有什么亏欠。"

"亏欠？不，你不亏欠我任何东西。我在这个世界上已经活了无数个年头，见过无数阴险狡诈的人，经历过无数尔虞我诈，还有世间最丑恶、最畸形、最变态的事情，所以你真以为我会在意铺子里的那杯清茶？"酒徒看着他，面无表情说道，"你的局，对我来说，早已不再是局。"他是修行界历史上最巅峰的数名大修行者之一，朝小树最巅峰时只是知命境，而且现在早已无法修行，变成了普通人。他只要看朝小树一眼，或者，朝小树便要死，无论宁缺还是桑桑，都很难阻止这一切。

朝小树平静而无畏地回视他的目光，说道："先前我就说过，这个局早已不再是局，然而当你想杀我的时候，这个局便会重新出现。"

酒徒说道："何意？"

朝小树说道："我就是局。"

酒徒微微挑眉。

朝小树又道："我待的是时。"

时，是时机。宁缺一直在等待一个时机，等待酒徒无法进入无距的那个时机，他已经等了两天一夜，依然没有等到。朝小树也在等待一个时机，他已经等了好几年，只不过他等待的时机与宁缺等待的不同，他是等着那个时机主动来找到自己。酒徒不想再听了，出于那种很难解释的愤怒，也因为宁缺和昊天这两个大敌在侧，他决定把朝小树杀死。

他拍向朝小树的胸腹。大修行者出手，朝小树根本无法避开。朝小树也没有想避，他感受到了死亡的来临，即便是心志坚毅、早已看破沧海岸花的他，也不禁有了刹那的恍惚。酒徒的手掌，落到了他的胸腹间。

哧的一声轻响，一道锋利的剑尖，从他的掌心里刺出来！

那是一把无形的剑，剑锋寒冷，剑意凝结澄静。

这把剑，是从哪里来的？

这把剑，一直在朝小树的身体里。

有人的左眼里有个鬼，有人的识海里有个人，有人的戒指里有个灵魂，有人的身体里有把剑，那把剑没有藏在鱼腹里，而是藏在他的腹中。无论酒徒的手掌，落在何处，只要杀意到来，那把剑，便会出现。此时，这把剑破开了他的胸腹，然后刺穿了酒徒的手掌！这是剑的自我反应，这是俱焚的姿态！

酒徒脸色骤然苍白，感觉到了极大的恐惧。

他厉啸一声，疾速后退，便在后退的数步，身形已然虚化。

然而，那把剑来得更快。剑锋破开朝小树的胸腹，带着鲜血，无形的边缘被血与风一凝，便拥有了实质，噗的一声，深深刺进酒徒的腹部！酒徒确实是这个世界上最快的数人之一。但他站在朝小树身前一尺之内，便绝对无法躲开这一剑。

当年大师兄在潭边，也不敢站进这把剑前一尺。

这是一把怎样的剑？那是一把普通到不用刻意去形容的剑，却杀意决然。

这把剑，来自南晋剑阁，属于剑圣柳白。

这是朝小树向柳白借的一把剑。

这是书院的一个局，来自夫子的一句话。

君子藏器于身，待时而动。

这句话的意思是：君子有卓越的才能超群的技艺，不到处炫耀，而是在必要的时刻把才能或技艺施展出来。但也有更简单的一种解释：朝小树的身体里藏着一把剑，等到酒徒想要杀他的那个时机，这把剑便会动起来，一动杀人。

器者，物也，在某种时刻特指兵器，尤其是剑。器，也是勇气。

朝小树等了数年时间，就是为了刺出这把剑。

换句话说，他一直在等着去死。

此为大勇。

酒徒极痛，眼神震撼不解，甚至有些惘然。这剑来得太快太陡，根本避无可避。他隐约间明白了，这是柳白的剑，是的，这个世界上，只有柳白的剑才能如此决然，如此迅疾，如此不留后路。此剑出，哪怕他是酒徒，也必须身受重伤！朝小树这一剑，断了他的九成生机，破了他的雪山气海！酒徒脸色苍白，继续后退，身形继续虚化。

他不想死。他想逃。他一掌拍到街面，震起无数烟尘石砾，遮住宁缺的视线。

夜色里忽然响起桑桑的声音，她说了两个数字，烟尘那头传来嗡的一声轻响。一枝羽箭破空而至，准确地射中酒徒的膝盖，鲜血飙射。酒徒痛苦地大喊一声，难以保持身体平衡，向地面坐下，轰的一声，烟尘破散，夜色俱乱。

宁缺掠至场间，一脚将他踢翻在地，右脚重重地踏上他的胸口，啪啪脆响里，酒徒胸骨尽碎。酒徒喘息着，眼中满是不甘与愤怒，他还是不想死，他想活下去，他拼命地召唤着天地元气，试图脱困。宁缺拉开铁弓瞄准，铁弓弯如满月，弦上铁箭寒冷如霜——事实上，不需要瞄准，寒冷的箭镞直接抵着酒徒的眉心，无论是谁，都不会射偏。

先前战斗里，酒徒对他说过，有本事，你就射中我。

宁缺这时候说道："有本事，你就躲开这一箭。"

嗡的一声轻响。铁箭离弦而去，刺穿酒徒的眉心。小镇街面上，出现了一个极深的箭洞，铁箭入地无踪，酒徒的头颅也消失无踪，化为一片血水。

22

小镇上空的雨早就停了，云却未散。那根铁箭直入地底，不知过了多久才停止，传到地面的震动已经非常微小，然而很奇怪的是，镇外的原野却剧烈地震动起来，枯苗倒伏，溪水乱翻，震动波及镇上，已经残破不堪的民宅纷纷垮塌。地面的震动在下一刻似乎传到了夜穹里，那片阴沉的云开始翻滚，如正沸的水，不停地搅动，却没有散开的征兆，像是人类痛苦的表情。酒徒的尸身随着天地的震动，迅速地腐朽，或者说风化，变成近似于黄沙般的物事，然后被夜穹落下来的风一吹，便消失无踪。

看着这幕画面，宁缺想起多年前在荒原上打开天书明字卷时引发的天地异象，才明白杀死酒徒对这个世界意味着什么。他还是不明白酒徒的遗体为什么会变成这样，只有桑桑懂，那是因为酒徒早已经脱离了普通人类的范畴，换句话，酒徒早已非人。酒徒不是普通的修行者，是大修行者，是夫子、佛陀、轲浩然、观主这种级别的人物，甚至于，大修行者这四个字也不准确。他和屠夫一道来自远古，早在佛陀之前便已经存在于这个世界，千年之前的夫子、观主一代以及数十年前的轲浩然一代都是他的后辈，他和屠夫是真正的传奇，甚至应该称之为传说，他已经活了无数年，并且似乎将永远这样活下去。

今夜，他却死了。仿佛永远不死的人死了，说明生死之间并没有定数，宁缺没有在这件事情上耗费太多时间和精神，直接走到朝小树身旁，然后望向桑桑。

从柳白处借的剑，破开了朝小树的身体——这是书院多年前便布置的局，所有人都知道，一旦开局，朝小树便必死无疑，然而——既然生死之间无定数，谁说朝小树一定会死？宁缺如此想着，就算天命如此，他也不相信，更何况桑桑就在身边。

"能不能治？"宁缺看着她问道。当初他把观主千刀万剐，然后他自己又被她千刀万剐，熊初墨被断手打成废人，但无论多重的伤，只要她看一眼，便能修复如初，他虽然知道现在的她，远远不是当初那个昊天，但依然抱有极大的期望。

"就算以前的我，都很难治。"桑桑走到断裂的石阶前，看着浑身是血的朝小树，面无表情说道。这是句实话，因为柳白的那一剑，实在是太过锋利，他伤得太重。

宁缺沉默，握着朝小树的手，眼眸里流露出悲伤的神色。朝小树脸色苍白看着他，艰难地挤出一丝微笑，不准备在生命的最后时刻还要辛苦地留什么遗言，只要唐国和书院能够获得最终的胜利，他相信自己那些放心不下的人和事，都会得到最好的照看，那么他还有什么放心不下的？

这个时候，桑桑接着说了一句话："但我现在会治。"

宁缺有些茫然，不明白她这句话是什么意思。

桑桑手掌轻轻抚在朝小树胸腹间那条恐怖的伤口上，清光渐显，右手不知从何处摸出一袋子针线，平静说道："我现在对这种伤有经验。"是的。在宋国都城的道殿里，她的腹部也被一把剑剖开过，然后被她自己治好，在这方面，她确实很有经验。

看着针线在朝小树的胸腹间来回穿行，宁缺忽然想到，多年前离开渭城的时候，桑桑曾经担心过自己的女红在长安城里无法与那些娘子相提并论，却不知道，昨夜在那座道殿里，桑桑也想起过相同的场景。朝小树的脸色依然苍白，呼吸却平稳了很多，开始昏睡——宁缺放下心来，再也无法承受身体与心理的极度消耗，坐到了湿漉漉的地面上。直到这时候，他才注意到大黑马的鞍旁多了两个竹篮，又才注意到桑桑的脸庞依然丰满圆润，但腰腹部却不像在雪域里重逢时那般臃肿了。

大黑马蹀到他身前，屈起前蹄，好让他看得更清楚一些。看着竹篮里那两个正在香甜睡觉的婴儿，宁缺很长时间才醒过神，不知道为什么，觉得胸腹间一片温暖，觉得好生快活。酒徒死了，朝二哥还活着，桑桑给自己生了两个孩子，生死之间也许没有什么命中注定的轮回，有大恐怖，原来也有大欢愉。

确认朝小树生命无虞，宁缺没有耽搁任何时间，带着桑桑，骑着大黑马便离开了小镇，以最快的速度向西方的土阳城奔去——土阳城是大唐东北边军的驻地，那里也有一座传送阵，要回长安城，那是最快的方法。

　　三更半夜，正是夜色最深沉的时刻，土阳城将军府后方一座不起眼的宅子里，散播出一道清光，天地气息一阵扰动，然后重新变得安静起来。下一刻，长安城皇宫深处那座不起眼的小楼里，也散开了一圈清光，天地气息如云一般自由穿行，皇宫里的檐兽警惕地望向那处。

　　收到警报的大内侍卫以及天枢处官员，以最快的速度赶到小楼，确认传送阵已经开启过，却没有发现任何消息，不禁有些惘然，又过了会儿，李渔带着刚刚醒来的少年皇帝走到小楼前，看到了一根被折断的羽箭，隐约猜到发生了什么事情，因为这场战争一直紧绷着的心，瞬间便放松了很多。宁缺回来了。

　　深夜的红袖招，惯常正是最热闹的时候，但现在由于正是战争时期，歌舞行的姑娘们随军部慰问团正在战场上替士兵鼓劲，而且在上官扬羽严厉寒冷的目光注视下，也没有什么达官贵人和富商敢前来寻欢，所以很是安静。

　　令人感到有些奇怪的是，有匹异常神骏的大黑马和一个看着没有什么精神的青毛狗，这时候正在楼外，难道今夜有客？红袖招今天确实来了两位尊贵的客人，只是那两位客人很明显不是来寻欢作乐的。顶楼清静的房间里，简大家和小草一人抱着一个婴儿，情绪很是复杂——把刚生一天的孩子扔到一旁不管——这样的父母实在是世间罕见。

　　宁缺和桑桑这时候在雁鸣湖畔的宅院前，准确地说是在湖堤上，站在那些没有枝叶的柳条前，对着被雪覆盖的湖水沉默不语。很久之后的重逢，重回旧居，他们没有追忆过往，也不是在感慨当年，而是在思考一些更重要的事情。宁缺的手里握着惊神阵的阵眼杵，桑桑站在他身旁，像在人间这些年很习惯的那样，把双手背在身后，看着很像一位长者。

"那个字……我还是写不出来。"他说道。

桑桑转身看了他一眼，不确认他这句话里的写不出来，究竟是写不出来，还是不想写出来，即便她与他心意相通，竟也分辨不清。因为这件事情太复杂。

"我忽然有些想隆庆。"宁缺又说道。从某种意义上来说，在他的这个故事里，隆庆才是真正的男二号，但和那些故事不同，他对隆庆没有什么情感投射，自然也不会惺惺相惜，他只是想到怒河畔隆庆死前自己领悟到的那些东西，与那个大字相通的一些东西。

把重伤的朝小树扔给不怎么靠谱的两名师侄，把新生的一对儿女扔进青楼，不代表宁缺不负责任，他急着回到长安，就是要写出那个字。只是那个字太大，大到他即便有了惊神阵的帮助，依然很难写出来，遥远的西荒与东南海畔，更远的寒域雪海，都太远了。

都说人类的思想有多远，便能走多远，可是从来没有人想过，思想这种事物本身就极缥缈，想要让它去到遥远的地方，是多么困难的事情。宁缺想到很多年前做过的那个梦，那个初识时的梦。在那个梦里，他看见了一片沧海。做那个梦的时候，他正抱着桑桑。如果有桑桑的帮助，或者，他能够把自己的念力，传到天涯以及海角，然而，他如何开口？

桑桑转身，指间不知何时多了一个柳条编成的小凳子。

她看着他问道："你说孩子会不会喜欢这种？"

宁缺说道："我很喜欢，他们自然必须喜欢。"

桑桑静静看着他，忽然说道："在那个小木屋里，你怎么说的？"

宁缺沉默片刻，说道："我说……可以不做。"

"可你还是想写那个字。"

"是的。"

桑桑望向夜空，今夜长安城无雪亦无雨，有一轮明月当空。

"哪怕……写出那个字，我会死。"

"我总觉得，不应该是这样。"

"就算我愿意帮你，我现在也不知道怎么帮你。"

"我清楚情况。"

"然后？"

"没有然后。"宁缺看着她，说道，"没有任何人有资格要求你去死，哪怕所谓的为了整个人类，我更没有资格说出那句话，所以，没有然后。"

桑桑的目光落在他的手上，注意到他握阵眼杆握得很紧，指节有些发白。对宁缺来说，长安城是安全的，就算观主到来，也无法做些什么，但这场战争没有结束，观主与大师兄以及西陵的胜负，都很重要。他看似平静，实际上心里波澜难定。

小镇上空那片搅动不安的云，像极了人类痛苦的脸。这张脸看着大地，看着人间的每一处，于是能够看到它的人，都看到了。

贺兰城外的山崖间，观主与大师兄相隔数百丈而立，青衣已然残破，棉袄上更是有很多血迹，两天一夜的时间，足够发生很多事情。在这片山崖里发生的这场战斗，没有旁观者，也没有记录者，不然，一定能够排进历史里的前五，无论是层次还是程度。

观主看着南方那片云，沉默了很长时间，说道："酒徒居然真的死了。"即便是他，对这个仿佛永远也不可能发生的事情，也感到有些震撼。

大师兄看着那处，没有说话。

观主转身望向他，说道："他们回了长安，你不需要再拦我。"

大师兄平静举起木棍，再次横在眉前，没有说话，却把意思表达得很清楚。

宁缺和桑桑终于摆脱重重阻碍，回到了长安城，观主又进不了长安城，那么按道理来说，他不需要再继续燃烧生命拦阻才是。

"为何？"

"老师看过七卷天书。"

"看来你知道我想做些什么。"

"关键是，我知道您想怎么做。"

这句话的意思，不像横于眉前的那根木棍表达的意思那么清楚，但如果认真琢磨，便能懂得其间隐藏着的很重要的一些信息。长安城或者可以帮助宁缺战胜观主，却无法阻止观主夺取桑桑的神格，夫子看过七卷天书，知晓道门的一切秘辛，其间自有道理。

观主若有所思，然后消失。大师兄随之消失不见。

从这个世界任意地方向北走去，最后都会走到那座雪峰下。那座雪峰是世界上最高的山峰，数年前，因为那颗如流光般落下的陨石，雪峰断成两截，上半截落入山后那片黑暗的海洋里，但这座雪峰依然还是世间最高的那座山。不需要问世间，这座雪峰便是最高，也不需要问世间，观主和大师兄就是最高，所以最后战场选择在这里，真的非常合适。

观主的剑映着满天星光，来到大师兄的面前，夜穹里的繁星是那样地美丽，令人眼神迷离，这把剑也同样如此，根本看不出是怎么来的。大师兄也看不出来，所以他没有看，握着木棍，就这样简单地向前刺出，只听得嗖的一声，棍头便已经来到了观主的身前。

天下溪神指封，满天繁星随剑而归，挡住了这凌厉至极的一棍，剑面上有颗星跃出了夜穹，落在了大师兄握着木棍的手上，鲜血微溢。棍挡住了，棍意却在继续向前。嗡的一声轻响。观主道髻上的乌木钗应意而折，黑发披散在肩上，随雪风而舞。

他看着大师兄赞叹道："李慢慢，今后谁还敢说你慢？"

一个人的名字往往有其出处或者说意义。比如宁缺，比如桑桑，比如君陌，当然，像翠花、二丫这种名字要除外。

李慢慢之所以叫李慢慢，自然是因为他很慢，他说话行事的节奏很缓慢，他走路很慢，就连修行也很慢。他用了整整十七年的时间才不惑，完全不能和师弟师妹们相提并论，当然，在那之后他忽然就变得很快，只用了三个月便洞玄，然后，傍晚知命。

李慢慢就是这样一个人，起始极慢，然后极快，走得极慢，却世间最快，同样，他以前从来不会打架，无论面对叶苏还是谁的时候，他都承认过这一点，只不过从来没有人相信那是事实。后来他学会了打架和杀人，于是慢又变成了快。他以难以想象的速度掌握了无数种打架的方法，陈皮皮的天下溪神指、君陌的相敬如宾意、浩然剑，还有夫子的棍，包括他先前刺观主的这一棍，他用的是柳白的剑，这样的剑当然不慢。

这就是李慢慢，最慢的李慢慢，最快的李慢慢。

观主站在雪峰上，举头望向夜空里被繁星包围着的那轮明月，赞叹地说道："你教出来的好徒儿。"这句话里没有任何怨毒的意味，只有佩服。

虽然是晋入清静境的大修行者，对世间一应贪嗔痴爱已可看淡，但看淡终究不是无视，观主依然有所追求，自败在夫子手下，他便没有奢望过能够赢过对方，但他希望自己教出来的学生能够赢过夫子的学生。事实上，他教出来的两个学生确实都很了不起，叶苏创建新教，最终成圣，然而他很清楚，叶苏的转变离不开李慢慢在长安城里的点化。还有隆庆走上了一条从来没有前人走的道路，最终却还是死在了宁缺的手里。

听到赞美老师，大师兄微微躬身回礼，没有想什么，在他看来这本就是理所当然之事，不然观主又怎会让自己的儿子拜在夫子门下？

夜色渐浓，是真实的夜色，也代表着自北方蔓延而来的夜色，就像过去几年那样，人间正在慢慢地变冷，往年哪怕隆冬时节也温暖如春的西陵神国，此时已经落了好几场雪，青青山峦已然被白雪覆盖。雪笼四野。来自北方的唐军与南方的大河国军队，于十余日前攻入西陵神国，神殿骑兵节节败退，最终退守桃山周遭方圆数百里的范围，桃山通往人间的通道，尽数落于唐军和大河军队之手，桃山被困成了一座孤峰。

这种局面已经持续了十余天时间，唐军始终没有发起最后的攻势，代表书院前来的二先生和三先生也再没有走进过小镇，不知去了何处，或者是因为他们没有信心攻破笼罩着桃山的那座清光大阵，又或者是因为镇里那位屠夫？

时间持续越长，对围攻敌方的军队来说并不是好事，率领唐军的是徐迟，按道理来说，他不会犯这种错误，那么这说明是书院在主事。就像过去的那些夜晚一样，今夜依然风雪缓落，小镇四周静寂无声，仿佛又要无事无扰地过去，到第二天清晨再来煎熬这一天……

镇外却响起了脚步声。

屠夫解下身上的皮大褂，从案板上拾起那把沉重的屠刀，走出门槛，望向缓缓走来的君陌，神情显得异常漠然，或者说冷酷："你是来送死的？"

君陌走到他身前停下，举起单手为礼，说道："酒徒死了。"

遥远北方小镇那片如痛苦人脸的云，还在夜空里飘浮着，其实并不太高，按道理来说，千里之外的桃山肯定看不清楚。但自然有能够看清楚的人。屠夫便是来自北方那座小镇，怎能看不见那片云？他与酒徒在这个世界里一起生活了无数年，怎能收不到他的死讯？

他没有说话，沉默看着君陌，就像看着个死人。任何人被屠夫这样的人物用这种眼神看着，都会感到恐惧，至少会有些不安，或者说寒冷，但君陌神情没有任何变化。

"酒徒死了。"君陌重复说道，语气很平静，不是刻意点出这个事实与重点来激怒对方，而是在讲述一个客观事实，包括下一句。

"你也会死。"

屠夫浓眉微耷，说道："如何？"

"我们都很清楚，你和酒徒很怕死，所以才会活这么多年，但他死了，证明他是错的，你如果不想死，就应该与他走不同的路。"

"他随观主去，我守道门，本就不同。"

"世间大路千万条，不止这两条。"

"还有什么？"

"歧路你怎么选？筹码你放哪一边？那两条路不通，还有第三条，昊天现在回了长安城，你没有道理不选这条路。"

"按道理……按我怕死的性子……我确实应该选你们这条路，我没见过神国的昊天，但见过人间的她，我从她那里得到过承诺，但是……"屠夫沉默片刻，说道，"我不想这么选。"

君陌隐约猜到他的想法，微生敬意，再行一礼，说道："请教。"

屠夫握着刀柄的手微松微紧，就像他此时的声音，微有起伏，却始终那么坚定平静："知道我和酒徒的修行者，总以为他是相对潇洒的那个人，而我却是相对嗜杀残酷的那个人，但事实上这几万年我很少杀人。"

君陌说道："确实。"

屠夫说道："不杀人是因为怕死，我真的很怕，但我……就这么一个伴，他被你们书院杀了，我总得替他做些什么。"

君陌沉默。

屠夫说道："因为他也就我这么一个伴。"

君陌依然沉默，很长时间后说道："有道理。"

确实有道理。像酒徒和屠夫这样的人，如果不是彼此为伴，只怕在漫长无涯的修行路上早已迷失，在漫长无尽的藏匿人生路里早已走丢，没有人能忍受那种孤单。好在他们彼此可以为伴。他们是彼此唯一的伙伴，如果屠夫不替酒徒做些什么，便没有人做。

君陌认为屠夫的话很有道理，便不再继续尝试劝说。

他向来很尊敬道理。

他取出那把方正笔直的铁剑，说道："请。"

屠夫举起那把油污满身的屠刀，说道："我会砍出一条路。"

没有路，才需要砍出一条路来。屠夫举刀向君陌砍了过去，没有任何招式，也没有任何技巧，你甚至感觉不到刀上带着丝毫的天地气息，看着就像，不，就是简单的一刀。

这一刀当然很不简单。

如果有人每天拿着重若小山的屠刀挥砍数千记，每年三百多日，日日砍不停，这种日子一直重复了数万年，那么他砍了多少刀？没有人这样做过，只有屠夫这样做过，也只有他可以这样做，因为他活得足够长，于是他修行的时间便足够长。都说修行在于天赋与勤奋，屠夫的修行天赋自然是历史上最好的数人之一，他的勤奋也是最好的数人之一，二者相合，那意味着什么？数千乘以三百再乘以数万，这是多少刀？

意味着，这一刀无敌。

柳白复生，也无法硬接这一刀。

观主，也不会想硬接这一刀。

除了轲浩然，从来没有人能硬接屠夫的刀。

君陌的眼睛亮了起来，他知道这一刀意味着什么，那两个字，很耀眼。

小师叔是他的偶像，他想接这一刀。

如果他双臂完好，或者他真的会接一接，但现在他只剩下一只手臂，铁剑一端在手，另一端却在夜雪里。他眼睛里的光泽微黯，然后再亮，一切归于平静。

君陌退后一步，倒提铁剑，抬膝，左脚向上踢出。

这一踢，他踢的是天，是为蹬天踢。

他一脚踢到了铁剑的剑首上，铁剑呼啸破空却未离去，仿佛变成一道弓弦，弦的一端在他的手里，另一端在他的脚下。铁刀砍在了铁剑上，弦弯，而未折，铁剑如弦，君陌如箭，倒退，如闪电般顺着长街疾退百丈。最终，他没有选择硬接屠夫的刀，因为今夜不是他一个人的战斗，他是骄傲的君陌，但更是书院的二师兄。

然而屠夫的刀意何其恐怖，依然缀着他。最终触着他的冠，他的发还没有回复到原先的长度，但他今夜重新戴上了那顶古冠。冠如舟，助他在天地气息的巨浪里航行，不侧不翻自不覆。君陌继续后退，一直退出小镇，退到山崖之下。刀意依然未绝，只听得刺啦一声响，他的胸口出现了一道清晰的裂痕，他的铁剑上出现了一道深刻的痕迹。

这把铁剑，在极西荒原的天坑底，带领农奴们与悬空寺战斗数年，未曾折断，只是有些变形，后被修复如初，今夜却险些被屠夫一刀砍断。

何其恐怖的一刀，果然无敌。

君陌退到了山崖下。

他的右足落下，蹬天踢，变成了入岩松，如钉在地面一般，再不后退。

屠夫也到了。和世人的想法不同，屠夫的速度并不是太慢。

君陌唇角溢着血，看着再次破夜而来的第二刀，神情却宁静到了极点。

他挡不住屠夫的刀，一退数百丈依然受了伤。

但他要的就是屠夫来这里。

一声凄厉的蝉鸣响起。仿佛有只巨大的蝉张开了透明双翼，恰好笼住了屠夫所站立的地方。屠夫进入了蝉翼的世界，那是与昊天世界完全隔绝的世界，逾五境的大修行者也不见得都能创建自己的世界，这两片透明无形蝉翼构成的世界，却是显得如此牢不可摧。

"区区寒蝉，焉能困我！"

屠夫须发俱飞，暴喝声里，一刀斩向透明的世界屏障！

哧的一声厉响！透明的蝉翼上出现了一道裂口！

那把刀很厚实，上面满是油污，还有些血，斩向漫天飘落的雪花，总有些不和谐的感觉，仿佛下一刻，便会斩空。因为山崖前的空中除了雪，什么都没有。然而当这一刀斩落时，却能真切地看到空间的变形，能听到某些事物被撕破的声音。两片透明蝉翼构成的世界，就这样被简单一刀斩破！刀意去而未绝，落在那片山崖上，只听得喀喇声响，乱石碎飞入雪，松藤间裂痕渐扩，山崖缓缓滑动，无数崖石滚落，然后……山裂了。

屠夫一刀，将一座山斩成了两半。

随着崖石一道落下的还有个人，那人的身影很娇小，从数百丈高的山崖上落下，仿佛从天空跳落，跳入雪中，瞬间便来到了屠夫的头上。屠夫刀意甫落，即便是他，也无法在这么短的时间内斩出第三刀。他低喝一声，翻腕横刀于雪中。

啪的一声闷响。

那个娇小的身影直接落在刀面上。

轰的一声巨响。

烟尘微起，风雪里，石块乱射。

屠夫的眉毛不停剧烈拂动，丝丝落下。他的人却没有倒下。因为他的脚已经陷进了地面，深至没膝！那个娇小的身影，被屠刀震飞，在残破的山崖间轻点，如燕一般折身再至，而同时，君陌手里的剑也到了！轰隆隆！震耳欲聋的撞击声，直接摧毁了小镇边缘的数座民宅，将残山前的雪花尽数撕成粉絮，更是直上夜穹，将那片云都撕开了道口子！

到处都是碰撞引发的天地气息湍流，扯动着地面的积雪与到处堆着的崖石不停飞舞，夜色下一片昏暗，只能听到声音，根本看不清楚画面。谁也不知道在如此短暂的时间里，三人之间发生了多少次战斗，铁剑屠刀与拳头之间发生了多少次撞击，只知道那代表着绝对的力量！不知道过了多久，崖前终于安静下来。

"上次我就说过，你们确实很强，如果让你们拥有与我相同的岁月，甚至有可能超过我，但……现在不行，你们连杀死我都做不到。"屠夫神情漠然看着对面的山崖下方，他身上出现了很多道伤口，却看不到血，似乎狼狈，却没有真正受伤。

"有些人确实很难杀死，比如你、酒徒还有首座，但今夜酒徒最终还是死了，首座也被我书院困死，对你，我们也有安排。"余帘平静说道，"先前只是试试，既然不行，那便用别的法子，你要清楚，战胜敌人不见得要杀死敌人。"

这句话很有道理。君陌想着先前屠夫的第一刀，想道。

随着余帘的声音落下，飘着微雪的山崖间，响起一道清幽箫声，紧随着箫声而来的，是淙淙如流水的琴声。琴箫合鸣，其声动人动情，然而在无声处，却有杀机。

屠夫微微挑眉，脸色微白，沉喝一声，尘雪自身上震起，他握着刀，向琴箫声起处斩去。琴箫之声戛然而止，但刀意却无法再前，因为断崖上还有棵松，矮松，松畔有辆车，破车，破车上有面残旗。矮松为炮，破车还是车，残旗是帅旗。这是象棋。刀意被锁，屠夫神情微凛，向前踏出一步，凭借身躯生生撞碎余帘的蝉翼，却未能走出去，因为山崖间还有很多棋子，黑色的崖石，积着雪的崖石，那是黑棋与白棋。这是围棋。

屠夫长啸一声，举刀再斩！

刚刚重新响起的琴箫之声再止，满山棋子震动不安，似将裂开。

便在这时，一道轻柔至极的丝线，顺着雪花飘落。那道丝线，将松、车、旗、石、雪，尽数联系在了一起。雪花触着丝线，被弹成粉絮，便成了云。这是云集阵法。依然没有完。云集阵外，有铁炉，有黄沙，崖后的溪流里，甚至还有座水车，一只白鹅，蹲在水车最上方，像是骄傲的将军，老黄牛在更远处的山坡上看着远方。

屠夫啸声再起，举刀再斩。一道指意，自西而来。一根铁棍，入地为营。刀意被数层阵意一缚，再被指意棍势一冲于无形。陈皮皮与唐小棠，自镇外行来。他穿着神袍，带着神冕，神情肃穆，他有新教十三门徒，有信仰之力。

屠夫沉默，低首，然后抬头。他举起铁刀，第五次斩出。

然而这一次，他依然未能斩中任何一人。因为一块石头，出现在刀前。满山野的崖石，仿佛都活了过来，却又死了过去，将他困在其中。这是块垒大阵。莫山山穿着白裙，戴着王冕，静静望着满山乱石之间。她现在布下的块垒阵，已有魔宗山门前大明湖的七分意思。当年小师叔破块垒，也要花些时间，屠夫何能例外？

屠夫终于收刀。他看着山崖间这数道各自强大，却又相依相成的阵法，沉默不语。他能预想到，书院诸人都会出现在这里，却怎么也想不到，对方竟是把书院搬到了这里！

琴箫声再起，极为欢愉，甚至有些得意。

余帘看都未看屠夫一眼，背起小手，转身就走。

书院诸人随之而去，莫山山自然也不例外。她本就是书院邀请入后山的二人之一，她早就习惯把自己当作书院的人，书院也早习惯把她当作自己人。

君陌没有离开，他盘膝坐在了雪中，他静静看着阵里的屠夫。多年前，宁缺杀夏侯时，他在雪桥上坐了整整一夜，让大唐国镇国大将军许世和最强大的羽林军无法过桥一步。今夜，他再次在雪中坐下，这代表着他的态度。

屠夫看着他说道："只要有时间，我总能破开这些阵。"

"我们也只要时间……如果你能破开这些阵，那便轮到我来留下你，到时我会试着看能不能接住你的刀。"

"你接不住。"

"也许。"

"你们等了十余日不上桃山，为什么？道门若覆灭，昊天她便会变得很虚弱，甚至会死。"

君陌沉默片刻，说道："或者是因为，你们眼里的昊天，在我书院诸人看来，也是那个煮饭做菜的小丫头，她能不死，最好不死。"

"为何今夜又要上桃山？"

"因为她已回长安。"

长安，真是一个很美妙的名字，一座很神奇的城市，可以守护很多普通的人类，而现在，又要开始守护昊天，君陌又说道："你为朋友尽力，我为师门尽力，彼此尽心力就好。"

屠夫沉默了很长时间，说道："君陌果然向来有理。"他重新举起手中的刀，刀意无法破阵，却与先前残留在天地间的刀意隐相呼应。夜空里的雪云，已被斩开了一道缝，这时候缝隙迅速扩展开来，雪花渐渐停了，云也散了，露出了那轮明月。

君陌抬头望向那轮明月。

往桃山的山道间，书院里的人们挑着担，牵着牛，扛着白鹅与家当，沉默地向前赶路，他们曾经出过青峡，如今再上西陵，山道沙沙。

余帘若有所觉，抬头向夜空望去，也看到了那轮明月。

"老师，我们会赢的。"

陈皮皮看着月亮，微笑着说道。

多年前，夫子上桃山，斩尽满山桃花。

今夜，明月当空。

他的学生们来了。

清晨时分，朝阳还没有从东海那边升起，天空连蒙蒙亮都谈不上，晦暗有如阴雨天，让那座山峰显得有些孤单。山峰有三道崖坪，有四座神殿，有数千神官、数万执事骑兵，这里是道门统治人间无数年的殿堂，也是所有昊天信徒心中的圣地。

此时的崖坪里有数万人，穿着红衣、赭衣的神官，穿着黑衣的执事，披挂着黑金盔甲的骑兵，黑压压的到处都是，却没有任何声音。就连呼吸声都听不到，人群有如沉默的海洋，海水深处或者有愤怒，但海面上看不到丝毫，泡沫都被晨风吹破成幻灭的虚无。道门是人类觉醒以来最强大的宗教，神殿是人类最庄严神圣的地方，这里的人们秉承昊天意志统治这个世界无数万年，拥有过难以想象的地位，这一切都将要毁灭了吗？

崖坪上的人们看着山下，山脚下的田野与丘陵里，熹微的晨光间也有一片沉默的黑色海洋，唐国的玄甲重骑，那是横行世间无敌的存在，数万玄甲重骑将桃山重重包围，除了真正的大修行者，没有任何人能逃走。有人看着崖坪山道尽头，那里有一座神辇，幔纱里有位穿着血色神袍、戴着神冕的女子，她是裁决神座叶红鱼，如果是以前，在这种决战时刻，裁决神座绝对是西陵神殿数万神官执事最可靠的心理依靠，人们相信只要她在，便没有人能够对西陵神殿稍有不敬，然而，现在的裁决神座已然站到了神殿的对立面。有人看着山道入口北面那些挑着担、提着锅铲的人，有人看着那只老黄牛，有人看着那只鹅，他们知道那便是传说中的书院弟子，其中一位明明不是西陵大神官，却穿着神袍戴着神冕，微胖的身躯里，仿佛有人间最庄严的气息，人们知道他是陈皮皮，传闻中道门新一代最天才的人物，观主的亲生儿子，然而，现在的他是新教的教主。

叶红鱼和陈皮皮，从某种意义上来说是道门历史上最大的叛徒，还有那名带着天谕神殿旧人重归桃山的程立雪，他们对道门、对西陵神殿太过了解，如果不是他们，桃山前的那座清光大阵，又怎会在黎明前的黑暗里忽然失效？

但崖坪上大部分的眼光却没有落在他们的身上，而是落在昊天神殿正前方那条山道尽头负手而立、在晨风里如仙子般的娇小身影上。她曾经叫林雾，现在叫余帘，她还有个贯穿始终的名字：二十三年蝉，她是魔宗的当代宗主，现在却站在桃山的最高处，这才是对西陵神殿最大的侮辱。道魔势不两立，千年以来，作为魔宗宗主走到西陵神殿前，她是第一人。

看着那个女童般的身影，西陵神殿里的人们情绪异常复杂，很是寒冷，余帘自己却没有什么情绪，她甚至没有看神殿，而是看着北方某处。

这种无视，何尝不也是一种羞辱？

初升的朝阳被海上的云层遮着，只露出些许光线，被桃山峰间清冷的风一拂，变得更加暗淡，那座庄严的白色神殿，忽然间变得清冷起来。

一座巨大的神辇缓缓从神殿里行出，中年道人和赵南海沉默地走到辇前，然而即便辇幔里传出万丈光芒，依然不能让峰间的阴暗明亮起来。余帘转身，面无表情望向那座巨辇。崖坪上，无数双目光也望向那座巨辇，无论辇内的掌教，还是辇前的赵南海与中年道人，都有足够的实力与书院一战。中年道人缓步向余帘走去，无数双目光随着他而移动，神官执事的情绪变得紧张起来，却觉得血渐渐变热，知道大战马上便要开始。

余帘负着双手看着走来的他，依然面无表情。中年道人走过数万神官执事形成的海洋，走到余帘的身前十丈外停下。他整理道袍与情绪，然后说了一句话。

"我们愿降。"

桃山一片静寂，西陵神殿的人们震撼得说不出话来，那些跟随叶红鱼和程立雪的人们也震惊得无法言语。道门与书院的这场战争从千年前持续到今日，其间无数人死去，有多少惨烈的战场画面？今日最终决战，虽然道门势衰，但毕竟还有无数年的积累，明显犹有再战之力，道门的领袖们……却要投降？！

人群变得愤怒起来，喝骂声不绝于耳，悲愤之余，哪里还顾得了中年道人甚至掌教的身份地位，有些虔诚的老神官老泪纵横，更有无数鞋与石头从人群里飞了出来，像雨点般砸到中年道人的身上。中年道人却像是什么都没有感觉，只是静静看着余帘。他代表西陵神殿，做出了一个最艰难的决定，他相信书院会做出合适的反应。

余帘也没有想到会听到这样的一句话。

她想都没想，直接说道："不准降。"

西陵神殿要降，不可思议，震撼得整座桃山都沸腾起来，到处都是哭声与悲愤的咒骂声，然而，余帘却代表书院说了句，不准降。这更不可思议，于是桃山静默，鸦雀无声。中年道人蹙眉看着余帘，看了很长时间，声音有些微哑地问道："为什么？"

在西陵神殿方面看来，书院没有任何理由不接受己方的投降，因为道门依然有很强大的实力，之所以神殿愿意降，是因为现在道门的真正领袖，那位在万丈光芒里看似高大无比的掌教大人，已经没有了战斗的欲望。更准确地说，数年前在书院后山，熊初墨被余帘喝破行藏，斩成重伤之后，那片万丈光芒便再也无法遮掩住他神袍里的小，随着观主离开桃山，叶红鱼跳入深渊，他再也无法压制内心的恐惧，他不明白这个世界究竟是怎么了，昊天为什么会放弃道门，或者说道门为什么要遗弃昊天。

经过很长时间的心理挣扎，熊初墨决定投降，只求能够活下来，或者书院和唐国还能给他足够的地位，战争，以往不都是这样吗？赵南海以及别的神殿大人物被他说服或者说镇压，至于中年道人自然也不会反对。西陵神殿决定投降，必然经历了很复杂的过程甚至是血腥的斗争，但余帘如果仔细思考一段时间，或者也能想清楚，问题在于，她听着中年道人的话后，竟是想也未想，便平静冷漠地表示了拒绝，为什么？

余帘没有回答中年道人的问题，因为不需要回答。

西陵神殿投降，必然会提出一些条件，比如熊初墨要活着，中年道人要活着，赵南海要活着，何明池要活着，很多人都要活下去，而这些条件，是她以及不在场的宁缺绝对不会接受的，那么，她便不准对方降。晨风轻拂，黄裙微摆，黑色的马尾辫也在轻轻摆荡，她的手依然背在身后，中年道人看着这名女童模样的大宗师，觉得有些寒冷。

没有投降，便有战斗。书院与道门这场延续千年的战斗，终于将要分出最后的胜负，崖坪上无数人的目光望向那座光芒万丈的巨辇。辇内掌教大人的身影就像过去数十年里那般高大。此时此刻，他便是西陵神殿数万人的精神寄托之所在，崖坪上还有很多道门强者，只要掌教能够对抗住余帘，那么神殿还有希望。

这场千年战争的结局，无论谁胜谁负，必然壮阔无双，这场战斗，必然将持续很长时间，从清晨打到日暮，也再正常不过。四师兄将沙漏摆在石上，他习惯性用计算来安排策略，昊天神殿里点燃了一根粗香，或者现在祭天已经无意义，但还可以用来静神。

叶红鱼走到崖坪间，望向神殿前那座巨大的神辇，血色的裁决神袍在风里轻摆，她什么话都不用说，所有人都知道她的意思，桃山一片哗然，她要与熊初墨战。

神辇里的身影巍峨如山，不动。

赵南海神情漠然地站在了辇前。这位南海大神官，乃是知命巅峰强者，他有资格与叶红鱼一战。在赵南海的身后，还有十余名来自南海的强者，其中还有两名知命境。

书院一方的强者有余帘、叶红鱼、陈皮皮和唐小棠。

中年道人看了余帘一眼，走回巨辇畔。论强者的数量和质量，西陵神殿并不稍弱，只是气势稍逊而已。余帘明白中年道人望向自己那一眼里的意思，却毫不在意，稚嫩的小脸上没有任何多余的情绪，她不想解释什么叫真正的强。在她的认知里，君陌很强，小师弟很强，叶红鱼也很强，既然她想打这一场，那么便让她去打，胜负不会有意外。

她甚至觉得有些无趣。

于是她再次望向北方，就像先前那样，仿佛那里有什么事物很值得关注。有微凉的晨风起，吹皱了她的细眉。西陵神国离东海有一段距离，但这里的风往往都来自海上，先前在晨光里轻拂的风都是东风，此时拂面而至的风，却来自遥远北方。余帘神情微变，稚嫩的小脸不知为何变得有些苍白。她转身，望向昊天神殿前那座巨辇，乌黑的马尾辫荡起，在灰暗的天穹上写出两道黑影。师弟师妹们，看出她的情绪有些问题，有些诧异。

唐小棠问道："老师，出了什么事？"

余帘说道："我要离开。"说这句话时，她的神情很平静，声音没有任何颤抖，但谁都能听出来她的焦虑以及愤怒，带着不容置疑的味道。决战即将开始，她身为书院最强大的师姐，却要离开？那接下来的战斗怎么办？余帘忽然的决定，出乎了所有人的意料，却没有一名同门表示异议，因为他们已经猜到了一些事情，神情俱变。

就在这个时候，余帘稚嫩的面容上闪过一丝狠厉之色，然后她吸了口气。

崖坪上起了一场大风。她的胸口骤然隆起，仿佛要将整座桃山里的空气都吸进身体里。她的脸色骤然苍白，没有一点血色，仿佛受了极重的伤，她的眼睛骤然明亮，眼角却开始流血，显得极为可怖。不是风，是整座桃山的天地气息，随着她的呼吸，不停灌进她的身躯！天地之间有异象，桃山里的青树摇摆不停，将那些残雪甩将下来。

叶红鱼转身望向崖畔，神情微凛，心想即便你是二十三年蝉，身躯坚若岩石，又如何在如此短的时间里，吸纳如此多的天地气息？天地气息还在向余帘的身体里灌入。恐怖数量气息之间的冲突，震破了她的眼角，也震散了她的马尾辫，黑发如瀑布般散开，然后随着北方来的风不停飞舞。风静，发落。直到此时，人们才看清楚，她满头黑发正在变长！然而，无论她的黑发如何变长，却依然像先前那般，垂在膝间。因为她正在长高！

余帘脸上的稚意渐渐退去。她的气息却渐渐涨升，直至磅礴。数息之间，她便从一名女童，变成了一名少女。看着这幕画面，中年道人神情渐凛。他读过天书沙字卷，知晓世间很多修行宗派都有秘法，道门也有类似于燃烧生命获得极大力量的秘法，但他从来不知道有哪种秘法，会让一个人穿过漫长的岁月！瞬间，余帘失去了十年的时间。她把那段岁月，或者说生命，变成了力量。美好的是，人间没有见到白头。她本来是位稚气十足的女童。十年之后，她变成了一名神情温婉，眉间却有凛冽意的女子。

余帘伸手到空中。唐小棠将铁棍交到她的手里。她用手握住铁棍两端，缓缓摩挲而过，锋利重新缓缓呈现，寒光四射。又有风自北方来，仿佛在催促着什么。她不借东风，于北风起时消失。从崖畔到神殿之间，有条青石铺成的道路。咯咯无数碎响，青石道上出现无数裂纹，纷纷寸裂。余帘已经来到了神殿之前。

她来到了巨辇之前。辇前有赵南海。

这位来自南海的光明传人，双手燃起熊熊的圣火，神情肃穆，向她拍落。余帘看都没有看他一眼，也没有停下脚步，直接撞进了那面火墙里——她的速度太快，快到空间都似乎将要变形，熊熊燃烧的昊天神辉带出了两道火焰。

如同火鸟的双翼，其实，那是蝉的双翼，那是她的世界。神殿前一片幽暗，便是掌教神辇的光辉都无法照亮，此时却被她照亮了。一声闷响，像是一块陨石从高空落下，呼啸飞了百余日，终于落在了地面上，大地都要裂，更何况人。赵南海直接碎了，碎成无数血肉，接着，被昊天神辉净化成青烟。他死后，掌间喷出的昊天神辉，依然存在，甚至还烧化自己的身体，这只能说明余帘的速度，已经快到一种难以想象的程度。

惊恐的情绪，笼罩着神殿前的崖坪，来自南海的神官，想要呼喊，脸色苍白的小渔，腿软将要坐下，但什么都还没有来得及发生——余帘进入了那座巨大的神辇，万丈光芒忽然间摇晃起来，仿佛随时会熄灭。辇里响起熊初墨愤怒的狂吼，他对于这个老对手早有准备，根本不敢掉以轻心，瞬息之间，便进入了天启境界！新教的盛行，对人间昊天的削弱最为直接，神国里的昊天虽然也变得弱了很多，但他通过天启获得的力量，依然还是那般磅礴！

神辇内怒吼连连！神辇骤然粉碎！

那些垂挂在辇畔的七十六道幔纱，随风而舞，直入天穹。当幔纱落下时，烟尘亦敛，现出场间画面。余帘静静站着，唇角溢着鲜血。熊初墨站在她的对面，身上看不到任何伤口。

余帘转身。

熊初墨的身上，出现了一道清晰的刀口，然后是第二道，第三道……死寂的气息喷溅，他的道袍尽碎，无数刀口，或深或浅地出现，最后竟是密密麻麻，数不可数，只怕有万道之多！熊初墨跪了下来，浑身是血，依然未死。他看着正在远去的那个女子的身影，痛苦地捂着胸口，感受着被刀意斩成花瓣的心脏正在碎裂，眼神里满是绝望与不解。

"为什么？"

为什么能这么快？为什么能在这么短的时间里斩出一万三千六十二刀？为什么不肯接受我的投降？为什么会如此决然强悍地选择玉石俱焚的手段？为什么这么着急？

余帘不知道熊初墨跪在地上想了些什么，她也不关心他在想什么。

和熊初墨的想法不同，虽然道魔不两立，她从来没有把他当作什么一生之敌，因为她从来都瞧不起他。她走到崖畔，看了中年道人一眼，然后跳了下去。

此时崖畔石上的沙漏刚刚流下几缕细沙。

昊天神殿里那根香，才刚刚燃了极浅的一层。

桃山一片安静。死寂。

没有人说话，因为不知道该说什么。

也没有震惊的呼喊，因为人们已经震惊得有些麻木。

——这场书院与道门之间的战争，谁都以为，将会持续很长时间。然而，刚才发生了什么事情？人们觉得自己疯了，不然怎么会看到瞬息之间，这场战斗便告终？世间，怎么可能有这样的事情？

中年道人看着崖畔，先前余帘跳下去的地方，沉默不语。

他明白她那一眼里的意思，她废了熊初墨，再杀了赵南海，现在，西陵神殿可以降了。

当然，还有些人，同样也要死。

熊初墨还没有死。

"我或者应该感谢她把你最后留给了我。"

叶红鱼看着浑身是血的他，然后沉默，没有继续说什么，她转身走到崖畔，看着东海方向终于跃出云层的朝阳，神情微惘。

西陵神殿的建成，耗费了无数年时间。它的毁灭，却只需要一个清晨。

桃山在晨光里，红暖一片，连那些残雪，也变得红了起来。

朝阳，原来也如血。

23

余帘从高高的桃山上跳了下来，向北奔去，自然要经过小镇。

那时候，屠夫在阵里依然举着屠刀到处乱砍，君陌正看着北方，脸色略白，不知在想些什么，然后看见了她的黄裙。就像崖坪上的同门那样，君陌知道她和他之间的那点事儿，于是更加确认大师兄在北方出了事，沉默之余，重新坐回残雪里。

她若能改变这个故事的结局，她去便足够，没有人能跟上她的步伐，她若不能改变这个故事的结局，她去就足够，哀悼的时候，最好不要让别人看见。

君陌这样想着，哪怕是自己。

余帘继续奔掠，脚上的绣花鞋早就散成了布缕，赤裸而洁净如白玉的双足，踏着残雪与污浊的泥水，震动着整片大地。黄裙像黄叶一般不停飘拂，却始终不肯坠下枝头，因为那不是秋天将落的枯叶，而是春深时，有些提前成熟、依然生意盎然的叶片。

西陵神国的田野里，南晋临康城外的丘陵间，满野的芦苇中，黄裙不停闪现，没有用多长时间，她便来到了数百里之外，然后继续向北。黄裙出现在微寒的大泽上，她赤足踏在微漾的湖水上，踩出一道道抹不掉的痕迹。

一路向北，余帘要越过千万里，去看看他究竟怎么样了。

“真快。”

观主看着南方遥远某处，淡淡感慨道，然后转身，望向断崖深处，说道：“但你知道，她不可能比我们更快。”

余帘一步便是数里，人世间没有谁比她更快，然而酒徒死后，还有观主还有大师兄，掌握了无距境的大修行者，已经超出快这个字的意思。

大师兄坐在崖石堆里，胸前尽是鲜血，脸色苍白，前两天一直平直横于眉前的木棍，此时还握在手里，却已经垂到了身畔。很明显，他败了，连手里的木棍都无法再举起来，自然也没有办法把观主留在这片远离人间的雪域寒峰里。

最开始时说的七日，现在连一半时间都还没有过去，但大师兄的脸上没有任何挫败的情绪，显得那般平静。观主世间第一，他世间第二，第二打不过第一，这是理所当然的事情，书院讲究的就是理所当然，那么便不需要后悔，更不需要愤怒。

"昊天回了长安，书院上了西陵……你曾经说过一句话，得道者多助……现在看来，终究还是我们得了真正的道。"大师兄看着观主说道，"用君陌的话来说，道是什么？道就是道理，我们占着道理，那么凭什么不能胜利？"

"道理千万，各有立场，书院的道理不见得真有道理，我的道理也无法成为所有人都信奉的真理，所以，没有凭什么三字。"观主看着他，平静地说道，"至于昊天，她虽然和宁缺一起回到了长安城，但你应该很清楚，这不代表我的道理就无法成立。"

前段时间他与大师兄说过类似的话，当时大师兄的神情极为凝重，因为这意味着长安城能保护宁缺，却不见得能保护桑桑。或者是因为那七卷天书？

"离开桃山之前，我便想明白了一件事情，道门与书院其实是同道中人，为什么？因为人是所有社会关系的集合，那么世界便是所有人意识的集合，人是怎样想的，世界便是怎样构成的，昊天也便是如此产生的。"观主看着他，继续说道，"只不过书院认为自己代表了绝大多数人的广大利益，而我认为自己代表了绝大多数的广大利益。"

"这种事情，难道不应该由人们自己决定？"

"不然，人类根本不清楚自己要什么。"

"所以你准备把自己的意志强加于他们身上？"

"父母对孩子是怎样管教的？"

"但我们并不是人类的父母，您要清楚这一点，更何况，没有谁会愿意多出一个父母来管教自己。"

"我爱人们，无论人们爱不爱我。"

大师兄沉默了很长时间，说道："我无法确定老师和我们的想法是正确的，但我可以确定，你的想法是错误的。"

"也许吧。"观主感受着南方地表传来的轰隆震鸣，知道那个穿着黄裙的少女越来越近，转身向崖峰下走去，下一刻便会消失在虚空里。

大师兄看着他的背影，说道："我还活着。"

这场没有旁观者的战斗，已然分出胜负，然而却似乎将不会分出生死，为什么？

观主笑了笑，没有说什么。

大师兄懂了。追求永恒者怕寂寞。最不会杀天下第二的人，是天下第一。

活着，无论永恒还是漫长，最重要的就是伴，或者说，能够互相理解的对手。

酒徒与屠夫，就是此类。

观主认为自己的理念是正确的，那么，他总要证明给人看。

给谁看？谁有资格看？自然，只有李慢慢有这个资格。

"其实你应该很清楚，你我这场战斗最主要的目的，是为了明字卷。"

杀死桑桑，对观主来说是件很重要的事情，但要夺取桑桑的神格，很明显，收集七卷天书才是最重要的事情。道门保管着六卷天书，还有一卷天书始终在书院的手里，在大师兄腰间插着，观主想要收集七卷天书，便必须战胜他。

大师兄说道："是的，所以我没有把明字卷带在身上。"从这场战斗最开始的时候，他就知道自己会理所当然地输给观主，那么他当然不会把明字卷带在身边，那等于是双手奉献给对方。观主说道："这也不重要，因为，你就等于那卷天书……只要把你击败，这个世界上还有谁能阻止我拿到明字卷？"

书院前坪的草甸，在深冬时节依然绿草如茵，那些从桃山移植过来的桃花盛放得格外喜悦，仿佛变成了耐寒的蜡梅。又或者是因为它们在迎接旧日的主人到来？青衣微飘，观主出现在书院之前，然后向里走去。没有谁能阻止他。

拿着竹扫帚的、穿着青布大褂的数科女教授倒了下去。

还在养伤的黄鹤教授，根本无法动弹。

云集阵法无风而破。

观主来到书院后山的崖坪上，没有黄牛，没有白鹅，溪上没有水车，只有那方镜湖，有湖畔林里的那些宅院，清幽，却无人气。他在湖畔静静站了很长时间，体会了很长时间。

他没有进过书院后山。这个地方，对他来说很有意义。

然后他离开，去寻找那卷天书，书院里有个地方藏书最多，那是个崖洞。

观主来到崖洞前，才发现，原来书院后山还有人。

那是一个读书人。

崖洞很高，上方有鸟飞进飞出。崖外缓坡上有座二层木楼，楼前有方书桌，书桌后面有位头发花白的老书生。除了夫子，没有谁知道这名老书生在书院后山待了多少年，没有人知道他姓甚名谁，今年究竟有多大，从轲浩然开始直到宁缺，后山的人们只知道老书生一直在这里看书抄书读书背书，风雨不辍，万事难扰。

书院称他为读书人，他是书院的读书人。观主站在书桌前，看着那名老书生，闻着刺鼻的墨味与黄州芽纸的味道，沉默了很长时间，忽然笑了起来，有些感慨。这才是书院。

"你好。"观主对读书人说道。

读书人像是没有听到，左手拿着卷旧书，右手提着根半秃的毛笔，嘴里喃喃念着什么，偶尔落笔在纸上写几个字，似是在做批注。

观主加大声音问道："老先生，您有没有看见一卷旧书？"

读书人醒过来，抬头望向他，神情有些惘然，不知道他在说什么，然后更清醒了些，因为被打扰读书而莫名愤怒，眉毛乱动。

观主没生气，比划说道："一卷很旧的书。"

读书人想了想，提起手里半秃的毛笔在砚里蘸饱了墨汁，然后在黄州芽纸上认真地写了一个字，落笔郑重如山。那个字墨迹淋漓，意满神足。一个"书"字。

读书人把墨迹未干的纸递到观主身前，说道："你要的书。"

观主静静看着这张纸，看着纸上那个书字，沉默片刻，说道："有些意思。"他伸手去接这张纸，动作很缓慢，郑重如山。真的很缓慢，就像一座山在移动，又像是天空在云的上方转过，不知道过了多久，指尖才与微糙的芽纸边缘接触。轰的一声轻响，微黄的纸张燃烧起来，纸张慢慢燃烧，火苗向着两面蔓延，边缘尽成灰烬，直至将要烧到他们的手指，观主没有放手，读书人也没有放手。他们沉默看着彼此。

"我也看过很多书。"观主忽然说道，"我虽然不像你这样爱书如痴，不眠不休地读书不辍，但我活了太长时间，所以看的书并不比你少。"

时间，真的是很重要的一个东西，无论是读书，还是修行。

读书人没有说话，看着手上那张燃烧的字纸。

"为什么这卷书不在长安城里呢？嗯，那时候还无法确定宁缺能不能回到长安城，他不在的长安城，确实不如书院安全。"观主看着读书人，平静地说道，"李慢慢把那卷天书交给你保管，很正确，可惜没有意义，因为……书生最终百无一用。"

话音落下，纸张燃烧完毕，读书人的手指里什么都没有剩下，灰烬缓缓落下，落在他的鞋上，观主的手指里，却还有一角黄纸残片。胜负已分，读书人看着桌上如山般的书籍，如海般的砚池，沉默了很长时间，人生第一次对读书这种事情产生了怀疑。

观主负手走进崖洞，看着崖洞两侧高达十余丈的书架，看着上面密密麻麻，浩瀚难阅的千万册书籍，轻轻挥动衣袖。一阵清风自青衣袖间出，在崖洞里并不缓慢却轻柔地吹拂，那些书籍上积着的灰被尽数拂落，然后送至角落里，剩下一片干净。

观主踏阶而上，来到第四层的一排书架前，从里面抽出一本书，就像是一个想看书的人随意抽出一本书来看，没有做任何挑选。

那本书就是天书明字卷。

长安城的雪停了，风也静，云层尽散，红日照耀人间。

观主出现在城外，这是他第三次来到长安城外。以前两次宁缺都在城墙上，今天也不例外。他看着残雪里缓缓走来的观主，沉默不语。

"他拿到了七卷天书。"桑桑说道，脸色有些微微苍白，似乎有些畏惧。

宁缺笑了起来："集齐七颗龙珠，可以召唤出龙神，集齐七卷天书能做什么？召唤昊天？如果他真想这么做，你别理他便是。"他没有取下肩上的铁弓，因为元十三箭已经射完了，而且他隐约有感觉，就算有惊神阵的帮助，元十三箭也很难威胁到现在的观主。七卷天书终于在一起了，这意味着什么？

书院一直在猜测推算这件事情，却始终没有结果，除了观主，没有任何人知晓七卷天书的作用，当然，桑桑很清楚。

"我是怎么产生的？"

"你？你是你妈生的。"

"现在不是说笑话的时候。"

"我现在有些紧张。"宁缺沉默片刻后说道，"你得允许我说些笑话。"

桑桑面无表情说道："我不允许。"

"好吧……如果你是说昊天，它是规则的集合体，产生于混沌之间。"

"不对，我是客观规则与人类主观信仰的集合体。"

"然后？"

"我是人类的选择。"桑桑转身看着他，说道，"既然如此，人类在选择我的时候，又怎么会不留些手段来制衡我？"

宁缺沉默。他知道桑桑说的是真的。

无数年前，创建道门的那名赌鬼，替人类打了个赌，将整个世界交给昊天来守护，那么他很有可能提前便布置下了后手。传说中，知守观里的七卷天书是昊天的意志结晶，或者说是昊天对人类的赐予，实际上，那是道门对这个世界真正的控制手段。

拥有七卷天书，便可以解除无数年前那个赌局，可以将昊天从神国里请出来，可以让昊天重回混沌，这种方法只有道门之主能够掌握。

当今的道门之主，带着七卷天书，走到了长安城前。

"这就是道门最后的手段吗？"宁缺握着阵眼杵，看着城墙下的观主问道。

观主平静地说道："轲浩然说我们是狗，莲生说我们是狗，书院里的人，还有很多人，都说我们道门是狗，是昊天的一条狗，但从来没有人想过，这条铁链事实上拴在彼此的颈上，人类是昊天的狗，昊天何尝不是人类的一条狗。"他望向宁缺身旁的桑桑，说道，"我们供奉你，让你拥有无尽的岁月以至永恒，那么你就应该甘于永恒的寂寞，在神国默默守护人类的世界，而不应该偷偷溜到人间来贪一晌之欢，难道你不觉得这样很合理吗？"

桑桑没有说话，脸色变得越来越苍白。她以往哪怕虚弱到极点，也未曾像现在这般畏惧过，因为她清晰地感觉到，观主拥有了毁灭自己的能力。

观主从怀里取出一卷书，湛蓝的天空深处，响起一声雷。

这声雷鸣，来自神国。

天外有天，湛蓝天空外，是神国。这道从神国传来的雷声无比恢宏，仿佛在向整个人间宣告着什么。宋国东方的海面上，骤然生起千年未有的巨大风暴。瓦山落下暴烈的一场雨。西陵神殿的天空里，隐隐有电痕闪现。唯有长安城，一如先前。

因为观主站在这里，他的手里拿着一卷天书。"天"字卷。来自神国的雷鸣还在持续，久久不肯散去，向人间散播着无限神威。观主什么事情都没有做，只是握着天字卷，静静看着天空。雷声渐渐低沉，仿佛那个至高无上的存在，也感到了恐惧。

观主很平静，取出第二卷天书。

这卷天书有些残破，已经缺少了很多页。"落"字卷。世界的边缘处，是深不见底的海洋，从极北方雪峰那面的黑海，到南方碧蓝如琉璃的静海，再到风暴海，都是如此。忽然间，有无数云从天空里垂落，像瀑布一般流淌到海上，如真似幻的云雾与海面相接，形成四道不见尽头的云墙。那道来自神国的雷声，变得更加低沉，似有些哀怜。

观主取出第三卷天书。

这卷天书已经没有书的形状，只有一些残烬剩余，看着就像是些焦黑的碎末，又像是被太阳烤了无数万年的沙砾。是的，这是"沙"字卷。大地上所有的沙砾，都开始缓缓流动起来，荒原中部的沙漠，泥塘边缘的干地，风徐徐拂过，所有沙面都变成了吞噬一切的深渊。即便是光线，仿佛也要被吞噬。

观主站在风中，黑发飘舞，神情平静，仿佛神明。

神国的雷声已经低沉近不可闻，终于显现出了服从。即便是观主，也有些微微失神。

无数年前，那名赌鬼施下的禁制，是道门对这个世界最大的责任，但从来没有人尝试过，甚至想都没有人敢那样去想。观主这样想了，也这样做了，现在看来，他也成功了。

他接着取出其余的四卷天书。

取出"倒"字卷时，西陵神殿丛岭深处知守观的那片静湖，忽然间掀起波澜，那七间茅草屋在湖面的倒影，忽然正了过来！取出"开"字卷时，湛蓝天空的最深处，忽然出现了一道裂缝，其间隐隐可见由纯净光明构成的宫殿，那里便是神国！取出"日"字卷时，天空里那轮太阳，骤然间变得异常明亮，无数道光线四处散射，同时神国里那些完美庄严的宫殿，也随之更加明亮！取出"明"字卷时，整个世界……一片光明！

七卷天书，七个字。

"日"。

"落"。

"沙"。

"明"。

"天"。

"倒"。

"开"。

日落沙明天倒开。这便是颠倒乾坤，这便是光明重构，这便是开天！

七卷天书出现在长安城前，神国出现在天空之上。云墙垂落，围住整个世界。

这个世界变得越来越明亮，只剩下光明。

嗡的一声响，很恐怖。因为这声嗡鸣，是由数万柄硬弓弓弦振动集体发出的，代表着数万唐军强大的杀意，代表着数万枝锋利的羽箭破空而至。数万枝箭，黑压压一片，掠过高高的城墙，向观主射去，如暴雨一般。观主看着这片箭雨，脸上没有任何表情，举起手来。

又是嗡的一声响，但与万弦共振的那声音比起来，这声音显得格外轻柔，因为那是空气被轻轻震动，变成了一根琴弦。没有箭落到他的身前，更不用说接触到他的青衣，数万枝羽箭骤然静止，悬浮在长安城外的空间里，画面看着异常诡异！

一只鸟从城外官道畔的林间飞来，有些累了，准备暂歇，然后它看到了很多以前没有见过的奇怪的枝丫，它向那边飞了过去。它落在一根羽箭上，伸展一面的翅膀，准备梳理翅下的细毛。忽然间，它发现爪下有些不稳，轻鸣一声飞走。

那根被它踩着的羽箭，缓缓落下，颓然无力。静止的画面活了过来。数万根羽箭落下，像真正的雨一般落下，纷纷洒洒，在长安城墙下铺上了浅浅的一层。

万箭不能沾衣，万箭静于风里。

这个世界的物理规则，在先前那瞬间，仿佛失去了作用。

虽然只是瞬间，也是极难想象的事情。谁能如此完美地掌握规则、利用规则？

以前的桑桑可以，现在的观主也可以。

那道在人间与神国之间的铁链，被他握在了手中。他代表道门，重新拥了昊天的控制权。他与神国里的规则意志，渐要融为一体。天空变得越来越明亮，因为那轮愈为炽烈的太阳，湛蓝天空深处隐约可见的庄严神国，仿佛也随同太阳一道燃烧着。

一道难以形容的神威，自天而降，落在观主的身上。

一道难以形容的光柱，自天而降，落在长安的上空。

观主静静看着城墙上的宁缺和桑桑，眼神越来越宁静，没有任何情绪。

宁缺看着他，手里的阵眼杵无比滚烫。

整座长安城的街巷，已经醒了过来，难以计算数量的天地元气，顺着那些看得见的街巷檐角、山塔湖观，还有那些看不见的沟渠隐道，构成一个复杂到人力根本无法算清的阵法里，变成了一道若隐若现的拱圆。这便是惊神阵。

那道自天而降的光柱，落在惊神阵的上空，像流水一般顺着弧形的无形拱面，向着长安城四野流散，美丽到了极点，却又惊心动魄至极。谁都知道，如果让那道光柱轰破惊神阵，不，哪怕只是渗入几滴光液进去，整座长安城，便有可能被毁灭，变成一片火海！

阵眼杵越来越烫，说明长安城里的天地元气聚集得越来越多，宁缺手掌心里隐隐冒出雾气，那是流出的汗被蒸发后的结果。那道来自天空的神威，确实恐怖。

惊神阵能够撑多长时间？宁缺的脸色有些苍白。

桑桑的脸色比他还要苍白，尤其是当她看到湛蓝天空深处的神国画面，看着燃烧的太阳和自天而降的那道光柱后，她显得很畏惧。太阳真的在燃烧，散落无限如玉浆般的光明，东海上的风暴早已被蒸发一空，大泽上的芦苇疲惫地低下了头，世界四周的云墙将光线反射回陆地，光线折射重叠，更是让整个人间明亮得无法直视。

更没有人能直视那轮太阳。

观主飘起，来到与城墙齐高的位置，看着她说道："来吧。"

他没有什么表情，声音也没有什么情绪起伏，却显得有些怜悯。

桑桑的身体微微颤抖起来。她那件陈旧的青花布衣，也随之颤抖起来。她的身体每颤抖一下，脸色便苍白一分，青衣表面便会溢出几粒金色的尘粒。那些金色尘粒，隐隐约约是一个人影，金色的残影，来自她身体何处？或者，那是灵魂？桑桑痛苦地蹙着眉，那道金色残影缓缓离开她的身体，向城外飘去。

惊神阵，能够暂时抵挡来自天空的神威，却无法阻止这幕画面。

那道金色残影飘去的方向，正是观主。

观主这时候，已经展开了他先前取出的第一卷天书："天"字卷。离开桑桑的那道金色残影，或者最终会变成天字卷上的一幅图？有了七卷天书，观主破开青天，拥有了由客观规则意识集合而成的神威，他想要成为新的昊天，还需要神格。

什么是神格？神格不是力量核心，而是基本属性，用最简单的话来说，便是神何以成为神，神何以称为神，用很不准确的模糊描述来说，就是资格。从另外一种角度来阐述：人之所以为人，有人格，神之所以为神，有神格，神格便是神的人格，是超越客观意志之上的存在。当然，这里的超越，也有可能是坠落。

桑桑拥有觉醒的主观意识，她便拥有着昊天的神格。

观主现在要做的事情，就是要把神格从她的身体里剥离出来。谁能阻止他？

时近正午太阳更烈，来自天空的那道光柱，将笼罩着长安城的无形防护圈生生压得更低了些，流泻的光浆瀑布般落到城外，燃起无数火焰。宁缺将桑桑抱进怀里。随着金色残影从身体里渐渐出来，桑桑越来越虚弱，脸色越来越苍白。

看着在空中淌落的那些光浆，他想起多年前在烂柯寺，桑桑和歧山大师下的最后那盘棋，在棋盘世界里，桑桑被规则追杀不停。现在的观主，代表的就是规则。规则不可改变，所以拥有绝对的力量，哪怕是惊神阵也只能苦苦支撑，而无法做出有效的反击，因为长安城在这个世界里。在世界之中，便要服从世界的规则。

除非拥有夫子的境界，修成真正的无矩。无矩，不是无距。

无矩境，或者便是人类修行能够走到的最后一步，到了那一步，才能没有规矩，无视任何规则。宁缺修不成无矩，夫子之后，可能人类再也不会有第二个无矩。

那么，他只能试着打破这个世界。

打破万恶的旧世界，建设美好的新世界，听上去简单，实际上对于"世界"本身来说，这是最大的一件事情，而世界对人们来说，本就是最大的，于是无论是打破旧世界还是建设新世界，都成了最大的事情。最大的事情，自然最难，就像观主现在做的事情以前没有人做过一样，宁缺想做的事情以前也没有人做过，莲生当年也只有一个朴素而血腥的想法，从来没有走到实践那个环节，那么他就算做了再多准备，也不知道如何着手。

是的，他已经准备了数年时间。对于一生来说，数年时间不短，但和打破世界这样的宏大命题相比，却短暂得有些可笑，而且他始终没有下定决心。

因为代表旧世界的神明，在他的怀里。旧世界的毁灭，必然意味着桑桑的死亡，从很多年前，他和她便一直在探讨这个问题，始终没有找到可行的第三条路，于是相爱相杀至今。让桑桑去死，拯救这个世界？宁缺不会干，如果他是那种道德狂人或殉他人道者，当年也不会背着病重的她满世界逃亡，手上染满了无辜者的鲜血。

他记得那个世界里有一首很著名的诗。

"生命诚可贵，爱情价更高。若为自由故，二者皆可抛。"如果是君陌，为了自由肯定能抛掉生命，而轲浩然已经抛了。如果是叶红鱼，为了自由肯定能抛掉爱情，而莲生已经抛了。宁缺什么都不想抛。他向来很贪心，很无耻，更准确地说，很吝啬。

桑桑靠在他的怀里，忽然伸出双臂，抱住了他。她把他抱得很紧，那些从身体里渗出的金色尘粒、那道若隐若现的残影在二人的身体间不停地挣扎，想要离开却一时无法。一道温暖的力量，进入宁缺的身体里，他的念力随之而起，经过手里握着的阵眼杵，被整座长安城散向人间处处。"试试吧，也许真的能成功。"桑桑靠在他胸口，闭着眼睛说道。

就像无数次那样，就像在岷山、在渭城、在长安、在西陵那样，无论她是什么小侍女还是昊天，最终决定一切的，还是她。

她下了决心，但今天，宁缺不像以前那样听话："你会死。"

桑桑闭着眼睛，平静说道："你陪我活了这么些年，够了。"

宁缺沉默片刻，说道："不害怕吗？"

桑桑声音微颤道："怕。"

宁缺微微一笑，说道："那我陪你。"

桑桑睁开眼睛，看着他，想说些什么。

宁缺看着她平静说道："在烂柯寺的禅院里，我就说过，如果你死了，我真的不想活了，所以，让我陪你一起去死吧。"

桑桑想了想，说道："那下辈子能遇到吗？"

宁缺笑了起来，问道："我们第一次见面是什么时候？"

桑桑有些不解："难道不是你捡到我的那天？"

"不是，是在你刚生下来那天……"宁缺说道，"那天在通议大夫府里的柴房，我杀死管事和少爷后藏进井里，过了很久才敢爬起来。我很饿，到处找东西吃，然后……看见了你。"

"原来这样啊。"她神情有些惘然。

"……在红莲寺，我快要被隆庆杀死，靠在车边，你在车里头，我们之间隔着车厢，只有半步，我以为，那样下辈子我们生下来也只有半步，这样方便我能找到你，你看，我从来不怀疑下辈子能不能和你见面。"

宁缺说道："因为上天注定我们会永远在一起。"

桑桑说道："这真是最老套也是最动人的情话。"

宁缺亲了亲她的额头，说道："因为只需要你愿意。"

天注定，便是她愿意。

"我愿意。"桑桑微笑着说道，眼睛有些湿。

她忘了这是来到人间后，第几次想要流泪，但好像每次都和这个男人有关。

宁缺问道："还怕吗？"

桑桑说道："还是怕，但和你一起，就可以。"

她很虚弱，但她还是昊天，当她决定做这件事情的时候，整个人间都感受到了她的意志，更准确地说，是宁缺把她的意志告诉了整个人间。他们紧紧拥抱着，就像很多年前那个夜晚。那时他们从开平市集回来，宁缺第一次看到关于修行的书籍——《太上感应篇》，然后沉沉睡去，像习惯的那样，将她紧紧抱在怀里，然后他做了个梦，梦见了一片海。

那是宁缺的初识。只要桑桑在怀，他便能感知整个世界。

同时，整个世界也感知到了他。

西陵神殿前的崖坪上，已然是血的海洋。熊初墨死了，何明池死了。

宁缺要求必须死的人，都死了。

中年道人站在崖坪石屋前，身影有些孤单。叶红鱼和程立雪，站在西陵神殿前，崖坪上黑压压跪着无数人。书院与道门的战争，至少在俗世层面，已经分出了胜负。然而就在前一刻，天地间异象纷呈，吸引了所有人的注意力。

人们看到了东海垂落的云幕，看到了熊熊燃烧的太阳，看到了长安城上那道恐怖的光柱，看到了如瀑布般淌落的光浆。然后便是一片光明。光明很刺眼，除了像叶红鱼这样的强者，再没有谁能够看清楚人间的一切。即便是叶红鱼和中年道人的眼睛也眯了起来。

桑桑的意志，随着清风来到场间。

中年道人懂了，知道她获得了新生，不由生出无限感慨。

守护人间无数万年，您辛苦了。

叶红鱼也明白了，蹙起细细的眉，说道："一对白痴。"

莫山山站在她身旁，脸色苍白，沉默不语。

那座小镇里，屠夫放下了手中的刀，君陌却还握着铁剑。这便是两人最大的区别。屠夫知道，这场战争已经发展到自己都无法插手的地步，于是放手。君陌却想着，如果小师弟和那丫头死了，却未胜观主，那便轮到自己战。

在荒原的天弃山脉里，黄裙飘舞，余帘不停北行，看都没看长安一眼。

没有人能命令整个人间，夫子也不能。

他只是代表人间与昊天沉默抗争了整整千年。

宁缺要做的事情，是感知、然后尝试引领整个人间的意志。

那是怎样的意志？太阳正在熊熊燃烧，天空深处的神国逐渐清晰，天地间一片光明，这是从未有过的白昼，就连湛蓝的天空都快要变成纯白的颜色。

光明令人盲，很少有人还能睁开眼睛。

光明令人热，整个人间都被酷热笼罩，大泽蒸腾，南海生波，残雪尽融，那些被灼蔫的树林里，忽然响起蝉鸣，极北寒域里那片雪海，竟然有了解冻的迹象！

太热了。热到不能大汗淋漓，热到不能呼吸。

长安城被来自神国的光柱不停攻击，但有惊神阵的庇护，相对城外的世界，还相对好些，至少人们可以睁开眼睛，可依然很热。李渔和大唐少年天子在御书房里。她的衣裙已然被汗打湿，呼吸变得有些沉重，牵着弟弟的手，走到窗畔，将窗户推开。

春风亭朝宅里，朝老太爷和上官扬羽相对而坐，两个人都已经脱光了上衣，露出精瘦绝不好看的身体，热得极为难受。"受不了了。"朝老太爷撑着拐杖站起来，把房间里所有窗子都推开，看着天上像瀑布样流淌的光浆，暴怒，"要热死人啊！"

人间同此寒暑。无论住在江畔还是海边，无论有没有风，都躲不过热浪来袭，整个世界变成一个铁屋，屋外有柴火不停燃烧，闷热到了极点。

意志，就是想法，就是想做什么。现在，生活在这个世界里的所有人，都想要一阵清风，想要推开窗子打开门，如果闷热的铁屋没有门窗，那么只能把它打破。

宁缺感知到了亿万人的想法，知道，那就是人间的意志。

亿万人的念力，无论来自天涯还是海角，向着长安城涌来，进入了惊神阵里。

宁缺根本承受不了这等数量级的念力。

桑桑从他手里接过了阵眼杵。那道磅礴至极的、来自人间各处的念力，通过阵眼杵进入她的身体。她是宁缺的本命物。她有，便是宁缺有。

长安城南的书院，此时也是酷热难当。崖洞前的读书人亦已衣衫湿透，但他却一无所觉，还在对着桌上的书山墨海发呆，还在想着观主先前说的那句话。书生最终百无一用？百无一用是书生？读书人越想越生气，越想越失落。他愤怒地伸出双手，将桌上的书推了下去，那些书离开了桌面，却没有落到地上，而是飘浮在了空中。

崖洞里，无数册书也离开了书架，飘到了空中。

"原来，是这么回事。"

读书人明白了，苍老的面容上流露出天真的笑容，终于释怀。

"去吧，让他知道，文字本身就是有力量的。"

无数书籍，离开书院崖洞，像鸟群般飞到长安城墙之前。书院藏书浩瀚，有典籍珍本，也有《两京杂记》这样的通俗读物，数量难以计算，此时竟是在空中沿着长安城围了整整一圈！

"百无一用是书生，这是你说的吗？"

宁缺看着观主，说道："那我写个字给你看。"

话音未落，他举起手臂，手指虚握，握了一支无形的笔。墨在哪里？他要写那样大的一个字，需要多少的墨？长安城墙外，飘在空中的那无数册书，忽然间融合在了一起。书，不是纸。书是字纸，书上皆有字。那些字是墨写的，无数册书里，有无数墨字。

宁缺要用的，是无数前人留下来的墨。

人类为什么能够成为万物之灵？无论宁缺来的那个世界，还是这个世界，对于这点有很多的解释。有人说是因为学会了用火，有人说是因为学会了使用工具，人之异于禽兽者几希，唯重义者耳，这是小师叔和君陌的看法，而有更多的人认为，最重要的区别在于文字，因为只有文字才能传承——文字本身就是有力量的。这就是读书人最终明白的道理，也是宁缺想要告诉观主的话。

宁缺握着那支并不存在的笔，在长安城外的墨香书海里蘸饱了墨，悬腕提肘，很随意地在空中写了两笔，显得有些潦草。观主沉默不语，他知道宁缺要写的那个字，必然是人类历史上从未出现过的大符，他已经做好了思想准备，却没想到他写得这般随意简单。

唰唰两下。

一撇一捺。

还是当年的那个字吗？

观主望向不再湛蓝、被光明照耀得苍白无比的天空，却发现那里什么都没有。

宁缺写的那个字，没有落在天空里，而是落在大地上。

开天的目的是什么？是辟地。

他要辟地。

极西荒原的天坑外，数百万农奴，正在唐的带领下新建家园，这里虽然没有常年不冻的温泉，气候比坑底要严寒得多，却没有任何人有怨言。因为他们能够看到更远的地方，而不再永远都是那堵冰冷陡峭的崖壁，他们能够去到更远的地方，他们能够看到和自己一样高的太阳。今天的太阳有些怪异，特别明亮，光线很是刺眼，但雪也化得快了很多，或者明年这里就会变成肥沃的土壤，收成应该很好，只是种惯了青稞，要种那种麦子，也不知道自己究竟能不能种好，人们这样想着。但终究是开心的事情——在地面看到的太阳果然和地底下不一样，这么近，那么热——于是人们开心地歌唱起来，舞蹈起来。

从这里向东两千余里，便到了大唐北疆的渭城，城外的荒原在那场大战里被血水浸泡了很长时间，那座由金帐王廷骑兵人头堆成的高塔，早已腐坏不堪，今日被光明照耀，没有得到净化，反而蒸出了更多的血腥味与腐臭味，格外刺鼻，而留在血原上那些足迹构成的符线，也变得越发清晰。天坑与渭城之间有条线，那是一道笔画的开端。

这道笔画，继续向东南延伸，便到了西陵。

陈皮皮静静看着笼罩在光明里的长安城，微微一笑，带着新教的十三门徒和山下的数万信徒，缓缓坐了下来。他们开始诵读经文。那是教典最后一卷，是宁缺写的，字句浅显易懂，讲述的意愿与渴望又是那样的直接，人们要走出幽暗山谷，去到更广阔的世界。

这道笔画，最终落在烂柯寺，瓦山里满山满谷的石头，忽然间尽数亮了起来。

这道横贯大陆东西的笔画，就是宁缺写的那一撇。

还有道笔画，沿着宁缺和桑桑生活了很多年的岷山，穿过残缺的贺兰城，直抵遥远的极北寒域，收于那座雪峰里。断崖上，余帘抱着李慢慢，向长安城看了一眼。

这道横贯大陆南北的笔画，就是宁缺写的那一捺。

两道笔画，交会于长安城。

长安城里的人们，都已经走到街巷上，就像那年一样，他们拿着菜刀与木棍，举着砚台与镇纸，沉默地看着光明刺眼的天穹。除了遥远的西荒和有惊神阵庇护的长安城，其余地方的人们根本睁不开眼睛。长安城外，观主沉默不语。

他对宁缺说过，他深深地热爱着这个世界，为此他不惜与整个世界为敌，然而，当他发现自己真的站在整个世界的对立面时，那种感觉并不是太好。

极西荒原深处，忽然响起一阵恐怖的声响，农奴们怔怔地看着天坑底部出现的那道深不见底的深渊，不知道发生了什么事情。深渊是大地的裂缝，这道深渊迅速地向东南方向蔓延。那道裂缝瞬间来到渭城，将那满是罪恶与血腥的原野吞噬，那道裂缝直抵烂柯寺，最终入海。同样的裂缝，出现在岷山，直抵雪海寒域。

就像有人拿着一根树枝，在沙地上写字。这是宁缺在写字，他在写符。

这是一道前所未有的大符，这道大符只有简单的两笔。

这是一个最简单，也最不简单的字。

"人"。

观主看着遥远的西荒，看着遥远的北域，看着宁缺简单两笔，便把整个世界切出两道裂缝，沉默了很长时间。然后他望向宁缺说道："当年你在长安城里写出这个字的时候，我就对你说过，你的笔画错了……今天你错得更离谱，连方位都没有摆正。"

很多年前，颜瑟大师与卫光明在长安城北的无名山上同归于尽，在生命的最后一刻，他看到了很远的画面，那便是今日宁缺写出的这道大符。他看到的那道大符只有简单的两笔，起于荒原北方，一笔落于西，一笔落于东，于长安城相会，正是一个端端正正的人字。今天宁缺写的这个人字，却是起于荒原西方，一笔落于东南，一笔落于北，依然于长安城相会，但这个人字却是歪的。

"你要以人间之力战我，首先，就应该明白人字的意思，如果让君陌来写，他绝对会把这字写得格外端正，人不正，何以立于天地之间？"观主看着宁缺平静说道。

宁缺摇头说道："你错了。"

观主微微皱眉，说道："我哪里错了？"

"这个世界上没有谁有资格教我如何写字。"宁缺看着他平静说道，"我师颜瑟当年想看到的，不见得是正确的，二师兄就算能写出来，那也不是人的真义。"

"何解?"

"人不正,何以立于天地间?你错了,天若下暴雨,人躲进崖洞里,天若降雷火,人藏进芦苇荡中,人为什么一定要顶天立地?不,人字一撇一捺,怎么写,怎么摆都是人,怎么倒都倒不下来,这才是人。"宁缺看着他说道,"你连人都没弄明白,又怎么能赢呢?"

在那山的那边,海的那边,有这样的一群人。

他们看到山,便想知道山那边是什么,看到海,便想知道海那边是什么,看到天,便想知道天上有什么,这些是他们想要的。这些人的意愿汇集到长安城,帮助宁缺写出了这个人字符,告诉天空与大地,他们除了想要活下去,还想获得更多。

人,或者卑劣,或者无耻,或者残忍,或者血腥,甚至比动物更卑劣无耻残忍血腥,但人,也可能美好、可能崇高……不!就算什么理由都没有,什么美德都没有,只要他们是人,他们站在这个世界的最高处,那么他们便有资格吃肉!去更远的地方!经历更多的事情!了解更多的真理,体会更多的经验,然后继续向前!

因为他们是人!所以他们是人!所以人才是这个世界上最高贵的那个字!也是最有力量的那个字!书院总说因为所以,这便是最大的因为所以!

"你说得有道理。"观主看着宁缺平静说道,"但是,这依然不够。"

大地上的两道裂缝,正在不断加深,无数崖石崩落入深渊之中,裂缝三端向着更远的地方而去,仿佛要把整个世界给切开。更神奇的是,裂缝里那道无形的恐怖力量不停向着深处去,就像是一道线紧紧地捆住书卷一般,竟让地面弯曲了起来!

这道人字符正在开天辟地!观主却说这依然不够!

"规则与世界一体两面,你想要打破规则,便要打破这个世界,而且你确实正在打破这个世界,问题在于,我会给你时间吗?"一片光明间,观主神情庄严异常。

整个世界都沐浴在光明里。太阳正在燃烧。神国正在具象化。

无数光线从天空落下，蝉鸣早衰，大泽上的热雾越来越多。有人瞎了眼睛，有人昏死不醒。大地上的那两道裂痕，被光明照耀，深渊里散出青烟。这是光明的世界。只有光明。每根光线都有威压。无数光线，便有无数威压。恐怖的神威，从天穹直落。宁缺写出这道前所未有的大符……不，人间正在改变着人间。苍穹不让人间改变。

两道最极致的力量，相遇在一起，整个世界都开始战栗起来。

长安城无形的光罩，更是摇摇欲坠。

"你想毁灭这个世界吗？"宁缺问道。

观主平静说道："你可以停止。"

宁缺想了想，说道："不，我不受威胁。"

观主沉默片刻，说道："你一定会。"

宁缺说道："老师曾经说过我，我只爱一人，不爱世人。"

观主平静说道："不，那是以前，现在的你如果不爱，怎么写得出那个字？"

宁缺沉默。桑桑变得越来越虚弱，快要握不住手里的阵眼杵。那道金色的残影，快要离开她的身体，只剩下丝丝牵绊。观主手里的天字卷在等待着她的归去。他望向满天流淌的光浆，感受着其间的恐怖。太阳越来越刺眼，即便是他，也快无法直视。

谁能改变这一切？谁能让满世界的光明瞬间消失？

他又一次想起当年在烂柯寺的那局棋。当时棋盘里的规则，化作无数圣洁的光点，满世界追杀桑桑，和现在的画面何其相似？当时他撑开了大黑伞，帮助他和桑桑避过了那场劫难。大黑伞是黑夜的一片，现在的世界只剩下光明的白昼，谁来遮住这些光线？

宁缺从怀里取出一个东西戴上，那是副眼镜，镜片是黑水晶做的。他望向天空里那轮明亮的太阳。有了墨镜，他终于可以把那里看清楚了。他想看看，佛陀在明字卷上写的预言会不会成真，叶苏最后的预言会不会成真。

充斥世界的光线，忽然间，似乎少了些。然后，又少了些。

无限光明，就此不再。

无数人抬头望向渐渐阴暗的天空。人类本能里畏惧夜晚，但当只剩下光明的时候，他们很期待夜的到来。于是夜便来了，忽然之间，天昏地暗。

夜晚，就这样降临人间，世界一片安静。

桑桑在他怀里转过身，看着夜空，有些惘然。

即便是她，也想象不到这样的变化。

"这是……永夜吗？"

"不。"

宁缺把墨镜架到她的鼻梁上，笑着说道："这是日食。"

"你看，挡住太阳的是月亮。那年在船上，我对老师说过，日食就是这么回事。"

"老师终于想明白了该做些什么，他早就该想明白，早就该出现了。"

"不过……还是很帅啊。"

24

"当永夜来临，太阳的光辉将被尽数遮掩，天空与天地陷入黑暗之中，人们将为之欢欣鼓舞，因为那才是真实地活着。"叶苏成圣之前，说过这样一段类似于预言的话。

而在无数年之前，佛陀观七卷天书，然后在明字卷上写下一段批注，在他的笔记里也有类似的记载，是这样说的："永夜之末法时代，方有月现，自然复生。如此方不寂灭，世界另有出道。既然如此，静候长夜到来便是，何苦强行逆天行事。莫非这天也在等着夜的到来？还是说它在恐惧夜的到来？它恐惧的是夜本身，还是随夜而至的月？"

正在发生的事情，证明了叶苏的预言，也对佛陀留下的那些疑问做出了完美的回答，有个天在等待夜的到来，有个天在恐惧夜的到来，它恐惧的是夜本身，也是随夜而至的月，因为夜是随月而至的。世界一片黑暗，太阳被遮住，神国隐于浓重的墨色里，黯淡到极难看见，飘在长安城前的观主，神情异常复杂。徒有规则，却失去了力量的本源，还如何战斗？那道自神国降落的光柱，早已涣散不知去了何处，人间的酷热早已被清凉取代。

再没有任何力量能够阻止宁缺写出来的那个符。两道深渊在大地的表面上快速蔓延，那个"人"字变得越来越大，地面真的很像一张纸被缚住，然后缓缓隆起，带来轰隆如雷的声音。这个过程很缓慢，却无可阻挡。不知过了多长时间，天边出现了地平线，海那头的帆舟只能看见帆尖，如果站得足够高，甚至能够看到远处微弯的弧。

"这就是新世界吗？"桑桑问道。

宁缺回答道："也许。"

那个完美的气泡再次出现在她身前，上面两道微小的裂痕已经变得极深，气泡随时可能破灭，那代表着她的世界即将毁灭。桑桑平静地看着这个世界，等待着自己的死亡，宁缺轻轻地抱着她，与她一道等待着。

无数充满渴望的意愿或者说力量，顺着地面那两道越来越深的裂缝，从人间的四面八方涌来，进入长安城街巷，通过惊神阵进入桑桑身体里。桑桑当然接触过这种意愿，她在神国倾听信徒祈祷无数万年，却是第一次接触到如此真切的渴望，令她都有些动容的渴望。

就在瞬间，她明白了书院，明白了叶苏创建的新教。世人爱与不爱她其实并不重要，她爱不爱世人其实也不重要，她与人类本来就是一体，她并不是这个世界冰冷的客观规则，而是人类认识的世界的……规则！一道亮光闪过——规则如果是人类认识世界的产物，那么自然可以改变，她自然可以随着人类的认识一道成长！

桑桑静静看着宁缺说道："我，似乎可以活着。"

宁缺的手臂微微颤抖，看着她的眼睛说道："那就永远活着。"

桑桑说道："但我不想再服侍你了。"

宁缺说道："我服侍你。"

无数渴望无数意愿，自人间各处而来，被惊神阵化作力量。

长安城的城墙上出现无数道裂缝。

桑桑抬头望向漆黑的夜穹，看着若隐若现的神国，她轻轻挥了挥手。

无声无息间，一道没有颜色的光柱，从长安城里向着夜穹射出。那道光柱出于惊神阵，却经过了她的手，于是，那是透明的光。她最清楚如何破开自己的世界，透明的光柱穿过观主的身体，落到了夜穹上。桑桑摘下墨镜，仔细地让宁缺戴上。

月亮还在夜穹里。

太阳却仿佛离地面近了些，于是露出了明亮的边缘。

光明重新降临人间，却已不如先前那般炽烈恐怖。

苍白的天空重新变得湛蓝，像她雁鸣湖畔宅院里偷偷藏着的名贵水洗瓷。湛蓝的天空上出现了三道裂缝。与大地上的三道裂缝遥遥相对。都是一个人字。那道透明的光柱蕴含着难以想象的力量，竟是要直接将天空撕破！光柱是透明的，里面的气息却并不纯净，纷杂到了极点，亿万人便有亿万意愿，如何能够完全一致，但却鲜活到了极点。

宁缺想起湖那边街畔蒸包子铺的热气，青石板上的脚印。

桑桑想起雪海畔那夜，那个温泉。

不知道观主想起了什么。

他看着那道透明的光柱，感受着其间的宏大与微渺，被远胜肃穆的美感动，微微皱眉问道："这是什么力量？这是什么气息？"

"这就是人间之力。"宁缺说道。

观主沉默片刻，说道："原来是这样的。"

湛蓝天空深处，若隐若现的神国，在人间之力的冲洗下，以难以想象的速度风化腐朽，然后垮塌成最细微的尘埃。紧接着破裂垮塌的是湛蓝天空本身，天空变成无数轻如鹅毛的薄玉片，纷纷扬扬撒落人间，再也无法遮住人们望向外界的双眼。

天空上面是什么？以前是神国，现在神国毁灭了，那里到底有什么？

那是一片漆黑的宇宙，显得无比寒冷，看上去异常荒芜，没有任何人烟，给人一种极度不安的感觉，仿佛真实的幽冥。整个世界再次安静下来。

没有人说话。这是冥界吗？人们想着。

宁缺和桑桑，很清楚会看到什么，他们并不吃惊。

但不代表别人会不吃惊。

大河国某个山村里，一个孩子拿起先前被太阳烤至半熟的鸡蛋，看着漆黑的天穹发呆，心想为什么太阳忽然间变得那么远？星星为什么也变远了？

孩子很害怕，咧着嘴便要哭，手里的鸡蛋落到地上，啪的一声破掉。

风吹鸡蛋壳，还有将凝未凝的蛋白，与蛋黄。

桑桑面前的气泡，也破了。

在广漠无垠的宇宙里，有一个燃烧的火球。那是一颗恒星。

从恒星表面的颜色看，还很年轻。

有七颗行星围绕恒星旋转。

在距离那颗恒星约一点五亿公里的轨道上，什么都没有。那里是空白的，也可以空白，因为系统是稳定的，但不知道为什么，总有一种少了些什么似的感觉。

某刻，那里的空间忽然发生了轻微的扭曲。过了很久很久，扭曲的空间表面出现了两条清晰的裂缝。又过了很久很久，裂缝蜷曲，然后消失。一颗蓝色的星球，出现在那里。那个过程很难形容，这颗星球的出现，似乎用了很长时间，才从那个空间裂缝里出来，又似乎它瞬间便出现在这条轨道上。

那颗星球之所以是蓝色的，是因为海洋覆盖着表面绝大多数面积。

随着蓝色星球的突兀出现，一道无形的引力波，向着四周散播。

围绕着那颗恒星而构成的星系，出现了不稳定的征兆，幸运的是，这个星系里那几颗质量巨大的行星，距离这颗蓝色星球的距离足够遥远。

但它的出现，终究造成了影响，有几颗行星的轨道突然发生变化，或者要过很久很久，才能重新稳定下来。更不幸的是，距离恒星约三点几亿公里的空间里，密布着无数小行星，突然出现的蓝色星球，就像是块美味的蛋糕一般，吸引着它们前往。无数小行星甚至是小颗的陨石，离开它们原先定居的空间，向着那颗蓝色星球静静地飞去，自然不可能走直线，但总有相遇的那一刻。宇宙里死寂一片。那些小行星与陨石拖出的极淡的曳尾，就像是死神行走的痕迹。满天陨石，在漆黑的夜穹里向着地面而来。片刻后，世界便会毁灭。

天空之上，果然是冥界。

"你就是冥王之子。"观主看着宁缺说道。

冥界是传说，是昊天的谎言，这是现在已经被接受的说法。但那是真的吗？

多年前，卫光明在长安城看到了宁缺，认为他就是冥王之子。

后来，桑桑被认为是冥王的女儿。

隆庆认为自己才是冥王之子。

兜兜转转，循环不断，最后，还是落在了宁缺的身上。

他毁灭了昊天的世界，迎来了新的世界。然而这个新世界还没有存在很长时间，便迎来了毁灭。真实的宇宙，是那样地荒凉又危险，而且寒冷，和冥界有什么区别？

他没有把冥界指引到人间，却把人间带进了冥界，他当然就是冥王的儿子。

"不应该是这样的。"宁缺的声音有些寒冷。

小镇里。

君陌挥手破了阵，他望向那些将要降临人间的死亡使者，说道："拾起你的刀。"

屠夫拾起那把沉重的刀，走到他身旁，一同抬头望去。

君陌举起铁剑，说道："想不想去战一场？"

屠夫说道："很好。"

西陵神殿。

战斗早已结束，新教的信徒，坐在崖坪间，坐在山道上，看着这远远超出想象的画面，震撼得无法言语。陈皮皮站起身来，微微蹙眉，说道："不应该是这样的。"

唐小棠握住铁棍，没有说话。

叶红鱼站在崖畔，血色的裁决神袍在夜风里猎猎作响。

她看着夜空，面无表情说道："域外天魔？待本座把你斩了。"

这个世界上的人们不知道那些带着死亡气息的陨石是什么。

但修行者们能够感觉到另一个明确的现实。

天空没有了，他们的身体变得轻了很多。

轻若羽毛，只要动念，便似乎可以离开地面。

昊天世界压制修行者无数年的规则，已经不复存在。

修行者们，获得了真正的自由。

不惑境界的修行者，忽然洞玄。洞玄境界的修行者，看着天上真正的繁星，知了天命。知命境的大修行者，轻而易举地迈过了那道门槛。人间，前所未有地强大。他们没有想到，刚刚获得自由，便要迎来生死立见的一战。不过，无人畏惧。

因为这种感觉真的很好，值得他们为之而奋斗。

而且他们有信心战胜所有的外敌。

无数修行者准备着战斗，但他们没有出手的机会。

就连君陌的铁剑都没有机会出手。

海洋对着恒星，陆地对着宇宙深处，修行者们所在的位置，能够看到满天繁星，也能看到显露出真容的月亮。以修行者们的眼力，自然能看清楚，那是一个岩石组成的圆球，表面光滑到了极点，反射着大地背后的光线，完美到了极点。或者不应该称之为月亮，而应该称之为月球。那轮明月，挡住了所有的陨石。轰隆隆的巨响，无法传到地面，但地面上的人们都感同身受。如此密集的撞击，如此恐怖的威力。就算是知命巅峰，甚至是逾过五境的大修行者，都很难存活下来。那轮明月，替人类承受了所有的攻击，它能顶得住吗？

不知过了多长时间，恐怖的撞击声终于停止。月亮不再完美，上面到处都是撞击形成的环形山，到处都有岩浆喷涌，形成或高或低的原地，有些地方明亮，有些地方暗沉。

这样的月亮真的不好看，甚至有些丑陋，但在人们的眼里依然完美。

他在人间默默守护了千年，今后，大概也会万年亿年地默默守护下去吧？

夜晚结束，清晨来临，朝阳从东方缓缓升起。天空重新出现，还是那般湛蓝，却比以往多了些说不清楚的感觉。是的，这片天空更加开阔，其后有无尽的空间。

"这感觉……原来确实不错。"观主看着宁缺问道，"但人已经变得不再像是从前的人，人间还是我们在意的人间吗？"

"人生活的地方就是人间，不是吗？"宁缺说道，"酒徒认为修行者，尤其是到了某种程度的修行者已经不能算是人，是非人，但我不这样认为，我认为修行者是超人。"

观主问道："超人？"

宁缺说道："是的，就像世界需要改变一样，人类最终也需要进化，我不认为这是一件不好的事情，相信猿猴当时也是这样认为的。"

他的话音刚落，天空里忽然出现了一道笔直的白线。他看得清楚，那道白线的前端，是一名修行者。那名修行者穿着蓝色长衫，时而被朝阳耀成红色。

观主若有所思道："那是梁国的一名散修，境界很糟糕。"

宁缺看着那道白线飞出大气层，向着外太空飞去，笑了起来。

紧接着，数千道细细的白线从地面生起，向着大气层外飞去，每道白细的前端，都是一名修行者，画面蔚为壮观。人类，开始了自己新的旅程。

"有些意思。"观主平静说道，然后变成无数光点，消散在新世界的第一道晨风里。

宁缺知道，在透明光柱穿过他身体的时候，他就已经死了，先前和自己对话的是他以极高境界强行留在这个世界的残留意识，因为他不放心，他想看看新世界是否能够在冥界存在下去，想看看人类是否能够延续下去。最后他觉得应该可以，于是便死了。

观主有姓无名，他就叫陈某。

陈某里的某，是某某里的某，是人间随处可见的某某。

他代表着人类的一部分。

宁缺望向天空一角，渐要被晨光遮住的月亮。

夫子代表着人类的另一部分。

桃山崖畔，陈皮皮长拜及地，神情平静。

唐小棠随他拜倒。

没有永夜。人间越来越冷，那是世界外的寒意正在入侵。

以此看来，无论有没有夫子，有没有书院，这个世界终究不可能永远地孤单下去。阳光洒落，雪峰上的雪渐渐融化，变成涓涓细流，然后汇成小溪向南流去，或者在荒原上会泛滥成灾，然而却也会给那里带去灌溉所需的水。

余帘在断崖上抱着大师兄坐了很多天。很多天后，大师兄的伤好了，她放下了他。大师兄变成了普通人，如果要回复当年的境界，不知道还要过多少年。或者，永远都没有那一天。老黄牛离开西陵，拖着车厢，在断崖下等着。大师兄走上牛车，打开老师留在人间的最后一壶酒，很小心翼翼地喝了口，然后发出一声满足的叹息。

他真的很满足，满足得不能再满足，他甚至想把自己的名字改成李满满。

"师妹，再会。"他看着余帘，神情温和地说道。

余帘掀开车帘，坐了上来。

大师兄神情微异，指着天空某处的一道白线，说道："你难道不想出去看看？"

现在的人间，随时随地都会出现一道白线，那便意味着一名修行者离开人间。修行，不是昊天赐给人类的礼物，是人类的意愿。修行者，最想知道更多，体验更多。余帘这样的大修行者怎会例外，更不会对看似凶险的天外世界有任何畏惧。

余帘不耐烦，说道："江上没盖盖子，想跳水自杀随时都能跳，现在这天也没盖子，想飞出去就可以飞出去，着什么急？"

大师兄想了想，说道："也有道理。"

余帘问道："你要去哪里？"

大师兄说道："我想先把新世界走一圈，看看能不能走回原地……老师和小师弟都是这样说的，但总要有人走一遍证明一下。"

余帘说道："那要很长时间。"

大师兄说道："老黄现在老了，难免慢些。"

老黄牛回头看了二人一眼，懒懒地不想理会。

余帘说道："很好。"

大师兄问道："哪里好？"

余帘不说。

时间很长四字，极好。

牛车吱呀吱呀西行。

某日，路过名为函谷的某地。

牛车被一名道门遗老拦了下来。那道门遗老跪在车前，痛哭流涕，说道门妙义随观主之死、西陵神殿之乱消失殆尽，书院崖洞里的书又毁于一朝，恳求大先生为道门留些法门。他所求的那些道义，非陈皮皮、叶红鱼所能传，只能求诸大先生。

大师兄沉默片刻，准备应其所求著书。

余帘问道："师兄准备写多少卷？"

大师兄认真说道："大道三千，三千卷为宜。"

余帘说道："那要写多长时间？前些天听闻泥塘里出现了牡丹鱼，再不去只怕要被那头老黑驴吃光，师兄交给我便是。"她乃是魔宗宗主，乃是道门大敌，在书院学习的二十三年间，不知精读过多少道门典籍，大师兄深知其才，并未反对。

"我说，你记。"余帘说道。

那名道门遗老不敢反对，赶紧拿起笔墨在旁认真听着。

"道可道，非常道……"

过了会儿。

"完了？"

"完了。"

"这才五千字！"

"难道不够？"

"玄之又玄……三先生，这太过玄妙……晚生愚钝，实在看不懂啊。"

"看不懂就慢慢看。"

牛车继续西行。听闻前方有牡丹鱼可以吃，老黄牛终于打起了些精神。

大师兄看着余帘微笑不语。余帘神情平静。

大师兄笑了起来，余帘也笑了起来。

"其实，我一直有件事情想不明白。"大师兄问道。

余帘面无表情，却有些不安。

大师兄有些茫然，问道："为什么小师弟一直要我找一个叫阿瞒的人当关门弟子？还说他一定能学会无距？"余帘微感羞恼，决定切牡丹鱼的时候，自己绝对不动手。

世界上切牡丹鱼最好的是两个人，大师兄和桑桑。

夫子不算。而且关键在于蘸料。

所以嘎嘎非常不满意，它一面像嚼柴一样嚼着生鱼片，一面乜斜着眼，打量着大黑马，心想待会儿老黄来了，得栽赃到那头憨货身上，就说塘子里那些牡丹鱼，全部是丫吃了。

新世界和旧世界其实真的没有太大差别。

喜欢吃牡丹鱼的依然喜欢吃。

五师兄和八师兄还是习惯在后山里待着下棋，西门和北宫还是喜欢在镜湖畔操琴吹箫，因为他们觉得世间根本无人有资格听自己的音律，知音依然还是彼此。王持去了月轮国，听说遇见了花痴，至于有没有发生什么故事，谁都不知道。

陈皮皮和唐小棠留在了西陵神殿。

君陌和七师姐去了很远的地方，日渐肥沃的荒原上还流传着他的传说，谁也不知道他的铁剑正在哪里说着他的道理。

书院还是那个书院，长安还是那座长安，红袖招现在是小草在管，唐帝正式登基，李渔深居清宫，极少见人，上官扬羽做着史上最丑陋的宰相，曾静夫妇喝过那杯茶，自然长命百岁，万雁塔寺的钟声还是那样悠远。

春风亭朝宅里欢声笑语没有断过，朝老太爷今日收张三李四为义子，长安城著名的老少三棒槌正式成为了一家人，帮里的兄弟坐在偏厅听着戏，妇人们在花厅里嗑着瓜子，朝小树则在花园里看着夜空沉默不语。这两个月，又有十余名修行者走了，听说现在有个专门的说法，叫作飞升？朝小树想着自己此生很难看到彼岸的风景，神情微黯。

是的，现在这个世界有月了，按照月亮的阴晴圆缺。

朝宅外的街道上，有辆马车正在缓缓向着临四十七巷的方向前进。

"好不容易让皮皮重新炼了颗通天丸，为什么你要偷偷扔进他茶杯里？你就不担心他把杯子里的茶给倒了？"

"别人倒的茶他可能会倒，你这个做弟妹的给他斟茶，他怎么会不喝？这世上有几个人有资格让昊天给他斟茶？虽说那家伙向来喜欢装酷扮潇洒，但别忘了他那句名言：天若容我，我便能活……听着没，那对你叫一个客气！"

"也有道理……只是为什么今天专门要我给他斟茶？"

"因为那碗煎蛋面，算我欠他的。"

"还是有道理。"

"你男人我什么时候没有道理？"

"你又不是二师兄。"

"喂，能不能不要提那个冷血无情的断臂男子？"

车里的对话一直持续，直到停到老笔斋门前。宁缺和桑桑走了下来。

桑桑还是像从前那般丰腴，怀里抱着只……青毛狗。

站在老笔斋门前，桑桑望向夜空，轻声问道："这就是你来的那个世界吗？"

宁缺说道："应该就是。"

桑桑看着他问道："为什么这么确定？"

宁缺指着夜空里那轮明月说道："因为有月亮啊。"

这句话其实很没有道理，不过书院弟子不就是这样吗？

"这个世界的天地元气正在向外面逃逸散失，将来总有一天会流失干净，你有没有想过，到那天后该怎么办？"

"我想那时候，人们或者都已经离开了这里。"

桑桑沉默片刻，说道："舍得吗？这里是我们的家。"

宁缺将她搂进怀里，看着夜空说道："人类的征途，本来就应该是星辰大海。"

"可是，那么多人在这里生活过，一点痕迹都留不下来，不觉得可惜？"

"风流总被风吹雨打去，再坚固的建筑，即便是刻在石上的字迹，都会被时间风化，但我想，总会有些精神方面的东西留下来。"宁缺说道，"或者无数年后，这里再次出现新的文明，在那个文明里，老师、观主还有大师兄他们都会成为传说，甚至是神话。"

桑桑很认真地问道："会有什么留下来？"

宁缺微微一笑，说道："比如……子曰？"

推开老笔斋的门，里面有个客人。

那女子穿着血色的裁决神袍，不是叶红鱼还是谁？

叶红鱼对桑桑直接说道："我有些话要和他说，你不要吃醋。"

桑桑说道："我吃饺子都只就酱油。"

叶红鱼面无表情说道："听说街头那家酸辣面片汤的老板被你赏过一块金砖？"

桑桑抱着青毛狗，向后院走去。

"这就是你恨不得让全世界灭亡都要娶的女人？"

叶红鱼看着宁缺，嘲讽地说道："把一对子女扔进大学士府，自己天天抱个青毛狗到处闲逛，这么位贵妇，夫子以前知道吗？"

宁缺无可奈何地摊开手，因为这事儿没法解释。

叶红鱼说道："说正事儿，我要走了。"

宁缺沉默，虽然知道这是必然的事情，心情依然有些复杂。

叶红鱼从怀里取出一封信，递给他说道："我和她一起走，这是她给你的信。"

这里的她，自然是莫山山。

宁缺接过信，向后院看了一眼，然后塞进袖子里。

不该走的人都走了，该走的人却还留着。

宁缺坐在床边，看着匣子里厚厚的一沓书信，默然想着。

桑桑看着他，神情漠然地说道："谁是不该走的人？谁是该走的人？我？"

宁缺这才反应过来，自己想什么她都知道。他忽然觉得这种日子过得实在是毫无意思，主要是太没有隐私，而且太容易误会。

果不其然。

"今天在朝府，你看着戏台上那小姑娘想啥，你以为我不知道？啧啧，那腰身细的，嫩的，软的……你要喜欢你去摸啊！现在红袖招是小草当家，简大家当年的禁令已经失效，你要喜欢，你可以随便去摸，我让小草给你挑最红的。"

桑桑抱着青毛狗，不停地说着。

"够了！"

宁缺拍案而起："我就默默赞了声腰细，又哪里惹着你了！"

桑桑眼眶微湿，说道："你就嫌我腰粗。"

宁缺很苦闷，不知如何解释，将心一横，干脆破罐子破摔，大声说道："这和腰有关系吗？我就是嫌你现在不肯做饭！不肯抹桌子！不肯给我倒洗脚水！不肯攒钱！天天花钱！天天抱着只狗到处遛！动不动摆出个神情漠然的样儿！你得弄清楚，你现在是我老婆！可不是什么昊天大老爷！"

桑桑哭着说道："宁缺，你骗人。"

宁缺有些慌，说道："哪里骗了？"

她伤心说道："那天我说我再也不服侍你，你说以后都是你服侍我。"

是的，这是在长安城头，新旧世界相交的时候，她最先想到的一句话，想来对她真的很重要。神奇的是，从那天之后，桑桑真的忘记了所有家务事的做法。宁缺暗中观察了很长时间，发现居然是真的，而不是在骗自己。桑桑变成了只会抱狗到处遛的夫人。

他叹气说道："总得学着做点儿吧？

桑桑什么都没有听进去，伤心说道："你就是嫌我腰粗。"

宁缺沉默了很长时间，低声说道："……好吧，我承认确实有点，你说这孩子都已经生了这么长时间，我本以为你会瘦下来，结果……"

桑桑转身向老笔斋外走去。

宁缺站起身来，很是紧张，问道："你去干吗？"

桑桑头也不回："我去学士府。"

宁缺大怒，捞过天井里的晾衣竿，便要起义："你再敢离家出走，我打不死你！"

桑桑却没有理他，直接走了出去。

片刻后，前铺传来关门的声音。宁缺怔在原地，好生担心，赶紧去换衣裳，准备去把她拦住，只是因为太过紧张不安，竟是半天也没办法把鞋套好。

待他穿好鞋，抬头一看，桑桑就在门边。

她一面擦着眼泪，一面说道："宁缺，你饿不饿？我下面给你吃啊。"

她根本就没有离开，她从来没有离开过。

宁缺走上前去，牵着她的手走进厨房。

他开始重新教她怎么煮饭，怎么切葱，怎么煎鸡蛋。就像很多年前那样。

这并不难，对吧？这很幸福，是吧？

明月照着新世界，照着老笔斋。

院墙上，有只老猫懒懒地躺着。

图书在版编目（CIP）数据

将夜 10：精修典藏版／猫腻著 . -- 北京：作家出版社 2022.2（2022.7 重印）

（网络文学名作典藏丛书）

ISBN 978-7-5212-1774-2

Ⅰ. ①将… Ⅱ. ①猫… Ⅲ. ①长篇小说 – 中国 – 当代 Ⅳ. ① I247.5

中国版本图书馆 CIP 数据核字（2021）第 275424 号

将夜 10：精修典藏版

总 策 划：何　弘　张亚丽
主　　编：肖惊鸿
作　　者：猫　腻
责任编辑：王　烨　袁艺方
装帧设计：天行云翼・宋晓亮
出版发行：作家出版社有限公司
社　　址：北京农展馆南里 10 号　　　邮　　编：100125
电话传真：86 - 10 - 65067186（发行中心及邮购部）
　　　　　86 - 10 - 65004079（总编室）
E - mail: zuojia@zuojia. net. cn
http: // www.zuojiachubanshe.com
印　　刷：唐山嘉德印刷有限公司
成品尺寸：152 × 230
字　　数：360 千
印　　张：25.5
版　　次：2022 年 2 月第 1 版
印　　次：2022 年 7 月第 2 次印刷
ISBN　978-7-5212-1774-2
定　　价：45.00 元